dtv

Sein erster Auftrag als Agent der neuen europäischen Sicherheitsagentur ist für ihn zunächst eine herbe Enttäuschung: Guido Lopez soll für die verstörte Gattin des reichen Mailänders Agrati den Chauffeur spielen. Den ganzen Weg zurück von Zürich nach Italien phantasiert die Frau dann allerdings in offensichtlicher Todesangst. Lopez wird hellhörig. Was hat es mit dem »Frischfleisch«, dem »Chinesen« und dem »Badezimmer« auf sich? Aus ihrem Ehemann ist diesbezüglich nichts herauszubekommen. Am nächsten Tag ist das Ehepaar Agrati tot. Als Guido Lopez daraufhin Agratis Import-Export-Geschäfte näher unter die Lupe nimmt, macht er einen grausigen Fund …

Giuseppe Genna, 1969 in Mailand geboren, untersuchte 1995 im Auftrag des italienischen Parlaments den Terrorismus in Italien und Europa. Sein Thrillerdebüt, ›Im Namen von Ismael‹ (dt. 2002), machte Genna zum Jungstar der italienischen Spannungsliteratur. 2004 ist in Italien mit ›Grande Madre Rossa‹ ein weiterer Thriller um Guido Lopez erschienen.

Giuseppe Genna

Faß nicht an die Haut des Drachen

Thriller

Aus dem Italienischen von
Luis Ruby

Deutscher Taschenbuch Verlag

Ungekürzte Ausgabe
Januar 2007
Deutscher Taschenbuch Verlag GmbH & Co. KG,
München
www.dtv.de

Titel der italienischen Originalausgabe:
›Non toccare la pelle del drago‹

Umschlagkonzept: Balk & Brumshagen
Umschlagfoto: Jeffrey Laitila
Satz: Fotosatz Reinhard Amann, Aichstetten
Druck und Bindung: Druckerei C. H. Beck, Nördlingen
Gedruckt auf säurefreiem, chlorfrei gebleichtem Papier
Printed in Germany
ISBN-13: 978-3-423-20962-5
ISBN-10: 3-423-20962-3

Antonella, Fabio: Das hier ist für Euch.

»Faßt alles an – nur nicht die Haut des Drachen.«
Mao Tse-Tung

»Da sich ihre Rasse so schnell vermehrt, wandern Jahr für Jahr zahlreiche Chinesen aus. In der Einsamkeit seines Exils lebt in einem Chinesen immer der Wunsch fort, sich wieder mit seiner Heimat zu vereinen und in sein Land zurückzukehren, wo er nach alter Tradition die letzte Ruhestatt finden soll. Die Verbindung, die er überall vergebens sucht, verschafft ihm die Geheime Gesellschaft: Es gibt heute keinen Chinesen außerhalb Chinas, der nicht der Geheimen Gesellschaft angehörte; diese tritt in der ganzen Welt für die Interessen der Rasse ein und verfolgt den Traum von Chinas Hegemonie. Somit kämpfen heute die Geheime Gesellschaft und ihre Untergesellschaften für die Einheit der Chinesen und gegen Europa und Amerika. Es kann kein Zweifel bestehen, daß sich in diesem Kampf die Waagschale auf Dauer zugunsten der Geheimen Gesellschaft neigen wird. Deshalb stellt sie, die nicht nur aus irredentistischen und intelligenten, sondern schlicht aus allen Chinesen besteht, Europas furchtbarsten Gegner dar.«

Matgioi

Prolog

Die menschliche Fackel

Monte Carlo – Fürstentum Monaco
Avenue Ostende 16/A
6. Dezember 1999, 04:20

Die menschliche Fackel tappt durch das von ihr erleuchtete Dunkel.

Was da in den Flammen auf die Tür zustolpert und mit den Fäusten dagegen schlägt, war einmal ein Mensch und wird gerade zu einem verkohlten Torso. Es krümmt sich unter unmenschlichen Schreien und ist im Begriff zu sterben. Hoch lodern die Flammen, das Haar ist schon geschmolzen, die Haut hängt in Fetzen herunter. Die menschliche Fackel taumelt gegen die Wände. Das war einst einer der mächtigsten Männer der Welt; jetzt ist er eine brennende Puppe, wenn auch nicht mehr lange. Er schlägt mit den Fäusten gegen die einbruchsichere Tür. Man kann das Feuer hören. Die Wasserleitungen explodieren, aber das hilft nichts. Zwei Meter von dem Mann entfernt liegt die zusammengekrümmte, verkohlte Leiche seiner Krankenschwester. Die menschliche Fackel nimmt das nicht mehr wahr. Hilflos und blind rennt sie gegen die Wand, bäumt sich auf, das Feuer verzehrt ihr Fleisch.

Dieser Mann ist der Multimilliardär Edmond Jaffa. Hier wird gerade ein Mord verübt. Wo bleibt die Polizei? Wo ist die Feuerwehr? Wo sind seine Leibwächter?

Noch im Juni hatte das Magazin ›Forbes‹ die Liste der reichsten Männer der Welt veröffentlicht. Edmond Jaffa befand sich auf Platz 28. Der Spekulant George Soros zählt zu seinen Freunden. Der Avvocato Gianni Agnelli hat ihm seine Immobilie in der Nähe des Fürstentums verkauft. Der Prinz von England, Philip Mountbatten, ist ein persönlicher Freund. Viermal hat man ihn eingeladen, mit darüber zu entscheiden, wer der nächste Präsident der Vereinigten Staaten werden soll. Seine Privatbank, die Elite Private Bank, bestimmt das Schicksal dreier Kontinente. Seine Frau Liza ist eine reiche Erbin, schlau und rücksichtslos, die ihn nicht liebt, aber gewähren läßt. Seine Geschwister besitzen Unternehmensbeteiligungen überall auf der Welt. Der Nobelpreisträger Elie Levi hat ihn vor Gericht einen Ehrenmann genannt. Shimon Peres gehört zu seinen Förderern, und er fördert seinerseits Shimon Peres.

Dieser Mann ist nicht einfach nur mächtig. Er ist die Macht selbst.

Und jetzt verbrennt er im Badezimmer seiner Wohnung in Monte Carlo. Es ist eine Winternacht, das einbruchsichere Bad mißt sechzig Quadratmeter, auf dem Boden liegt die Leiche seiner Krankenschwester, und vor der Stahltür wartet das Killerkommando, das ihn liquidieren soll.

Sein Mobiltelefon liegt unversehrt auf dem Rand der Badewanne. Wie durch ein Wunder haben die Flammen dem Gerät nichts anhaben können. Es klingelt, doch das kann die menschliche Fackel nicht hören, denn Ohren gibt es nicht mehr. Es ist seine Frau Liza. Sechsmal haben sie telefoniert. Auch die Krankenschwester hatte ihr Handy mitgenommen, sie rief eine Freundin an, bat sie, die monegassische Polizei zu rufen. Der letzte Anruf seiner Frau Liza: Komm raus, draußen ist die Polizei, sie bekommt die gepanzerte Tür nicht auf. Er hat das Badezimmer nicht verlassen. Wenn die Polizei wirklich da wäre, wäre auch schon die Feuerwehr gekommen, das Feuer müßte gelöscht sein. Er hat sich zwei Stunden lang im Bad verbarrikadiert, dann drangen die Flammen durch die Sprinkleranlage: Sie hatten von draußen den Feuerschutz deaktiviert.

Liza bat ihn herauszukommen, doch er hörte nicht auf sie. Er mißtraute ihr. Dann war keine Zeit mehr für Mißtrauen. Die Flammen hatten ihn erreicht.

Die Krankenschwester wurde von dem Gas ohnmächtig. Komischerweise hat sie stumm das Bewußtsein verloren, kein

Schrei drang aus ihrer Kehle. Er hatte sich in die Badewanne geflüchtet, wo ihn das eiskalte Wasser vor den Flammen beschützte, doch dann zerbarst die Leitung, und das Wasser löschte das Feuer nicht, es verdampfte. Unfaßbar, wie schnell das Wasser verdampft ist. Er wollte aus der Wanne steigen. Das Parkett stand in Flammen. Dann kam die Stichflamme. Das Gas aus den Leitungen im Fußboden hatte sich entzündet. Er blieb bei Bewußtsein. Er konnte einfach nicht fassen, was da gerade geschah. Es war ein Albtraum. Er lief zur einbruchsicheren Tür und schlug mit den Fäusten dagegen. Der elektrische Türöffner reagierte nicht, die Sicherung war durchgebrannt.

Dann haben sich die Flammen ans Werk gemacht. Sie haben ihn verschlungen.

Dieser unmenschliche Schrei.

Die Zeit ist abgelaufen.

Zwei Stunden, verbarrikadiert im Badezimmer. Der andere Krankenpfleger, Ted Soundso, hatte ihn und die neben ihm schlafende Krankenschwester geweckt. Ted war verwundet. Eine klaffende Bauchwunde. Er hielt sich den Unterleib, aus dem ein Stück Darm hervorquoll. Bleich war der Pfleger, wie betäubt. Im Dunkeln führte er sie ins Bad. Ein Killerkommando sei in die Dachwohnung eingedrungen, erklärte er. Vier Männer. Sie glaubten, ihn erledigt zu haben. Sie waren gekommen, um den Multimilliardär Edmond Jaffa auszuschalten. Doch Ted war mit dem Leben davongekommen. Er hatte sich in Jaffas Schlafzimmer geschleppt, ihn und die Krankenschwester geweckt und sie ins Badezimmer gebracht. Das Badezimmer war der Panic Room. Ted hatte sie dort sicher untergebracht. Die Killer hatten das Feuer bereits gelegt: Es roch verbrannt. Wo waren die Bodyguards? Wo war Ted?

Wo waren bloß alle hin?

Er war die Macht, die hinter der Macht steht. Wer steckte hinter dem Anschlag? Wer wollte ihn umbringen? Die Chinesen? Die Chinesen hatten ihn angegriffen. Sie hatten ihn ausgesaugt. Sie hatten enthüllt, was nicht enthüllt werden darf. Die Chinesen bereiteten die Invasion Europas vor. Und zu diesem Zweck nahmen sie europäische Banken aus. Mit der seinen, der Elite Private Bank, hatten sie angefangen – mit der Bank der Mächtigen. Geheime Konten, gigantische Kapitalverschiebungen, Spekulationen gegen Währungen und ganze Staaten. Die Chinesen hatten ihn in die Enge getrieben und diskreditiert. Sie hatten es so aussehen lassen, als sei er in die Iran-Contra-Affäre verwickelt. Sie hatten seine arabischen Kunden unter Druck gesetzt. Sie hatten ihn mit astronomischen Schulden konfrontiert. Und als er am Ende war, machten sie ihm ein Übernahmeangebot. Die Chinesen wollten alles, was ihm in Europa gehörte. Sie wollten seine gesamten Aktienpakete. Die Chinesen wollten seine Kunden: Ex-Präsidenten, amtierende Präsidenten, zukünftige Präsidenten. Ölmagnaten. Industriebosse. Herrscher. Die Chinesen wollten die Crème de la Crème in die Hand bekommen. Er hätte niemals an die Chinesen verkauft. Die Chinesen waren dabei, ihn auszuschalten.

Sie hatten es geschafft.

Ein Zucken ging durch die menschliche Fackel. Die Flammen loderten im Dunkeln hell auf. Die menschliche Fackel konnte den Gestank nach verbranntem Fleisch nicht mehr riechen, denn eine Nase gab es nicht mehr. Der verkohlte, von den Flammen verzehrte Rumpf schrie immer noch. Ein unmenschliches Schreien.

Der Schrei der Languste, die lebend in kochendes Wasser geworfen wird.

Dein Leben lang hast du dich von Langusten ernährt, die in kochendes Wasser geworfen wurden.

Du hast Komplotte geschmiedet. Du bist mächtig gewesen.

Jetzt fällst du in dich zusammen wie ein in Flammen aufgegangener Turm.

Du hast im Herzen der Macht gelebt. Jetzt befindest du dich am äußersten Rand des Lebens.

Es fehlt nicht mehr viel. Die Zeit ist abgelaufen.

Du weißt nicht, wer dich umgebracht hat.

Du siehst Millionen von Chinesen, die alle gleich aussehen und mit einem stillen Lächeln auf Europa zumarschieren.

Im Traum warst du einmal eine riesige Münze, warst in der Münze eingeprägt, in eine Münze von unermeßlichem Wert, so wertvoll, daß man sie nicht hätte wechseln können.

Du bist die menschliche Fackel. Da, dein letzter Atemzug.

Du bist ermordet worden.

Die Gleichgültigkeit selbst hat aus der Sorglosigkeit deines Daseins eine Maske gemacht. Diese Maske ist geschmolzen.

Die menschliche Fackel bäumt sich ein letztes Mal auf. Die Flammen lodern hoch, das Feuer ist überall. Vor der einbruchsicheren Tür stehen Polizeibeamte. Sie werden noch zwei Stunden brauchen, um ins Badezimmer vorzudringen und die verkohlten Überreste zweier Menschen zu bergen. Einer davon war zu Lebzeiten der Multimilliardär Edmond Jaffa.

Draußen ist es Nacht. Ein feiner Pulverschnee fällt auf Monte Carlo, während von allen unbemerkt im Wind in ihren Netzen die Spinnen beben.

Erster Teil

Frischfleisch

Guido Lopez
Athen, 4. August 2002, 14:10

Die Sonne brannte auf den weiträumigen Platz. Aus dem herumliegenden Schutt und Sand stieg schwüle Luft auf. Ihm taten die Augen weh. Das Licht, das vom Boden und den Tuffmauern der niedrigen, leerstehenden Gebäude reflektiert wurde, war zu intensiv. Es stank nach totem Fleisch. Der Schlachthof von Athen: ein Scheißort. Athen: eine Scheißstadt. 2002: ein Scheißjahr.

Die Kälber standen brav in einer Reihe. Sie rissen ihre großen, tiefschwarzen Augen auf – die einzigen schwarzen Punkte vor dem gleißend hellen Hintergrund. Die Kälber trotteten langsam durch den Staub. Ein griechischer Hirte lief nebenher.

Athen: was für eine furchtbare Stadt. Drückende Hitze, Schweiß, Horden dämlicher Touristen, die einer fetten Reiseführerin hinterherrennen und ihre Erklärungen und Ermahnungen über sich ergehen lassen; die aalglatten Griechen, die heruntergekommene Architektur. Ouzo und Erschöpfung. David Montorsi, Leiter der Ermittlungsabteilung der neuen Europäischen Sicherheitsagentur hatte sich diese gottverdammte Stadt am Mittelmeer als Fortbildungsort ausgesucht. Seit einem Monat waren Guido Lopez und die anderen Kandidaten schon in Athen, um sich »prüfen« zu lassen. Sie waren zu sechst. Zwei Frauen und vier Männer. Lopez war einer davon. Man arbeitete paarweise zusammen. Sie hangelten sich von einem nervtötenden Einsatz zum nächsten, kämpften sich durch die überlaufenen Straßen des Zentrums, quetschten sich in Taxis, die nach Anis und Schweiß stanken, standen in leeren Wohnungen und auf weitläufigen runden Plätzen herum. Lopez' Partner war Wundsam, ein Mann aus Hamburg und hart im Nehmen. Sie hatten sich angefreundet. Die anderen gingen ihm auf den Wecker, vor allem die Frauen. »Den Weibern kann man nicht über den Weg trauen«, hatte Wundsam lachend bemerkt. Sie schliefen im selben Zimmer. Sie ließen sich mit Ouzo vollaufen. Suchten gutes Gras. Schwänzten die Prüfungen. Die Ausbilder waren dumm und autoritär. Sie quälten die sechs Kandidaten, vor allem die Frauen, mit erniedrigenden, sinnlosen Übungen. So wie jetzt auf dem Schlachthof, einem zur Hälfte leerstehenden Gelände.

Die Kälber trotteten weiter, schüttelten die großen Köpfe, kamen auf ihren mageren Beinen ins Straucheln. Tausende von Fliegen umschwirrten sie langsam. Der Schweiß klebte am Körper. Die Sonne wurde immer greller. Lopez warf einen Blick durch die kaputte Tür eines niedrigen, verlassenen Gebäudes. Im Halbdunkel baumelten rostige Fleischerhaken an dicken Ketten von der Decke. Draußen regte sich kein Hauch. Das Atmen fiel ihnen schwer. Sie standen in einer Reihe; der Ausbilder musterte sie aus zwei Schritt Entfernung. Als erste waren die Weiber dran. Lopez war vierter. Vor ihm kam Wundsam. Der Hirte brüllte einem ausgebüchsten Kalb hinterher. Das Tier machte kehrt und begann wieder auf die sechs Kandidaten zuzulaufen. Der Ausbilder lud das Bolzenschußgerät. Wortlos ging er zur ersten der beiden Frauen und übergab ihr die Waffe.

Ein Monat sinnlose Ausbildung. An allen möglichen und unmöglichen Orten. Am Flughafen sollten sie die Kontrollen überlisten und mindestens zwei Waffen an Bord eines Flugzeugs schmuggeln. Wundsam hatte es nicht geschafft. Die Ausbilder machten ein Riesentheater deswegen. Lopez kam durch, indem er einen Laufburschen vom Frachtterminal schmierte. Dann passierte er den Metalldetektor. Die griechischen Bullen durchsuchten ihn, schubsten ihn herum, schrien ihm *»Ella!«* ins Gesicht. So brachte er die Kontrolle hinter sich. Zu Fuß erreichte er den abgelegensten Hangar. Zu Fuß kehrte er zum Gate zurück. Dort traf er auf einen wütenden Ausbilder. Lopez hätte die Waffen durch den Metalldetektor schmuggeln müssen. Die Ausbilder mochten seine Spielchen nicht. Zusatzprüfung: an Bord des Flugzeugs einen Herzinfarkt simulieren. Er tat ihnen den Gefallen. Lopez verfolgte nur ein einziges Ziel: Nimm dich nicht so wichtig, vergiß die Peinlichkeiten, die persönlichen Angriffe und Beleidigungen. Lerne, ein Nichts zu sein. Lerne, alles zu sehen. Die Weiber kamen ohne Probleme durch den Metalldetektor. Außer Wundsam hatten die griechischen Bullen auch den Türken gefilzt – ganz einfach weil er Türke war. Was hatte ein Türke auch bei der Europäischen Agentur verloren. Eigentlich hätten die Ausbilder einschreiten müssen. Die Griechen nahmen den Türken in Isolationshaft und verprügelten ihn. Die Ausbilder unternahmen nichts dagegen. Erst warfen die Griechen den Türken ins Gefängnis. Dann holten ihn die Ausbilder dort ab. Wundsam kam glimpflicher davon, aber die Ausbilder waren stocksauer, weil er versagt hatte.

Beschattungen. Endlose Unterrichtsstunden. Wie man sich den Rücken freihält, wie man anderen Rückendeckung gibt. Lächerlich. Geh in ein Geschäft und klau Waren im Wert von fünfzig Euro. Schreib einen Bericht über den dritten Passanten, der gleich auf der gegenüberliegenden Seite der Odos Panepistimiou vorbeikommt. Wie heißt er, wo arbeitet er, wo wohnt er, mit wem, hat er Kinder, Krankheiten, Kontostand, Freunde, Liebhaber, alles. Geh mit zwei Kilo Drogen an Bord eines Schiffs am Piräus. Hol zwei Kilo Stoff am Piräus ab. Wo, mußt du selbst herausfinden. Hol einfach den Stoff. In sieben Minuten bist du auf dem Balkon im sechsten Stock dieses Hauses in der Odos Kanari. Wie du das anstellst, interessiert uns nicht.

Lopez hatte die Schnauze voll. Er war drauf und dran, nach Mailand zurückzukehren. Sie hatten ihm wirklich den letzten Nerv geraubt. Je länger die Ausbildung dauerte, desto weniger kapierte er. Ihm ging es ums Geld und darum, Mailand hinter sich zu lassen. Er wollte verschwinden. Aber allmählich änderte er seine Meinung. Die Sache war zu mühsam und zuviel Teamarbeit. Er war der geborene Einzelkämpfer; andere Leute schränkten nur seine Bewegungsfreiheit ein, hinderten ihn an der Erfüllung seiner Aufgaben. In der Kategorie Teamwork hatten ihm die Ausbilder ein »C« verpaßt, die schlechteste Zensur. Um das Auswahlverfahren zu überstehen, würde er Montorsi geradezu auf Knien anflehen müssen. Wundsam schnitt besser ab: Er hatte fast überall »A«, bis auf das »B« wegen seines Ausrutschers am Flughafen. Die Weiber hatten die besten Noten.

Der griechische Hirte brachte den Zug Kälber zum Stehen. Die Tiere waren nervös. Das vorderste Kalb zitterte. Die Frau mit dem Bolzenschußgerät machte sich bereit. Sie sah den Ausbilder an, und der gab ihr das Startzeichen.

Drei Kälber für jeden. Drei Bolzen für jeden. Dem Kalb in die Augen sehen, genau zwischen die Augen zielen, abdrücken. Das tote Tier beseitigen. Dann das gleiche mit dem zweiten Kalb. Achtzehn Kälber für sechs Kandidaten. Wundsam suchte Lopez' Blick und fand ihn nicht.

Die Frau mit der Waffe in der Hand hatte ihre Entschlossenheit bereits bewiesen. Sie kam wie Wundsam aus Deutschland, aber aus dem Süden, von der Münchener Kripo. Eine ziemlich scharfe Braut: Sie war groß, hatte glattes, kurzgeschnittenes rotes Haar, helle Haut mit ein paar Sommersprossen, dazu tiefblaue Augen, die je nach Anlaß oder Instruktionen eiskalt oder verführerisch schauen konnten. Lopez und Wundsam waren eine Wette eingegangen: Wer legt sie zuerst flach? Keiner von beiden hatte gewonnen. Die Frau war wortkarg, aber wenn sie den Mund aufmachte, konnte man sich auf etwas gefaßt machen. Wundsam fand heraus, daß sie Christa hieß. Der Nachname blieb vorerst ihr Geheimnis. Sie mochte vierzig sein oder knapp darüber. Unverheiratet. Wundsam war verrückt nach ihr. Er war zwar verheiratet, hatte seine Frau aber seit zwei Monaten nicht gesehen und lag sowieso mit ihr im Clinch. Wahrscheinlich würden sie sich scheiden lassen. Lopez nahm mit ein paar griechischen Prostituierten vorlieb, die er in einem Bordell in der Odos Elefsinos auftat. Er fand sie ekelhaft. Erstens quatschten sie ihn auf griechisch voll. Zweitens stöhnten sie laut, wenn sie kamen. Ein paarmal ging er noch hin, dann blieb er lieber beim Ouzo.

Die scharfe Christa ging auf das erste Kälbchen zu. Sie hob den Arm. Dem Kalb war klar, was ihm bevorstand. Es schüttelte den Kopf wild hin und her. Die scharfe Christa blickte ihm fest in die ausdruckslosen schwarzen Augen. Sie setzte ihm das Bolzenschußgerät an den Schädel und drückte ab. Das Kalb brach auf der Stelle zusammen. Auf dem kalkigen Schotter breitete sich eine schwarze Blutlache aus. Die übrigen Kälber fingen an zu muhen. Lopez kämpfte gegen die Übelkeit an. Wundsam schwitzte. Hinter Lopez stand völlig ungerührt der Türke. Der sechste Kandidat war eine französische Tunte. Sie beugte sich vor und erbrach sich auf den Schotter. Dann ging sie vom Brechreiz geschüttelt in die Knie. Der Ausbilder gab Christa ein Zeichen, mit dem zweiten Kalb weiterzumachen. Sie schob einen neuen Bolzen in die Kammer.

Lopez war müde. Er war schon müde gewesen, bevor er zur Sicherheitsagentur gestoßen war – und jetzt war er es noch viel mehr. Höchste Zeit, auszusteigen. Die Agentur war nur heiße Luft, die Ermittlungen undurchsichtig und dann noch die Bürokratie – wie in einer sowjetischen Behörde. Reine Zeitverschwendung. Die Aufgaben reichten von Geheimdienstarbeit bis hin zu traditionellen Ermittlungen. Es gab jede Menge Kontrollen. Man hatte kaum Handlungsspielraum. Und dann noch die ständige Teamarbeit. Das Auswahlverfahren hatte Lopez ausgelaugt. Er hatte genug von diesen Einsätzen. Am besten, er kontaktierte den Boß Montorsi und reichte die Kündigung ein. Er würde nach Mailand zurückkehren und sich irgendwie arrangieren.

Die Wahrheit interessierte sowieso niemanden. Hier drehte sich alles um Politik. Lopez spürte, wie eine Woge Übelkeit in ihm hochstieg. Vor ihm wischte sich Wundsam den Schweiß von der Stirn.

Das zweite Kalb brach zusammen. Das dritte versuchte auszureißen. Der griechische Hirte packte es an den Ohren und zerrte es zurück zu Christa. Kaum hatte er das Tier losgelassen, schlug schon der Bolzen im Schädel des Kalbs ein.

Als ihm David Montorsi den Job angeboten hatte, war von einem Auswahlverfahren nicht die Rede gewesen. Sondern von Ermittlungen in ganz Europa, kleineren Geheimdienstaufgaben und ein wenig Koordination der nationalen Behörden, Reisen, freie Hand bei der Arbeit. Nichts davon stimmte. Monatelang hatte er in Brüssel Kurse besucht: Englisch, pathologische Anatomie, Kriminalpsychiatrie und -psychologie, Wirtschaftskriminalität, Geldwäsche, der Drogenmarkt, Kinderhandel. Drei Fälle von europaweit tätigen Serienmördern. So etwas gab es immer öfter. Doch Lopez packte der Frust. Er konnte es kaum erwarten, mit der praktischen Ausbildung zu beginnen. Er hatte die Nase voll vom Büffeln. Nach Mailand war er nur zweimal zurückgekehrt: Szenekneipen, Koks, ein paar Treffen mit V-Leuten. Der Ermittlungsabteilung in der Via Fatebenefratelli blieb er fern. Der Ekel, den er schon seit Jahren verspürte, wurde immer stärker. Der Italienfrust schnürte ihm die Luft ab, wie er es sonst von keinem Land der Welt kannte. Der Italienfrust sucht seinesgleichen. Man sieht ihn nicht, man spürt ihn nicht, man weiß nicht, woher er kommt. Der Italienfrust hatte Lopez dazu gebracht, nach Brüssel zu gehen, um sich dort einen Europafrust einzuhandeln. Schiebereien, kriminelle Machenschaften, alles lief immer mehr aus dem Ruder: ein riesiger Ameisenhaufen des Verbrechens, ununterscheidbar von dem riesigen Ameisenhaufen Europa. Huren, Drogenabhängige, Pädophile, Geldwäscher, Neureiche, Ex-Henker von Ex-Polizeibehörden des Ex-Ostblocks, russische Zuhälter, Mordfälle von Malmö bis Marseille, Pillenimporteure, Industriespione, Militärspione, dem Bankrott nahe und dafür um so skrupellosere Bankiers, fanatische Islamisten, Dopingbeschaffer, korrupte Politiker, schwule Politiker, die nicht auffliegen wollten, Politiker, die nur in kriminelle Machenschaften verwickelt waren, und solche, die ganz oben mitmischten. Willkommen in Europa, dem neuen Eldorado käuflicher Freiheiten, willkommen bei der Bank Ihres Vertrauens für den schnellen, illegalen Euro. Montorsi hatte ihn gewarnt: Mach dir bloß keine Illusionen. Und Lopez hatte geantwortet: Was legal ist, interessiert mich nicht die Bohne, für mich ist das einfach nur ein Job. Ich funktioniere wie eine gutgeölte Maschine. Ich habe keine Gefühle. Gib mir eine Anweisung, und ich führe sie aus. Montorsi sagte: Wunderbar.

Von wegen wunderbar. Die Arbeit hier war genau der gleiche Mist wie in Italien, bloß alles noch eine Nummer größer. Europa war ein einziger Misthaufen von der Größe eines Kontinents. Europa war eine mißglückte Kopie der Vereinigten Staaten. Die Agentur war eine mißglückte Kopie von FBI und CIA. Der Präsident der Europäischen Kommission war der Präsident der Vereinigten Staaten, nur daß ihm anstatt der Vereinigten Staaten bloß ein riesiger Misthaufen zur Verfügung stand.

Lopez war es leid, von den schlechten griechischen Joints und dem Ouzo mit einem Brummschädel aufzuwachen. Er war es leid, diesen Unsinn mitzumachen. Komm hierhin, geh dorthin. Folge diesem Mann. Organisiere eine Beschattung zu sechst. Erstatte Bericht über deinen Kumpel Wundsam. Erzähl uns, worüber er spricht. Sag uns, was er über seine Frau redet. Geh in den Schießstand. Deine Trefferquote läßt zu wünschen übrig. Hier hast du ein Päckchen mit Stoff. Das Zeug ist nicht echt. Bring es binnen einer Stunde unter die Leute. Schieß auf drei Kälber: Sieh ihnen in die Augen und jag ihnen einen Bolzen in den Kopf. Beweise uns, daß du keine Angst hast. Beweise uns, daß du Mumm in den Knochen hast. Beweise uns, daß du dir nicht ins Hemd machst. Wenn es stimmt, daß du keine Gefühle hast und nur Anweisungen befolgst, dann beweise es.

Die zweite Frau, eine Spanierin, erledigte ihre drei Kälber, ohne mit der Wimper zu zucken.

Auf dem staubigen, hellen Boden breitete sich die schwarze

Lache aus Tierblut immer weiter aus. Die sechs Kadaver türmten sich in zehn Meter Entfernung.

Jetzt war Wundsam an der Reihe. Er war schweißgebadet. Seine Hand zitterte. Er suchte den Blick des Ausbilders. Den Augen des Kalbs wich er aus. Sein erster Schuß ging daneben. Der Ausbilder lud persönlich nach. Wundsam feuerte. Der Rückstoß verriß ihm den Arm. Beim zweiten Kalb machte er seine Sache schon besser. Auch das dritte brach ordnungsgemäß zusammen, aber Wundsam hatte ihm nicht in die Augen gesehen. Wundsam gesellte sich zu den beiden Weibern. Der griechische Hirte schleifte die Kadaver der letzten drei Opfer zwischen rostigen Dosen und Scherben durch den weißen Staub.

Jetzt war Lopez dran.

Der Ausbilder drückte ihm das Bolzenschußgerät in die Hand.

Er blickte in die geweitete, dunkel glänzende Pupille des Kalbs, eine zitternde Kugel. Es reckte den Hals, wiegte ihn hin und her und sah Lopez von unten herauf an.

Lopez setzte ihm die Waffe an den Schädel. Das Kalb zuckte zusammen. Lopez drückte den Abzug.

James Cameron
Peking, 7. September 2002, 16:10

Das Leben ist wunderbar.

Im Park des China World Hotels von Peking nippte der CIA-Agent James Cameron an seinem Mai Tai und erfreute sich an den Lichtreflexen auf dem smaragdgrünen Wasser des Pools. Der Lärm der endlosen Allee Jianguomennei Dajie, über der die Sonne aufgeht, ihren Scheitelpunkt erreicht und wieder untergeht, war weit entfernt – der Lärm von Jianguomennei Dajie, die sich in die vielbefahrene Schlange Dongchang'an Jie verwandelt, einen Boulevard, der dann ins grenzenlose Getöse des Tienanmen-Platzes übergeht, am Kaiserpalast, dem Gugong entlangläuft und den Lauf der Sonne in Gänze nachvollzieht – die Champs-Élysées von Peking. James Cameron *liebte* Peking. Er liebte die Chinesen. Er fürchtete sie, er hatte gelernt, sie zu fürchten, und konnte sich daher erlauben, sie zu lieben. Sie waren ebenso fügsam wie gefährlich, lächelnd und durchtrieben, und sie hatten ihm ein neues Leben geschenkt. Ein wunderbares Leben.

Im sonnendurchfluteten Swimmingpool durchbrachen die Körper der Edelnutten die spiegelnde Wasseroberfläche und tummelten sich wie silberne Fische. Auch die Edelnutten waren gefährlich und wurden dadurch nur um so anziehender. Bloß den westlichen Geschäftsmännern, die im China World Hotel abstiegen, entging, daß sie alle in der einen oder anderen Weise für Te Wu, den chinesischen Geheimdienst, arbeiteten, dieser dunklen Hand von der Größe eines Kontinents, die mit Hilfe von unentwirrbaren, für Westler unsichtbaren Fäden das Schicksal jedes einzelnen hier bestimmte. Die aufgeblasenen Geschäftsleute quartierten sich im China World Hotel mit dem

Hochmut derer ein, die sich einbilden, die Welt würde von diversen Strömen beherrscht: vom Strom der Macht, vom Strom des Geldes, von Strömen zweifelhafter Transaktionen, an denen man teilhaben konnte, von denen man selbst etwas aufsaugen und dabei fett werden konnte, bevor man sich für immer zurückzog, um seinen dummen, undankbaren Nachkommen die Beute aus weltweiten Raubzügen, gigantischen Spekulationsgeschäften oder illegalem Waffen-, Drogen- und Menschenhandel zu hinterlassen. Doch sie befanden sich in China, dem Land, wo alles begann und gemäß den Weissagungen auch enden wird. Die Geschäftsleute stiegen im China World Hotel ab, einer bis in den letzten Winkel verwanzten Luxusherberge, in der jedes Telefonat von Geheimdienstlern abgehört wurde. Hier schlug das Herz des schwindelerregenden Big Business. Te-Wu-Agenten in Hoteluniform offerierten den feisten, bleichen Geschäftsmännern mit ihren aufgeblähten Bäuchen und überhöhten Cholesterinwerten Vergnügungen der besonderen Art. Strahlend schöne Edelnutten massierten und befriedigten sie, unterwarfen sich ihre Kunden nach alter Lehre mit ein paar fingierten Demutsgesten. Man hatte sie in der Hand, doch den Geschäftsmännern blieb das verborgen. Der Te Wu sieht alles. Auch ihn hatte der Te Wu gesehen. Der Te Wu hatte James Cameron gestattet, sich ein neues Leben aufzubauen: mit einer harten Schale, allen nur erdenklichen Annehmlichkeiten und einem Strom von Geld, den er mit Hingabe und im großen Stil verwaltete und in die rechten Bahnen lenkte.

Die funkelnde Silhouette einer Edelnutte kletterte im Halbschatten die Leiter des Swimmingpools hoch und stand einen Augenblick gleißend in der Sonne. Dann beschrieb ihr kurvenreicher Körper einen Bogen durch die dünne Luft und tauchte in seiner Vollkommenheit wie eine große Illusion lautlos und ohne Spritzer ins glitzernde Wasser ein.

James Cameron arbeitete undercover. Er hatte einen Posten bei der Amerikanischen Botschaft in Peking: Er beschaffte nebensächliche, nutzlose Informationen. Erledigte ein wenig Diplomatenpost. Verfaßte bedeutungslose Berichte für Washington. Der Posten öffnete ihm in Peking alle Türen, eine Eintrittskarte, der er seinen wirklichen Job verdankte. Sein wirklicher Job war das Opium. Peking ist ein Supermarkt – für Opium. Doch es gibt keine Verkäufer und keine Kassiererinnen. Es gibt keinen Filialleiter. Cameron war das alles in Personalunion: Filialleiter, Verkäufer und Kassierer. Im Auftrag der CIA. Diese Tatsache war von entscheidender Bedeutung. Es war eine angenehme Tätigkeit: Sie hatte nur Vorteile. Das war der Lohn für seine Verdienste in Europa, im Iran und im Irak. Camerons Partner hieß Ken Wilberg. Sie arbeiteten schon seit zwanzig Jahren zusammen. Ihre Zeit im Irak begann, kurz nachdem in Bagdad der Pitbull Schwarzkopf seiner Gesetzeslosigkeit Geltung verschafft hatte. Als die UNO-Inspektoren (alles CIA-Leute) aus dem Land gejagt wurden, schickte man ihn und Ken Wilberg, um einen Agentenring zu führen. Sie waren 35 Jahre alt und brachten eine Menge Ehrgeiz mit; persönliches Engagement war ihnen fremd, sie wollten einfach nur ihren Spaß. Bagdad war nicht gerade Las Vegas. Im Gegenteil: Bagdad war ein Unort. Jeden Tag starben Dutzende von Kindern. Es herrschte Wassermangel. Strom gab es nur zu bestimmten Tageszeiten. Der Irak war ein einziges Chaos. Saddam saß fester im Sattel als je zuvor. Die Anweisungen der CIA lauteten: die Lage unter Kontrolle halten, aber für Unruhe sorgen. Man braucht schließlich ein Feindbild. Saddam war das perfekte Feindbild: ein Kaninchen mit Schnauzbart, das man bei Bedarf aus dem Hut zaubern konnte. Ihre Mission hieß kontrollieren und agitieren. Der wahre Feind waren die Iraner. Die Iraner wollten einen unabhängigen Irak, der den Amerikanern keinen Vorwand zur Einmischung bieten würde. Sie waren zu Tausenden in Bagdad. Der iranische Geheimdienst: ein Heer von ungepflegten, gewalttätigen Widerlingen. Mit Nutten konnte man sie nicht ködern. Auch für Drogen waren sie unempfänglich. Und mit Geld war ebenfalls nicht viel auszurichten. Im Jahr 1995 befand sich Cameron auf dem Gipfel seiner Laufbahn. Wenn man der CIA Glauben schenken durfte, machten er und Wilberg ihre Sache hervorragend. Alles fing damit an, daß er einem iranischen Doppelagenten auf den Leim ging, einem geldgierigen armen Schlucker, der ständig von seiner Frau und seinen fünf Kindern redete und ihm ihre Schwarzweißfotos unter die Nase hielt. Die Frau war eine fette, verschleierte Kuh. Cameron faßte Vertrauen zu dem Burschen. Der Doppelagent – das hatte er überprüft – verfügte über hochrangige Kontakte zum iranischen Geheimdienst in Bagdad. Cameron wollte die Namen der Agenten. Der Doppelagent erklärte sich zur Übergabe der Dokumente bereit. Cameron überprüfte sämtliche Informationen. Es wurde ein Treffpunkt vereinbart. Er hatte die Dollars dabei. Ort der Übergabe war eine Pension in einem östlichen Vorort von Bagdad. Er bat Wilberg um Rückendeckung. Wilberg hatte die Gegend sondiert, zwei Tage vor dem Treffen, einen Tag davor, zwei Stunden, eine Stunde vorher. Alles in Butter. Die iranischen Agenten kamen durch die Hintertür. In einem Zimmer übergab Cameron dem Doppelagenten gerade sein Geld und prüfte die Dokumente. Wilberg hatte einen Agenten auf der Rückseite des Hauses postiert. Er hatte dem Mann, einem einheimischen Hungerleider, zwei Tage vorher eine Anstellung in der Pension verschafft. Der Kerl verständigte Wilberg per Handy: Da tut sich was, da betreten Leute den Hintereingang. Wilberg verlor keine Sekunde. Während der Hungerleider die Iraner unter irgendeinem Vorwand aufhielt, stürmte er die Treppe hoch und in das Zimmer, in dem Cameron über den Dokumenten brütete; er jagte dem Doppelagenten eine Kugel in den Kopf, riß das Fenster auf und ließ Cameron in einen Lieferwagen mit Obst und Gemüse springen, den er vorsorglich unten abgestellt hatte. Die Iraner kamen zu spät. Sie ließen ihre Wut an dem armen Teufel vom Hintereingang aus und liquidierten ihn. Doch Cameron konnte entkommen. Ken Wilberg hatte ihm das Leben gerettet.

Ken Wilberg war der einzige Mensch, dem er blind vertraute. Ihre hervorragende Arbeit in Bagdad (sie ließen anschließend den gesamten Agentenring hochgehen) war belohnt worden – mit einer Reise für zwei Personen nach Peking. Ein Kinderspiel: sich um die Opiumausfuhr kümmern.

Peking war eine Belohnung. Peking war ein Leben voller Genüsse. Peking war die Vorratskammer, der der Westen sein Opium für den Hausgebrauch entnahm. Kolumbien? Nichts weiter als ein enormes Täuschungsmanöver: Kolumbien bedeutete gar nichts, der Drogenexport von dort in die USA war nichts als ein Märchen, das man der Welt auftischte. Hinter Kolumbien stand China. China war ein Strom aus Opium, der in den Westen mündete. Der CIA stand es frei, Chicago als Anflughafen zu benutzen: eine Ladung Heroin nach der anderen, ein Strom von Heroin aus dem Reich der Mitte. Cameron und Wilberg nahmen die Bestellungen auf, überwachten die Lieferungen, kassierten ab und leiteten das Geld weiter. Die Abmachung mit China war hieb- und stichfest, eine sichere Angelegenheit. Das Risiko ging gegen Null. Er und Wilberg regelten den Handel, die Ein- und die Ausfuhren. Sie hatten eine interkontinentale Luftverkehrsgesellschaft gegründet, eine Deckfirma der CIA: Frachtverkehr Peking–Chicago. Die Ware interessierte niemanden. Die Brosamen, die dabei für sie abfielen, genügten für ein bequemes Leben. Ein Leben voller Genüsse.

Es war heiß draußen. Die Fenster des China World Hotels waren geschlossen, die Gardinen zugezogen: Die westlichen Geschäftsmänner widmeten sich ihren kleinen Deals. Der eine handelte mit Nutten. Der andere machte, ohne es zu wissen, Geschäfte mit Te-Wu-Agenten – er glaubte, er habe es mit Jin Xuekuans China National Precision Machinery zu tun.

Der Swimmingpool lag mittlerweile verlassen da, die Wasseroberfläche war vollkommen glatt und spiegelte den makellosen Himmel wider. Die Frauen lagen um den Pool herum. Eine lächelte Cameron zu. Der spielte den Gelangweilten, stellte den

Cocktail ab und drehte sich auf der Sonnenliege um. Er lauschte dem leisen Rascheln des Laubs in den Maulbeerfeigenbäumen. Zwischen den Bäumen glitzerte ein kleiner Teich in der Mitte des Parks. Cameron genoß die auf dem schwarzen Wasser schwimmenden Lotusblumen, den Graphitspiegel, der von pflanzlichem Weiß durchbrochen wurde.

Er erwartete einen Anruf von Wilberg. Es gab etwas zu erledigen. Ein Deal mußte abgeschlossen werden. Der Kontakt lief über Wilberg. Ein Europäer. Er wollte eine Ladung einfaches Rohopium. In Europa kam Opium gerade wieder in Mode. Die Europäer sind dekadente Vollidioten, die einen mit ihrer Geschichte nerven, mit ihrer der Vergangenheit angehörenden Kultur, einem toten, längst begrabenen Erbe, das sie mit Namen und Abkürzungen versehen und der ganzen Welt unter die Nase reiben. Die Europäer leben hinter dem Mond. Ihre neue Währung taugt nicht einmal, um Erdöl zu kaufen, die Araber nehmen nur Dollars: Wenigstens das sollten die Europäer endlich begriffen haben. Ihr Kontinent ist die reinste Kitschpostkarte: hübsch arrangiert, faszinierend, aber eben doch nur ein Souvenir. Franzosen, Deutsche, Spanier, Italiener: Vollidioten in unterschiedlichen Ausführungen, Vollidioten aus unterschiedlichen Gründen. Cameron und Wilberg überschwemmten Europa mit Stoff: Zwischenlandung in Chicago, Europa als Verschiebebahnhof. Um die Beziehungen zu wichtigen Europäern kümmerten sie sich persönlich. Mit Gefälligkeiten und Extralieferungen befriedigten sie die europäischen Vollidioten. Und jetzt kündigte sich ein neuer Großauftrag an: ein neuer Europäer. Franzose, wie Wilberg berichtet hatte. Der Typ hatte immer zwei Pitbulls und sechs Leibwächter im Schlepptau. Cameron haßte Pitbulls. Die Chinesen hatten Angst vor ihnen. Die Chinesen haßten die Europäer. Die Chinesen wollten vom Drogenhandel nichts wissen. Der Te Wu ließ ihnen freie Hand: Eure Geschäfte sind eure Sache, gebt uns einfach den Anteil, der uns zusteht. 20 Prozent: ein ganz schöner Batzen. Im Gegenzug: Schweigen, Ruhe und Frieden.

Wilberg hatte die Angaben des Franzosen überprüft: Alles paßte. Ein Typ mit Wohnsitz in Monte Carlo, dem Paradies für europäische Vollidioten. Wilberg hatte bei der SIGINT, der elektronischen Aufklärung in Australien, Informationen über ihn erbeten. Bald darauf trafen die Dokumente ein. Wilberg entnahm ihnen, daß der Franzose als Strohmann für eine in Europa tätige Organisation fungierte. Die Telefonnummern verbanden Hauptstädte und Umschlagplätze: Brüssel, Madrid, Rom, Hamburg, Paris, Marseille, Mailand. Und Monte Carlo. Als nächstes ließ sich Wilberg einen CIA-Bericht über den Franzosen kommen. Wie sich herausstellte, war er vor langer Zeit für den französischen Geheimdienst tätig gewesen. Wilberg war nervös. Irgend etwas stank hier. Angeblich ging es um eine große Sache, bei der für ihn und Cameron ein hübsches Sümmchen abfallen würde. Und in Peking konnte man nie genug Geld haben. Zur Saisonpremiere im Changanxiyuan, einer der zwei Opernbühnen, hatte Cameron viertausend Yuan für einen Smoking ausgegeben. Zu solchen Anlässen kamen die wirklich wichtigen Leute. Den Türsteher hatte er mit fünfhundert Yuan geschmiert. Geld hatte man nie genug. Da kam ihnen der Franzose gerade recht. Cameron und Wilberg brauchten Bares.

Im Winter froren die Enten mit den Füßen im Teich fest, der in der Mitte des Parks lag. Jetzt flatterten sie auf und brachten bei der Landung Unordnung in die Seerosen: Es war September, der Herbst rückte näher. Der Pekinger Sommer wirbelt mit heißen Winden, die in Richtung Sibirien blasen, die Dachziegel auf, die Fahrradfahrer tun sich schwer, das Gleichgewicht zu halten, die Winde blasen in das Labyrinth von Gassen und Hutongs hinter der Dazhalan-Straße, stören die Billardpartien, die im Freien unter alten Mauern stattfinden, und am Flughafen Shoudu drücken sie auf den Rumpf der Boeings. Der Sommer von Peking explodiert, verwirrt, verstümmelt: Überall auf den Märkten hin zum Himmelstempel gibt es Koriander, Ingwer, Anis-, Fenchelsamen und Pfeffer. Schon der Morgen lodert,

Licht dringt durch Bambusbündel, leuchtet in Parks, macht den Putz rissig. Cameron liebt den Pekinger Sommer, wenn er und Wilberg nicht einmal mehr telefonieren, sondern sich zum Austausch von Informationen am Beihai-See treffen, an der Wenjin Jie hinter dem Kaiserpalast. Sie spazieren am Seeufer entlang, sprechen Lieferungen ab, kontrollieren die Bestellungen und beobachten Chinesinnen.

Wilberg steht auf Chinesinnen. Er kostet sie aus, ist verrückt nach ihnen. Vor allem nach den jungen, den viel zu jungen. Cameron hat sich da nie eingemischt. Peking nimmt kein Ende, seine Peripherie verschwindet im Nebel, hinter dem sich sattgrüne, doch tückische Berge verstecken. Peking ist Los Angeles mit einem Freibrief. Wer die Spielregeln kennt, kann sich in Peking alles erlauben. Wilberg kennt die Regeln. Wilberg läßt sich die Mädchen von wer weiß woher kommen. Cameron weiß nur, daß sie ihm ein alter Informant der Pekinger Polizei besorgt, dem Wilberg die Mädchen mit Gold aufwiegt. Bei erwachsenen Nutten wird er gewalttätig. Einmal hat Cameron eingreifen müssen: Die Nutte war vielleicht dreißig, sie lag mit aufgeplatzter Lippe auf dem Teppich, ein glattes, tiefschwarzes Büschel Haare sah unter dem Bett hervor. Die Nutte war kaum noch bei Bewußtsein. Er brachte sie dazu, einen kaputten Zahn auszuspucken. Wilberg saß auf dem Rand des Bettes und massierte sich die Schläfen, er sprach kein Wort. Cameron kümmerte sich um alles. Wilberg hatte ihm in Bagdad das Leben gerettet, und wenn man so in der Schuld eines anderen steht, hat man kein Recht, Fragen zu stellen. Er rief einen befreundeten Polizisten an, der Freund war sofort da und nahm alles in die Hand. Er tätschelte die Nutte, sagte, er würde sie in Sicherheit bringen, in Sicherheit vor den bösen Westlern, er verhüllte ihr das Gesicht, damit sie im Foyer des Kun Lun nicht auffiel, gab ihr eine schmerzstillende Salbe, beruhigte sie mit einem Joint. Dann verfrachtete er sie in seinen Wagen und brachte sie in Sicherheit, stadtauswärts, Richtung Fengtai. Auf der Strecke hielt er an, ließ sie aussteigen, gab ihr einen zweiten Joint. Sie saß zusammengekauert neben dem Wagen und rauchte, als er ihr eine Kugel in den Kopf jagte. Cameron beglich die Rechnung, brachte den Polizisten an Bord einer Lieferung nach Chicago. Er und Wilberg verloren kein weiteres Wort über die Angelegenheit. Wilberg war von nun an vorsichtig, ging kein Risiko mehr ein. Wegen einer Nutte konnte alles hochgehen. Wilberg hatte sich in der Gewalt. Er riß sich bei den Weibern zusammen. Und bei den kleinen Mädchen auch. Und beim Opium. Auf Wilberg war Verlaß.

Der CIA-Agent James Cameron sah nach, ob sein Handy auch wirklich an war. Auf Wilberg war Verlaß – warum meldete er sich nicht? Das Licht verfärbte sich allmählich: ein diffuses Orangerot. Die aufkommende Feuchtigkeit ließ Cameron frösteln. Im Swimmingpool lag das Wasser spiegelglatt da.

Die Edelnutten waren gegangen.

Cameron richtete sich auf und sog die angenehm feuchte Luft ein. Er setzte sich rittlings auf die Sonnenliege. Sah die Silhouette eines Mannes, die sich klar gegen den Park abhob. Ein schwarzer Schatten vor der untergehenden Sonne. Cameron tastete unter dem Bademantel nach der .44er. Der Mann kam auf ihn zu. Jetzt befand er sich im Schatten. Er wirkte nervös, stolperte auf dem Rasen. Als er auf zehn Meter herangekommen war, sah Cameron das bleiche, in Falten gelegte, abgekämpfte Gesicht. Es war Wilberg.

Er trug einen weißen, zerknitterten Anzug, der ihm zu groß war, und ein Hawaiihemd in Blautönen. Cameron lächelte: Wilberg sah aus, als wäre er einer Neuauflage von ›Miami Vice‹ entsprungen. Aber wie bleich er war: weiß wie die Farbe seines Anzugs. Er hatte Opium genommen, jede Wette. Und jede Wette, daß es ihm keinen Spaß gemacht hatte. Mit beinahe fünfzig wirkte Wilberg noch immer jungenhaft. Erinnerte vage an William Hurt: allerdings an eine vulgärere Ausgabe von William Hurt, nicht so naiv wie der Mr. Leary aus ›Accidental Tourist‹. Er war groß und schlaff, aber schlau und reaktionsschnell. Er war ein Hurensohn mit welkem Teenagergesicht und scheinbar abwesendem Blick. Wilbergs gnadenloser Realismus garantierte Cameron eine unwiderrufliche Loyalität gegenüber seinesgleichen, dem Menschenschlag, der seine Mitmenschen nicht einmal aus der Distanz liebt. Wie alle Realisten neigte Wilberg nicht dazu, sich zu verlieben, das hatte er noch nie getan. Er war der perfekte Partner und ein unvollkommener Bruder. In der lärmenden Opiumhöhle von Jintan Xilu hatte er ihm anvertraut: Ich warte hier nur noch auf den Tod. Wilberg hatte recht.

Wenn man anfängt zu graben, stößt man auf nichts als Leere.

Durch felsige Abgründe, vulkanische Verwerfungen und artesische Brunnen dringt man vor bis auf den eigenen Grund, nur um festzustellen, daß dort unten nichts als Leere herrscht. Die Welt besteht aus Waben. Wir bestehen aus Waben. Wir befinden uns über einem unermeßlichen Abgrund. Man schlägt die Zeit tot, man sucht die Gesellschaft derer, die Manns genug sind, die unerträgliche Wahrheit zu ertragen. Man tötet. Man tauscht. Alles ist ein einziger Ameisenhaufen. Die Menschen sind unendlich gierige, tödliche Heuschrecken. Wer sie anführt, der vertraut der Leere. Er kennt keine Schuld. Schuld existiert nicht. Vorher und nachher: die Leere. Die Chinesen kennen fünf Himmelsrichtungen: Norden, Süden, Osten, Westen – und die Mitte. Den Chinesen zufolge ist die Mitte leer. Wenn Cameron sich an Wilbergs Seite mit Opium zudröhnte, dann teilte er mit ihm während des Dahindämmerns jene gesunde Leidenschaft, die einer Krankheit glich. Das Leben war wunderbar, weil es keinen Sinn hatte. Sie zählten, wie viele Leute sie schon ausgeschaltet hatten. Wie in einem Wachtraum sahen sie in lebhaften, phosphoreszierenden Farben die Blutflecken, die weißen Splitter des Schläfenbeins eines Nachts in Berlin, das aus der Höhle getretene Auge, das Gurgeln der Frau, bevor sie krepierte. Opium schenkte einem nicht Vergessen, sondern war ein Heilmittel für das Gedächtnis. Entspannt und benommen lagen sie auf den Kissen, ihr Blick fixierte die Decke, und plötzlich waren sie mächtiger als die Erinnerungen, waren in der Lage, sie zu zähmen – und das trotz all der im Laufe der Jahre erlittenen blauen Flecken – im Laufe zynischer, sinnloser Jahre nahe der Wahrheit. Die Wahrheit ist Leere. Wer das nicht begreift, ist ein Schwachkopf. Dieser Planet wird von Schwachköpfen bevölkert. Von zerbrechlichen, unendlich gefräßigen Insekten, die sich zitternd um ein paar Schlupflöcher drängen, die fressen, kacken, produzieren und konsumieren. Sie warten auf das Ende. Sie glauben, sie seien frei, von hier nach dort zu gehen. Sie sprechen von ihren Rechten. Sie werden von Ideen heimgesucht wie elektrisch stimulierte Marionetten und glauben dabei noch, sie hätten die Ideen.

Sie wissen nichts von dem Großen Spiel.

Sie haben keine Ahnung von den Netzen, den Regel- und Kontrollmechanismen.

Er und Wilberg waren Maschinen zweiter Ordnung: Über ihnen, im verborgenen: die Mächtigen. Und die führen ein unglaubliches Leben. Sie sind keine Menschen. Sie kriechen der Schlange Mammon in den Hintern. Sie flößen ihm und Wilberg Ströme von Geld ein. Und er und Wilberg, sie kennen das Geheimnis: Sie warten auf ihren Abgang. Sie warten auf das Vergessen. Die Liebe ist tot, sie hat nie existiert. Alles eine einzige Lüge. Jetzt sind sie in China. Die Chinesen sind Milliarden von Lügnern, bereit, den leeren Mund des Westens zu füllen. Das Ende wird eine Armee von Chinesen sein, denen alles gleich ist, denn die Chinesen kennen das Geheimnis: Es gibt keine Schuld, es gibt nur Leere. Die Erde hat sich in Falten gelegt wie eine Denkerstirn und etwas hervorgebracht: China. Die Chinesen sind gefährlich. Er und Wilberg wissen das. Er und Wilberg kennen die Geheimnisse. Ein unendlicher weißer Strom von weiterverarbeitetem Opium überschwemmt von China aus den Westen. China produziert Sklaven. Er und Wilberg stehen am Ufer dieses Stroms, der sich weiter erstreckt, als das Auge blickt, Millionen von Gramm einer toxischen Substanz, eines Betäubungsmittels. Davon bestreiten sie ihren Lebensunterhalt. Davon kaufen sie sich für viertausend Yuan Smokings. Und liegen am Pool, betrachten die Lichtreflexe auf dem Wasser, während sie die Maße zynischer und gefährlicher chinesischer Weiber begutachten.

Wilberg war nervös.

Er setzte sich auf die Liege neben Cameron. Zündete sich eine Zigarette an. Zog daran und stieß den Rauch aus.

Er war bleich und ausgezehrt. Er machte sich Sorgen.

»Was hast du?« fragte Cameron.

Wilberg sah sich nervös um. »Da ist was faul.«

»Was denn?«

»Der Franzose. Der Deal steigt heute abend. Wir sollen zu ihm kommen.«

»Und?«

Wilberg drückte die praktisch ungerauchte Kippe im Gras aus. »Die Sache läßt mir keine Ruhe. Ich habe beim Te Wu nachgefragt, ob sie die Identität des Franzosen bestätigen können.«

Der chinesische Geheimdienst. Tödlich. Er liegt an der Kette, aber wie lange noch? »Was war die Antwort?«

»Angeblich alles klar. Sie haben mir einen Bericht über ihn geschickt. Identisch mit dem von der CIA.«

»Dann ist doch alles bestens.«

»Von wegen. Der Te-Wu-Bericht ist *identisch* mit dem von der CIA.«

Cameron dachte einen Augenblick nach. Wilberg hatte recht. Daß zwei Geheimdienste einen identischen Bericht anfertigten, so einen Zufall konnte es gar nicht geben. »Was willst du tun? Die Sache abblasen?«

Wilberg strich sich durchs fettige Haar. »Keine Chance. Der Stoff ist schon am Flughafen. Die Übergabe findet heute abend statt. Wir fahren zu ihm. Bringen ihn zum Flughafen. Dort gibt er uns das Geld.«

»Mich will er auch dabeihaben?«

»Er hat gesagt, er will beide Partner sehen.«

»Das ist doch nicht weiter verdächtig, oder? Das macht man halt so ...«

»Das ist es nicht.« Wilberg sah sich immer wieder um. Sein Kopf ruckte hin und her. Opiumrausch. Vielleicht daher die Paranoia. Opium macht paranoid. Heilig und paranoid. »Ich will Rückendeckung, Jim.«

»Wie stellst du dir das vor?«

»Rückendeckung. Wie bei einer Operation.«

Rückendeckung. Du gehst alleine hin, aber du bist nicht allein. Die Passanten, die Frau da drüben mit dem Kinderwagen, der Junge auf dem Fahrrad, der alte Shrimps-Verkäufer, die zwei im Wagen an der roten Ampel: alles Agenten. Sie decken dich. Cameron dachte nach. Rückendeckung. »Was für eine Art Rückendeckung?«

»Das Übliche. Ich will, daß du mir den Rücken freihältst.«

»Und der Franzose? Wollte der mich nicht sehen?«

»Wir nehmen noch einen mit. Dem geben wir deine Papiere. Der Typ weiß doch nicht, wie du aussiehst. Aber ich will, daß du mir Rückendeckung gibst. Ich trau dem Braten nicht.«

»Und wenn er auch Rückendeckung hat?«

»Du gehst vorher hin. Ich meine, vor dem Treffen natürlich. Du überprüfst alles. Nimm jemanden mit, wenn du willst. Halt mir den Rücken frei, James.«

Cameron streckte sich auf der klammen Liege aus. Ein feuchter, kühler Wind kam auf. Cameron fröstelte. »Du bist zu nervös. Entspann dich. Das wird schon gutgehen. Die Vorsichtsmaßnahmen werden gar nicht nötig sein ...«

Ein, zwei Züge an einer Zigarette. »Das interessiert mich einen Dreck, James. Ich will, daß mir einer den Rücken freihält. Und zwar nicht irgend so ein Jüngelchen. Ich trau dem Braten nicht.«

»Kein Problem, ich mach das mit der Rückendeckung. Und wen nimmst du mit? An wen hast du gedacht?«

Wilberg, ohne zu zögern: »Kremer.«

Kremer war ebenfalls bei der CIA. Vierzig oder knapp darüber. Ein Arschloch. Aber er war gut. Er arbeitete ebenfalls mit der Botschaft zusammen und war seit über zehn Jahren in China. Bush Senior hatte ihn mitgebracht, als er zum Botschafter ernannt wurde. Kremers Vater war Attaché unter Bush gewesen. Damals war Kremer gerade fünfzehn Jahre alt. Wilberg hatte recht: Kremer war perfekt. Er war gewieft. Zuverlässig. Ein 1a-Arschloch. Und daher der perfekte Ersatzmann für den CIA-Agenten James Cameron. Der wiederum würde den beiden den Rücken freihalten.

»Bist du dabei?« fragte Wilberg. Er wirkte verzweifelt.

»Aber sicher. Wo findet das Treffen statt?«

Später stand ein Mann in einem geräumigen Zimmer des China World Hotel, im Gegenlicht vor der ins Abendlicht getauchten Glaswand, und kostete mit halbgeschlossenen Augen die Restwärme des Tages aus, ein vages Genießerlächeln im Gesicht. In der Hand hielt er ein Glas McCallan Special Selection, eine dunkel schimmernde Flüssigkeit, in der die letzten Sonnenstrahlen und zwei sich widerstrebend auflösende Eiswürfel funkelten. Es war der Agent James Cameron. Alles ist von Dauer, dachte er. Es stimmt nicht, daß alles ein Ende hat: Alles ist von Dauer. Je machtloser du bist, desto mehr glaubst du, alles habe ein Ende. Die Zeit wird mit Hilfe der Ströme gesteuert: Ströme von Blut, Ideen, Geld. In der Ferne, hinter dem Sonnenpark, wand sich wie eine Schlange aus hellem Sand der glitzernde Tonghui, der wie eine Wunde an Pekings rechter Flanke entlangläuft, durch das trostlose Gerippe der verfallenen Bauten von Dabeiyao bis hin zu den umliegenden Seen und dem Tiantan-Park, dem riesigen grünen Organ, der Lunge, Leber oder Niere aus dichter Vegetation, die den südlichen Teil der Stadt mit ihrem Sauerstoff und ihren Düften einhüllt. Ken Wilberg hatte Angst. Das war nicht nur eine opiuminduzierte Paranoia, dieses klebrige Gefühl, das das Gehirn vernebelt und den Blick fiebrig macht. Es war Angst. Cameron dachte gründlich nach. Wilbergs Sorgen waren berechtigt. Die Übereinstimmung zwischen den Berichten über den französischen Käufer hatte etwas Beunruhigendes: Zwischen der CIA und dem chinesischen Geheimdienst Te Wu wurden keine Informationen ausgetauscht, die beiden Dienste besaßen keine gemeinsamen Datenbanken. Womöglich war die angebliche Identität des Franzosen nur eine Legende: Spezialagenten erhalten solche Legenden für komplizierte Einsätze, und normalerweise sind sie nicht hieb- und stichfest. Cameron hatte selbst Dutzende von Pässen und dazugehörige Legenden. Doch wenn man in einer Vergangenheit nachbohrt, die es nicht gibt, fliegt alles auf. Wilberg hatte gute Arbeit geleistet. Er tat gut daran, sich Sorgen zu machen. Wenn damit nur nicht alles aus ist, schoß es Cameron durch den Kopf. Hinter einem violett getönten Wolkenschleier brach die Sonne hervor wie eine glühende, rostige Metallscheibe. Der chinesische Traum war wie eine Befreiung für ihn gewesen, hatte seinem Leben einen Sinn gegeben, hatte ihn wiederaufgebaut. Cameron würde ihn mit Zähnen und Klauen und bis aufs Blut verteidigen. Eine riesige nierenförmige Wolke trieb rasch auf die untergehende Sonne zu. Er würde Wilberg beschutzen. Sie würden weiterhin in den Strom aus Gold und Drogen eintauchen, sich mit Opium zudröhnen, die besten Nutten von Peking vögeln und mit Offizieren der Volksarmee verhandeln. Wilberg war der einzige, der ihm aus seinem früheren Leben noch geblieben war, das er mit allen Kräften zu vernichten suchte. Ganze Jahrzehnte stürzte er ins Vergessen, eine Zeit voller Erschöpfung, Liebes- und Schlafmangel, aufgezehrt in beständiger, unermüdlicher Wachsamkeit, die sich in seinem Schädel festgesetzt hatte.

Cameron riß sich den Satinbademantel vom Leib, sah ihn glänzend durch die Luft segeln, ein leuchtender Schatten im Halbdunkel des Zimmers. Nackt genoß er die Wärme der letzten Sonnenstrahlen auf seiner Haut.

Er würde den Franzosen fertigmachen. Wenn da etwas nicht stimmte, würde er es sofort merken. Ihm wurde klar, daß er Wilberg liebte wie einen Bruder, so als sei er der letzte Überlebende seiner Familie. Er spürte, wie ihm die Gegenwart wie eine körnige, staubtrockene Droge zwischen den Zähnen und am Gaumen klebte. Er sah sich mit Wilberg in weißer, zäher Opiumpaste schwimmen. Seine erste chinesische Nutte fiel ihm ein, ihr süßlich duftender Schweiß, der Kopf, der sich in den Nacken legte, während sie ihr seidiges schwarzes Haar löste, die helle Haut im Dunkeln und ihr schwaches, verhaltenes Keuchen im Dunkel des Zimmers, oben im Bordell von Fuxing Lu.

Bei der ersten falschen Bewegung würde er den Franzosen fertigmachen.

Er würde Wilberg dem Bösen entreißen und sich selbst dem Nichts, dem er angehört hatte.

Peking gehörte ihnen. Keiner würde in das Spannungsfeld ihres kleinen, persönlichen Nirwanas eindringen.

Wer es auch wäre, er würde ihn fertigmachen. Es kostet viel Kraft und Energie, dafür zu sorgen, daß alles von Dauer bleibt.

Der Traum von Macht und Reichtum war von jener Wirklichkeit nicht sehr weit entfernt.

Peking war der große Schoß, die letzte Hure, das Explantat des kranken Organs, die grandiose Fürsorge. Es war die Oase, der Traum, das vollkommene Paradies.

Er würde Peking, Wilberg und sich selbst vor jeglichem Angriff schützen.

Nackt, reg- und schutzlos blieb er im Zimmer stehen. Er war noch müder als vorher.

Er sah aus dem Fenster und beobachtete den greifbar nahen Horizont Pekings, er sah, wie die Sonne unterging und weit entfernte Sterne am dunklen Firmament aufzogen, und anstelle von Worten überkam ihn der Gedanke an hohe Fenster, das Glas, das die Sonne erfaßt, die letzten Sonnenstrahlen, und dahinter die tiefblaue Luft, die nichts zeigt, die nirgends hingehört und unendlich ist.

Er riß sich aus seiner Trance und machte sich bereit. Die Zeit begann wieder zu verstreichen. Unter dem Eindruck der anbrechenden Nacht war seine Müdigkeit wie weggewischt. Es blieb nicht mehr viel Zeit. Cameron duschte. Zog sich an. Traf alle nötigen Vorbereitungen. Versorgte sich mit Munition. Für den Fall der Fälle legte er seine falschen Papiere in den Handkoffer. Packte große, schwere Banknoten dazu. Eine Handgranate konnte nicht schaden. Er polierte seine Schuhe. Warf einen Blick aufs Leuchtzifferblatt: acht Uhr dreißig. Er legte die Manschettenknöpfe an, zog das helle Sakko über. Im Spiegel sah er seine bleiche Gestalt, im dunklen Zimmer ein weißer Fremdkörper. Er öffnete die Tür und betrat den lichtüberfluteten Korridor.

Es war an der Zeit, seinen Traum zu verteidigen, dem Angriff zuvorzukommen.

Am Ausgang des Hotels überwältigte ihn die süße Luft Pe kings wie ein Versprechen unendlichen Wohlseins, ein unendlicher Kuß.

Er winkte dem Portier, ließ den Mercury vorfahren.

Er legte den Handkoffer auf den Rücksitz.

Umgeben von Scharen von Radfahrern fuhr er langsam an, das Gesicht ins bunte Licht der Leuchtreklamen getaucht.

Dann drang er in die Nacht von Peking ein.

Guido Lopez
Brüssel, 6. September 2002, 11:35

Am Ende war er doch geblieben.

Drei von ihnen waren noch dabei. Lopez, Wundsam und die scharfe Christa. Der Boß Montorsi, Leiter der Ermittlungsabteilung der Europäischen Sicherheitsagentur, hatte gesagt: Ihr arbeitet zusammen. Sie hatten das Auswahlverfahren überstanden. Der Türke, die Spanierin und der sechste Mann – die französische Schwuchtel – hatten es nicht geschafft und waren zu ihren jeweiligen Polizeibehörden zurückgeschickt worden. Lopez hatte so seine Zweifel, ob sie tatsächlich die Glücklichen waren. Eine Woche schmorten sie tatenlos in der Hitze von Athen vor sich hin und warteten auf Anweisungen. Die scharfe Christa ließ sich nicht blicken. Wundsam und Lopez vertrieben sich die Zeit mit Joints und Ouzo. Wundsam war aufgeregt wegen der neuen Stelle, aber deprimiert wegen seiner Frau: Er vertraute Lopez an, sie würden sich bald scheiden lassen. Und das schmeckte ihm gar nicht. Lopez kannte die Geschichte in- und auswendig, und sie langweilte ihn zu Tode: Wundsams Frau konnte die zunehmende Teilnahmslosigkeit ihres Mannes nicht ertragen.

Eben dafür hatte Lopez den Begriff »Syndrom des reifen Bullen« geprägt: die Summe und Folge von Gefühlen, die einfroren, wenn der Schmerz zu groß wurde, wenn man ständig leblosen, zerfetzten, verfaulten Körpern ausgesetzt war und es mit den übelsten Geschäften zu tun hatte. Das ständige, unterschwellige Gift des Bösen war ganz alltäglich, doch deshalb nicht weniger traumatisierend. Lopez kannte den persönlichen Leidensweg eines Polizisten ganz genau: Man wird immer verschlossener, zieht sich zurück, bis man zu einem verwitterten Stück Holz erstarrt. Man macht reinen Tisch: in erster Linie bei sich selbst. Bei einem Mann, der nach Formalin und Leichenschauhaus riecht, hält es keine Frau lange aus. Mit den Gesprächen ist es vorbei. Mit dem guten alten Einfühlungsvermögen ebenfalls. Die Welt wird zur Schürfwunde. Ein mächtiger Strom toter Körper streift dich, bleibt an dir kleben, verseucht dich, dringt bis in dein Innerstes vor. Die Toten zirkulieren in deinen Adern. Jahr um Jahr entdeckst du Träume, die seit Jahren gestorben sind, du drehst und wendest sie, untersuchst sie. Sperrst dich ein in der alten, der stillen, schützenden, kühlen Muschelschale. Es ist einfach stärker als du. Es gibt keinen Kampf des Guten gegen das Böse: Es gibt nur das Böse – einen alles überziehenden, fauligen Film. Ein Toter bleibt dir im Hals stecken. Schäumende Flüsse transportieren Leichen, tödliches Rauschgift, illegale Waffen und illegale Einwanderer, die dazu bestimmt sind, die Reihen der Leichen aufzufüllen. Das Böse ist allgegenwärtig: genau das richtige Arbeitsumfeld für Leute, die weder Ideale noch Ideen haben und für die Effizienz alles ist – eine mechanische, maßlose Effizienz ohne jeden Sinn. Du bist ein Roboter: noch keine Leiche, auch wenn du schon große Ähnlichkeit damit hast. Du und deinesgleichen – ihr erkennt euch blind. Deine Frau erkennt dich nicht wieder. Für deine Kinder bist du ein Fremder und – was noch viel schlimmer ist – sie für dich ebenfalls: Deine Kinder sind dir inzwischen egal, deine Frau auch. Ihre ebenso überflüssigen wie nervtötenden Anekdoten sind so vorhersehbar. Lopez' Kollegen im Polizeipräsidium von Mailand waren entweder Singles oder Geschiedene. Diese schmerzliche, taube Gleichgültigkeit, die mit einem schlafwandlerischen Zustand einherging. Sie waren Straßenkehrer, nichts weiter, sie besaßen nichts Menschliches mehr.

Das ist Europa, das neue Amerika, die neue Welt der Neuen Welt.

Ihr Dasein war eine ausgeblutete, tumorverseuchte Vene, die früher oder später platzen würde. Folgende Angaben stammen aus dem WHO-Bericht von 2001 über den Gesundheitszustand europäischer Polizisten (die Daten sind nicht zur Veröffentlichung bestimmt): 61 Prozent der Ermittlungsbeamten nehmen Psychopharmaka oder psychotrope Substanzen; 67 Prozent konsumieren Drogen; 34 Prozent haben in den vergangenen zehn Jahren mindestens einmal die Hilfe von Polizeipsychologen in Anspruch genommen und 24 Prozent psychologische Hilfe von außen. Hinzu kommen die persönlichen Verstrickungen, die Vermittlungsversuche ... die Zweideutigkeiten, die Grenzen, die ständig überschritten werden ... Je höher man aufsteigt, desto deutlicher wird, worum es eigentlich geht: wichtige Persönlichkeiten schützen, durchgreifen, ohne daß es weh tut, sich bei den Medien einschleimen, Politiker unterstützen. Man schwamm in der Scheiße gegen den Strom. Lopez konnte Wundsam verstehen. Er schätzte den Rest von Naivität oder Unschuld an ihm. Lopez wußte, daß Wundsam noch nicht bis ins Mark verdorben war: Er hatte einen Sohn, er litt unter der wachsenden Entfremdung von seiner Frau (sie hieß Andrea und war Architektin, eine blonde kleine Person mit tiefblauen Rehaugen. Wundsam machte es Freude, ihm in dem stinkenden Athener Hotelzimmer die Fotos zu zeigen). Wundsam zog sich kaum hartes Zeug rein, Lopez *jede Menge*. Wundsam ging nicht ins Bordell. Er war verrückt nach der scharfen Christa. Der Boß Montorsi hatte angeordnet: Ihr arbeitet zusammen. Lopez mochte Wundsam, die scharfe Christa mochte er nicht.

Am 6. September nun der Flug nach Brüssel, um den Boß Montorsi zu treffen. Ein paar Höflichkeiten austauschen. Der Sitz der Europäischen Sicherheitsagentur lag außerhalb der Stadt, ein anonymes Gebäude mit verspiegelter Glasfassade und einem riesigen, nicht sehr vollen Parkplatz. Rundherum Felder mit Kuhherden, die im Nebel verblaßten, der Gestank von Dung, eine Ansammlung rauchender, schwarzer Fabriken. Der Boß begrüßte sie ohne viel Aufhebens. Er sagte nur: Ihr arbeitet zusammen. Lopez verzog das Gesicht. Konkrete Projekte gab es keine. Und versetzt würden sie auch nicht. Voraussichtlich würde man die drei Ermittler übergangsweise zu ihren früheren Dienststellen zurückschicken, wo sie, koordiniert von Brüssel, Spezialeinsätze absolvieren würden. Lopez verzog das Gesicht: Da hatte er halb Europa durchquert, nur um wie ein Bumerang in hohem Bogen nach Mailand zurückzukehren. In Montorsis Büro stank es nach Putzmittel und Silikon. Durch die schmutzigen Fensterscheiben kam ein schwaches, gedämpftes Licht herein. Es herrschte ein einziges Kommen und Gehen von Bauarbeitern und Technikern – die Agentur befand sich auch äußerlich im Aufbau. Ein paar einführende Worte. Der Boß Montorsi sagte: Wir haben keine Mittel, der 11. September hat uns das vermasselt, die Mittel sind woanders gelandet und aufgebraucht. Die nationalen Geheimdienste halfen den Amerikanern bei der Araberjagd. Der Boß Montorsi hatte alles Erdenkliche unternommen, um seine Truppe aus der unsinnigen Araberjagd herauszuhalten, doch die nationalen Dienste hatten dem Projekt einer europäischen Ermittlungseinheit ihre Unterstützung entzogen. Man kümmerte sich um seinen eigenen Dreck. Und vielleicht noch um den der Amerikaner. Mit dem Einsturz der Türme hatte eine riesige Kettenreaktion eingesetzt. Seit dem 11. September brodelte es in Europa. Amerika wollte sich gerade aus Europa zurückziehen, doch dann stürzte das World Trade Center ein: Ermittlungen in Hamburg, Paris, Rom, Berlin, Mailand. Ermittlungen in Genf und Vaduz, in Großbritannien, durch das schmutziges Geld geschleust wurde. Die halbe Welt ließ ihre Geheimdienste von der Leine. Die Geheimdienste deckten alle ihre Karten auf. Es brodelte wie verrückt. Europa war ein Irrenhaus, ein Straßenwärterhaus. Europa war nicht Amerika: Seine Tore standen weit offen, wer wollte, kam herein, nahm alles, was er wollte, und ging wieder. »Europa gibt es nicht«, sagte der Boß. »Jetzt weniger denn je.« Der Boß Montorsi erklärte Kompetenzen, sprach über das Verbindungsnetz, erklärte ihnen die Rahmenbedingungen. Christa, Wundsam und Lopez sollten sich miteinander abstimmen. Montorsi wünschte sich ein eingeschworenes Team. Ziel der Ermittlungen: Mordfälle und illegaler Handel. Geldwäsche liege außerhalb der Kompetenz seiner Ermittlungsabteilung. Man dürfe den übrigen Geheimdiensten nicht auf die Füße treten. Alles blieb vage und völlig nebulös. *Was für* Mordfälle? *Was für* illegaler Handel? Man kam sich vor, als sollte man nach einem internationalen Stecknadelhersteller suchen, ohne zu wissen, wo der Heuhaufen lag.

Lopez machte eine entsprechende Bemerkung. Montorsi warf ihm einen wütenden Blick zu.

Montorsi steckte ihren Aktionsrahmen ab: Die Ermittlungsabteilung würde über die Anfragen informiert, die von einer nationalen Polizeibehörde an eine andere gestellt wurden. Lopez grinste. Papierberge. Bürokratie und Kompetenzstreitigkeiten. Vom Regen in die Traufe. Christa hörte schweigend zu und nickte von Zeit zu Zeit. Wundsam stand an der Wand gegenüber der Fensterfront. Stellte technische Fragen. Ein richtiger Streber. Lopez ging durch den Kopf, daß er Christa gar nicht so scharf fand. Die Ermittlungsabteilung war die reinste Alibiveranstaltung. Ein Fetisch. Gibt es eine europäische Regierung? Nein. Gibt es eine europäische Polizei? Nein. Nur Bestrebungen und einen Verwaltungsapparat. Man würde sie sowieso nie ernsthaft arbeiten lassen, dachte Lopez. Sie waren nicht Europol. Sie hatten ein Archiv, eine Datenbank, ein digitales Sprech- und Datenfunksystem, und das war's auch schon. Kompetenzen hatten sie keine. Sie waren kein europäischer Geheimdienst. Sie hatten keine Weisungsbefugnis gegenüber den nationalen Polizeibehörden. Wann würden sie in Aktion treten? Nie.

Aber da täuschte er sich. Sie hatten ihre Startpositionen kaum eingenommen, doch das Rennen hatte schon angefangen. Sie wußten es nicht, aber sie waren schon unterwegs.

Die Nachricht traf noch am Abend der Unterredung mit Montorsi ein. Der Boß Montorsi hatte sie gehen lassen – nicht ohne Lopez gegenüber unter vier Augen noch ein paar Dinge klarzustellen: Wenn dir etwas nicht paßt, kannst du ja in die Via Fatebenefratelli zurück, dich um Marokkaner kümmern und alte Damen, die seit drei Tagen tot in der Wohnung liegen. Lopez hatte geschwiegen. Christa und Wundsam warteten vor Montorsis Büro auf ihn. Als Lopez herauskam, war er rot im Gesicht und sagte kein Wort. Wundsam und Christa: was für Turteltäubchen. Die drei fuhren zurück ins Hotel, drei Einzelzimmer in einem Apartmenthaus am südlichen Stadtrand von Brüssel. Die Anweisung lautete: alle zurück nach Hause und bei den jeweiligen Polizeidienststellen »bundesstaatliche« Zweigstellen der Europäischen Sicherheitsagentur einrichten. Nach dem Vorbild des FBI: eine tolle Idee. Lopez reiste nach Mailand, Christa und Wundsam fuhren zu zweit nach Hamburg. Konkret hieß das: Telefonnummern organisieren, Faxgeräte installieren und sich ans europäische Datenbanknetz anschließen.

Es war Zeit, sich zu verabschieden. Wundsam grinste Lopez an: Ich fahre mit Christa nach Hamburg.

Montorsi kam vorbei.

Er sagte zu Lopez: Du fliegst erst nach Zürich, die dortige Polizei hat eine verwirrte Frau aufgegriffen, die abstruse Anschuldigungen erhebt. Eine Prominente. Eine heikle Angelegenheit. Sie hat einflußreiche Verbindungen, ihr Mann ist eine einflußreiche Persönlichkeit.

»In welcher Hinsicht?« fragte Lopez.

»In jeder Hinsicht. Er ist reich. Er ist mit den Agnellis befreundet. Er macht Geschäfte mit dem Netzwerk der Familie Rockefeller. In China ist er ebenfalls aktiv, Import-Export. Ein Mann in herausgehobener Stellung. Er hat Freunde im Fürstentum. Und in Monte Carlo basieren Freundschaften nicht auf Zufall. Der Mann genießt Protektion.«

»Und sie? Die Frau?«

»Sie ist seine Ehefrau. Man hat sie in der Nähe von Zürich in verwirrtem Zustand aufgegriffen. Sie haben ein Haus bei Zürich. Eine peinliche Geschichte. Sie hat wirres Zeug geredet.«

Lopez: »Was für wirres Zeug?«

»Wirres Zeug eben. Wirklich peinlich. Sie hat Namen von Freunden ihres Mannes genannt. Wichtige Namen. Wir sollen die Sache unter den Teppich kehren. Es soll nichts davon in die Zeitungen kommen. Du bringst sie zurück zu ihrem Mann, man hat uns darum gebeten.«

»Das soll wohl ein Witz sein? Spielen wir jetzt Leibwächter für reiche Leute? Das ist nicht dein Ernst…«

Montorsi atmete tief durch. Ihm riß langsam der Geduldsfaden. »Wenn du es nicht machst, schicke ich Wundsam. Gewöhn dich daran, keine Fragen zu stellen. Fragen kannst du vor Ort, mich verschonst du damit bitte. Wenn dir das nicht paßt, kannst du gern in dein armseliges Polizeipräsidium zurückkehren. Wie gesagt, es ist eine heikle Sache. Wenn das schon so anfängt, Lopez…«

»Das ist keine Operation. Das ist Geleitschutz. Eine reiche Schlampe dreht durch, und die Europäische Sicherheitsagentur bringt sie zurück zu ihrem Mann. Findest du das normal?«

»Lopez, befolg deine Instruktionen, und damit basta. Du weißt nicht, um was es hier geht. Wenn man uns anweist, so etwas zu machen, dann tun wir das eben. Die Agentur befindet sich gerade erst im Aufbau und benötigt jede Form von Unterstützung. Wie hättest du's denn gerne, 007? Ich bitte dich doch nur um einen kleinen Gefallen auf dem Weg nach Mailand. Du legst einen Zwischenstop in Zürich ein und bringst die Frau nach Italien zurück: taktvoll und unauffällig. Der Mann erwartet euch. Also, machst du es, oder muß ich Wundsam schicken?«

Lopez stellte sich Wundsam und Christa vor. Eigentlich würde er sie doch ganz gerne flachlegen. Er grinste. Das fing ja gut an: »Ich fahre. Gib mir die Adressen.«

Montorsi hatte die Unterlagen bei sich, den Ausdruck einer

E-Mail und zwei Personenakten: die Frau und ihr einflußreicher Mann. »Das ist alles, was ich habe. Also, du holst sie ab und bringst sie zu ihrem Mann. Das ist alles. Und dann ab nach Hause.«

Nach Hause. Lopez reckte den Hals, daß ein paar Wirbel knackten. *Nach Hause.*

Montorsi: »Morgen reden wir weiter. Als erstes stimmen wir uns mit Wundsam und Christa ab. Mailand und Hamburg, das reicht für den Anfang. Zwei Zweigstellen sind genug.«

»Du hast mir mal gesagt, ich könnte Mailand abschreiben.«

»Jetzt noch nicht. Später hole ich dich wieder nach Brüssel. Im Augenblick brauche ich dich in Mailand. Es ist schon alles abgesprochen. Du bist von der Mailänder Ermittlungsbehörde unabhängig. Du hast dein eigenes Büro, das du als Operationsbasis benutzt. Ansonsten kümmerst du dich um deinen eigenen Kram.« Montorsi hatte sich eine Gitanes angesteckt. »Tu mir diesen Gefallen. Hol die Frau ab.«

Lopez nickte. Das Dunkel breitete sich aus. Der Frust hatte seinen Höhepunkt erreicht. »Okay. Kein Problem. Ich spiele den Liebesboten.«

Montorsi lächelte nicht.

Wundsam war völlig aus dem Häuschen. Er war verrückt nach der Schnalle. Christa beschränkte sich auf einen knappen Abschiedsgruß. Toller Start, Lopez. Am nächsten Tag würden sie sich miteinander in Verbindung setzen. Lopez ging auf eine Flughafentoilette und rauchte einen Joint: der letzte Rest von dem griechischen Gras. Er inhalierte den salzigen, stechenden Rauch.

Als er aus der Toilette kam, sah er die zwei Turteltäubchen beim Check-in: Wundsam spielte den Kavalier, gab sich höflich und zuvorkommend. Christa lächelte, strich sich durchs Haar und schob eine Haarsträhne hinters Ohr. In diesem Moment sah Lopez in der Ferne nicht Christa, sondern eine unendliche Reihe gesichtsloser Frauen vor und hinter Christa, strahlende

Frauen ohne Gesicht, die dieselbe Geste vollführten, sich das Haar hinter das Ohr schoben und dabei den Kopf neigten, eine Reihe strahlender und anonymer Göttinnen, alle vergangenen und zukünftigen Frauen, verkörpert durch Christa. Christas Ohrring blitzte auf. Wundsam und Christa checkten ein und gingen lachend auf den dunklen Korridor zu.

Der Flug nach Zürich hatte eine Stunde Verspätung.

Es wurde nur nachlässig kontrolliert. Jeder x-beliebige Araber hätte durch den Metalldetektor spazieren, in eine Boeing steigen und sich in das Paradies bomben können, das ihm sein Prophet versprochen hatte.

Viel zu früh trat Lopez an den Boardingschalter.

Die Neonröhren verbreiteten ein mondbleiches, unangenehmes Licht.

Vom Rollfeld stieg Dunst auf. Schwere, bauchige Maschinen rollten vorbei. Ihre länglichen, dunklen Umrisse hingen in der Luft wie große Fische – ein geisterhafter Anblick im Nebel; die Motoren wurden gerade gestartet. Auf der großen Glasfront hatte sich der Schmutz der Abgase niedergeschlagen.

Vor der großen Glasfront: ein schmutziges, kompaktes Weiß, das nicht blendete, sich jedoch nach allen Seiten hin ausbreitete, so daß man wie geblendet war. Geblendet verharrte Lopez noch einige Minuten, eine dunkle Silhouette, die vor diesem Weiß zu verschwimmen drohte.

Alles hatte schon längst begonnen, aber das wußte noch niemand.

Das große Rad hatte sich in Bewegung gesetzt.

Das Mahlwerk hatte zu mahlen begonnen.

James Cameron
Peking, 7. September 2002, 22:40

Das Leben ist wunderbar. Manchmal ist es gefährlich. Aber oft auch nicht. Wir leben in einer Welt aus Waben. Wir leben in einem gefährlichen Schwamm, der sich mal zusammenzieht und mal nicht. Systole und Diastole, die erdrücken und atmen lassen.

Der CIA-Undercover-Agent James Cameron atmete tief ein. Er genoß die Mailuft von Peking: Dabei war es September. Der Mercury sondierte gleichmäßig brummend die Vororte. Die Fahrräder waren schon verschwunden: Die Straßen waren frei. Im Zentrum ragten die Türme in den Himmel: neue Wolkenkratzer, schmale Glasbetonkonstruktionen, die sich an dem vom Einsturz bedrohten Vorbild orientierten – Amerika.

James Cameron vollzog die Pflichtübung: Wachsamkeit. Alarmbereitschaft. Sechster Sinn.

Er hatte eine Mission. Irgendeine Mission gibt es immer. Er spürte, wie es in seinem Nervensystem ratterte, spürte das Adrenalin in seinen Adern: natürliches Poppers. Er strich sanft über das lederbezogene Lenkrad und stieg aufs Gaspedal.

Er rauchte eine Zigarette nach der anderen. Süßliche chinesische Zigaretten: Sie schmeckten nach Lavendel.

Im Osten, am Yuyuantan-Park, standen Feuerblumen am Himmel: Es wurde gefeiert. Heiter und ohne Geknalle detonierte das Feuerwerk in eine unermeßliche Stille hinein. Ein Hauch von Kordit und Schwefel breitete sich im Süden von Peking aus, im Fengtai-Bezirk, durch den Cameron seinen Mercury lenkte.

Die Bestellung des Franzosen überstieg das gewöhnliche Maß *bei weitem*. Wilberg machte sich berechtigte Sorgen. Cameron hatte die Berichte der CIA und des Te Wu miteinander verglichen: Er vermutete eine falsche Identität. Die Berichte stimmten genau überein. Das war verdächtig. Ihr Verbindungsmann bei den Chinesen hatte ihn beruhigt. Ihr chinesischer Kontaktmann hieß Lei Yong. Einer, auf den man sich verlassen konnte. »Dieses Mal knacken wir den Jackpot«, sagte er. »Macht euch keine Sorgen. Der Franzose ist zuverlässig, ich habe ihn überprüfen lassen.« Lei Yong war kein junger Mann, deshalb vertrauten sie ihm. Cameron und Wilberg arbeiteten seit Jahren mit Lei Yong zusammen. Lei Yong besorgte den Stoff. In der Anfangszeit hatte Lei Yong sie einmal auf eine Tour mitgenommen: Sie sahen, wo die Droge geerntet, wo sie weiterverarbeitet und wo sie verladen wurde. Er hatte sie ganz in den Südwesten von China gebracht, an die Grenze zu Birma: in den Staat Yunnan – in die militärische Lunge, die Provinz der parallel fließenden Flüsse, die Region der Sternenblumen. Wo das Auge hinsah nichts als Felder, durchzogen von einem Netz von Bächen, zerfressen von Legionen von Schnecken, eine Dauerhymne aus Froschgequake, die von der Erde gen Himmel schallte. Ständig dieses Quaken, von Tagesanbruch bis weit nach Sonnenuntergang. Vor allem nachts schmerzten die Ohren vom Geschrei der Frösche. Endlose Ebenen, die unmerklich nach Tibet hin anstiegen, unendliche Mohnfelder und Soldaten, Militärkonvois und Armeeposten und Militärzüge Richtung Tibet, und Mohn, der Blütenstaub der Betäubung, eine einzige Halluzination auf einer Fläche zweimal so groß wie Texas. Zwischen den grünen und leuchtend roten Feldern die senkrechten schwarzen Flußläufe: schmale, gerade, parallel verlaufende Flüsse, die vom Himalaja und von den Spitzen der ehrfurchtgebietenden, massiven Bergkette hinab in die grüne Wüste Yunnan flossen – eine Flut schwarzen Wassers, das Naturwunder und Malaria, Schlamm und Gold barg.

Die Heimat des Stoffs. Ex-Bauern, high und bitterarm, verarbeiteten den Stoff zu einer weißen Paste. Zum Schutz der Atemwege trugen sie völlig verdreckte Halstücher, verschmierte, nutzlose Fetzen. Die Bauern zweigten sich etwas von dem Stoff ab: Krümel für Krümel. Die Regierung ließ sie gewähren. Nutten gab es noch und nöcher. Lei Yong brachte seine Gäste in eine illegale Fabrik außerhalb von Mieiming: Wannen voller Stoff, ein Drogenparadies, die militante, triumphierende Kirche des Stoffs. Zur Tarnung gegenüber der Satellitenaufklärung war das Werk mit rostenden Maschinen zur Lederverarbeitung ausgestattet. Auf dem Fließband lag tatsächlich Leder: Auf den Satellitenbildern sah man, wie Tierhäute verarbeitet wurden. Der Stoff lag darunter. Der Stoff wurde mit LKWs oder in Güterzügen nach Peking und Hongkong transportiert. Cameron und Wilberg waren die letzten Rädchen im Getriebe: Dann verließ der Stoff China. Sie waren in Peking tätig.

In einer Opiumhöhle in Mieiming rauchten sie mit Lei Yong eine ganze Nacht durch. Scharenweise und ohne Hemmungen kamen junge Mädchen zu ihnen, immer auf der Jagd nach einer Handvoll Yuan. Wilberg hielt sich wie üblich nicht zurück. Cameron fragte Lei Yong nach dem Warum. »Warum was?« fragte der Chinese zurück. Und Cameron wagte sich mit nie gestellten Fragen auf unbekanntes Terrain vor – warum überlaßt ihr der CIA 80 Prozent vom Gewinn? Warum macht ihr nicht alles selbst? Warum solltet ihr der CIA über den Weg trauen? Warum zwei Typen wie Cameron und Wilberg gutes Geld einfach nachwerfen? Warum einen Kanal offenhalten, der sich schon zu Carters Zeiten überlebt hatte? Warum dieses Joint-venture von CIA und chinesischem Geheimdienst, und das nach der Abzocke von 1988, 1280 Kilo chinesisches Paradies auf amerikanischem Boden? Was für ein Spiel wurde da gespielt? Ging es nur um den Stoff? Wie lange würde sein goldenes Exil in Peking dauern?

Lei Yong erwachte aus seinem Drogenschlaf, sein blödsinniges, zur Decke gerichtetes Lächeln wich einer angespannten, ernsten Miene. Seine Antwort lautete, auf diese Fragen gebe es keine Antwort – jedenfalls nicht für Cameron. Er und Wilberg sollten einfach ihre Arbeit tun. Und sich ruhig verhalten. Keine Fragen. »Wir sind euer Dealer«, fügte Lei Yong hinzu. »Wir sind Amerikas und Europas Dealer. Was wollen wir mehr? China geht es nicht ums Geld. Geld ist was für euch Amerikaner. Wer ist mächtiger, der Dealer oder der Junkie?« Und dann lächelte er wieder zur Decke.

1280 Kilo Stoff. Jemand hatte sich das Zeug 1988 in New York unter den Nagel gerissen. Herkunft: Chinas Goldenes Dreieck Yunnan. Was diesen Punkt betraf, verpaßte die CIA Presse und Fernsehen einen Maulkorb. Seit dreißig Jahren kursierte die Deckgeschichte der CIA: Drogen kommen aus Kolumbien via Mexiko nach Amerika. Falsch. 70 Prozent des Stoffs, den die Amerikaner sich spritzen, schnupfen, inhalieren, essen, lecken, trinken und in jeder nur erdenklichen Weise zu sich nehmen, stammen aus China. China ist der Drahtzieher hinter dem Stoff, der großzügige Versorger, der Rauschgiftmäzen.

1280 Kilo Stoff. Genau diese Menge hatte der Franzose bestellt.

Wilberg hatte recht. Das war verdächtig. Und nicht nur das: Es machte einem angst.

Sie mußten wirklich aufpassen.

Cameron hatte seine jetzige Existenz nur sich selbst und Wilberg zu verdanken. Er würde niemals zulassen, daß man ihm Peking nahm, die Stadt der goldenen Gottheiten, den Safe seiner Träume. Den anonymen, reichhaltigen Mutterkuchen, der seine Träume nährte.

Er schaltete in den vierten Gang hoch. Der mit dem Franzosen vereinbarte Treffpunkt lag vor ihm. Noch zwei Stunden. Cameron hatte alle Zeit der Welt, um die Lage zu überprüfen.

Niemand würde Wilberg ein Haar krümmen. Niemand würde ihm selbst ein Haar krümmen. Niemand würde Peking ein Haar krümmen.

Der Treffpunkt: der Parkplatz des New China Multicenter. Eine fliegende Untertasse im Nirgendwo außerhalb von Peking. Einkaufszentrum, Multiplexkino, Karaokebar, ein Internetcafé, Restaurants und Spielhallen – eine riesige, strahlende Mall auf einem Feld südlich von Peking, ein Stück hinter dem Bezirk Fengtai. Kilometer um Kilometer eine sechsspurige Autobahn, tagsüber von grellen Scheinwerfern bestrahlt, die in rasendem Tempo durch die dichte Vegetation streifen, durch silberschwarzes Buchsbaumholz und eine unendliche Prozession leuchtender Linden bis ans Ende der Autobahn, wo das ungeheure eiförmige Raumschiff steht, das New China Multicenter, angekündigt von einem endlosen und immer übervölkerten Parkplatz. Aus einer kaum einzuschätzenden Entfernung, wenn auch aus westlicher Richtung, richtet sich ein bunter, schillernder Lichtstrahl auf das Center – und mittendrin gleich dem Ei einer Spezies, die die Gesetze der Schwerkraft und der Evolution durchbrochen hat, der weiße Metallbau, eine Halbkugel, die in der Nacht leuchtet wie ein mißlungenes, schiefes Raumschiff Enterprise. Dunkel getöntes Glas, das bei Tag die Sonnenstrahlen reflektiert, eine kolossale Hemisphäre, die nie schläft, aus allen Richtungen von einer Unmenge Chinesen heimgesucht, die aus der Ferne wirken wie eifrige, hirnlose Insekten, am Morgen, am Nachmittag, am Abend und nachts, wenn ein unglaublicher Hintergrundlärm herrscht, in dem sich Echos von Karaoke, elektronische Perkussionsrhythmen, geschäftiges Stimmengewirr und das mechanische Gebimmel von Videospielen mit den Lautsprecherdurchsagen von Sonderangeboten verbinden.

Amerika auf chinesischem Boden.

Cameron zahlte die Parkgebühr, nahm den Beleg entgegen, den der blöde Automat ausspuckte, und machte sich auf die Suche nach dem Sektor, den der Franzose angegeben hatte. Das kostete ihn über zehn Minuten. Sektor F11: mitten auf dem Parkplatz. Von hier konnte man nicht einfach so verschwinden.

Es ging nur langsam vorwärts, der Verkehr stockte auf der Hinwie auf der Gegenrichtung: ein Labyrinth von Autos, soweit das Auge reichte. Jeder Sektor – von A00 bis Z99 – hatte seinen eigenen Fußweg.

Hier hatte der Franzose das Treffen anberaumt.

Wilberg würde mit Kremer kommen, der sich als Cameron ausgab. Die beiden mußten darauf achten, in seinem Blickfeld zu bleiben. Der Franzose würde seine eigenen Leute dabeihaben – einen oder mehrere. Man würde absprechen, wer von ihnen mit zum Flughafen fahren sollte. Wilberg würde sie auf die Rückseite des Flughafens Shoudu bringen, im Nordosten von Peking, und sie dort an den Kontrollen vorbeischleusen. Wilberg würde ihnen durch die Absperrung hindurch Zugang zum Rollfeld verschaffen. Welches Rollfeld das war, würde er ihnen erst im letzten Moment per Handy durchgeben. Dann würde er die Ladeluke des Transportflugzeugs öffnen. Die 1280 Kilo Stoff würden gründlich überprüft werden. Der Franzose würde per Mobiltelefon das Geld auf ein Konto überweisen, dessen Nummer ihm Wilberg erst in diesem Augenblick mitteilt: eine Gutschrift in Echtzeit, elektronisches Geld, das nicht stinkt, das keine Spuren hinterläßt und keinen Schmutz. Dauer der Operation: maximal zwei Stunden.

»Die Sache ist ganz einfach.« Cameron versuchte, sich Mut zuzusprechen. Aber es war nicht einfach. Er zog sich eine Line stark gestreckten Stoff rein. Das würde ihm helfen, wachsam zu bleiben und seine Reflexe zu beschleunigen. Er hatte den Fußweg im Blick.

Er stieg aus dem Mercury.

Noch eineinhalb Stunden bis zum Treffen mit dem Franzosen.

Der Franzose: Guérin Sérac, geboren in Marseille am 20. Februar 1949. Arbeiter. Dann schloß er sich der Marseiller Mafia an: Drogendeals, kleinere Delikte. 1981 der Qualitätssprung:

Eine Mossad-Operation in Paris, der Versuch, Carlos auf einer Privatparty zu fassen, endet in einem Blutbad. Sérac ist unter den Gästen. Carlos gelingt die Flucht. Man war gerade dabei, einen größeren Waffendeal abzuschließen. Staranwälte kommen ins Spiel. Sérac sucht Zuflucht in der Schweiz, in Zürich, er entgeht einer Haftstrafe. Er steigt in Schwarzgeldtransaktionen ein, stellt hauptsächlich für begüterte Kunden Kontakte zu Offshore-Banken her. Vorzugsweise auf den Cayman Islands, auf Tonga, auf den Inseln im Ärmelkanal. Er läßt sich auf Jersey nieder. Mittlerweile kann er unbesorgt reisen, über seine Scherereien mit dem französischen Staat ist genug Gras gewachsen. Vor allem zwei Decknamen benutzt Sérac, obwohl er meist unter seinem richtigen Namen auftritt: Peter Gomez und François Calvi. Er hat Kontakte zu den korsischen Nationalisten, denen er Waffen und Drogen verkauft. In China war er noch nie. Er ist ein Zwischenhändler. Ein kleiner Fisch.

Beruhigend, aber verdächtig.

Die Angaben aus den Berichten der CIA und dem von Lei Yong beschafften Bericht des Te Wu waren deckungsgleich. Nicht beruhigend, und ebenfalls verdächtig.

Wilberg hatte ganze Arbeit geleistet. Er hatte Nachforschungen nach dem angeblichen Wohnsitz auf Jersey, im Ärmelkanal, angestellt: Tatsächlich gab es eine auf den Namen Peter Gomez eingetragene Villa. Mit Hilfe der CIA-Kontakte zu den Nationalisten hatte er Nachforschungen über die Korsika-Connection angestellt: Auf François Calvi, den Waffenhändler, war Verlaß.

Beruhigend und verdächtig.

Cameron begann seinen Kontrollgang.

Der Franzose hatte den Treffpunkt gut gewählt. Er war ein Experte, ein Mann vom Fach. Der Parkplatz: ein unendliches Labyrinth von Autos. Unmöglich, die Männer des Franzosen zu identifizieren: zuviel Raum, zu viele Leute. Cameron hatte versucht, den Verkehr zu beobachten, während er nochmals die Berichte der CIA und des Te Wu überflog: keine Westler. Die Autos: keine 4x4-Jeeps, alles chinesische Massenware. Junge Frauen auf dem Weg in die Disko, die sich im Wagen umzogen. Jugendliche, die ihren ersten Joint rauchten. Massen: überall Massen. Es war unmöglich, das alles im Auge zu behalten.

Jetzt blieb ihm nur noch, die Überdachung zu überprüfen. Was auch ein Risiko darstellte: Wenn der Franzose schon jemanden vor Ort hatte, würde ein Westler, der die Überdachung inspizierte, auffallen wie Erbrochenes auf dem Tischtuch von Fürst Rainier. »Was soll's«, sagte sich Cameron. »Tu's einfach.«

Die Überdachung: zehn Meter lang, darunter eine Aluminiumbank, von der weißer Lack blätterte. Die riesige Digitalanzeige über der Einfahrt zum New China Multicenter zeigte zwanzig Grad an: es war warm. Ein schwacher Wind blies herein und wirbelte Papierfetzen und Staub auf.

Cameron überprüfte das Aluminiumbänkchen, indem er auf dem Hintern über die gesamte Sitzfläche rutschte und dabei mit der Hand die Unterseite abtastete. Dann nahm er sich die Unterseite der Überdachung vor. Er sah sich nach Wanzen um. Nach Spuren kürzlich vorgenommener Arbeiten. Er suchte nach Zündvorrichtungen und nach Stellen, wo sich Sprengkörper verstecken ließen. Schließlich stand er ratlos auf dem Gully, der sich einen halben Meter von der Überdachung entfernt am Bordstein befand, und wippte auf dem Deckel herum. Der Gully schien vor kurzem geöffnet worden zu sein. Doch Cameron bekam ihn nicht auf. Er kehrte zurück zum Mercury, öffnete den Kofferraum und holte das Brecheisen. Dann versuchte er es damit, aber der Deckel schien von innen fixiert worden zu sein. Das war der einzige Schwachpunkt, den Cameron finden konnte. Er ließ es gut sein.

Bevor er zum Wagen zurückging, überprüfte er die Abflüsse

zur Kanalisation: zwei Löcher im Porphyr des Bordsteins. Wenn man so wollte, waren sie sauber.

Die Sache mit dem Gully gefiel ihm nicht. Er versuchte es ein letztes Mal. Nichts zu machen: Die schwere Metallplatte hatte Spiel, aber nicht genug, um das Brecheisen ansetzen zu können. Irgend etwas fixierte den Deckel von innen.

Sein Satellitentelefon klingelte.

Es war Wilberg. Er und Kremer brächen jetzt auf. Kremer habe ganze Arbeit geleistet, sagte Wilberg: Er sehe *wirklich* aus wie Cameron. Sie lachten, Wilberg scherzte, er würde Kremer als Partner behalten und Cameron den Laufpaß geben. Cameron gab zurück, das mit der Rückendeckung könnten sie vergessen, wenn der Franzose etwas vorhätte. Er, Cameron, werde einfach das ganze Geld einstreichen. Sie lachten wieder.

Dann erkundigte sich Wilberg nach dem Treffpunkt: Ob er sauber sei?

Ja, er sei sauber.

Richtig sauber?

Ziemlich sauber.

Was heißt »ziemlich«?

Es gibt einen Gully, den man nicht näher inspizieren kann.

Du mußt ihn inspizieren.

Das geht nicht, er klemmt.

Wenn er klemmt, ist er sauber.

Ja, er ist sauber.

Wilberg brach die Verbindung ab. Abhören konnte sie keiner. Sie verwendeten eine abhörsichere Leitung. Nicht einmal die CIA kannte die Codes im chinesischen Äther. Die Chinesen vielleicht schon: Aber sie waren Camerons und Wilbergs Freunde. Mit einem Lächeln dachte Cameron: Nimm dich vor Freund und Feind in acht. Auch deine Freunde sind manchmal Feinde.

Dann dachte er: Eigentlich müßte ich mich auch vor Wilberg in acht nehmen.

Die Warterei erschien ihm endlos. Cameron langweilte sich. Er hatte schon lange keine Überwachungen mehr vorgenommen. Zäh floß das Adrenalin durch die Adern, die von sorglosen Genüssen verstopft waren.

Ich bin lasch geworden, dachte Cameron. Bis Peking, dachte er, habe ich ein Scheißleben geführt, aber wenigstens war ich lebendig. Mittlerweile war ihm das Leben egal: Wenn es nach ihm ging, konnte sich dieser funkelnde Pekinger Tod bis in alle Ewigkeit fortsetzen.

Er schnupfte noch zwei Lines gestrecktes Kokain.

Er beobachtete, wie die jungen Chinesen ins Mekka des New China Multicenter pilgerten. Die Chinesen sind alle gleich, dachte er: furchteinflößend und anonym, tödlich und ununterscheidbar. Nichts als bleiche Wachspuppen in der warmen Nacht, alterslose chinesische Puppen, auf die der warme Wind einpeitschte.

Wieder klingelte das Satellitentelefon. Es war Wilberg. Sie würden gleich da sein. Noch wenige Minuten bis zum Treffen.

Bisher von dem Franzosen keine Spur. Cameron kramte sein Nachtsichtgerät hervor: Er hatte es jahrelang nicht benutzt. Dann raus aus dem Mercury, um Ausschau nach verdächtigen Personen zu halten, nach einem etwaigen Hinterhalt, Luxuslimousinen, scheinbar zufällig vorbeispazierenden Westlern: Fehlanzeige.

Er stieg wieder in den Wagen. Der trockene Wind machte ihm zu schaffen. Cameron wischte sich die Augen und entfernte winzige Staubteilchen von seinen Wimpern. Er bohrte in der Nase. Spielte mit seinen Popeln, sang vor sich hin und mußte lachen, als er sich dabei ertappte. Das Innere des Mercury glich einem riesigen Mutterkuchen, einer dunklen Gebärmutter, die verschiedenste Lebewesen barg und nährte. Cameron verlor sich in absurden Gedankensplittern. Ihm war langweilig.

Plötzlich tauchte zwei Reihen hinter dem Mercury Wilbergs 4x4-Jeep auf. Cameron entdeckte ihn bei einem Blick in den Rückspiegel. Der Wagen kam nur langsam vorwärts, die Einfahrt war zu eng.

Keine Spur von dem Franzosen.

Cameron schob sich den Kopfhörer ins Ohr. Schaltete das Satellitentelefon ein. Wählte Wilbergs Nummer. Wilberg war noch nicht im Netz. Nach wenigen Sekunden hörte Cameron das heisere weiße Rauschen, mit dem die Verbindung hergestellt wurde.

Es war Wilberg, der wissen wollte, wo der Franzose bleibe, ob er sich schon habe blicken lassen.

Sie stimmten sich ab. Sprachen alle Eventualitäten durch. Kontrollierten, obwohl es nichts zu kontrollieren gab.

Wilberg parkte in dreißig Meter Entfernung von Cameron. Cameron beobachtete Kremer durch die Fensterscheibe: beeindruckend, eine Meisterleistung – das war nicht mehr Kremer, das war Cameron.

Die verabredete Zeit kam. Wilberg stieg aus dem Jeep. Kremer blieb auf seinem Platz. Wilberg ging auf die Überdachung zu. Cameron ließ ihn und den Jeep nicht aus den Augen. Der Franzose war unpünktlich. Eine Minute Verspätung. Zwei. Vier. Sieben.

Zwei Geländewagen fuhren vor.

Es waren die Männer des Franzosen.

Der Franzose stieg mit zwei Leibwächtern aus seinem Geländewagen. Sie hatten die Fahrzeuge außerhalb der Parkplatzmarkierungen abgestellt, etwa zehn Meter von der Überdachung entfernt.

Der Franzose: fettleibig, mit hastigen Schritten, älter, als ihn Cameron sich vorgestellt hatte. Angegraut unter der Pomadeschicht. Der obligatorische Trenchcoat. Keine Brille. Knapp über 1,70 Meter. Die zwei Leibwächter überragten ihn um Hauptеslänge. Keine Pitbulls.

Er erreichte Wilberg. Schüttelte ihm die Hand. Cameron warf einen Blick auf Wilbergs 4x4-Jeep: Kremer saß entspannt auf seinem Posten. Auch der Franzose machte einen entspannten Eindruck: Er lächelte Wilberg an, der zurücklächelte. Die beiden Geländewagen des Franzosen: ein Mann am Steuer des Wagens, aus dem er mit den zwei Bodyguards ausgestiegen war; vier Männer im zweiten Wagen. Alles Westler. Alle völlig entspannt.

Cameron entsicherte die abgesägte Schrotflinte.

Die Lage war entspannt. Wilberg hatte sich getäuscht. Sie würden den Jackpot knacken. Sie würden dem vergifteten Europa 1280 Kilogramm Paradies andrehen.

Die undeutliche Stimme des Franzosen in Camerons knackendem Kopfhörer. Er konnte kaum verstehen, was er sagte. Wahrscheinlich erkundigte er sich nach Wilbergs Partner. Wilberg nickte, ging zurück zum Jeep. Entspannt steckte sich der Franzose eine Zigarette an.

Zeit für Kremers Auftritt. Jetzt war er an der Reihe. Kremer alias James Cameron, Wilbergs Partner.

Kremer öffnete die Tür des Wagens. Unglaublich: Er war *wirklich* Cameron. Er hatte sich die Haare gefärbt, hatte eine andere Körperhaltung angenommen. Sogar sein Gang war nicht mehr derselbe. Er und Wilberg wechselten kein Wort.

Cameron behielt Wilbergs 4x4-Jeep im Auge, die Fahrzeuge des Franzosen, Wilberg, Kremer und den Franzosen mit seinem Geleitschutz unter der Überdachung.

Die Situation war völlig entspannt. Kremer schüttelte dem Franzosen die Hand. Sie tauschten ein paar Nettigkeiten aus. Dann besprachen sie irgend etwas. Was gab es noch zu besprechen? Warum kamen sie nicht zur Sache?

Wilberg entfernte sich, gab vor, etwas im Jeep vergessen zu

haben. Kremer blieb bei dem Franzosen. Er spielte seine Rolle meisterhaft.

Wilberg beugte sich in den Jeep. »Wir haben Probleme«, sagte er zu Cameron.

»Herrgott noch mal, was für Probleme?«

»Der Preis. Er will den Preis drücken.«

»Um wieviel?«

»2000 Dollar pro Päckchen.«

»Der kann uns mal.«

»Das sehe ich auch so. Sollen wir die Sache abbrechen?«

»Auf jeden Fall.«

»Und was zum Teufel sagen wir Lei Yong? Der Stoff liegt schon bereit.«

»Dann verhandle eben mit ihm. Komm ihm entgegen, geh 200 Dollar runter. Maximal 400. Mehr nicht.«

»Er behauptet, sein Käufer verlangt einen Preisnachlaß.«

»Wir kennen seinen verdammten Käufer doch nicht einmal.«

»Er sagt, das sei erst der Anfang. Es kämen noch mehr Aufträge. Und er will einen Preisnachlaß.«

»600 Kilo, maximaler Verhandlungsspielraum 400 Dollar pro Päckchen. Mehr ist nicht drin.«

»Okay, Cameron. Halt die Augen offen. Mit so was hab ich nicht gerechnet.«

»Ich auch nicht.«

Wilberg steckte sich eine Zigarette an. Ging wieder auf die Überdachung zu. Kremer schüttelte noch immer den Kopf. Der Franzose schien sich nicht aufzuregen. Die Bodyguards standen herum wie Idioten. Keiner hatte eine Waffe in der Hand – noch nicht.

Kremer wartete auf Wilberg. Sie tuschelten. Sprachen mit dem Franzosen. Kremer entfernte sich, ging zurück zum Jeep. Auch er war mit Cameron verbunden. Der Franzose will seinen Käufer anrufen, sagte er. Er will die gesamte Lieferung haben.

Er meint, vielleicht kann er den Käufer überreden, sich mit einem Nachlaß von 500 Dollar pro Päckchen zufriedenzugeben.

Cameron sagte: Okay. Okay, Hauptsache, wir verduften endlich von hier. Hier habe ich Schwierigkeiten, alles im Auge zu behalten.

Kremer ging zurück zur Überdachung. Er redete mit Wilberg. Wilberg besprach sich mit dem Franzosen. Der Franzose nickte. Kehrte zu seinem Geländewagen zurück. Die zwei Bodyguard-Idioten ließ er bei Wilberg und Kremer stehen.

Cameron verfolgte mit Hilfe des Nachtsichtgeräts, wie der Franzose auf seinen Geländewagen zuging. Im Inneren des Fahrzeugs war es dunkel. Cameron bemerkte den angespannten Gesichtsausdruck des Mannes am Steuer. Er verlor das erste der beiden Fahrzeuge aus den Augen, als er sich die Insassen des zweiten vornahm. Unter den Männern herrschte Unruhe.

Was war da los?

Unter der Überdachung: Wilberg und Kremer auf der einen Seite, die Bodyguard-Idioten auf der anderen.

Der Franzose öffnete die Tür zu seinem Wagen.

Cameron wartete etwa zehn Sekunden.

Der Franzose machte gar keinen Anruf.

Cameron zu Wilberg: »Er telefoniert nicht! Der ruft keinen an! Der Franzose telefoniert gar nicht!«

Wilberg zog seine Heckler & Koch. Kremer zog ebenfalls eine Waffe. Sie richteten sie auf die Bodyguards: Die standen da wie Idioten. Die Bodyguards drehten sich zum Fahrzeug des Franzosen um, sie wirkten erstaunt und waren ganz bleich im Gesicht.

Da begriff Cameron.

Und schrie: »Haut ab!«

Explosion.
Schock.

Die Überdachung flog in die Luft, zerknüllt wie eine Papiertüte, wie brennendes, zerknittertes Reispapier, nicht mehr Aluminium, sondern bloße Alufolie. Der Gully war explodiert wie ein Geschütz, und die Metallplatte zerriß es dabei in tausend glühende, kleine Stücke.

In grotesken Verrenkungen flogen die vier Körper durch die Luft, wurden wie Papiergestalten nach links geblasen. Einer von Wilbergs Armen beschrieb einen eleganten, mysteriösen Bogen und zog dabei eine spiralförmige, dünne schwarze Rauchwolke hinter sich her. Die Köpfe Kremers und eines der Bodyguards folgten der Flugbahn der Überdachung, zwei formlose, massive, schwere Stücke Kohle.

Aus dem Gully schlugen Flammen.

Mit offenem Mund dachte Cameron an *alles*. Es dauerte nur ein paar Sekunden, doch sein Geist dehnte sich aus. Cameron sah dem Ereignis zu wie ein Außenstehender, sah den Ablauf blitzschnell und wie in Zeitlupe, exakt nachvollziehbar, rein mechanisch. Stumm, schweigsam sah er jedes Detail, den Augenblick des Aufpralls, den Asphalt, die Körnung des Asphalts, das Handgelenk, das sich ohne Schmerzen verrenkt, die Schürfwunde, die sich stumm öffnet. Er sah das alles durch die Scheibe des Mercury, wie auf einem lodernden Bildschirm. Er spürte keinen Schmerz. Mit offenem Mund sah er zu, wie die beiden Geländewagen des Franzosen sich in Bewegung setzten und davonfuhren.

Er war außerstande zu reagieren. Er fuhr nicht an. Er blieb mit offenem Mund sitzen.

Wilberg war weg. Kremer war weg. Sie waren tot.

Er kam wieder zur Besinnung. Er spürte keinen Schmerz. Er blieb distanziert. Das Ganze war eine Falle gewesen, nach einem

Code, den er gut kannte: *verlieren, um zu gewinnen* – ich opfere meine Männer, um die Männer meines Feindes auszuschalten. Das war eine Geheimdienstoperation.

Ringsherum schrien alle. Es gab Verletzte. Die Autos, die am nächsten an der Überdachung gestanden hatten, waren explodiert. Am Boden lagen Verwundete.

Die Jeeps des Franzosen bahnten sich ihren Weg durch den stehenden Verkehr.

Wilberg und Kremer waren tot. Eigentlich sollte *er* an Kremers Stelle sein, sollte *er* tot sein.

Er lebte.

Er konnte an gar nichts anderes mehr denken. Übertrieben langsam setzte sich die Szene wieder in Bewegung.

Er dachte: Ich lebe. Er dachte: Ich lebe, und die wissen es nicht. Er dachte: *Wer* weiß nicht, daß ich lebe? Er dachte: Sie haben uns verbrannt. Die CIA und der chinesische Geheimdienst haben uns verbrannt. Sie haben uns falsche Informationen gegeben. Sie wollten uns verbrennen. Zur Hälfte haben sie es geschafft.

Nicht einmal beim Gedanken an den luftigen, sanften Bogen, den Wilbergs Arm beschrieben hatte, vermochte er Schmerz zu empfinden.

Wilberg war tot: Und das war eine Feststellung. Es gab keine Emotionen, nur Feststellungen.

In diesem Moment funktionierte er wie eine Maschine, wie ein Souverän. Er konnte eine Entscheidung treffen. Innerhalb weniger Sekunden standen ihm seine Optionen deutlich vor Augen: Er konnte verschwinden, das Weite suchen, in der Menge untertauchen, Peking verlassen. Oder mit der Aufholjagd beginnen, vor dem Franzosen am Flughafen Shoudu ankommen und dort entscheiden, was zu tun war. Sich Lei Yong vorknöpfen. Sich den Franzosen vorknöpfen.

Reinen Tisch machen.

Aber wo? Bei sich oder bei den anderen? Bei dem, der Wilberg umgebracht hatte?

Aggressive Überlebensreflexe.

War Peking jetzt verloren?

War sein Leben zu Ende?

Er entschied sich, rein mechanisch vorzugehen – Gefühle spielten dabei keine Rolle.

Er ließ einige Minuten verstreichen.

Noch bevor das Heulen der Sirenen die Luft zerriß, die Polizei, die Krankenwagen eintrafen, hatte Cameron den Motor des Mercury angelassen.

Die Geländewagen des Franzosen waren außer Sichtweite.

Er hatte sich entschieden. Er mußte schneller sein als sie. Er mußte ihnen zuvorkommen.

Am Flughafen Shoudu würde er erfahren, mit was für einer Falle er es zu tun hatte.

Ob der Drogendeal eine Falle gewesen war.

Ob die Chinesen sie verbrannt hatten oder ob die Falle die Handschrift der CIA trug.

Am Flughafen Shoudu würde er weitersehen.

Er trat aufs Gaspedal.

Er brauchte fast zehn Minuten bis zur Ausfahrt, begegnete Einsatzfahrzeugen und Krankenwagen.

Er blieb auf der Autobahn nach Süden, bis nach zwei Kilometern die Abzweigung nach rechts kam.

Er kannte Peking.

Er würde den Franzosen einholen.

Er war verbrannt, aber sie wußten nicht, daß er noch lebte.

Er lebte und wußte nicht, was er noch erleben würde.

Seine Hände am Steuer zitterten.

Er trat aufs Gaspedal.

Ganz plötzlich war er ein Mann ohne Vergangenheit. Er

mußte von vorne anfangen. Peking war verbrannt. Er war verbrannt.

Er stürzte sich in die Zukunft.

So fängt es an. So fängt das neue Leben an.

Incipit vita nova.

Guido Lopez
Zürich, 6. September 2002, 15:20

Paradiesstraße: mit Blick aufs Paradies.

Lopez wäre im Taxi fast eingeschlafen: Vom Flughafen bis zum Polizeipräsidium war Zürich eine Playmobilstadt. Künstlicher Frust – die Stadt als Droge. Die Droge Bürgerlichkeit, der Anschein des Legalen, der alles zudeckt. Alles: die unterirdischen, hochbewachten Tresorräume mit zentnerweise Gold, Münzen über Münzen in verschiedensten Währungen, virtuelle Konten auf die Namen von Strohmännern, Schnellwaschanlagen für Geld. Unter Zürich liegt das Gold. Das riesige UBS-Gebäude mitten in der Stadt, in der Bahnhofstraße. Banken über Banken in neoklassizistischen Gebäuden, von jeglicher Smogspur gereinigte Balkone, Medusenhäupter und Greifen, deren gellende Gesichter nach unten blicken und die Plastikpassanten verlachen, die zehn Stockwerke über den Tresoren gehen, über Seen von geschmolzenem und wieder verdichtetem Gold, aufgeschichteten, gepreßten Goldbarren, bewacht von einem stillen, mechanischen, unterirdischen Heer. Zürich ist der riesige Darm Europas, die unreine Zone, wo Kot gehortet wird – also Gold, das sich nach denselben Rhythmen und immer gleichen Zyklen richtet wie die Exkremente: Introjektion, Zurückhaltung, Abstoßung, Verhüllung, Scham und Leidenschaften. Der Darm Europas, der das Gold sammelt und ausscheidet. Diese Stadt erhebt sich über dem stillen, unsichtbaren Reich eines soliden, strahlenden Herrschers: dem reinen Gold, das nicht funkelt, weil es von der Dunkelheit der Darmkanäle und -kammern zurückgehalten wird, Tresorraum um Tresorraum, die alle miteinander verbunden sind. Die wahre Stadt ist ein unterirdischer Raum, ein Labyrinth; die Scheinstadt ist nur eine großbürgerliche Oberfläche, eine kunststoffbeschichtete Tarnung.

Zürich ödete Lopez an. Zuviel Sauberkeit an der Oberfläche, zuviel Macht und Dreck darunter. Auf der Taxifahrt vom Flughafen in die Stadt dachte Lopez: dort eintauchen, wo Drogen und Waffen sich in etwas anderes verwandeln, in eine hochfeine Substanz, die die Welt auf ebenso offensichtliche wie verborgene Art regiert und regelt ... Hinabsteigen in die leuchtenden Höhlen von Zürich, in die Bankhöhlen, wo die alles bestimmende, goldene, glänzende Substanz verwahrt wird ... Ein Labyrinth, in dessen Winkeln sich alles Gold der Welt verdichtet hat ...

Während des Fluges las er sich die Unterlagen durch, die ihm Montorsi gegeben hatte: so gut wie nichts. Zwei Personenakten: eine über die Frau, die er in Zürich abholen und nach Italien bringen sollte; eine über den vermögenden Ehemann mit den einflußreichen Freunden. Beiliegend: die von zuständiger helvetischer Stelle unterzeichnete Vollmacht – unterzeichnet in Echtzeit. Eine Angelegenheit, die so reibungslos ablief, daß schon wieder etwas daran faul war.

Das Päckchen, das er zustellen sollte: Maria Luisa Valtorta Zini, 53 Jahre alt, Benefiz-Lady. *Benefiz-Lady*: In zehntausend Meter Höhe zog sich Lopez vor Ekel der Magen zusammen, er hatte große Lust, die auf der Rückseite des Vordersitzes untergebrachte Spucktüte zu benutzen. Die Frau saß einer Benefizorganisation zugunsten Krebskranker im Endstadium vor. Trieb sich in diversen Privatkliniken herum, die blöde Kuh: Sie verhalf Sterbenskranken zu einer Luxusbehandlung – ein Platz im Paradies, bevor man sich aus diesem gottverdammten Leben verabschiedet. Maria Luisa Valtorta Zini, doppelte Staatsbürgerschaft, italienischer und Schweizer Paß, doppelter Wohnsitz: bei Inverigo, mitten in der Brianza, wo Lopez sie abliefern sollte, und in Zürich am Seefeldquai, mit Blick auf den goldenen See. Beide Wohnsitze laufen auf den Namen des Mannes. Und sonst nichts.

Der Adressat, bei dem er die blöde Kuh abliefern soll: ihr Ehemann. Der Vermögende: Luigi Carlo Agrati. Fleischhändler, der es mit Entschlossenheit, Durchhaltevermögen und Hartnäckigkeit (den typischen Charaktereigenschaften des Emporkömmlings) aus dem Mailänder Schlachthof nach oben schafft: ein Unternehmer im Import-Export-Handel mit Schlachtfleisch. Erst Geschäfte mit Argentinien, dann mit China. Er wechselt die Branche, beginnt, den Laufburschen zwischen China und Italien zu spielen: Warenaustausch, Lebensmittelimport und -export für Restaurants, Beratung für Unternehmer, die in den chinesischen Markt einsteigen wollen. Ein echter Saubermann: Er sitzt im Verwaltungsrat der italienisch-chinesischen Handelskammer, deren Vorsitzender einer der berühmtesten italienischen Tycoons ist. Dieser Tycoon muß ihm die Türen zu den höchsten Kreisen geöffnet haben: Agrati verfügt über frisches Geld und Tausende von Kontakten auf dem neuen Markt, der allen den Mund wässerig macht: China. Agrati war in beratender Funktion an den Verträgen zwischen Fiat und Peking beteiligt: örtliche Produktion von Nutzfahrzeugen und kleinen Transportfahrzeugen zu niedrigen Kosten. Die Sache ist nicht gut ausgegangen, und zwar für Fiat – in China bauen sie die Autos nach. Einziger Fleck im Lebenslauf des erfolgreichen Unternehmers, der mit den Superreichen an einem Tisch sitzt: Gelegentlich fällt sein Name im Zusammenhang mit einer Untersuchung, die sich mit der Lieferung verdorbener Lebensmittel an chinesische Restaurants in Mailand befaßte. Die verdammten Garnelen hatten das Verfallsdatum überschritten, den notgeilen Karnickeln von Chinesen war das egal, die edlen, braven Mailänder merkten nichts davon und fraßen Weichtiere voller Antibiotika, die zu allem Überfluß noch in einer süßsauren Soße schwammen. Lopez erinnerte sich an den Fall: Die Lebensmittelpolizei NAS und seine eigene Ermittlungsbehörde waren daran beteiligt gewesen. Man hatte den Kollegen Calimani mit der Angelegenheit betraut. An den Namen Agrati konnte sich

Lopez nicht erinnern. Calimani hing die Sache zum Hals heraus: eine Kontrolle nach der anderen in den Lagerräumen chinesischer Restaurants, im Zentrum und in den Vororten, das Fett, der Gestank nach Fritiertem, die notgeilen Karnickel von Chinesen, die kein Wort Italienisch konnten. »Verdammt, wie leben die überhaupt in Mailand?« regte sich Calimani auf. »Reden kein Wort Italienisch... Wie machen die das? Ich meine, wenn die mal zum Arzt müssen, was machen sie dann?« Damals wurde Calimani von der gesamten Ermittlungsabteilung verarscht: Er konnte dreimal täglich duschen, er stank immer noch nach Fritiertem. »Die sind doch schlimmer als unsere Terroni aus dem Süden... Glaub mir, Lopez: Die Chinesen sind die Terroni der Welt – egal wo die hinkommen. Und wenn's Kalabrien ist, dann sind sie eben die Terroni der Oberterroni...« Er breitete die Arme aus, stank nach Fritiertem...

Agrati war jedenfalls mit einer weißen Weste aus der Untersuchung hervorgegangen: Es stellte sich heraus, daß die Lebensmittel schon beim Import aus China verdorben waren. Agrati hatte es schlau angestellt: Er war der Laufbursche, der Spediteur, doch dem Bericht der Sicherheitsagentur zufolge hielt er Beteiligungen an den chinesischen Herstellerfirmen. Das Gericht hatte natürlich unmöglich die Beteiligungsverhältnisse bei chinesischen Unternehmen nachvollziehen können. Ach, China...

Agrati konnte man auf jeden Fall nichts anhängen: Man hätte ihn bestenfalls zu einer Geldstrafe verurteilen können, aber das wäre ihm auch egal gewesen. Der Geldsack hatte Beziehungen zu Banken in Monte Carlo: die Oase glücklicher Steuerflüchtlinge, der Crème de la Crème der europäischen Scheiße. Operationsbasis Mailand; gelegentliche Abstecher ins Fürstentum oder in die Schweiz, in seine Zürcher Villa...

Die Vollmacht, die Lopez von Montorsi bekommen hatte, ließ ihm einen großen Ermessensspielraum. Er konnte im Zürcher Polizeipräsidium aufkreuzen, wieder gehen und mit der Frau machen, was er wollte. Maria Luisa Valtorta Zini: Man mißtraue einer Frau mit Doppelnamen. Die blöde Kuh rede wirres Zeug, hatte Montorsi gesagt. Hier gibt es nichts zu ermitteln: Fahr hin, sie steht unter Beruhigungsmitteln, weil sie deliriert hat, du lädst sie ins Auto und bringst sie in die Brianza, *chez* dem reichen Geldsack.

Das reinste Kinderspiel.

Im Taxi, die Militärstraße. Der Fluß: ein makelloses Konfektionsblau: die Sihl, an deren gegenüberliegendem Ufer die Promenade verläuft. Alte Kaserne – Kantonspolizei. Da waren sie: das Polizeipräsidium.

Er mußte eine halbe Stunde warten. Der zuständige Beamte war nicht da. Keiner wußte etwas von der übergeschnappten italienischen Frau. Lopez zeigte seine Dokumente vor: Die von Montorsi besorgte Vollmacht hatte eine verblüffende Wirkung. Schließlich ließ sich ein Chefinspektor namens Peter Welser blicken. Welser las sich die Vollmacht aufmerksam durch. Er war perplex.

»Wer hat Sie von dem Fall in Kenntnis gesetzt?« wollte er wissen.

»Handelt es sich denn um einen Fall?« fragte Lopez zurück.

Welser, noch perplexer: »Na ja … Um einen äußerst ungewöhnlichen …«

»Ungewöhnliche Fälle sind unser Metier …«

»Wir haben die Dame zurück nach Hause geschickt. Ich kann mir nicht vorstellen, wer Sie über eine derartige Angelegenheit informiert haben sollte. Und noch dazu so schnell: Das war ja erst heute früh …«

»Gibt es irgendein Problem? Ich habe eine ganz einfache Anweisung: die Frau abholen und nach Italien bringen. Was ist das Problem? Muß ich in Brüssel anrufen?«

»Nein. Ihre Vollmacht ist in Ordnung, alles korrekt…«

Lopez erinnerte sich an Montorsis Worte: *Stell keine Fragen.* Also stellte er welche. »Was ist eigentlich passiert?«

Welser zierte sich ein wenig. »Sie ist hier allein auf der Wache eingetroffen. Sie war halb nackt. Sie phantasierte. Behauptete, sie werde sterben. Sie war wie von Sinnen. Wir haben ihr angeboten, sie ins Spital zu bringen, aber das hat sie abgelehnt.«

»Warum?«

»Weil sie delirierte. Sie sagte, sie wolle die Wache nicht verlassen. Woanders fühle sie sich nicht sicher. Man würde sie umbringen. Wirres Zeug eben.«

»Wie haben Sie reagiert?«

»Wir haben den Ehemann verständigt. Er wirkte nicht gerade beunruhigt, angeblich hat seine Frau öfter solche Anfälle. Wir haben ihr ein Beruhigungsmittel gegeben. Ihr Mann hat nur darum gebeten, keinen Wirbel zu machen. Er bekleidet eine wichtige Stellung. Wir haben die Frau nach Hause gebracht und ihr für alle Fälle Personenschutz gegeben. Der Mann sagte, er würde sich selbst darum kümmern. Er würde jemanden schikken. Aber wir haben nicht damit gerechnet…«

»Mit was?«

»Wer hätte gedacht, daß er gleich die europäische Polizei damit behelligen würde? Das ist doch keine große Sache… Zu Hause haben wir sie in die Obhut eines diskreten Arztes gegeben, ein Militärarzt. Er hat ihr weitere Beruhigungsmittel verabreicht: Sie war wirklich außer sich.«

»Und jetzt ist sie zu Hause?«

»Ja, genau.«

»Dann hole ich sie ab. Mein Vorgesetzter hat gesagt, man werde mir in Zürich einen Wagen zur Verfügung stellen…«

»Ja, ich verstehe. Also gut. Ich unterschreibe Ihnen die Übergabepapiere…«

Lopez war sauer. Begleitschutz für eine Hysterikerin spielen, die Anfälle hat. Steht da einfach halb nackt im Polizeipräsidium, vor Schweizer Beamten: Lopez grinste. Zürich verströmte einen widerlichen Spießergestank, die Stadt hatte etwas Schäbiges – eine schäbige Größe. Er fuhr in Richtung Zürich Marriott Hotel: ein jämmerlicher Kasten. Amerika, wohin das Auge reicht: Es zerlöchert das Gelände und treibt Glas- und Zementklötze in den Himmel. Peinlich. Er fuhr auf die Rämistraße zu. Eine lächerliche Verkehrsführung: widersinnig, unharmonisch, kurvenreich. Seefeldstraße. Er bog auf den Seefeldquai ein, am Ufer des Zürichsees: keine Durchfahrt. Er wies sich aus. Man ließ ihn passieren.

Er hatte die Villa im Blick.

Wolken zogen auf.

Das Meer von Zürich erinnerte an eine gekräuselte Aluminiumplatte.

Weiter zu Fuß. Die Villa: am Eingang ein kleiner Park. Magnolien und allerlei Blüten: Lopez kannte ihre Namen nicht. Das satte, nasse Gras roch frisch und nach Kiefernnadeln. Hinter seinem Rücken und den dicht stehenden Bäumen lag die gleißende Metallplatte des Zürichsees. Der feuchte, dicke Kies knirschte unter seinen Sohlen. Am Eingang ein Streifenwagen der Zürcher Kantonspolizei, ein junger diensthabender Polizist, rasch erledigte Formalitäten. Die Fassade der Villa: weiß, gleißend. An der Tür noch so ein Anfänger. Weitere Formalitäten. Ein paar Fragen, die Frau betreffend. Sie sei zu Hause. Sie schlafe. Der Militärarzt sei da. Das Personal ebenfalls. Der Anfänger war perplex. Er sagte, der private Geleitschutz der Dame sei bereits unterwegs, man habe Bescheid gegeben, daß man sie abholen käme. Lopez zeigte seine Vollmacht vor: *sein* Zuständigkeitsbereich. Montorsi hatte gesagt: Mach keinen Ärger. Vielleicht handelte es sich um ein Versehen. Vielleicht sollte er Montorsi anrufen. Tausend Scherereien und Umstände, nur um für eine übergeschnappte reiche Tussi den Krankenfahrer zu spielen. Lopez trat ein.

Der Arzt sagte: Es geht ihr schlecht. Ein wirklich schlimmer Zusammenbruch. Er habe ihr Psychopharmaka gespritzt: Beruhigungsmittel, Anxiolytika, Antiepileptika. Er habe das Dienstpersonal befragt: Ob denn niemandem aufgefallen sei, wie sie das Haus verließ? Nein. Sie sei halb nackt am nördlichen Seeufer entlang und durch die Innenstadt zum Polizeirevier gelaufen. Niemand habe sie aufgehalten: Es war fünf Uhr in der Früh. Lopez fragte, *was* für wirres Zeug die Frau denn rede. Montorsi: Stell keine Fragen. Der Arzt: Es sei ein wirrer, nicht nachvollziehbarer Monolog. Namen. Daten. Sie rede von »Frischfleisch«, schreie das Wort »Frischfleisch«. Ihr Mann handle mit Fleisch. Der Arzt sagte: Es war wie ein epileptischer Anfall, nur daß die Frau keine Epileptikerin ist.

»Ist sie transportfähig?«

»Ja, obwohl es besser wäre, sie nicht zu verlegen.«

Die Bodyguards des Ehemanns trafen ein.

Es gab Ärger. Die Leibwächter hatten Anweisungen von Agrati erhalten: Holt meine Frau ab und bringt sie zu mir nach Italien – und zwar ohne Ärger, ohne Aufsehen, ich bin schließlich ein Mann in herausgehobener Position. Technisch betrachtet fiel die Frau in Lopez' Zuständigkeit. Den Bodyguards war seine Vollmacht egal. Die Anfänger von der Zürcher Polizei versuchten es ihnen zu erklären: Lopez ist ein wichtiger Mann, einer von der Sicherheitsagentur, von der Ermittlungsabteilung in Brüssel. Die Leibwächter standen unter Hochspannung: Es gibt hier nichts zu ermitteln. Lopez: Trotzdem, ich habe nun mal die Order, die Frau zurück nach Mailand zu bringen, genaugenommen in die Brianza. Die Bodyguards: Das übernehmen wir. Sie wollten den Ehemann anrufen.

Lopez rief Montorsi an.

»Kannst du mir erklären, was der ganze Ärger soll?«

Montorsi: »Es gibt keinen Ärger. Du bringst die Frau nach Mailand.«

»Entschuldige mal, David, aber wenn wir hier sind, um sie zu beschützen, und wenn der Mann dich darum gebeten hat, warum schickt er dann seine eigenen Bodyguards, um sie nach Hause zu bringen?«

Montorsi schwieg. »Du kennst deine Anweisungen. Ich habe es dir schon einmal gesagt: keine Diskussionen. Ich habe dir gesagt, du sollst keine Fragen stellen. Ich hoffe, ich muß meine Entscheidung nicht bereuen. Ich hätte lieber Wundsam schicken sollen ...«

Lopez: Die Sache stinkt zum Himmel. Montorsi weiß Bescheid, sagt aber nichts. Da steckt etwas dahinter. Es steckt immer etwas dahinter. Lopez holte zufrieden Luft: Er mochte es, wenn etwas dahintersteckte. Das war zwar krankhaft, aber es bedeutete *Leben.* »Ich schicke diese Bodyguard-Typen zum Teufel, wenn sie nicht nachgeben. Ich drohe denen mit der Presse ...«

»Guido, laß den Unsinn. Hol mir ihren Chef an die Strippe.«

Er holte Montorsi den Chef.

Ein paar Minuten heftige Wortwechsel.

Lopez warf den anderen Bodyguard-Idioten giftige Blicke zu und ließ sie nicht aus den Augen. Die Frau hatte er noch nicht zu Gesicht bekommen. Der Militärarzt und die beiden Schweizer Anfänger standen peinlich berührt daneben.

Der Bodyguard-Chef beendete sein Gespräch mit Montorsi. Okay, sagte er, die Dame kann mit dir fahren. Du bringst sie nach Inverigo. Wir fahren voraus. In Inverigo übernehmen wir.

Lopez: »Was ihr macht, wenn wir ankommen, interessiert mich nicht. Aber ich bringe sie ans Ziel. Ich habe meine Order, und ihr seid Nieten, bei denen es nicht mal zum Polizeidienst gereicht hat. Also verpißt euch.«

Blanker, angespannter Haß. Der Chef der Bodyguards: »Hör

zu, du Vollidiot. Ich verdiene zehnmal soviel wie du. Und führe nicht so ein Postbotenleben wie du.«

Lopez lächelte, sah erst die drei Schweizer an und dann den Bodyguard: »Verpiß dich. Bevor ich dir in Italien eine Untersuchung anhänge.«

Wortlos machten sich die Leibwächter davon.

Die Frau: im Halbschlaf, eine verwelkte Schönheit mit einem verkalkten, starren Gesicht. Lopez: »Liegt das an den Psychopharmaka?«

Der Militärarzt: »Das kommt vom Botulin, von den Botulinspritzen gegen die Falten. Das macht ausdruckslos. Sündhaft teures Zeug. Ist unter reichen Leuten schwer in Mode.«

Botulin. Wohltäterin. Welke Exscharfe Braut. Hat die Beine für einen breitgemacht, der über das nötige Kleingeld verfügt. Übergeschnappt. Benommen und schlaff wie ein Sack lebloses Fleisch. Kaum mehr als ein Tier, mit Botulin gegen Falten als Dreingabe.

Die Frau war kaum ansprechbar, sie wimmerte nur.

Sie brachten sie in den BMW, den man Lopez zur Verfügung gestellt hatte.

Die Frau wimmerte leise vor sich hin. Eine blöde Kuh, die eine Staubwolke aufgewirbelt hatte: für nichts und wieder nichts.

Lopez fragte den Militärarzt: Geht das mit dem Gewimmer die ganze Fahrt so?

Der Arzt setzte ihr noch eine Spritze. Innerhalb weniger Sekunden war die Frau eingeschlafen. »Nein«, antwortete er Lopez.

Schon außerhalb Zürichs: der weiche Geräuschteppich im Innenraum des BMW. Lopez setzte die Sonnenbrille auf, denn die bläulichen Wolkenschleier waren dabei, sich aufzulösen, und die Felder wurden in ein hartes Licht getaucht. Lopez strich über das angenehme Leder des Lenkrads. Die Frau hatte sich auf dem Rücksitz zusammengekauert: Sie schlief. Ein angenehm warmer Duft ging von ihr aus. Lopez behielt sie mit Hilfe des Rückspiegels im Auge: Sie war über fünfzig, aber wie sie da schlummerte, sah sie aus wie ein kleines Mädchen ... Man geht vor und zurück, Dehnung und Kontraktion, wie ein gespannter Gummi, der sich plötzlich zusammenzieht und ganz kurz wird, wenn man schläft. Mit achtzig Jahren schläft man, als wäre man drei, eine Blase aus köstlicher Stille, eine Liebkosung, warm und wohlig, im Schlaf träumt man nicht, ist man nicht dies oder das: Man ist ...

Sie trug seltsame Kleidung. Das Botulin hatte ihre Haut zu einer prallen, starren Oberfläche fixiert, plastische Regeneration per Spritze. Das fremde Leben dieser Frau ... Lebt fünfzig Jahre lang, um eines frostigen Morgens in Zürich durchzudrehen, im Dunst mit den Armen zu rudern, halb nackt, wie ein Gespenst im violetten Nebel der Brücke im Stadtzentrum, sie schreit, schlägt um sich, sie ist steinreich, aber das spielt keine Rolle, sie zittert, hat Krämpfe, lallt und faselt.

Sachen gibt's, die gibt's gar nicht ...

In stillem Schlummer lag sie auf dem Rücksitz.

Sie verströmte einen angenehmen Duft. Einen menschlichen, doch angenehmen Duft.

Eine entspannte Fahrt. Italien, über Chiasso. In der Ferne Como: eine graublaue Dunstglocke, ein sorgsam behütetes Städtchen, bewacht, damit nichts geschieht. Daneben: der schrecklich tiefe See, vereinzelte Ausläufer zwischen steilen Hügeln, die von schwarzer Vegetation überwuchert sind und sinnlos steil, da in keiner Weise majestätisch: Nur dieses Schwarz ist beeindrukkend, das sich mit einemmal über die Silberschlangen des Sees senkt. Auch die Berge versinken in einem Wassergrab, und die dunklen, finsteren, schwer befahrbaren Ausläufer, die nur dem Anschein nach harmlos, in Wahrheit aber erstaunlich gefährlich sind, versinken in der länglichen Seemitte, wo sich eiskalte Strudel verbergen und wo vielleicht der Nazischatz verborgen liegt. Wie in Zürich: das Gold im Dunkeln, am Grund, verborgen in der Tiefe.

Die Frau erwachte. Sie war wach, aber völlig benommen: das Gegenteil von einem Wachtraum. Sie begann zu wehklagen. Die Brianza kam näher. Es war nicht mehr weit bis ans Ziel. Lopez warf prüfende Blicke in den Rückspiegel. Die Frau wimmerte: ein einziges Winseln. Es war schwer zu ertragen. Lopez trat aufs Gaspedal. Das Wimmern wurde lauter, schriller.

Dann war es soweit. Plötzlich brach sie aus ihr hervor.

Die Wahrheit. Die Wahrheit kommt immer in Form eines Wehklagens. Der Schmerz: welch großer Lehrmeister.

Lopez bekam nur einige Wortfetzen mit. Er hätte sie gerne aufgezeichnet, hatte aber weder im Wagen noch in der Tasche ein Aufnahmegerät. Er lauschte. Prägte sich ein, was er konnte. Keine Sekunde lang kam ihm der Gedanke, daß er gerade etwas ganz Entscheidendes hörte, etwas, das im Begriff war, alles andere zu verdrängen.

»...De Vlaeminck... Sie sind fürchterlich... Hilfe, man will mich umbringen... Meine Haut, sie ziehen mir die Haut in Streifen ab... Das Frischfleisch... das Frischfleisch... Mario Ros, was haben wir getan? Gigi, das Frischfleisch... Willst du noch weiter Frischfleisch transportieren?... Das ist gefährlich... Sie werden kommen, wie bei dem Mann da, sie werden uns anzünden... Ich will nicht allein im Badezimmer verbrennen... Gigi, laß uns nicht nach Monte Carlo fahren, laß uns wegbleiben... Aber nein, das hilft nichts, dann kommen sie uns holen... Das Frischfleisch ist schuld... De Vlaeminck, Mario Ros: sind tot und wissen von nichts, keiner weiß etwas, wann wird man sie finden?... Vielleicht wird man uns beschützen, wenn man sie findet... Aber man wird sie nicht finden: Wo sind die

Leichen? Es bleiben nie Leichen zurück ... Die Leichen verschwinden ... Lösen sich in Luft auf ... Gigi ... Gigi ... Mama ... Sie sind zur Villa gekommen, sie sind schon da ... Sie verbrennen uns im Bad, Gigi ... Du weißt es ... Das Frischfleisch ist schuld ... Sag dem Chinesen, du bist einverstanden ... Der Chinese ... Mama ... der Chinese ist schrecklich ... Er macht Sachen ... Schsch ... Von dem Chinesen darf man nicht sprechen ... Er kontrolliert alle, er sieht alle ... Er wird uns im Badezimmer verbrennen, Gigi, wir werden in seinem Badezimmer brennen ... Das Frischfleisch ist an allem schuld ...«

So ging das minutenlang. Immer dieselben Worte. Lopez lauschte. Lopez dachte: Montorsi weiß, daß die Sache zum Himmel stinkt. Die Frau versank wieder in einen schweren Psychopharmakaschlaf. Lopez fuhr rechts ran und hielt an. Auf einem Blatt Papier notierte er: »DE VLAEMINCK(?) – MARIO ROS – FRISCHFLEISCH – IM BADEZIMMER VERBRENNEN – DER CHINESE – VERSCHWUNDENE LEICHEN – GIGI (LUIGI?).« Montorsi hatte gesagt: Stell keine Fragen. Er hatte keine Fragen gestellt: Die Antworten waren von ganz allein gekommen.

Die Vororte von Inverigo: stocksteife Körper, die herumlaufen. Die reiche, geschniegelte, knisternde Brianza. Das grüne Herz des Gutshofs Lombardei. Fabriken und Kleinunternehmer. Bars voller alter Männer mit Schwammnasen, aufgeplatzten Äderchen und schmalkrempigen Hüten. Die Arbeit, die Familie, die Steuern. Der Groll. Bigotte Doppelmoral. Das tadellos getrimmte Rasenstück: kein bißchen Müll, kein einziger Papierfetzen. Winzige Swimmingpools vor Villen, die von Vermessungstechnikern geplant worden waren. Hügel, so kahl wie ein Nacken. Ein Schweiz-Imitat an der Einfahrt nach Italien. Schiefe Blicke. Fremdheit. Fremdheit und Häßlichkeit.

Willkommen daheim, Guido Lopez, im Italienfrust.

Die Villa der Familie Agrati. Am vergitterten Tor: die Autos der Bodyguards. Die komatöse Frau auf dem Rücksitz regte sich nicht. Lopez stieg aus dem BMW. Der Chef der Leibwächter kam ihm entgegen.

»Die Frau«, sagte er.

»Sie schläft. Erst will ich ihren Mann sehen.«

Der Bodyguard, gereizt. »Warum? Hast du deinen Auftrag nicht schon erledigt? Hau endlich ab, verdammt noch mal.«

Lopez, *hart.* »Jetzt hör mal gut zu, du Super-Leibwächter. Wenn du mich nicht mit dem Mann reden läßt, fahre ich die Dame nach Mailand. Und zwar direkt ins Polizeipräsidium. Dann kannst du sie in der Via Fatebenefratelli abholen – sobald ihre Aussage protokolliert ist.«

Der Mann war mit den Nerven am Ende. Er sah sich um. »Er ist nicht da.«

»Der Ehemann?«

»Genau. Doktor Agrati ist nicht da.«

»Wo finde ich ihn?«

Wieder sah sich der Mann um ... »Er ist in Turin.«

»In Turin.«

»Ja. Bei der Eröffnungsfeier der Agnelli-Pinakothek.«

Lopez grinste. »Kommt ›Doktor‹ Agrati heute noch zurück, oder übernachtet er in Turin?«

»Er bleibt erst einmal dort. Ich habe vier meiner Männer bei ihm in Turin. Es gibt ein Abendessen, eine Party, das Übliche.«

Lopez rechnete: anderthalb Stunden bis Turin. Der Mann vom Personenschutz würde Agrati telefonisch verständigen, daß einer von der Europäischen Sicherheitsagentur komme, um mit ihm zu reden. Montorsi: *Es gibt hier nichts zu ermitteln.* Er wandte sich wieder an den Bodyguard: »Sag ihm, ich bin schon unterwegs.«

»Fahr ruhig hin, aber du wirst nicht reinkommen. Die lassen dich da nicht rein. Es sind Minister anwesend, Staatssekretäre. Und der Staatspräsident. Keine Chance. Es war fast schon unmöglich, eine Erlaubnis für unsere eigenen Leute zu bekommen.«

»Sag Agrati einfach, ich bin unterwegs.«

Man hob die Frau übervorsichtig aus dem Wagen. Lopez: Die wollen nicht, daß sie aufwacht und redet.

Er überlegte, ob er Montorsi anrufen sollte.

Nein, kein Montorsi, jetzt nicht.

Er rief im Präsidium in Mailand an. Fragte nach Calimani. Ja, der sei da. Der Kollege begrüßte ihn überschwenglich am Telefon: Calimani war ein Pechvogel. Sie hatten sich schon seit Monaten nicht mehr gesehen. Lopez sagte: Vielleicht brauche ich dich heute abend. Calimani sagte, er habe nichts vor – er werde auf seinen Anruf warten. »Ich weiß noch nichts Genaues, aber vielleicht brauche ich dich. Kannst du mir schon mal einen Gefallen tun?« Aber sicher. Um was es denn gehe, wollte Calimani wissen. »Erinnerst du dich noch an die Ermittlungen bei den Chinesen, der Fall Garnelen in Antibiotikum?« Und ob er sich erinnere: Er habe den Gestank nach Fritiertem immer noch in der Nase. Ob es um die Chinesen gehe. Lopez: »Kann sein.« Calimani fluchte. Lopez: »Ein gewisser Agrati war in die Sache verwickelt.« Calimani sagte der Name nichts. »Er machte Import-Export-Geschäfte zwischen Italien und China. Ich wollte dich bitten, für mich nachzuschauen, was über ihn in den Akten steht.« Calimani machte sich Notizen. »Und über seine Frau auch. Eine Valtorta Zini. Mögliche Einträge in Krankenhauskarteien: Einlieferungen in die Psychiatrie vielleicht. Wir sprechen uns heute abend.« Calimani wollte wissen, ob Lopez schon in Mailand sei. Lopez antwortete, er sei unterwegs dorthin.

Er beschleunigte in Richtung Turin.

»Doktor« Agrati am Hof der Agnellis.

Lopez las sich nochmals seine Notizen durch, während er durch den Nebel fuhr, der von der schweren, matschigen Erde aufstieg: »DE VLAEMINCK(?) – MARIO ROS – FRISCHFLEISCH – IM BADEZIMMER VERBRENNEN – DER CHINESE – VERSCHWUNDENE LEICHEN – GIGI (LUIGI?).«

Montorsi hatte gesagt: Ein einfacher Auftrag, du holst die Frau ab und bringst sie nach Italien.

Er blähte die Nüstern. Das Adrenalin hatte ihn wieder.

Der Tacho zeigte zweihundert Stundenkilometer.

Vor ihm tat sich Turin auf, zwei schwarze Zementschlünde, die Ausdünstungen der Raffinerie – die Vorstädte der Träume, Marke Agnelli.

In dieses erstickende, tiefschwarze Nichts fuhr Lopez hinein.

James Cameron
Peking, 8. September 2002, 00:20

Der CIA-Undercover-Agent James Cameron existierte nicht mehr.

Jetzt war er nur noch ein einsamer Mann auf einem dunklen, hinterhältigen Kontinent mit anderthalb Milliarden Einwohnern: *alle gleich.* Sein Peking hatte sich in einer Explosion aufgelöst, die im Vergleich zu der riesigen Stadt geradezu mikroskopische Ausmaße hatte: Doch die Stadt hatte sich verflüchtigt. Es gab keinen Platz mehr für ihn.

Die Autobahn nach Peking beschrieb eine Kurve nach Osten, und James Camerons Hände umklammerten das Lenkrad, während er in Richtung Flughafen Shoudu raste.

Auf nichts war Verlaß. Niemand war in Sicherheit. Und er am allerwenigsten.

Er versuchte, die ganze Sache zu rekonstruieren. Versuchte, den Schock abzuschütteln. Er war in eiskalten Schweiß gebadet. Als er in den Rückspiegel sah, um zu überprüfen, ob ihm niemand folgte, fing er seinen eigenen fiebrigen Blick auf.

Er versuchte, den Schock abzuschütteln. Blutgeränderte Augen: vor Angst geplatzte Äderchen. Er versuchte, alles zu rekonstruieren. Die Vegetation entlang der schmalen Straße, die quer durch die Hauptstadt zum Flughafen Shoudu führte, war ein schwarzer, aggressiver Korridor. Er versuchte, den Schock abzuschütteln, zu rekonstruieren. Er wußte nicht, was ihn erwartete. Auf nichts war Verlaß. Er hatte keine Ahnung, was er tun, was er am Flughafen vorfinden würde. Er versuchte, es aus dem abzuleiten, was geschehen war. Das, was geschehen war: die einzige Gewißheit, die er besaß. *Bleib ruhig:* Man hat dir beigebracht, wie das geht. Mach dich von allem frei. Überlege, was unmittelbar bevorsteht. Dein Geist kann die Zukunft erhellen, die dir am nächsten ist. Berechne die Züge, wie bei einer Partie Go. (Die langen Go-Partien mit Wilberg in der Opiumhöhle, unter dem Ventilator, der sich langsam drehte drehte drehte, betäubt, wie sie waren, unfähig, eine Strategie zu entwickeln, die Abfolge der Züge vorherzusehen.)

Wilberg.

Wilberg: *Er ist tot.*

Im Rückspiegel: hinter ihm, niemand. Das schwarze Nichts, aus dem horizontal der schnelle Mercury auftauchte. Vor ihm: niemand.

Er überlegte. Überlegen dämmt die Gefühle ein. Gefühle sind trügerisch und gleichzeitig wahr: Die Gefühle stellen Wahrheit her, setzen ihre eigene Wahrheit durch. Überlege und verhindere, daß sich die Gefühlswahrheit durchsetzen kann.

Laß dich nicht davon überwältigen.

Mach dich davon frei.

Verlaß dich nicht darauf.

Konzentrier dich auf.

Schließe daraus, daß.

Beherrsche dich. Überlege.

Er dachte nach, rekonstruierte. Die Äderchen leiteten Blut in seine Augäpfel.

Es ist vorbei. Die Mutlosigkeit. Er ging vom Gas. *Nein:* Es ist noch nicht vorbei. Du kannst nicht wissen, ob es vorbei ist. *Rekonstruiere.*

Die Fakten: Der Franzose bestellt für einen europäischen Käufer 1280 Kilo Stoff. Er kommt nach Peking, um sie abzuholen. Für Cameron und Wilberg ist das ein großer Wurf. Wilberg kontaktiert die CIA und den chinesischen Geheimdienst: Er traut dem Franzosen nicht, er überprüft ihn lieber. Die Berichte, die bei der CIA und dem Te Wu über den Franzosen vorliegen, stimmen überein, und das ist äußerst ungewöhnlich. Wilbergs Mißtrauen wächst. In der Regel ist der Verkauf des Stoffs unproblematisch: Ihr chinesischer Verbindungsmann Lei Yong deckt sie und organisiert am Flughafen das Nötige: ein Transportflugzeug, das mit dem Stoff beladen wird. Cameron und Wilberg führen die Verhandlungen, organisieren das Treffen, stellen die Überweisung durch den Käufer sicher – es bedarf keines Militärapparats, um in Peking eine Ladung Drogen zu verkaufen. Eine simple Sache. Wilberg hat Zweifel, was den Franzosen angeht. Er bittet Cameron um Rückendeckung, wie bei einer Geheimdienstoperation. Das Treffen mit dem Franzosen: Im Gully befindet sich eine Bombe. Der Franzose entfernt sich unter dem Vorwand, den europäischen Käufer anzurufen, steigt in den Wagen: Er telefoniert nicht. Er betätigt den Fernzünder. Bumm. Er opfert die zwei Idioten von Bodyguards, die bei Wilberg und Kremer stehen, dem Mann, der sich als Cameron ausgab. Der Franzose hatte ausdrücklich die Anwesenheit beider Partner gewünscht. Er wollte sie beide ausschalten.

Also: Schlußfolgerungen. Hypothesen. Die wahrscheinlichste: Die CIA und der chinesische Geheimdienst haben beschlossen, Cameron und Wilberg abzuservieren. *Warum?* Oder: Der Franzose hat sie ausgeschaltet, um ihren Platz einzunehmen. Oder: Es handelt sich um eine Racheaktion. Cameron überlegte: Wir haben keinen Kunden übers Ohr gehauen, wenn es also um Rache geht, muß ich in die Zeit vor Peking zurück – das wäre eine uralte Geschichte. Die Hypothese von der Racheaktion: abgehakt. Oder: Wilberg hatte ein krummes Ding gedreht, von dem Cameron nichts wußte. Möglich. Er konnte das überprüfen.

Doch es gibt einen Flaschenhals: Am Flughafen kommt keiner vorbei. Bleibt also noch zu klären, ob der Franzose von dem Rollfeld weiß. Ob es wirklich zur Übergabe des Stoffs kommt. Es bleibt zu klären, wie sich der chinesische Geheimdienst verhält. Es ist höchste Vorsicht geboten. Aus dem Verborgenen handeln. Wenn der Franzose das Treffen am Flughafen nicht einhält, handelt es sich um Rache: Dann ist ihm der Stoff egal, er wollte nur Wilberg und seinen Partner Cameron. Dann ist vielleicht noch nicht alles vorbei. Aber wenn der Franzose am Flughafen aufkreuzt, ist es vorbei, die CIA und der Te Wu haben die beiden Amerikaner ausgebootet, haben dem Franzosen die Drecksarbeit überlassen. In dem Fall heißt es Abschied nehmen.

Auf seinem geistigen Bildschirm erscheint Peking, eine grenzenlose, verbrannte Hauptstadt. Peking hat sich in Säuredämpfe aufgelöst. Er muß Peking hinter sich lassen. Das Leben hinter sich lassen. Ein anderes Leben aufbauen. Aber wie? Und wo?

Cameron hörte auf, zu schlußfolgern, seine Aussichten zu berechnen.

Er spürte in sich hinein. Bereitete ihm Wilbergs Tod Schmerzen? Nein. Nicht jetzt. Er kannte die Phasen des Adrenalinzyklus. Das hatte man ihm beigebracht: Nach dem Schock spürt man nichts. Man ist hellwach. Man sieht alles. Nutze den Schock. Tauche aus dem Schock auf, wenn du ihn ausgenutzt hast. Sieh alles: auch das, was du nicht siehst.

Er durchquerte die Seengegend: Tuanjiehu, wo es Wasser im Überfluß gibt. Die grausilbernen Streifen, die den Mond verschluckten, entgingen ihm. Er sah die Arbeitersiedlungen, weiße Betonbauten: Termitenhügel, von denen er sich stets ferngehalten hatte. Wieder tauchte er ins Dunkel ein. Er sah tiefes Schwarz. Er sah die flachen, endlosen Felder, die Reihen von niedrigen Pflanzen, unermeßliche Gärten, ein waagerechtes Mosaik aus kleinen Grundstücken. In der Ferne brannten Feuer. Dann wieder Dunkelheit.

Er sah die strahlende Kuppel des Flughafens Shoudu in der Ferne auftauchen. Das dichte Zwielicht hinter ihm verschluckte alles. Er fraß die Kilometer.

Da tauchte sie vor ihm auf: die entscheidende Abzweigung.

Er streckte sich. Das Gelände und die Einrichtungen des Flughafens Shoudu kannte er in- und auswendig. Dieser Flughafen hatte ihm sein Luxusleben in Peking gestattet. Militärbewachung. Peinlich genaue Kontrollen im Passagierbereich. Und draußen Absperrungen. Die Chinesen muß man fürchten, weil sie alle gleich und tödlich sind. Keiner weiß, was sie als nächstes vorhaben. Sie spielen ein gezinktes Go.

Um das Gelände herum: Militärposten, Wachtürme. Außer an der Nordseite. Mindestens ein Kilometer unbewachter Zaun. Ein Zaun aus Stacheldraht. Dahinter ein hoher Elektrozaun. Über die innere, taghell beleuchtete Ringmauer konnte man klettern. Schließlich ein letzter Zaun, überall bewacht außer in einem toten Winkel, den Cameron und Wilberg im Schlaf gefunden hätten. Lei Yong hatte ihnen eingeschärft: Solltet ihr einmal heimlich herkommen müssen, macht es so. Es kann alles mögliche passieren. Besser, ihr wißt Bescheid.

Cameron fuhr in einer weiten Schleife um den Flughafen herum.

Er fuhr über die Felder, auf Sicht.

Er schaltete die Scheinwerfer aus. Wartete, bis sich seine Augen an die Dunkelheit gewöhnt hatten.

Dreihundert Meter vom nördlichen Zaun stellte er den Mercury in einer dichten Baumgruppe ab.

Er holte das Nachtsichtgerät aus der Tasche.

In der Dunkelheit, die nur von den Lichtstrahlen der Flughafenscheinwerfer durchbrochen wurde, trat er aufs offene Feld hinaus.

Hinter den rostigen Zäunen sah er die blendend weiße Mauer.

Niemand war zu sehen.

Als dürre, dunkle, schemenhafte Gestalt bewegte er sich über die flache Ebene.

Der Durchgang. Die Lücke im ersten Zaun. Er war noch nie dort gewesen, nie hatten Wilberg und er heimlich in den Flughafen Shoudu eindringen müssen.

Er wußte, wo sich die Lücke befand. Er machte sich klein und schob sich durch.

Weiter im Zickzack.

Hundert Meter weiter rechts: der Durchgang durch den zweiten Zaun.

Er zog ein Paar Handschuhe hervor. Der Zaun stand unter Hochspannung. Da. Mit den Isolierhandschuhen drückte er die Lücke auf. Er gab acht, nicht hängenzubleiben.

Geschafft. Jetzt hatte er die niedrige, strahlend helle Mauer vor sich.

Wäre jemand vorbeigekommen, er hätte ihn sofort gesehen. Er stand im grellen Scheinwerferlicht.

Eine drei Meter hohe Mauer. Lei Yong hatte gesagt: fünfhundert Meter nach links gibt es zwei Einkerbungen, wir haben sie selbst eingefügt.

Ein anstrengender Sprint. Cameron atmete schwer. Er schwitzte: warmen Schweiß, nicht den eiskalten Schweiß des Schocks. *Nutz den Schock aus*, schlag daraus Kapital, nutz dein Adrenalin. Plötzlich: in der Mauer die Einkerbungen, in die man die Füße setzen konnte.

Er stieß sich mit dem linken Bein ab. Der zweite Tritt war weit oben. Er mußte mit den Händen nachhelfen, sich an die gekalkte, gipshaltige Oberfläche der Mauer pressen. Es half nichts – Cameron ließ sich zurück auf den Boden fallen. Er versuchte es noch einmal, indem er sich in einer einzigen Bewegung mit dem linken Bein von der unteren Einkerbung abstieß und das rechte Bein genau in das obere Loch setzte. *Geschafft.* Er klammerte sich an den Rand der Mauer und zog sich hoch. Sein Rücken spannte sich. *Nutz dein Adrenalin.* Adrenalin erhöht die Schmerzgrenze.

Dann saß er auf der Mauer.

Da waren sie, riesengroß, nach genau vermessenen, weitläufigen Zonen beleuchtet: die Rollfelder.

Noch mal zwanzig Meter nach links, um den letzten Zaun zu passieren.

Cameron fand sich auf dem Grasstreifen wieder, der die Rollfelder begrenzte. Überall gab es Mulden: niedrige künstliche Hänge, die als Versteck dienen konnten. Schwarzes Gras. Er mußte weiter. Die Rollfelder, die Lei Yong für seine drogenbeladenen Transportflugzeuge benutzte, lagen im Sektor West. Cameron hielt sich so nah am Boden, wie er konnte. Die Rotoren der Flugzeuge spien heiße Luft aus. Er sah sich um: der weiße Fischbauch der riesigen chinesischen Flugzeuge. Die für Inlandsflüge waren genauso groß wie für einen Interkontinentalflug, denn China ist weit wie der Himmel, dunkel wie der Himmel bei Nacht und leuchtet in regelmäßigen Abständen auf wie der sonnige Himmel. China ist so riesengroß, daß man es nicht sehen kann: China ist unsichtbar. Cameron sah die schwerfällige, merkwürdige Silhouette eines Interkontinental-Jets, die an ein riesiges Rind erinnerte, das sich mühsam fortbewegt. Er duckte sich in eine Mulde, steuerte auf einen schwarzen Graben zu, der die Rollfelder säumte, während der Interkontinental-Jet Fahrt aufnahm und die Luft um sich herum verbrannte.

Endlose Minuten. Schweiß. Alles verschluckende Dunkelheit.

Er konnte nur noch an den Franzosen denken.

Der Franzose: Wo war er? War er überhaupt da? Cameron befand sich jetzt in der Nähe des Sektors Nord-West-9: am hintersten Rollfeld. Aus seinem dunklen Versteck in der Mulde begann er, die Lage zu sondieren. Das Nachtsichtgerät brachte alles zum Leuchten: ein strahlender, grüner Tag mitten in der Nacht.

Am Ende des Rollfelds Nord-West-8 stand ein Transportflugzeug. Ein paar Männer waren dabei, ein- oder auszuladen. Cameron zoomte den Laderaum heran. Das waren keine Soldaten. Das waren nicht Lei Yongs Leute.

Geduckt spurtete er los, wie ein Tier, unter höchster Anspannung. Kurz darauf befand er sich mitten im Sektor Nord-West und hatte alle Rollfelder im Blick.

Er sah sich mit dem Nachtsichtgerät um, obwohl seine Augen unter der Phosphoreszenz zu leiden begannen. Verschwommene schwarze Schatten vor einem grünen Sonnenfeuer. Die schemenhaften, langgezogenen Körper der Transportflugzeuge. Die Hangars zum Be- und Entladen der Maschinen: alle offen. Ein langsamer Schwenk mit dem Nachtsichtgerät. Ein Transportflugzeug hatte sich in Bewegung gesetzt, der Laderaum war verschlossen, der Hangar verlassen. Das war nicht seine Maschine.

Plötzlich sah er die beiden 4x4-Jeeps. Das war der Franzose.

Die Jeeps hielten am Hangar Nord-West-3. Aus dem ersten Fahrzeug stieg der Franzose: rundlich, hell: grün im Nachtsichtgerät. Er rauchte. Dann stiegen seine Leibwächter aus dem Wagen. Blieben vor dem Tor des Hangars stehen, das sich öffnete. In der Metallöffnung des Hangars tat sich ein Spalt von wenigen Metern Breite auf.

Heraus kam Lei Yong.

Lei Yong und seine Männer: die Volksarmee im Dienste der Elite. Lei Yong und der Franzose gaben sich die Hände: Sie lächelten.

Cameron: *Sie haben uns ausgebootet.* Die CIA hat uns ausgebootet, die Chinesen ebenfalls. Sie haben den Franzosen benutzt, um uns auszuschalten. Der Franzose und Lei Yong unterhielten sich: Herzlichkeit unter Verbrechern. Lei Yongs Männer ließen die Männer des Franzosen nicht aus den Augen.

Was wurde hier gespielt?

Wieder gaben sie einander die Hand. Das Transportflugzeug, das von dem Rollfeld rechts von Cameron losgerollt war, vollzog eine langsame Wendung. Vor dem Hangar Nord-West-3 blieb es stehen und versperrte ihm die Sicht: Er mußte zur Seite ausweichen. Das Tor des Hangars öffnete sich. Der Franzose ging auf die Öffnung zu. Der Laderaum des Transportflugzeugs wurde aufgeklappt. Da: die Päckchen mit dem Stoff. Cameron erkannte sie sofort: Es waren die gleichen Päckchen wie immer. Sie haben uns gelinkt. Sie haben uns ausgebootet.

Lei Yong bedeutete dem Franzosen, ein Päckchen seiner Wahl zu öffnen. Der Test: Der Franzose nahm ein Päckchen, durchbohrte die Zellophanhülle mit einem spitzen Gegenstand und gab das Päckchen an einen seiner Männer weiter. Der trat vor, einen aufgeklappten Aktenkoffer auf dem Arm. Der Test: chemische Reagenzien. Der Reinheitsgrad des Stoffs stimmte offenbar: Der Franzose zeigte sich zufrieden. Er klappte sein Handy auf. Lei Yong erteilte ihm Instruktionen: Kontonummer und PIN-Nummern für die Überweisung.

Ein Vorgang von wenigen Minuten. Ein Kinderspiel.

Lei Yong hatte sie ausgeschaltet.

Die Rotoren des Transportflugzeugs begannen sich zu drehen. Der Franzose, Lei Yong und die Bodyguards gingen zu den Jeeps. Der Hangar wurde wieder abgesperrt. Das Transportflugzeug rollte los, schwankte ein wenig und fuhr über das Rollfeld Nord-West-3. Es beschleunigte, alles ging ganz schnell.

Dann hob es ab mit dem Ziel Europa: 1280 Kilo Paradies, um Europa mit bösen Träumen zu überziehen.

Lei Yong und der Franzose verabschiedeten sich. Der Franzose stieg in seinen Geländewagen. Lei Yong wartete auf die Fahrzeuge vom Te Wu.

Cameron war schon längst nicht mehr da.

Als die Geländewagen des Franzosen über die Ausfahrt West den bewachten Bereich verließen, hatte Cameron gerade den Mercury erreicht.

Die 4x4-Jeeps des Franzosen mußten bei der Einfahrt nach Peking über die Dongzhimenwai-Straße unweigerlich an der Xiejie vorbeikommen.

Cameron hatte einen Vorteil: Auf seinem Rückweg mußte der Franzose die einzige Verkehrsader befahren, die nach Peking hineinführte.

Als er seinen Wagen an der Kreuzung zur Donglu-Straße abstellte, wo der Franzose vorbeikommen mußte, wußte Cameron nicht, ob er den beiden Geländewagen tatsächlich zuvorgekommen war.

Dann sah er sie mit mäßiger Geschwindigkeit anrollen: die Gelassenheit des Siegers. Die Gelassenheit des Königs.

Er bereitete sich darauf vor, den neuen König zwei Stunden nach dem Putsch zu entthronen.

Minuten höchster Anspannung.

Wieder der Schweiß. Wieder die Kälte.

Es fuhren kaum noch Taxis vom Flughafen Shoudu in Richtung Innenstadt: Es war spät.

Eine Nacht wie jede andere. Die Nacht, in der alles vorbei war.

Cameron dachte: Ich laufe weg.

Dann dachte er: *Nein.*

Die Frage, wie er weit weg ein neues Leben beginnen könne, hatte er sich nicht einmal gestellt. Das neue Leben war eine Fortsetzung des alten, das im Parkhaus des New China Multicenters abrupt zum Stillstand gekommen war.

Wilbergs brennender Arm beschrieb ein ums andere Mal seinen Bogen durch die Luft.

Cameron duckte sich in seinem Mercury. Er ließ die beiden 4x4-Jeeps, die ein paar hundert Meter vor ihm fuhren, nicht aus den Augen.

Peking war verloren. Die Amerikaner und die Chinesen hatten ihn abserviert. Aber er war nicht verloren. Er klammerte sich an das letzte, das ihm noch geblieben war: die Fähigkeit, Schmerzen zuzufügen.

Nach Jahren ein neuer Krieg. Dieses Mal nicht im Auftrag der CIA, sondern in eigener Sache.

Die 4x4-Jeeps da vorne: Er stellte sich vor, wie sie explodierten, wie sich das Fett des Franzosen brutzelnd über die glühenden Wände des Geländewagens verteilte.

Sie fuhren in Peking ein, dem Triumph des Lichts – ein Mann aus Frankreich, der Dunkelheit in das Leben dessen gebracht hatte, der ihm folgte: ein Spürhund aus Dunkelheit, der die Explosion der Dunkelheit vorbereitete.

Guido Lopez
Turin, 6. September 2002, 20:50

Er hatte davon gelesen. Die Familie stand kurz vor dem Zusammenbruch. Fiat stand kurz vor dem Zusammenbruch. Die Agnellis hatten schon an die Amerikaner von General Motors verkauft: ein Unternehmen, das am Ende war. Sein guter Ruf ermöglichte es dem Avvocato, dem Höchstbietenden ein denkbar schlechtes Produkt zu verkaufen. Panik machte sich breit: Zweihunderttausend Arbeitsplätze waren in Gefahr, bei Fiat selbst und bei den Zulieferern. Fiat, der Koloß auf tönernen Füßen, aber auch der mit dem tönernen Fahrgestell, den tönernen Reifen, den lächerlichen Extras. Der weltberühmte italienische Stil verliert auf der ganzen Linie. Die Familie hatte Italien regiert: Sie finanzierte die Christdemokraten, beschloß Privatisierungen, sahnte mit ihren Spekulationen ab, blockierte den Ausbau des Eisenbahnnetzes, drehte den Polizeibehörden die letzten Rostlauben an, machte mit dem dreisten Kauf von Alfa und Autobianchi zum Nulltarif ein Bombengeschäft. Die Familie bestimmte über Italiens Stil.

Aber damit war es jetzt ein für allemal vorbei. Die Familie stand kurz vor dem Zusammenbruch. Der Avvocato lag im Sterben.

Mit dem Schicksal der Familie untrennbar verbunden war der Feudalbesitz der Familie: Turin.

Guido Lopez tauchte in die braun getönte Seele der Stadt ein. Wenn ein Ort, und sei er noch so groß, aus Mangel an Zukunftsperspektiven in eine Depression verfällt, ist diese niedergedrückte Stimmung, die einem die Luft zum Atmen raubt, überall *spürbar*. Die Stimmung kippt. Die Bilder vor dem inneren Auge verblassen, verdüstern sich. Turin saugte einen aus: Lopez *spürte* das.

Turin entzog einem Energie. Energielosigkeit *versus* Nachlässigkeit. Die Mole Antonelliana war unsichtbar. Die unterirdischen Gänge, wo man seit jeher den Hexensabbat und ebenso malerische wie sinnlose schwarze Messen feierte, waren unsichtbar. Das Leichentuch Christi, dieses Stück Stoff, das die Christenheit zum Narren gehalten hat, war unsichtbar. Unsichtbar waren die Torbögen, die Cafés aus der Cavourzeit. Unsichtbar war der perfekt symmetrische Grundriß des Stadtzentrums, Typ römisches Feldlager. Lopez mußte einen endlosen, sinnlosen Umweg über die kurvenreiche und verstopfte Umgehungsstraße nehmen, um zum Lingotto zu gelangen, der Ex-Fabrikhalle der Fiat-Schmiede, wo sich Arbeiter vergiftet, Finger abgeschnitten und die Lungen verbrannt hatten, um dort schließlich in den Schmiedeöfen zu sterben.

Er hatte davon gelesen. Die Familie schenkt der Stadt fünfundzwanzig Meisterwerke der Malerei. Die Familie hat im Lingotto eine private Pinakothek errichten lassen – von einem ganz besonderen Architekten: *dem* Architekten schlechthin, im weltberühmten italienischen Stil.

Alles Blödsinn.

Die fünfundzwanzig der Stadt geschenkten Meisterwerke waren weder Meisterwerke, noch handelte es sich um eine Schenkung: Es waren Provinzgemälde mit einem museumsreifen Canaletto als Dreingabe. Mit wahrem Mäzenatentum, das große zeitgenössische Künstler fördert, hatte das nichts zu tun. Außerdem hatte sich die Familie über eine Stiftung die Bilder selbst geschenkt: Bilder, die sie bereits besaß.

Und damit nicht genug: Der weltberühmte Architekt ersinnt seine nutzlose architektonische Vision ausgerechnet dort, wo Tausende von Arbeitern ihr entfremdetes, gefährliches Leben vergeudet haben. Kompliment.

Während er auf den Lingotto zufuhr, rief sich Lopez ein Bild ins Gedächtnis, bei dem es ihm warm ums Herz wurde. Das Endspiel der Champions League. 1997. Borussia Dortmund gegen Juventus – das niedliche Fußballhobby der Familie. Am Spielfeldrand: der Avvocato. Juventus wird in Grund und Boden gespielt, und zwar gewaltig. Beim dritten Tor der Borussia verläßt der Avvocato das Stadion: Es ist vorbei. Die Fensehkameras zeigen ihn von hinten: alt, gebeugt, ergraut, gebrechlich bis zum Gehtnichtmehr; er hinkt, geht am Stock, er ist das Inbild der Niederlage, das ewige Bild der Macht, die einst Macht gewesen ist und nun zusammenbricht.

Lopez lächelte.

Turin versank im Dunkeln.

Die Agnelli-Pinakothek wurde eingeweiht. Auch »Doktor« Agrati war anwesend: der Neureiche unter all den Auserwählten, der wie ein belebender Hauch dankbar aufgenommen wird. Der Neureiche macht Geschäfte mit China: ein interessanter Markt. Der neue Markt schlechthin. China war der WTO beigetreten: So globalisiert man anderthalb Milliarden Menschen. Vor zwei Tagen, in Athen, hatte Lopez im ›Corriere‹ einen echt verblüffenden Artikel überflogen: Die Chinesen hatten mit dem Bau von vierzig neuen Städten begonnen, jede so groß wie Chicago. Dorthin würden sie die Leute vom Land deportieren. Sie würden das Land zwangsbevölkern. Der neue Markt. Geld, das Vertrauen schafft, das Geld schafft, das Bedürfnisse schafft. Ein wirklich belebender Hauch für den Planeten, jetzt, wo alles vor dem Zusammenbruch stand, wo der Markt eine kaputte Lunge war, die nach Transplantation schrie.

Agrati hatte in die Zukunft geblickt oder Glück gehabt. In Wahrheit sah das Import-Export-Geschäft zwischen Italien und China doch so aus: Noch bis vor wenigen Jahren bedeutete es, den Laufburschen für die chinesischen Stinker zu spielen, die ganz Europa mit ihren fettigen Restaurants besiedelt hatten. Heute bedeutete es etwas anderes: eine neue, vitale Wirklichkeit, ein ökonomischer Leckerbissen. Schwer zu sagen, ob hier der Europäer die fritierte Garnele schluckte oder ob es die fritierte Garnele war, die sich anschickte, den Europäer zu verschlingen.

Was hatte das Delirium von Agratis Frau zu bedeuten? Wer wollte sie umbringen? Wer würde sie »im Bad verbrennen«? Wer war der Chinese? Wer waren De Vlaeminck und Mario Ros?

Was wurde hier geheimgehalten?

Und was hatte das Ganze mit der neuen Europäischen Sicherheitsagentur zu tun?

Lopez würde Agrati Feuer unter dem Hintern machen. Er würde ihm *chez* Agnelli Feuer unter dem Hintern machen. Er würde aus ihm herauspressen, was nur herauszupressen war. Montorsi hatte ihm nicht alles erzählt, er hatte gesagt: *Stell keine Fragen.*

Montorsi konnte ihn mal.

Lopez kostete den altbekannten Geschmack des Adrenalins, diesen Stromstoß jenseits von Gefühlen oder Idealen, der ihm seit Jahren das Überleben sicherte. Die Liebe ist seit langem tot, die Lust hat sich in Luft aufgelöst: Was bleibt, ist Adrenalin – die *natürliche* Droge.

Es blieben noch zwei Probleme. Wie sich Zutritt zum Lingotto verschaffen? Lopez konnte nicht einschätzen, ob es ausreichen würden, sich als Angehöriger der Agentur auszuweisen. Vielleicht war sogar einer von der Agentur vor Ort, vielleicht konnte der ihm behilflich sein. Bei solchen Gelegenheiten waren die Sicherheitsvorkehrungen äußerst streng: nicht nur die Agnellis waren da, sondern auch Präsident Ciampi, die Minister, hochwichtige Leute – verwelktes Fleisch, das beschützt werden wollte. Agenten, Inspektoren, Geheimdienste, Polizei und Carabinieri: ein beeindruckendes Aufgebot. Lopez hatte bei ähnlichen Anlässen Überwachungs- und Personenschutzaufgaben wahrgenommen. Er wußte, daß es schwierig war, durchzukommen. Er würde sich spontan etwas einfallen lassen müssen.

Das zweite Problem war Montorsi. Wenn er erfuhr, daß Lopez in Turin war, um dem Ehemann der Verrückten die Hölle heiß zu machen, würde er ihn in den Boden rammen. Lopez mußte äußerst behutsam vorgehen.

Er verließ sich darauf, daß es nicht Agrati gewesen war, der die Agentur eingeschaltet hatte: Anderenfalls hätte er nicht seine eigenen Bodyguards nach Zürich geschickt, um seine Frau abholen zu lassen.

Montorsi hatte ihm ein Märchen aufgetischt. Was für ein Märchen? Lopez konnte es nicht erraten. Doch mit der Zeit würde sich alles klären. Von dem verborgenen Plan erfaßt man intuitiv, daß es ihn gibt – ihn selbst erfaßt man nicht.

Montorsi. Wundsam. Die scharfe Christa. Die Europäische Sicherheitsagentur.

Der BMW bog ins Industriegebiet ein. Die Schilder: zum Lingotto, *hier entlang*.

Da.

Eine Spirale aus Holz und leichtem, weißem Metall. Sie steigt auf wie eine kompakte Rauchfahne. Glas scheint es nicht zu geben, und doch ist es da. Die Agnelli-Pinakothek versucht sich mit extremer Nonchalance am Stadtrand zu erheben: eine Chiffre der Familie. Darunter breitet sich der Lingotto aus, in der Horizontalen. Einst rollten die neuen Modelle über das Dach. Drinnen krepierten die Arbeiter: Die Haut wurde schwarz, wurde rissig, die Krebszellen fühlten sich angeregt und wucherten, die Drehbank ließ den Finger in hohem Bogen davonfliegen, unter grenzenlosen Schmerzen, die immer gleichen Bewegungen waren knapp, wohlberechnet und unterlagen der guten Ökonomie des grenzenlosen Fließbands. Ohrenbetäubendes Getöse. Geredet wurde nicht. Jetzt ist dieses vertikale, pseudoluftige, ultraleichte und bedeutsame Pilzbeet aus dem Boden geschossen, den fünfundzwanzig Gemälden zu Ehren. Dort kann man durch die einzige Kostbarkeit wandeln, die die Familie vor ihrem Verschwinden gespendet hat: bevor sie aufhörte, *die* Familie zu sein, um *eine* Familie zu werden – eine Familie wie jede andere, eine reiche Familie unter anderen reichen Familien, mehr nicht.

Und der weltberühmte Architekt, der sich in Japan und auf der ganzen Welt einen Namen gemacht hat, zeichnete am Computer mit AutoCAD, stellte Berechnungen an, kreuzte Linien und Diagonalen, vermaß das Grundstück, wo sie gestorben waren beim Produzieren, Produzieren, Produzieren …

Vor dem Lingotto: eine Menschenmenge. Schaulustige. Die Ordnungskräfte. Polizei. Sicherheitsleute. Eine unüberwindliche Menschenkette. Überall das Knistern von Walkie-talkies. Trenchcoatträger: ein Klassiker. Ohrknopfträger: ein moderner Klassiker. Vor der Ausstellung die Ausstellung der üblichen Typen: die römischen Leibwächter beim Auswärtsspiel, die Geheimdienstleute, ausländische Bodyguards. Polizisten und Carabinieri: ein Hauch von italienischem Stil.

Lopez stellte den BMW ins Halteverbot. Das etwaige Bußgeld konnte die Zürcher Polizei bezahlen.

Unentschlossen blieb Lopez vor dem Schauspiel stehen, das ihm die Menge bot. Die Turiner scharten sich um den Eingang, um dem Auftritt der Mächtigen beizuwohnen. Die Sicherheitsleute: Paranoid beobachteten sie, was zu beobachten war. Lopez spürte die auf ihn gerichteten Blicke. Es war klar, daß er einer von ihnen war und doch wieder nicht.

Er beschloß, direkt am Eingang vorstellig zu werden.

Er tastete die Innentasche seines Regenmantels ab. Holte die Dienstmarke der Sicherheitsagentur hervor. Zog auch Montorsis Vollmacht aus der Tasche: Vielleicht würde er sie brauchen.

Er ging direkt auf den Inspektor zu, der am Eingang stand. Den Einsatzbeamten schenkte er keinerlei Beachtung. Er steuerte direkt auf ihren Vorgesetzten zu. Ein alter Haudegen: die Müdigkeit in den Augen und Gesten, die Erschöpfung, die sich gegen die ständige Wachsamkeit auflehnt, auch eine Art von Anpassung an dieses verdammte Leben, das Lopez nur zu gut kannte.

Der Typ wurde auf ihn aufmerksam. Er warf Lopez einen forschenden Blick zu, ein stilles Fragezeichen inmitten einer Menge von Idioten.

Lopez winkte ihm.

Der Inspektor kam herüber.

Lopez machte sich zur *Ausübung der Macht* bereit.

»Sie wünschen?«

Lopez reichte ihm wortlos seine Dienstmarke.

Inspektor Fragezeichen las, verblüfft. »Guido Lopez, Ermittlungsbeamter der Europäischen Sicherheitsagentur.« Er starrte Lopez an. »Das heißt?«

»Das heißt, ich muß da rein.«

Inspektor Fragezeichen: »Und warum?«

»Weil ich mich mit einem der geladenen Gäste zu besprechen habe.« *Mich zu besprechen habe.*

Inspektor Fragezeichen verzog das Gesicht zu einer Dienstgrimasse: »Sie müssen einen der Gäste sprechen ... Und wer soll das sein?«

»Luigi Agrati. Er müßte auf der Liste stehen.«

Inspektor Fragezeichen rief einen der Beamten vom Eingang zu sich. Der sprang herbei wie eine Marionette, die Gästeliste in der Hand. Inspektor Fragezeichen nahm sie wortlos an sich. Ging die Liste durch. Auf der zweiten Seite: Luigi Agrati. »Da steht er. Ich lasse ihn rufen. Sie warten hier.«

Lopez: »Der Dienstausweis reicht nicht aus?«

»Nein.«

»Was wäre denn ausreichend?«

Schweigen. Fragezeichen kratzte sich den Schädel. Lopez fand ihn sympathisch. Diese Müdigkeit, diese heimliche, der Erschöpfung geschuldete Komplizenschaft: dem Nichts geschuldet … »Etwas Schriftliches.«

»Was genau?«

»Ein ordentliches Gesuch. Unterschrieben von Ihrem Vorgesetzten bei der Agentur. Mit den Codes der Agentur.«

Das war ein Problem. Montorsi konnte er nicht anrufen. Lopez hatte bereits alle seine Trümpfe ausgespielt. Andeutungen bezüglich Agratis Frau waren auch nicht das Richtige. Er dachte kurz nach. Inspektor Fragezeichen beobachtete ihn ausdruckslos. Lopez erwog, im Präsidium in der Via Fatebenefratelli anzurufen, bei Calimani, und sich einen Ausweis besorgen zu lassen. Aber auch das würde nichts bringen. In diesem Augenblick fuhr eine Limousine vor. Man sah nichts als einen schwarzen Schatten auf dem Rücksitz. Hastig machte sich Fragezeichen zum Empfang bereit und bat Lopez, kurz zu warten.

Die Limousine bahnte sich ihren Weg an den Neugierigen vorbei, die sich über die Absperrung beugten. Lopez blieb stehen und beobachtete die diensthabenden Beamten: der Schichtdienst, der Staub, die Berichte … Der Italienfrust: identisch mit dem Lebensfrust … Es wollte ihm einfach keine Lösung einfallen.

Inspektor Fragezeichen kehrte zu Lopez zurück. Die Limousine war weg, zurück blieb eine zusätzliche Ladung Frust. Der gefährliche Kontakt mit der Eitelkeit. Das böse Licht, das von den Mächtigen ausgeht. Er wandte sich an Lopez: »Was mußt du Agrati sagen?«

Offenheit: Vielleicht war das das Beste. »Ich muß ihm Feuer unter dem Hintern machen.«

»Wo hast du gearbeitet, bevor du zur Agentur gegangen bist?«

»Ich war bei den Mailänder Kollegen.«

»Ermittlungsabteilung?«

»Genau.«

»Bei der Truppe von Santovito?«

Santovito, sein Exchef. Der Gauner, der auf den Qualitätssprung hoffte, ein Mann mit politischen Freunden und einem Hang zu dummen, kurzsichtigen Spielchen ... »Ja, bei Santovito ...«

»Der geht angeblich zur Antimafiabehörde.«

»Das munkelt man schon lange. Ich persönlich glaube nicht, daß er's schafft.«

»Und wenn ich dir Agrati herrufen lasse, hilft dir das nicht weiter?«

»Wenn ich ihn mir da drinnen kralle, macht ihm das Feuer unterm Hintern. Der korrekte Ausdruck wäre wohl: *unter Druck setzen*. Wenn er rauskommt, ist das was anderes. Aber vor seinen reichen Freunden wird er sicherlich nicht riskieren, daß ich ihm eine Szene mache.«

»Das ist nicht drin. Da bräuchte ich schon ein Gesuch.«

Lopez nickte.

Abgang.

Er stieg wieder in den Wagen.

Dachte nach.

Er ließ den Motor an. Zehn Minuten fuhr er langsam vor sich hin. Dann sah er ein Internetcafé. Er hielt. Ging hinein. Benutzte den Drucker. Suchte im Netz nach den Faxnummern des Turiner Polizeipräsidiums. Dann stierte er auf das Blatt, das er sich ausgedruckt hatte: ein falsches Gesuch mit dem Namen David Montorsi darunter. Jetzt mußte er nur noch unterschreiben und die Codes der Sicherheitsagentur einsetzen. Er fing mit den Codes an. Blätterte in seinem Taschenkalender. Er entschied sich für den Prioritätscode: Wenn er schon etwas riskierte, dann richtig. Er lieh sich einen Kugelschreiber. David Montorsis Unterschrift. Versteck dich hinter dem Namen eines anderen. Eigne dir seine Schrift an, verbirg dich hinter seiner Graphie. Ein paar wenige Buchstaben öffnen die Pforte zum Paradies. Du kennst sie. Weitermachen, vortäuschen, nachahmen. Und darauf pfeifen. Er verschickte das Fax. Die Nummer seines Satellitentelefons hatte er beigefügt.

Dann verließ er den schäbigen Laden, vorbei an einer Gruppe von Senegalesen und Ägyptern, die auf ihren billigen Anruf nach Übersee warteten.

Er stieg wieder ins Auto.

Wartete.

Fünf Minuten später teilte er dem kleinen Beamten vom Turiner Polizeipräsidium mit, die Sicherheitscodes seien korrekt. Der kleine Beamte sagte, er werde die Sicherheitsbeamten am Lingotto verständigen.

Lopez hatte freie Bahn.

Eine Viertelstunde später. Wieder stand er vor dem ausdruckslosen Gesicht von Inspektor Fragezeichen. Der sagte: »Du bist vielleicht ein Schlaumeier.« Und fügte hinzu: »Gib die Pistole und die Papiere ab und laß dich durchsuchen. Ich gebe dir genau eine Viertelstunde. Dann komme ich dich persönlich holen.«

Lopez lächelte und ließ sich filzen.

Drinnen, der Weg nach oben: eine ununterbrochene Spirale. Im Treppenhaus (das Parkett: Dutzendware; die Beleuchtung: warm, Ikea für Reiche) gab es mehr Sicherheitsleute als Gäste. Ausschwärmende Journalisten auf der Suche nach dem Büffet: Bienen auf der Suche nach Honig. Die gewundene Fiale schraubte sich hoch und lief in luftigen Windungen aus. Draußen, vor den gläsernen Mauern, die Schwarze Stadt Turin, das Dorf zu Füßen der Familie. Er ging weiter hinauf, bis er den Saal erreichte, in dem der Empfang stattfand.

Lopez, dem heiß geworden war, warf einen Blick in den Saal: Er platzte aus allen Nähten. Ein Typ in einer seltsamen roten Livree kam ihm entgegen. Lopez fragte nach Agrati. Der Typ bat ihn, kurz zu warten. Kaum war er weg, trat Lopez ein.

All die schönen Menschen.

Was für eine Atmosphäre.

Wie großzügig die Familie doch war.

Ein endloses Büffet. Leere Suppenschüsseln. Rotes, blutiges Fleisch, das von einem Metallständer hing: Die Journalisten bearbeiteten es verbissen mit langen, dünnen Gabeln. Irgendwo mußten auch die fünfundzwanzig Meisterwerke hängen. Gedränge um ein Fenster. Lopez trat näher. Ein Balkon. Dort stand der Avvocato und umarmte gerade den Präsidenten. Zwei vertrocknete Mumien, seit Jahren ausgedörrt, Flecken auf der welken Haut, verrunzeltes Pergament mit Leopardenmuster. Wie mitgenommen sie aussahen, als sie sich lächelnd und wie in Zeitlupe umarmten, mit der Vorsicht von Sterbenskranken. Der Avvocato: silbergrau, den Stock in der Rechten, aber ohne seine berühmte Uhr. Mit seiner breiten Nase glich er einem versengten, verwelkten Leguan, einem Reptil mit trockenen Lippen und stacheliger Zunge, das seine Flinkheit eingebüßt hat. Der Präsident: ein uralter Tabakpfriem, dessen wollene Kleidung savoyisches Flair verströmte, die langen Wimpern einer Eule, dieses überaus furchterregenden Nachtvogels. Die Hände, die kaum mehr schütteln, die Geste wird angedeutet, mehr nicht: Haut, die nur noch eine faltige, tote Membran ist, kleine braune Altersflecken, die Vorahnung einer Schüttellähmung. So posierten sie lächelnd für die Fotografen.

Hinter ihnen tauchte Henry Kissinger auf.

Henry: ein alter Bekannter. Kissinger war ungebrochen: nur weißer, als man ihn in Erinnerung hatte, großväterlicher, leutseliger, mit seinen alles durchdringenden tiefblauen Augen – eine Mumie aus besserem Wachs, eine Prostata, die den Dienst versagte. Der Avvocato hatte gar keine Prostata mehr. Über Presse und Fernsehen waren die üblichen Meldungen verbreitet worden: Dem Avvocato geht es schlecht, er ist wirklich schwerkrank, der Avvocato kämpft ums Überleben, der Avvocato schlägt sich wacker, der Avvocato befindet sich auf dem Weg der Besserung. Die Fernsehkameras hatten gefilmt, wie er nach seiner Rückkehr aus Amerika die Gangway seines Privatflugzeugs hinunterstieg – er war nämlich in Amerika gewesen, um sich die Prostata entfernen zu lassen: krumm, gebeugt, übervorsichtig, zittrig und gebrochen. Dieser einst mächtige Greis, der inzwischen finanziell, psychisch und körperlich vor dem Zusammenbruch stand, war die ideale Symbolfigur für den Niedergang der Familie.

Die Journalistenmeute. Die Menschenmenge. Die Minister. Die Staatssekretäre. Die Wasserträger. Die letzten Gäste, neureich und gierig. Unter ihnen mußte sich auch Agrati befinden.

Sie strömten auf einen geschlossenen Saal zu. Ein Einweihungsdinner zum Anlaß der Schenkung der Gemälde an sich selbst.

He, da ist ja auch Salman Rushdie! Ein verwittertes, abgekämpftes Augenlid aus Fett und Muskelschwund – mehr war da nicht. Aber er ist gar nicht mehr fett – was für ein Galan! Sein weiblicher Schatten folgt ihm auf Schritt und Tritt: Selma, der er sein letztes Buch gewidmet hat, in dem er an England kein gutes Haar läßt – dem England, das Millionen dafür ausgegeben hat, ihn vor den radikalen Islamisten zu beschützen, dem England, das sich Khomeinis Fatwa entgegenstellte. Und er bespuckt England, spuckt den Engländern ins Gesicht …

Lopez stieß mit dem Livrierten zusammen. »Ich hatte Sie gebeten, am Eingang auf mich zu warten.«

»Wo ist Agrati?«

»Doktor Agrati erwartet Sie im Foyer. Auf der anderen Seite des Privatsalons. Folgen Sie mir.«

Sie kamen an den gebrechlichen, gebeugten Rücken der alten Mumien vorbei. Kissinger machte Stielaugen, als er Lopez sah. Lopez machte winke, winke.

Sie durchquerten die Eingangshalle zum Privatbereich.

Dann kam der Empfangssaal: Dutzende von gedeckten Tischen. Eine leere Lunge. Eine Architektur, die die Festtafel richtig zur Geltung brachte.

Die Tür. Das Foyer.

Vor der Glasfront stand ein graumelierter Herr im nunmehr erloschenen Licht Turins. Er hatte ihnen den Rücken zugekehrt.

Agrati.

Er sah ganz anders aus, als Lopez erwartet hatte: jugendlicher als seine Frau; hochgewachsen; feine Gesichtszüge; sonnengebräunt; tadelloser Anzug; gepflegte Hände; graue Schläfen; hellblaue Augen, und darin etwas Wehrloses.

Agrati wandte sich zu Lopez um. Der Livrierte ließ sie allein. Doch sie waren nicht allein: Noch immer schritten schöne Menschen durchs Foyer, in Richtung des Salons der Auserwählten, zum Dinner mit dem Avvocato, dem Präsidenten, mit Kissinger und all den anderen.

Agrati trat auf Lopez zu. Er sprach leise, mit eleganter, diskreter Stimme. Ihm war nicht anzuhören, daß er aus der Brianza stammte. Lopez hatte jemand anderes erwartet: Lopez hatte einen unangenehmen Zeitgenossen erwartet. »Gehen wir woandershin«, sagte Agrati. »Kommen Sie, ich zeige Ihnen den Saal des Schützen.«

Sogar Agratis Gang überraschte Lopez: ein selbstsicherer Gang, so als teile sich die Luft vor ihm. Ein königliches Schreiten. Das sogenannte Charisma. Dieser Mann hatte viele Geheimnisse. Ein erstaunlicher Mann.

Sie durchquerten mehrere Räume. Der weltberühmte Architekt hatte gute Arbeit geleistet. Man bewegte sich im Kreis. Jedem Saal war ein Sternzeichen zugeordnet. *Hervorragende* Arbeit. Der Saal des Schützen: in der Mitte eine Installation aus zwei sich kreuzenden Plexiglasröhren, eine verlief vom Boden zur Decke, die andere von einer Wand zur anderen. In der vertikalen Röhre: Pfeile, die von der Decke stürzten und sich mit ebensolchen Pfeilen trafen, die den umgekehrten Weg zurücklegten.

Dann trug ein streitbarer Wind die Pfeile davon. Waagerecht schwebte eine zweite, riesige Plexiglasröhre in der Luft: ein enormes Ding. Agrati blieb stehen, als er Lopez' neugierigen Blick auffing. »Warten Sie's ab. Gleich ist es soweit.«

Lopez: »Was ist gleich soweit?«

»Warten Sie nur. Es geht schon los.«

Die Röhre fing an zu schwanken. Ein schwebendes Erdbeben: Sie wogte hin und her und schüttelte sich mit einem gewaltigen Dröhnen wie von klapperndem Metall. Es war beeindruckend: Die Röhre teilte den Saal des Schützen in zwei Hälften, ein transparenter Lufttunnel, eine absichtlich verzerrte Perspektive. Sie vibrierte, es war überwältigend. Im Zentrum, in der Senkrechten, stiegen und sanken flimmernd und leicht die dünnen Pfeile in dem Glaskanal, der den waagerechten Tunnel schnitt.

Die Intensität der Schwingungen nahm zu. Es war, als zitterte die leere, versteinerte, durchsichtige Wirbelsäule eines unbekannten Tieres. Eine Flöte von Wirbeln: von hohlen Wirbeln.

»Da, jetzt kommt es.«

Plötzlich war es soweit. Lopez stand mit offenem Mund da. Lopez glaubte zu träumen. Es war riesig. Ein *riesiges* Gespenst. Es war ein Pferd. Ein pechschwarzes Vollblut. Es galoppierte mit unvorstellbarer Geschwindigkeit. In seinem rasenden Lauf schüttelte es den kräftigen Hals. Das Donnern der Hufe war ohrenbetäubend. Es wieherte nicht. Sein Blick ging nach vorn ins Leere. Es erinnerte an ein Seeungeheuer, an etwas Unnatürliches, Monströses, ausgebrütet in verborgenen Tiefen, wo sich unbekannte Genmutationen vollziehen. Die Mähne war dicht und fransig: Sie glich einer Algenkrone, die gleißendes Licht ausstrahlte. Innerhalb weniger Sekunden erreichte das Tier den Punkt, an dem die Röhre sich mit dem Kanal kreuzte, durch den die Pfeile flogen. Das Pferd geriet völlig außer Kontrolle: ein, zwei, drei, vier, sechzehn, zwanzig und mehr Pfeile durchbohrten es. Aus dem Vollblut perlte Blut: ein heiliger Sebastian mit Hufen. Es hielt inne, schüttelte sich, schcute: Das Blut triefte nur so herunter. Die Blutsäule stieg, drang in die Plexiglasröhre ein, überschwemmte sie und begann, horizontal abzufließen. Das pechschwarze Pferd versuchte, den langen Kopf über dem Blutstrom zu halten: eine Woge aus rotem Wasser. Es wieherte, ein überwältigender Schrei. Der Kopf begann, sich zu verformen. Es riß das Maul auf, und man sah das vollkommene, blanke Gebiß. Bis der Kopf explodierte. Inmitten des wogenden Blutes platzte das schwarze Haupt des Pferdes auf wie ein reifer Granatapfel. Doch aus den zwei Hälften traten keine Knochen hervor. Etwas beinahe *Menschliches* nahm Form an. Ein Torso. Zunächst nur schemenhaft, dann deutlicher. Es war eine Frau, ein Frauentorso: Die Frau aus leuchtendem, grellem Weiß schien aus einem jahrhundertelangen Schlaf zu erwachen, strahlend, blendend, blond, befleckt vom Blut der Welle, die unbarmherzig weiterwogte. Ihr Torso endete in dem pechschwarzen Hals des Pferdes, die kleinen, violetten Brustwarzen waren blutbefleckt, sie streckte sich: ein weiblicher Kentaur.

Mit einem Schlag war alles verschwunden.

Stumm und mit halboffenem Mund drehte sich Lopez zu Agrati um. »Ein Hologramm. Ich weiß nicht, was diese Installation die Agnellis gekostet hat. Eine der besten zeitgenössischen Arbeiten. Das ist der Saal des Schützen, sie haben bewußt einen der größten zeitgenössischen Künstler damit beauftragt.« Agrati lächelte: Er war so anders, als Lopez erwartet hatte … »Ein Hologramm: im Grunde ein dreidimensionaler Film. Beeindrukkend lebensecht, nicht wahr?« Dann schob er die Manschette hoch, warf einen Blick auf die Uhr. »Ich habe nicht viel Zeit. Wir können uns hier unterhalten. Es dauert einige Minuten, bis das Hologramm wieder kommt. Hier hat man Ruhe.« Stumm flossen die Pfeile durch den gläsernen, senkrechten Kanal, von oben nach unten, von unten nach oben. Dann fragte Agrati: »Was kann ich für Sie tun?«

Lopez kam endlich zur Sache. Dieser Mann hatte ihn so überrascht … »Mein Name ist Guido Lopez. Ich arbeite für die Europäische Sicherheitsagentur …«

Agrati sah ihn geistesabwesend an, unbewegt, fast wie ein Roboter. »Ich weiß Bescheid.«

»Davon gehe ich aus. Ich habe mit Ihren Sicherheitsleuten gesprochen …«

Agrati, unbewegt: »Ich weiß Bescheid.«

»Man hat Sie bestimmt telefonisch verständigt … Es geht um Ihre Frau, Doktor Agrati …«

»Ich bin kein Doktor.«

»Der Zustand Ihrer Frau ist besorgniserregend. Wirklich besorgniserregend.«

»Ich weiß Bescheid.«

»Ich bin persönlich hergekommen, weil es sich um eine heikle Angelegenheit handelt. Ich habe Ihre Frau von Zürich nach Italien gebracht.«

Agrati: *stumm.*

»Die Agentur hatte mich mit der Aufgabe betraut. Es gibt da ein paar offene Fragen.«

»Und zwar?«

»Einige … Einzelheiten, Doktor Agrati.«

»Ich bin kein Doktor.«

»Erstens: Haben Sie die Agentur kontaktiert?«

Ohne zu zögern: »Nein.«

»Auf welchem Weg hat uns die Nachricht über Ihre Frau dann erreicht?«

»Das weiß ich nicht.«

»Was glauben Sie?«

Kurze Pause. »Ich weiß es nicht.«

»Wollte Sie vielleicht jemand kompromittieren?«

»Das weiß ich nicht.«

»Haben wir Sie kompromittiert, indem wir uns um Ihre Frau gekümmert haben?«

Schweigen.

»Ihre Frau war nicht bei Bewußtsein. Der Arzt in Zürich hatte ihr einige Beruhigungsmittel verabreicht, welche, weiß ich nicht…«

»Ich weiß Bescheid.«

»Sie hat die ganze Fahrt über geschlafen… Doch kurz vor dem Ziel, kurz vor Inverigo… also, da kam sie zu sich… Sie war verwirrt… Sie hat Dinge gesagt…«

Agrati, stumm, kühl: keine Antwort.

»Nun, ich behellige Sie hier in der Hoffnung, daß Sie mir einige Aussagen Ihrer Frau etwas näher erläutern können…«

»Und zwar?«

Lopez holte seine Notizen aus der Tasche. »Zum Beispiel, warum Ihre Frau Angst hat, umgebracht zu werden… Und auch, daß Sie umgebracht werden könnten… Was hat das zu bedeuten? Bedeutet es überhaupt etwas?«

Kurze Pause. »Ich weiß es nicht.«

»Sie hat auch einige Namen genannt…«

»So, einige Namen.«

»Zum Beispiel die folgenden… De Vlaeminck… und Mario Ros… Können Sie mir etwas zu diesen beiden Namen sagen?«

»Noch nie gehört. Ich kenne sie nicht.«

Lopez atmete durch. Verdammter Mist. Alles einstudiert. Allerdings spielte Agrati seine Rolle tadellos: nicht ein Anflug von Unsicherheit, keinerlei Anzeichen von Überraschung… »Sie kennen sie nicht. Sie haben noch nie von diesem De Vlaeminck gehört? Und von Mario Ros auch nicht? Sie haben keine Ahnung, wer das sein könnte? Vielleicht handelt es sich um Bekannte Ihrer Frau. Wie ich weiß, engagiert sie sich für wohltätige Zwecke, übt ehrenamtliche Tätigkeiten aus…«

»Ich weiß es nicht.« Völlig unbewegt, eiskalt. »Meine Frau ist krank, Inspektor… Schwerkrank… Sie deliriert… Sie sind das nicht gewöhnt. Ich schon. Sie befragen mich zu Dingen, die im

Delirium gesagt wurden, Inspektor. Das ist … unerhört. Ist es nicht unerhört?«

Vielleicht drang er jetzt doch bis zu ihm durch. »Ja, das ist unerhört … genauso wie die Tatsache, daß eine Frau derartige Todesangst hat … daß sie halb nackt durch Zürich läuft … daß sie bei Tagesanbruch halb nackt auf der Polizeiwache eintrifft … Das ist doch alles nicht normal, oder?«

»Das weiß ich nicht. Ich bin kein Psychiater. Sie vielleicht?«

Dreckskerl. Lopez verstand nicht: Hat der Mann Angst? Er versteckt *alles*. »Nein, ich bin kein Psychiater. Wer ist der Chinese, Doktor Agrati?«

Nicht ein Muskel regte sich. »Ich weiß es nicht. Ich bin kein Doktor. Und wer ist der Chinese?«

»Wer verbrennt im Badezimmer? Warum hat Ihre Frau Angst, man könne sie ermorden, indem man sie in einem Badezimmer verbrennt?«

»Ich weiß es nicht. Sie deliriert eben. So spricht man doch, wenn man deliriert.«

»Wurde Ihre Frau schon einmal eingewiesen?«

»Ja. Sechs Zwangseinweisungen.« Also eine Durchgeknallte.

»Sie lassen sie nicht behandeln?«

Ein ganz langsames Luftholen. Vielleicht zehrte die Selbstbeherrschung allmählich an Agrati … »Aber selbstverständlich, Inspektor …« Ein Blick auf die Uhr. »Haben Sie mir noch etwas zu sagen? Sehen Sie, ich habe noch andere Verpflichtungen …«

Lopez schüttelte den Kopf. Aus diesem Mann war nichts herauszubekommen. »Nein, das wäre alles. Nur noch eine Frage. Handeln Sie noch mit Frischfleisch? Ihre Frau sprach ständig davon …«

»Das ist mein Geschäft.«

»Nicht nur.«

»Nicht nur, aber es gehört zu meinem Geschäft.« Noch ein rascher Blick auf die Uhr. » Wenn Sie mich jetzt bitte entschuldigen würden ... Der Empfang beginnt gleich ...«

Lopez gab ihm die Hand: Die von Agrati war eiskalt.

Agrati ließ ihn allein im Saal stehen.

Leise setzte das Donnern wieder ein. Das riesige Hologramm kehrte zurück.

Vor der Pinakothek. Inspektor Fragezeichen sah ihn neugierig an. Hatte Lopez etwas herausgefunden? Hatte er dem Neureichen Feuer unter dem Hintern gemacht? Lopez schüttelte den Kopf.

Nein.

Unter dem Scheibenwischer klemmte ein Strafzettel. Egal. Sollten doch die Züricher zahlen.

Auf dem Weg nach Mailand. Die dunkle Ebene. Auf beiden Seiten: flache, unsichtbare Felder. Nur selten Garben unter einer weißen, chemischen, phosphoreszierenden Schutzschicht: geisterhafte Blasen in einer reizlosen Landschaft.

Das Satellitentelefon klingelte mehrmals, als er Mailands östliche Vorstädte erreichte. Lopez sah aufs Display. Es war Montorsi. Trotz seiner Verpflichtungen hatte Agrati keine Zeit verloren. Der unangemeldete Besuch eines Inspektors der Europäischen Sicherheitsagentur. Vielleicht war noch ein anderer von der Agentur am Lingotto. Oder vielleicht hatte Inspektor Fragezeichen ein paar Nachforschungen angestellt. Montorsi: ein, zwei, drei Anrufe.

Lopez hob nicht ab. Er konnte sich schon vorstellen, was für ein Rüffel ihn erwartete. Montorsi hatte gesagt: Ein einfacher Auftrag. Er hatte zu ihm gesagt: Stell keine Fragen. Fragen sind überflüssig.

Lopez hatte Ärger gemacht.

Und hatte nichts erreicht.

De Vlaeminck. Mario Ros. Das Frischfleisch. Der Chinese.

Brandstiftung: verbrannte Körper in einem Badezimmer. Wo hatte er so etwas schon gehört?

Wieder klingelte das Telefon. Wieder ein Anruf aus dem Ausland. Montorsi. Ein wütender Montorsi.

Lopez hob nicht ab.

Calimani rief er auch nicht an.

Er fuhr direkt zu sich nach Hause. Er war schon seit Monaten nicht mehr da gewesen.

In der Dunkelheit, im Muff der staubigen Wohnung, zeichnete sich der ausgetrocknete Papyrus schemenhaft ab. Lopez machte nicht einmal das Licht an.

Nackt warf er sich aufs Bett.

Er griff nach einer verschlissenen Steppdecke, die nach ungelüftetem Schrank muffelte.

De Vlaeminck.

Mario Ros.

Das Frischfleisch.

Der Chinese.

Der Schlaf ließ auf sich warten. Immer wieder gingen ihm die Namen durch den Kopf. Fremde Laute. Frischfleisch. China. Import-Export.

Irgendwann spät in der Nacht schlief er ein, er hatte jegliches Zeitgefühl verloren.

Beim Wegdösen tauchte noch einmal das Hologramm deutlich vor seinem geistigen Auge auf, der aufgeplatzte Pferdeschädel, die weiße Frau, die in einem Blutstrom dem Inneren des schwarzen Pferdes entstieg.

Er erwachte vom Klingeln seines Telefons. Erst wollte er nicht abheben. Dann tat er es doch.

Es war Calimani.

Es war acht Uhr morgens.

In der vergangenen Nacht hatte Luigi Agrati in seiner Villa in Inverigo Selbstmord begangen. Davor hatte er seine Frau umgebracht. Die Bodyguards waren nicht dagewesen.

Nach Wochen zog Lopez die Rolläden hoch. Das Zimmer wurde von Licht überflutet und nach langer Zeit wieder einmal richtig gelüftet. Es war ein frischer, herrlicher Tag.

James Cameron
Peking, 8. September 2002, 01:25

Janguomenwai: das Viertel der Botschaften und Konsulate.

Der riesige, himmelhohe Spiegel des Sheraton Great Wall in der Donghuan-Straße. Der Franzose hatte sich für das amerikanische Hotel entschieden.

Cameron parkte gegenüber vom Hoteleingang. Die 4x4-Jeeps verschwanden in der riesigen Tiefgarageneinfahrt des Hotels.

Cameron blieb im Mercury sitzen.

Nicht aussteigen. Laß dich bloß nicht blicken. Sie denken, du seist tot. Sie denken, Kremer seist *du* gewesen.

Er wartete etwa zehn Minuten. Er rechnete: von der Tiefgarage in die Eingangshalle. Von der Eingangshalle aufs Zimmer. Zehn Minuten. Ein Glückstreffer: fünf Fenster, die fast zeitgleich erleuchtet wurden: die Zimmer des Franzosen und seiner Bodyguards. Im siebten Stock. Ein Glückstreffer.

Er wußte genau, wo sich der Franzose aufhielt.

Er konnte ihn sich holen, wann immer er wollte.

Er blieb im Mercury. Bewegte sich nicht. Er rechnete. Er rechnete und dachte nach. Dachte scharf nach. Der Adrenalinspiegel sank nicht. Der Schock, den Cameron erlitten hatte, war von der Sorte, die Mediziner als schwer bezeichnen. Seine Wunden lecken konnte er später. Jetzt galt es, Wunden zuzufügen. Dann würde er sich überlegen, wie es weitergehen sollte.

Peking brannte. Peking glühte. Peking war eine Geschichte, die böse endete.

Er war ein Witwer in jeder Hinsicht. Ein Witwer seiner selbst, ein Witwer von Peking und von Wilberg.

Er mußte wieder ganz von vorn beginnen. Wo? Wie? Das

wußte Cameron nicht. Jetzt war nicht der Zeitpunkt, über das Wo und Wie nachzudenken.

Vor sich sah er die Gesichter des Franzosen und Lei Yongs, ein bohrender Schmerz in den Schläfen.

Der Franzose hatte es sich in seiner Suite gemütlich gemacht. Er hatte einen langen, harten Arbeitstag hinter sich, Schwerstarbeit. James Cameron rechnete: Er hatte mindestens bis sechs Uhr morgens Zeit. Fünf Stunden Freiheit, bevor er zurückmußte, um den Franzosen zu überwachen: Würde er in Peking bleiben? Würde er abreisen? Vor sechs Uhr würde er jedenfalls nichts unternehmen: Vorher würde er sich nicht vom Fleck rühren. Peking war eine *ruhige* Metropole. Und vor sechs gab es keine interkontinentalen Flüge. Außer, er hatte einen Privatjet zur Verfügung. Cameron durfte den Franzosen nicht verlieren, aber er brauchte Zeit, um sich um Lei Yong zu kümmern.

Er wußte, wo er Lei Yong finden konnte. Lei Yong war ein Familienvater. Cameron war schon ein paarmal bei ihm zu Hause gewesen, mit Wilberg. Lei Yong machte mit den Lieferungen seinen eigenen Schnitt. Er hatte seine eigenen kleinen Dealer, ein winziges, unbedeutendes Netz, das niemanden interessierte: Der Te Wu ließ ihn gewähren. Ein Jahrzehnt waren sie schon gemeinsam im Geschäft: Und dann schaltet Lei Yong sie aus, mit Hilfe des Franzosen.

Cameron überlegte weiter. Er brauchte Zeit. Er wollte den Zugang zum Datennetz der CIA überprüfen: Wilbergs Benutzerkonten zum Beispiel. Sichergehen, ob die CIA sie wirklich ausgebootet hatte.

Camerons und Wilbergs Privatkonten: ein interessantes Netz von Bankverbindungen, sämtliches an der CIA vorbeigeschleustes Geld, aufgeblähte Lieferungen, Zahlungseingänge, die um winzige Bruchteile gekürzt worden waren. Das Ersparte aus zehn Jahren: wie bei einem braven Angestellten. Die Codes hatte er auf dem Laptop. Den Laptop hatte er jetzt nötiger als je zuvor. Er würde sich etwas einfallen lassen müssen, um zu verhindern, daß sein Zugriff zurückverfolgt würde. Wenn die CIA sie ausgebootet hatte, dann war es nicht gerade vernünftig, mit den üblichen Benutzernamen und Paßwörtern auf das Datennetz zuzugreifen.

Er dachte nach. Vielleicht würde er aus Lei Yong das eine oder andere herausquetschen können, bevor er ihn kaltmachte.

Lei Yong war tot, Cameron würde ihn umlegen. Leicht war das nicht. Vielleicht würde der chinesische Bastard sich von einer Leibwache beschützen lassen. Aber nur vielleicht: Schließlich ging er davon aus, Wilberg und er seien tot. Es würden noch mindestens zwölf Stunden vergehen, bis Kremer identifiziert wurde.

Zwölf Stunden: alle Zeit der Welt. Alle Zeit, die er brauchte.

In der Suite des Franzosen und in den Zimmern seiner Bodyguards gingen die Lichter aus.

Cameron würde um sechs wieder da sein. Sheraton Great Wall: die Klagemauer.

Er fing an zu zittern. Er riß sich zusammen.

Das Adrenalin hatte wieder angefangen zu zirkulieren. Das reinste Herzflimmern. Er hatte keine Zeit nachzudenken.

Er ließ den Mercury an.

Die Zeit war knapp.

Wenige Stunden nach seinem Tod begann er selbst mit der Vendetta.

Vor seinem geistigen Auge sah er, wie Lei Yongs Schädel explodierte: dieser chinesische Bastard.

Auf dem Weg zu Lei Yong, Richtung Dongsi, nördlich vom Pekinger Ostbezirk. Dazhalan: Jahrmarkt der Eitelkeiten, die Geschäftsmeile par excellence: die Touristenpostkarte. Aber voller interessanter Geheimnisse.

So viele Erinnerungen. Aber sie waren alle mit Wilberg verbunden.

Lei Yongs Schädel: Er würde ihm eine Kugel in den Kopf jagen.

Lei Yong. Wilberg. So viele Erinnerungen. Peking, meine Teuerste. Peking, *mon amour.*

Dazhalan. Die Chinesinnen aus der Oberschicht, die durch Textilwolken wandeln, während sich die weiten Schlitze ihres *qipao* im Wind öffnen.

Dazhalan. Da war die Tongrentangyaodian: eine dreihundert Jahre alte Apotheke. Eine Drogerie in einem Alchimisten-Museum. Parfümiertes, honigsüßes, wurmstichiges Holz. Produkte für Touristen oder alte Chinesen: Harmonie der Gegensätze – Kuhmägen, Hirschgeweihe, Seepferdchen, Schlangengalle, Pulver, Tinkturen, Ölessenzen, Salben, Heilkügelchen aus parfümiertem Holz.

Dazhalan. Das alte Theater in der Roushijie. Anstelle der Oper, die keine Zuschauer mehr anzieht: B-Movies, Kung-Fu-Filme und lächerliche Schmachtfetzen. Er und Wilberg betraten das Theater an gewissen Nachmittagen, genehmigten sich einen Joint von feinster Qualität, verstanden kein Wort, lachten.

Dazhalan. Die Verlängerung nach Osten: Xianyukou Jie. Nummer 97. Da. Die Bäder. Camerons und Wilbergs Paradies. Das Schnitzwerk in der Fassade, die klassischen Steinsäulen: ein seltsames Mischmasch, die Quintessenz alles Chinesischen. Hinter der Fassade, weitläufig und schmutzig, großartig und dekadent, das öffentliche Bad. Das Schwimmbecken im Männerbereich: Minzextrakt im dunkelblauen, glitzernden, öligen Wasser. Geweitete Nasenlöcher, die heiße Dusche, die Massagen der alten *zhong-kui*, der Exorzisten, die Dämonen in Form von Schweiß austreiben, kleinste Muskelverspannungen lösen und die Verdauung wieder in Gang bringen. Der große Massagesaal namens Mu-Xing: also Jupiter, der Planet des Ostens, dessen Umlaufbahn um die Sonne sich nur alle zwölf Jahre vollendet und der daher auch *tai-sui* genannt wird, das Große Jahr. Auf den warmen Marmorplatten im Saal des Großen Jahres liegen und sich durchkneten lassen. Die Chinesen glaubten, das Große

Jahr könne in Gestalt eines mit Augen übersäten Fleischklumpens auf die Erde stürzen. Sollte dies eintreffen, mußte man den Klumpen totschlagen und ertränken, um die Zeit des großen Mangels für immer zu überwinden. Und tatsächlich leuchtete inmitten des riesigen kreisrunden Saals unter der hohen Decke die unglaubliche Lampe aus bunten Kristallen, die alle die Form eines Auges hatten, ein Auge aus Augen, die in alle Richtungen sehen können, ein Auge, das alles sieht.

Durch dieses öffentliche Bad gingen die auf dem Langen Marsch völlig verwahrlosten Revolutionäre. Zu Tausenden, schmutzig, erschöpft, verausgabt und völlig entkräftet gingen sie unter die Dusche, die erste warme Dusche, unter der sich das geronnene Blut aufgeschlitzter Reaktionäre löste, Krusten geronnenen Blutes auf der staubübersäten Haut. Das Blut löste sich und tropfte auf die jahrhundertealten Fliesen hinunter, Geronnenes mischte sich wieder mit Wasser und verschwand in den Abflüssen. Tausende von Männerkörpern, die erst wartend in einer Reihe standen, einer endlosen Reihe quer durch Peking, und dann in den heißen Mentholdampf eintauchten. Das Blut befleckte die Fliesen, wurde verwässert, löste sich auf und floß ab.

So viele Erinnerungen. So viele Erinnerungen, die alle mit diesem Ort verbunden waren.

Plötzlich, die Dongzhimen Nandajie. Das Viertel, in dem sich Lei Yongs Haus befand. Die Häuser wurden klein, duckten sich zusammen wie verängstigte Frauen. Die Stadt weitete sich: Gärten. Die Vegetation: nachtschwarz. Spärliche Beleuchtung. Das Viertel mit den Einfamilienhäusern. Cameron steuerte den Mercury langsam und nachdenklich vor sich hin. Die erste Querstraße, die zweite. Man mußte rechts abbiegen, das wußte er noch: aber wann? Eine defekte Laterne. Auf der Straße: kein Mensch. Die sanft ansteigenden Dächer der Einfamilienhäuser. Massenware: für eine gutsituierte Masse.

Er entdeckte die Straßenecke. Wilberg hatte einmal hier auf

ihn gewartet, genau an dieser Straßenecke, eine Zigarette rauchend. Cameron hatte das Bild noch genau vor Augen.

Er stellte den Mercury ab.

Stieg aus und ging zu Fuß zurück.

Seine Augen gewöhnten sich rasch an die Dunkelheit. Er zitterte. Das Adrenalin, die vertraute Schwester Adrenalin: Laß mich nicht allein, vertraute Schwester Adrenalin. Es brachte nichts, noch eine Line Koks zu schnupfen. Er fühlte sich, als wäre er aus demselben Stoff wie der Stoff, als bestünde er aus nichts anderem. Der Stoff hatte ihn zu dem gemacht, was er war: Er hatte ihn aufgebaut. Er hatte ihn vernichtet. Die Hauptstadt des Stoffs hatte ihn abserviert.

Das dritte Haus auf der rechten Seite.

Es brannte kein Licht. Es war spät.

In den Nachbarhäusern: kein Licht.

Das Tor zu Lei Yongs Einfamilienhaus war nicht abgesperrt. Cameron achtete darauf, jegliches Quietschen zu vermeiden. Er spürte den Rost auf den Fingerkuppen, ein unangenehmes Gefühl, Schuppen aus oxidiertem Metall, die sich von dem Eisenkörper ablösten.

Vielleicht gibt es Hunde. Ja, erinnerte er sich, es gab einen Hund: Er blieb im Haus, ein zahmer kleiner Mischling.

Cameron sah sich nach Wachposten um.

Nein, Lei Yong hatte keine Bodyguards. Vielleicht hatte er sich für diese Nacht einen anderen Aufenthaltsort gesucht, ein sicheres Haus. Aber er hatte Familie, das wäre umständlich gewesen, er hätte dann auch seine Frau und die beiden Kinder umquartieren müssen.

Cameron ging zweimal ums Haus herum. Vorsicht vor den Fenstern: kein Lichtschein. Er suchte nach Hinweisen auf eine Leibwache im Haus.

Nichts. Stille.

Geduckt blieb er auf der Rückseite des Hauses stehen.

Der Hintereingang war abgeschlossen. Cameron erwog, das Schloß aufzubrechen, bemerkte aber das Zittern der Glasscheiben im oberen Teil der Tür. Das Risiko, Lärm zu verursachen, war zu hoch.

Er überlegte weiter. Geduckt ging er durch die Dunkelheit zum Vordereingang zurück. Die Pflanzen des Vorgartens schirmten ihn vor neugierigen Blicken von der Straße ab, wenigstens bis zur Veranda am Vordereingang.

Er wartete.

Lauschte auf die Geräusche.

Vielleicht war im Inneren des Hauses jemand wach. Vielleicht bewegte sich jemand im Dunkeln.

Nichts.

Wenn Lei Yong überhaupt da war, schlief er tief und fest. Logisch: Kremer hatte es in tausend Stücke zerfetzt. Sie mußten ihn erst wieder zusammensetzen. Bestimmt waren die Zähne ebenfalls zerstört. Es würde einige Zeit in Anspruch nehmen, bis die Obduktion abgeschlossen war. Bis Kremer identifiziert wurde, war Cameron längst in Sicherheit. Lei Yong glaubte, daß Cameron tot war. Er kannte Cameron und Wilberg, er wußte: Waren sie erst einmal ausgeschaltet, gab es keine Hintermänner, die sich an aussichtslosen Racheaktionen versuchen könnten. Cameron und Wilberg waren sogenannte *schwache Opfer*. Ihre Stärke bestand gerade darin, von allem und jedem unabhängig zu sein: Sie waren äußerst flexibel, effizient, entschlossen, sie beschränkten sich auf das Wesentliche. Aber das war auch ihre Schwäche: Sie konnten sich nicht schützen. Sich vor wem schützen? Vor was? Sich vor dem schützen, der hinter dem Franzosen stand.

Im Halbdunkel nahm Cameron etwas wahr.

Cameron zuckte zusammen.

Cameron duckte sich wie eine Frau.

Die Eingangstür war offen, angelehnt.

Rasch trat er ein. Die Tür knarrte nicht, sie kehrte in die angelehnte Position zurück, blieb einen Spalt weit offen.

Cameron machte eine Rolle über den Boden, hinter ein Sofa.

Verharrte ein paar Minuten lang dort. Lauschte.

Absolute Stille.

Alles dunkel.

Wo sind sie? dachte er.

Der Schalldämpfer war an seinem Platz. Cameron dachte an die Taschenlampe. Dann sagte er sich: Nein. Kein Licht. Er hatte sein Infrarot-Zielfernrohr dabei. Die Waffe war durchgeladen. Er wartete auf den Hund. Nicht das dumpfe Geräusch des Projektils würde das Problem sein, sondern das Winseln des Mischlings, wenn er verendete.

Doch der Hund kam nicht.

Er richtete sich halb auf.

Brachte das Infrarot-Zielfernrohr an.

Er kniff das linke Auge zu. Für einen kurzen Augenblick überkam ihn ein leichter Schwindel.

Dann war alles grün. Grün und schwarz.

Er bewegte sich wie in einem Aquarium, um ihn herum nichts als Schatten, keiner davon menschlich. Eine häusliche Szene: der nicht abgeräumte Tisch, das angefangene Stück Torte auf einem Teller, die halbleere Cola. Das Sofa, der Teppich: Dutzendware. An den Wänden nicht zu identifizierende Bilder. Alles grün und schwarz, grobkörnig, aber man konnte sich orientieren. Ein Tresen, der das Wohnzimmer von der Küche trennte: Kochlöffel an den Wänden, schmutzige Teller in der Spüle. Er sah hinter dem Tresen nach: nichts.

Von dem Hund keine Spur.

Von der Frau, den Kindern keine Spur.

Von Lei Yong keine Spur.

Die Treppe in den ersten Stock: gefährliches Gelände. Cameron kroch die Stufen hoch, den Bauch an den Fußboden gepreßt. *Diese* Art von Anstrengung war er nicht mehr gewöhnt. Tief in ihm verankerte Reflexe setzten ein, machten ihn hellwach und geschmeidig. Er robbte weiter nach oben. Zum Treppenabsatz. Zu dem im rechten Winkel abgehenden Gang.

Er beugte sich ein klein wenig vor. Riskierte mit dem Zielfernrohr einen Blick um die Ecke. Er sah einen Schatten und zog den Kopf zurück.

Er versuchte es noch einmal. Derselbe Schatten in derselben Position. Horizontal. Vielleicht war es der Hund.

Es war nicht der Hund.

Es war Lei Yongs Frau. Rechts, in zwei Meter Höhe, sah er den schwarzen Blutspritzer auf der phosphoreszierenden Wand.

Ein Kopfschuß.

Die Haut phosphoreszierte, ein helles, blendendes Grün.

Die verzerrte Grimasse sagte alles.

Die halboffenen Augen blickten starr in verschiedene Richtungen.

Auf dem Boden staute sich das Blut zu einem homogenen, öligen Fleck, tiefschwarz im grellen Display des Nachtsichtgeräts.

Er hob ihr Gesicht an. Irgend etwas Klebriges hielt es fest. Er überwand den schwachen Widerstand.

Die Schläfe war offen. Eine schwarz klaffende Wunde.

Ein einziger Schuß. Die Kugel war am Nacken ausgetreten, auf der rechten Seite, wo das blutverklebte, schon wieder getrocknete Haar steif und waagerecht vom Schädel abstand.

Am Ende des Gangs brannte Licht in einem Zimmer.

Das grelle Licht war unerträglich.

Camerons rechtes Auge war wie geblendet.

Er setzte das Zielfernrohr ab. Das warme Licht der Lampe am Ende des Gangs spülte wie eine Welle über ihn hinweg.

Cameron kroch weiter vorwärts. Er spürte, wie der steife Körper der Frau gegen seine Seite drückte. Etwas Menschliches, etwas, das menschlich gewesen war und jetzt reglos und steif dalag.

Die zwei Türen links und rechts vom Gang waren geschlossen.

Er entschloß sich für das Zimmer, in dem Licht brannte.

Lei Yongs Kopf lag im Nacken, sein Mund stand halboffen. Hinter ihm an der Wand klebte geronnenes Blut. Der harte Lauf seiner Pistole steckte im halboffenen Mund; die Waffe selbst ruhte auf seiner Schulter. Durch den Rückstoß war die Hand zurückgeschnellt und lag nun über der Armlehne. Lei Yong saß auf einem Drehsessel hinter seinem Schreibtisch.

Der Schauplatz eines Selbstmords.

Cameron trat näher. Ein Schuß. Er schnüffelte an den Fingerkuppen der linken Hand. Lei Yong war Linkshänder. Kein Korditgeruch. Auf den ersten Blick sah es so aus: Lei Yong tötet seine Frau. Vielleicht tötet er die Kinder. Dann begeht er Selbstmord. Der Schauplatz eines Selbstmords.

Cameron bemerkte ein abgebrochenes Stück Schneidezahn auf dem Boden, auf Höhe der herabhängenden linken Hand. Er sah genauer hin. Der Pistolenlauf oder die Kugel hatte die Schneidezähne zertrümmert.

Das war nicht der Schauplatz eines Selbstmords.

Es war der Schauplatz eines vorgetäuschten Selbstmords.

Sie hatten ihn ausgeschaltet.

Der Rolladen war geschlossen. Er ließ kein Licht nach außen dringen. Cameron hatte es von draußen nicht sehen können. Dort war alles dunkel. Niemand konnte etwas sehen.

Er öffnete die Tür links vom Gang. Das Schlafzimmer Lei Yongs und seiner Frau: leer. Er sah unter dem Bett nach.

Nichts.

Dann stand er vor der anderen Tür, von der Treppe aus gesehen rechts vom Gang. Dort lag der aufgedunsene, steife Körper der Frau. Cameron wußte schon, was er gleich sehen würde.

Zwei Löcher in zwei Stirnen. Je eine Kugel pro Stirn. Auf den Kissen waren nicht einmal Blutflecken zu sehen. Im grobkörnigen grünen Licht des Zielfernrohrs sahen die beiden Kleinen aus wie Puppen, wie Marionetten mit verrenkten Gliedmaßen in einem unnatürlichen Schlummer.

Die zwei kreisrunden Löcher waren makellos und sauber.

Zwei makellose schwarze Löcher.

Er kehrte in Lei Yongs Zimmer zurück.

Der Schreibtisch. Der Computer. Tausend Vermutungen drängten sich Cameron auf – er drängte sie mit Hilfe des Adrenalins zurück. Sie haben ihn umgelegt. Erst haben sie Wilberg und mich umgelegt. Dann ihn. Er glaubte, Wilberg und mich erledigt zu haben, dabei stand er selbst auf der Abschußliste.

Wer hatte das getan?

Warum?

Das Netz für die Drogenlieferungen ins Ausland, nach Amerika und Europa, war vernichtet. Sie hatten beschlossen, alles neu aufzuziehen. Doch wer zog jetzt die Fäden? Er hätte Zeit gebraucht: um unterzutauchen, am besten in Peking. Zeit, um abzuwarten, um zu beobachten, wie alles neu organisiert wurde. Zeit, die er nicht hatte. Zeit war keine Ressource, die ihm zur Verfügung stand.

Sie würden herausfinden, daß der Westler in Wilbergs Begleitung nicht Cameron war. Sie würden Kremer identifizieren. Dann würde er Peking nicht lebend verlassen. Er hatte noch maximal zwölf Stunden.

Er hatte keine Zeit.

Der Franzose hatte sich um ihn und Wilberg gekümmert. Cameron war ihm vom Flughafen bis zum Sheraton Great Wall gefolgt. Der Franzose konnte Lei Yong und seine Familie nicht ausgeschaltet haben. Das hatten die Chinesen erledigt, eine Sache unter Chinesen.

Er dachte: Die CIA hat uns ausgeschaltet, der Te Wu hat Lei Yong erledigt. Das Netz war zerstört.

Jetzt begann etwas Neues.

In Peking würde alles anders werden. Das hieß: In Europa und Amerika, wo der Stoff hinging, würde alles anders werden. Was genau? Der Preis? Die Bestimmungsorte? Aber warum hatte man sie ausgeschaltet? Sie hätten sich an die neuen Spielregeln doch besser angepaßt als irgendwer sonst. Was war jetzt anders?

Wenn er herausfinden könnte, was anders war, hätte er eine Erklärung für seinen eigenen Tod. Eine Erklärung für sein eigenes Leben: ein Leben, dessen Grundlagen in der Hauptstadt vernichtet worden waren und das sich jetzt auf wer weiß welchen Bahnen bewegte.

Viele Vermutungen in wenigen Sekunden. Die rasche Auffassungsgabe des Gehirns. Große Schwester Adrenalin.

Er mußte verschwinden. Und zwar schnell. Ruhig, aber schnell.

Nachdenklich sah er auf den steifen, aufgedunsenen Körper der Frau hinunter, der vor ihm am Boden lag. Er war im Begriff, darüberzusteigen.

Dann dachte er: *Eine* Möglichkeit gibt es.

Er drehte auf dem Absatz um.

Lei Yongs Leiche im Sessel: Laß ihn so. Alles muß bleiben, wie es ist. Sie werden die Sache vertuschen. Er mußte herausfinden, ob sie an *alles* gedacht hatten.

Cameron quetschte sich zwischen den Schreibtisch und Lei Yongs Beine: Sie waren starr.

Auf dem Boden stand der Computer. Der Bildschirm auf dem Schreibtisch war ausgeschaltet.

Cameron streckte sich. Sein Rücken schmerzte. Er achtete darauf, das Gehäuse nicht zu bewegen, als er es in Augenschein nahm.

Idioten. Sie hatten nicht an alles gedacht.

Er trat wieder ins Dunkel, die ausgebaute Festplatte von Lei Yongs Computer in der Tasche.

Vielleicht fand er hier Antworten. Vielleicht fand er hier die *entscheidenden* Fragen.

Sobald er Gelegenheit dazu hatte, würde er die Daten sichten.

Dann überkam ihn Panik: echte Panik. Er sah Lichtpunkte. Er spürte, wie seine Hand zitterte, die verschwitzte Handfläche, die Lei Yongs Festplatte umklammert hielt. Warum haben sie sie nicht mitgenommen? Weil sie wissen, daß ich noch am Leben bin, dachte er. Sie wollten, daß ich es bis hierher schaffe. Sie kommen rein, legen mich um. Sie haben den Mörder von Lei Yong und seiner Familie: mich, als Leiche. Sie haben den Honig dagelassen: Und die Biene ist ihnen auf den Leim gegangen.

Ich bin die Biene.

Etwas knarzte. Er hörte ein Kratzen.

Sie kamen herein. Sie kamen in Lei Yongs Haus. Es war eine Falle. Er war ihnen auf den Leim gegangen.

Die Biene fuhr den Stachel aus. Sie würde alles Gift verspritzen, das sie hatte, bevor man sie zerquetschte.

Cameron kauerte sich noch einmal neben den Leichnam der Frau nieder. Ein schwacher Duft stieg ihm in die Nase. Lei Yongs Frau hatte ein süßliches Parfüm benutzt, bevor sie massakriert wurde. Auf dem Display sah er, wie sich das Blut auf dem Teppich ausbreitete, zähflüssig wie Pudding: eine Luftblase.

Von unten hörte er ein trockenes Geräusch.

Sie waren schon unterwegs.
Sie kamen hoch, um ihn zu holen.
Cameron preßte sich flach auf den Boden.
Er visierte die Stelle an, wo die Treppe nach unten führte. Er zielte auf Kniehöhe.
Als das erste Knie auftauchte, feuerte er.

Es war kein Knie. Es war das Köpfchen von Lei Yongs Hund. Cameron ging hinüber zur Wand, von der das Blut tropfte. Der Schuß hatte dem Hund den Kopf abgerissen. Drei Stufen weiter unten sah Cameron den Kadaver liegen. Er zuckte noch.

Er war frei. Und zitterte. Die Festplatte ging ihm nicht mehr aus dem Kopf. Er hatte Angst, weiter darüber nachzudenken. Schlamperei. Oder eine Absicht, die er nicht zu deuten wußte. Wurde er manipuliert? Wußten sie, daß er nicht tot war? Hatten sie Kremer schon identifiziert?
Zitternd trat er in die schwarze Nacht hinaus. Eine Überdosis Adrenalin. Er verlor allmählich die Kontrolle. Er atmete ein. Und aus. Und trat auf die Straße hinaus.
Auf der engen Gasse: kein Mensch weit und breit.
Dunkelheit.
Die Straßenecke. Die defekte Laterne. Im Schatten: der Mercury.

Er stieg ein, ließ den Motor an. Er wußte nicht, wohin.
Das Adrenalin machte ihn benommen.
Er atmete ein.
Die Schläfe der Frau war aufgerissen, offen, ein Geheimnis. Eine okzipitale Vagina.
Er atmete aus.
Lei Yongs Zahn, gerillt, gebrochen.
Er atmete ein.
Die kleinen Löcher, die kleinen Kinder im Schlaf.

Er atmete aus.

Wilbergs Arm in Großaufnahme, er beschreibt noch einen Bogen, fliegt brennend durch die Luft.

Cameron hält den Atem an.

Das riesige Peking. Das verlorene Peking. Das tödliche Peking.

Die Atmung setzt wieder ein.

Im Wagen, in der Dunkelheit, stadtauswärts.

Der stockende Atem.

Alles war vorbei.

Etwas völlig Neues hatte begonnen.

Guido Lopez
Inverigo, 7. September 2002, 08:35

Das übliche Schauspiel. Der übliche Ekel. Ein Gefühl wie anhaltender Brechreiz. Die Vorboten: Man parkt, steigt aus dem Wagen, ein klarer Tag, eiskalte Windböen. Am Tor die Streifenwagen, die verstreuten Beamten, nutzlos im Wind flatternde rot-weiß gestreifte Absperrbänder. Und Calimani mit hängendem Kopf: Man merkte ihm den Pechvogel an, die Unfähigkeit, den inneren Widerwillen zu unterdrücken, der nicht auf Wut, sondern auf Frustration beruhte, das ständige Erkunden von Tod, Unglück, verlassenen Häusern, Leichen und Tatenlosigkeit. Armer Calimani: unrasiert, ungekämmt, eine abgetragene, uralte Steppjacke in fauligem Grün.

Lopez stellte den BMW vor dem Tor ab. Er bahnte sich einen Weg durch die Beamten. Calimani reckte seinen abgekämpften Dromedarhals. Sah Lopez. Lächelte. Und wartete, bis Lopez neben ihm stand.

»Netter Zufall, was, Guido?« Immer überspielt man sie mit dieser bemühten Ironie, die sowieso sinnlos ist: diese Augenblicke vor der Konfrontation mit der Leiche, mit dem geronnenen Blut.

Lopez nickte. Calimani blätterte in irgendwelchen Unterlagen. »Was ist das?«

»Der Bericht. Wir haben sie nicht selbst gefunden. Es kam ein Anruf. Ich war am Apparat. Das hat mich umgehauen. Erst gestern abend hatte ich dir die Informationen über Agrati zusammengestellt. Du hast dich nicht gemeldet, und dann das …«

»Ich hatte keine Zeit. Was ist mit dem Bericht?«

»Nichts Besonderes. Die Leichen sind noch im Haus. Ich habe sie nicht abholen lassen, ich habe auf dich gewartet.«

»Nach was sieht es aus?«

»Selbstmord. Er hat sich in den Mund geschossen. Davor hatte er seine Frau umgebracht. Ein gewissenhafter Mann, dieser Agrati: ein einziger, sauberer Schuß, mitten in die Stirn. Die Frau schlief oder war nicht bei Bewußtsein.«

»Wahrscheinlich letzteres. Sie nahm starke Psychopharmaka. Sie hatte gerade erst einen Anfall gehabt. Wann wurden sie gefunden?«

»Um halb fünf. Einer vom Personal rief auf der Polizeiwache in Inverigo an. Die Kollegen waren in wenigen Minuten da.«

»Das Personal war nicht im Haus?«

»Nein. Der Bursche, der sie gefunden hat, kam morgens um viertel nach fünf in die Villa. Agrati hatte gestern abend entsprechende Anweisungen erteilt. Er wollte seine Ruhe haben. Manchmal bleibt das Personal über Nacht. Gestern war niemand da.«

»Die Bodyguards auch nicht? Agrati hat eine Leibwache ...«

»Die sind um sechs gekommen, da war das Einsatzkommando schon da. Wir haben sie in Gewahrsam genommen. Agrati hatte um neun einen Termin in Mailand. Dann mußte er weiter nach Malpensa. Ich habe nicht richtig verstanden, um was es da ging: irgendeine Lieferung, anscheinend kümmerte er sich um bestimmte Lieferungen höchstpersönlich. Die Bodyguards sind völlig fertig.«

»Hatten die keine Nachtschichten?«

»Ach was. Es gibt eine Alarmanlage, die direkt mit dem Polizeirevier verbunden ist, ein ganz komplexes System. Die Leibwächter nahm er nur mit, wenn er unterwegs war.«

Lopez wurde von einer Staubwolke eingehüllt und bekam etwas ins Auge. Eine steife Brise. Kein Wölkchen am Himmel. Am schönen lombardischen Himmel. »Kannst du gleich eine Autopsie vornehmen lassen?«

Calimani: »Keine Chance. Das Leichenschauhaus ist randvoll

mit Marokkanern und Albanern. Allein heute müssen sie vier abarbeiten.«

»Vergiß die Marokkaner und Albaner. Setz mir Agrati ganz oben auf die Liste. Die Frau kann warten. Aber Agrati, den setz mir auf Platz eins.«

»Na ja, mal sehen, was der Pathologe sagt … Ich versuch mein Bestes …«

»Ich lasse jemanden von der Agentur anrufen …«

»Super, Guido, tolle Idee … Laß jemanden von der Agentur anrufen … Wir sind hier in Süditalien. Mailand gehört mittlerweile zum Süden. So erreichst du gar nichts.«

Lopez grinste. »Mailand gehört mittlerweile zu Brüssel.«

Der Garten: sattes Grün. Ein Rosengarten. Das Häuschen der unglücklichen Familie. Im Garten: Beamte aus der Via Fatebenefratelli. Sie erkannten Lopez. Fragende Gesichter: Was machte Lopez bloß hier – hatte er sich nicht zur Europäischen Sicherheitsagentur versetzen lassen?

Das Übliche: Männer, die aussahen wie Fragezeichen.

Weiter am Rand stand kreidebleich der Typ vom »Personal«, der die Leichen gefunden hatte. Er redete wie ein Wasserfall und gestikulierte wild. Es war, als würde er von einem Wind anderer Art durchgeschüttelt. Da kann man nicht die Schotten dichtmachen. Der *Entdeckung* ist man nackt ausgesetzt.

Arm, ruhig, wehrlos: Sie tun ihre Arbeit. Wenn nicht ein Tumor oder ein Schlaganfall dazwischenkommt, berührt sie die Sache mit dem Tod nicht einmal.

Man macht immer weiter, wie eine Maschine. Sie ist Barbie, du bist Ken. Aus Plastik, mit der lebensnotwendigen Stromversorgung von Duracell. Man bewegt sich und weiß nicht einmal, warum.

Hinein, ins Innere: ins Haus.

Der Eingang: beschattet von einer Kletterpflanze, die sich an einem hübschen Spalier emporrankte. Klare, kalte, schneidende Schatten. Ein Blick gen Himmel: ein Meer von Licht, ein Spiegel.

Lopez betrat das Haus.

Der Flur war schlecht beleuchtet, man konnte nicht viel erkennen. Ein Menschenauflauf. Mit gesenktem Blick lehnten die Bodyguards an der Wand, bleich im Gesicht. Lopez sah ihren Chef, mit dem er sich wegen des Transports von Agratis Frau gestritten hatte. Ihre Blicke kreuzten sich, und der Mann kam auf ihn zu.

»Das war kein Selbstmord«, sagte er.

»Hast du die Leichen gesehen?«

»Nein. Sie haben mich nicht reingelassen.«

»Und warum meinst du, daß es kein Selbstmord war?«

»Es war kein Selbstmord. Ich habe ihn gestern abend noch gesehen. Er kam gerade aus Turin zurück. Er war sauer über deinen Besuch dort. Auf mich war er auch sauer.«

»Was hattest du damit zu tun?«

»So war er eben. Er wurde wütend, dann war es wieder vorbei. Davon abgesehen, daß er sauer war, machte er einen ruhigen Eindruck. Wir haben den heutigen Tagesablauf besprochen.«

»Er hatte einen Termin in Mailand, um neun.«

»Ja. Und dann mußte er nach Malpensa.«

»Mit wem wollte er sich in Mailand treffen?«

»Keine Ahnung.«

»Und was hatte er in Malpensa vor?«

»Bestimmte Lieferungen überprüfte er immer selbst.«

»Was für Lieferungen?«

»Fleisch. Frischfleisch.«

Die Leichen.

Die Frau im Ehebett, unter der Daunendecke. Es sah aus, als schliefe sie, aber sie war tot. Eine Kugel in die Stirn, ein sauberer Einschuß. Das Blut war aus dem Nacken geflossen und hatte das Kissen durchgeweicht, mittlerweile war es getrocknet. Der faulige Gestank nach Eisen, den altes Blut verströmt. Die Männer von der Spurensicherung fragten nach der Leiche: Ob sie sie jetzt mitnehmen könnten? Calimani habe sie angewiesen, auf Lopez zu warten. Was habe Lopez hier zu suchen? Sei er denn nicht bei der Europäischen Sicherheitsagentur?

Lopez antwortete, ja, sie könnten die Leiche mitnehmen.

Er hatte noch den guten, warmen Kindergeruch der Frau in der Nase, tags zuvor auf dem Rücksitz des BMW.

Die zweite Leiche.

Ein komplizierter Schauplatz.

Lopez beugte sich über den Leichnam.

Der Chef der Leibwache hatte recht. Das war kein Selbstmord – das war ein Mordfall. Das ist kein Schauplatz eines Selbstmords – das ist der Schauplatz eines Mordes, der als Selbstmord getarnt wird.

Agrati lag auf dem Rücken, sein Nacken war überstreckt. Der Rückstoß der Pistole konnte unmöglich so schwach gewesen sein. Eine Stig 75: Der Druck im Lauf betrug 2600 Bar. Der Rückstoß mußte heftiger ausfallen. Um den Rückstoß abzufangen, bedarf es einer gewissen Muskelanspannung. Bei einem Selbstmord werden in der Regel drei Finger eingesetzt: Der Daumen betätigt den Abzug, Zeige- und Mittelfinger halten den Knauf fest. Die Pistole erhält einen deutlichen Impuls in die Gegenrichtung des Schusses. Sie konnte also nicht nur zwanzig Zentimeter vom Körper entfernt liegenbleiben. Der Einschußwinkel half bei der Berechnung des Rückstoßes wenig. Der Zentrifugaleffekt: Die Achse verschiebt sich, weil die Pistole von der leblosen Hand nicht mehr fixiert werden kann.

Das war nicht der Schauplatz eines Selbstmords. Lopez suchte nach Indizien, die seine Einschätzung zusätzlich untermauerten.

Er sah sich das Einschußloch im Mund an. Ohne die Leiche zu bewegen, gelang es ihm, das Austrittsloch zu sehen. Er konzentrierte sich. Bezogen auf die waagerechte Sagittalebene verlief die Bahn der Kugel leicht abfallend: etwa zehn Grad, vielleicht weniger. Der Unterkiefer war nur leicht aufgeklappt. Die Gehirnschale berührte den Fußboden. Er inspizierte das monströse, zerfetzte Loch im Mund: Die Kugel hatte die Zunge zerrissen und den weichen Gaumen durchbohrt. Er sah hinten nach: Das Geschoß war zwischen dem Atlas, dem ersten Halswirbel, und dem großen Hinterhauptsloch ausgetreten. Lopez rechnete: Im Moment der Schußabgabe mußte Agratis Kopf bereits überstreckt gewesen sein, denn anderenfalls hätte die Kugel entweder die Schädeldecke durchschlagen oder gestreift oder die Verbindung zwischen dem ersten und zweiten Halswirbel durchgetrennt oder ganz zerstört.

Keine Quetschungen im Gesicht.

Die Blutspuren an der Tapete: Das Blut war *nach oben* gespritzt.

Wenn man sich umbringt, verzichtet man auf akrobatische Verrenkungen.

Lopez wandte sich wieder dem mit geronnenem Blut verklebten Schlund zu. Er ließ sich ein Paar sterile Handschuhe geben. Dann untersuchte er die Oberlippe. Zwei der oberen Schneidezähne waren abgebrochen. Im Fachjargon eine Schrägfraktur. Wenn ich mich umbringen will, dachte Lopez, dann mache ich den Mund auf und schiebe den Lauf hinein; wenn es einen starken Rückstoß gibt, gehen *alle* Zähne kaputt, nicht nur zwei Schneidezähne. Und selbst wenn nur die zwei Schneidezähne brechen, müßte die Bruchstelle von innen nach außen verlaufen. Das ist aber nicht der Fall. Er inspizierte den Scheitelpunkt der Bruchstelle. Man hatte Agrati die Zähne ausgeschlagen. Er hatte versucht, die Zähne zusammenzubeißen, als sie ihm den Lauf in den Mund rammten. Lopez sah sich die Lippen an. *Volltreffer*: Ekchymose und eine aufgeplatzte Unterlippe. Er rief nach Calimani und bat ihn, dem Gerichtsmediziner zu sagen, er möge vor allem nach Zahnsplittern Ausschau halten. Es müßten sich welche im Körperinneren befinden.

Weitere Fragen an den Gerichtsmediziner. Eine Untersuchung des Drucklufteffekts: Aufgrund der geschlossenen und nicht dehnbaren Struktur des Schädels entstehen sehr gut sichtbare sekundäre Frakturen, die in erster Linie durch die sich ausbreitenden Gase beim Abfeuern der Waffe verursacht werden. Sekundäre Frakturen: Sie treten besonders im Felsenbein und, was den Gesichtsschädel betrifft, in den Augenhöhlen auf – häufig kommt es auch zu einer Disjunktion der Knochenplatte bis hin zum Platzen eines Teils der Gehirnschale. Die Felsenbeinpyramiden und die Knochenvorsprünge werden unter Umständen buchstäblich pulverisiert. An den Gerichtsmediziner: feststellen, ob ein Drucklufteffekt zu diagnostizieren ist.

Calimani, auch er in Gestalt eines Fragezeichens: »Also?«

»Also was?«

»Was hältst du von der Sache?«

»Was hältst du denn davon?«

»Er war ein Dreckskerl. Er konnte die Anfälle seiner Frau nicht mehr ertragen. Und beim letzten Anfall ist er eben durchgedreht. Sie ist schon fünfmal eingeliefert worden.«

»Nein. Sechs.«

»Wie, sechs?«

»Sechs Einlieferungen. Hat er mir gestern gesagt.«

»Nein, fünf. Ich habe das gestern für dich überprüft. Fünf Einlieferungen.«

»Er hat sechs gesagt.«

»Aber … warte mal … Du hast ihn gestern gesehen?«

»Ja. In Turin.«

»Herrgott noch mal, Guido … Warum sagst du das nicht

gleich … Wenn das rauskommt, landest du noch auf der Verdächtigenliste … Hast du ihn im Auftrag der Sicherheitsagentur vernommen?«

Nein. Montorsi hatte gesagt: keine Fragen. Er hatte ihn vernommen, weil es ihm in den Kram paßte. »Ja, klar. Im Auftrag der Sicherheitsagentur.«

»Du mußt die entsprechenden schriftlichen Anweisungen vorlegen. Wenn irgendein Zeuge auftaucht und erklärt, du hättest Agrati gestern gesehen …«

»Klar, ich schicke sie dir zu. Sobald ich dazu komme. Und übrigens …«

»Übrigens?«

»Es war kein Selbstmord.«

»Was soll das heißen, es war kein Selbstmord?«

Im Freien wieder die strahlende Sonne, kristallklare, kalte Luft. Der Wind ließ nicht nach: horizontal, aggressiv. Die Polizeibeamten, Agratis Bodyguards: ein nervtötendes Hin und Her. Der Typ vom Personal, der die Leichen entdeckt hatte, war weg. Auf einer mit schwerer Plastikplane abgedeckten Bahre wurde gerade Agratis Frau abtransportiert. Lopez betrachtete die schemenhafte Gestalt, deren Körperformen von der wasserabweisenden Plane bedeckt, sterilisiert wurden, einer grellorangen Plane – unangenehm.

Er ließ den Schauplatz des Verbrechens hinter sich.

Unter einem knorrigen Birnbaum im Garten hinter dem Haus suchte er Schutz vor der Sonne, die trotz der Kälte stark herunterbrannte.

Das Satellitentelefon. Er überlegte. Holte tief Luft.

Dann wählte er Montorsis Nummer in Brüssel.

»Du bist gefeuert, Lopez.«

»David …«

»Ich will kein Wort hören, es interessiert mich nicht. Du bist gefeuert. Du gehörst nicht mehr zur Europäischen Sicherheitsagentur.«

»Jetzt hör mir doch mal zu, David ...«

»Du brauchst gar nicht weiterzureden. Du gehst zurück nach Mailand. Ich schicke dich zurück in dein Mailänder Popelbüro. Du hast rein gar nichts begriffen. Du hast großen Schaden angerichtet. Was hatte ich dir gesagt? Hol diese verdammte Irre und bring sie nach Italien. Basta. Aber nein, du bist stur, du stehst auf Alleingänge, du mußtest unbedingt deine Show abziehen ... Und jetzt bist du gefeuert. Ach, und wo du doch so tolle Faxe verschickst, kannst du mir deine Kündigung auch gleich per Fax zukommen lassen. Anderenfalls setzt es ein Disziplinarverfahren, und du bist nicht nur bei der Sicherheitsagentur gefeuert, sondern auch bei der Ermittlungsbehörde in Mailand. Mehr habe ich dir nicht zu sagen.«

»David, es gibt Neuigkeiten.«

»Nein, es gibt keine Neuigkeiten, es gibt gar nichts, verstanden? Es gibt keinen Fall, du ermittelst nicht, du bist ein armes Schwein, das auf seine Weisungen aus Brüssel wartet. Es kommen aber keine Weisungen. Bis auf eine: daß du in die Via Fatebenefratelli zurückgehst.«

»Agrati ist tot.«

Stille in der Leitung. »Jetzt reißt mir allmählich der Geduldsfaden, Lopez. Wenn du so weitermachst, bekommst du richtig Ärger. Agrati hat einen Termin in Mailand. Du hast nicht die geringste Ahnung, Lopez, kapierst du's jetzt endlich? Agrati hat einen Termin in Mailand, und zwar mit einem Kollegen ...«

»Schon gut, David, dann ruf den Kollegen an. Frag ihn, ob Agrati sich verspätet hat. Dann rufst du mich zurück, okay?«

Schweigen. »Was weißt du über Agrati, Lopez?«

»Er ist tot. Seit heute früh. Um halb sechs hat ihn einer seiner Hausangestellten gefunden. Er hat seine Frau erschossen und sich dann selbst umgebracht.«

Wieder Schweigen. Eine längere Pause.

Lopez: »Eigentlich sollte ich dich fragen: Was weißt du denn über Agrati? Warum sollte er sich mit einem von uns treffen?«

Schweigen. Montorsi dachte offenbar nach. »Er hatte uns kontaktiert. Er sagte, er bräuchte Schutz: wirksamen Schutz.«

»Warum?«

»Das hat er nicht gesagt.«

»Ich sag dir mal was, David ... Ich gehe freiwillig zurück nach Mailand ... Und zwar, weil es mir so paßt, du brauchst mich gar nicht erst zu entlassen ... Ich kündige selbst ...«

»Lopez, du hast keine Ahnung, dir fehlt der Überblick. Ich bemühe mich um finanzielle Mittel für die Sicherheitsagentur. Hier geht nichts voran, man ist dagegen. Die Kommission ist gegen uns, kapierst du das? Da taucht Agrati auf, bringt gewisse Empfehlungen mit ...«

»Ja, Agnelli und die ganze Bagage ...«

»Ganz genau. Und für mich ist das wichtig. Wenn du mich anrufst, ist das *nicht* wichtig. Wenn mich Agrati anruft, ist das etwas anderes. Agrati brauche ich noch.«

»Jetzt nicht mehr. Was wollte Agrati überhaupt? Ich war doch sowieso in Mailand, warum hast du nicht mich zu dem Treffen geschickt?«

»Weil ich dir noch nicht traue. Du stehst erst am Anfang, Lopez. Und du hast keine Ahnung von Diplomatie. Vielleicht brauchte Agrati Personenschutz. Er redete vom Fürstentum, sagte, er habe es fast geschafft, er habe den Paß so gut wie in der Tasche. Dort sind wir allerdings nicht zuständig, das hätte heikel werden können. Du bist ein Ermittler, warum hätte ich mit dir reden sollen?«

»Es war nicht Agrati, der dich wegen seiner Frau angerufen hat, David. Er hat seine eigenen Bodyguards geschickt. Er rechnete nicht damit, daß ich in Zürich aufkreuzen würde. Wer hat dich benachrichtigt, daß Agratis Frau in Zürich ist und verrückt spielt?«

»Das ist alles sehr heikel, Guido. Deine paranoiden Ideen sind völlig fehl am Platz. Du bist paranoid, Lopez. Und mit einem Paranoiker kann ich nichts anfangen.«

»Wer ist De Vlaeminck? Wer ist Mario Ros?«

»Woher soll ich das wissen, Lopez? Woher? Wer sind sie?«

»Hör zu, Montorsi. Agrati hat sich nicht umgebracht. Der Obduktionsbericht wird das bestätigen. Sie haben ihn liquidiert. Und vor ihm seine Frau. Du mußt dich entscheiden. Entweder geht der Fall in die Via Fatebenefratelli, und die Mailänder Ermittlungsbehörden kümmern sich darum, oder du ziehst den Fall an dich und setzt mich auf die Sache an.«

»Darüber muß ich erst nachdenken, Lopez. So einfach ist das nicht. Dadurch könnte ein empfindliches Gleichgewicht gestört werden ...«

»Spiel du ruhig den Gleichgewichtskünstler. Ich spiele die einzige Rolle, die ich beherrsche: die des Polizisten. Alles klar?«

»Ich muß darüber nachdenken. Sag mir erst mal, welche Informationen du in der Hand hast.«

»Ach, das ist schnell passiert. De Vlaeminck. Mario Ros. Ein Chinese. Frischfleisch. Ein Brand in einem Badezimmer. Mehr habe ich nicht in der Hand.«

»Wo kommt das alles her?«

»Das sind die Worte, die Agratis Frau gestern auf der Heimfahrt hat fallenlassen, im Delirium.«

»Siehst du, das ist es. Ein Delirium, nichts weiter. Hältst du dieses wirre Zeug für glaubhaft genug, um daraus einen Fall zu konstruieren?«

»Hör zu, Montorsi. Ich konstruiere hier keinen Fall: Das ist ganz von allein passiert. Agrati ist ermordet worden, und seine Frau ebenfalls. Am Tag davor bringe ich sie noch von Zürich weg, wo sie auf einem Polizeirevier deliriert, weil sie sich ins Hemd macht, daß sie und ihr Mann ermordet werden. Das ist wirres Zeug, stimmt, nur leider, leider ist sie am nächsten Tag tot, und ihr Mann auch. Und leider, leider sind beide ermordet worden.«

»Das sagst du.«

»In ein paar Stunden sagt die Autopsie dasselbe.«

»Ich muß erst darüber nachdenken, Guido.«

»Aber in der Zwischenzeit ...«

»Was?«

»In der Zwischenzeit läßt du mich schon mal mit dem Kollegen reden, der Agrati treffen sollte. Der Termin war um neun angesetzt. Agrati ist schon ganz schön spät dran, nicht wahr? Wer ist der Typ?«

Es war Montorsi selbst. Das Treffen sollte nicht um neun, sondern um zwölf in Malpensa stattfinden. Agrati mußte sowieso dorthin, und Montorsi wollte sich nicht in Mailand blikken lassen. Er hatte Agrati um neun anrufen wollen und ihm ausrichten lassen: Wir müssen den Termin verschieben, in drei Stunden bin ich in Malpensa.

Lopez sagte, er wolle den Fall haben.

Montorsi antwortete: Ich muß erst darüber nachdenken. Lopez gab zurück: Dann denk schneller. Montorsi schwieg.

Er fuhr zurück nach Mailand. Abgasschwaden stiegen vom Asphalt auf, es ging nur im Schrittempo vorwärts. Er sah die schmutzigen Wolkenkratzer, die roten Zeitanzeigen an den Fassaden, digitale Ziffern mit kaputten Balken, so daß sinnlose Uhrzeiten aus inexistenten Symbolen angezeigt wurden. Die LKWs sahen aus wie riesige, jahrhundertealte Ochsen, die sich zu Tode langweilten.

Klarer Himmel, doch die Abgasschwaden am Boden waren undurchdringlich.

Zurück in der Stadt, im Viale Certosa, wurde Lopez von einer Demonstration aufgehalten. Es waren die Arbeiter vom Versandhaus Postalmarket: Sie sollten alle entlassen werden.

Er suchte in dem Zürcher BMW nach dem Blaulicht. Fand es. Schaltete es ein. Bahnte sich einen Weg durch den Stau. Endlich freie Bahn.

Als er den Stau hinter sich hatte, wurde ihm klar, daß er gar nicht wußte, wohin er wollte. Ins Präsidium? Nach Hause? Wohin?

Er überlegte, Wundsam und Christa anzurufen, hatte das Satellitentelefon schon in der Hand. Doch dann entschied er sich dagegen.

Auf der Fahrt nach Hause kam Montorsis Anruf: eine Zusage.

»Was brauchst du, Lopez?« fragte er.

»Wundsam. Und Christa.«

James Cameron
Peking, 8. September 2002, 03:30

Das Sheraton Great Wall in der Donghuan-Straße: das chinesische Zuhause seines Mannes: das Zuhause des Franzosen. Des Mannes, der Wilberg ausgelöscht hat. Des Mannes, der glaubt, *ihn* ausgelöscht zu haben. Des Mannes, der Camerons Peking ausgelöscht hat.

James Cameron parkte vis-à-vis vom Eingang des Sheraton Great Wall. Von hier aus hatte er im Blick, wer das Hotel betrat und wer es verließ. Auch die 4x4-Jeeps des Franzosen konnten ihm nicht entgehen. Er hatte keine Ahnung, was ihn erwartete. Würde der Franzose jetzt in Peking bleiben? War er der Mann, der Cameron, Wilberg und Lei Yong ersetzen sollte? Das Netz war zerstört. Das Netz zerstört man nur aus zwei Gründen: entweder weil es nicht mehr hält oder weil es erweitert werden muß. Camerons Netz hielt ausgezeichnet, also ging es um einen neuen Qualitätssprung. Vielleicht hatten die CIA und der chinesische Geheimdienst beschlossen, den Qualitätssprung ohne Wilberg und ihn zu machen – vielleicht hatten sie beschlossen, alles auf den Franzosen zu setzen.

Warum?

Cameron steckte sich eine Zigarette an. Sein Adrenalinspiegel sank allmählich. Er wurde langsam schläfrig – benebelt. Noch war er relativ klar im Kopf. Er hätte ohnehin nicht schlafen können. Eindringlich, obsessiv, traumatisch begann in seinen Adern und Gehirnlappen das Bild zu zirkulieren, das zeigte, wie Wilbergs verbrannter, blutiger Arm in hohem Bogen durch die Luft flog. Er fing an, das Unheil, die Gefahr körperlich zu spüren. Distanzierungstechnik: visualisieren, sich ein Bild machen, rechnen, um sich von der traumatischen Wirklichkeit der Ereignisse zu distanzieren. Visualisierungstechnik: Visualisiere den Flug des Arms, ein, zwei, mehrere Male, während du mit den Händen die Muskeln des jeweils anderen Armes drückst – ein-, zwei-, drei-, zwanzigmal: eine Technik zur Entspannung und Regeneration, die die CIA für Kriegstraumata entwickelt hat, als Vietnam in Amerika Hunderttausende von Veteranen mit zerrütteten, zitternden Nerven ausspie. Cameron führte die Übung durch: Er begann, seine verspannte Muskulatur, die versteinerten, völlig verhärteten Arme zu massieren. Er spürte, wie die Entspannung einsetzte. Die rechte Hand drückt den linken Bizeps, die linke Hand den rechten Bizeps. Außerdem sah die Übung vor, daß Cameron die Augen schloß: Das ließ er weg.

Wie durch ein Bullauge beobachtete er die feindliche Galaxie des Sheraton Great Wall.

Vier Uhr morgens. Peking war menschenleer. Millionen von Tieren versteckt in ihrem Bau.

Cameron klappte den Laptop auf. Dann verband er ihn mit dem Satellitentelefon.

Er tat, was zu tun war, und zwar gründlich.

Erstens: Den Zugang zum Datennetz der CIA überprüfen, *ohne* daß die CIA bemerkt, daß sich jemand Zutritt verschafft. Schwierig, aber machbar. Er durfte keine Spuren hinterlassen. Er verwendete die Zugangscodes von Lei Yong: Er selbst hatte sie ihm per E-Mail geschickt. Es dauerte einige Minuten, bis er die verschlüsselte Mail aus dem Archiv ausgegraben hatte. Dann dauerte es einige Minuten, bis er die Mail entschlüsselt hatte. Er beschaffte sich die Lei Yong zugeteilten Zugangsdaten. Das war noch der leichteste Teil. Das Schwierige kam erst noch.

Die Netzverbindung via Satellitentelefon. Er leitete seinen Anruf über Brisbane um, über Shanghai, Oslo, Rom, Pasadena, Brazzaville, und zwar gleichzeitig. So war es unmöglich, festzustellen, woher der Anruf tatsächlich kam. So konnte man unmöglich herausfinden, wessen Satellitentelefon die Verbindung aufrief.

Er aktivierte eine chinesische Verschlüsselungs-Shareware. Sie würden Tage brauchen, um das zu entschlüsseln. Die chinesisch verschlüsselte Version verschlüsselte er abermals mit einer fortgeschrittenen Variante von PGP: der Software, die sichtbar macht und doch Diskretion garantiert. Den Schlüssel schickte er an einen zweiten, falschen Benutzer, der Cameron selbst war: einen inkorrekten Schlüssel – das würde sie ein wenig ablenken.

Er hinterließ eine Spur bei einem Provider in Marseille, dessen Dienste die CIA gelegentlich in Anspruch nahm. Eine falsche Fährte. Vielleicht würden sie glauben, es sei der Franzose, der die Verbindung aufrief.

Schließlich ging er auf die Website der Kosmetikfirma, die als Internetzugang zur ersten Sicherheitsbarriere des CIA-Servers diente. Dazu mußte Cameron noch eine alte E-Mail ausgraben: die Koordinaten des einzigen aktiven Pixels, durch das man zum CIA-Server gelangte. Er befolgte die Instruktionen: ein Werbebanner: Antifaltencreme. Das Pixel befand sich rechts unten. Er klickte darauf. Der Bildschirm wurde schwarz. Die Eingabeaufforderung: Wenigstens in den folgenden drei Sicherheitsstufen gab es keine Bilder oder Farben mehr – nur noch weiß leuchtende Zeichen vor einem schwarzen Hintergrund.

Jetzt die Zugangscodes.

Die Zugangscodes wurden angenommen.

Bei der letzten Sicherheitsbarriere merkte er, daß seine Finger zitterten.

Er schwitzte.

Der Eingang des Sheraton Great Wall: menschenleer. Blasses Licht. *Kein Mensch zu sehen.*

Das Fenster der Suite des Franzosen: kein Lichtschein.

Viel Zeit blieb ihm nicht. Er würde es so einrichten, daß sie ausreichte.

Endloses Warten auf die entscheidende Verbindung. Vielleicht waren Lei Yongs Zugangscodes nicht mehr gültig. Vielleicht hatte man ihm neue Codes zugeteilt.

Warten, ohne zu verzweifeln. Warten. Wenn man nicht verzweifelt, wartet man. Wenn man wartet, ist man aufmerksam, ohne daß die Aufmerksamkeit etwas Bestimmtem gilt. Was für ein Paradies: endloses Warten.

Die Freigabe. Farben. Pixel, die sich zu einem weiß-blau-gelben Bild zusammensetzen.

Er hatte die Schwelle überwunden.

Er war im Datennetz der CIA.

Als erstes versuchte er es mit Lei Yong: Zugriff auf dessen persönlichen Bereich. Jeder, der über Zugangsdaten zum Datennetz der CIA verfügt, kann dort sichere E-Mails senden und empfangen. Für Lei Yong gab es keinen persönlichen Bereich.

Er versuchte es mit Wilbergs Zugangsdaten: Er kannte sie auswendig, denn manchmal verwickelte sich Wilberg in haltlose Affären mit Pekinger Prostituierten, einmal blieb er sogar in einem Bordell in Shanghai verschwunden, war drei Tage lang abgetaucht, ohne sich auch nur ein einziges Mal zu melden, betrunken und im Drogenrausch, drei Nutten im Arm. Dabei brauchte ihn Cameron, um zu entscheiden, wieviel sie sich von den Zahlungseingängen der CIA abzweigen sollten. Er benötigte Informationen, die in Wilbergs E-Mail-Account versteckt waren, am Ende benutzte er dessen Zugangscodes.

Wilbergs Zugangsdaten waren deaktiviert worden.

Cameron versuchte es mit seinen eigenen Zugangscodes. Deaktiviert.

Er griff zur Liste mit den Zugangscodes von Personen, die in

Peking gelegentlich zusammen mit ihm und Wilberg Operationen durchgeführt hatten. Er brauchte jetzt Kremers Codes. Da waren sie. Er versuchte es damit. Sie funktionierten.

Die CIA wußte Bescheid.

Sie hatten sie ausgeschaltet.

Sie hatten sie ausgelöscht.

Ein zweiter, digitaler Tod.

Die CIA wußte auch über Lei Yong Bescheid.

Die Operation war von langer Hand vorbereitet worden.

Mit einem ohrenbetäubenden Kreischen verengte sich Camerons Zukunft vor ihm, ein verrückt spielendes Gleis in der Dunkelheit, der Aufprall der Zeit. Der Zeitstrahl drohte abzureißen. Die CIA hatte ihn ausgeschaltet. Er hatte überlebt, aber er war so gut wie tot.

Er wurde wütend. Von einem Moment auf den anderen: Es gibt Menschen, die sind gefährliche Raubtiere. Vergiftet, mit bösem Blut. Cameron stand am Scheideweg, aber er merkte es nicht einmal. Er hätte abtauchen können. Er hätte sich verstecken können. Er hätte sich ein neues Leben ausdenken können, ein anonymes, diskretes Leben im verborgenen – eine Wiedergeburt ohne vorherigen Tod. Er tat es nicht.

Er zog Lei Yongs Festplatte aus der Tasche.

Installierte sie auf seinem Laptop.

Drückte auf die Reset-Taste. Startete den Rechner.

Das große Mahlwerk zuckte, ein neuer, mächtiger Schub.

Alles verkomplizierte sich.

Und schon lag der Scheideweg hinter Cameron, ohne daß ihm dies überhaupt bewußt geworden wäre.

Lei Yong arbeitete mit Windows. Cameron öffnete ein paar Ordner, deren Verzeichnisnamen ihm wie Codes vorkamen. Er konnte Chinesisch halbwegs lesen. Die Daten auf Lei Yongs Computer zu sichten stellte ihn nicht vor eine unlösbare Aufgabe. In Lei Yongs persönlichen Ordnern: Familienfotos. Lei Yongs Frau, lächelnd, mit einem Kind auf dem Arm: Sie macht einen glücklichen Eindruck, ihre Wangen leuchten, das Bild ist völlig überbelichtet, die kleinen Pupillen rot vom Blitzlicht. Vor Camerons innerem Auge tauchte die Frau auf, die in unnatürlicher Haltung am Boden liegt, inmitten einer Blutlache, ein Infrarotbild, in Lei Yongs Einfamilienhaus. Ein Foto der beiden Kinder auf einem Fest, sie sind als Bären verkleidet: Sie gleichen sich wie ein Ei dem anderen, sind keine Zwillinge, aber gleich. Die Chinesen sind alle gleich. Da, Lei Yong und seine Frau auf einer Holzbrücke, im Vordergrund ein dicht mit rosa Blüten besetzter Zweig: eine Außenaufnahme in Peking, Eheglück – ein Glück, das durch Anpassung und Wohlstand erst möglich wird. Chinesisches Großbürgertum, neu, frisch, noch gar nicht recht entdeckt: Du bist ein riesiges Tier einer unbekannten Spezies und zugleich der von alters her vertraute Dickhäuter, den Amerikaner und Europäer nur zu gut kennen. Chinesisches Großbürgertum, neu, frisch, noch gar nicht recht entdeckt: Auch du wirst deine eigene Revolution inszenieren, wie jedes vergangene Großbürgertum. Doch deine wird die letzte sein, danach wird sich der Planet in einem kalten, leeren All drehen wie eine Murmel. Die Prophezeiung besagt: Die Chinesen werden die letzten sein. Mit den Chinesen wird das Leben enden. Diese göttliche Rasse wird den Menschen an einen Ort führen, wo er noch nie zuvor gewesen ist: indem sie ihn vernichtet. Cameron dachte: Mit mir haben sie angefangen – sie haben mich *vernichtet*.

Ohne sich große Hoffnungen zu machen, versuchte er es mit Lei Yongs E-Mail-Account: Niemand ist dumm genug, wichtige E-Mails zu verschicken und Kopien davon auf der Festplatte zu behalten. Genau. Mitteilungen in *han*, die eine oder andere Nachricht in einem Dialekt, den Cameron nicht identifizieren konnte. Einige Mails auf englisch: Schriftverkehr mit Botschaftsangehörigen anderer Länder. Keine E-Mail an Cameron oder Wilberg. Keine Codewörter. Keine verschlüsselten Nachrichten.

Nichts und wieder nichts. Cameron wußte nicht einmal, wonach er eigentlich suchte. Er suchte nach einem Zufallstreffer.

Er landete einen Zufallstreffer.

Ein *schwarzer* Windows-Ordner. Man konnte über die Systemsteuerung darauf zugreifen. Cameron vermutete darin verschlüsselte Einstellungen. Ein Excel-Dokument: Vielleicht diente es der Verwaltung der Konten, über die die Zahlungen des Netzes abgewickelt wurden, das den Stoff nach Europa und Amerika lieferte. Codes, Zahlen, Ideogramme, er verstand kein Wort. Neben dem Excel-Dokument ein Unterverzeichnis. Darin: Dateien mit der Endung *.moz*. Dateien aus dem Browser-Cache von Netscape. Cameron richtete seine eigene Verbindung ein, ging ins Web, aktivierte die *.moz*-Dateien und wartete. Der Rechner stellte eine Verbindung zur französischen Hotmail-Site her: Hotmail, ein Mailserver, der Microsoft gehörte, der meistbenutzte im Internet mit einem Volumen von Milliarden von Mails pro Tag, schnelle und sichere Kommunikation für die Massen. Lei Yong hatte einen Hotmail-Account. Um darauf zugreifen zu können, mußte Cameron den Benutzernamen und das Paßwort eingeben. Er wechselte zu der Excel-Tabelle. Versuchte es mit der ersten Zeile: »Wi«. Zweite Zeile: ein merkwürdiger Codename auf chinesisch. »Steak« oder »Fleisch«. Was hatte das zu bedeuten? Der Benutzername ist »Wilberg«, dachte er, »Wi« steht für Wilberg. Die zweite Zeile ist das Paßwort. Probieren wir's aus.

Er probierte es.

Der Server erkannte den Benutzer »Wilberg«. Das Paßwort »Steak« nahm er nicht an, »Fleisch« ebensowenig. Doch es erwies sich als ein Kinderspiel, das Problem zu umgehen. Cameron arbeitete an Lei Yongs Computer. Also verschaffte er sich Zugang zu der Funktion, mit der man sich sein Paßwort zusenden lassen konnte, wenn man es einmal vergaß. In dem Fall wurde einem das Paßwort direkt per E-Mail geschickt. Da Cameron über Lei Yongs Festplatte verfügte, konnte er auf dessen Mails zugreifen. Er startete das Mailprogramm und wartete. Zwei Minuten später hatte er das Paßwort im Posteingangsordner: Danke, Bill Gates, du öffnest uns die Tore, ohne eine Rechnung zu präsentieren – du bist wirklich ein Prachtkerl, Bill, vielen Dank.

Das Paßwort lautete: »frischfleisch«.

Cameron loggte sich bei dem Hotmail-Account ein, der auf den Benutzer »Wilberg« registriert war. Unglaublich, er hatte ja keine Ahnung gehabt. Er stellte folgende Vermutung an: Wilberg und Lei Yong machten ihre privaten Deals, ihn hatten sie ausgebootet. Was für Deals? Versorgte Wilberg zusammen mit Lei Yong Peking? Ein gefährliches Spiel, Cameron und Wilberg hatten sich das tausendmal gesagt: Machen wir uns nicht die Hände in einem Teich schmutzig, wo die kleinen Fische schwimmen – wir sind für das Paradies geschaffen, wir dealen mit Mengen, die des Paradieses würdig sind. Sollte die Pekinger Polizei Lei Yongs lokalen Ring zerschlagen, hätte dies das sofortige Ende ihres Arrangements mit der CIA bedeutet. Also: Lassen wir die Dummheiten.

Wilberg hatte Dummheiten gemacht.

Inhalt des Hotmail-Accounts: nichts im Posteingang, nichts im Postausgang. Cameron öffnete die Ordner für gelesene und gesendete Mails. Nachrichten von Wilberg, Nachrichten von Lei Yong. Die zwei Schwachköpfe verwendeten ein Hotmail-Konto als Archiv. Aber wofür?

Es waren zwei E-Mails gespeichert.

Cameron las sie.

Von: leiyong@chinaweb.si
An: wilberg@hotmail.fr
Betreff: -
Datum: 7. September 2002

Aktueller Stand Frischfleisch-Lieferungen 2002

De Vlaeminck 3 Stück 11.01.02
De Vlaeminck 6 Stück 15.02.02
De Vlaeminck 3 Stück 26.02.02
De Vlaeminck 3 Stück 10.03.02
Ros 5 Stück 12.03.02
De Vlaeminck 5 Stück 13.04.02
Ros 6 Stück 20.04.02
Ros 5 Stück 12.05.02
De Vlaeminck 8 Stück 18.06.02
Ros 10 Stück 15.07.02
Ros 3 Stück 02.09.02
De Vlaeminck 3 Stück 03.09.02

Cameron versuchte sich zu erinnern. Unter den Stoff-Abnehmern gab es keinen De Vlaeminck, auch keinen Ros. Er rechnete es durch: Wilberg und Lei Yong hatten sechzig »Stück« »Frischfleisch« an De Vlaeminck und Ros geliefert, von Januar bis September 2002. Was bedeutete »Stück«? Ein Kilo Stoff?

Er begriff es nicht.

Er las die zweite E-Mail.

```
Von: leiyong@chinaweb.si
An: wilberg@hotmail.fr
Betreff: -
Datum: 7. September 2002


Zahlungseingänge Frischfleisch 2002

  Konto Enduring Freedom: $ 4.353.211
  Konto La Côte: $ 5.110.548
  Konto Pacific Princess: $ 15.022.500
```

Ein echter Schock. Lei Yong und Wilberg hatten mehr als 25 Millionen Dollar eingesackt. Wahnsinn. Das war ja ungeheuerlich. Sie hatten ihn ausgebootet. Keine Droge war so einträglich. Womit dealten sie? Er dachte: Sechzig »Stück«. »Frischfleisch«. Er dachte: Ein Geschäft, das völlig parallel lief. Die CIA weiß nichts davon. Er dachte: Der chinesische Geheimdienst weiß nichts davon. Lei Yong und Wilberg waren dabei, sich ein Paradies einzurichten, das noch paradiesischer sein sollte als sein eigenes. Wenn ich 25 Millionen Dollar hätte, dachte er, ich würde Schluß machen und untertauchen. Vielleicht waren Wilberg und Lei Yong im Begriff, mit der »Frischfleisch«-Geschichte Schluß zu machen. Was war dieses »Frischfleisch«?

Er fragte sich: Gibt es eine Verbindung zwischen De Vlaeminck und Ros und dem Franzosen? Eines der Konten hieß »La Côte«: Vielleicht war der Franzose tatsächlich in die Sache mit dem »Frischfleisch« verwickelt.

Hatte man sie wegen des »Frischfleischs« ausgeschaltet?

Cameron kam das alles vor wie ein endloser, abgrundtiefer Strudel, ein Sog ins Nichts, ein Kreischen von Wänden aus Wasser und Metall, dazu Gesichter, die Frischfleisch kauten. Ein unendlicher Abgrund aus Gold in der Dunkelheit. Heiliges Gold.

Er blickte durch die Scheibe des Mercury auf das Nichts, ein Nichts aus Glas. Er saß da wie betäubt. Minuten vergingen. Er war verblüfft. Ware, die mehr wert ist als Gold. Immense Summen, die im Dunkeln bewegt werden. Wilberg wandelte sich in seiner Vorstellung: wurde zu etwas Menschlichem, verborgenem. Die von langsamen Ventilatorblättern zerteilten Opiumschwaden kamen ihm wieder in den Sinn. Alles lag im verborgenen. Was war das »Frischfleisch«? Ein geheimes Netz hinter einem geheimen Netz. Wilberg und Lei Yong hatten ihn *gelinkt.* Dann hatte Lei Yong versucht, Wilberg zu linken – mit Erfolg. Und dann hatte jemand anderer Lei Yong gelinkt. Ein Geheimnis verwies auf das nächste.

Das leere Herz des Mysteriums. Dein Leben, das weggefegt wird. Peking verdampft in einer gespenstischen, nuklearen Wolke.

In der Welt ist kein Platz mehr für dich.

Cameron dachte wieder: Ich hau ab.

Ich verschwinde. Das ist mir eine Nummer zu groß. Mir fehlt die Kraft, um mich etwas so Großem entgegenzustellen.

Dann dachte er: *Nein.*

In der Suite des Franzosen ging das Licht an.

Cameron sah auf die Uhr: 06.14.

Er wartete.

Keine halbe Stunde war vergangen, da reihten sich die 4x4-Jeeps des Franzosen auch schon in den Verkehr auf der Donghuan-Straße ein, der allmählich dichter wurde. Eine dichte, schier unendliche Schlange, die schmutzige Abgase in die Luft blies und Peking vernebelte.

Cameron ließ den Motor an.

Er gliederte sich in den Verkehr ein.

Die 4x4-Jeeps des Franzosen ließ er nicht aus den Augen.

Die riesige Spirale schraubte sich weiter hoch.

Guido Lopez
Mailand, 7. September 2002, 13:40

Von der Tangente aus die gewaltige Urankuppel von Mailand: Lopez konnte erkennen, wie das grelle Aufblitzen der goldenen Madonna die versmogte Dunstglocke über der Stadt durchbrach. Die Tangente machte einen Knick: eine Fahrbahn für mechanische Dickhäuter. Dichtgedrängte Kleinwagen, verdreckte Drahtzäune, mal grober, mal glatter Asphalt. Italienfrust in Reinkultur.

Lopez nahm die erste Ausfahrt: Lambrate. Er fuhr über die Hochstraße, die hier eine lange, sanfte Kurve beschrieb, an dem Eisenbahnknotenpunkt vorbei, darunter Depots mit stummen, schemenhaften Containern.

Der unaufhaltsame Strom des Warenverkehrs: ein undurchsichtiges Wegnetz, sinnlose, flimmernde Aktivität, die nie zur Ruhe kommt. Das gefräßige Maul einer Welt, die alles verschlingt, schreit ungeduldig nach Futter: Spediteure, Güterzüge, Transportflugzeuge, keuchende Hovercrafts schaffen von überall her Futter heran, um es der Welt in ihren nimmersatten Schlund zu werfen, der frißt und frißt und dabei das Verdauen vergißt. Die menschliche Spezies, verdammt zu einem unstillbaren, alles verzehrenden Hunger. Am Bahnhof Lambrate wurde ein endlos langer Zug entladen, Kühlwagen um Kühlwagen, die Rinderviertel ausspuckten.

Er sah frisches Fleisch.

Lopez parkte, stieg aus dem Auto. Er hielt inne, um nachzudenken, um seine Gedanken zu sammeln. Die Fleischstücke hingen an dicken Ketten. Die Arbeiter trugen schwere, schmutzige Plastikschürzen. Mit verdreckten Handschuhen griffen sie nach dem Fleisch. Von oben sah das Ganze aus wie ein religiöser Umzug. Es gab Italiener und Maghrebiner. Beim Entladen der Kühlwagen wechselten sie sich ab: Man sah den Atem derjenigen, die gerade in den Kühlzellen arbeiten mußten. Die Fahrer der LKWs, auf die das Fleisch verladen wurde, standen im Kreis und rauchten. Die Arbeiter gönnten sich keine Pause, sie beluden große, massige Wagen aus verdrecktem Metall, schoben die Wagen etwa hundert Meter weiter und verluden die Ware dann auf die LKWs. Das träge, marmorierte Fleisch war mit vor Kälte erstarrtem Fett überzogen. Organisches Material. Tranchen. Kadaver. Die LKWs würden das Fleisch direkt zu den Discountern und in die Supermärkte fahren, wo andere Arbeiter die leblosen, gefrorenen, marmorierten Viertel herumschieben würden, vor dem letzten Zerteilen, vor dem Einschweißen in Billigzellophan, Fleisch, das mit dem violetten Stempel versehen war, der wie kaum geronnenes Blut aussah und für Qualität, Qualität, Qualität stand. Fleisch aus England, Irland, Holland, Argentinien.

Minutenlang starrte er ins Leere, während der reglose Eiszug kaltes Fleisch freigab.

Eine Zenübung für unterwegs, etwas für Großstädter. Sie half ihm beim *Denken.*

Er dachte nach. Denken heißt ein Radar sein: ein elektrisches Summen, das das Feld nicht sieht, aber Reflexe auffängt, sich kreuzende Bahnen. Denken heißt blind sein: tasten mit elektronischen Fingerkuppen, auf hohen Frequenzen. Denken heißt sich ins Dunkel begeben. Eine Galaxie aus Fragmenten. Angenehm ist das nicht. Es ist ein Kopf-an-Kopf-Rennen mit dem Zufall. Aus dem Zufall, aus dem Unvorhergesehenen entsteht das Muster des Falles, mit dem du dich beschäftigst. Der Fall, mit dem du dich beschäftigst, ist ein Fragment der Wirklichkeit. Diese Welt besteht aus Waben. Die brüchige, trockene Oblate, auf der wir wandeln, kann von einem Moment auf den anderen brechen, wir können in merkwürdige, steile Abgründe stürzen.

Die Natur ist von Natur aus wachsam; wir nicht, wir sind es immer nur im nachhinein. Nachdem etwas passiert ist, erfolgt die Rekonstruktion. Indem man rekonstruiert, gelangt man zu einer Lösung. Das ist nicht immer so, aber so hat man es uns beigebracht, und die Leute halten sich daran.

Lopez dachte. Der Stand der Dinge. Fragmente: der Tod Agratis und seiner Frau. Das Delirium seiner Frau: »De Vlaeminck(?) – Mario Ros – Frischfleisch – im Badezimmer – verbrennen – der Chinese – verschwundene Leichen – Gigi (Luigi?).« Montorsi würde Wundsam und Christa kontaktieren. Lopez war nicht allein: Zum ersten Mal war er nicht allein und war glücklich darüber. Montorsi hatte ihm gesagt: Agrati hat sich mit uns in Verbindung gesetzt.

Formuliere Fragen mit Hilfe einzelner Puzzleteile. Du tappst im dunkeln, wie ein Blinder: Nimm Witterung auf. Schnüffle. Stell Fragen. Gib keine Antworten. Stell die richtigen Fragen. Stell falsche Fragen auf die richtige Weise. Frage. Frage dich. Denk gründlicher nach.

Lopez' Fragen:

Vor wem hatte Agrati Angst?

Wer ist De Vlaeminck?

Wer ist Mario Ros?

Was ist das Frischfleisch?

Wer ist im Badezimmer verbrannt?

Wer ist der Chinese?

Was für Leichen sind verschwunden?

Bevor du Antworten gibst: Schließe die Lücken. Finde die verborgenen Zusammenhänge. Die versteckten Hinweise. Die Dinge vibrieren auf unterschiedlichen Frequenzen. Doch die Schwingungen der Dinge, zwischen denen ein Zusammenhang besteht, liegen auf ähnlichen Frequenzen. Finde Gemeinsamkeiten, Querverweise. Finde die ähnlichen Frequenzen. Hangle dich von einem Fragment zum anderen.

Die Hinweise, die Lopez in der Hand hatte: Agrati machte

Geschäfte mit China – was die Nennung des »Chinesen« erklären mochte. Außerdem: Agrati war im Import-Export von Lebensmitteln aus und nach China tätig – was das »Frischfleisch« erklären mochte. Das war alles. So gut wie nichts.

Die Antworten liegen in weiter Ferne. Die Zahl der Puzzleteile ist verschwindend gering, sie ergeben kein erkennbares Muster. Er brauchte mehr Puzzleteile, um die Lücken zu schließen. Er mußte aus dem schöpfen, was er nicht hatte.

Aus dem Nichts, den blinden Flecken, den schwarzen Löchern. Ein Beispiel: Agrati hatte von *sechs* Einweisungen seiner Frau in die Psychiatrie gesprochen, doch aus den Unterlagen, die dem Präsidium zur Verfügung standen, gingen nur *fünf* hervor. Dem mußte er auf den Grund gehen: Vielleicht war es bedeutungslos, trotzdem, er mußte das nachprüfen. Und dann war da noch der Schauplatz von Agratis vorgetäuschtem Selbstmord. Den vorgetäuschten Selbstmorden mußte er nachgehen. Und nicht nur in Italien: De Vlaeminck und Mario Ros waren keine italienischen Namen, zudem hatte Agrati die Europäische Sicherheitsagentur kontaktiert – das Szenario weitete sich aus: Er mußte die Datenbank konsultieren, weitere Fälle von vorgetäuschtem Selbstmord, soweit vorhanden, überprüfen, Gemeinsamkeiten aufspüren, Puzzleteile, die zueinander paßten, Zufälle, für die es keine einleuchtende Erklärung gab.

Das letzte schwarze Loch: Wußte Montorsi mehr, als er zugeben wollte? Lopez versuchte nochmals, Montorsi auf dem Satellitentelefon zu erreichen, mehr über sein Treffen mit Agrati in Erfahrung zu bringen. Keine Antwort.

Auf dem Bahnsteig von Lambrate war das Entladen der Rinderviertel fast abgeschlossen. Die Arbeiter standen untätig in Gruppen herum. Hinter Lopez floß der Verkehr weiter in die tiefer gelegene Stadt hinunter.

Lopez faßte einen Entschluß. Plötzlich wußte er, wohin er fahren würde.

Er rief Calimani an.

»Gibt's was Neues?«

Calimani: »Nein.«

»Ich komme nachher in der Via Fatebenefratelli vorbei, ich will mir mal die Personenakte von Agratis Frau ansehen. Wie sieht es mit Agratis Autopsie aus?«

»Da wirst du warten müssen. Die sind in der Pathologie total überlastet. Ich hab's versucht, aber die lassen uns nicht vor.«

»Wie *lange* muß man warten?«

»Drei Tage.«

»Okay, dann rufe ich in Brüssel an.«

»Tu das. Denen wird der Arsch auf Grundeis gehen.«

»Du bist mit den Vernehmungen beschäftigt?«

»Ja, ich habe Agratis Leibwächter und das Personal aus seiner Villa da.«

»Das heißt, auch den Chef der Bodyguards?«

»Ja.«

»Gib ihn mir mal.«

Rauschen in der Leitung. Ein paar Minuten Wartezeit. Lambrate war eine feuchte, dunkle Gegend, Abendstimmung am hellichten Tag. Lopez' BMW schlängelte sich durch den zähen, aufreizend langsamen Verkehr. Wieder ein Rauschen in der Leitung, ein trockener Schlag. Die Stimme des Bodyguard-Idioten: »Ja?«

»Lopez am Apparat.«

»Ja …«

»Du hast mir erzählt, du hättest Agrati nach dem Termin um neun nach Malpensa begleiten sollen.«

»Ja, ich sollte Doktor Agrati zum Flughafen bringen. Er wollte die eintreffenden und ausgehenden Lieferungen kontrollieren.«

»Eine Routinesache?«

»So würde ich das nicht sagen. Er machte das hin und wieder.«

»Hast du eine Liste mit den Terminen, an denen du Agrati zu diesen Kontrollbesuchen gefahren hast?«

»Vielleicht im Computer, in der Zentrale ...«

»Kannst du das nachsehen? Und die Informationen nachher Inspektor Calimani übermitteln?«

»Klar, kein Problem.«

»Jetzt kommt die Preisfrage: Wohin genau in Malpensa fuhr Agrati?«

»Je nachdem. Natürlich immer in den Frachtbereich. Er überprüfte die Transportflugzeuge. Oder die Kühllaster. Er war ja im Lebensmittelgeschäft, ich schätze, er machte Qualitätstests ...«

Das Lebensmittelgeschäft. Die Qualität. »Der Frachtbereich von Malpensa also.«

»Ja.«

»Bestimmte Hangars?«

»Meistens Hangar 9 oder 10. Aber da mußt du dich erkundigen.«

»Nach was?«

»Wo das Frischfleisch verladen wird.«

Auf der Autobahn in Richtung Norden, in Richtung Seengebiet. Richtung Varese. Mailand verteilte seinen schwarzen Staub in der grünen Lunge, die sich im Norden auftat. Während er auf Malpensa zuraste, erhaschte Lopez einen kurzen Blick auf den riesigen Discounter auf der rechten Straßenseite, ein fensterloser, kolossaler Würfel, bunt wie Plastikspielzeug, gelb und grün und rot, kindisch. Die Autoschlange an der Autobahnausfahrt: ein unglaubliches Gewimmel vor dem Einkaufszentrum. Stau schon am Mittag. Kalte Windstöße schlugen gegen den warmen Wagen.

Noch konnte man nicht sehen, wie die Flugzeuge abhoben oder eine lange, zielstrebige Kurve beschrieben, bevor sie zur Landung ansetzten.

Das Handy klingelte.
Montorsi hatte seine Hausaufgaben gemacht.
Es war Wundsam. Wundsam und Christa.

Stefan Wundsam, Christa Baumann
Hamburg, 7. September 2002, 12:45

Als Montorsis Anruf kam (genaugenommen: seine Anrufe), turtelten Stefan Wundsam und Christa Baumann gerade am Pier, an einem dunklen, dreckigen und abgelegenen Dock, auf einem zur Kneipe umfunktionierten Schleppkahn im Hamburger Freihafen. Nur wenige, recht diskrete Gäste warfen einen gelegentlichen Blick auf das Paar im hinteren Teil des holzgetäfelten Saals, dessen Teppichboden nach abgestandenem Bier und Schimmel roch. Christa starrte Wundsam ausdruckslos an: eine bemerkenswerte Abwesenheit menschlicher Regungen, die sie, wie Wundsam bemerkt hatte, noch faszinierender erscheinen ließ. Das verlieh ihr eine geradezu magnetische Anziehungskraft und flößte ihm gleichzeitig Unruhe, ja Furcht ein – *sensationell.* Sie beobachtete ihn aus einer unergründlichen Distanz. Ihre glänzenden Pupillen schienen ihn zu blenden, ihn niederzustrecken, sobald er den Blick hob und ihre harten, schneidenden Augen traf: ein wachsamer Blick, dessen Intensität weit über das Übliche hinausging. Ihr Mund, die feinen, mit dunklem Lippenstift nachgezogenen Lippen, verzog sich gelegentlich zu einem schiefen Lächeln, das nichts Zartes hatte und dabei doch hilflos wirkte. Die Wehrlosigkeit dessen, der gefährlich ist – eine Schwelle, die Wundsam in seinem Leben selten überschritten hatte. Ja, wenn das Adrenalin einschießt, erbebt das Frischfleisch – und dieses aufregende Gefühl hatte ihm sein Beruf von Anfang an verschafft. Doch bald hatte sich dieses Beben zunehmend in ein Gefängnis verwandelt. Wundsam hatte die Lektion schnell gelernt, nämlich daß man sich von den leblosen, verletzten, stumpfen, sich verflüssigenden Körpern so weit wie möglich fernzuhalten hat. In ihm hielten sich Boschsche Visionen, die sich sporadisch, aber auf erschreckende Weise in fiebrigen, ausweglosen Träumen einen Weg in sein Bewußtsein bahnten. Er hatte es nach Möglichkeit vermieden, mit seiner Frau Andrea darüber zu reden.

Seine Frau Andrea.

Christa schlürfte ihren Kaffee. Sie sprach wenig. In erster Linie war das hier Wundsams Show: Eigentlich glich sein Auftritt dem auf einer Jahresabschlußfeier zu Schulzeiten. Er war in einen pubertären Zustand zurückgefallen. Christa brachte ihn völlig durcheinander. Christas weiße Haut ... In der Gluthitze Athens, in dem Zimmer, das er mit Lopez geteilt hatte, unter der schwülen Luft des Ventilators hatte er begonnen, sich wilden Phantasien hinzugeben. Das sei ein Einbahnstraßen-Blitzschlag – so erklärte er es Lopez, der ihn damit aufzog –, ein Blitzschlag, der nur ihn traf und nicht Christa. Lopez sagte: Du willst bloß ficken, das ist alles. Lopez war einer, der fickte, sagte sich Wundsam. Wundsam zählte zu den Männern, die Liebe machten. Sein Verhältnis zu Frauen hatte etwas Jugendlich-Unreifes, was ihm mittlerweile klar war. Er versuchte dagegen anzukämpfen – oder besser, es sich nicht anmerken zu lassen.

Er war nicht treu.

Er war nicht monogam.

Er war verheiratet.

Er steckte mitten in einer Krise.

Seine Frau Andrea.

Christa winkte dem Kellner: einem kräftigen Sechzehnjährigen, der hinter der Bar stand. Der Barmann hatte sowieso nur Augen für sie. Unverzüglich leistete er ihrem stummen Ruf Folge. Christa bestellte sich noch einen Kaffee. Ob Wundsam auch noch etwas wünsche? Wundsam blickte in den schmutzigen, trüben Tee in seiner Tasse und lächelte. Nein, vielen Dank.

Christa fing an, trockene, langweilige Anekdoten aus ihrer Zeit bei der Münchener Kripo zu erzählen. Wundsam heuchelte

Belustigung. Er war bezaubert von der Rauheit ihrer Stimme: dem heiseren Timbre, das so gar nicht zu der Kälte passen wollte, die sie ausstrahlte.

Er hatte sogar ein paar Phantasien angedeutet, über die er mit seiner Frau nie gesprochen hatte, um zu sehen, ob Christa anbiß. Christa hatte die Lippen nur zu einem Lächeln verzogen, sie bekam dabei Grübchen und ihr Mund machte diese schiefe, wehrlose Grimasse. Christas Blick besagte: Ich weiß; ich weiß, daß du weißt, daß ich weiß. Ich weiß, wo uns das Ganze hinführt.

Und das waren Phantasien, die Wundsam seiner Frau Andrea gegenüber noch nicht einmal angedeutet hatte ...

Seine Frau Andrea. Wundsam sah die fahlen, kalten Bilder aus seiner Wohnung vor sich, während Christa ihn offenbar mit ihren banalen Anekdoten zu beeindrucken suchte. Christa strich sich das Haar hinters Ohr zurück. Schlug die Beine übereinander. Steckte sich eine Zigarette an. Dann sprach sie weiter, und Wundsam heuchelte weiterhin Belustigung und Entrüstung, mimte den Kenner, den Entschlossenen, den Mann von Welt. So sah seine pubertäre Vorstellung von Charme aus.

Dabei hatte Andrea einst gesagt: Bei dir fühle ich mich beschützt. Du weißt Bescheid. Er gab vor, Bescheid zu wissen. Er hatte sie beschützt. Er hatte ihr gegeben, was sie sowieso schon besaß, und sie hatte es nicht einmal bemerkt. Wundsam war ein Blender. Seit zehn Jahren war er nun mit Andrea verheiratet. Nach nicht einmal drei Jahren Ehe war schon alles vorbei. Er wußte es, tat aber so, als wenn nichts wäre. Sie wußte es nicht, sie gab nichts vor, sie gab sich und forderte. Sie war ein hungriger Bauch, ein unersättlicher Mund, ein trockenes Loch, das feucht wird, sie forderte Hingabe und gab sie – er gab vor. So hielten sie die Fassade aufrecht.

Doch dann bemerkte sie den Riß. Mit der Zeit wurde die Kluft zwischen ihnen immer größer. Sie liefen in einem ausgetrockneten Flußbett, das der Überschwemmung harrte. Diese

Welt besteht aus Waben. Das Drama hatte sich schon seit Jahren angekündigt, und jetzt war es eingetreten. Es war eingetreten – und ihm war es völlig egal.

Christa redete, und Wundsam nickte, lächelte. Christa rauchte und redete. In ihren Augen lag ein geheimnisvolles, berauschendes Versprechen.

Wundsam fühlte sich wie betrunken. Er fuhr mit der Zunge über den teebefleckten Rand seiner Tasse – Brackwasser zum Wachwerden. *Es ging ihm gut.* Sich einfach gehen lassen, wohlige Wärme, die ganz langsam die Wirbelsäule hochsteigt, die Nieren streift, weiter nach oben kriecht, die Wirbelsäule einhüllt – reine aktive, dunkle, lustvolle Energie. Eine Falle.

Er war nur für ein paar Stunden nach Hause gefahren, und alles war schiefgelaufen. Seit Jahren lief es schief mit Andrea. Als das Kind zur Welt kam, spürte Wundsam nichts. Der Kaiserschnitt, der kleine Klumpen aus Fleisch und Blut, der in der Wiege schlief, während Andreas Bauch wieder zugenäht wurde: *nichts.* Jahre zuvor hatte es eine Abtreibung gegeben. Andrea hatte die Erinnerung daran ausgelöscht, das Ganze für ungeschehen erklärt. Und nach der Geburt begannen die stillen Vorwürfe. Es hätte vor Jahren zur Welt kommen können, doch es war erst Jahre später gekommen. Andrea klammerte sich an das Neugeborene. Wundsam erstarrte. Der wortlose Vorwurf seiner Frau hatte etwas Aufreibendes. Wundsam verbrachte immer mehr Zeit auf dem Revier. Wenn er nach Hause kam, war das Essen kalt. Alles war kalt. Und eines Nachts – er kam spät abends von der Arbeit – ging er ins Schlafzimmer und dachte, Andrea schlafe schon. Aber nein: Sie kauerte im Dunkeln unter der Decke, ein kalkweißer Schatten in der Dunkelheit, der ihn ansah. »Hau ab«, sagte sie. Er widersprach nicht einmal. Er ging ins Bad. Wusch sich, hoffte auf das Wasser, das entweiht, eindringt und wieder reinigt. Dann ging er zurück ins Zimmer. Schlief ein. Am Morgen fand er weder Andrea noch das Kind vor, nur den klassischen Zettel – sie seien für einige Tage zu ihrer Mutter gefahren. Dann verschwand er selbst, erst nach Athen, dann nach Brüssel.

Brüssel–Hamburg, mit Christa. Ciao, Christa. Zu Hause: Andrea. Er hatte dort übernachtet: in einem Haus, das nicht mehr sein Zuhause war. Teutonische Gründlichkeit und eheliche Verzweiflung. Andrea bewegte sich in der Wohnung, als spielten sie eine Schachpartie mit lebenden Spielfiguren: Auf jeden Zug Wundsams (von der Küche ins Wohnzimmer, ins Schlafzimmer, ins Bad) folgte ein Zug von Andrea (war Wundsam in der Küche, blieb sie im Schlafzimmer). Der Junge war in den drei Monaten unglaublich groß geworden. Er erkannte Wundsam nicht. Wundsam erkannte ihn nicht. Er aß ein belegtes Brot, im Stehen, in der Küche, unter dem grellen Licht der Neonröhre, den Blick irgendwo zwischen dem Gaszähler und den verschiedenen Behältern zur Mülltrennung. Er schlief auf dem Sofa. In Wahrheit tat er kein Auge zu.

Er mußte die Sache mit Andrea aus der Welt schaffen. Er wußte nicht, wie er das anstellen sollte. Er wollte nicht derjenige sein, der die Scheidung einreichte. Das Kind, spielte das überhaupt eine Rolle für ihn? Er hatte Freunde, die nach der Geburt des ersten Kindes ausgezogen waren und anschließend ein Riesenmelodram aufführten. Das wurde allmählich normal. Familien-Mainstream. Die Freunde bestanden auf ihrer idealisierten Vaterrolle, der sie gar nicht nachkommen konnten: Und trotzdem weinten sie, forderten vor Gericht das Sorgerecht, das man ihnen mit Sicherheit absprechen würde, waren niedergeschlagen, trösteten sich mit den Frauen, für die sie das heimische Nest verlassen hatten. Jetzt war er vierzig, und die Kluft hatte sich so verbreitert, daß die Wunde nicht mehr genäht werden konnte. Wer will schon mit vierzig ganz tief in sich hineinblicken? Wundsam war sich darüber im klaren, daß die Situation mit Andrea und dem Kind nicht unwesentlich zu seiner Entscheidung,

Montorsis Angebot anzunehmen, beigetragen hatte – zumal die Europäische Sicherheitsagentur ein Spiel mit unbekanntem Ausgang war. Vielleicht hatte sie sogar den Ausschlag gegeben. Stell dich noch einmal selbst in Frage. Du hast dich nur deshalb so abgemüht, um noch einmal neu anfangen zu können. Mit dreißig bist du noch ein Kind. Und plötzlich sollst du dich neu definieren, alles bricht zusammen, ist welk, verfault. Mit vierzig bist du ein gealtertes Kind. Du spürst den eiskalten Kern der Gefühllosigkeit. Du fühlst gar nichts. Der Kern ist kalt, hart und unnachgiebig, ein Eisblock in deiner Brust, dreckiger Schnee, nasser Schnee. Wundsams Freunde waren wirklich melodramatisch. Es gab einen bei der Hamburger Kripo, der hatte seiner Frau weniger als ein Jahr nach der Geburt der Tochter den Laufpaß gegeben; eine zwölf Jahre jüngere Frau hatte ihm den Kopf verdreht; daraufhin hatte ihn seine Frau *fertiggemacht*; das Gericht hatte ihm vorgeschrieben: Deine Tochter siehst du nur einmal im Monat, und zwar in Anwesenheit der Mutter. Er trieb es von früh bis spät mit seiner neuen Flamme. Dann brach er zusammen, sprach von seinen Schuldgefühlen gegenüber Exfrau und Kind, begann eine Analyse; bei der ersten Sitzung bat ihn der Therapeut, fünf gemeinsame Interessen mit seiner Frau aufzuzählen, und ihm fiel dazu nichts ein, nicht das geringste, er schwieg die gesamte Sitzung durch. Er und Wundsam gingen öfter einen trinken. Seine Verzweiflung nahm immer weiter zu. Er nahm Psychopharmaka. Am Ende blieb er mit der neuen Tussi zusammen, und auch da, erzählte der Typ, gebe es Probleme.

Reife ist das Letzte.

Scheißleben.

Christa redete, und Wundsam stellte sie sich mit Andreas Gesicht vor. Die Zeiten, in denen er Andrea noch richtig *genommen* hatte, schienen einem längst vergangenen Erdzeitalter anzugehören, versteinert, vorbei, vergessen im Unterboden. Die Zeiten, in denen er ihren Blick suchte. Als er noch den Duft ihres Atems aufsog. Als sie das erste Mal miteinander schliefen und er danach nervös wachlag und in der Dunkelheit Andreas nächtlicher Atmung lauschte. Das Zimmer roch nach Sex und Talkumpuder.

Alles hatte sich verschoben. War in verschiedene Richtungen gedriftet. Eine Lawine: eine unendlich langsame Lawine.

Er war wie berauscht vom leicht heiseren, perversen Timbre von Christas Stimme.

Hormone, die verrückt spielen. Gedanken, die sich lawinenartig überschlagen.

Was sollte er nur mit Andrea machen? Sie würde sich schon um Klärung bemühen. Überlaß die Initiative deiner Frau. Flieh. Such Zuflucht in der Unwissenheit: ignorier sie. Laß nichts von dir hören und sehen. Sei nicht melodramatisch. Am besten, du hörst einfach auf zu existieren.

Seiner Einschätzung nach war seine Aufgabe bei der Agentur ein Kinderspiel. Er und Christa sollten das Hamburger Büro organisieren. Ansonsten gab es nichts zu tun. Er würde jede Menge Zeit haben. Er würde Christa flachlegen. Er würde das Problem mit Andrea lösen. Er würde es machen wie Lopez. Man wird einsam. Nichts zu machen: Je mehr man dem Bösen und dem Nichts ausgesetzt ist, desto einsamer wird man. Lopez' Satz in Athen: Ich kenne keinen, der bei dem Leben, das wir führen, nicht einsam wird. Und er, Wundsam, hatte jahrelang versucht, Andrea die Einzelheiten zu ersparen. Den Geruch eines Leichnams, wenn er sich zersetzt, die aufplatzende Haut, die mit Gasen gefüllten Eingeweide.

Der absolute Nullpunkt.

Vielleicht fing er ja doch noch ein neues Leben an. Vielleicht stand er vor einer Abzweigung: vor einer einfachen und bequemen Abkürzung, auch wenn die Gefühle dann für immer verloren waren.

Genau. Der absolute Nullpunkt.

Christa redete noch immer, als Wundsams Satellitentelefon klingelte. »Anrufer unbekannt.« Wundsam nahm nicht ab. Christa lächelte. »Und wenn es Montorsi war?« fragte sie.

»Montorsi kann warten ...«

Nun klingelte Christas Handy. Sie nahm ab. Sie nickte, fragte nach, sprach von der Datenbank. Sie sagte, sie wisse nicht, wo Wundsam sei, sie werde ihn schon auftreiben. Dann legte sie auf.

Christa: »Das war Montorsi. Wir sollen uns mit Lopez in Verbindung setzen. Komm, den Rest erklär ich dir unterwegs, wir fahren ins Büro, es ist wichtig.«

Ja, es gab eine Abzweigung.

Stefan Wundsam hatte keine Ahnung, was für eine, in welche Richtung und mit welchem Ziel.

Christa ging voraus, zahlte eilends bei dem Jungen an der Bar und verließ mit wiegendem Gang, der Wundsam in noch tiefere Verwirrung stürzte, das Lokal.

Draußen war es fast dunkel.

Es regnete in Hamburg, auf den Freihafen.

James Cameron
Peking, 8. September 2002, 06:50

Er hatte keine Zeit zum Nachdenken. Er wurde mitgerissen.

Er folgte den 4x4-Jeeps des Franzosen.

Er hatte keine Zeit, an Wilberg und Lei Yong zu denken: Sie hatten ihn gelinkt.

Er dachte nur an den Franzosen, daran, ihm zu folgen, diskret und verzweifelt, aus hundert Meter Entfernung, im Schutz der anderen Autos, der LKWs, die mit ihrer Langsamkeit den Verkehr aufhielten.

Im Schutz Pekings.

Kurz vor sieben, wenn die Sonne aufging, war Peking eine Kurve am Horizont, verstopft mit Autos und Bussen und Zügen und Fahrrädern und Tausenden von Ape Cars, Kopien einer italienischen Marke, die unter Preis an die Massen verkauft wurden. Die Wolkenkratzer ragten auf wie riesige Hünengräber. Und mit jedem Tag wurden es mehr. Vor zehn Jahren war die Guangqumenwai Dajie noch trockener Staub, festgestampft von den flinken Füßen der Chinesen. Zehn Jahre später war die Guangqumenwai Dajie eine Autobahn. Einfach überwältigend. Überwältigender noch als Hongkong, dessen Modernität Scharen von Filmregisseuren zur Schau stellten, in Zeitlupe, mit billigen Actionszenen à la John Woo.

Doch ihr habt nicht das geringste begriffen. Das Herz ist Peking. In zehn Jahren wird Peking das Herz des Planeten sein. Peking wächst mit jedem Tag. Es wird das neue Paris sein, das neue New York. Das Zentralkomitee der Partei, die man nur noch rein zufällig für kommunistisch hält, hatte den Bau von vierzig Städten von der Größe Chicagos in Auftrag gegeben, verteilt über das gesamte Staatsgebiet. Hier lag der neue Markt. Peking sollte wachsen: von zwölf Millionen Einwohnern auf zweiundzwanzig. Die erste Mondlandung eines chinesischen Raumschiffs war für 2013 geplant.

China stand im Begriff, abzuheben. Seine Wurzeln sind der Himmel. Es ist mit den Sternen verwandt. Es ist das Reich der Mitte. Die Chinesen sind die Juden des neuen Jahrtausends, das Volk, das Gott auserwählt hat, sein Wort im Universum zu verbreiten. Den Weissagungen nach sind die Chinesen das Volk, das den Weltuntergang herbeiführen soll. Sie würden ihre Aufgabe mit unerschütterlicher Perfektion erfüllen.

Peking ist das Zentrum des Universums. Und du hast es verloren.

Der Mann, der dir das Zentrum des Universums entrissen hat, fährt hundert Meter vor dir in einem Geländewagen *made in Germany* – und spricht französisch.

James Cameron trat aufs Gaspedal. Überholte die 4x4-Jeeps. Auf dem Rücksitz des vorderen Jeeps sah er die fette, schemenhafte Gestalt des Franzosen im Gegenlicht.

Er wechselte wieder die Spur. Er wußte jetzt, wohin sie fuhren.

Es ging zurück zum Flughafen Shoudu.

Der Franzose war dabei, das Land zu verlassen.

Er würde ihm bis ans Ende der Welt folgen.

Er würde ihm die Kehle durchschneiden.

Er würde irgendwo ein Ersatzparadies auftreiben – ein europäisches oder südamerikanisches Peking.

Die CIA hatte ihn ausgebootet. Der chinesische Geheimdienst hatte ihn ausgebootet. Wilberg hatte ihn ausgebootet. Und Lei Yong. Und der Franzose.

Im Moment konnte er es nur dem Franzosen heimzahlen. Und das würde er auch tun.

Danach würde er sich überlegen, wie er es der CIA und dem Te Wu heimzahlen konnte.

Er sah den Flughafen. Jagte den Mercury auf 180 Stundenkilometer hoch.

Der Plan war: kein Plan.

Er stellte den Mercury ab. Fünf Minuten Vorsprung vor den Jeeps des Franzosen. Er mußte sein Aussehen verändern. Mit dem Elektrorasierer rasierte er sich hastig den Kopf, so gut es eben ging, und schürfte sich dabei die Haut am Nacken auf. Tote Haarbüschel auf der Plastikfußmatte unter den Pedalen. Er fing an, seine Vergangenheit zu verlieren. Für kurze Zeit war seine Vergangenheit noch seine Gegenwart. Er blickte in den Rückspiegel: nichts. Er stieg aus dem Mercury. Öffnete den Kofferraum. Seine Reisetasche lag bereit. Er sah in der zweiten Innentasche nach: die gefälschten CIA-Ausweise. Rund zehn falsche Identitäten. Er warf einen Blick auf die Reisepässe. Die Kreditkarten. Auf dem Konto, auf das sie ihren Schnitt aus den Geschäften mit der CIA einzahlten, hatten er und Wilberg einige zehntausend Dollar angehäuft. Er war versorgt. Auch wenn es sich dabei nicht um Summen handelte wie die, die Wilberg und Lei Yong mit dem »Frischfleisch«-Deal eingestrichen hatten. Aber es war genug. Im Mercury ließ Cameron die Pistolen, die leichte, kleine Bazooka unter dem Rücksitz – und den *Stoff*. Er schnupfte eine letzte Line stark gestrecktes Koks. Nahm den Computer. Überprüfte, ob Lei Yongs Festplatte auch wirklich drinsteckte. Er fing an, sich selbst nicht mehr zu trauen. Seine letzte Mahlzeit lag zwölf Stunden zurück. Er hatte nicht geschlafen. Er hatte die Hauptstadt der Galaxie verloren.

Cameron stand in der hellblauen, frischen Luft von Peking.

Er betrat die Abflughalle des Flughafens Shoudu.

Als die 4x4-Jeeps des Franzosen den Parkplatz erreichten, tauchte der CIA-Agent James Cameron in der Menschenmenge des Flughafens unter.

Er wußte, was er zu tun hatte. Er betrachtete sein Spiegelbild im Glas der elektrischen Schiebetür: ein Mann um die vierzig, Marinebarett auf dem Kopf; eine Jacke, die vage nach Uniform aussah; eine große Reisetasche auf dem Rücken, vor dem Bauch die Laptoptasche; dunkle Sonnenbrille. Fast hätte er sich selbst nicht erkannt.

Er mischte sich unter die Menge abflugbereiter und ankommender Menschen.

Hinüber zum Zeitungskiosk. Die chinesischen Geschäftsmänner, der neue Siegertyp, das neueste Evolutionsprodukt: fette, gierige Idioten, aber nicht ganz so idiotisch und fett und gierig wie die westlichen Geschäftsleute, die in China landeten, sich über den Tisch ziehen ließen und in dem Glauben wieder abzogen, das Geschäft ihres Lebens gemacht zu haben. So ist sie, die goldene Welt der Neureichen. Beachtlich auch der Einfluß der Frauen: geld- und familiensüchtige Provinzmütter, ihre Babys auf dem Arm oder auf den Schultern und im Gesicht, in ihren Gesten die ewige Demut ihrer Rasse. Schlitzaugen, denen nichts entging. Die alte chinesische Weisheit: Abwarten und dann zum tödlichen Schlag ausholen. Das Tao der chinesischen Spezies: aggressiv, aber nur langfristig, wenn die Kräfte des Gegners schwinden und immer weiter nachlassen. Dann schlägt der Chinese zu.

Am Kiosk im Ostteil des Flughafens Shoudu. Cameron erwarb einen Stadtplan von Peking. Er setzte seine Sonnenbrille auf. Er ließ den Eingang nicht aus den Augen.

Der Franzose war noch nicht eingetroffen.

In dem Moment betrat er die Halle.

Cameron setzte sich in Bewegung.

Er schlug einen weiten Bogen, passierte die westlich angehauchten Läden – eine überflüssige Modenschau Chinas in westlicher Soße. Armani nach Peking-Art oder Peking *chez* Armani – das war nicht so leicht festzustellen. Der Franzose und seine Männer kamen nur langsam vorwärts. Einer der Leibwächter schob den Gepäckwagen. Der Franzose steuerte mit zwei anderen Idioten direkt auf die Flughafenbar zu. Zwei weitere Bodyguards gingen zu den Check-in-Schaltern. Cameron konzentrierte sich zunächst auf sie. Er versuchte, ihre Blickrichtung zu interpretieren, zu erkennen, welche Gates sie im Auge hatten. Er versuchte herauszufinden, welchem Flug ihre Aufmerksamkeit galt.

Ohne Erfolg.

Also sah er zu, daß er vor den anderen beiden Idioten an die Bar kam.

Der Franzose: ein fetter, auf das pseudobequeme Sofa der Bar gebetteter Fisch. Unglaublich: Um sieben Uhr morgens schlürfte der schon Whisky. Dieser französische Bastard, dieser Bastard Lei Yong, dieser Bastard Wilberg. Eine Verschwörung auf der ganzen Linie – zu seinem Nachteil.

Einen Augenblick lang hielt Cameron inne und dachte nach. Aber dazu war eigentlich keine Zeit. Der Sog war zu stark. Der Franzose erhob sich mit Mühe von dem braunen Sofa, während der Bodyguard-Idiot mit dem Gepäckwagen auf den Tresen zusteuerte und dabei den Blick seines Herrn und Meisters suchte.

Sie waren auf dem Sprung.

Auch Cameron machte sich wieder auf den Weg.

Die Bodyguard-Idioten hatten alles und jeden im Visier. Gekreuzte Blicke: zwei menschliche Radargeräte. Der Franzose ließ sich davon nicht beirren: Er schleppte sich vorwärts – einhundertzehn Kilo und ein Whisky um sieben Uhr morgens sind keine Kleinigkeit. Cameron folgte der Gruppe aus großer Entfernung, außerhalb des Blickfeldes der Bodyguard-Idioten. Er behielt die elektronische Anzeigetafel mit den Abflügen im Auge: London, Paris, Zürich, New York, Los Angeles, Bombay, Amsterdam – sieben Abflüge innerhalb der nächsten halben

Stunde. Unmöglich, zu erraten, wohin der Franzose fliegen würde.

Die Gruppe um den Franzosen stellte sich in die Warteschlange vor den Metalldetektoren. Interessant: Die Männer wirkten völlig entspannt. Dafür gab es genau zwei mögliche Erklärungen: Entweder sie waren unbewaffnet, oder sie trugen Waffen und hatten die Erlaubnis, sie mit an Bord zu nehmen. Ein Freibrief zum Reisen mit der Waffe: Das wäre Sache der CIA oder des chinesischen Geheimdienstes.

Die Schlange wurde allmählich kürzer. Es blieb wenig Zeit zum Handeln. Cameron überschlug, wieviel Zeit die Kontrolle am Metalldetektor in Anspruch nehmen würde. Der Franzose und seine Männer waren gleich an der Reihe – sie zogen schon ihre Tickets hervor.

Cameron sauste los.

Just in dem Moment, da der Franzose und seine Männer ihre Tickets vorzeigten, kam Cameron angehetzt.

Er machte ein Riesentheater.

Wie wenn nichts wäre, näherte er sich der Gruppe des Franzosen. Er spielte den Schwachkopf, der sich nicht zurechtfindet. Steuerte geradewegs auf den Metalldetektor zu. Dem Franzosen und seinen Männern schenkte er nicht die geringste Beachtung. Der Sicherheitsbeamte reagierte sauer. Cameron hielt ihm den Stadtplan von Peking unter die Nase. In grobem chinesischen Kauderwelsch fragte er: Wo ist Ditan Gongyuan, der Erdtempel-Park? Der Chinese bekam einen Wutanfall. Dafür sei er nicht zuständig. Sehe er vielleicht aus wie die Touristeninformation? Er wurde ausfällig. Schickte Cameron zum Teufel. Sagte, er könne sich seinen Tempel sonstwohin schieben. Cameron solle sehen, daß er weiterkomme – ihr Westler bildet euch ein, wir wären eure Dienstboten. Der Chinese fluchte. Zwei weitere Sicherheitsleute kamen dazu. Der Franzose ließ die Unterbrechung über sich ergehen wie ein Kaiser, der eine lästige Fliege duldet. Seine Bodyguards ließen Cameron keine Sekunde aus den Augen. Die Kollegen des Sicherheitsbeamten waren freundlicher. Cameron wiederholte immer nur in seinem bruchstückhaften Chinesisch: Entschuldigen Sie bitte, entschuldigen Sie bitte, entschuldigen Sie bitte. Ich weiß nicht, wie ich zum Ditan Gongyuan komme. Die Chinesen erklärten es ihm. Sie lächelten: über den Schwachkopf von Westler und ihren wütenden Kollegen.

Sie sagten Cameron auf Wiedersehen.

Cameron entfernte sich. Es war ihm gelungen, den Zielflughafen des Franzosen auf dessen Ticket zu erkennen, das der Sicherheitsmann in der Hand hielt.

Paris. Der Flug um 7.55 Uhr.

Cameron ließ die Gruppe des Franzosen stehen. Jetzt konnte er sie nicht mehr verlieren. Er versuchte sein Glück. Ein Lotteriespiel. Er stellte sich an den Ticketschaltern an. Zu viele Leute. So würde er es nie rechtzeitig schaffen, ein Ticket für den 7.55-Uhr-Flug nach Paris zu kaufen.

Gespielte Eile. Er drängte sich zum Air-France-Schalter vor. Gespielte Verzweiflung: Ich muß um jeden Preis nach Paris. Die Verkäuferin bot ihm einen Platz in der Maschine um 12 Uhr 20 an. Cameron sagte, er müsse unbedingt vier Stunden früher in Paris sein. Er improvisierte ein Märchen, seine Schwester sei verstorben – das brachte er in perfektem Französisch vor, mit Pariser Akzent. Er sei völlig verzweifelt. Aber der Flug um 7.55 Uhr war ausgebucht. Die Verkäuferin brachte Cameron ins Back Office hinter dem Check-in-Schalter von Air France. Dort bat sie die Kollegen, eine Lösung für den armen Mann zu finden. Man wandte sich an einige Passagiere: Wir haben hier einen Herrn, dessen Schwester verstorben ist, er muß sobald wie möglich nach Paris, wären Sie vielleicht bereit, mit der nächsten Maschine zu fliegen?

Ein Lotteriespiel.

Es ging alles glatt. Ein graumelierter französischer Geschäftsmann – absolut begeistert vom Handel mit China – überließ Cameron seinen Platz. Cameron bezahlte mit einer Kreditkarte auf den Namen Monsieur Jacques Laroche. Der Graumelierte mit den guten Geschäften kondolierte ihm. Stellte Fragen. Cameron sagte: das Gehirn – meine Schwester war seit langem schwer krank. Der Graumelierte hieß Gilles Bernardini, wie Cameron auf seinem Ticket lesen konnte. Italienische Vorfahren? Ja, antwortete der Graumelierte, Großeltern aus den Abruzzen, eine fürchterliche Gegend. Ein fürchterliches Land, sagte der Graumelierte.

Die Zukunft liegt in China, sagte der Graumelierte.

Auf die Toilette, mit den Taschen. Cameron zog sich in einer Kabine um. Nebenan hörte er einen Urinstrahl in die Kloschüssel zischen. Cameron leerte seine Reisetasche. Packte die Kleidung ein, die er getragen hatte. Jetzt stand er in Unterhose und Socken da. Aus der Reisetasche holte er eine zusammengelegte Ersatztasche. Zog seinen zweiten Satz Klamotten an. Faltete den Hut mit der breiten Krempe auseinander. Wechselte die Brille: eine falsche Sehbrille. Dann der falsche blonde Spitzbart. Der zweite Satz Kleidung: Sakko und Krawatte, eine elegante Hose, Churchill-Zigarre. Den Computer verstaute er ebenfalls in der Ersatztasche. Dann verließ er die Kabine. Er stellte sein Gepäck auf den Boden, wusch sich die Hände und warf einen prüfenden Blick in den Spiegel. Perfekt. Der perfekte Franzosentrottel aus der Mittelschicht.

Der Franzose und seine Männer würden ihn nicht erkennen. Er war ein völlig anderer Mensch als der Mann, der das Theater am Metalldetektor veranstaltet hatte.

Er verließ die Toilette, und auf dem Gang, der zurück in die Halle führte, war er lange genug allein, um die Tasche mit der benutzten Kleidung und die leere Laptoptasche in einen Mülleimer zu stopfen.

Dann trat er ins gleißende Licht der Halle hinaus. Alles glänzte. Ihm wurde klar: Ich bin das schwarze Loch. Ich weiß, woher ich komme, ich weiß nicht, wohin ich gehe. Ich hetze – und bin der Gehetzte. Ich weiß nicht, was ich tun werde.

Zorn stieg in ihm auf. Er war ein Mann auf dem Gipfel seines Zorns, gefährlich und ohne Zukunft. Seine Vergangenheit hatte der Mann vertilgt, dem er auf den Fersen war.

Er wartete. Noch sechs Minuten bis zum Besteigen des Flugzeugs nach Paris.

Er ging durch den Metalldetektor.

Zum Gate 11. Der Franzose saß hochrot im Gesicht auf zwei Sitzplätze gequetscht. Um ihn herum standen seine Bodyguards.

Cameron dachte: Echte Profis. Sie gehen als letzte an Bord.

Es lief so, wie Cameron es sich vorgestellt hatte. Er blieb vor dem Wartesaal am Gate 11 stehen. Beobachtete die Bodyguards. Es wurde zum Boarding aufgerufen. Der Franzose blieb ganz ruhig sitzen. Die Schlange verschwand im Flugzeug. Jetzt setzte sich der Franzose in Bewegung.

Ein unerwarteter Glücksfall. Während der Franzose zum Boardingschalter ging, wurde Monsieur Bernardini ausgerufen. Cameron wartete. Der Franzose war gerade dabei, durch die Kontrolle zu gehen. Letzter Aufruf für Monsieur Bernardini.

Monsieur Bernardini kam und drängte sich zwischen den Leibwächtern des Franzosen durch. »Ich bin Monsieur Bernardini.«

Verpackt und abgeschickt. Nach Paris.

Mit wenigen Minuten Verspätung hob das Flugzeug ab; die Startbahn lag in einer ganz anderen Ecke des Flughafens als jene, wo Cameron den Franzosen und Lei Yong bei der Übergabe beobachtet hatte.

Lei Yong, Wilberg, Kremer, Lei Yongs Frau und seine Kinder:

alle tot. Peking: tot. Mit »Frischfleisch« war ganz offensichtlich das große Geld zu machen: ein Jahrhundertgeschäft. Ein Geschäft zwischen Amerikanern und Chinesen? Wilberg und Lei Yong hatten darauf spekuliert: Es ging um immense Summen. Was bedeutete »Frischfleisch«?

Von Europa aus würde er die Geschäfte der CIA hochgehen lassen. Er würde sie bloßstellen. Ihr seid mir auf die Füße getreten. Ihr habt mir mein Pekinger Paradies genommen. Ich habe euch mein halbes Leben geopfert, damit ihr mir das ganze Leben nehmt.

Ich bin wütend und enttäuscht. Je mehr meine Enttäuschung wächst, desto wütender werde ich. Ich habe niemanden. Ich bin ein Mann ohne Wurzeln. Ich bin müde.

Vier Sitzreihen hinter ihm schlemmte der Franzose und machte sich über das Tablett her, auf dem das Flugzeugessen serviert wurde. In Zellophan verpackte Köstlichkeiten.

Als Cameron von der Flugzeugtoilette zurück an seinen Platz ging, sah er den bloßen Nacken des Franzosen, die fettigen Strähnen, spärliches, zurückgekämmtes Haar. Er dachte an die Hirnschale des Franzosen. Dachte daran, wie er ihm eine Kugel in den Kopf jagen würde.

Aber dazu war noch genug Zeit.

Er hatte das Gefühl, der Franzose würde ihn, ohne es zu merken, bei der Hand nehmen. Ihm, ohne es zu merken, die Metzgerei zeigen und sagen: Schau, hier wird das »Frischfleisch« verkauft.

Würde Cameron Peking je wiedersehen?

Es war eine Frage von Stunden oder Jahren. Alles konnte im Handumdrehen vorbei sein oder sich in alle Ewigkeit fortsetzen. Das hing nicht allein von ihm ab. Doch zu einem Großteil hing es von ihm ab.

Er nahm wieder Platz. Stundenlang kämpfte er gegen den Schlaf an.

Die Gnade der Erschöpfung – wenn alles zu einer Frage der

Physis wird. Cameron schluckte ein legales Aufputschmittel. Zwei Pillen. Stoff war das nicht, aber es würde ihm helfen.

Trotzdem schlief er auf halber Strecke ein, als das Flugzeug den Scheitelpunkt des Bogens erreichte, um dann in den Sinkflug nach Paris überzugehen.

Guido Lopez
Mailand Malpensa, 7. September 2002, 12:50

Die Autobahn zum Drehkreuz Malpensa war wie eine Straße ins Herz eines unermeßlichen Abgrunds. Am Straßenrand türmten sich die Resultate christdemokratischer Immobilienspekulation im Niemandsland, unterbrochen von dichter, bläulicher, halbstädtischer Vegetation. Ein aus dem Nichts geschaffenes Gebiet. Die Bewohner von Malpensa hatten protestiert: Der Fluglärm ist unerträglich, ihr habt unsere Lebensqualität ruiniert, wir wollen unsere Ruhe wiederhaben. Aber Ruhe war das nie gewesen, sondern *Niemandsland.* Malpensa war die Explosion des Nichts, die Blüte des Nichts, eine enorme, unerklärliche Knolle. Ein absurdes Flughafengebäude, durchzogen von schiefen Rolltreppen, die über einer unermeßlichen Leere hingen, breite, hitzeglühende, nahezu menschenleere Gänge. Die wiederholten Anweisungen einer automatischen Frauenstimme über Lautsprecher – kommen Sie zum Abflug, beeilen Sie sich, holen Sie Ihr Gepäck ab – waren an niemanden gerichtet. Ein einsamer Rufer in der Wüste.

Lopez fuhr hin, ohne zu wissen, was er da eigentlich suchte. Er wollte sich ansehen, was immer Agrati sich hatte ansehen wollen. Agrati hatte sich mit der Agentur in Verbindung gesetzt: warum? Seine Frau hatte Angst: warum? Agrati starb und hinterließ einen vorgetäuschten Selbstmord: warum? Seine Frau redete wirres Zeug, gab Hinweise auf einen möglichen *Fall:* warum?

Wundsam und seine Christa hatten angerufen, sie hatten sich für später verabredet, um alles genau zu besprechen. Wer weiß, vielleicht trieben sie es gerade. Er war auf ihre Mitarbeit angewiesen – nein, das stimmte nicht: Was er wollte, war, daß sie *für* ihn arbeiteten. Sie sollten die Identität und die Geschäfte dieses De Vlaeminck und dieses Mario Ros überprüfen – die einzigen zwei Indizien, die er dem Delirium von Signora Agrati klar hatte entnehmen können.

Lopez sah die Einfahrt zum Frachtbereich von Malpensa. Er wendete. Fuhr nicht weiter auf das Hauptgebäude zu. Er erreichte den Schutzzaun, das Kontrollhäuschen. Ein paar Beamten von der Flughafenpolizei waren da. Lopez zeigte ihnen seine Dienstmarke von der Agentur. Das genügte. Er fragte nach dem Bereich, wo Agrati und seine Angestellten tätig waren. Rückfrage: Um was für eine Ware geht es denn?

Lopez antwortete: Um Fleisch. Frischfleisch.

Aber es war kein Frischfleisch. Es war gefrorenes Fleisch. Der Mann von der Alimentari Import-Export, einem von Agratis Unternehmen, seiner Cash-cow, seinem Kerngeschäft, hörte gar nicht mehr auf mit den Erklärungen: Hier kommen die Container an, hier laden wir ab, hier laden wir ein, von hier aus geht die Ware ins Lager, manchmal mieten wir Kühlräume an, wenn es Probleme mit den Lieferterminen gibt, manchmal beliefern wir die Supermärkte direkt, es kommt ganz darauf an. »Kennen Sie Doktor Agrati?«

»Ja«, sagte Lopez.

Der Mann wollte wissen, ob dies eine Kontrolle der NAS sei: der Lebensmittelpolizei. Beamte im Dienste eures Magens. Der Arbeiter ließ durchblicken, Agrati sei in der Regel über die Kontrollen der NAS informiert. »Doktor Agrati verhält sich völlig korrekt. Hier hat alles seine Richtigkeit. Wir importieren aus Argentinien, vertreiben in Italien, exportieren nach Rußland und China. Rinderwahnsinn oder Maul- und Klauenseuche gibt es bei uns nicht. Viel kann man da nicht falsch machen. Aber Doktor Agrati behält alles im Auge. Vielleicht fließt mal ein bißchen Schmiergeld, und es kommt schon mal vor, daß wir irgendeine

Extraladung einführen, ohne sie zu deklarieren: Aber das ist normal, das machen doch alle. Man spart sich halt die Zollgebühren.«

Lopez: »Extraladung, soso ...«

»Oh, ich sage das bloß ganz unter uns, glauben Sie nicht ...«

»Nein, nein. Wie gesagt, ich bin nicht zur Inspektion da ...«

»Und auch das ist harmlose Ware. Tranchen, die besonders geschätzt werden. Argentinische. Wahrscheinlich bestellt irgendein reicher Russe direkt. Doktor Agrati hat wichtige Kontakte ...«

»Ja, ich verstehe ...« Lopez dachte: die Agnellis, wichtige Kontakte. Ein Fleischer an Agnellis Hof.

Im Hangar. Die Kühlzellen. Brechend voll mit Ladung, die am Nachmittag abgehen sollte. Der Ladung, die Agrati hatte überprüfen wollen. Der Mann reichte Lopez einen dicken, fettigen Plastikkittel. »Ziehen Sie sich das über. Es ist kalt da drin. Wir machen eine Nordpol-Führung ...«

Lopez streifte den Kittel über. Der Kühlraum öffnete sich: ein Schwall kondensierter Luft. Drinnen war alles weiß. Ein kurzer *whiteout:* das Gegenteil von einem Blackout, wenn das Auge durch das Weiß geblendet wird.

Von dem Weiß hoben sich vertikale Formen ab.

Noch halb blind dachte Lopez: Arbeiter, die sich nicht bewegen.

Die vermeintlichen Arbeiter waren totes Fleisch.

Reihen von geviertelten Rindern und Ochsen, hart gefroren, an Fleischerhaken. Ein römisches Feldlager: Man ging zwischen Wänden aus reglosem, hängendem Fleisch. Riesige Kadaver, geweitete, trübe Augen. Gespenstische Kadaver.

»Wie viele sind es?« fragte Lopez.

»Wieviel Stück? Na ja, ich hab die Liste jetzt nicht zur Hand ... Sagen wir, fünfhundert Stück, die Doktor Agrati gehören … Die anderen sind nicht von uns … Die gehören anderen Exporteuren … Insgesamt sind das hier sicher an die zweitausend Stück. Und da hinten ist dann noch der Bereich für tiefgefrorene Ware. Groß, was? Wenn man ins Flugzeug steigt, würde man nie auf die Idee kommen, daß es hier genug Fleisch gibt, um halb Mailand zu ernähren, stimmt's?«

Der Raum war riesengroß. Weißes Neonlicht reflektierte von weißen Wänden und warf weißes Licht auf rotes Gewebe. Am Boden nur wenig gefrorenes Blut. Zwischen den Totems aus leblosem Fleisch weitere Arbeiter. Hinten passierte mehr: das Lager für Tiefgefrorenes, praktisch ein ganzer Supermarkt. Tote Ware, die von frierenden, bleichen Arbeitern verladen wurde. »Gesund ist das hier nicht …«

»Was für Schichten habt ihr?«

»Wir arbeiten nicht mehr als zwei Stunden am Stück. Sonst geht's einem dreckig …«

Der Geruch nach geronnenem Blut, Frischfleisch und tiefgefrorener Ware, die in Kisten im hinteren Teil der Kühlhalle lag, wurde vom Eis abgemildert. Lopez schritt durch seine eigenen Atemwolken.

Ein hängender Ochse glich dem anderen. Sie waren riesengroß.

In einer Reihe hingen Kälber: helleres, zarteres Fleisch. Lopez erinnerte sich, wie sie in der Gluthitze des alten Schlachthofs von Athen den Kälbern Bolzen in den Kopf gejagt hatten.

»Das hier ist der für uns reservierte Bereich. Das ist das Fleisch, das Doktor Agrati gehört. Eine Pracht, nicht wahr?«

»Ich verstehe nicht viel von Fleisch.«

»Das sagen Sie so, aber von Fleisch verstehen wir doch alle was …« Und der Mann lachte.

Von überall her: Rascheln. Stilles Rascheln. Still rieb sich Fleisch an Fleisch. Einige Rinderviertel baumelten hin und her. Von Zeit zu Zeit ein fernes Scheppern: Jemand hatte ein Stück Rind an einen Haken gehängt. Eine Garderobe für Rindfleisch.

Lopez: »Gibt es hier nur Rindfleisch?«

»Nein, nein. Schweine haben wir auch. Ohne geht's doch gar nicht… Schweine gibt es immer…«

Gabelstapler, von denen der gelbe Lack abblätterte, rollten an ihnen vorbei. Sie transportierten dreckverschmierte Styroporkisten. Lopez fror. In einer Ecke hing reglos ein ganzer Ochse zwischen zwei Reihen von Rindervierteln: Er war noch nicht ausgenommen. Lopez fragte: »Ist das alles?«

Der Import-Export-Mann: »Nein. Kommen Sie, ich zeige Ihnen die Transportflugzeuge.«

Vor dem riesigen, flachen Hangar, wo die Lebensmittellieferungen gelagert wurden, standen zwei Maschinen. Über Malpensa vollkommen parallele Kondensstreifen: Die Transportflugzeuge, riesige rinderähnliche Maschinen zum Transport von Rindern. An den Seiten große, runde, konvexe Bullaugen: Sie glichen den satten Augen duldsamer Rinder. Hinten: Rampen, auf denen die Gabelstapler hochfuhren, wie behindertenfreundliche Zugänge. Die Laderäume waren noch nicht aufgefüllt worden. Der Gestank nach Freschino-Käse, nach Wild, nach Verwesung: Hier war er besonders intensiv. Am Boden und an den Wänden Flecken von getrockneten Flüssigkeiten. Es war dunkel.

»Der Strom ist noch nicht an. Während des Flugs ist es hier eiskalt.«

Lopez: »Wo fliegen die Maschinen hin?«

»Die eine nach Moskau. Die andere nach Peking.«

»Peking…«

»Ja. Waren Sie schon mal dort?«

Nichts. Nichts Interessantes. Der Fall Agrati hing offensichtlich mit etwas anderem zusammen. Lopez war enttäuscht. Eine Enttäuschung, die auf Unsicherheit beruht: *Du weißt gar nichts.* Man fühlt sich gehetzt vom Nichts und der Unsicherheit. Es ist eine Menschenjagd, doch du bist nicht der Jäger – du bist der Mensch. Vielleicht konnten Wundsam und Christa den Fall voranbringen, wenn sie diesen De Vlaeminck und Mario Ros überprüften.

Drei LKWs fuhren vor.

»Und die LKWs da?«

Der Gesichtsausdruck von Agratis Mann änderte sich unmerklich, sein Hals legte sich in Falten. Es gibt Reptilmenschen, zahm und scheu. Schildkrötenmenschen. »Nichts Besonderes. Das ist die Frischware, von der ich vorher gesprochen habe. Spezielle Tranchen, Leckerbissen für die VIPs. Solches Zeug eben.«

»Na, dann sehen wir uns das doch mal an.« Und schon ging Lopez vor dem Fleischmann her.

Es gab ein paar Schwierigkeiten mit den Fahrern der LKWs. Sie weigerten sich, die Kühlcontainer zu öffnen. Die Dienstmarke von der europäischen Polizei scherte sie überhaupt nicht. Lopez fing an, eine Nummer auf seinem Satellitentelefon zu wählen. Agratis Mann fragte, was er da mache. »Ich rufe Calimani an ...«

»Und wer ist Calimani?«

»Der Chef der Mailänder Lebensmittelpolizei.«

Agratis Mann wurde blaß. Er nahm die Fahrer der LKWs beiseite, während Lopez vorgab, ins Telefon zu sprechen.

Mit großen Schritten kam der Fleischmann wieder zurück: »Alles klar, Inspektor, ist doch kein Problem. Die machen Ihnen die Container gleich auf. Da brauchen Sie nicht gleich die NAS zu rufen.«

Das gewaltige Knarzen der Kühltüren. Aus dem Spalt trat kalter Dampf hervor. Dunkelheit. Lopez bat um eine Stablampe; der Eisnebel im Innern des hermetisch verriegelten Containers war zu dicht, als daß genug Tageslicht hätte eindringen können. Man reichte ihm eine Taschenlampe. Agratis Mann stieg vor ihm in die Dunkelheit des Containers und half Lopez hinauf. Lopez spürte die Mikrokristalle des Kunsteises wie einen Schock.

Der Pol, in einem Raum auf Rädern.

Aus dem Innern des Containers, durch die Dunkelheit und Eisschwaden hindurch, sah Lopez die LKW-Fahrer und ein paar Arbeiter Agratis mit verschränkten Armen dastehen. Ihn fröstelte – das lag an der Kälte. Er strich über seine Beretta, um sicherzugehen, daß sie noch an ihrem Platz war. Sie war noch an ihrem Platz.

Agratis Mann ließ den Strahl der Taschenlampe *zu schnell* durch den Raum schweifen. Lopez konnte nichts erkennen. Der Geruch wurde durch das Eis neutralisiert. Ein Klaustrophobiker hätte es an so einem Ort keine Sekunde lang ausgehalten. Der Boden war trocken – getrocknetes Eis.

»Was möchten Sie sehen?« fragte Agratis Mann.

»Ich kann überhaupt nichts sehen.«

»Es gibt ja auch nichts zu sehen.«

Entlang der Innenwände reihte sich Behälter an Behälter. Die Wände waren von Trockeneis-Schnee überzogen: wie ein Gefrierschrank, den man seit Monaten nicht abgetaut hat. Die Behälter waren mit schweren Vorhängeschlössern gesichert. Der Lichtkegel verweilte immer nur sekundenlang auf den Behältern und Schlössern.

Lopez: »Was ist da drin?«

Agratis Mann, mit gespielter Langeweile: »Fleisch. Nehme ich an.«

Lopez fragte, ob er einen Blick hineinwerfen könne – nein, das war keine Bitte: Er wollte sehen, was sich in den Behältern befand. Agratis Mann lehnte sich aus dem Container und ließ sich die Schlüssel für die Vorhängeschlösser geben. Dann wandte er sich wieder Lopez zu: »Fassen Sie nichts an. Ihre Haut würde festfrieren. Das Eis: Wenn Sie etwas berühren, bekommen Sie die Haut nicht wieder weg.«

Der Mann machte sich an dem Schloß des Behälters zu schaffen, der der Ladeklappe am nächsten war. Er fluchte. »Es ist zu kalt. Das Öl ist im Schloß festgefroren.«

Lopez verzog keine Miene. Er stand schweigend da. Wartete. Ihm war mittlerweile eiskalt.

Schließlich sprang das Schloß auf. Agratis Mann öffnete den Behälter. Es war eine Truhe, die aufklappte wie ein stählerner Sarg. Der Lichtstrahl der Taschenlampe ließ Diamanten aufblitzen: Der Eismantel bildete Kristalle von der Größe von Juwelen. Zwischen den Kristallen dunkle, längliche Formen. Organe.

Lopez: »Was ist das?«

»Ich hab's Ihnen schon gesagt. Fleisch. Exklusives Fleisch.«

Das sind die Tranchen, die besonders geschätzt werden, sagte er. Das hier sind florentinische Steaks, die in Italien nach der Sache mit dem Rinderwahnsinn verboten wurden. Das hier sind Filets von Wildarten, die man bei uns nicht jagen darf. Das da sind Lendenstücke von der Gemse.

»Was ist die Ware wert?«

»Na ja ... so einiges ... Ich sagte Ihnen doch, Inspektor, Doktor Agrati muß sicher auch in Rußland und China seine Beziehungen pflegen ... wichtigen Leuten gewisse Gefälligkeiten erweisen ... Aber das ist doch Kinderkram ... Das ist doch nicht wirklich illegal, oder? Das bißchen Fleisch ist doch ein Witz ...«

»Was ist die Ware wert?«

Der dunkle Schatten von Agratis Mann: »Na ja, sagen wir ... zweihunderttausend?«

»Was haben Sie vor, Inspektor?« fragte Agratis Mann. »Rufen Sie die NAS?«

»Nein, keine Sorge.«

»Sag ich doch … Doktor Agrati wegen so einer Kleinigkeit Ärger zu machen, wäre auch übertrieben … Er gibt einer Menge Leuten Arbeit … Im Grunde ist er doch ein Ehrenmann … Wahrscheinlich setzen die Russen und Chinesen ihn unter Druck … Aber eigentlich ist es eine Lappalie … In Mailand läuft es doch nicht anders, wenn Sie an einer Ausschreibung teilnehmen, müssen Sie auch links und rechts ein wenig schmieren …«

Lopez beugte sich aus dem Container, während Agratis Mann redete. Er sagte, er brauche eine starke Lampe, um das Innere richtig ausleuchten zu können. Jemand machte sich auf die Suche. Warum, wollte Agratis Mann wissen, während sie warteten. Ob Lopez jetzt doch die Lebensmittelpolizei verständigen wolle?

»Nein, ich habe nicht vor, die NAS zu rufen. Ich will nur sehen, was in all den Behältern ist.

»In allen?«

»In allen.«

Schließlich fanden sie eine Lampe. Drei Männer kletterten in den Container und packten mit an. Sie begannen, die Behälter aufzuschließen. Öffneten die Klappen. Das Licht war ausreichend. Überall diamantenes Eis. Jede Menge Organe.

Lopez: »Und jetzt ladet ihr mir das aus.«

Agratis Mann: »Wie meinen Sie das? Sollen wir die Behälter ausladen?«

»Nein, das Fleisch.«

»Aber normalerweise laden wir die Behälter nur aus, ohne sie aufzumachen.«

»Schön. Aber heute machen wir sie auf und schauen, was unten drin ist.«

»Unter dem Eis?«

»Wir schauen, was unten drin ist.«

Sie wußten nicht, wohin mit dem wertvollen Fleisch. Sie holten Kühlwagen aus dem Hangar. Sie gingen *äußerst* vorsichtig damit um: Das sind die Familienjuwelen, auf diese Steaks legt Doktor Agrati besonderen Wert. Über Agratis Tod waren die Arbeiter noch nicht informiert worden.

Es ging langsam voran.

Lopez fror. Überwachte. Nickte.

Eine Kamelleber wurde an ihm vorbeigetragen. Agratis Mann erklärte es ihm. Das hier ist Kamelleber, sagte er.

Fleisch, das Gold wert ist.

Exquisite, streng verbotene Köstlichkeiten.

Lopez hielt es in der Kälte kaum noch aus. Er wurde allmählich ganz steif. Die Vorsicht, mit der die Organe behandelt wurden, ging ihm total auf die Nerven. Schließlich war das nichts weiter als totes Fleisch.

Er atmete aus, in die eiskalte Luft. Sein Atem verdampfte kaum.

Sie waren immer noch mit dem ersten Behälter beschäftigt.

Lopez konnte fast nicht mehr vor Kälte. Seine Knochen schmerzten. Das Licht war gedämpft, aber es reichte aus.

Als nächstes wurde Zebrafleisch vorbeigetragen. Agratis Mann erklärte, Doktor Agrati habe Absprachen mit den Zoos. Er zahle unter der Hand. Aber das seien Bagatellen. Den Eindruck hatte man freilich nicht: Die Männer behandelten die Stücke, als handle es sich um die Kinder der Königin von England.

Lopez versuchte, seine Beine zu lockern. Die Kniegelenke knackten in der Kälte. Er machte ein paar Schritte ins Hintere des Containers. Dort wurde das Licht deutlich schwächer. Es war noch kälter als vorne. Die letzte Truhe auf der rechten Seite stand offen. Oben: Eisbrocken und rötliche Fleischstücke. Gefrorenes, geronnenes Blut. Ein Tierherz mit abgetrennten Venen. Im vorderen Teil des Containers schleppten Agratis Arbeiter den Schenkel irgendeines Tieres. Lopez sah sich die Truhe näher an. Unten besaß sie zwei Scharniere. Lopez' Blick fiel auf die Verriegelung der Seitenwände. Die Truhe würde sich ruckartig öffnen, das Eis und all die Organe würden sich im Innern des Containers verteilen.

Was interessieren mich die Arbeiter? Agrati ist tot.

Er öffnete die obere Verriegelung. Die Arbeiter fuhren überrascht herum. Die Scharniere quietschten nicht. Die Scharniere bewegten sich nicht, sie waren festgefroren. Lopez zog sich den Ärmel über die Hand, um seine Haut zu schützen, packte den Rand der Klappe und zog.

Ein lautes Knacken. Ein Knall.

Das Eis brach.

Mitsamt dem Eis prasselten die Fleischstücke zu Boden.

Sie überschwemmten ihn, bedeckten Lopez' Füße.

Ein *besonders* großes, schweres Stück Fleisch lastete auf Lopez' Knöcheln.

Alle sahen es.

Das war nicht einfach nur ein *besonders* großes Stück Fleisch.

Das war ein Mensch.

Eine Leiche.

Lopez zog die Beretta und wedelte damit herum. »Jetzt bleibt mal alle hübsch, wo ihr seid.« Er hätte gar nichts zu sagen brauchen. Lopez dachte, Agratis Arbeiter würden über ihn herfallen. Doch sie blieben wie angewurzelt stehen. Vor dem Container fragte jemand, was los sei. Die Männer im Container: bleich im Gesicht, den Mund offen wie ein schwarzes Loch. Sie waren völlig perplex.

In der einen Hand die Beretta. In der anderen das Satellitentelefon. Lopez rief Calimani im Mailänder Polizeipräsidium an. Calimani hob ab. Lopez sagte: »Kommt nach Malpensa. In Agratis Ladezone. Ich habe in einem von Agratis LKWs einen Toten gefunden.«

Sie würden in einer halben Stunde da sein. Lopez klappte das Handy zu. Er sagte den Männern im Container, sie sollten aussteigen. Sie folgten. Das waren zahme Tiere. Um sie brauchte er sich keine Gedanken zu machen. Auch Lopez stieg aus. In der Hand die Beretta. Dann sagte er: Ruft die Flughafenpolizei.

Über eine Sprechanlage, keine zwanzig Meter vom LKW entfernt, riefen die Arbeiter in der Zentrale an.

Die Beamten beeilten sich. Ein paar Minuten später waren sie da.

Lopez gab die Anweisungen. Kurz und bündig. Es solle nichts angefaßt werden. Die Behälter im zweiten LKW seien zu kontrollieren. Die Fahrer stünden unter Arrest. Die Sache falle unter die Zuständigkeit der Mailänder Staatsanwaltschaft, sie habe mit dem Mord an Doktor Agrati zu tun. Als er das sagte, brachen die Arbeiter förmlich zusammen. Sie begannen, untereinander zu tuscheln. Ein weiterer Einsatzwagen der Flughafenpolizei traf ein.

Zehn Minuten später öffneten sechs Beamte der Flughafenpolizei den zweiten LKW, stiegen in den Container, sperrten die sechs Behälter auf und taten das, was Lopez getan hatte: Sie brachen die vereisten Riegel an den Seitenwänden der Behälter auf, so daß sich Eis und Fleisch über den Boden verteilten.

Der sechste Behälter hinten rechts. Wie beim ersten LKW.

Lopez sah durch die Öffnung des Containers, wie der lange, dunkle Schatten fiel und über den Boden rollte.

Es war eine weitere Leiche.

Calimani und die anderen Beamten von der Ermittlungsabteilung ließen auf sich warten.

Lopez und der Einsatzleiter der Flughafenpolizei arbeiteten sich sorgfältig durch die Berge von Eis und Fleisch, die nunmehr wertlos auf dem Boden des Containers lagen.

Zunächst der erste Container. Dann der zweite.

Sie entfernten übervorsichtig die Schicht von Eisdiamanten.

Sie entfernten Fleischfasern.

Sie sahen die bläuliche Färbung. Die blauen Lippen. Die unnatürlich steifen Kiefer. Eine geweitete, trübe Pupille.

Sie sahen sie. Sie sahen die Gesichter.

Es waren Chinesen.

Die beiden Leichen waren Chinesen.

James Cameron
Paris, 8. September 2002, 16:50

Flughafen Charles de Gaulle. Du trittst in Peking deine Reise an. Schläfst über Ulan Bator ein. Schreckst über den Arabischen Emiraten hoch. Auf der Höhe von Istanbul wirst du richtig wach.

Du bist in Europa.

Du hast Zeit zum Nachdenken.

Bis du den Beton des Flughafens Charles de Gaulle betrittst, denkst du nach. Denkst angestrengt nach. Denkst heftig nach. Von Schlaf und Whisky benommen, denkst du nach, während über die Bordbildschirme die dumme, blasse Fresse von Ben Affleck flimmert. Dazu das debile Lächeln von Gwyneth Paltrow. Trotzdem, scharf war sie schon.

Wenige Sitzreihen vor dir liegt der Mann, der dein Leben zerstört hat, schwitzend in tiefem Schlaf. Der Mann, der deinen besten Freund umgelegt hat. Der dich um deinen Job gebracht hat. Doch in Wahrheit hat dich dein bester Freund gelinkt. Er hat dich um 25 Millionen Dollar betrogen. Dein Boß, das heißt die CIA, hat dich aus der Datenbank gelöscht. Und das bedeutet: Du existierst nicht mehr, sie halten dich für tot. Der beste Freund von deinem Boß, der chinesische Geheimdienst, hat dich fallenlassen und deinen Verbindungsmann in Peking auch – sie haben ihn und seine Familie ausgelöscht.

Du solltest eigentlich gar nicht hier sein, zehntausend Meter über Prag. Du hättest auf einem riesengroßen Parkplatz außerhalb von Peking in die Luft fliegen sollen.

Du weißt nicht, was du tun wirst. Du weißt nicht einmal, warum du in dieses Flugzeug gestiegen bist. Wenn du Rache an dem Fettwanst nimmst, der dein Leben zerstört hat, dann ist das nur der *Anfang* deiner Vendetta. Du möchtest der CIA richtig weh tun. Vergiß es. Du möchtest die Chinesen teuer bezahlen lassen. Vergiß es. Du möchtest ihnen das Drogengeschäft kaputtmachen – das Paradies von Yunnan, das die Europäer so lieben, jene Bonbons, von denen Mutti sagt, daß du sie nicht annehmen sollst, wenn ein Unbekannter vor der Schule damit ankommt. Vergiß es.

Du weißt nichts.

Du bist eine Null hoch unendlich.

Vor zehn Jahren hast du dich von der eigentlichen Geheimdiensttätigkeit verabschiedet. Du bist aus der Übung. Du hast keine Kontakte mehr. Das Beste wäre, du verpißt dich. Aber du hast keine Lust, wegzulaufen und ein neues, anonymes Leben zu beginnen. Früher oder später spürt dich die Agentur sowieso auf. In wenigen Stunden werden sie herausfinden, daß Wilbergs Leiche sich über die sterblichen Überreste von Kremer verteilt hat. Von *Kremer*, und nicht von dir.

Du bist der Jäger und der Gejagte.

Du bist außer Atem. Wenn du in Charles de Gaulle von Bord gehst, was hast du dann vor? Willst du den Franzosen und seine Leute umlegen? Ja? Und wie willst du das anstellen?

Du weißt nichts. Du weißt nicht, für wen der Franzose arbeitet. Du weißt nicht, wer hier in Europa der Abnehmer für die nächste Lieferung vom chinesischen Paradies ist. Du weißt weder wie noch warum dein bester Freund ein 25-Millionen-Dollar-Geschäft ohne dich durchgezogen hat. Du weißt den Decknamen für das Geschäft: »Frischfleisch« – aber nicht, was das bedeutet. Du weißt nicht, wie die Agentur dich erledigen wird. Du weißt nur, daß sie es tun wird. Die Agentur führt ihre Aufgaben immer zu Ende. Das weißt du aus persönlicher Erfahrung.

Und noch etwas weißt du. Du weißt, daß dein Geld nicht bis in alle Ewigkeit reichen wird – im Gegenteil, es wird ziemlich schnell verbraucht sein. Du weißt, daß du nicht mit der Agentur in Kontakt treten und einen Deal machen kannst, denn du hast nichts anzubieten. Du weißt, daß Wilberg und Lei Yong dich gelinkt haben, als sie von Januar bis September insgesamt sechzig Stück »Frischfleisch« an De Vlaeminck und Mario Ros lieferten. Du weißt, wie ihre geheimen Konten heißen. Du weißt, daß der Franzose Guérin Sérac heißt und zwei Decknamen benutzt – Peter Gomez und François Calvi. Du weißt, daß der Franzose über Verbindungen nach Korsika verfügt. Du weißt, daß er ein Haus auf der Insel Jersey hat. Du weißt, daß er sich häufig in Steuerparadiesen aufhält. Genaugenommen weißt du diese Dinge nicht wirklich – du hast sie nur dem CIA-Bericht und dem Bericht des Te Wu entnommen. Diese Berichte waren eine Falle. Alles war eine Falle. Alles ist eine Falle. Auch dein jetziger Aufenthaltsort, zehntausend Meter über Lyon, ist eine Falle. Du sitzt in der Falle. Der Franzose sitzt ebenfalls in der Falle.

Doch aus jeder Falle gibt es einen Ausweg. Eine gewisse Chancengleichheit. Du bist der Mann, der Fallen stellt und in eine Falle tappt.

Du bist James Cameron, CIA-Undercover-Agent in Peking.

Das heißt: Der warst du mal.

Ausstieg über die Passagiertreppe: dem Franzosen und seinen Männern zuvorkommen.

Der Flughafen Charles de Gaulle. Regen über der Île de France. Willkommen daheim im Westen. In Peking explodiert gerade der duftende, lichte Frühling.

Ein Blick über die Schulter. Der Franzose und seine Leute saßen noch auf ihren Plätzen. Von der Treppe aus beobachtete Cameron den Flughafenbus, der bereits halb voll war. Ein paar Serviceautos standen neben der Maschine. Die Jungs von der Gepäckabfertigung, dachte Cameron.

Und ging weiter die Stufen hinab. Immer weiter.

Er stieg in den Bus. Wartete auf das Aussteigen des Franzosen. Um ihn herum nichts als Franzosen.

Der Franzose trat mit einem seiner Leibwächter auf die Treppe hinaus. Er erreichte den Boden. Der Bus fuhr ab. Cameron sah ohnmächtig zu. Er sah, wie der Franzose und seine Männer in die Serviceautos stiegen. Sah, wie die Autos in die entgegengesetzte Richtung davonfuhren.

Cameron fluchte leise in sich hinein, knirschte mit den Zähnen. Ich bin aus der Übung, dachte er. Ich bin schon zu lange nicht mehr im Geschäft.

Die Franzosen um ihn herum merkten nichts. Cameron gab sich Mühe, die Serviceautos im Blick zu behalten, herauszufinden, wohin sie den Franzosen bringen würden. Dann begriff er: ein Privatjet. Das Dreckschwein steigt direkt in eine Privatmaschine.

Er kannte sich in Charles de Gaulle nicht aus. Er mußte sich erkundigen, wo und wie man einen Privatjet chartern konnte. Er konnte sich nicht auf sein Wissen verlassen. Er mußte fragen. Er war gezwungen, Spuren zu hinterlassen.

Vielleicht hatten sie in Peking bereits entdeckt, daß sich unter den Opfern des Sprengstoffanschlags im New China Multicenter kein James Cameron befand.

Die wichtigste Spur, die er hinterlassen hatte, war die Spur, die er nicht hinterlassen hatte.

Der Bus kroch auf den Bereich der Gepäckabholung zu.

Cameron atmete tief durch. Er mußte fragen. Er mußte sich eine Waffe besorgen. Er mußte sich ein wenig Stoff beschaffen. Er brauchte *Zucker*.

Er hatte den Franzosen verloren. Das hieß natürlich nicht, daß er ihn endgültig verloren hatte. Er brauchte nur zu fragen, wohin seine Reise führte. Die Leute sind schließlich hilfsbereit.

Am Ausgang tauchte er in der Menge unter, wechselte unvermittelt die Richtung. Er sah die Polizeiwache. *Mach keinen Bogen darum.* Er gab sich unbefangen. Suchte nach dem Informationsschalter. Aus den Lautsprechern, von den Kassen her und aus den Radios der Bars überflutete ihn dieses affige Französisch, blieb überall an ihm haften.

Du bist nicht frei, auch wenn du Bewegungsfreiheit hast. Keiner kann dir helfen. Niemand steckt so in der Klemme. Das Gegenteil von Freiheit, Gleichheit, Brüderlichkeit: Frankreich heißt dich willkommen.

Er fragte gar nicht erst am Informationsschalter. Er wandte sich an den Schalter von Hertz. Welchen Wagen er denn wünsche. Er antwortete, er wolle ein Flugzeug chartern. Man wies ihm den Weg zu den Privatjets.

Im Bereich für Charterflüge hieß es, da müsse er bis morgen warten. Ansonsten könne es sehr teuer werden, und man müsse erst prüfen, ob eine Maschine und ein Pilot verfügbar seien. Cameron tischte ihnen wieder die Geschichte von der an einem Tumor verstorbenen Schwester auf. Am Blick des Angestellten, der Mitleid mimte, erkannte Cameron, daß er ins Schwarze getroffen hatte. Wohin er denn fliegen müsse. Er überlegte blitzschnell. Der Franzose war nicht nach Jersey unterwegs, sonst würde er nach Brest fahren und sich dort einschiffen. Korsika, dachte er. Er antwortete: Nach Italien.

Der Bereich, in dem die Hangars für Privatflugzeuge lagen, befand sich weit weg von den Startbahnen, weit weg von den schnittigen Concordes, ein Anhängsel des Flughafens Charles de Gaulle – eine Prothese, etwas Aufgepfropftes, Unharmonisches. Ein Provinzmarkt inmitten der Großstadt. Cameron bewegte sich unter den Piloten mit der Vorsicht des Opfers: Wissen Sie, meine Schwester ist an einem Tumor gestorben, ich muß so bald wie möglich abfliegen. Es fand sich niemand bereit, ihn über die Alpen zu bringen. Italien gehe den Privatfliegern auf die Nerven, sagte man ihm. Einige Monate nach der Sache mit den Zwillingstürmen in New York sei eine Schweizer Piper in ein Mailänder Hochhaus geflogen. Seitdem verlangten die Italiener genaue Flugpläne, und zwar weit im voraus. Also sei Italien nicht drin.

Cameron wechselte seine Strategie.

Er setzte sich an die Bar im ersten Hangar. Ein Grüppchen von Privatpiloten plauderte über das Wetter, die Flughöhe, den Schwarzmarkt für Kunstwerke, der über Nicht-Linienflüge lief. Cameron trank einen Orangensaft und hörte zu. Der Kunstmarkt, dachte er. Der Franzose bewegt sich sicher in der Welt der Steuerparadiese, dachte er. Vielleicht war der Franzose ja schon früher von Paris aus privat geflogen.

Cameron mischte sich ins Gespräch. Die Privatpiloten lachten. *Super* Witze: Apropos Schwarzmarkt für Kunst, ich kenne einen vom Sehen, der hat zu Hause einen echten Picasso, der in keinem Katalog verzeichnet ist – es ist der Mann von Cherie Blair. Nein, wirklich, seht ihr das Gesicht von Blairs Frau vor euch? Die Piloten lachten. Ich kenne die Geliebte von Salvador Dalí. Wen, Amanda Lear? Ja, die berühmteste Transsexuelle Europas. Also, die malt ebenfalls, und ihre Bilder sind einiges wert. Die Kritiker behaupten, sie lehne sich an Bacon an; aber sie sagt, Bacon sei gar nicht das Entscheidende, was sie eigentlich inspiriert, sind Rühreier. Die Piloten lachten. Ich kenne einen dicken Fisch vom Schwarzmarkt für Kunst, der hat sich einen César in den Garten gestellt – ihr wißt schon, der Typ, der Blech und Abfall verwurstet. Eines Tages kommen ihm Handwerker ins Haus, er ist verreist und verhandelt über einen gestohlenen Pollock. Die Handwerker wollen ihm einen Gefallen tun, räumen ihm das Blechzeug aus dem Garten und werfen es schnurstracks auf den Sperrmüll – der Spaß kostet den Kerl drei Milliarden, der César war drei Milliarden Lire wert, und er kann noch nicht mal die Handwerker verklagen. Die Piloten lachten. Kennt ihr Pomodoro, das ist dieser Italiener, der abgedrehte, riesengroße Metallräder baut. Er wird von einer berühmten Galerie vertreten, und die Galerie hat diese Teile, die um die eigene Achse rotieren, wenn etwas Wind geht, ein paar Stadtverwaltungen angedreht. Aber der Markt ist zusammengebrochen, als eines von diesen Rädern in einem Park in Mailand drei Kinder unter sich begraben hat – der beste Beweis dafür, daß zeitgenössische Kunst einfach *weh tut*. Die Piloten lachten. Ich kenne einen, der brachte mit einer Piper die Werke eines jungen Künstlers ins Ausland, nach dem der Markt ganz verrückt war, aber einmal hat er die Piper nicht benutzen können. Warum? fragten die Piloten im Chor. Weil das Werk selbst eine Piper war – ihr mit euren privaten Charterflügen, seid ihr euch eigentlich darüber im klaren, daß ihr buchstäblich den Kunstmarkt fliegt? Die Piloten lachten. Ich kenne einen, der hat eine Piper reserviert, er wollte nämlich ein Kunstwerk ausfliegen. Da kreuzt der Typ mit einer Tussi auf, die am ganzen Körper gepierct ist. Der Pilot will wissen, wo das Kunstwerk bleibt, und da zeigt der Typ auf die gepiercte Kleine und sagt: Sie ist das Kunstwerk, es handelt sich um eine Performance. Die Piloten lachten. Ich kenne einen Franzosen, so einen Fettwanst, der ist eine große Nummer, nicht nur im Kunstgeschäft, er macht auch Waffen- und Drogendeals, so ein Fettsack, der von Paris aus operiert … Die Piloten riefen: Den kennen wir! Das ist doch Monsieur Sérac! Nein, sagte Cameron, er heißt Gomez. Die Piloten lächelten: Gomez ist nur ein Deckname, das kannst du uns schon glauben, er heißt Sérac. Also, dieser Sérac fliegt immer nach Korsika, immer nur von Paris nach Korsika … Die Piloten grinsten: Ach was, der fliegt doch nicht nach Korsika! Nein? Nein. Wohin denn dann? Ins Fürstentum. Was für ein Fürstentum? Na, nach Monaco. Monte Carlo. Ja, Monte Carlo: Stell dir vor, vor einer Stunde ist er gerade wieder hingeflogen. Ein Pilot fügte hinzu: »Der bucht Privatflugzeuge wie andere Leute Taxis. Alle Welt weiß, daß er ein Schieber ist, aber das mit dem Kunstmarkt war mir neu …«

Eine Stunde später saß Cameron an Bord einer Maschine, die er in einer ganz anderen Ecke gechartert hatte, und fragte, ob es weit sei nach Monte Carlo. Er hatte mit dem Piloten gefeilscht:

Hätte er zuviel bezahlt, würde sich der Pilot später an ihn erinnern. Er hatte um den Preis verhandelt, ohne den Preis allzusehr zu drücken, am Ende gab er den Forderungen des Piloten nach. Erstes Gebot: Du sollst dafür sorgen, daß sich die Leute nicht an dich erinnern. Drittes Gebot: Du sollst ungewöhnliche Situationen meiden. Zehntes Gebot: Du sollst töten.

Extragebot für den Privatgebrauch: *Du sollst nicht denken.*

Doch Cameron dachte. Er dachte an das splitternde Schläfenbein des Franzosen. Er dachte an das »Frischfleisch«. Er träumte von 25 Millionen Dollar auf Offshore-Konten. Er würde De Vlaeminck und Mario Ros ausfindig machen, die Auftraggeber von Lei Yong und Wilberg. Er würde die Codes von Lei Yongs Festplatte verwenden. Er würde der Agentur in Europa in die Suppe spucken – würde ihr Agentennetz hochgehen lassen, so wie die CIA ihn in Peking hochgehen ließ.

Aber erst die Pflicht.

Er würde dem Franzosen eine Kugel in den Kopf jagen. Er würde alles, was der Franzose wußte, aus ihm herausholen. Er würde das Netz aufdecken – und es dann zerstören.

In Monte Carlo würde er den Fettwanst einholen. Im Land der Casinos, der Geldwäsche, des Luxus à la James Bond. In nicht einmal vierundzwanzig Stunden von Peking nach Monte Carlo. Von Jiang zu Rainier. Das Leben ist seltsam. Manchmal ist es wunderbar und manchmal schrecklich. Wir leben in einer Welt aus Waben.

Cameron gähnte. Allmählich kehrte sein Selbstbewußtsein zurück.

Er stand kurz vor dem Ziel. Er stand kurz vor der Ankunft in Monte Carlo, der Heimat des Franzosen.

Stefan Wundsam, Christa Baumann
Hamburg, 7. September 2002, 13:50

Der Auftrag: zwei Personen namens De Vlaeminck und Mario Ros zu identifizieren.

Stefan Wundsam und Christa Baumann, die deutschen Kräfte der Europäischen Sicherheitsagentur, konsultierten die interne Brüsseler Datenbank. Onlinezugriff verweigert. Sie mußten Montorsi noch mal anrufen. Montorsi erklärte: Eure Zugangscodes sind noch nicht freigeschaltet, der von Lopez auch nicht. Zehn Minuten später war das erledigt.

Der Auftrag: zwei Personen namens De Vlaeminck und Mario Ros zu identifizieren. Ergebnis: Unmengen von De Vlaemincks und kein einziger Mario Ros.

Das fing ja gut an.

Montorsis Anweisungen: Ruft Lopez an, ihr arbeitet mit ihm zusammen. Seid vorsichtig. Lopez ist ein Sturkopf, und ich habe Angst, daß er mir damit alles vermasselt. Christa bat um ein paar nähere Erläuterungen. Montorsi sagte, die Nachforschungen beträfen das Delirium einer Verrückten. Er erzählte ihnen von Lopez' Auftrag in Zürich. Der Mann der Verrückten sei ein gewisser Agrati, ein italienischer Geschäftsmann, ein Freund der Mächtigen. Agrati habe wenige Tage zuvor Kontakt mit der Agentur aufgenommen. Er, Montorsi, habe mit ihm gesprochen. Sie hätten ein Treffen in Mailand vereinbart. Die Sache war die: Agrati hatte Angst. Er hatte *Informationen.* Agrati hatte Todesangst. Einige Stunden vor dem geplanten Treffen mit Montorsi kam Agrati ums Leben. Vielleicht Selbstmord. Vielleicht auch nicht. Christa sagte: Na ja, daß Lopez ein Sturkopf ist, habe ich gleich gewußt.

Während Wundsam bei dem Versuch, ins Intranet der Agentur zu gelangen, schier ausflippte, rief Christa noch mal Montorsi an: Er hatte sie darum gebeten. Montorsi: Wundsam ist mit Lopez befreundet; dir vertraue ich; das heißt jetzt nicht, daß du Lopez und Wundsam bremsen sollst. Ich sage nur: Halte mich über alles auf dem laufenden. Lopez war bei Agrati, ohne mich darüber zu informieren. Er ist gut, aber er ist ein Sturkopf. Und Christa antwortete: Verstehe. Und Montorsi: Noch etwas, Christa. Und Christa: Ja? Montorsi: Geh bitte *nicht* mit Wundsam ins Bett. Sie lachte nur.

Der Anruf bei Lopez. An Lopez' Ende der Leitung war die Hölle los, man verstand kaum ein Wort. Lopez sagte: Es ist etwas passiert. Etwas, das Konsequenzen haben wird. Er werde sie zurückrufen. In der Zwischenzeit traf Montorsis verschlüsselte Nachricht ein. Kurz: das gesamte Dossier des Falls. Das, was Lopez während des Deliriums von Agratis Frau aufgeschnappt hatte. Der Bericht der Agentur über Agratis Geschäfte – der gleiche, den Lopez auch schon erhalten hatte. Noch am selben Tag, hatte ihnen Lopez versprochen, würden die Fotos von den Leichen des Ehepaars eintreffen. Montorsi gab folgende Anweisung: Stellt vor allem Nachforschungen über diese beiden Leute, De Vlaeminck und Mario Ros, an. Wir wissen nicht, wer sie sind, was sie machen, woher Agratis Frau ihre Namen kannte. Konzentriert euch auf die zwei. Seht, was ihr über sie herausfinden könnt.

Christa und Wundsam verstanden gar nichts. Wer zum Teufel ist der Chinese? Was bedeutet »Frischfleisch«? Sie mußten auf weitere Informationen von Lopez warten. So kann man doch nicht arbeiten. Wundsam regte sich auf. Christa schwieg. Die Verbindung zur Datenbank der Agentur war *langsam.* Christa sagte: Tun wir, was Montorsi gesagt hat – konzentrieren wir uns auf die beiden. Du kümmerst dich um De Vlaeminck, und ich kümmere mich um Mario Ros. Warten wir ab, was dabei herauskommt. Ob es eine Verbindung zu diesem Agrati gibt.

Wundsam war am Ende. 1277 in Europa ansässige De Vlamincks. Er verknüpfte die Namen mit der Datenbank für Straftäter. Ergebnis: dreiundzwanzig De Vlamincks waren vorbestraft. Dreiundzwanzig: eine astronomisch hohe Zahl. Man mußte einen nach dem anderen ausschließen. Verbindungen zu Agrati suchen. Dem Dossier der Agentur entnahm Wundsam einige Suchbegriffe. »Luigi Carlo Agrati«. »China«. »Import-Export«. »Gastronomie«. »Agnelli«. »Inverigo«. »Zürich«. Mehr hatte er nicht in der Hand. Vielleicht würde ihm Lopez eine Aufstellung mit den letzten Geschäftsreisen Agratis zur Verfügung stellen. Wundsam fügte die Suchbegriffe hinzu, die sich aus dem Bericht über Signora Agrati ergaben. »Maria Luisa Valtorta Zini«. »Ehrenamt«. »Psychiatrie«. »Krankenhaus«. »Wohltätigkeitsveranstaltungen«. »Krebs«.

Nach Möglichkeit die Suchbegriffe aus dem Bereich Agrati mit dem Namen De Vlaeminck verknüpfen. Versuchen, per Ausschlußverfahren den richtigen De Vlaeminck zu finden.

Vorausgesetzt, es gab überhaupt den richtigen De Vlaeminck.

Vorausgesetzt, er befand sich unter den vorbestraften De Vlaemincks.

Vorausgesetzt, das Delirium einer mit Psychopharmaka vollgestopften Tante war irgend etwas wert.

Wundsam spürte den heißen Atem der Mutlosigkeit im Nacken.

So fängt es immer an, sagte er sich. Mit Mutlosigkeit fängt es an.

Und ob sie sich je wieder legt, weiß man nicht.

Christa gab »Mario Ros« in die Suchmaske ein. Nichts. »Mist«, fluchte sie in sich hinein. Wundsam saß auf der anderen Seite des Schreibtischs: zwei PCs auf einem Schreibtisch – die Europäische Sicherheitsagentur ist eröffnet. Wundsam lächelte. Christa auch. Wundsam sagte: Ich müßte eigentlich 1277mal fluchen.

In ganz Europa gab es keinen einzigen Mario Ros. Christa entfernte den Vornamen aus der Suchmaske. Es gab in ganz Europa auch keine Familie Ros.

»Wir haben es mit einem Gespenst zu tun«, sagte Christa.

»Wir haben es mit dem Delirium einer Idiotin zu tun«, gab Wundsam zurück.

»Wir haben es mit einem Idioten zu tun, der sich Notizen von einem Delirium gemacht hat.«

Wundsam lächelte. »Ich starte jetzt eine Suche nach Firmen und Eigentumsverhältnissen europäischer Unternehmen. Das kann Stunden dauern. In der Zwischenzeit helfe ich dir in Sachen Mario Ros ...«

Er startete seine Suche. Vielleicht war ja dieser De Vlaeminck, wenn er die Agratis kannte, ebenfalls im Lebensmittelgeschäft.

Die Suchmaschine des Intranets machte sich an die Arbeit. Wundsams PC ging in die Warteschleife. Mit einer Antwort war erst in ein paar Stunden zu rechnen.

Wundsam stand auf, ging um den Schreibtisch herum und blieb hinter Christa stehen. »Sehen wir uns diesen Ros an ...« Er beugte sich über sie. Spürte einen wohligen Schauer. Die statische Ladung des Bildschirms stellte ihm die Haare auf. Christa tippte.

Wundsams Satellitentelefon klingelte. Wundsam hob ab. Es war Lopez.

Guido Lopez
Mailand, 7. September 2002, 15:25

Im Polizeipräsidium, einem gelben, neoklassizistischen Gebäude in der Via Fatebenefratelli, in dessen viertem Stock die Ermittlungsabteilung untergebracht war: Dutzende von Festgenommenen – Arbeiter, leitende Angestellte und Bodyguards in Diensten Agratis. Leute, die am Flughafen Malpensa arbeiteten oder die Struktur von Agratis Import-Export-Unternehmen in ihren Einzelheiten kannten. Alle waren sie zur Vernehmung da. Eine Heidenarbeit, aber machbar.

Der Chef Santovito, Leiter der Ermittlungsabteilung der Mailänder Polizei, war die Wände hochgegangen: »Du kannst mich mal, Lopez! Du kreuzt hier einfach nach Monaten auf, bist nicht einmal bei der Polizei und stellst mir alles auf den Kopf! Das Innenministerium macht uns einen Druck, das kannst du dir gar nicht vorstellen. Die Staatsanwaltschaft ermittelt gegen uns. Und dann kommst du mit deinem toten Scheißmetzger daher!« Die übliche Litanei. Unerträglicher Frust in Reinform. Wie Lopez feststellen mußte, war seine frühere Arbeit auch seine neue. Schon einen Fuß in die Via Fatebenefratelli setzen zu müssen, verursachte ihm Übelkeit. Dieser chaotische, aus den Fugen geratene, anachronistische Klotz im Zentrum von Mailand, der ohne jeden Bezug zur übrigen Architektur vor sich hinrottete … Der riesige Markusdom einen Block weiter, hundert Meter vom Präsidium entfernt, ein riesiger, leerer, düsterer Steinbuttbauch mit knallroter, unverputzter Ziegelfassade … Das blanke, vom öligen Staub des Smogs matt gewordene Straßenpflaster … Die Häuser der Betuchten mit den hohen, schimmernden Doppelfenstern zur Straße: Wohnhäuser wie verblüffte Gesichter, die Notare, Anwälte, Richter und schweigsame Manager ausspukken – Leute, die die Nase hoch tragen, obwohl sie selbst am allermeisten stinken. Und dann noch Santovito, der genauso nervt wie vor einem Jahr, vor zwei Jahren, vor zehn Jahren …

Lopez rief Montorsi an und brachte ihn auf den neuesten Stand. Er bat ihn, den Mailändern etwas Druck zu machen. Bei der Erwähnung der chinesischen Leichen in den Kühlbehältern verschlug es Montorsi die Sprache. Geh *behutsam* vor, bat er Lopez. Zerschlag mir nicht zuviel Porzellan, sonst können wir uns die Europäische Sicherheitsagentur an den Hut stecken. Er versprach, dafür zu sorgen, daß es bei der Mailänder Ermittlungsabteilung wieder vorwärts ging. Dann wies er Lopez an, sich mit Wundsam und Christa in Verbindung zu setzen.

Lopez setzte sich mit Wundsam und Christa in Verbindung.

Das Telefonat dauerte eine Stunde.

Sie diskutierten über die Notizen vom Delirium der Agrati: »De Vlaeminck – Mario Ros – Frischfleisch – im Badezimmer verbrennen – der Chinese – verschwundene Leichen – Gigi (Luigi?)«.

Wundsam sagte: Da ist was dran – du hast das Frischfleisch gefunden, die Chinesen auch und die verschwundenen Leichen.

Gigi steht für Luigi, fügte Lopez hinzu: Das ist der Kurzname von Luigi Agrati. Und ob da was dran ist. *Das habe ich im Gefühl.*

Christa mußte natürlich auch ihren Senf dazugeben: »Was bedeutet ›im Badezimmer verbrennen‹?« Und: »De Vlaemincks gibt es in Europa wie Sand am Meer. Von einem Mario Ros dagegen keine Spur. Da mag was dran sein, trotzdem: Die Hälfte ergibt keinen Sinn.«

Lopez mahnte sie zur Geduld: Man könne immer noch Agratis Personal befragen, wenn Montorsi der Mailänder Kripo erfolgreich Druck machte.

Er bat die beiden, weiter den Namen De Vlaeminck und Ros nachzugehen.

Und noch etwas: Haltet euch nicht mit den Zwischenhändlern auf, mit Dritten, die Lebensmittelunternehmen oder Import-Export-Firmen betreiben oder Geschäfte in China haben.

Nehmt die *Kliniken* unter die Lupe.

Warum Kliniken? wollten Christa und Wundsam wissen.

Weil Agratis Frau sich diversen psychiatrischen Behandlungen unterziehen mußte.

Und?

Lopez berichtete von seinem Treffen mit Agrati. Agrati, sagte er, hat von *sechs* Klinikaufenthalten gesprochen; bei italienischen und schweizerischen Kliniken sind aber nur *fünf* davon verzeichnet – ich lasse das überprüfen, irgend etwas stimmt da nicht.

Das ist reine Spekulation, sagte Christa.

Stimmt. Das ist Spekulation, aber was kostet uns das schon? Überprüft die Kliniken. Malpensa war auch ein Schuß ins Blaue, und da haben wir die zwei chinesischen Leichen gefunden.

Santovito schaute herein: gelbgrün im Gesicht, eine heruntergebrannte, zerdrückte Kippe in der Hand. Er sagte nichts: Es war mehr ein Zähnefletschen. Zähnefletschend gab er zu verstehen, er habe einen Anruf aus Rom bekommen. Brüssel habe im Ministerium eine Spezialgenehmigung erwirkt. Lopez könne an dem Fall arbeiten, wie und so lange er wolle. Offenbar seien einflußreiche Leute an dem Fall interessiert. Santovito stellte das Zähnefletschen ein und ließ sich stundenlang nicht mehr blikken.

Lopez bat Calimani, ihn mit dem Beamten im Polizeipräsidium bekannt zu machen, der für die Mailänder Chinesen zuständig war. Er ließ sich die Ermittlungsakten in dem Fall der chinesischen Restaurants kommen. Calimani seufzte, ließ die Schultern hängen: »Halt mich da bitte raus, Guido. Bitte zwing mich nicht, wieder an chinesischem Bratöl zu schnüffeln. Ich hasse die Chinesen.«

»Die sind doch nicht alle so schlimm.«

»Nein, nein. Ich hasse sie *alle*. Die Chinesen sind alle gleich. Wenn du einen haßt, dann haßt du alle.«

Sie sprachen sich wegen der Vernehmungen ab. Teilten sich die Personen auf, die in Gewahrsam genommen worden waren. Lopez wollte sich den Chef von Agratis Bodyguards sowie die Fahrer der LKWs vornehmen, die die Leichen und das exklusive Fleisch nach Malpensa gebracht hatten. Calimani bat er, die Struktur von Agratis Import-Export-Firma zu rekonstruieren: Konten, Beteiligungen, Untergesellschaften, Zulieferer und Abnehmer. Dazu solle er die leitenden Angestellten vernehmen. Er solle sich die Codes geben lassen, die Unternehmensstruktur, relevante Dokumente, die chinesischen Geschäftskontakte – *alles*. Calimani nickte. Er werde sich umhören, ob es jemanden gab, der sich ständig um die chinesische Gemeinde kümmerte – vielleicht einer von der Immigrationspolizei. Und im Justizpalast kenne er einen Richter, der noch ziemlich jung sei, aber ein echter Crack bei der Rekonstruktion von Holdingstrukturen in Steuerparadiesen, von Investitionen über Strohmänner und chinesische Schachteln.

»Chinesische Schachteln?« fragte Lopez.

»Das ist eine Methode, um ausländische Gesellschaften zu tarnen. Jede Menge abhängige Gesellschaften, hinter denen weitere Tochtergesellschaften stecken. Man muß von den Zweigen ausgehen, um zum Stamm zu gelangen und die Wurzeln zu entdecken. Die Wurzeln sind unter der Erde, aber sie sind im Himmel. Sie sind verborgen, versteckt. Aber sie sind ganz weit oben, im Himmel. Die Mächtigen sind die Wurzeln, die Mächtigen, die an der Spitze stehen. Wir sprechen von einem umgedrehten Baum, der unsichtbare, im Himmel vergrabene Wurzeln hat. So läuft das. Wir werden sehen, ob das auch bei Agrati so war, ob er sich auch in den chinesischen Schachteln versteckt hat.«

»Chinesische Schachteln …«

»Wenn ich's dir doch sage, Guido, ich hasse die Chinesen, alle miteinander...«

Calimani machte sich an Lopez' Schreibtisch an die Arbeit. Lopez überflog noch mal die ihm vorliegenden Informationen zu den Personen, die man in Gewahrsam genommen hatte. Keine davon war aktenkundig, mit Ausnahme des Chefs der Leibwache, gegen den eine Anzeige wegen häuslicher Gewalt vorlag. Sogar der verdächtigste der LKW-Fahrer, ein Chinese namens Wang Shuo, war sauber: Er hatte eine Aufenthaltserlaubnis und war mit einer Italienerin verheiratet, die in einem Callcenter arbeitete. Sie taten ihm allesamt leid: arme Schweine, die in Kürze eine schlechtbezahlte, mühsame Arbeit verlieren würden – aber immerhin eine Arbeit.

Die abgesplitterten Zähne fielen ihm wieder ein, der Zahnstein und die fadenartigen Blutgerinnsel im Mund des Doktor Agrati.

Das große Verhör begann.

Es dauerte drei Stunden. Lopez hatte wesentlich mehr Zeit einkalkuliert. *Keiner wußte etwas.* Beim geringsten Anhaltspunkt hätte er nachgehakt, aber nein, sie wußten von nichts. Lopez zog alle Register: Er wurde laut, nachgiebig, machte dunkle Anspielungen, drohte, wurde aggressiv, melancholisch, aufdringlich, kumpelhaft, förmlich – aber sie sagten die Wahrheit: Sie hatten wirklich keine Ahnung. In den leeren, schlecht möblierten Verhörzimmern der Ermittlungsabteilung heizte Lopez den Befragten ein. Er konfrontierte sie mit plötzlichen Wutausbrüchen. Er regte sich auf. Beschimpfte den Chinesen. Bohrte nach. Nahm ihn in die Mangel, bedrängte ihn, brachte ihn aus der Fassung. Der Chinese wußte nichts. Weil die Leichen ebenfalls Chinesen waren, mußte sich der Verdacht sofort gegen ihn richten. Der arme Kerl sagte gerade: »Wir Chinesen sind nicht alle gleich... Es gibt eine Milliarde und vierhundert Millionen Chinesen...«, als Calimani mit den Unterlagen hereinkam. Calimani musterte den chinesischen LKW-Fahrer und sagte: »Ach was, tut mir leid, aber ihr seid alle gleich.« Dann knallte er die Ermittlungsakten über die nicht normgerechten chinesischen Garnelen vor Lopez auf den Tisch. Wie auch immer, der Chinese wußte nichts.

Der Chef von Agratis Leibwache war da schon eine wesentlich härtere Nuß. Das war kein Dummkopf, sondern ein wirklich harter Bursche. Nicht, daß er nichts gesagt hätte. Aber sein Ton hatte etwas Ausweichendes, Nervtötendes. Lopez wurde richtig massiv. Er bedrohte ihn. Er brachte die Frau des Bodyguards ins Spiel, die noch anhängige Klage wegen häuslicher Gewalt, er beschimpfte ihn. Er, Lopez, werde seine Frau schon trösten, er werde sie von vorne und von hinten nehmen. Der Mann schwieg und schwitzte. Im Raum herrschte eine drükkende Hitze. Auch Lopez schwitzte. Wenigstens eines von Agratis Geheimnissen wollte er aus dem Chef der Leibwache herauspressen: Welcher Art war sein Kontakt zu den einflußreichen chinesischen Partnern? Kamen sie zu ihm nach Mailand? Wie erfolgten die Zahlungen? Was hatten die beiden chinesischen Leichen in einem von Agrati gemieteten LKW verloren? Was steckte dahinter?

Der Mann gab einsilbige, zunehmend ungeduldige Antworten. Lopez hatte den Eindruck, daß der Bursche nicht viel wußte, aber etwas doch.

Wo wickelte Agrati die *wirklich* einträglichen Geschäfte ab?

Was für wirklich einträgliche Geschäfte? Was wolle Lopez damit sagen? Agrati habe einfach Geschäfte gemacht und damit basta.

Geschäfte, deren Gewinne in keiner Steuererklärung auftauchten, bohrte Lopez weiter.

Was weiß denn ich, verdammt noch mal, antwortete der harte Bursche, ich war doch nicht sein Geschäftsführer.

Ich lege deine Alte flach. Ich besorg's ihr so richtig. Du bleibst nicht auf freiem Fuß. Du wanderst in den Knast, du Arsch. Ich sorge dafür, daß man dir eine saftige Strafe aufbrummt, dann kannst du zusehen, wer dich noch als Bodyguard einstellt. Wo stellte Agrati seine wirklich wichtigen Kontakte her? Wo lief seine *Politik*? Wer stand in China hinter ihm? Wie kam es, daß er ein Quasi-Monopol auf den Import-Export zwischen China und Italien hatte? Gab es stille Teilhaber? Leute mit Auslandskontakten? Wer? Wo? Wo parkte er sein Schwarzgeld? Wo entzog er sich seinen Steuerpflichten? Wer half ihm dabei? Über wen hatte er seine Beziehungen nach China? Wo investierte er seine Gewinne? Irgendwas mußt du doch mitbekommen haben, eine Bemerkung, ein Telefonat, an irgendeinen Ort mußt du ihn doch gefahren haben, der dir aufgefallen ist. Dann hast du auch gesehen, wo er sich mit seinen Kontakten versteckte, oder etwa nicht? Wo? Ich mach dir das Leben zur Hölle, du bekommst kein Bein mehr auf den Boden, Agrati ist tot, aber du lebst noch, und ich werde dich fertigmachen, dir geht's dreckig, ist es das, was du willst? Wer hat Agrati protegiert? Gibt es noch eine Ebene über Agrati? Steht hinter Agrati eine Organisation? Geht es um Schwarzhandel? Von was? Drogen? Waffen? Was soll das für ein Geschäft sein mit den chinesischen Leichen? Was hat es damit auf sich? Wer hat ihn protegiert? Vor wem hatte er Schiß? Wer ist De Vlaeminck? Wer ist Mario Ros? Wo stecken die Leute, vor denen Agrati Angst hatte?

Und nachdem er lange geschwitzt und geschwiegen und unzählige Male den Kopf geschüttelt hatte, sagte der Mann: »Monte Carlo.«

»In den drei Jahren, die ich für Agrati arbeite, habe ich ihn mindestens dreißigmal ins Fürstentum gefahren. Er wollte nicht, daß diese Fahrten in den Abrechnungen für den Personenschutz auftauchten. Er bezahlte mich extra, eine Million Lire pro Fahrt. Ich mußte ihn nur hinbringen, auf ihn warten und ihn dann wieder zurückfahren. Eine einfache Aufgabe und praktisch ein zweites Monatsgehalt, bar auf die Hand. Andere Bodyguards wollte er nicht dabeihaben: nur ich und er. Ich weiß auch, daß er manchmal einen Helikopter nahm und ohne mich von Malpensa aus ins Fürstentum flog, ohne Begleitung. Einmal habe ich nach seiner Rückkehr mit dem Piloten geredet: Er sagte, am Heliport sei Doktor Agrati abgeholt worden. Das wäre immer so, wenn er Agrati nach Monte Carlo bringe, da würde eine Limousine auf dem Rollfeld warten. Mehr weiß ich nicht. Ich kann nicht mal mehr sagen, an welchen Tagen ich ihn hingefahren habe, da müßtet ihr die Einzahlungen auf mein Konto überprüfen. Er gab mir immer Bargeld, und ich zahlte das Geld ein paar Tage später auf mein Konto ein. Ganz genau werdet ihr also nicht sehen können, an welchen Tagen die Fahrten stattgefunden haben. Aber ich kenne die Adresse, wo ich Doktor Agrati abgesetzt habe, ich weiß sie auswendig, obwohl er gesagt hat, daß ich sie mir nicht merken soll, aber man vergißt einen Ort nicht, wenn man dauernd hinfährt. Es stimmt: Agrati hatte Angst. Die Adresse ist jedenfalls Boulevard Princesse Charlotte 12, in der Nähe von Sacré-Cœur. Ich hab da immer auf ihn gewartet, bis zu zehn Stunden ging das. Ich bin nicht sicher, ob er in dem Gebäude blieb, denn einmal habe ich drei Limousinen, wie sie der Helikopterpilot beschrieben hat, aus der Tiefgarage kommen sehen. Ich hatte Anweisung, dort zu warten, also habe ich mich nicht von der Stelle gerührt. Was die Chinesen betrifft, weiß ich gar nichts. Ich bin sicher, daß Doktor Agrati sich nicht umgebracht hat: Er ist umgebracht *worden*. In meinen drei Jahren bei ihm habe ich keine verdächtigen Personen oder Vorfälle bemerkt. Ich kann euch da wirklich nicht weiterhelfen. Meiner Meinung nach hat Doktor Agrati seine Geschäfte in Monte Carlo abgewickelt oder organisiert. Über eines hat er sich immer beschwert: In China ist das Geschäftemachen kompliziert, man muß Leute bestechen, Gefälligkeiten erweisen. Er sagte immer: China ist ein einziges Bordell! Mehr weiß ich nicht. Was ich weiß, von Monte Carlo einmal abgesehen, das steht alles in den Abrechnungen für den Personenschutz: Namen, Daten, Termine.

Ich hatte nicht den Eindruck, als hätte Doktor Agrati etwas zu befürchten. In letzter Zeit machte er sich große Sorgen, das stimmt schon. Aber die Geschichte mit den toten Chinesen in den Kästen ... also davon weiß ich wirklich nichts ...«

Lopez rekonstruierte. Man arbeitet wie ein Architekt, ein Ungelernter, ein Arbeiter. Man schaufelt im Dreck, im großen Dreck des »Keine Ahnung«. Man begibt sich in Situationen, die man nicht kennt. Manche Wände stellen sich als tragend heraus. Die Pläne nehmen Form an. Eine Struktur wird erkennbar. Man betritt neue Räume und verläßt sie wieder. Unbekannte Räume, zu denen man keinen Zugang hat, jedenfalls nicht jetzt: der Raum De Vlaeminck; der Raum Mario Ros; der Raum des Todes durch Verbrennen im Badezimmer. Im Rest des Gebäudes konnte man sich schon eher orientieren. Lopez kannte den Grundriß.

Die Rekonstruktion: Agrati macht Import-Export-Geschäfte mit China – komplizierte Geschäfte. Um an chinesische Aufträge heranzukommen, muß Agrati Beziehungen auf höchster Ebene spielen lassen. Er kennt die Agnellis und verkehrt mit mächtigen Leuten. Er bekommt Zugang zu einer exklusiven Welt, und zwar dank seines Geldes. Das Geld stammt aus einer exklusiven Welt ganz anderer Art: welcher genau, das wird sich noch zeigen müssen. Der Dreh- und Angelpunkt des Ganzen: Monte Carlo, Fürstentum Monaco, Boulevard Princesse Charlotte 12, in der Nähe von Sacré-Cœur – hier läßt Agrati die nötigen Kontakte spielen. Hier heißt es weitersuchen.

Es gibt noch mehr Räume, die sich allmählich öffnen: der Raum des »Frischfleischs«; der Raum des Chinesen. Man kann zwar hineingehen, aber alles bleibt undurchsichtig. Eine Wolke von Unwissenheit: Man sieht nur Fragmente, die auf eine nicht erkennbare Struktur verweisen. »Frischfleisch«: Das ist die Vorzugsware von Agratis Import-Export-Geschäften. Halt, das stimmt nicht: Er hat nur *exportiert*. Unter dem »Frischfleisch«

findet sich auch Fleisch, das das Verfallsdatum längst überschritten hat: chinesische Leichen. Aber Agratis Frau sprach von »*dem* Chinesen«, nicht von »Chinesen« im allgemeinen – andererseits darf man von einer Delirierenden keine logischen Zusammenhänge erwarten. Das muß alles noch geklärt, näher eingegrenzt werden. Hoffentlich gelingt es Calimani bald, mit Hilfe seines jungen Richters die wichtigen Kontakte Agratis aufzudecken.

Bis es soweit ist: rekonstruieren, wie die Leichen dahin gekommen sind. Die Fahrer der Kühllaster waren nicht bei Agrati angestellt. Sie waren Mitglieder einer Kooperative: eine miese Form von Scheinselbständigkeit, deren sich die kleinen Geschäftemacher bedienten, um nach Lust und Laune entlassen zu können und keine Sozialleistungen erbringen zu müssen. Wenn du Arbeit willst, dann steig in die Kooperative ein, und dafür feuere ich dich in hohem Bogen, wenn es mir paßt, ohne daß du mir deswegen Ärger machen kannst. Die Gewerkschaften spielten mit – aber nicht mehr lange. Gerade gab es eine heftige Auseinandersetzung deswegen: Globalisierungskritiker und die kommunistische Gewerkschaft machten einen Riesenwirbel, angeführt vom Gewerkschaftsboß der Kommunisten, dem die Presse den Spitznamen »der Chinese« verpaßt hatte. Der Chinese... Wie dem auch sei – die Wegstrecke der LKWs, in deren Kühlkästen sich die chinesischen Leichen befunden hatten, war folgende: zwei Zwischenstationen zum Beladen – die erste war der öffentliche Schlachthof in der Nähe von Calvairate, eine Gegend, die Lopez kannte wie seine Westentasche; die zweite lag zwischen Bollate und Novate, wo die illegale Ladung von wertvollem Fleisch geladen worden war. Lopez versuchte es mit der Datenbank der Ermittlungsabteilung. Er suchte nach Hinweisen auf Chinesen, die mit dem Schlachthof oder dem Lagerhaus im Hinterland zu tun hatten.

Zwei Volltreffer: Eine von den nationalen Fleischproduzenten aufgegebene Halle im Schlachthof wurde inzwischen von einer chinesischen Genossenschaft betrieben. Und derselben Genossenschaft gehörte auch die Lagerhalle zwischen Bollate und Novate. Lopez notierte sich: »Genossenschaft Fang Chen – Halle 4 – Städtischer Schlachthof – Via Lombroso 2«; »Genossenschaft Fang Chen – Via Cavour (Gasse 25a) – Novate Milanese (Mailand)«. Gegen die chinesische Genossenschaft lag nichts vor. Mitglieder: alles Chinesen. Etwa zwanzig chinesische Namen. Böhmische Dörfer. Calimani hatte recht: Die Chinesen sind alle gleich.

Lopez beugte sich aus dem Fenster: offene, dreckige Fensterflügel, auf denen sich der Smog von vielen Jahren abgesetzt hatte. Mailand ging ihm auf die Nerven: der schneidend kalte Wind; die kitschigen Fialen des Doms, die in der Sonne golden gleißende, vom Eis rissig gewordene Madonnenstatue; der Chlorgeruch in der Via Fatebenefratelli; die metallisch-blaue Dunstglocke über Mailand; das Pirelli-Hochhaus, auf dreiviertel seiner Höhe abgesägt, weil ein durchgeknallter Selbstmörder seine Piper hineingesteuert hatte. Jetzt war das Gebäude in orangefarbene Plastikplanen gehüllt, ein Zeichen für öffentliche Bauarbeiten. Kompaktes, flaches Mailand, das emporstrebte und doch nicht hochkam. Unten in der Via Fatebenefratelli, auf der gegenüberliegenden Straßenseite, standen ein schwuler Fotograf, sein stockschwuler Assistent und ein halbnacktes Model, das posierte wie eine kleine Nutte, beim Shooting für eine Modezeitschrift. Lopez beobachtete, wie sich einige Anwälte am Fenster versammelten und hinunter zu der Model-Nutte spähten. Krawatten mit überdimensionierten Knoten und Anzüge in Anthrazit: der Maoismus des neuen Proletariats – Leute mit dicken Gehaltszetteln, die den Sprung nicht schafften, der Agrati geglückt war. Sie waren Angestellte, die sechs Millionen Lire im Monat einstrichen – aber eben immer noch Angestellte. Sie machten sich wichtig, kauften sich DVD-Player und Ultraflachbildschirme – genau wie die Terroni in ihren Arbeiterwohnungen von Quarto Oggiaro. *Geld machte nicht mehr den Unterschied.* Aber was dann? Lopez starrte auf die Gruppe junger Anwälte, sah, wie sie lachten, wie sie auf die Model-Nutte und die beiden schwulen Fotografen zeigten. Einer von ihnen fing Lopez' Blick auf. Sie musterten einander ein paar Sekunden lang, dann bemerkten die übrigen Anwälte, daß sie einer aus dem vierten Stock des Polizeipräsidiums beobachtete, und das Grüppchen löste sich sofort auf. Der wasserstoffblonde, schwule Assistent stand neben der Model-Nutte und hielt eine Art Stanniolfolie hoch, um das Licht zu verstärken. Die Fotografentunte wedelte mit den Armen, er und das Model posierten synchron, zwei Frauen, die keine waren.

Mailand schien abzuheben und in seiner Kompaktheit gen Himmel zu schweben.

Die Stadt Gottes – eines toten, längst begrabenen Gottes.

Unten kam ein fliegender Händler vorbei, ein Chinese in falschen Designerklamotten, einen Weidenkorb über dem Arm, in dem rote Leuchtdioden glühten. Die Fotografentunte bekam einen Wutanfall, sagte dem Chinesen, er solle verschwinden. Ob der Chinese lachte oder ebenfalls sauer wurde, konnte man nicht erkennen. Er nickte mit dem Kopf, bot bloß seine Ware an, nichts weiter. Man konnte nicht erkennen, ob er glücklich oder niedergeschlagen war. Der Gang des Chinesen war langsam, ziellos, nicht linear. Einen Moment lang hatte Lopez den Eindruck, der Chinese hätte seinen Blick aufgefangen, aber vielleicht täuschte er sich.

Gedankenverloren verharrte Lopez in der Kälte, die ihm schmerzhaft auf die Brust drückte.

Er würde mit den Chinesen beginnen.

Erst am Schlachthof, dann in Novate.

Wenn er nichts Neues fand, würde er der Spur in Monte Carlo nachgehen. Monte Carlo: ein Fürstentum voller Idioten. Der Traum des Neoproletariats bestand darin, in den Edelfitneßcentern von Monte Carlo alt zu werden.

Monte Carlo.

Das Telefon klingelte. Es war Montorsi. Lopez setzte ihn ins Bild. Montorsi ließ sich die Adresse in Monte Carlo geben, wo Agrati seine geheimen Treffen wahrnahm. Er würde sich eine Liste der Eigentümer beschaffen. Er würde Risiken auf sich nehmen. Lopez drängte ihn dazu, Risiken einzugehen. Lopez grinste. Montorsi sagte: Monte Carlo ist das Herz des neuen Europa, die Zukunft der Agentur hängt von Monte Carlo ab.

»Und was wärst du ohne die Agentur, stimmt's, Montorsi?« sagte Lopez.

»Ich kann auf die Agentur sehr gut verzichten. Aber die Agentur kann nicht auf Monte Carlo verzichten.«

Wundsam und Christa meldeten sich. Es gab Neuigkeiten. Lopez brachte seine Notizen auf den neuesten Stand. So langsam kam Bewegung in die Sache. Auch er setzte sich in Bewegung.

Vor seinem geistigen Auge sah er lauter konturlose chinesische Gesichter, ein riesiges, unbekanntes, idiotisches, europäisches China.

James Cameron
Fürstentum Monaco, 8. September 2002, 20:25

Monte Carlo: Eine Scheißstadt.

Zielsetzung: Den französischen Fettsack aufstöbern. Ihn zum Reden bringen. Ihm eine Kugel in den Kopf jagen.

Vorsichtsmaßnahmen: Der französische Fettsack darf nicht merken, daß ihm jemand auf den Fersen ist.

Zeitplan: So schnell wie möglich.

Hindernisse: Überall.

Überall Verschwörung. Die Verschwörer nisten im Feuer, im Schatten, im Himmel. Jahrelang schlafen sie: Sie schlafen während der zehn Jahre, in denen Peking das Paradies gewesen ist. Dann erwachen sie, werden aktiv, lassen alles hochgehen.

Willkommen in Monte Carlo.

Der Ex-CIA-Agent James Cameron war in Nizza gelandet, hatte sich einen BMW Z3 besorgt, genau den richtigen Wagen, um weder positiv noch negativ aufzufallen: Mittelmaß, das ist in Monte Carlo ein Z3. Es kostete ihn eine halbe Stunde, sich am Hafen eine Pistole zu besorgen. Nizza ist ein herrlicher Ort, ein fürchterlicher Ort. Der Hafen ist hell, schattig, extrem feucht, steile Gassen beherbergen kleine Restaurants, die nachmittags und abends zu Kneipen werden. Darin schlägt übles Gesindel die Zeit tot, unterhält sich in zahllosen Unterweltdialekten und verscheucht mit einem einzigen Blick die Maghrebiner aus dem Lokal, die einen Fuß über die Schwelle setzen. Bulliges, dummes, schmutziges, verschlagenes Volk. Cameron kannte die CIA-Kontaktleute in Nizza. Ihr operativer Leiter war gelegentlich in Bagdad aufgekreuzt, um Camerons und Wilbergs Netz in Augenschein zu nehmen. Ein Idiot. Cameron versuchte sich zu erinnern, wo die Treffpunkte und sicheren Häuser in Nizza lagen. Das war einmal sein Job gewesen: ein unfehlbares, präzises Gedächtnis zu haben. Anfangs fällt das *schwer*. Dann ist es wie Fahrradfahren: Man verlernt es nie. Doch zu vieles hatte sich verändert. Eines war klar: Die Amerikaner überdachten gerade ihre Präsenz in Europa. Bedeutete das, daß sie sich zurückzogen? Oder verstärkten sie vielmehr ihr Engagement? Befreundeter Feind Europa, einstiger Kontinent der Plünderer, der seit einem Jahrhundert selbst ausgenommen wurde ... Cameron entschloß sich, das Risiko einzugehen. Er wußte, was er brauchte. Er riskierte, daß die Geheimdienstleute davon Wind bekamen.

An der Baie des Anges, fernab der Promenade des Anglais. Das winterliche Meer. Eine schillernde Ödnis, pausenlos heimgesucht vom Massentourismus. Idioten. Richtung Notre Dame du Port, dann links ab in die Rue Cassini. In Sichtweite: das grauenhafte, ultraprovinzielle Museum für Gegenwartskunst. Von allen Wänden, von den Straßenlaternen, auf Plakaten, die sechs Meter über der Straße hingen, schrie einem die Ausstellung des italienischen Künstlers Fausto Melotti entgegen. Cameron suchte nach einem passenden Etablissement. Eine halbe Stunde später kam er aus einer heruntergekommenen Brasserie, in der Tasche eine Walther PPK, eine winzige, äußerst effektive Waffe, die typische Pistole des Geheimagenten. Das würde sich sicher herumsprechen: Ein Fremder war da und hat nach einer PPK gefragt. Wer eine PPK kaufen will, ist in der Regel ein Geheimdienstmann. Er würde Nizza so schnell wie möglich verlassen. Und sich in Monte Carlo nur so lange aufhalten wie unbedingt nötig.

Er mußte herausfinden, was es mit dem »Frischfleisch« auf sich hatte.

Er mußte den französischen Fettsack zum Reden bringen.

Er mußte alles über Wilbergs und Lei Yongs Kontaktnetz in Erfahrung bringen.

Er mußte dem Franzosen eine Kugel in den Kopf jagen.

Nachdenken konnte er später. Zum ersten Mal nach der Ära Peking würde er nachdenken.

Ihm blieb nur noch wenig Zeit: Man würde den Franzosen bald benachrichtigen, daß James Cameron nicht tot war. Vielleicht war ihm die CIA auch schon auf den Fersen. Er mußte unbedingt aus Europa verschwinden. Er mußte untertauchen. Er mußte noch einmal ganz von vorn anfangen.

Er mußte als neuer Mensch zur Welt kommen.

Monte Carlo: eine Scheißstadt, und was für eine. Cameron spazierte am Pier des Stadthafens entlang. Er versuchte, sein weiteres Vorgehen zu planen. Wie sollte er den Franzosen aufspüren? Das war der nächste Schritt.

Auf einmal wurde er zerquetscht. Er wurde beiseite geschoben.

Die Luft bebte wie bei einer Explosion.

Die Materie lehnte sich auf. Ein Luftbeben. Mit Cameron blieben die Massentouristen wie angewurzelt am Pier stehen. Die Zeit schien minutenlang stehenzubleiben.

Es war unfaßbar.

Ein Kontinent befand sich auf Kollisionskurs mit Frankreich. Ein Kontinent war dabei, sich zu verschieben, er kam näher, war drauf und dran, in den Hafen des Fürstentums einzudringen. Dieser Kontinent war ein Horizont aus Festland. Riesig, von immenser Ausdehnung, flach, so weit das Auge reichte. Verdutzt sah Cameron die Touristen an, die um ihn herumstanden: verblüfft, stumm, blaß im Gesicht. Eine riesengroße schwarze Insel, eine endlose massige Lavafront, steuerte den Hafen an. Sie verdunkelte den Sonnenuntergang über dem Meer. War Festland, das sich übers Meer bewegte. Sardinien, das gegen Korsika implodiert. Eine endlich sichtbare Plattentektonik. Warme Luft, die nach verbranntem Motoröl stank, schob die Körper beiseite. Ein Blitz, eine atomare Detonation in Zeitlupe. Der Meereshorizont wurde vom Landhorizont der Insel überlagert.

Niemand begriff, was hier los war.

Die monegassische Polizei traf ein.

Die Polizisten blieben ungerührt. Sie bliesen in ihre Trillerpfeifen, verscheuchten die Leute vom Pier. Einer versetzte Cameron einen Stoß. Er wurde weggerempelt. Er versuchte, den Beamten, der ihn vom Pier entfernte, zu fragen, was da vorging. Das war das Gegenteil eines Erdbebens. Das Gegenteil eines Meerbebens. Ein Meer, das blitzschnell einen Kontinent ausspeit und ihn gegen die Küste wirft. Wir leben in einer Welt aus Waben. Die Erde bricht auf, speit aus. Man konnte die Sonne nicht mehr sehen. Das Meer auch nicht. Zu beiden Seiten des riesigen, massigen Kontinents, der in den Hafen des Fürstentums einfuhr: zwei überproportionierte, gigantische Schiffe. Sie schienen zu sagen: Dieses neue Land setzt Gott mit Macht hierhin. Sie glichen zwei Säulen aus rostigem Metall, die sich aus eigener Kraft fortbewegten, zwei biblische Frachter. Sie stießen schwarzen Rauch aus, verdunkelten den Abendhimmel. Ihre exakte Bezeichnung müßte lauten: zwei Drachen.

Benommen hatten sich Cameron und die anderen Touristen mittlerweile durch die Polizeibeamten vom Kai vertreiben lassen. Die monegassischen Ordnungshüter hatten den Bereich um den Pier mit einem Plastikband abgesperrt. Die fahrbare Scholle kam näher: Ein tiefes Brummen wurde hörbar, ein leises Vibrieren, ein lautloses Geräusch. Die riesige künstliche Insel war im Begriff, anzulegen. Wie man sehen konnte, befand sich niemand auf dieser kompakten Scholle. Sie war schwarz, geteert, riesengroß. Die Frachtschiffe konnten nicht bis ganz in den Hafen fahren: Sie waren überdimensioniert, ihre Ausmaße überstiegen die Kapazität des Hafens.

Die exakte Bezeichnung müßte lauten: Cargokult. Der Kult, den die australischen Ureinwohner den Frachtern der britischen Eroberer zollten: neuen Gottheiten aus Stahl, riesengroß, beweglich, mächtig, die an jungfräulichem Land festmachen. Monte Carlo, dachte Cameron, ist *kein* jungfräuliches Land. Und doch standen sie alle mit offenem Mund da, während ihnen der von den Schiffsmotoren künstlich erzeugte Wind das Haar zerzauste. Verwirrt standen sie vor dem neuen Land, das aus dem Meer kam, wie vor neuen Gottheiten.

Einheimische aus dem Fürstentum beobachteten das Ereignis aus ihren Lokalen heraus. Jetzt war es ein Schauspiel. Alle sahen ruhig zu. Neben Cameron stand lächelnd ein junger Kellner und hielt sich die Hand vor Augen, wie wenn man eine Sonnenfinsternis betrachtet. Cameron fragte: »Was ist das?« Er mußte schreien, denn das tiefe Brummen ließ die Luft erzittern.

Auch der Barkeeper schrie, man verstand sein eigenes Wort nicht mehr. »Haben Sie nicht die ›Nice Matin‹ gelesen? Das ist der neue Kai.«

»Der neue Kai?«

Der Junge lächelte dümmlich. Er kramte unter der Schürze in der hinteren Tasche seiner Jeans. Dümmlich lächelnd reichte er Cameron eine Ausgabe der ›Nice Matin‹.

> Monte Carlo wohnt heute einem beeindruckenden Schauspiel bei: der Ankunft eines majestätischen Kais (352 Meter lang, 28 Meter breit und 19 Meter tief), der von zweien der größten Schleppkähne der Welt gezogen wird: Sie kommen aus der Nordsee und haben den Kai von Spanien, wo er gebaut wurde, bis ins Fürstentum gezogen. Hercule, der Tourismushafen von Monte Carlo, ist auf dem besten Wege, einer der bedeutendsten Mittelmeerhäfen zu werden. Nun verdoppelt er dank des Kais seine Aufnahmekapazität für Schiffe und Megayachten. Die erste Studie zur Umsetzung dieses Kais wurde Ende der 1980er Jahre von Stefano Casiraghi in Auftrag gegeben, der sich damals an auf Offshore-Plattformen zur Ölförderung spezialisierte Ingenieure wandte. Die Idee besteht darin, den Meeresströmungen freien Lauf zu lassen, die Wellen

jedoch an der Oberfläche zu brechen. Der gesamte Hafen Hercule wird sich im Zuge der Arbeiten verändern. Auf dem Damm, der vor dem neuen Kai errichtet wird, zu Füßen des Fort Antoine (ein Hektar Land, das man dem Meer abtrotzt), sollen nun nicht mehr – wie anfangs geplant – Wohnhäuser gebaut werden. Fürst Rainier hat beschlossen, den besonderen Charakter des Fort Antoine zu wahren und das Areal sportlichen Aktivitäten und der Seefahrt zu überlassen. Auf der Seite des Damms, unterhalb der Tunnelausfahrt, die durch die Formel-1 berühmt geworden ist, werden der neue Yachtclub, die Segelschule und ein Marinemuseum errichtet. Dieser Tage ist bereits ein Teil des südlichen Hafenbeckens aufgefüllt worden, was eine geringfügige Streckenänderung für die Formel-1 mit sich bringt. Die Hafengebäude und Geschäfte werden allesamt erneuert, es werden neue Landungsstege für sechs bis zehn Meter lange Boote gebaut, bis hin zu neuen Piers, an denen Vergnügungsschiffe von bis zu sechzig Meter Länge andocken können. Megayachten wie die Christina, die Trénora, die Atlantis oder die Lady Moura (deren Heimathafen hier liegt) werden im neuen Areal vor dem Gegendamm Platz finden, genauso wie größere Kreuzfahrtschiffe. Eigentümer und Gäste der Yachten können im luxuriösen Grand Hotel absteigen, dessen Eröffnung für nächsten Mai geplant ist: Es enthält lediglich fünfzig exklusive, bestens ausgestattete Suiten.

Als Verschönerung des Superkais wird eine Uferpromenade die Gärten von Saint-Martin fortführen, die sich jetzt um das Fort Antoine herum erstrecken. Auf dem Kai sollen Restaurants, Bars und Hafeneinrichtungen entstehen. Ein Parkplatz mit 360 Stellplätzen wird vier der Ebenen unterhalb des Meeresspiegels einnehmen; zwei weitere dienen der Wartung der Schiffe sowie als Servicebereich für die Geschäfte. Zur genauen Einpassung des Kais werden Hohlräume mit 10 000 Kubikmetern Süßwasser gefüllt, was zudem zur Dämpfung des Seegangs beitragen soll. Für die Verbindungsarbeiten zwischen dem großen Kai und dem Damm von Fort Antoine rechnet man bei günstiger See mit einer Dauer von 23 Tagen. Sobald die Arbeiten beendet sind, werden im vom Kai geschaffenen Becken zwei Kreuzfahrtschiffe gleichzeitig Platz finden: eines von einer Länge bis zu 170 Metern, das andere von bis zu 120 Metern.

Doch auch dann sind die Arbeiten noch nicht abgeschlossen: Ingenieure und Planer entwerfen bereits den Bau von Fontvieille II. Das ist die Fortsetzung von Fontvieille I, das aus den 1960er Jahren stammt. Ein Unternehmen, das dem Meer zwanzig Hektar Land für das Fürstentum abgetrotzt hat. Dort sind Immobilien, Fabriken, Sportanlagen und Geschäfte entstanden, und auch der heutige Hafen Fontvieille befindet sich da. Welches Kreuzfahrtschiff den neuen Hafen voraussichtlich im Juni kommenden Jahres eröffnen wird, ist noch offen.

Cameron hob den Blick und sah das *Ding*, auf das alle Augen gerichtet waren. Das ist künstliches Land, dachte er. Es hat sich monatelang von Teer genährt, um sich über Wasser zu halten. In dem Moment fiel ihm ein, wie er den Franzosen aufspüren konnte. Wo würde der Fettsack, diese Masse bereits toten Fleischs, die sich gerade noch über Wasser hielt und das Netz Pekings zerstört hatte, wo würde sich so einer in Monte Carlo ernähren? Wo würde der französische Fettsack essen gehen?

Cameron gab dem Jungen, der noch immer dümmlich lächelte, die ›Nice‹ zurück. Er beugte sich zu ihm hinüber. Er brauchte nicht einmal auf den riesigen Kai zu zeigen: »Neue Anlegeplätze, neue Schaufenster, neue Restaurants und neues Geld.«

Der Junge nickte.

»Und neue Konkurrenz.«

Der Junge nickte dümmlich.

»Wem wird der neue Kai Konkurrenz machen?«

»Na, allen. Vor allem den Geschäften hier, schätze ich, vielleicht auch dem Casino. Und den Restaurants natürlich ...«

Cameron nickte und lächelte, als halte er den Jungen für ein ganz schlaues Bürschchen. »Meinst du, die bauen neue Luxusrestaurants oder Touristenschuppen?«

Der Einfaltspinsel überlegte. »Nicht nur Touristenschuppen. Luxusschuppen schon auch.«

»Da werden sich die Eigentümer der Luxusrestaurants ja ganz schön aufgeregt haben ...«

Der Junge lächelte. »Klar, da hat's schon Proteste gegeben ...«

Cameron tat überrascht. »Ach ja? Wer hat denn protestiert?«

»Vor allem Ducasse. Aber auch die Eigentümer vom China Down ...«

Ducasse, der berühmteste Koch der Welt. Cameron hatte gar nicht gewußt, daß er auch in Monte Carlo tätig war. »Ducasse?«

»Ja, ihm gehört das beste Restaurant im ganzen Fürstentum.«

»Für die Reichen im Fürstentum der Reichen ...«

Der Einfaltspinsel lachte und nickte.

Cameron: »Und das andere Restaurant? Ist das ein Chinese?«

Der Einfaltspinsel lachte wieder: »Nein, nein ... Das ist der letzte Schrei ... wie das Nobu in New York ... Na ja, vielleicht gehört es einem Chinesen, keine Ahnung ... Es ist nicht leicht, dort einen Tisch zu bekommen, das ist auf Tage hinaus ausgebucht ... Dort gibt es keine chinesische Küche ... Die Deko ist chinesisch, das ist momentan *das* In-Lokal im Fürstentum ...«

»Wie das Nobu ... Ins Nobu gehen Geschäftsleute ...«

»Klar, wer ins China Down geht, ist bestimmt Geschäftsmann. Hier ist sowieso jeder einer ...«

»Außer uns beiden …«

Der Einfaltspinsel lachte und nickte.

Das China Down. Der Franzose zerstört das Netz in Peking. Der Franzose glaubt, ihn ausgeschaltet zu haben. Vielleicht war der Franzose in Wilbergs und Lei Yongs Geschäfte verwickelt, in die Sache mit dem »Frischfleisch«. Lachend sagte Cameron zu dem Einfaltspinsel: »Dann gehen also keine Touristen ins China Down …«

Der Junge lächelte noch dümmlicher. »Ach was, nie im Leben. Die Warteliste ist endlos, das ist hochexklusiv … Das können Sie vergessen, da muß man schon Beziehungen haben, noch mehr als bei Ducasse …«

Reite nicht groß darauf herum. Wechsle das Thema. »Bei Ducasse kommt man auch nicht rein?«

Der Einfaltspinsel: »Na, jedenfalls nicht in dem Aufzug …«

Das hätte er beinahe vergessen. Er mußte sich dringend umziehen. Dazu brauchte er nicht einkaufen zu gehen: In seiner Reisetasche hatte er zwei Anzüge, die in Peking Furore machten und im Fürstentum als gute Durchschnittsware durchgingen.

Er verabschiedete sich von dem Einfaltspinsel.

Setzte sich in Bewegung.

Er spazierte an den Cocktailbars vorbei, Richtung Casino.

Er ging hinein. Bestellte einen Mai Tai. Fragte nach der Adresse des China Down. Man gab sie ihm, warnte ihn aber vor: Es sei unmöglich, im China Down zu reservieren.

Cameron ging zurück zu seinem Z3.

Zog sich auf dem Rücksitz um. Das strengte ihn an. Er war nicht mehr in Form. Er schwitzte im BMW.

Wieder wechselte er seine Tarnung. Zum x-ten Mal war er ein neuer Mensch – das entscheidende Mal war es noch nicht. Aber darüber würde er *hinterher* nachdenken.

Das China Down. Er wußte, daß er ins Schwarze getroffen hatte. Dorthin zog es den Franzosen, das spürte er.

Er spürte das Keuchen der Beute.

Stefan Wundsam, Christa Baumann
Hamburg, 7. September 2002, 18:20

Volltreffer.

Im kalten Glanz des Computermonitors schüttelte Christa den Kopf und sagte: »Lopez hatte recht.«

»Hast du sie gefunden?« fragte Wundsam.

»De Vlaeminck. Das ist er.« Christa nickte mechanisch und verzog den Mund zu diesem schiefen Lächeln: süß, dachte Wundsam. »Das ist er. Lopez hatte recht. Roger De Vlaeminck. Er lebt in Amsterdam. Hält Beteiligungen an mindestens acht Privatkliniken.« Acht Privatkliniken: Das konnten zwei Inspektoren unmöglich allein erledigen, das war einfach zuviel. Wundsam schlug vor, Montorsi anzurufen und um Verstärkung zu bitten. Christa schüttelte den Kopf.

»Acht Privatkliniken. Da wird man doch wahnsinnig. Das sind vier Stück pro Nase ...«

»Nein. Es ist *eine* Klinik: nur eine. Lopez hatte recht. Valtorta Zini, Maria Luisa. Das ist Agratis Frau. Sie steht dort mit einer Einlieferung in der Patientenkartei. Am 6. Mai dieses Jahres. Der Einlieferungsgrund ist ziemlich allgemein gehalten: ›Psychiatrische Behandlung, Aufenthalt unter Aufsicht.‹ In der Jenssen Private: Das ist in Rotterdam, in der Nähe des alten Piers. Roger De Vlaeminck ist einer der Teilhaber. Die acht Kliniken werden von einer einzigen Holding kontrolliert. De Vlaeminck ist Aufsichtsratsvorsitzender.«

Das Informationssystem der Agentur war exzellent. Man mußte nur die richtigen Fragen stellen, die Verbindungen voraussehen. Wundsam: »Was haben wir über diesen De Vlaeminck?«

»Er wohnt in Beek. Das ist der Vorort, wo die Reichen wohnen, in der Nähe von Nijmegen. Das ist zumindest einer seiner sechs Wohnsitze. Unsere Datenbank weist ihn als Hauptwohnsitz aus. De Vlaeminck hat die doppelte Staatsbürgerschaft: einen holländischen Paß und einen monegassischen.«

Wundsam pfiff. »Einen Paß aus dem Fürstentum? Wieviel Geld hat dieser De Vlaeminck eigentlich?«

Christa erstarrte. Warum das? fragte sich Wundsam und verzichtete auf eine Antwort, weil er Christa einfach entzückend fand. Christa: »Sitz der Holding, die die Kliniken verwaltet, ist Monte Carlo. Außerdem besitzt sie Immobilien auf Jersey und den Komoren.«

»Alles Steuerparadiese.«

»Aber der offizielle Sitz ist Monte Carlo.«

»Konten?«

»Die offiziellen? Natürlich in Monte Carlo. Hier steht Elite Private Bank.«

»Zu monegassischen Konten werden wir nicht ermitteln können.«

»Und selbst dann könnte hinter den Konten ein System von chinesischen Schachteln stehen, was heute ganz normal ist …«

Christa war einfach *unglaublich.* Wundsam verschlang sie geradezu mit den Augen. »Da müssen wir Montorsi um die Unterstützung anderer Abteilungen bitten. Wir können nicht alles selbst machen. Um die Konten, ob legal oder schwarz, soll sich jemand anderes kümmern …«

Christa: nachdenklich, die Lippen zu ihrem natürlichen, verführerischen Schmollmund verzogen. »Ich würde Montorsi aus der Sache raushalten. Schauen wir, wie weit wir kommen. Wenn wir sehen, daß wir es nicht schaffen, fordern wir Verstärkung an. Montorsi bekommt seine Berichte, und fertig. Was meinst du?«

Wundsam nickte. »Ist Agrati einer der Teilhaber?«

Christa studierte den Datenbankeintrag. »Nein. Und auch kein Mario Ros. Aber …«

»Aber?«

»Warte mal ...« Christas Finger sausten beeindruckend schnell über die Tastatur. Wundsam beobachtete das Spiel der feingliedrigen, weißen Finger. »Ja.« Christa blickte auf und lächelte. »Lopez lag tatsächlich richtig.«

Der fragende, lächelnde Blick von Wundsam.

»Er hatte recht. De Vlaeminck kontrolliert auch eine Lebensmittelspedition, und zwar über einen der Teilhaber der Kliniken. Der Teilhaber heißt Sérac: Guérin Sérac. Ansässig auf Jersey – er gehört zu De Vlaemincks Netzwerk. Teilhaber ist er erst seit einigen Monaten. Er hat De Vlaemincks Minderheitsbeteiligung an einer mittelgroßen Lebensmittelspedition übernommen. Und wie heißt die wohl?«

Wundsam hielt inne, dachte nach, aber er kam nicht darauf. Christa strahlte. »Keine Ahnung. Wie heißt sie?«

»Frischfleisch. Frischfleisch Inc.«

Volltreffer. Der Nebel lichtete sich. Der Hamburger Flughafen: Vor dem kalten Abendhimmel hoben sich die Konturen des flachen, weißen Kolosses ab. Den Flughafen umgab kein freies Feld, hier verlief eine schnurgerade Umgehungsstraße, an der identische kleine Siedlungen lagen: Standardreihenhäuser in Ziegelbauweise – eine irritierend eintönige Landschaft.

Wundsam spürte Christas verführerische Körperwärme – auf dem Rücksitz des Taxis.

Er hatte ihr zugestimmt: Lassen wir Montorsi nach Möglichkeit aus dem Spiel. Sehen wir, wie weit wir mit unseren eigenen Mitteln kommen. Je weniger Einmischung von oben, desto besser. Lopez hat es eilig, *wir* haben es eilig. Das ist der erste Fall der Europäischen Sicherheitsagentur: Damit sollten wir doch allein zurechtkommen. Christa verzog den Mund zu einem Lächeln. Wundsam dachte: Jeanne Moreau.

Das Taxi brachte sie gerade noch rechtzeitig zum Flughafen, um den letzten Flug nach Amsterdam-Schiphol zu erwischen. Dort würden sie sich eine Unterkunft suchen. Wundsam bekam

Gänsehaut: Die Aussicht, gemeinsam in ein Hotel zu gehen, erregte ihn. Dich erregt ja noch die abgeschmackteste Banalität. Du bist völlig durch den Wind. Wundsam lächelte in sich hinein. Ja, sagte er sich, ich bin völlig durch den Wind.

In Amsterdam würden sie sich die Arbeit aufteilen. Wundsam würde die Jenssen-Klinik aufsuchen, wo Agratis Frau untergebracht worden war – er wollte Nachforschungen über De Vlaeminck und sein Netzwerk von Beteiligungen anstellen. Christa würde nach Beek fahren – das Märchendorf für reiche Holländer: Nachforschungen über De Vlaemincks Person.

Sie waren dabei, den Schleier zu lüften. Sie begannen, die ersten Umrisse zu erkennen. Das Problem De Vlaeminck hatten sie bereits gelöst. Auch was das Problem »Frischfleisch« anbelangte, waren sie schon einen Schritt weiter. Nur, daß sie jetzt gleich *zwei* Antworten hatten: die von Lopez, die chinesischen Leichen unter den wertvollen Fleischstücken; und ihre eigene, den Namen von De Vlaemincks Gesellschaft.

Zwei weitere Antworten fehlten.

Wer war Mario Ros?

Was bedeutete »im Badezimmer verbrennen«?

Und das war noch längst nicht alles: Welcher Zusammenhang ließ sich zwischen den Antworten herstellen, die sie bisher auf das Delirium von Agratis Frau gegeben hatten? Und was hatten die zwei in Kühlkästen versteckten chinesischen Leichen damit zu tun, die nach Peking unterwegs waren?

Wundsam überkam ein Schwächegefühl: Er kannte es nur zu gut, denn das war das einzige, was ihn noch in Erregung versetzte – von Christa einmal abgesehen. Das Gefühl, es nicht zu schaffen, bevor er es dann doch schaffte.

Er versuchte, es Christa zu erklären. Aber sie sah gedankenverloren aus dem Fenster, während sie an der feinen Nagelhaut an ihrem Daumen kaute.

Weiß ragte vor ihnen der Flughafen aus dem Nebel auf.

Guido Lopez
Mailand, 7. September 2002, 19:05

Der städtische Schlachthof bei Einbruch der Dunkelheit, wenn das Neonlicht der Straßenlaternen aufflammt: ein verblüffender Platz. Ein flacher, elektrifizierter Strand. Auf dem Gelände wimmelte es von schillerndem Plankton: kleine Glasscherben und Metallstückchen auf dem festgestampften weißen Boden.

Sie hatten De Vlaeminck gefunden. Wundsam und Christa hatten hervorragende Arbeit geleistet. Lopez mußte sein Urteil revidieren, vor allem was Christa betraf. Die beiden waren wirklich schnell, alle Achtung. Jetzt brachen sie zusammen nach Holland auf, um De Vlaeminck aufzustöbern. Lopez war sich sicher: Noch fehlte Mario Ros, aber wenn sie erst De Vlaeminck aufgescheucht hatten, würden sie auch auf ihn stoßen. Allmählich wurde ein Muster erkennbar. Bald würden sie alle Puzzleteile in Händen halten. Aber das Wesentliche fehlte noch: Was steckte hinter dem Fall? Warum war Agrati ausgeschaltet worden? Warum hatte Agrati solche Angst? Welche Abmachung hatte er mit der Agentur treffen wollen? Und die Chinesen? Leichen auf Eis. Er erwartete den Autopsiebericht noch am selben Abend.

Der Europafrust hatte den Italienfrust noch nicht völlig verdrängt.

Und überhaupt: Italien – was bedeutete das eigentlich?

Er fand sich inmitten einer Horde von wieselflinken kleinen Männern wieder, die aus einer Lagerhalle im Schlachthof kamen.

Es waren Chinesen.

»Genossenschaft Fang Chen – Halle 4«.

Durch eine winzige Tür trat Lopez ein. Auch die Fleischlieferungen mußten hier durch. Dahinter schien der Raum förmlich zu explodieren.

Er stand in einer Fabrik, die von einer Kuppel überspannt wurde, in einer riesigen Höhle, einem enormen Bauch. Aus dem Deckengewölbe entsprang ein hohes, gebogenes Metallgerippe, das Skelett eines Krustentiers. Hier wurde das Fleisch verarbeitet. Menschen aus Fleisch und Blut mühten sich an hängenden Körpern ab, aus denen Blut und Exkremente tropften. Der Gestank war unerträglich. Die Menschen arbeiteten in einem Becken, um das herum die Tiere aufgehängt waren. Die Körperflüssigkeiten strömten in der Mitte zusammen, organischer Schlamm, der eben noch lebendig gewesen war und jetzt entsorgt wurde. Lopez sah alles: von oben. Der Boden fiel leicht zur Mitte hin ab, und ein rostiges Geländer umzäunte das halbkreisförmige Becken. Er sah das Schlachten von einer Galerie aus.

In grünlichen, von Exkrementen, Urin und Blut befleckten Overalls, die Augen mit Plastikbrillen abgeschirmt, stiegen die Chinesen in dem Becken herum. Von oben betrachtet sahen sie aus wie Zwerge in einer Schmiede, in der Fleisch verarbeitet wird.

Da, die Färsen und die jungen Kühe. Die Ochsen, die Kälber. Da drüben kommen sie aus einem Gehege im hinteren Teil der Halle.

Überall chinesische Schriftzeichen.

Wieselflink liefen die Arbeiter hin und her, ohne Lopez zu beachten, ein ununterbrochener Menschenstom vom Abfluß zum Geländer, wo die Häute zerteilt wurden.

Ein Knall ertönte, eine Kuh brach zusammen.

In der Ladezone sah er formlose, rötliche Körper hängen, daran Schildchen aus dickem gelben Plastik – Geschlecht, Gewicht, Bestimmungsort.

Hin und wieder rutschte ein Chinese aus: Der glatte Boden

war fettüberzogen. Ein Mann spritzte den Boden mit einem Schlauch ab: Es entstand ein schmutziger Bach, der Schlachtabfälle mit sich führte, Nieren und Knochensplitter. Lopez sah ein Gehirn vorbeitreiben.

Der Lärm nahm kein Ende. Ein dröhnendes Gemurmel hallte in der hohen, skelettartigen Kuppel wider, ein Echo von schnellen chinesischen Dialogen. Lopez verstand kein Wort, er blickte nach oben zur Mittelrippe der hohen Decke.

Der Schlachthof in Form einer Radrennbahn vibrierte, am anderen Ende kam das Heck eines LKWs durch eine riesige Öffnung. Flink wie die Ameisen luden die Chinesen die gehäuteten Körper in den Bauch des LKWs. Der LKW glich selbst einem betäubten Tier, das in einem riesigen, vollen Bauch stand, in dem es in der rotblauen Luft des Schlachtens nur so wimmelte vor Aktivität.

Der Gestank war nicht auszuhalten. Die Chinesen trugen keine Schutzmasken. Die Dämpfe, die von dem rohen Fleisch aufstiegen, von den Exkrementen, den Abflüssen, mußten ihre Geruchsnerven zerstört haben. Zwei Männer rutschten aus, die ein Kalb am Kopf und an den Läufen hielten, ein totes Kalb, das nun mitsamt dem Strom der Abfälle ins Zentrum des Beckens rutschte.

Außerhalb war es dunkel. Der riesige Brustkorb eines Ochsen wurde geöffnet. Lopez sah das Leuchten der kalkweißen Knochen.

Ohne ihn zu beachten, kam ein Chinese mit einem Eimer vorbei, der vor Venen überquoll. Weiter hinten schoben sie einen Müllcontainer, randvoll mit Hufen und Köpfen. Der Mann mit dem Wasserschlauch machte sich an einem Hahn zu schaffen und spritzte den Boden mit Ammoniak ab. Ein lautes Scheppern, und die toten Viertel setzten sich wie von selbst in Bewegung, die Kette rasselte gewaltig. Lopez schmeckte das salzige Pulver der Reste von Knochen und Hufen, das in der Luft lag.

Er ging am Geländer entlang, suchte nach einer Tür, die zur Verwaltung führte, zu einem Büro oder dergleichen.

Hinter einer beschlagenen Scheibe sah er die Silhouette eines Chinesen in normaler Kleidung, der ihn beobachtete.

Lopez steuerte auf ihn zu.

Der Bursche hieß Yin Da. Er war hypernervös. Sein Italienisch war ein Witz. Lopez hatte gesagt, er wolle die Bücher sehen. Er wußte nicht einmal, wonach er suchen sollte, aber das war wenigstens ein Anfang. Yin Da zitterte vor Anspannung. »Alles in Ordnung«, sagte er. »Alles in Ordnung.« Es schien ihn zu verwirren, daß Lopez nicht von der Lebensmittelpolizei kam, er fragte, ob Lopez ein Kollege von den NAS-Leuten sei, und erschrak, als Lopez erwiderte, er habe mit der Lebensmittelpolizei überhaupt nichts zu tun. Also wiederholte er sein »Alles in Ordnung« und kramte aus einem Karteikasten verbeulte Pappkärtchen hervor, Genehmigungen und Lieferscheine.

Lopez sagte: »Die Import-Export-Firma Alimentari. Die von Agrati.« Yin Da wurde sichtlich blaß. Er zog eine Mappe voller Lieferscheine hervor und wiederholte ständig: »Da. Sehen Sie. Sehen Sie.« Lieferscheine. Bestimmungsort: das Drehkreuz Malpensa. Lopez versuchte, die einzelnen Posten der Lieferungen zu identifizieren, aber man konnte nichts erkennen, die Schrift war verschmiert, die Feuchtigkeit hatte ein übriges getan, die Papiere waren nicht zu entziffern.

»Die Lieferung von heute morgen nach Malpensa«, sagte Lopez.

Yin Da zitterte am ganzen Leib. Er wühlte wie wild in den Lieferscheinen, nahm schließlich ein dünnes, zerknittertes Blatt, versuchte es zu lesen, reichte es dann Lopez und sagte: »Da, da. Sehen Sie. Alles in Ordnung.«

Lopez las. Unverständliches Zeug. Das einzige, was er aus dem Papier ersehen konnte, war die Angabe, es seien 24 Rinderviertel auf zwei LKWs verladen worden. Ein Viertel war auf

Geheiß des Fleischbeschauers wieder abgeladen worden. Der Fleischbeschauer war Italiener, seine Unterschrift rechts unten war deutlich zu erkennen, genauso wie die Begründung: »Parenchymatische Degeneration in Verbindung mit Myokardverfettung«. Das Tier war krank gewesen. Lopez warf einen Blick auf Datum und Uhrzeit der Ladung: »7. September '02 – 07.45 h«.

Er dachte nach.

Yin Da sah ihn mit weitaufgerissenen Augen an. Er war bleich im Gesicht.

Lopez dachte: Die sind um acht am Schlachthof losgefahren, also sind sie *zu spät* in Malpensa angekommen. In Anwesenheit des Fleischbeschauers, dachte er, laden sie nichts ein, das sich von der offiziell deklarierten Lieferung unterscheidet – vorausgesetzt, sie haben den Fleischbeschauer nicht geschmiert.

Er dachte: Sie haben einen Abstecher nach Novate gemacht. Dort haben sie als heimliche Ladung das exklusive Fleisch aufgenommen. Und die Leichen.

Yin Da hielt sein Schweigen nicht mehr aus. Er griff zum Telefon. Lopez machte ihm ein Zeichen: *nein.*

Er hatte sich getäuscht. Was er suchte, war nicht hier.

Das tote Fleisch stammte aus Novate.

Yin Da stand mit gesenktem Kopf da, während Lopez nervös in dem schmalen Büro auf und ab lief und laut in sein Satellitentelefon sprach. Von draußen hörte man Lärm und chinesisches Stimmengewirr. Lopez sprach mit Calimani. Er gab ihm die Koordinaten durch. Mindestens vier Streifenwagen sollten nach Novate fahren, ohne Blaulicht und Sirene, aber so schnell wie möglich. Der Name des Fleischbeschauers, der die Krankheiten des für Malpensa bestimmten Rindes diagnostiziert hatte – »Findet mir den Mann und holt ihn mir so schnell wie möglich her«, sagte Lopez. Er forderte außerdem Zivilbeamte an, sie sollten keinen Wirbel machen, man wisse schließlich nicht, ob Leute vom Schlachthof in die Sache verwickelt seien. Lopez sagte zu

Calimani: »Quetsch die Fahrer der Kühllaster aus, die sind hundertprozentig in Novate gewesen, bevor sie das Fleisch nach Malpensa gebracht haben. Bring die Spezialisten von der Spurensicherung mit«, fügte er hinzu.

Calimani fragte: »Aber wonach sollen wir in Novate suchen?«

»Nach Leichen«, antwortete Lopez. »Nach chinesischen Leichen.«

James Cameron
Fürstentum Monaco, 8. September 2002, 21:50

Auf dem Weg zum China Down, ohne einen richtigen Plan.

James Cameron versuchte, Ordnung in seine Gedanken zu bringen: ein von löchrigen Deichen in Schach gehaltenes Meerbeben, das erst hinterher ausbrechen sollte. Aber was bedeutete *hinterher?* Die Zeit drängte, die dunkle Zukunft drückte, die Ungewißheit, er mußte als neuer Mensch wiedergeboren werden und wußte nicht, wie, als wer, an welchem Ort. Er wußte, daß er sich etwas einfallen lassen mußte. Cameron lächelte, während er hochschaltete und seinen Z3 über die Route de la Moyenne Corniche aus dem Zentrum von Monaco lenkte. Er lächelte: Was bin ich nur für ein Bourgeois. Da arbeitest du jahrzehntelang für den Geheimdienst, riskierst deinen Hals in Vietnam, Berlin und Bagdad und am Ende in Peking – und bist doch nichts als ein Bourgeois. Ihn dürstete nach Sicherheit: Das war die Wahrheit. Eine schräge Lebensphilosophie bringt letzten Endes dieselben Bedürfnisse hervor, wie sie auch ein Banker hat: Gebt mir eine Pension, gebt mir einen Platz an der Sonne, wo ich warm und geschützt liegen kann. Laßt mich zurück in den Bauch. Ich flehe euch an, gebt mir eine Gebärmutter: Ich ertrage die Kälte einfach nicht mehr.

Aber in diesem Augenblick war er dort, wo die Kälte am größten war: am absoluten Gefrierpunkt seines Abenteuers. Von allem losgelöst, Cameron, von wegen Nabelschnur. Du schwebst im luftleeren Raum und weißt nicht, was du tun sollst. Alles ist möglich. Wenn du deine Karten gegen den Franzosen geschickt ausspielst, kannst du vielleicht in das Geschäft mit dem »Frischfleisch« einsteigen. Für die Erinnerungen bleibt hinterher immer noch Zeit. Im Hier und Jetzt, am Höhepunkt der Kälte, gibt es keine Zeit für Erinnerungen, keine Zeit fürs Reden. Du bist hier, das ist alles – und du weißt nicht, ob du im nächsten Augenblick noch da sein wirst.

Was würde er im China Down tun? Was, wenn der Franzose gar nicht dort war? Sollte er mit ihm sprechen? Sollte er ihn einfach ausschalten? Und der Dreh- und Angelpunkt der großen Bewegung, von Peking bis ins Fürstentum, war: Wer steht *hinter* dem Franzosen? Keiner? Hat er das alles ganz alleine durchgezogen?

Zu seiner Rechten sah er die leuchtenden, riesigen, weißen Umrisse der Kakteen im Jardin Exotique.

Und weiter unten, wie ein gespenstisches Legomodell, den Palast des Fürsten.

Und noch weiter unten, dort, wo zwei gigantische Transportschiffe manövrierten, um den gewaltigen neuen Kai in Position zu bringen, schwarz, das Meer.

Ein Schlenker nach Süden, Richtung Beausoleil – »die schöne Sonne«. Ein senkrechter, beweglicher Sonnenstrahl mitten in der Nacht: ein starker Lichtstrahl, der die dunklen Wolkenkratzer des Fürstentums auslöschte.

Cameron steuerte auf den Lichtstrahl zu. Es dauerte seine Zeit, bis er näher kam: Der Verkehr wurde dichter. Die Autos großer Herrschaften: Spezialanfertigungen von Mercedes, Ferraris, ein 63er Cadillac, Austin Martins, Rovers von der Größe eines Apartments. Sie funkelten, spien bläuliche Abgase aus, die spiegelblanken Karosserien reflektierten flüssiges Licht. Eine Unterwasseratmosphäre, eine zweite, sich linear fortbewegende See voller Lichtreflexe: der Glanz der Karosserien, heller als Tageslicht, phosphoreszierende Fäden, leuchtende Bullaugen, die das lackierte Metall umspülten. Cameron fuhr auf den senkrechten, nunmehr schrägen Lichtstrahl zu, der sich im Kreis drehte und in den Himmel schoß wie in einen Bauch.

Als er näher kam, sah er vor sich eine Lichtkuppel.

Die Autos mußten abbremsen, überall stockte der Verkehr. Jetzt kamen die Angestellten des Restaurants in sein Blickfeld: baumlange Chinesen. Alle denken: Die Chinesen sind von kleinem Wuchs. Falsch. Zehn Jahre in Peking, und man begreift, daß die Westler die Zwerge sind. So wie man begreift, daß diejenigen, die stinken, die Westler sind. Bleich wie zu lange gekochtes Hühnerfleisch, wie das Fleisch von Wasserleichen: Das sind die Westler. Fettige Haare, das sind die Westler. Europäer stinken süßlich, in ihren Gestank mischt sich ein vager Geruch nach Erbrochenem, nach Verwesung. Von amerikanischem Parfüm wird einem schlecht. Die Chinesen sind hochgewachsen: Sie sind die größte Rasse der Welt. Cameron hatte sich mehrmals gefragt, wie man in Europa und in den USA auf die Idee gekommen war, Chinesen seien kleinwüchsig. Chinesen stänken nach Fritiertem und hätten fettige Haare. Chinesen spuckten wie Dromedare überall hin. Chinesen seien alle gleich. Die Westler hatten keine Ahnung von der Schönheit, solange sie nicht eine Chinesin von der anderen unterscheiden konnten.

Und die baumlangen Chinesen hier öffneten Türen aus Panzerglas behende wie Athleten. Qi Gong macht die Muskeln geschmeidig und erlaubt fließende Bewegungen: Sie verbeugten sich, heuchelten den Respekt, den jeder Chinese Westlern gegenüber vorgibt. Sklaven erster Klasse. Sie trugen äußerst raffinierte Uniformen aus bemalter Seide und Satinstoffe, die mehr Licht reflektierten, als von den Karosserien ausging, uralte Textilmotive, die Cameron zu identifizieren versuchte: Das sind *edle* Klamotten, das ist erstklassig. Kein billiger Ethno-Chic: Die Bediensteten wirkten keineswegs wie verkleidete Ureinwohner. Der unaufdringliche, minimalistisch kühle, bis aufs äußerste verfeinerte chinesische Stil. In Peking machten die Leute große Augen, wenn man sich in westlichem Stil in Schale warf. Aber das war etwas anderes, eine Frage des Geldes. Der chinesische Stil übertraf jeden anderen. Cameron fiel ein, wie ihm Wilberg ein Päckchen überreicht hatte, das war an seinem vorletzten Geburtstag gewesen. Das Päckchen war in schwarzes Seidenpapier eingeschlagen, fast zu schade, um es aufzumachen. Wilberg war mit zwei Edelnutten gekommen, sie hatten vereinbart, auf diese Weise zu feiern, und Cameron packte sein Geschenk aus: Es war ein schwarzer Morgenmantel, diamantschwarz, der das Licht bündelte, ein Hauch von einem Kleidungsstück. Man hatte das Gefühl, von Haut gestreift zu werden, und das Vergnügen, diesen Stoff zu tragen, übertraf die Liebkosungen jeder Nutte.

Die baumlangen Chinesen hier waren wirklich effizient. Ihre Bewegungen waren schnell und harmonisch, aufs Wesentliche reduziert. Die Idioten waren die Chauffeure der Limousinen: Sie störten den Bewegungsfluß. Einige Autos ohne Chauffeur wurden von Bediensteten in Empfang genommen, deren Kleidung sich geringfügig von der ihrer Kollegen am Eingang unterschied: Sie bogen sich wie Bambus in den Fahrerraum, hatten etwas Pflanzliches an sich, wenn sie sich beim Einsteigen vorbeugten, der Wagen schien gar nicht zum Stehen zu kommen, sondern nur kurz in Zeitlupe weiterzufahren, damit die Fahrgäste aussteigen und die Chauffeure des China Down einsteigen konnten, um den Wagen auf den Parkplatz zu bringen.

Der Lichtstrahl im Rücken der Angestellten des China Down war gleißend hell. Obwohl die Nacht bereits hereingebrochen war, trugen einige Gäste Sonnenbrillen.

Eine Gruppe von Franzosen in Smokings und edelsten Designerfetzen stand im Licht um den Gastgeber herum, der einen weißen Smoking trug, in den Händen hielten sie riesige Kristallkelche mit Armagnac, die das Licht doppelt reflektierten. Die Kelche funkelten wie blitzende Edelsteine, fast mußte man den Blick abwenden.

Cameron reihte sich in die Schlange der Wartenden ein. Mit seinem Z3 machte er tatsächlich keine schlechte Figur. Auch sein Anzug konnte sich sehen lassen. Er steckte sich eine chinesische Zigarette an: Full-Blended Tobacco, Hunan Selection,

100 Prozent – eine herrliche Marke. Die Westler rauchten den letzten Dreck und merkten es nicht einmal. Er erreichte den Lichtkegel, der dem Quell des Strahls am nächsten war. Er wurde in weißes Licht getaucht.

Man sah nichts: Es gab nur Licht.

Cameron fühlte sich in den Sitz seines Z3 gedrückt. Er riß die Augen auf, alles war weiß.

Eine Gestalt wurde sichtbar. Von Licht durchdrungen, hager, spindeldürr, schwarz und mysteriös: die einfache Gestalt eines Menschen. Er schien nur aus Nerven zu bestehen, eine Giacometti-Statue, er kam näher, ein Außerirdischer aus ›Unheimliche Begegnung der Dritten Art‹. Er kam noch näher. Er ging um Camerons Z3 herum. Die Fahrertür sprang auf, sie wurde geöffnet. Die Gestalt war ein magerer, baumlanger Chinese. Einer von den Türstehern. Cameron lächelte und trat in das gleißende Licht hinaus. Noch der Abglanz seiner eigenen Zähne blendete ihn. Ein zweiter Chinese, geschmeidig und lächelnd, war hinter seinem Rücken aufgetaucht, er stieg in den Z3 und fuhr ab. Für einen Augenblick stand Cameron allein im Licht, dann sah er, wie der chinesische Türsteher ihn hereinbat. Er schien in der Luft zu schweben, eine optische Täuschung. Cameron schien es, als stehe er auf dem Kopf. Er bedeutete Cameron, ihm zu folgen, aus dem Lichtkegel herauszutreten, und Cameron, geblendet von dem Übermaß an Licht, ging mit fast kindlichem Schritt hinter ihm her. Schon hielt in seinem Rücken der Mercedes, der hinter ihm in der Schlange gestanden hatte.

Er trat aus dem Lichtstrahl heraus. Alles war dunkel.

Eine Wiese. Steinreiche Leute stießen miteinander an. Sie unterhielten sich lautstark. Junge Sprößlinge mit geweiteten Pupillen spielten Fangen auf dem dunklen Gras. Chinesische Oberkellner in westlicher Kleidung kamen vorbei, in raffinierten weißen Anzügen, mit kontrollierten, ausdruckslosen Gesichtern. Es war wie eine Gartenparty. Cameron sah sich um. Er stand jenseits des Lichtkegels und konnte die Schlange von Limousinen, deren Teil er gewesen war, nicht mehr sehen. Er suchte das China Down.

Es war nirgends zu sehen.

Er sah sich nach dem chinesischen Bediensteten um, fand ihn ein paar Meter weiter hinten und winkte ihn zu sich. Der Mann kam mit einem aufmerksamen Lächeln zu ihm, verneigte sich knapp und erkundigte sich auf französisch, womit er dienen könne.

Cameron spielte seinen einzigen Trumpf aus.

Er antwortete auf chinesisch.

»Ich habe nicht reserviert«, sagte er lächelnd.

Einen Augenblick lang war dem Chinesen die Überraschung anzumerken, einen Westler seine Sprache sprechen zu hören. Dann antwortete er: »Was kann ich in diesem Fall für Sie tun, mein Herr?«

Camerons Chinesisch war nicht nur sein einziger Trumpf: Es war das gesamte Blatt. Cameron trat einen Schritt näher, beugte sich leicht zu dem Bediensteten hinüber, führte die Hand mit einer kurzen Drehbewegung des Handgelenks, die er gut kannte, von der Brust zur Stirn und sagte: »Kannst du etwas für mich tun, Bruder?«

Der Chinese stand mit offenem Mund und geweiteten Augen da. Einen kurzen Moment schwieg er verdutzt. »Warte kurz hier, Bruder, ich werde sehen, was ich machen kann«, bat er Cameron und entfernte sich flink.

Cameron verschränkte die Arme auf dem Rücken und lächelte. Er hatte das richtige Blatt gewählt.

Die Chinesen sind diejenigen, die wir fürchten müssen.

Sie sind die Unantastbaren.

Die Meister leben im verborgenen. Genau besehen, sind sie gar nicht da.

Die Chinesen kommen aus höheren Sphären.

Die Menschen sind wilde Tiere. Die Chinesen sind heilige Worte, hineingesprochen in die Geschichte des Planeten.

Wenige wissen davon.

Sie sind die Auserwählten, die Ersten und die Letzten. Ihnen obliegt es, die Welt zu ordnen. Dies ist die Rasse der Götter.

Dies ist das Volk Gottes – es zählt Milliarden.

So stand es zumindest in den Schriften der Eingeweihten. James Cameron kannte sie. James Cameron hatte in zehn Jahren Peking begriffen, was die Handbücher der CIA ihm nicht vermittelt hatten, selbst auf die Gefahr hin, *verbrannt* zu werden. Es war eine so schlichte und weitverbreitete Wahrheit, daß Cameron kaum glauben konnte, daß er sie nicht früher begriffen hatte. Die Wahrheit lautete: Es gibt keinen einzigen Chinesen, der nicht einem Geheimbund angehört. Das ist, als hinge das gesamte amerikanische Volk den Freimaurern an. Nicht nur, als hinge es ihnen an, nein, als wachte es in unwiderruflichem, echtem Glauben über die Geheimnisse. Die Chinesen glaubten wirklich, und sie taten es *ausnahmslos.* Das war eine allgemeingültige Wahrheit, die jeder, der in Peking lebte und arbeitete, kennen mußte, um nicht gravierende Fehler zu begehen. Es gab drei Geheimbünde, die im großen und ganzen aus einer gemeinsamen Quelle hervorgingen: die Weiße Seerose, die die Führungskader der Partei repräsentierte (wie oft hatten er und Wilberg darüber gelacht: Die CIA Typen glauben, sie hätten es hier mit Kommunisten zu tun – dabei sind die viel schlimmer als Kommunisten ...); dann war da noch die Kralle; und schließlich der neueste Modegag, die Falun-Gong-Sekte, die von der Partei verboten worden war und in Peking jede Menge Zulauf hatte. Cameron hatte sich mit dieser verborgenen, mysteriösen Welt und ihren für einen Außenstehenden unbegreiflichen Gesetzen arrangieren müssen, als er sein Netz aufbaute. Leute von der Weißen Seerose am Flughafen. Also kamen auch die von der Kralle an: Gebt uns ebenfalls Arbeit. Das war keine Bitte: Das war ein stillschweigendes Gesetz, das keine Ausnahmen zuließ. Was die Falun Gong betraf, hatte er der Pekinger Polizei ein paar Gefälligkeiten erwiesen: Er gab einem Mitglied der Sekte einen

Job, das dann andere Mitglieder mitbrachte, um sie Cameron vorzustellen. Am Ende waren es um die zwanzig Leute von Falun Gong. Lei Yong verschaffte ihm einen Kontakt zu den örtlichen Behörden und riet: denunzieren. Die Pekinger Polizei war zufrieden, sie hatte die Sektenmitglieder festnehmen können, und im Gegenzug ließ man ihn und Wilberg in Ruhe arbeiten. Der Rest war ein ziemliches Durcheinander: Lei Yong stellte sie den Dai Lo vor, unbedeutenden Anführern, die sich nur für wichtig hielten, weil sie bestimmte Wege kontrollierten; oder gewissen Dai Dai Lo, den Anführern selbständiger Gangs – obwohl in Wirklichkeit *keine* Gang selbständig war; und einmal nahm er sie zu einem Ha Kung mit, einem Meister der Weißen Seerose, weil einer von den Arbeitern am Flughafen in die eigene Tasche wirtschaftete, und um ihn in die Schranken zu weisen, bedurfte es der Genehmigung des verdammten Paten. Ja, des Paten: Die chinesischen Geheimbünde waren die Mafia plus Gott. Alle waren gläubig, Cameron erinnerten sie an Jimmy Swaggarts und Jim Bakkers Pfingstgemeinden: Nur zählten die Gläubigen in China anderthalb Milliarden – und sie ließen sich von nichts aus dem Konzept bringen.

Der Meister der Weißen Seerose hatte sie einige Grußformeln gelehrt. Er erklärte ihnen: Von den Muslimen haben wir den Sufigruß übernommen, nur die Bedeutung ist eine andere. Und den Händedruck. Und die Betonung des Wortes »Bruder«, das für die Zugehörigkeit zu ein und demselben Bund steht.

In China ist das normal. Im Fürstentum nicht.

Der chinesische Bedienstete hatte angebissen. Im Süden fielen sie eher darauf herein als im Norden, der südliche Akzent war unverwechselbar, und der Chinese hatte diesen weichen, südländischen Tonfall.

Es vergingen keine zehn Minuten. Der Chinese kam zurück und erkundigte sich nach seinem Namen. Cameron machte seine Sache brillant: Was für ein Name, fragte er zurück.

»Der Ihre.«

»Ich habe schon verstanden. Aber welcher?«

»Ich fürchte, ich verstehe nicht, Herr ...«

Cameron lächelte. »Nein, ich fürchte, ich verstehe nicht, Bruder. Möchtest du meinen wirklichen Namen erfahren oder den hinfälligen?« Der wirkliche Name: Das ist der Name, der bei der Initiation verliehen wird – ein chinesischer Name, der alles enthält, was das Schicksal eines Menschen ausmacht. Der hinfällige Name: James Cameron oder ein anderer westlicher Name.

Der Chinese lächelte zufrieden. »Beide, Bruder.«

Cameron wiederholte nochmals die Grußformel, eine unabdingbare Geste, wenn man seinen wirklichen Namen ausspricht: »Lo Sing«. Er überlegte, welche Kreditkarte er verwenden würde, mit welchem Decknamen. Er entschloß sich, im angelsächsischen Sprachraum zu bleiben. »William Pelican. Aber du, Bruder, kannst mich Bill nennen.«

Vom China Down war nicht das geringste zu sehen. Der chinesische Bedienstete führte ihn etwa zwanzig Meter vom Zentrum des Lichtstrahls fort. Dorthin, wo er kein Restaurant entdecken konnte. Bis Cameron eine kleine Kuppel aus Metall und Glas erblickte, die sich aus dem frisch gemähten, nach Gras und Rosmarin duftenden Rasen erhob. Die Kuppel öffnete sich. Gedämpfte Beleuchtung. Der Chinese ging voran: abwärts.

Das China Down war dort unten – unter der Erde.

Ein langer, abschüssiger Gang führte zu einer goldenen Tür. Aus dem Innern: Stimmengewirr. Musik. Geschnatter. Der Gang: ein edler, roter Designerteppich; die Wände waren mit leuchtend rotem Stoff bespannt; die Decke ebenfalls. Das Licht kam von hinter den Wänden, die durch eine dünne Lichtmembran von der Decke abgesetzt waren. Im Gang: weitere Chinesen, Reiche mit monegassischem Paß und glänzenden, von Alkohol überfließenden Augen. Vor Cameron und dem Chinesen: ein endloser, nackter weiblicher Rücken, der mit jedem Schritt hin und her wogte, ein Arm im Smoking, der ihn umklammerte, um seine Besitzansprüche zu unterstreichen.

Cameron stieß mit dem breiten Kreuz eines graumelierten Mannes zusammen, der gerade herauskam. Der pflanzte sich sofort vor ihm auf, Cameron verneigte sich, bat demütig um Vergebung und lächelte seinem chinesischen Begleiter zu, der sein Lächeln erwiderte.

Vor der goldenen Tür: zwei Türsteher in blauem Satin mit ausdruckslosen Gesichtern. Sie öffneten die Tür. Öffneten das Stimmengewirr. Der bloße Rücken und der Arm und dahinter Cameron und der Chinese wurden verschlungen.

Und der Raum explodierte.

Das ist der Turm von Babel. *Innenansicht.*

Er schraubt sich sieben Stockwerke in die Tiefe: ein unterirdischer Wolkenkratzer, den man nur von innen sehen kann.

Der Weg hinab ist eine Spirale: eine gigantische Spirale.

Cameron sah den Chinesen an. Das bunte Licht spiegelte sich auf seinem Wachsgesicht, er lächelte zuvorkommend, neigte ein wenig das Haupt und sagte: »Folge mir, Bruder.«

Die Spirale war ein einziger Gang, der bis auf den Grund hinabführte. Mit offenem Mund folgte Cameron den gewissenhaften Schritten des Chinesen. Die Mitte des China Down war leer. Die Tische säumten eine Art Balustrade, die an der Spirale entlanglief. Man saß auf der Wandseite. Cameron überschlug: Zwischen einem Tisch und seinem Pendant auf der gegenüberliegenden Seite waren es mindestens vierzig Meter Distanz, vierzig Meter Leere. Er warf einen Blick über die Balustrade: dreißig Meter Tiefe. Man betrat das Gebäude auf Höhe der Decke. Von ihrer Mitte hingen Tausende von Fäden herab, an deren Enden kleine Brillanten hingen: Das Ganze sah aus wie ein Spinnennetz, von dem Speichel perlt. Diese Diamanten waren durch Lichtreflexe miteinander verbunden, ein Netz von schillernden Lichtern, das sich pausenlos veränderte, wobei sich jeder Zirkon in den anderen spiegelte und die Gesamtheit der Fäden ständig von einem leichten Luftzug bewegt wurde. Verschob sich auch nur ein Edelstein, so veränderte sich das Spiel des Lichtes überall, da jeder Stein die anderen widerspiegelte.

Die Tische entlang den Wänden der absteigenden Spirale waren voll besetzt. Die Akustik: überwältigend. Lauschte man aufmerksam, konnte man auf Höhe der Decke noch die Gespräche an den Tischen der untersten Ebene hören – wenn auch als unentwirrbares Gemurmel. Chinesische Oberkellner liefen geschmeidig zwischen den Tischen und den Türen, die in die Küchen führten, hin und her. Pro Ebene gab es eine zentrale Küche, aus der weißes Licht strömte. Ansonsten war alles rot: die samtenen Stoffbahnen, die über der Balustrade hingen, der Teppich des kreisrunden Gangs nach unten, die Tischdecken aus Brokat. Ein Effekt, der weit über Kitsch hinausging – Cameron war die Feuerwerksblumen von Peking gewöhnt, doch diese Konstruktion übertraf alles, was er kannte.

»Findet das Lokal dein Gefallen, Bruder?« fragte der chinesische Bedienstete.

Nach einer Weile wurde ihm klar, daß das dichte Netz der perlenbesetzten Fäden nicht den gesamten leeren Innenraum bedeckte, der von dem spiralförmigen Gang aus einsehbar war. Die Tische waren so plaziert, daß die Gäste freien Blick auf die leere Mitte hatten. Cameron fand keine Zeit für die Frage, was denn dort stattfinden sollte. Das große Schauspiel begann.

Im Inneren der leuchtenden Spinnweben, im Geflecht der Fäden verliefen genau senkrecht zwischen Decke und Boden zwei Korridore. Leerer Raum im Innern des Raumes, der aus perlenbesetztem Gewebe bestand.

Dieser Raum wurde alsbald durchquert.

Von wem?

Von den Gottheiten.

Während er den langen, spiralförmigen Gang entlangspazierte, sah Cameron, wie die Himmlischen Zwillinge Ho-Ho, Inbilder des Reichtums, die man in ganz Peking abgebildet findet, von unten nach oben schnellten – zwei Jünglinge mit langem Haar, das ihnen bis auf den Rücken fällt, der eine hält eine Lotusblüte und der andere eine Schale, aus der Weihrauch aufsteigt. Die Himmlischen Ho-Ho-Zwillinge wurden in hohem Tempo nach oben gesogen. Die Gäste des China Down verstummten.

Es war wie Bungee-Jumping in die umgekehrte Richtung.

Die Gottheiten stiegen auf.

Es handelte sich um Akrobaten, die aufgrund der Kunststücke, die sie vollführten, ganz außergewöhnliche Athleten sein mußten.

Sie hingen an einem elastischen Seil.

Und vollführten die komplizierten Verrenkungen, ohne die Lotusblüte und die Schale zu verlieren.

Cameron und der Chinese standen da und schauten. Die Akrobaten sausten nach oben, und Cameron nahm einen Hauch Weihrauch wahr.

Sie hatten die Decke noch nicht ganz erreicht, als die Hölle losbrach.

Das perlenbesetzte Gewebe begann überall zu vibrieren.

Ein Gong erklang.

Zehn schwarzgekleidete dämonische Gestalten bewegten sich langsamer abwärts als die nach oben schnellenden Zwillinge. Cameron war verblüfft: Die Szenen der zehn chinesischen Höllen, mit denen das öffentliche Bad in Peking geschmückt war: Hier nahmen sie Gestalt an.

Die Männer, die senkrecht nach unten fielen, waren keine Menschen, sondern Würdenträger. Doch welcher Institution? Der einzigen, die es gab: der göttlichen. Als Affen Gottes waren sie die Würdenträger der zehn Höllentage, welche die Menschen durchleben müssen, um in Gestalt von Geistern und Tieren wiedergeboren zu werden. Die Kaiser sehen wie hypnotisiert zu: Abgebildet war dies alles im Dongyue-Tempel in Taiwan.

Die Männer in Schwarz fielen langsam in die Tiefe, verrenkt, aneinandergepreßt.

Eine außergewöhnliche Darbietung.

Sie hielten brennende Wunderkerzen in den Händen: eine Parodie auf die Erschaffung der Welten.

Sie waren die Höllenrichter.

Die Höllen der Chinesen sind das, was ein Westler unter dem Paradies versteht – sofern er sadomasochistisch veranlagt ist.

Erscheinen ist die Hölle.

Was begriffen die Millionäre aus dem Westen, die sich mit offenem Mund vorbeugten, von diesem Schauspiel? Nichts.

Was sollte dieses Schauspiel darstellen? Genau das: nichts.

Der Meister der Seerose hatte Cameron erklärt: Symbole sind etwas für unreife Geister. Wir Chinesen werden euch die frohe Botschaft überbringen: das Nichts. Inzwischen könnt ihr euch mit Symbolen vergnügen.

Während die Höllenrichter in die Tiefe sanken, amüsierten sich die Reichen.

Doch bald darauf war alles vorbei. Ein zweiter Gong markierte das Ende des kurzen Schauspiels. Nach einem Beifallssturm fingen alle wieder an, zu plaudern und Blödsinn zu reden.

Der chinesische Bedienstete lächelte.

Cameron: »Ihr werft ihnen die Zwillinge Ho-Ho zum Fraß vor.«

Der Chinese nickte und antwortete: »Sie kennen ihre Namen nicht, also können sie ihnen nichts anhaben.« Und er fügte hinzu: »Das Schauspiel wiederholt sich jede halbe Stunde.«

»Ich nehme an, mit immer neuen Gottheiten, Bruder.«

»So ist es, Bruder. Beim nächsten Auftritt werden sie He Xiangu sehen.«

»Die einzige Frau unter den acht Unsterblichen.«

»Ja, Bruder. Diejenige, die aufsteigt. Und das wird sie auch tun. Es ist ein wunderbares Schauspiel.«

Cameron: »Sind das Artisten?«

»Allerdings. Sie treten in Fürst Rainiers Zirkus auf.«

»Fürst Rainier hat einen Privatzirkus?«

»Ja, Bruder. Das ist natürlich Possenreißerei. Aber das hier, wie du siehst, nicht.«

Sie lächelten schweigend. Und Cameron wiederholte die rituelle Dankesgeste.

Der Chinese führte ihn bis auf halbe Höhe nach unten. Dort stand ein runder Tisch: Der war für den »Bruder« aus dem Westen reserviert.

Der Chinese ließ Cameron Platz nehmen.

Er reichte ihm die Karte.

Dann verabschiedete er sich; er werde wiederkommen.

Cameron warf nicht einmal einen Blick hinein, sondern trat an die Balustrade.

Auf dem Grund des riesigen, leeren Zylinders, der die Mitte dieses unterirdischen, hohlen Turms bildete, erblickte Cameron unter dem Glitzern der Perlen, während sich die herabhängenden Fäden zu immer neuen Formen verstrickten, die unterste Ebene des Lokals, die alles beherrschte.

Es war ein Yin-Yang-Symbol.

Von den metaphysischen Punkten, die die Farben des Yin-Yang-Zeichens umkehren – dem weißen Punkt im schwarzen Yin, dem schwarzen Punkt im weißen Yang –, nahmen die senkrechten Luftkorridore ihren Ausgang, in denen die Akrobaten ihre Kunst zur Schau stellten.

Dort unten erblickte Cameron plötzlich die fette Gestalt des Franzosen.

Es war Guérin Sérac.

Er war hier.

Cameron hatte ins Schwarze getroffen.

Giorgio Calimani
Novate Milanese, 7. September 2002, 19:55

Mailand, die Unendliche Stadt.

Auf dem Weg nach Novate, auf dem Weg zur Genossenschaft Fang Chen, auf der Suche nach den toten Chinesen. Was für Tote? fragte sich Calimani.

Man glaubt, man kommt nach Mailand, aber tatsächlich betritt man das Universum.

Lopez hatte ihm eine perfekte Wegbeschreibung gegeben. Lopez war einsame Spitze. Calimani hoffte, daß er ihm bei der Agentur ein paar Türen öffnen würde. Mit Lopez arbeiten war genau das Richtige. Der ging einem nicht auf die Nerven. Calimani hatte die Schnauze voll vom Präsidium. Die Via Fatebenefratelli schnürte ihm die Kehle zu. Der Chef Santovito trieb ihn in den Wahnsinn. Lopez hatte Verstärkung angefordert, und Calimani hatte alles dransetzen müssen, um seinem Chef Santovito die Erlaubnis abzuringen. Der Mann war einfach nicht totzukriegen: Er rauchte wie ein Schlot, aber der Tumor ließ auf sich warten.

Auf dem Weg nach Novate, über breite kurvige Nebenstraßen, über gewundene Wege, die manchmal zu Hochstraßen werden und sich dann wieder in verlassene Landstraßen verwandeln.

Calimani war in Gedanken. An einer Kreuzung sah er eine Tankstelle. Er erinnerte sich: Hier hatte er vor zehn Jahren einen Einsatz gehabt, zusammen mit Lopez. Der Tankwart besaß eine Pistole, er hatte abgedrückt. Ein Überfall. Er hatte den Räuber umgelegt. Dann zog er dem Räuber die Maske vom Kopf: Es war sein bester Freund. Der Tankwart hieß Fausto, erinnerte sich Calimani. Armer Hund. Unglaublich, wie ähnlich der Tankwart Calimani sah. Lopez hatte ihn damit aufgezogen: Ich loche dich ein und nehme Fausto mit in die Ermittlungsabteilung: Merkt sowieso keiner.

Lopez.

Die Chinesen.

Die Chinesen sind alle gleich. Hier in Mailand ist alles anders.

Ein Feldweg. Im vertrockneten Gras daneben ausrangierte Waschmaschinen, ausrangierte Waschbecken, Mülltüten, Zeitungen, ein Kinderwagen ohne Räder.

Weiter vorn ein ausgeschlachteter Peugeot 405.

Verrostete Tonnen. Was da wohl drin sein mochte.

Die Einsatzwagen: schnell.

Calimani: Zur Agentur wechseln. Wo einem keiner auf die Nerven ging. Ja, reisen. Langsam leben, um wieder Gas zu geben, so wie Lopez es getan hatte: Urlaub in Athen, ein Fall, den die Ermittlungsabteilung in der Via Fatebenefratelli ohne weiteres selbst abwickeln könnte – nur für das dreifache Gehalt und ohne Vorgesetzte, die einem auf die Nerven gingen.

Es gibt keine Vorgesetzten.

Es gibt sie nicht. Wer hat in der Agentur das Sagen? Wo sind die Vorgesetzten? Montorsi baute gerade den harten Kern einer europäischen Ermittlungseinheit auf. David Montorsi war ein schlauer Bursche, ein alter Fuchs. Calimani hätte sonstwas dafür gegeben, unter Montorsi arbeiten zu dürfen. Keine Bürokratie, die Macht weit weg, keiner geht einem auf die Nerven. Nicht wie bei der Ermittlungsabteilung, wo man homosexuelle Affären einflußreicher Bürger unter den Teppich kehren und aus einem Homo-Fall einen Diebstahl machen mußte, wo man brave Katholiken verstecken mußte, indem man sie aus der Kokserszene der Hauptstadt holte, wo man Kindermädchen spielte.

Und wer paßt auf mich auf? fragte sich Calimani. Seit seine Frau ihn verlassen hatte, das wußte er, merkte man ihm den ewigen Pechvogel an, den Unglücksraben, Lopez sagte es ihm immer wieder.

Lopez dagegen war einfach Spitze. Keine Frauen, nur Nutten. Über die Vergangenheit sprach er nie. Calimani sagte sich: Er hat bestimmt schlechte Erfahrungen gemacht, eine unglückliche Liebe, die ihm nachhängt. Lopez ließ sich das Unglück nicht anmerken. Frauen … Seine Frau, die Schlampe, warf ihm Knüppel zwischen die Beine, erlaubte ihm nicht, seine Tochter allein zu sehen, nicht einmal seine Kontakte konnten ihm da helfen. Calimani fragte sich: Wenn schon einem Inspektor bei der Ermittlungsabteilung die Kontakte nichts nützen, was macht dann einer, der gar nichts hat?

Mailand ist die Stadt der Trennungen.

Mailand ist das Reich der Trennung.

Wie viele Freunde hatte er mittlerweile, die sich allein Spiegeleier brieten, zuerst in zweitklassigen Apartments und jetzt in Zweizimmerwohnungen in den Vorstädten? Sex war dabei gar nicht das Problem, das bekam man immer hin. Es ging um das Getrenntleben. Calimani dachte: Ich bin nicht mal katholisch, und trotzdem macht mir die Trennung zu schaffen. Und wie. Die anderen spielen die Barmherzigen, reden aus Mitleid mit dir. Sehen dich als Pechvogel.

Das ist nicht Liebe, das ist Perversion.

Und dann die Arbeit. Also: weg hier. Ab zur Agentur. Er hielt dieses Leben einfach nicht mehr aus, den Schichtdienst, den ständigen Ärger. Wozu das Ganze? Er hatte einen Kumpel, einen Lehrer, der war in die Provinz Cuneo gezogen; er hatte sich als behindert ausgegeben, strich pro Monat fünfhundert Euro Invalidenrente ein, hatte den Schuldienst an den Nagel gehängt. Es war ihm einfach alles zu viel geworden.

Der Kumpel sagte: Lehrer sind wie Polizisten. Wozu das Ganze?

Die Kollegen in Genua, die zuschlugen, ein ums andere Mal.

Und Pasolini mit seiner Geschichte, von wegen die Bullen

seien die wahren Proletarier, der konnte ihm auch gestohlen bleiben. Calimani dachte an die, die er persönlich kannte: Jetzt waren sie alle verrückt nach Handys, mit denen man digitale Bildchen verschicken konnte.

Was heißt das überhaupt, Proletarier?

Die zivilisierten Leute, für die er arbeitete: Die gingen ihm auf die Nerven. Die Vergangenheit war gar nicht das Entscheidende – auch er, wie Lopez, wie die meisten anderen, war einmal auf die Barrikaden gegangen. Er war ein Genosse gewesen – und was war er jetzt? Wer waren die zivilisierten Menschen, die auf ihren Balkonen in Molino Dorino Geranien züchteten? Irgendwo tief in seinem Inneren gestattete er sich noch Gewissensbisse. Er gestattete sich noch ein Gewissen und Selbstkritik: das Reich der Bilder und die Hypnose, die Gefühllosigkeit, die davon ausgeht, der Haß auf das Leben, auf alles, was frei ist, was sich bewegt und fließt. Die Depression, die ansteckenden Schuldgefühle wie der Kuß eines Vampirs: Schämst du dich nicht, glücklich zu sein, nimm dir ein Beispiel an mir, ich werde dich nicht loslassen, bevor du nicht sagst: »Ich bin schuld, ich bin schuld« – die unwürdige, von allen Depressiven ausgehende Seuche, die Neurose als einzige Krankheit, die darin besteht, andere krank zu machen. Die überall verbreitete Laissez-faire-Mentalität: Ich kann betrügen, stehlen, ein Halsabschneider sein, ich kann morden, aber immer im Namen des Gesetzes, und Papa und Mama können stolz auf mich sein.

Der jämmerliche Wunsch, geliebt zu werden, das Quengeln, nicht genug geliebt, nicht »verstanden« zu werden. Das »schmutzige kleine Geheimnis«, auf das die Sexualität reduziert wurde …

Es ist alles meine Schuld, schuld sind immer die anderen. Die Chinesen sind schuld.

Nein, es hatte keinen Sinn mehr.

Besser gutes Geld verdienen, weggehen, reisen.

Frauen.

Arbeit.

Die Chinesen.

Wer war denn noch motiviert weiterzumachen?

Sie hatten ihr Ziel erreicht.

Die Chinesen brachen gerade ihre Zelte ab.

Calimani forderte Verstärkung an.

Es kam zu einem Handgemenge.

Calimani forderte noch mehr Verstärkung an.

Lopez hatte recht. Der weiß Bescheid. Das ist der, auf den wir gewartet haben, der, den wir angerufen haben, der, der alles weiß. Die Chinesen waren dabei, ihre Spuren zu verwischen.

Jemand hatte sie vorgewarnt.

Als die Situation unter Kontrolle war, stieg Calimani aus dem Einsatzwagen, steckte sich eine Zigarette an und sah einem der knapp dreißig Chinesen, die im Scheinwerferlicht an der Wand standen, ins Gesicht.

»Wer ist hier der Chef?« fragte er.

Die Genossenschaft Fang Chen nahm ein Viertel des verlassenen Fabrikgebäudes in Gasse 25a der Via Cavour ein.

Die Anfahrtszone der LKWs.

Die LKWs waren voll beladen. Die Chinesen waren dabei, ihre Zelte abzubrechen. Die Verstärkung traf ein. Ein Großeinsatz. Eine Lawine.

Die LKWs nach toten Chinesen durchsuchen.

»Mann, die klauen Leichen … So weit ist es schon gekommen … Jetzt bringen die nicht nur Illegale ins Land, sondern schicken sie auch illegal zurück. Wenn sie tot sind eben …«, sagte Calimani zu Santovito, der sich natürlich ebenfalls eingefunden hatte, ohne daß ihn jemand darum gebeten hätte. Aber Lopez hatte einen Treffer gelandet, da war etwas geboten.

Die LKWs wurden durchsucht: von Leichen keine Spur.

Statt dessen: eine Menge Fässer in den Containern, randvoll

mit Giftmüll, Säure, radioaktivem Zeug, unzureichend versiegelt.

Woher hatte Lopez nur gewußt, daß man hier Säurefässer finden würde? Er hatte die Experten von der Spurensicherung angefordert, und die sperrten jetzt alles ab, ließen niemanden in die Nähe der Fässer.

Die dreißig Chinesen an der Wand, im Scheinwerferlicht: Sie rauchten, keiner sprach.

Calimani ließ sie abführen. Sogar der Chef schien kein Wort Italienisch zu können.

Das Lokalfernsehen traf ein. Der Sender Tg3. Santovito, hypernervös: Wenn wir keine Leichen finden, stehen wir ziemlich blöd da. Dann haben wir nur widerrechtliche Entsorgung von Sondermüll.

Calimani: »Illegale Einwanderung schon auch. Nicht nur widerrechtliche Entsorgung.«

Santovito: »Wir brauchen Leichen.«

Lopez traf ein.

Ein Einsatzwagen setzte ihn direkt vor Santovito und Calimani ab.

»Was gibt's Neues?« fragte er.

Santovito: richtig schlecht gelaunt.

Lopez, unbeirrt: »Reg dich nicht auf, Giacomo. Das hier fällt unter die Zuständigkeit der Agentur. Du kannst dich allenfalls mit den Verdiensten schmücken. Komm schon, da drüben steht der Kameramann. Geh schon und gib dein Interview, sag, du bist zufrieden ...«

Santovito riß sich mit größter Mühe zusammen. Er stand kurz davor zu explodieren. Calimani ging dazwischen. Santovito ging seine Interviews geben.

Lopez zu Calimani: »Und?«

»Keine einzige Leiche.«

»Nein, nein. Die Leichen haben wir.«

»Unsinn, Guido. Hier gibt es nicht die Spur einer Leiche. Nur Illegale. Und Giftzeug, das sie gerade verschwinden lassen wollten. Jemand muß ihnen gesteckt haben, daß wir unterwegs sind oder daß wir die Leichen in Malpensa gefunden haben. Hier gibt's nur Fässer und Illegale.«

»Genau. Wenn es hier einen Illegalen gibt, dann nur, weil es auch eine Leiche gibt. Kapierst du nicht, worum es hier geht? Die Leichen sind alle in den LKWs.«

Calimani, kopfschüttelnd: »In den LKWs sind keine Leichen. Die Spurensicherung hat alles abgeriegelt, sie arbeiten schon daran. Es gibt nichts als Fässer. Fässer mit Säure.«

Lopez schob Calimani zu den Beamten von der Spurensicherung. Der älteste von ihnen, ein müder, bläßlicher Schnauzbart, fragte, wie es weitergehen solle. »Auf den ersten Blick ist es Schwefelsäure. Sollen wir das Zeug entsorgen?«

Lopez sagte, er wolle eine *sofortige* Untersuchung: nach Spuren von menschlichem Fett. »Blasen: An der Oberfläche muß es Blasen geben. Wie bei einer Fleischbrühe: die Konzentration von Fettaugen an der Oberfläche der Brühe.«

Der Mann von der Spurensicherung warf Calimani einen Blick zu, als wollte er sagen: Der hat sie doch nicht alle.

Aber er führte die Untersuchung durch.

Die Fernsehteams zogen wieder ab.

Für Santovito war es besser gelaufen als gedacht.

Er ging zu Calimani und Lopez. »Nun?« fragte er.

Lopez drehte sich um und antwortete: »Wir haben die Toten gefunden, nach denen du gesucht hast.«

Der Typ von der Spurensicherung kam langsam auf sie zu, streifte die Handschuhe ab, eine Geste, aus der unendliche Geduld und Skepsis sprachen. Er legte die Schutzbrille ab. Sah Lopez, Calimani, Santovito an: »Der Inspektor hat recht. Sie haben in den Fässern menschliche Leichen aufgelöst.«

Lopez: »Ich bin nicht mehr Inspektor.«

Sie drangen in das Labyrinth von alten, verfallenen Mauern ein, in die Ruinen eines ehemaligen Industriekomplexes. Überall ein scharfer Gestank nach Fritiertem und Kot. Überreste von Schlaflagern, Feuerstellen, Zigarettenstummel, alte Kartons. Ein leuchtendblauer Campingkocher. Durchdringender Gestank. Ein haarloser Köter lief vorbei. Die Beamten gingen hin und her, leuchteten mit Stablampen herum, erhellten Stück für Stück die Dunkelheit: Mauerreste, Ziegel, eine verdreckte Decke, zusammengedrückte Bierdosen. In einer Ecke ein verbeulter Alutopf. Das war zweifellos der Gebäudetrakt, den die Chinesen an die illegalen Einwanderer vermieteten – sicher an Chinesen, aber den Spuren nach auch an Nordafrikaner und Leute aus dem Mittleren Osten.

Weiter hinten, in dem Teil des Gebäudes, wo sie die Fässer lagerten und wer weiß wie das Fleisch verarbeiteten: Dreck, geronnenes Blut – und ein anderer Gestank, nach Ammoniak.

Der Ammoniakgestank von Fleisch.

Eine Wand voll Gefrierschränke, die die Beamten geöffnet hatten und in die sie jetzt die Köpfe steckten.

Der Ammoniakgestank von Kühlaggregaten.

Der haarlose Köter lief zwischen den Beamten umher. Dann war er verschwunden. Man hörte ihn draußen in der Dunkelheit heulen.

Calimani: »Also, Guido … Ich kapier das nicht … Ich hab dir die Einsatzfahrzeuge zum Schlachthof geschickt. War da was, im Schlachthof?«

»Das untersuchen wir gerade. Ich habe Leute dortgelassen, die alles durchkämmen. Ich glaube nicht, daß sie im Schlachthof fündig werden. Hier sind wir richtig – hier haben sie die Leichen aufgeladen. Die Leichen sind alle hier.«

»Aber …«

»Du glaubst doch wohl nicht, daß sie alle Toten illegal in die

Heimat überführen? Was wir in Agratis Container gefunden haben, ist genau das, was deklariert war: wertvolles Fleisch. Das waren reiche Leute. Identifizieren können wir sie nicht. Wenn es die Agentur verlangt, versuche ich es. Aber du weißt ja, wie das bei den Chinesen ist: Da macht keiner das Maul auf.«

»Tja ...«

»Es würde mich schon sehr wundern, wenn wir die Toten identifizieren können.«

»Und die Leichen, die sich in der Säure auflösen?«

»Warte, bis ich die Chinesen in die Mangel nehme. Warte, bis ich den Chinesen in die Mangel nehme, der den Schlachthof geleitet hat. Und warte, bis ich mit unserem Einwanderungsexperten geredet habe. Ich kann dir sagen, was sie mit den Toten anstellen: Sie verwenden die Papiere weiter.«

»Was?!«

»Du sagst es ja selbst: Die Chinesen sind alle gleich. Wenn einer stirbt, hinterläßt er seine Papiere den Überlebenden – und die verkaufen sie dann untereinander weiter, an die Illegalen. Jede Wette ...«

»Und die Leichen bei Agrati?«

Lopez massierte seine Nackenmuskeln: steinhart vor Streß. »Das interessiert mich gar nicht so brennend. Die Frage lautet: Was ist mit Agrati?«

»Also, du meinst, was hatte Agrati für schmutzige Geschäfte ...«

»Ja. Und nicht nur er.«

Im Einsatzwagen, unterwegs nach Mailand.

Calimani fluchte leise auf die Scheißchinesen.

Eine Nacht voller Verhöre wartete auf ihn.

Er mußte für Lopez arbeiten, weil Lopez schlau war und die Drecksarbeit der Ermittlungsabteilung überließ: das, was die Chinesen anging. Ihn interessierte Agrati. Der Agentur sind Novate Milanese und die illegalen Einwanderer dort egal. Die

Agentur interessiert *Europa*. Nur gibt es Europa nicht – Novate Milanese dagegen schon.

Calimani hatte keine Lust, die ganze Nacht Chinesen auszuquetschen.

Lopez saß schweigend neben ihm.

Schließlich klingelte Lopez' Satellitentelefon.

Calimani hörte, wie er zuhörte, hörte das schwache Quäken des Anrufers. Er hörte, wie Lopez kurz und bündig antwortete: »Ja.«

Stefan Wundsam, Christa Baumann
Hamburg, 7. September 2002, 21:40

Die Unterkunft: das Sheraton unweit von Schiphol.

Ein anonymer – anonymisierender – Bau.

Weiß, hoch, riesengroß: leer. Von schwebenden Fluren durchzogen. Alles aus Metall – krankenhausweiß.

Geschäftsmänner, Edelnutten – alle anonym. Die Nutten liefen über die Flure wie über eine Galerie. Sie gingen auf leisen Sohlen: kein Wunder, denn der Boden war überall mit flauschigem, hellblauem Teppich ausgelegt.

Geschäftsleute. Idioten.

Eine Gruppe von chinesischen Geschäftsleuten wirkte verschlagener als eine Gruppe von japanischen Geschäftsleuten. Die Japaner sind die bankrotte Vergangenheit; die Chinesen die Zukunft des Erfolgs.

Am Empfang sorgten Wundsam und Christa erst mal für Verwirrung. Sie hatten sich nicht abgesprochen, waren sich nicht einig: ein oder zwei Zimmer?

Wundsam sagte: Zwei.

Christa sagte: Eins.

Die Rezeptionistin war verunsichert: Also eins oder zwei?

Wundsam, wie der letzte Trottel: Eins, ich meinte eins.

Christa verzog den Mund zu einem Lächeln. Wundsam schmolz dahin.

Mit Andrea war es so gekommen, wie es kommen mußte.

Ein Zimmer mit Doppelbett im dritten Stock. Draußen flogen die Boeings vorbei.

Kaum hatte das Zimmermädchen die Tür hinter sich geschlossen, fielen sie übereinander her.

Sie machte den ersten Schritt.

Sie lachte, während sie sich gegenseitig leckten. Ihre Stimme war rauh. Sie lachte heiser: »Zwei, Fräulein, zwei Zimmer bitte… Wir sind auch ganz brav und spielen keine Spielchen… Das ist unser schmutziges kleines Geheimnis…«

Und sie leckte ihn unermüdlich.

Sie leckte sein Gesicht.

Sie schob ihm ein Knie zwischen die Beine: Sie tat ihm weh. Je mehr sie ihm weh tat, desto mehr leckte sie ihn.

Ihr Speichel war köstlich, zuckersüß und frisch.

Sie schob ihm eine Hand zwischen die Beine. Griff zu. Preßte ihm die Eier zusammen. Er wand sich, sie bremste seinen Reflex, biß ihn in die Zunge.

Hielt ihn fest.

Indem sie einfach mit Daumen und Zeigefinger gegen seine beiden Zahnreihen drückte, öffnete sie ihm den Mund. Leckte ihm die Zunge.

Ihr »schmutziges kleines Geheimnis«.

Da hatte er einen Geistesblitz. »Du würdest es lieber mit Lopez treiben, stimmt's? Du wärst gern hier mit Lopez…«

»Ich fände es schön, wenn Lopez *auch noch* hier wäre.«

Sie ließ sich stundenlang lecken, hielt nicht still, setzte sich auf seinen Mund, ihr Perineum streifte sein Gesicht.

Ein wildes Kreisen.

Sie machte ihn ganz naß.

Ihm war kalt und heiß zugleich.

Ihr Speichel schien gar nicht mehr zu trocknen.

Sie rieb sich mit den Hüften an ihm. Wollte nicht, daß er ihn ihr reinschob. Er begann, an den Hoden und in der Nierengegend einen dumpfen, alles betäubenden Schmerz zu spüren.

Mit kleinen Zungenstößen gegen die Vorhaut stimulierte sie seine Prostata. Sie folgten einer ganz eigenen Grammatik: Ich gebe mich hin – ich gebe mich nicht hin – ich gebe mich hin –

ich gehe – ich gehe, und du siehst mich nie wieder – ich gebe mich hin – ich gebe mich hin – ich gebe dir nach.

Das schmutzige Geheimnis.

Der Sexfrust.

Sie leckte ihn von hinten. Sie öffnete ihn. Sie zwang ihn, eine Frauenposition einzunehmen. Er spürte einen kühlen Luftzug. Er spürte gar nichts, tat so, als spüre er etwas.

Sie nannte ihn Hure.

Als er kam, war er erschöpft, erledigt, der Schmerz in der Nierengegend dauerte an, bei jeder Bewegung taten ihm die Hoden weh.

Sie nahm ein Bad.

Sie sprachen nicht.

Während sie badete, öffnete er das Fenster: ein Blick vom Sheraton auf das Nichts.

Als sie aus dem Bad kam, leckte sie ihn.

Dieses Mal simulierte er. Er dachte an Andrea.

Guido Lopez
Mailand, 8. September 2002, 00:55

Er hielt es nicht mehr aus, die Chinesen waren alle gleich.

Sie schüttelten den Kopf.

Sie waren die Menschen, die »nein« sagten.

Sie waren die Menschen, die sagten: »Ich weiß nicht.«

Es war, als wären sie gar keine Menschen.

Lopez hielt es nicht mehr aus, dabei war ihm klar, daß er gar kein Recht hatte, sich zu beschweren, denn die Drecksarbeit hatte er Calimani und den Kollegen von der Ermittlungsabteilung aufgehalst. Er war nur als Unterstützung dabei: probierte die besten Happen, pickte sich heraus, was ihn interessierte.

Calimani war wie immer gut in Form. Einer, auf den man zählen konnte.

Er machte Druck, quetschte aus, zeigte sich nachgiebig oder zurückhaltend. Erpressungsversuche mit Hilfe von Wutanfällen und Schmeicheleien. Lopez lächelte stumm. Er saß neben Calimani – nicht wie in amerikanischen Filmen hinter einem Spiegel. Die amerikanischen Filme waren auch nur Fälschungen. Lopez mußte das Verhör *live* über sich ergehen lassen.

Aber diese Typen, die Chinesen, antworteten nicht. Sie antworteten nicht einmal mit: »Nein«. Sie antworteten überhaupt nicht. Sie ließen einen Dolmetscher kommen, einen spindeldürren Chinesen, der sich jedoch nach zwei Minuten weigerte, weiter zu übersetzen. Calimani: »Ich sage dir, die haben ihn bedroht. Wir haben's nicht gemerkt, die verständigen sich mit Zeichen und Andeutungen. Die Chinesen sind wie die Sizilianer. Da macht keiner das Maul auf. Wann hast du das letzte Mal eine chinesische Schnalle mit einem Italiener gesehen? Unmöglich.

Die Familie macht dich fertig. Die Chinesen sind schlimmer als die Araber, viel schlimmer. Ein richtiger Clan sind die.«

Lopez: »Ein Clan mit einer Milliarde und zweihundert Millionen Mitgliedern.«

Calimani: »Wenn man die außerhalb von China nicht mitzählt.«

Lopez: »Egal, aber diesen Dolmetscher mach ich fertig. Entweder er dolmetscht, oder ich mach ihn fertig.«

»Da läßt der sich noch lieber umbringen. Was willst du denn machen, ihn einlochen? Dem ist das egal. Hauptsache, er hat sich nicht gegen die chinesische Gemeinschaft gestellt.«

»Herrgott noch mal. Für wen halten sich die Chinesen bloß? Für Gott?«

»Genau. Für die ist China Gott.«

»Wie bei den Juden.«

»Genau, ein auserwähltes Volk eben. Nur daß es diesmal eine Milliarde und zweihundert Millionen Menschen sind.«

Der Dolmetscher dolmetschte nicht weiter. Lopez holte sich bei Santovito eine Unterschrift. Dann steckten sie den Mann in eine Untersuchungszelle.

Sie suchten einen italienischen Dolmetscher.

Schließlich ließ sich der Experte für illegale Einwanderung auf dem Stockwerk der Ermittlungsabteilung blicken. Er hieß Lorenzo Mondo und war jünger, als Lopez gedacht hatte. Ein *kompetenter* Mann. Lopez war er sympathisch. Wie alt er wohl war? Dreißig? Knapp darüber vielleicht.

Der junge und kompetente Mondo hörte sich die Sachlage an. Calimani berichtete hastig. Lopez mischte sich nicht ein: Es gab Lücken, logische Sprünge, eine ungefähre Rekonstruktion der Ereignisse. Gelegentlich nickte der junge Mondo. Lopez achtete nur auf ihn.

Mondo dachte nach.

Er hatte alle Zeit der Welt und nahm sie sich auch.

Die Chinesen schwiegen.

Ihre Kleidung war auf ehrenwerte Weise abgetragen. An den Ellbogen durchgescheuerte, zerknitterte Jacken. Weiße Hemden, keine Krawatten. Dokumente legten sie nicht vor.

Mondo entschuldigte sich kurz. Verschwand. Kehrte mit dicken Aktenordnern zurück. Lopez überkamen Verdruß und Niedergeschlagenheit. Mondo spürte das. »Keine Sorge, Inspektor«, sagte er. »Es ist weniger kompliziert und geht schneller, als Sie denken.«

Lopez: »Ich bin kein Inspektor.«

Folgendes stellte sich heraus.

Es stellte sich heraus, daß Lopez richtiggelegen hatte.

Recycling. Die Chinesen machten in Recycling.

Mondo blätterte in seinen Papieren, fand den Bericht, den er suchte. »Hier. 12. Dezember 2001. Illegal abgeladener Sondermüll in Zone 7, zwischen Bollate und Novate Milanese.«

Lopez: »Was für Müll?«

»Zehn Fässer. Randvoll mit Säure. Die Anzeige kam von einem Anstreicher, der schwarz arbeitete und selbst Feststoffe auf der illegalen Müllkippe zwischen Bollate und Novate ablud. Er hat es mit der Angst bekommen, als er sah, daß Säure aus unversiegelten Fässern lief. In dem Bericht steht, daß der Boden bei Kontakt mit der Säure zischte, schäumte und Blasen warf. Der Anstreicher dachte, das wäre radioaktives Material, bekam es mit der Angst und rief auf dem Revier in Bollate an.«

»Und was habt ihr von der Immigration mit der Sache zu tun?«

»Einiges. Die Säure war nicht im besten Zustand. Sie war anscheinend mehrfach verwendet worden. Das ist wie bei Öl. Man kann es zwanzig-, vierzigmal zum Fritieren hernehmen – dann muß man's wegschütten, es wird giftig, ist nicht mal mehr zum Fritieren gut. Mit Säure verhält es sich genauso.«

Lopez nickte, er hatte verstanden. Calimani nicht. »Und was haben die in der Säure fritiert?« fragte er.

»Chinesen.«

Auf der Wache in Bollate konnten sie die entsprechenden Tests nicht durchführen, weshalb man die Spurensicherung der Mailänder Polizei hinzugezogen hatte. Die Leute von der Spurensicherung waren verblüfft: In zehn randvollen Säurefässern stießen sie auf Rückstände von Knorpeln, am Boden befanden sich Reste von sich zersetzenden Augen, Spuren diverser Kleidungsstücke, zerfressene Knochensplitter. Die Rechnung ergab mindestens vierzig Augäpfel. Mondo: »Ihr könnt es euch ja ausrechnen. Dort sind mindestens zwanzig Leichen aufgelöst worden. Vorausgesetzt, es handelte sich bereits um Leichen, als man sie in die Fässer warf.«

Lopez: »Und wie kommst du auf den Bericht?«

»Na, wegen der Augen. Es sind chinesische Augen.«

Calimani: »Weiß doch jeder, daß die Chinesen Schlitzaugen haben.«

Mondo schüttelte den Kopf: »Nein, das ist es nicht. Im Inneren des Augapfels von Chinesen gibt es einige spezifische Eigenheiten. Allerdings nicht nur bei Chinesen: bei allen Asiaten.«

Calimani: »Wie seid ihr dann auf die Chinesen gekommen? Konnten das nicht, was weiß ich, Japaner sein?«

»Zwanzig in Säure aufgelöste Japaner in Mailand? Zwanzig Laoten? Nein, nur die chinesische Gemeinde vor Ort ist zahlreich genug...«

Lopez: »Zahlreich...«

»O ja. Mailands Chinatown ist gemessen an der Einwohnerzahl die zweitgrößte chinesische Gemeinde Europas. Die größte ist die von Paris. Fast alle kommen aus Südchina. Anfang der 1990er Jahre hat Frankreich den Kampf gegen die chinesische Kriminalität verschärft. Ratet mal, wo die Chinesenmafia gelandet ist...«

»In Mailand.«

»Und in Rom. Ich verfolge noch immer einen Prozeß gegen dreiunddreißig Chinesen, die der Mitgliedschaft in einer kriminellen Vereinigung mafiösen Zuschnitts angeklagt sind. Ihr

Chef ist Lin Jian Hua, ein Mafiaboß aus dem Wenzhou-Lager. Die von Wenzhou streiten mit denen von Wencheng um die Vorherrschaft in Mailand. Keiner weiß davon, die Presse interessiert sich nicht dafür, die Fernsehsender noch weniger. Ich bin schon seit Jahren hinter den Schwarzen Gesellschaften her, aber das interessiert kein Schwein. Keiner kapiert, um was es hier geht, was hier bald los sein wird ...«

»Und zwar?«

»Die kaufen Mailand auf. Sie bezahlen in bar. Die Schwarzen Gesellschaften stehen in direkter Verbindung mit Gruppierungen, die von der Volksarmee kontrolliert werden, vom Militär in Peking. Dort drüben gibt es einen Boom. China ist auf dem Weg nach oben. Just in diesem Jahr hat China mehr ausländische Investitionen angezogen als die USA. In sieben Jahren wird China das reichste Land der Welt sein – sein Bruttoinlandsprodukt wird bald höher sein als das der Amerikaner. Sie verfügen über eine enorme Liquidität. Und sie investieren nicht im Inland. Armut sind sie gewöhnt. Für ihre Gesellschaft stellt Armut keinen destabilisierenden Faktor dar: Im Gegenteil, sie benutzen massive Armut als Machtinstrument. Und investieren im Ausland.«

»Das heißt, sie kaufen ...«

»Ja. In bar. Es gibt illegale Dollarströme, die alles bisher Gekannte in den Schatten stellen. Das Bargeld bringen sie zusammen mit den illegalen Einwanderern ins Land. Sie bezahlen ihre Käufe in bar: Wohnungen, ganze Häuser, Geschäfte. Das geht seit zehn Jahren so, aber niemand interessiert sich dafür. Die Verkäufer sind zufrieden: Die Chinesen bieten einen Preis, der ein Drittel über dem realen Marktwert liegt. Sie kommen zu dritt: der Käufer, das ist in der Regel ein Strohmann; ein Anwalt; und noch einer, dessen Funktion nicht ganz klar ist. Sie kommen mit Koffern voller Dollars oder Euros. Das ist kein Falschgeld – das ist Schwarzgeld. Daraus ergibt sich ein doppelter Effekt. Sie speisen riesige Mengen Schwarzgeld in den Geldkreislauf ein, unversteuert natürlich. Sie blähen buchstäblich die Deflation auf. Nicht, daß man das in Brüssel nicht wüßte: Aber sie lassen die Chinesen gewähren, warum, weiß ich nicht...«

Lopez erstarrte. *Nicht, daß man das in Brüssel nicht wüßte: Aber sie lassen die Chinesen gewähren.* Wußte es Montorsi und ließ er sie gewähren?

Mondo: »Das Kerngeschäft der Schwarzen Gesellschaften, die in Mailand operieren, war bis vor wenigen Jahren die illegale Einwanderung aus der Provinz Zhejiang nach Italien. Dann hat sich ihr Augenmerk auf ein anderes Feld verlagert: Wucher. Sie leihen sich untereinander Geld – Schwarzgeld, ohne die Möglichkeit, geliehene Summen einzuklagen, weil das ganze System illegal funktioniert. Es sind astronomische Summen im Umlauf...«

Calimani: »Ich hab's dir doch gesagt, Guido, ich hab's dir gesagt: Die sind ein Krebsgeschwür...«

Mondo nickte. »Das Bild trifft es genau: Der Tumor wächst, ohne daß man es bemerkt, und wenn der Schmerz erst explodiert, ist es zu spät.« Er blätterte in dem Aktenordner, zog eine Fotokopie heraus. »Hier, das ist die Kopie eines handschriftlichen Dokuments, das im Haus des Mailänder Mafiabosses Lin Jian Hua gefunden wurde. Hier die Übersetzung: ›Am heutigen Tag hat mir Jian Hua 20 Millionen Lire geliehen, zu deren vollständiger Rückzahlung binnen drei Monaten ich mich hiermit verpflichte. Im Falle einer unzureichenden Rückzahlung nehme ich alle Verantwortung auf mich. Des weiteren verpflichte ich mich zu monatlichen Zinszahlungen in Höhe von 2 Millionen Lire an den Kreditgeber, fällig jeweils zum 15. des Monats. Sollte ich dieser Verpflichtung nicht nachkommen können, verdoppelt sich die entsprechende Zinsschuld.‹ Hier die Unterschrift. Keine Banken: Das hier genügt. Und das ist nur einer von Hunderten solcher Zettel, die wir in den Papieren von Lin Jian Hua gefunden haben.«

Calimani: völlig baff. Lopez fragte: »Dann glaubst du, daß wir es mit illegalen Einwanderern zu tun haben? War in Novate ein Knotenpunkt?«

»Mit Sicherheit. Sie verbrennen die Leichen, um Reisepässe und Dokumente zu erhalten, amtliche Identitäten, die neuen Illegalen zugute kommen. Ein illegaler Einwanderer ist ... also, in Euros ... sagen wir, siebzehn oder achtzehntausend wert. Wenn der Einwanderer oder seine Verwandten nicht zahlen, wird er entführt. Schätzungen zufolge liegt die Zahl solcher Entführungen im Mailänder Hinterland bei circa dreihundert. Eine Genehmigung, zu ermitteln, bekomme ich nie, die Sache interessiert ja keinen. Wenn die Verwandten oder der Illegale kein Geld aufbringen, wird er umgelegt. Aber normalerweise wird er ausgelöst. Gezahlt wird in Italien oder in der Heimat, in Zhejiang, je nachdem. Der Handel mit Papieren hat beeindruckende Ausmaße angenommen. Über einen Zeitraum von fünfzehn Jahren sind in Mailand offiziell dreiundzwanzig chinesische Todesfälle gemeldet worden.«

»Dreiundzwanzig?«

»Dreiundzwanzig. Die *keren*, die Klienten, so nennen sie die illegalen Einwanderer, werden zunächst in Albanien gesammelt. Dort kauft man für ein paar Millionen Motorboote und setzt nach Italien über. Oder sie kommen zu Fuß, über Slowenien, durch die Wälder im Friaul, sie kommen zu Fuß, die Grenze ist voller Schlupflöcher. Sie werden nie erwischt, man schnappt nur die Maghrebiner, die Kurden, die aus dem Mittleren Osten. Die Chinesen nicht. Die haben viel zu viel politischen Einfluß. Mit denen läuft es ausschließlich nach dem Motto: Wir lassen euch in Ruhe, und dafür laßt ihr uns in Ruhe.«

Lopez: »Was ist mit Drogen?«

Mondo: »Ein unbekannter Kontinent. Man geht von folgenden Zahlen aus: 90 Prozent der Opiate, die nach Amerika importiert werden, stammen nicht aus Kolumbien oder Afghanistan. Das ist reine Propaganda. Diese Propaganda dient den Amerikanern dazu, ihre militärischen Interventionen in Afghanistan und Kolumbien zu rechtfertigen – oder in jeder anderen Region, die sie destabilisieren oder stabilisieren wollen. Von

Amerika aus wandert der Stoff normalerweise nach Europa. Aber die Produktion ist *made in Yunnan* – das ist der Teil von China, der an der Grenze zu Birma liegt. 90 Prozent der weltweiten Opiumproduktion findet dort statt, und alle tun, als wüßten sie von nichts. Mir untersteht eine Abteilung mit einem ganz bestimmten Aufgabengebiet: Immigration. Um Drogen kann ich mich nicht kümmern. Aber es ist klar, daß diese Leute neben illegalen Einwanderern und Giftmüll auch Drogen ins Land bringen. Die Vermarktung ist nicht ihre Sache: Das machen andere ethnische Gruppen.«

Lopez dachte nach. Lopez glaubte, verstanden zu haben. Jetzt wußte er Bescheid.

Das »Frischfleisch« ist kein Fleisch. Das »Frischfleisch« sind Drogen.

Darüber mußte er mit Montorsi sprechen.

»Es gibt noch zwei Leichen«, sagte er. »Chinesen. Wir haben sie in einem Frachtflugzeug mit dem Bestimmungsort Peking entdeckt, in Malpensa.«

Mondo nickte: »Das sind die Barone. Reiche Chinesen. Konfuzianismus und Taoismus verlangen eine Rückführung des Leichnams in die Heimat. Es ist eine Todsünde, nicht in der Heimat bestattet zu werden. Die Toten finden dann keine Ruhe. Nach China zurückzukehren ist eine Rückkehr zu den Göttern.«

Lopez und Calimani sahen sich an.

»Ihr müßt euch über eines im klaren sein: Es gibt keinen Chinesen im Ausland – nein, ich sage es andersherum: *Alle* Chinesen im Ausland gehören ausnahmslos einem Geheimbund an. Für uns ist das Freimaurerei, für sie so natürlich wie das Atmen.«

Calimani: »Da müßte man militärisch eingreifen. Wie bei den Arabern.«

Mondo: »Hinter den Arabern stehen die Chinesen.«

»Ohne Witz?«

»Weißt du, das hab ich von ihnen gelernt, von den Chinesen: Ich mache keine Witze mehr.«

Es kamen die auf Lopez' Wunsch schnellstmöglich erstellten Autopsieberichte der in Malpensa gefundenen Leichen. Leichnam A: Alter ca. sechzig Jahre; Todesursache: Infarkt; Spuren einer konservierenden, verwesungshemmenden Substanz. Leichnam B: Alter ca. 45 Jahre; Todesursache: Krebsmetastasen in Leber und Lymphsystem; Spuren einer konservierenden, verwesungshemmenden Substanz.

Sie waren gestorben. Sie hatten Geld. Sie hatten angeordnet, nach China überführt zu werden. Man hatte sie mit Konservierungsmitteln vollgespritzt. So würden sie die drei Reisetage unbeschadet überstehen. Dann würden sie verwesen wie jeder andere auch. Wir sind alle gleich, nicht nur die Chinesen: Wir neigen zum Verfall.

Lopez verzichtete darauf, Wundsam und Christa auf den neuesten Stand zu bringen: Die beiden trieben es wahrscheinlich gerade, verbrachten die Nacht zusammen. Er würde sie am nächsten Morgen anrufen.

Er besprach sich mit Calimani: Er wollte einen Bericht über die Säurefässer; er wollte einen Bericht über die auf frischer Tat ertappten Chinesen; er wollte Verbindungen zum Schlachthof, zu Agrati. Calimani sollte alle Hebel in Bewegung setzen, um Informationen über etwaige Offshore-Firmen sowie über Agratis offene und verdeckte Beteiligungen zu erhalten. Calimani sagte, er werde am nächsten Tag mit dem aufstrebenden Staatsanwalt reden. Er bat um mehr Zeit, Lopez erwiderte, die habe er nicht. Er werde Montorsi bitten, die Finanzanalysten der Agentur zu Rate zu ziehen. Es fehlten Kontakte, Verbindungen.

Wer war Mario Ros?

Was bedeutete »Frischfleisch«?

Wovor hatte Agrati Angst?

Warum hatte man einen Selbstmord inszeniert? Warum hatten sie auch die Frau umgelegt?

Was machte Agrati in Monte Carlo?

Das Spinnennetz bestand aus vielen Fäden, die Spinne sah man nicht, man sah sie nicht im Zentrum des Netzes, und vielleicht saß die Spinne gar nicht im Zentrum.

Es wurde fast schon Tag, als er in seine halb verlassene Wohnung zurückkehrte.

Die vertrocknete Pflanze war in der Sonne verbrannt, in sich zusammengesunken, schlaff, eine an mehreren Punkten geknickte Metallstange.

Er legte sich ins Bett.

Er dachte an China.

James Cameron, Stefan Wundsam,
Christa Baumann, Guido Lopez
Fürstentum Monaco, Amsterdam, Mailand –
Stadium der Phantasie und des Vorschlafs,
außerhalb der Zeit

Was bedeutet Frischfleisch?

Fleisch, das eitert, nicht mehr lebendig und noch nicht verwest, das nährt, das verkauft und getauscht wird, das in alle Richtungen Leben verbreitet, dorthin überführt, wo es nötig ist; Fleisch, um das schwindelerregende, immaterielle Ströme von Geld – also von Träumen, Ambitionen, also von feinster Materie – wogen und sich dabei vermischen und Gefräßigkeit auf Gefräßigkeit türmen?

Fleisch aus leuchtenden, wundersamen Fäden.

Fleisch, das gekaut wird. Mit den Zähnen, mit dem Körper.

Körperfresser-Fleisch.

Die Chinesen sind die Körperfresser.

Die Invasion findet im Traum statt, und die Welt ist ein Traum.

Alles ist so dunkel und friedlich und warm, wenn man seiner Phantasie freien Lauf läßt oder in den schwarzen Schlaf eintaucht. Alles ist so verworren. Man würde gern über das Frischfleisch nachdenken, doch statt dessen hört man auf zu denken. Wenn du deiner Phantasie freien Lauf läßt oder wenn du schläfst, dann denkst du nicht – das ist die Wahrheit.

Man gleitet auf den stummen Rand der Stille zu.

Die Amplitude der Gehirnwellen nimmt zu: Ins Frischfleisch des Hirns wird nur wenig Elektrizität eingespeist.

Guido Lopez verhedderte sich in seiner Bettdecke, ohne es zu merken, und hörte auf zu denken.

Stefan Wundsam verwechselte das Frischfleisch mit Christas Fleisch und sah, wie sich inmitten dieser Verwirrung das leuchtend weiße Fleisch seiner Frau Andrea ausbreitete.

Christa Baumann spürte keine Angst, als sich das Frischfleisch und der Name De Vlaeminck in ihrem Vorschlaf abzeichneten; sie öffnete die Lippen wie ein kleines Mädchen und produzierte, ohne es zu merken, eine kleine Blase aus Speichel.

James Cameron kehrte in die Zeit zurück, nachdem er sich daraus verabschiedet hatte, um sich den gewaltigen Strudel des Frischfleischs vorzustellen: Der chinesische Bedienstete des China Down beugte sich gerade an sein Ohr und flüsterte: »Der Herr lädt Sie ein, sich ihm anzuschließen«, und Cameron erhob sich von seinem Tisch im China Down, schüttelte die Schläfrigkeit ab, in die ihn seine Phantasie entführt hatte, und fragte: »Welcher Herr?«, und der Chinese antwortete: »Der Herr über all das, was Sie hier sehen.«

Zweiter Teil

Zentrum der Macht

Der Chinese
Fürstentum Monaco, 8. September 2002, 22:35

Er steht im Zentrum der Macht.

Er genießt es, im Zentrum der Macht zu stehen.

Er ist der Herr über alles, was man hier sieht.

Er ist da, um etwas zu tun – nein, um vieles zu tun. Er steht jenseits von Gut und Böse, denn er ist nur hier, um diese Aufgabe zu erfüllen, und im Zentrum der Macht gibt es weder Gut noch Böse. Wer könnte über das Zentrum der Macht urteilen?

Er steht im Zentrum der Macht, kein Zweifel. Er steht nicht nur *jetzt* im Zentrum der Macht. Er steht auch im Zentrum der Macht von *morgen*. Diese millionenschweren Idioten, von Freßsucht befallen, botulingesättigt, mit ihren starren, maskenhaften Gesichtern, aus denen sie sich die Falten wegoperieren ließen, mit ihrem teuren Rouge, ihren kurvenreichen, umwerfenden Geliebten, die sie in Satinbettücher hüllen und in halb geheimen Häusern verstecken, sie, die den Prinzen des Westens die Hand schütteln und Geschäfte machen, wo sie nur können – *sie* werden nicht mehr Teil des Zentrums der Macht sein. Morgen wird es ein anderes Zentrum der Macht geben, und sie werden kein Morgen sehen. Sie sehen sowieso nichts.

Er ist der Herr über dieses gesamte Etablissement, das China Down, und nicht nur das. Das Zentrum der Macht bleibt im verborgenen. Jetzt nimmt es seine Nahrung zu sich. Das Zentrum der Macht ist gefräßig.

In dem runden Saal *unter* dem Yin-Yang-Boden des China Down wartet er darauf, daß aufgetragen wird. Keiner sieht ihn, keiner weiß, daß er da ist. Das Zentrum der Macht ist unsichtbar. Er sitzt an einer runden Tafel genau in der Mitte des Saales. Wenn er den Blick zur Decke richtet, hat er sein ganzes

Lokal im Auge, denn der Boden des China Down ist ein venezianischer Spiegel: Er sieht die anderen, aber die anderen sehen ihn nicht.

Einmal in der Woche gönnt er sich das Köstlichste, was es gibt. Den Ober, der ihm die Speisenfolge serviert, hat er persönlich ausgewählt, und immer ist es ein knabenhafter Schwarzer von wundervoller Anmut. Das Zentrum der Macht hat zwiespältige, komplizierte Neigungen. Auch die Speisenfolge hat es höchstpersönlich ausgewählt, und es sind die kostbarsten Getränke und Speisen, die auf diesem Planeten zu finden sind. Das mag unglaubwürdig klingen, ist aber wahr. Das Zentrum der Macht verkehrt die Maßstäbe, das Falsche scheint wahr und umgekehrt, es ist jenseits von Gut und Böse, es wäscht sich in Gold und in Blut, es nährt sich von absolutem, undefinierbarem, zweideutigem Fleisch.

In diesem Moment ist er auch deswegen im Zentrum der Macht, weil er der reichste Mann ist, der seinen Fuß auf europäischen Boden setzt.

Er ist kein Europäer. Er ist Chinese. Er ist *der* Chinese.

Die läuternde Gewalt der Macht hat ihn nicht beschädigt, eher hat sie ihn geglättet und vollkommen gemacht, hat die Schrammen der Zeit, der Laster und verpaßten Gelegenheiten ausgemerzt. Eigentlich hat er keine Gelegenheit verpaßt. Aufgebrochen ist er aus einer baufälligen Hütte in der Region Hunan, und jetzt befindet er sich hier, genau in der Mitte der Welt, im Strom der subtilsten Geheimnisse und nachdrücklichsten Verführungen. Aus von Mücken und Käfern befallenen Reisfeldern hat er sich aufgemacht, um Blut zu suchen, und ist in Europa gelandet, im Fürstentum, an Orten, die von einer blutleeren Bevölkerung befallen sind, und diese ist ihrerseits befallen.

Er weiß: Wir Chinesen sind ein biblischer Heuschreckenschwarm. Europa werden wir verschlingen. Und es ist eine magere Kost, denn Europa gibt es nicht.

Er hat sich auf die Logen spezialisiert, die die »Wasserhähne«

unter ihrer Kontrolle haben – so nennen sie das in Yunnan: die Wasserhähne, die den Fluß von Einwanderern in die Welt hinaus öffnen, die unermeßliche Flut von Menschen, die unermeßliche Kolonisierung in umgekehrter Richtung, etwas, das die Idioten aus dem Westen nicht wahrhaben wollen, weil man immer nur das sieht, was man sich wünscht, und was unerwünscht ist, löst sich in der Augenflüssigkeit auf, in den Augenwinkeln, im Augenhintergrund.

Wir haben euch schon in der Hand. Ihr seid die Belagerten.

Er hat mit »Ferkeln« gehandelt, und jetzt ernährt er sich von patagonischem Schweinefleisch (gefüllt mit Ingwer und Safran, dem kostbarsten Gewürz der Welt, das auf einigen Märkten als Haupttauschmittel dient anstelle von Gold). »Ferkel« heißen im chinesischen Slang die Illegalen. Jahrelang hat er in den Laderäumen der Frachter, die Ferkel transportieren, den starken *maotai* geschluckt, jetzt schluckt er Europa.

Menschen ohne Aufenthaltsgenehmigung werden auch »Schatten« genannt.

Sie sind die Verzweifelten.

Sie sind die Spione von morgen.

Er ist das Zentrum der Macht von morgen. Und heute kauft er sich halb Europa zusammen.

Jahrelang hat er in Meiguo gewohnt: im Strahlenden Land, denn das ist die abschätzige Bezeichnung, die das Volk des Himmels Amerika verliehen hat. Er hat in Chicago gearbeitet. Die Familie Rockefeller unterhält enge Kontakte zur Partei. China schuldete den Rockefellers gewaltige Summen in Gold. Es hat Gold durch Heroin ersetzt, ein Gewürz, das am Markt unendlich viel weniger kostet als Safran, aber höhere Gewinne einbringt. Er, der Chinese, hat am Drehkreuz Chicago gearbeitet, das Präsident Clinton – der mit der Fönfrisur und dem gichtgeröteten Teint – zum Zentrum schmutziger Geschäfte zwischen China und den USA gemacht hat. Er war auf der chinesischen Seite für die Abwicklung dieser Geschäfte zuständig.

Seine Kontakte verschafften ihm Macht. Die Voraussetzung für den Aufstieg. Auch im physischen Sinne. Er hatte eine schwindelerregende athletische und intellektuelle Leistung vollbracht, einen stummen, geheimen Krieg geführt, einen Krieg, der sich auf der rauhen und abgrundtiefen Oberfläche dieses Planeten aus Waben abspielte.

Von Chicago nach Amsterdam und dann ins Fürstentum.

Er ist die Spinne und dehnt sein Netz auf Europas Maulwurfsbau aus.

Das Frischfleisch kommt.

Könnte man vom Yin-Yang-Boden des China Down nach unten blicken, wäre dies die Szene, die sich unter den Füßen des Beobachters abspielt, in dem runden Saal, in dem die chinesische Spinne auf ihre Mahlzeit wartet: Da, der Chinese, wachsbleich, die Augen zu dunklen Schlitzen verengt, die Finger berühren mit eisiger Kälte die Brüsseler Spitze des Tischtuchs; die Haut glänzt, sie ist gespannt, das schwarze, glänzende Haar überpomadisiert; schwarzgekleidet sitzt er da und wartet. Und da, der Ober, ein geschmeidiger, gertenschlanker, knabenhafter Schwarzer, ganz in Weiß, bläulich glänzendes Haar, dessen bemerkenswerte Glattheit sich der Behandlung verdankt, die der Herr über diesen Ort von seinen Angestellten verlangt; da, zwischen ihnen, die riesige runde Tafel in der Leere des riesigen runden Saals; der schwarze Ober verneigt sich, seht nur, wie sich sein weißer Rücken biegt, wie sich die Wirbelsäule unter dem gestärkten Hemd krümmt, wie blaugetöntes Licht von seiner strahlend weißen Livree zurückstrahlt; seht nur, welche Macht; seht, wie die eifrigen Hände des Schwarzen ein schweres, mattiertes Metalltablett mit Warmhalteglocke herbeitragen, in der sich das gedämpfte Licht des Saals spiegelt; seht, mit welcher Sorgfalt das Gericht auf den Tisch gestellt, wie vorsichtig die Warmhalteglocke entfernt wird und sich der Duft einer exklusiven Köstlichkeit in kobaltblauen Schwaden ausbreitet.

Seht: Was da vor euch im Licht auf dem mattierten Teller liegt, ist das teuerste Fleisch der Welt.

Es ist Rind aus Kobe.

Es wächst in Japan auf. Noch so eine dem Tod geweihte Rasse, die der Chinese häufig besucht. Er verachtet die Japaner: Europäer mit Schlitzaugen. Er schenkt ihnen keine Beachtung, er begibt sich direkt nach Kobe, um sich mit Frischfleisch zu versorgen: dem unendlich kostbaren Frischfleisch der Rinder von Kobe, einer muskulären, myokardischen, gastronomischen Rarität. Er wollte sehen, wie das Fleisch hergestellt wird. Also hat er sein anonymes Plastikgesicht der Pracht und den Klängen des raffinierten Prozesses ausgesetzt, mit dem das Tier von Kobe aufgezogen, behandelt, geopfert und zerteilt wird. Er hat gesehen, wie die Kälblein frei über künstlich geschaffene Naturwiesen liefen, unter Kuppeln, beleuchtet von Scheinwerfern, deren Licht an die Sonne erinnert, aber keine ultraviolette Strahlung enthält. Überall Mozart: In der dünnen, helvetischen Luft der riesigen, überdachten, englischen Weideflächen traben die zarten Kälblein hin und her, während die Wiener Sonatinen sich in ihre Fasern einschreiben. Und so geht das achtzehn Monate lang: Sie ernähren sich von süßem, körnigem Gras, von ausgesuchtem, süßem Hafer aus der Ukraine, sie laufen und schlafen frei unter der Kuppel, und noch im Schlaf haben sie die süße mozartische Mnemotechnik im Ohr. Ihr Körper wächst. Sie ernähren sich. Üppig knacken die Knorpel. Und siehe da, am Ende des achtzehnten Monats berührt das kleine Rind den Boden nicht mehr und wird nie wieder einen Schritt machen: Lederne Riemen ziehen es empor und in ein Nebengebäude, das von Aromen durchzogen ist, die man der Thalassotherapie entlehnt hat. Dazu werden die Riemen unter dem Bauch des Kalbs verknotet. Die mechanische Winde arbeitet, hebt das kleine Rind in die Höhe. Das kleine Rind ist verwirrt, es ist ein schwaches Muhen, das in dem bläulichen, brom- und jodhaltigen Raum laut wird. Monatelang wird man es in dieser Position weiter ernähren. Dreimal täglich massieren es japanische Spezialisten zu ganz bestimmten Tageszeiten mit Bier. Das Bier schäumt auf den Läufen, auf den Schenkeln, auf dem weichen Bauch, auf dem Nacken wie Schweiß aus prickelndem Hopfen auf dem süßen Fleisch. Dadurch entsteht die berühmte »Marmorierung« des Kobe-Fleisches: Das Fett lagert sich nicht ab, das Bier dringt in die Haut ein, löst das Fett auf, verlagert die Lipide in die Myofasern, die sich im Innern der Muskeln spannen, das Fett verleiht dem Fleisch eine kaum wahrnehmbare Maserung, und es erhält die Bezeichnung »marmoriert nach Kobe-Art«. Dreitausend Dollar pro Kilo, das Zerteilen kostet zusätzlich. Zu gegebener Zeit kommt der Henker. Sein Vorgehen ähnelt dem bei einer koscheren Schlachtung. Er bringt scharfe, bruchsichere weiße Keramikklingen mit, Keramikmesser, die ein Metalldetektor nicht registriert – die arabischen Kamikaze haben das berücksichtigt, als sie ihr Attentat auf das World Trade Center ausübten. Der Henker waltet seines Amtes, führt drei präzise geschwungene Schnitte und einen tiefen, geraden Schnitt durch. Ein rhythmischer Blutschwall ergießt sich aus den Jugularvenen. Das Muhen ist kein Muhen: Es ist fast ein Menschenwort, ein vorsprachliches Quietschen, reinste Neugeborenenverzweiflung. Der Chinese hat all diesen Dingen beigewohnt und dreißigtausend Dollar in bar hingeblättert.

Da, das Fleisch. Marmoriert. Es zergeht zwischen dem Gaumen und den spröderen Papillen. Das Aroma gegrillten, gleichmäßig verteilten Fetts dringt in die Hohlräume ein, in die Nasennebenhöhlen, das Nervensystem spricht darauf an.

Die Westler stinken. Sie verströmen einen Leichengeruch. Ihre süßliche Haut reizt die Riechzellen anderer Völker. Sie sind vertrocknete Blumen mit Honigaroma, verdorbener Nudelteig, verbreiten eine düstere Friedhofsübelkeit.

Sieh sie dir nackt an, ob Männer oder Frauen: Es ist, als öffnete man einen Leichnam.

Mit Liebe hat das nichts zu tun, wenn er nackte westliche Körper fickt: Für ihn grenzt das an Nekrophilie.

Sie stinken, ihr Schweiß riecht nicht salzig, sondern nach ranzigem Karamel, die Fäule von Sumpfpflanzen.

Sieh sie dir im Dunkeln an: Sie sind Gespenster.

Phosphoreszierende Gestalten mit verdorbenen Seelen, furchtsame weiße Schatten ohne Bewußtsein, Körper, die die Nacktheit nicht ertragen und zittern. Wenn er sie fickt, entfesselt er ihre Ängste. Sie haben Angst vor dem Tod und sind doch längst tot. Er öffnet sie, wie man den Brustkorb eines Kaninchens öffnet, mit dem Wundspreizer. Er umwirbt ihre Vitalfunktionen: Er schneidet ihnen den Atem ab, erforscht die Analhöhle bis zum Dünndarm hinauf, läßt aus bestimmten Äderungen des Kreislaufs Blut tropfen. Einmal hat er sogar den Kauapparat eines Westlers modifiziert.

Dieser Ort ist für ihn ein riesiger, endloser Supermarkt mit 350 Millionen Produkten.

Sieh doch, wie sie sich auf der Straße bewegen, betrachte ihre künstliche Mimik, die es nicht gibt.

Aus dem Chicago Hospital hat er sich Videobänder kommen lassen, auf denen das Einspritzen von Botulin dokumentiert ist. Alte Frauen und alte Männer und manchmal sogar junge Leute aus dem Westen lassen diesen Akt der Barbarei über sich ergehen, sie sind außerstande, die Zeit durch Mißachtung zu überwinden, sie geben ihr Realität, sie fürchten sie, die Zeit ist ihr böser Herrscher, und sie mühen sich, ihr zu Ehren den verstauchten Rücken zu krümmen: Also lassen sie sich operieren. Sie lassen sich Botulin spritzen, eine *trendy* Technik, der Hit der 1990er in Amerika, der als exklusive Mode nach Europa gelangte und sich dann immer weiter ausbreitete. Botulin: Unter die Haut gespritzt bringt es Falten zum Verschwinden, dringt jedoch ins Muskelgewebe ein und lähmt es. Lokale Muskelparalyse, das bedeutet: Ausdruckslosigkeit. Die Gesichtsmuskeln spannen sich nicht mehr, die Mimik versteinert. Ganz ohne

Mozart und weit weg von Kobe wird man marmoriert. Ihn amüsiert das, im Dunkeln lächelt er vor dem Großbildschirm, wenn er auf den Kassetten aus dem Chicago Hospital die Ergebnisse betrachtet. Die welken Alten erheben sich plastifiziert vom OP-Tisch: nicht eine Falte, ein Glanz wie von Bohnerwachs, das auf Wangen, Kiefern und Lippen verrieben wird. Alle mit demselben Gesichtsausdruck: Stoffpuppen aus Fleisch.

Ein Volk, das die Träume verbraucht. Selbst die Träume haben irgendwann vom Träumen genug. Nun haben die Träume genug von den Westlern.

Er befindet sich im Herzen Europas, um dieses Werk zu vollenden, um diese Botschaft zu überbringen.

Die Schrift sagt: Der erste Mensch war ein Chinese.

Die Prophezeiung sagt: Auch der letzte Mensch wird ein Chinese sein.

Er läßt sich *das* Getränk bringen.

Es ist das teuerste Getränk auf dem Planeten.

Es ist ein flüssiges Wunder. Es ist der ewige Brunnen, der fließt, solange der Planet noch nicht tot ist, entbeint, kreosotisiert wie der Mars.

Die Chinesen glauben, die Menschheit stamme vom Mars: Sie sei vom roten Planeten, dem der Kollaps drohte, auf den blauen Planeten übergesiedelt und habe dabei die althergebrachte, fortgeschrittene Technologie vergessen, nicht aber die Weisheit, die diejenigen antreibt, die im Universum erscheinen.

Vom roten Planeten zur roten Republik.

Das Getränk wird in einen Halbwürfel gefüllt, ein Gefäß mit abgerundeten, der Hand schmeichelnden Kanten. Es ist das teuerste Getränk des lebenden Universums, eine biologische, übernatürliche Flüssigkeit, Manna, das ionisiert und wiederbelebt.

Es ist Wasser.

Was für ein Wasser?

Das Wasser der Ursprünge. Dieses Wasser, das der Chinese

gleich kosten und schlürfen wird, geht auf vorgeschichtliche Zeiten zurück, noch vor dem Paläolithikum. Dieses Wasser gab es bereits, als der Mensch noch gar nicht existierte oder, wenn überhaupt, dann unter unvorstellbaren Strapazen.

Das Alter dieses Wassers liegt bei circa achthunderttausend Jahren.

Ein Becher davon kostet circa fünftausend Euro.

Es stammt aus einer Tiefe von circa dreitausendfünfhundert Metern unter einer riesigen Eisschicht in der Antarktis. Man hat es bei einer wissenschaftlichen Mission mittels Kernbohrung aus der Tiefe geholt. Fünf Deluxe-Flaschen sind abgefüllt worden – der Rest des Wassers dient wissenschaftlichen Zwecken, dieses aber dem Zentrum der Macht: seinem gewölbten, gerippten Gaumen, den ein ständiger, gleißender Glanz taghell erleuchtet.

Er, der Chinese, hat persönlich sichergestellt, daß er zwei der fünf Flaschen erhielt. Er hat der Kernbohrung beigewohnt. Mitten in der Antarktis auf einer franko-italienischen Basis namens Dome Concordia. Die Aufnahme des Gastes hat einen stolzen Preis gekostet: aus Sicht derer, die ihn aufnahmen, denn das Zentrum der Macht entzieht sich jeglichem marktwirtschaftlichen Kriterium. Geld ist Energie, das Zentrum der Macht ist eine unerschöpfliche Sonne, die diese Energie ausstrahlt und wieder aufsaugt. Geld ist eine körperlose Schlange, die hoch über der Erde schwebt, die sich dahinwindet, bestehend aus leuchtenden Fäden und deren Fortsätzen, die allesamt in dem gewaltigen Körper eines riesigen, zeitlosen Reptils zusammenlaufen, eines gigantischen chinesischen Drachen, der nur für geübte Augen zu erkennen ist, der nach eigenen Gesetzen lebt, aus demselben Stoff ist wie Geist und Bewußtsein, symbolisch, mächtig, fähig, den bösen Kuß zu geben, dessen nesselhafte Berührung ein zweites, neues Leben einleitet, ein Leben jenseits des Lebens. Die glitzernde Geldschlange durchpflügt die Himmel, die dem Feuer entstammen, sie selbst ist aus dem Stoff, aus dem das Feuer ist. Sie ist der Messias des Zentrums der Macht.

Wir sind die Götter. Wir trinken das Wasser der Götter, das fünftausend Euro pro Becher kostet.

Der Chinese hat sich mühelos an die Enge der Basis Dome Concordia gewöhnt. Die Antarktis existiert nicht: Sie ist ein Magnetpol aus energetischen Eisschichten. Sie ist das Körperlose, das sich zu körperlicher Form verdichtet. Sie erzeugt Gravitation und nimmt Einfluß auf die Naturgesetze: Doch sie existiert nicht. Es gibt dort nur Eistitanen, sich horizontal fortbewegende Asteroiden, die in präsalinem Wasser treiben.

Das ist die Antarktis. Die Antarktis ist blind, weil sie nicht existiert, und sie sieht alles, weil sie blind ist: Nur Blinde weissagen. Und die Antarktis weissagt. Was? Den Anbeginn der Zeiten und ihr endgültiges Ende. Deshalb hat der Chinese der Kernbohrung in der Antarktis beiwohnen wollen: Man entnahm das älteste Wasser des Planeten, um das Klima vormenschlicher Zeiten zu erforschen, man bohrte bis in dreieinhalb Kilometer Tiefe – so tief wie noch nie.

Die auf der Basis tätigen Franzosen und Italiener, Astronauten in Glaswolle unter speziell für sie entwickelten Anzügen und mit hochisolierenden Schutzhelmen auf dem Kopf, haben den unglaublichen, geschmeidigen Bohrer in Position gebracht. Es hatte Monate gedauert, den Bohrort festzulegen. Vor ein paar Monaten waren die Russen bis in dreitausendvierhundert Meter Tiefe vorgedrungen, hatten jedoch nur Eis von vor fünfhunderttausend Jahren bergen können. Die Italiener und Franzosen hatten ihre Berechnungen mit Hilfe von Sonden durchgeführt, die die geheimen Magnetschwingungen eines Bodens offenlegten, der aus erstarrtem Wasser besteht. An der Oberfläche -52 Grad Celsius; in dreitausendfünfhundert Metern -7 Grad. Druck läßt Wärme entstehen. Riesige Platten, die schieben, drücken und sich aneinander reiben, erreichen in einer derartigen Tiefe fast den Schmelzpunkt. Das ist das Universalgesetz: Wenn man in die Tiefe vordringt, schmilzt man. Daraus ergeben sich gewaltige Schwierigkeiten: Das Eis läuft Gefahr, verunreinigt zu werden, es droht zu brechen, wird Wasser, entzieht sich der Bohrung, alles verkompliziert sich. Als die Franzosen und Italiener die Maschine in Gang setzten, erschütterte ein unmenschliches Kreischen das gleißend helle, verlassene Packeis. Ein außermenschliches, mechanisches Wiehern: Die Perforation beginnt. Der Bohrer arbeitet. Den Planeten durchbohren: diese heilige, inzestuöse, hochbedeutsame Handlung. Die Mutter wird durchbohrt. Der Bohrer greift. Peinlicher Zusammenstoß. Hier wird weder Frischfleisch noch totes Fleisch durchbohrt: Hier durchbohrt man ewiges Fleisch.

Auf dem Weg in die Tiefe, durch alle Schichten hindurch, durchquert man die Geschichte.

Geologie ist eine Art Mystik.

Vorsicht mit den Epochen: Zuerst müssen die Schichten nahe der Oberfläche entnommen werden. Das ist buchstäblich ein Wettlauf mit der Zeit: auf den ersten Zentimetern Kennedys Tod, Maos Geburt, der Opiumkrieg, die Gründung der Ostindien-Kompanie, die vorletzte Dynastie – das ist die erste Schicht, die man entnimmt und als Parameter für die weitere Bohrung aufbewahrt. Zweite Schicht, Beschleunigung des Wettlaufs mit der Zeit: die Magna Charta, Christus, weiter nach unten bis zu Platos Geburt und den Schriften. Die Franzosen und Italiener hatten die Geschichte der Menschheit entnommen – nun durchbrachen sie die Mauer der Zeit. Dritte Schicht: Aufgrund der unglaublichen Tiefe stieg die Temperatur rapide an. Der Bohrkopf verursachte nun weniger Lärm, er traf auf geringeren Widerstand. Wenn man in größere Tiefen vordringt, bricht der Widerstand zusammen. Unten, auf den Urankern zu, durch Raumschichten, die das Gedächtnis der Epochen bewahren, der Eiszeiten, immer näher an das hin, was unter dem Erdmantel lagert, die unterirdischen Schichten von Sima und Sial, bis ans Urmagma, den weichen, kochendheißen, weißen Kern des Planeten. Bei dreitausenddreihundert Meter Tiefe war die Spannung der Bohrleute ins Unermeßliche gestiegen. Der Chinese mit der strahlungssicheren Schutzbrille warf einen herausfordernden Blick über die blendendweiße Tabula rasa des endlosen Eises, das bis an den Horizont reichte. Dann, plötzlich, versuchte er, das Bohrloch zu sondieren, dieses Loch, in das die Geschichte gefaßt war: die *gesamte* Geschichte.

Und sie schafften es.

Wie ein vollkommener Diamant, ein Wächter über ursprüngliche, gesegnete Mikroorganismen, in Form einer leuchtenden Kugel, so war sie an die Oberfläche gelangt, die regenbogenfarbige Gemme des ältesten Eises, das je geborgen wurde – nun konnte man es erforschen.

Nun konnte man es trinken.

Bevor der Chinese die Zehntausende von Dollars pro Flasche auf den Tisch legte, wohnte er noch der Kaltschmelze des ältesten Eises aus undenklichen Zeiten bei. Tropfen für Tropfen wurde es in eine sterile, rabenschwarze Flasche destilliert. Der Chinese sah: insgesamt fünf Flaschen. Zwei davon erwarb er.

Und jetzt schickte er sich an, unter dem Boden des China Down daran zu nippen, und er sah in den vollkommenen und sorgsamen Händen des schwarzen Epheben die Geschichte in flüssiger Form eintreffen, direkt aus dem Mini-Eisschrank, wo das Wasser bei vollkommenen null Grad aufbewahrt worden war.

Er schenkte ein.

Und trank.

Was für ein Haufen Idioten.

Er blickte nach oben. Durch die Decke beobachtete er, wie sich sein Lokal wie eine Fiale in die Höhe schraubte. Über ihm feierten sie, ohne seiner gewahr zu werden. Sie genossen die Show. Sie applaudierten den chinesischen Akrobaten.

Milliarden von Dollars, in Pankreasse gestopft, die sich an seinen Tischen ernährten.

Über all das herrschte er von unten, unsichtbar, sofern er nicht sichtbar sein wollte. Das Zentrum der Macht ist zweideutig, versteckt: Es erleuchtet die Welt wie eine offenkundige und verborgene Sonne.

Wer sind die Chinesen? Sie sind die Letzten. Und die Ersten.

Der Chinese ist die Quintessenz des Menschen, arkadisch, golden, ätherisch. Ja, er ist das Universum, verdichtet zu menschlicher Form. Er kündigt sich an: Er selbst ist das Reich der Götter.

Diese präkarzinomatösen Idioten, die geschmückt mit Pailletten und technischem Blendwerk ihrem Ende entgegenstreben, diese Westler: gefräßige Bäuche.

Sie werden sich noch von ihrem eigenen toten, süßlichen, gekochten Fleisch ernähren, die einen werden die anderen fressen. Ach was, das tun sie schon jetzt.

Die Pupillen des Chinesen weiteten sich.

Für einen Augenblick wurde die Spinne zu einer Art Katze.

Das Restaurant glich einen Moment lang dem gewaltigen Stamm einer Pflanze, innen hohl, nicht frei von Lianen und Fäden in ihrem Innern, riesenhaft, fast fossil, eine Pflanze, in der es vor kleinen westlichen Insekten wimmelte. Das Bewußtsein schläft im Pflanzenreich, es träumt im Tierreich, und im Reich des Menschen beginnt es zu erwachen: Im Chinesischen Reich kommt das Bewußtsein vollends zu sich.

Er ist hier, um für das Chinesische Reich zu arbeiten.

Die Geheimbünde, von denen die Partei abstammt, haben ihm die Schlüssel zu Europa in die Hand gegeben.

Er ist der Mandarin von Morgen. Keiner weiß davon.

Alles geschieht zur vorgesehenen Zeit, auf die vorgesehene Art. Das ist die Physiologie des Zentrums der Macht.

Für die Westler nistet das Alter in den Monumenten des Wohlbefindens wie eine verschleppte Krankheit. Für den Westen ist dies das Messingalter: Am Ende werden sie es polieren wie schwarzgekleidete, bezahlte Domestiken.

Alles nimmt seinen Lauf. Der große Plan ist präzise in den Details, den Phasen, den entscheidenden Momenten, den Varianten.

Die Sache mit dem »Frischfleisch« läuft bestens.

Dank dem Frischfleisch hat er eine weitere Windung der ungeheuren Geldschlange ergreifen können.

Die heimliche Invasion ist weiter fortgeschritten, als sie sich das vorstellen können.

Er hat monströse Wesen an allen wichtigen Punkten postiert. Er wird beschützt. Keiner wird ihn anrühren. Er ist wie die Könige: Sie rühren auch nichts an, nicht einmal die Tür zum Klo.

Wir leben, um die Könige zu stürzen, doch die Könige leben für unseren Sturz.

Der Himmel ist ein Ziel unter der Erde, in dreitausendfünfhundert Meter Tiefe in der Antarktis.

Europa ist der absolute Nullpunkt.

China ist Europa.

Morgen wird all dies wahr sein.

Das Handy klingelt. Es ist sprachgesteuert, man braucht keinen Knopf zu drücken: Ein König rührt kein Handy an.

Es ist seine Frau.

Sie wird älter und hat Angst davor. Verständlich: Sie stammt aus dem Westen. Er hat sie aus einer perversen Neugier heraus geheiratet. Sie, die Ex-Luxus-Witwe, war Erbin des entscheidenden Gutes, des letzten Steinchens eines Mosaiks, an dem China schon seit Jahrtausenden arbeitet. Sie ist das Epithelium des Eises im Eisberg der Geschichte, die letzte Schicht – und *sie weiß es.* Sie ist krankhaft, pervers wie alle Königinnen. Er hat sie aus Staatsräson geheiratet, aber *sie gefällt ihm.* Sie gefällt ihm: Auch sie ist ein Raubtier.

Sie ruft ihn.

Sie will Frischfleisch.

Aus Kobe? fragt er.

Sie lacht.

Sie wird älter, und je mehr sie altert, desto perverser wird sie. Sie wiederholt: Ich will *Frischfleisch.*

Er antwortet: Ich habe da eine Idee, ich bringe es dir schön verpackt nach Hause.

Sie legt auf.

In diesem Augenblick öffnet sich die einzige Tür, die in den runden Saal unter dem Yin-Yang-Boden des China Down führt. Die goldene Tür: Ja, sie ist aus Gold.

Die Tür öffnet sich.

Ein Mann wird hereingeführt.

Ein Westler.

Er ist der Ex-CIA-Agent James Cameron.

Der chinesische König lächelt wie eine Keramikpuppe.

Der chinesische König sagt: »Nimm Platz, Bruder.«

Stefan Wundsam, Christa Baumann
Amsterdam, 8. September 2002, 08:20

Sie waren aus ihrem klebrigen, bilderreichen Schlaf erwacht.

Sie hatten miteinander geschlafen, wund, satt, ohne die Unersättlichkeit des Vorabends.

Sie hatten zusammen geduscht: eine angenehme, lästige Intimität, die den Bund besiegelt.

Dann gingen sie die Unterlagen durch. Die endlose Morgendämmerung über Amsterdam streckte leuchtende Fühler aus wie ein Krokus, berührte mit ihren rosa Fingern die Fenster des Sheraton.

Sie arbeiteten einen Plan aus: Bisher hatten sie keinen Plan.

Wundsam würde in die Jenssen-Klinik fahren und dort sein Glück versuchen. Er wollte vor allem herausfinden, was es mit dem Klinikaufenthalt von Agratis Frau auf sich hatte. Mit etwas Druck würde er auch ein paar Informationen über De Vlaeminck bekommen. Und über Mario Ros.

Christa würde ihr Glück in Beek versuchen, dem Vorort der Universitätsstadt Nijmegen, hinter Utrecht: dem niederländischen *Paradies.* Sie würde De Vlaeminck dort aufsuchen: an seinem niederländischen Wohnsitz, wie ein gewöhnlicher Detektiv. Sie würde improvisieren, bluffen.

Sie vereinbarten, Telefonkontakt zu halten.

Als nächstes versuchten sie, Lopez anzurufen, um sich über den Stand der Vernehmungen in Mailand zu informieren – sein Satellitentelefon war ausgeschaltet.

Also beschlossen sie, gegen Mittag zu telefonieren – oder vorher, wenn sich etwas Neues ergab.

Sie küßten sich.

Speichel ist Gold.

Wundsam verließ als erster das Hotelzimmer, Christa wollte sich noch zurechtmachen.

Er war in der Hotelhalle. Christa auf dem Zimmer. Sie telefonierte gerade mit Montorsi. Alles in Ordnung, sagte sie, alles unter Kontrolle.

Von Schiphol nach Amsterdam: sieben Minuten.

Das Abteil – ein ganzer Waggon – war schmuck, ruhig: eine Atmosphäre von *Loyalität*. Wundsam atmete tief durch, entspannte sich. Er hatte noch Christas Geruch in der Nase.

Die Centraal Station: ein goldener, barocker Panettone. Junkies und Polizisten in gleicher Zahl: Man beobachtet und kontrolliert sich gegenseitig. Riesige, muskulöse, zugedröhnte Schwarze von ungesundem Aussehen und in völlig heruntergekommener Kleidung.

Es stank nach Gras.

Wundsam stand auf dem Stationsplein und überlegte, ob er mit der Straßenbahn fahren oder ein Taxi nehmen sollte. Er entschied sich für die Straßenbahn. Es war ein kristallklarer Morgen, und das schräg einfallende Licht schnitt quer durch die Stadt. Die Luft war eisig und dünn. Die Holländer wirkten herzlich und hatten rote Gesichter, und Wundsam bekam Lust, sich in der Menge zu verlieren, in den schmalen Straßenbahnen von Amsterdam.

Er löste eine unsinnige Tageskarte.

Inmitten des Gewimmels von Fahrzeugen auf dem Bahnhofsplatz stieg er in die Straßenbahn.

Die Frauen hatten Einkaufstüten, Kinder, Handys in der Hand.

Ein hagerer, ausgezehrter, knochiger Mann wollte der alten Dame seinen Platz nicht überlassen.

Die Türen öffneten sich, wenn man von innen auf einen roten Knopf drückte, ließen aber kaum Zeit zum Aussteigen, sie waren sympathische Spalten.

Wundsam stand still und gutgelaunt auf dem Verbindungsstück zwischen den beiden Waggons.

Er sah aus dem Fenster. Diese Stadt strebt in die Höhe, das schwindelerregende Amsterdam. Alles macht so einen eindeutigen, klaren, sauberen Eindruck. Was ist das bläuliche Schimmern, das über allem liegt? Die Stadt gehört niemandem, du gehörst zur Stadt. Eine fremde Stadt, die dich aufnimmt, dich, den Flüchtling aus dem übrigen Europa, den sein Weg ins Zentrum der Stadt geführt hat, im Wintermantel versteckt wie leuchtende Orangen, die ein Helfer zu den Belagerten schmuggelt.

Amsterdam kreist um sich selbst. Da, die Kanäle, parallel und doch konzentrisch, schwarz und spiegelglatt: Prinsengracht, Keizersgracht, Herengracht – konzentrisch und gerade, von außen nach innen, auf die Gegenpole des zentralen Dam-Platzes und des Nieuw-Markts zu.

Richtung Muntplein.

Wundsam betrat ein Café. Er ging Treppenstufen hinab, kam ins Warme, das Gesicht von der Kälte gerötet. Er bestellte einen Espresso, verschlang den Butterkeks.

An dem Tisch vor ihm saßen ein paar Italiener. Wundsam und der Wirt wechselten einen Blick: *Die Italiener passen uns nicht.* Am Italienertisch saß eine Holländerin. Die Italiener waren ein junges Paar: Er, kolossal, kahlköpfig, hatte etwas Väterliches und erinnerte zugleich an einen Wissenschaftler; sie war eine knakkige, kecke Dunkelhaarige. Der dritte Italiener: ein übergewichtiger Kerl, der entzückt die helle Haut der Holländerin betrachtete – einer kleinen Frau mit roten, fast rosaroten Locken, die pures Licht ausstrahlte. Auch Wundsam war wie der rindsäugige Italiener von der Holländerin entzückt. Der Wirt zwinkerte ihm zu, Wundsam tat, als hätte er das nicht bemerkt. Die Italiener waren ziemlich laut: Sie gestikulierten beim Sprechen, lachten, rissen Witze. Nichts davon schien die kleine Holländerin zu betreffen. Sie schien nur dazusein, um den Raum zu beleuchten. Sie erzählte traurige Geschichten über sich, das war offensichtlich, in einem ausgezeichneten Italienisch. Die Italiener aßen Toast. Der rindsäugige Italiener nahm sich zusammen: ein behutsamer Verführungsversuch, der vergeblich bleiben würde. Die kleine Frau hatte nichts von Christa, aber dafür einige Züge, die an Andrea erinnerten. Ihr kristallklarer Blick brachte das Lokal zum Leuchten, verbreitete ein eisiges, schönes Licht.

Wundsam setzte sich hin, bestellte noch einen Espresso, er berührte die Fensterscheibe zur Straße, spürte die Kälte und steckte die Nase in die Tasse, setzte sie dem Dampf aus, der nach oben stieg.

De Vlaemincks Jenssen-Klinik lag in einer Straße auf der anderen Seite des Platzes.

Wundsam zahlte und ging, die Italiener lachten noch immer, lächelnd sah die kleine Holländerin zu, wie er in die Kälte hinausging.

Kalver Straat. Ein anonymes, unpassendes Gebäude: heller Putz, hohe Fenster, Dutzendware genau wie die Türen.

Eine Klinik für reiche Leute stellte man sich anders vor.

Im Innern: gedämpftes Licht in der Eingangshalle. Überall helles Holz. Frisch abgeschliffenes Parkett. Keine Spur von dem Geruch nach Tod, Krankheit, Verfall. Keine Spur von dem Gestank nach Verzweiflung, Trauer, Zerstörung.

Kein einziger Patient.

Der Informationsschalter. Eine hübsche Krankenschwester. Wundsam dachte: Christa hat mich wieder aufgeladen, ich bin ein menschlicher Akku. Seit Monaten hatte ich keinen Sex mehr, und jetzt gaffe ich der nächstbesten Krankenschwester hinterher.

Er zeigte die Dienstmarke von der Europäischen Sicherheitsagentur vor. Er wies sich aus: Verwaltungssachverständiger. Wir überprüfen die Durchgangsposten, nichts Weltbewegendes. Wir überprüfen, ob alles der europäischen Norm entspricht. Könnte ich den Ärztlichen Direktor sprechen?

Der Ärztliche Direktor war nervös und gab sich Mühe, sich das nicht anmerken zu lassen. Ein Doktor Linden. Fachgebiet? Hepatologie.

»Um was für eine Überprüfung geht es denn?«

»Eine reine Verwaltungssache, kein Grund zur Beunruhigung. EU-Normen. Ich muß Einblick in die Kartei und die Bücher nehmen.«

Dem Ärztlichen Direktor war das unangenehm.

Wundsam: »Gibt es hier keinen Verwaltungsdirektor?«

»Doch, gewiß. Er ist gerade nicht im Haus, aber...«

»Können Sie mir die Unterlagen vorlegen?«

Der Ärztliche Direktor unterdrückte sein Unbehagen. »Gewiß, bitte folgen Sie mir.«

Im Archiv: überall Papier und vernetzte PCs. Typisch holländische Angestellte: Sie hätten ebenso Caddies auf einem Golfplatz, Banker oder Jäger sein können – die Holländer wirken glücklich und zufrieden in ihren Jobs.

Es herrschte eine drückende Hitze, keiner sprach, der Direktor blickte unruhig im Raum umher, und das Summen der PCs hatte etwas Nervtötendes.

»Brauchen Sie noch etwas?«

»Nein, ich komme allein zurecht.« Wundsam lächelte. »Dafür werden wir ja bezahlt.«

Auch der Ärztliche Direktor lächelte. »Dann überlasse ich Sie Ihrer Arbeit. Rufen Sie in der Zentrale an, wenn es ein Problem gibt oder wenn Sie mich brauchen. Wir stehen hier alle zu Ihrer Verfügung. Kommen Sie noch mal zu mir, wenn Sie fertig sind?«

Wundsam nickte, er saß schon an einem Arbeitsplatz, der Direktor verließ den Raum und durchbohrte die Büro-Caddies mit seinen Blicken.

Wenige Minuten. Ein paar Suchbegriffe. Er improvisierte. Vermied es, den Suchbegriff »De Vlaeminck« einzugeben. Wenige Minuten. Noch eine Suche.

Da. 6. Mai 2002: Maria Luisa Zini Valtorta. Psychiatrische Behandlung. Verschriebene Medikamente: sogar Serenase. Das gute alte Serenase für die guten alten Verrückten. Paroxetin. Prozac. Thalassotherapie.

Thalassotherapie?

Wundsam machte sich eine geistige Notiz: den Thalassotherapie-Bereich der Klinik überprüfen.

Dann begann er, *ernsthaft* zu suchen.

Er begann mit dem Organigramm. An der Spitze Willem Linden, der Ärztliche Direktor. Sein blöder Lebenslauf: Er war offenbar tatsächlich ein bekannter Hepatologe.

Als nächstes: das Personal, holländische Namen, bis auf die Krankenpfleger: Namen aus den Kolonien.

Wundsam sah sich das Verzeichnis der Eigentümer an.

Da haben wir ja De Vlaeminck. Roger De Vlaeminck sitzt im Aufsichtsrat. An seiner Seite, seit wenigen Tagen, Guérin Sérac.

Er ging seine Aufzeichnungen durch. Guérin Sérac war Agratis Partner bei »Frischfleisch Inc«. Im Aufsichtsrat der Holding, die De Vlaemincks Kliniken kontrollierte, saß er nicht. Er war vor wenigen Tagen aufgenommen worden. Die Datenbank der Agentur war nicht auf dem neuesten Stand.

Wundsam druckte sich die Informationen aus.

De Vlaeminck und Sérac sind unsere Männer, dachte er. Man muß sich auf sie konzentrieren. Er überlegte, ob er Christa anrufen sollte. Geh ihr nicht auf den Wecker, sagte er sich. *Warte.*

Wundsam stellte weitere Nachforschungen an. Sitz des Unternehmens: Monte Carlo. Gesellschaftskapital und Geschäftskonten bei der Elite Private Bank, Filiale 1, Fürstentum Monaco.

Er druckte das aus.

Sonst fand er nichts Interessantes. Doch allein die Sache mit Sérac war die Reise wert gewesen.

Er suchte nach einem Vorwand: Er mußte Linden, den Ärztlichen Direktor, mit etwas konfrontieren, das für eine genauere Untersuchung ausreichte. Er mußte De Vlaeminck vorladen können, falls Christa nichts erreicht haben sollte.

Eine Stunde Sucheingaben.

Dann wurde er fündig.

Sieben Todesfälle in der Jenssen-Klinik.

Sieben chinesische Namen.

Sieben Versicherungszahlungen.

Sieben Zahlungen à achthunderttausend Euro.

Sieben Policen von ein und derselben Versicherung.

Der Name der Versicherung: »LifePol«.

Gesellschaftskapital und Geschäftskonten bei der Elite Private Bank, Filiale 1, Fürstentum Monaco.

Er rief in Montorsis Sekretariat an. Bat um Informationen aus der Datenbank der Agentur. Stichwort: »LifePol«.

Wartete auf Antwort.

Die Sekretärin fragte, was er denn wissen wolle. Wer die Eigentümer sind, sagte er.

Die Sekretärin antwortete: Es gibt einen einzigen Eigentümer, und das ist eine andere Gesellschaft. LifePol ist eine Tochterfirma.

Wundsam: Welches Unternehmen ist die Muttergesellschaft der Versicherung?

Die Sekretärin: eine holländische Firma. »Haben Sie etwas zum Schreiben?«

Wundsam flippte schier aus. Sein Adrenalinspiegel schoß in die Höhe: Er kannte die Antwort schon.

»Frischfleisch Inc. Soll ich die auch in der Datenbank suchen?«

Wundsam hatte bereits aufgelegt.

Er druckte alles aus.

Die Namen der Chinesen. Die Nummern der Policen. Die Empfänger der Auszahlungen.

Er druckte alles aus, er bebte, wollte weg.

Die Büro-Caddies merkten nichts von seiner Aufregung.

Wundsam griff zum Haustelefon, das an der Wand hing, drückte die Taste der Zentrale, erkundigte sich, wo das Büro des Direktors zu finden sei.

Lächelnd verabschiedete er sich von den Büro-Caddies und verließ den Raum.

Auf dem Gang, auf dem Weg zu Lindens Büro, versuchte Wundsam, schnell Christa zu erreichen, doch ihr Satellitentelefon war ausgeschaltet. Er hinterließ eine Nachricht auf der Mailbox: »Volltreffer. Die Spur ist heiß. Ich muß dich dringend sprechen, sonst rufe ich Montorsi an, allein kann ich das nicht machen, ruf mich an, sobald es geht.«

Wo zum Teufel steckte sie bloß.

Was war mit ihr passiert.

Christa: *Ruf an.*

Christa Baumann

Beek, Vorort von Nijmegen, 8. September 2002, 09:45

Willkommen im Paradies: im echten, dem irdischen.

Beek: die größte Dichte reicher Holländer in Europa.

Schmucke Wiesen. Hügelchen, die von den Holländern als »Berge« bezeichnet werden: In Holland gilt alles als Berg, was mehr als hundert Meter hoch ist.

Menschen in Bergsteigerkleidung spazierten über die sanften, gepflegten Wiesen.

Schmucke Häuschen. Schmucke Fassaden. Schmucke Fenster. Schmucke, leere Straßen.

Christa sah aus dem Taxi und überlegte, wie so ein schmuckes Leben wohl sein mochte.

Sie sah in Würde gealterte Damen mit Einkaufstüten.

Der Taxifahrer fragte: Kommen Sie aus England?

Sie antwortete nicht.

Der Taxifahrer sagte: Sehen Sie die Gruppe von Häuschen da unten? Das ist das kleinste Dorf von Holland.

Der Taxifahrer hatte Lust, sich zu unterhalten.

Wußten Sie schon, daß hier das berühmteste holländische Topmodel geboren wurde? Fünfzehn Einwohner. Eine Kirche gibt es auch.

Der Taxifahrer ging ihr auf den Keks.

Das Handy klingelte. Sie hob ab. »Ja«, sagte sie nur. »Ich warte auf dich. Wo?« Und dann: »Auf welchen Namen?« Und schließlich flüsterte sie: »Okay«, und legte auf.

Der Taxifahrer fragte: Ein Liebhaber?

De Vlaemincks Haus.

Christa mußte sich zusammenreißen, um den Taxifahrer nicht

zum Teufel zu schicken. Wortlos zahlte sie. Schaltete das Satellitentelefon aus.

Ein großartiges Haus, eine Luxusvilla.

Bäume aller Art.

Auch eine Zeder sah sie. Eine Zeder in Holland.

Im Unterschied zu den schmucken Häuschen von Beek hatte die Villa keinen Vorgarten.

Es war ein kleiner Park, der zur Villa hinführte.

Ein schweres gußeisernes Tor versperrte den Zugang.

Sie klingelte.

Keine Antwort.

Sie verzog das Gesicht. Versuchte es noch mal. Ein-, zwei-, dreimal. Sie warf einen Blick zur Closed-circuit-Überwachungskamera. Das Gerät war außer Betrieb.

»Du kannst mich mal«, murmelte sie.

Sie drehte eine Runde um die Umzäunung.

Sie wußte Bescheid. Sie wußte, daß De Vlaeminck nicht zu Hause war. Sie wußte, daß es keine Bediensteten gab, die über die Villa wachten. Sie sah: kein Gärtner, der auf den schimmernden Rasen aufpaßte.

In den Bäumen raschelte das Laub.

Ein überreifer Apfel fiel zu Boden.

Es war still um die leere Villa.

Alles klar.

Das Tor auf der Rückseite: Schmiedeeisen. Ein uraltes, grobes, schweres Schloß. Hinter Christa der sanft ansteigende Hügel, der schlammige Weg. An dem nächsten Baum ein Plakat: Achtung, heute drehen Filmstudenten einen Kostümfilm. Achtung: nicht erschrecken, es werden Platzpatronen verwendet.

Perfekt.

Christa zog die Beretta hervor, schraubte den Schalldämpfer auf, ein Schuß, und das Schloß sprang auf, die Tür gab nach,

Christa war drin. Das Ganze hatte nicht mehr als zehn Sekunden gedauert.

Die Alarmanlage heulte los, schrill.

Die Villa: dunkel, verlassen. Stehende Luft. Allmählich verflüchtigte sich der saure Korditgestank. Das Laub wisperte, der Rasen war perfekt getrimmt.

Keiner da.

Die Alarmanlage heulte weiter.

Christa ging über den Kiesweg zur Rückseite des Hauses, zum Dienstboteneingang.

Sie wußte Bescheid.

Mit einem weiteren Schuß brach sie das gepanzerte Schloß auf. Dann das Sicherheitsschloß. Dann das Dienstbotenschloß.

Sie betrat das Haus.

Christa durchquerte die Küche. Das Musikzimmer: Lauten an den Wänden, ein angenehmer Duft nach Wachs, Arnika und Weichholz. Das alte Parkett knarzte unter ihren Füßen. Sie sah sich um.

Sie kam an verschiedenen Zimmern vorbei, warf flüchtige Blicke hinein.

Die Alarmanlage nervte.

Die Eingangshalle: Eine Treppe führte ins obere Stockwerk. Sie ging daran vorbei. Sie gelangte in den Salon: Erker auf den kleinen, üppigen Park. Nichts raschelte mehr. Christa hörte ihren eigenen Atem. Sie hatte es nicht eilig, sie hatte keine Angst. Wundsam war der letzte, der sie beschäftigte. Dann schon eher Lopez.

Kein PC im Wohnzimmer, logisch.

Sie kehrte in die Eingangshalle zurück und ging die rechtwinklige Treppe hoch.

Das obere Stockwerk. Noch vor dem Ende der Treppe das Badezimmer. Sie ging hinein. Großartig dekadent: Mosaikfliesen, lapislazulifarben mit einer herrlichen Patina. Eine riesige Badewanne, verzinkte Wasserhähne unter einer jahrzehntealten Kalkschicht. Überall Spiegel. Ein Liberty-Schränkchen für Necessaires. An der Wand hing ein Becher aus Aluminium: eine leere Zahnpastatube und *eine* Bürste.

Also: keine Frauen. Sie hatte es gewußt.

Sie verließ das Bad und ging die letzten Stufen hoch.

Auf der linken Seite sah sie die halboffene Tür zum Schlafzimmer.

Öffnete sie vorsichtig.

Leer. Sie hatte es gewußt. Flüchtig stöberte sie eine Weile herum.

Dann ging sie entschlossen ins Arbeitszimmer, den letzten Raum, der noch fehlte.

Verschlossen.

Sie machte sich an dem Schloß zu schaffen. Die Nagelfeile reichte aus, um es aufzubrechen.

Sie ging hinein und staunte.

Die Wände voller Bücher. Chinesische Bücher, auf chinesisch geschrieben, mit chinesischen Themen. Eine Reihe mit Reiseführern: Peking und Yunnan.

Yunnan: das Land des Manna. Der chinesische Staat, der die Welt mit Opiaten vollpumpt. Christa lächelte: De Vlaeminck schien auch eine Schwäche für Drogen zu haben. Doch wer hatte die nicht?

Der PC.

Sie fuhr ihn hoch.

Windows startete. In übertriebener Lautstärke: Brian Enos Startsound: in aller Welt das Startsignal in die Windows-Welt: in aller Welt ein Fenster zur Windows-Welt.

Christa begann zu tippen.

Versuchte es mit Dateisuche. Verwendete alle möglichen Booleschen Operatoren.

Sie suchte nach Frischfleisch.

De Vlaeminck war ein Armleuchter. Die Dateien waren nicht geschützt. Fühlte er sich so unangreifbar? Christa lächelte.

Sie las die Dateien, auf holländisch. Die Deutschen können alle Holländisch. Die Deutschen sind versiert im Erlernen von Fremdsprachen. Die Deutschen sind effizient. Die Deutschen verlieren keine Zeit, kommen sofort zur Sache.

In einem Unterverzeichnis stieß sie auf eine Datei mit dem Namen *freshmeat.xls.*

Sie öffnete die Datei.

```
Aktueller Stand Frischfleisch-Lieferungen 2002

  De Vlaeminck 3 Stück 11.01.02
  De Vlaeminck 6 Stück 15.02.02
  De Vlaeminck 3 Stück 26.02.02
  De Vlaeminck 3 Stück 10.03.02
  Ros 5 Stück 12.03.02
  De Vlaeminck 5 Stück 13.04.02
  Ros 6 Stück 20.04.02
  Ros 5 Stück 12.05.02
  De Vlaeminck 8 Stück 18.06.02
  Ros 10 Stück 15.07.02
  Ros 3 Stück 02.09.02
  De Vlaeminck 3 Stück 03.09.02
```

Fresh meat. Frischfleisch. Eine unverschlüsselte Datei. De Vlaeminck war ein Idiot. Christa lächelte. Volltreffer. Sie überprüfte De Vlaemincks Hardware: Ja, da war der CD-Brenner. Sie sah sich um, fand einen CD-Rohling.

Sie kopierte alle Daten, die mit »Frischfleisch« zu tun hatten, auf die CD.

Als das abgeschlossen war, löschte sie sie von De Vlaemincks PC. Sie startete das Norton-Programm, vernichtete jegliche Spur.

Sie dachte an Wundsam.

In diesem Augenblick knackte etwas im Raum.

Christa fuhr herum.

Es war ein Wandtelefon, eines von den alten mit Wählscheibe. Es machte einen Heidenlärm. Ein Anrufbeantworter ging an. Die Alarmanlage schrillte noch immer.

Christa hörte De Vlaemincks Ansage: eine kühle Stimme.

Hier der Signalton, nach dem Sie Ihre Nachricht aufsprechen können, ich rufe baldmöglichst zurück.

De Vlaeminck: ein Idiot.

Die Nachricht. Es war ein gewisser Linden. Er sagte, in der Jenssen-Klinik sei ein Buchprüfer von der Europäischen Union aufgetaucht, er führe gerade eine Verwaltungskontrolle durch. Linden war hörbar nervös. Ruf mich an, so schnell es geht, sagte er.

Er sagte: Und wenn er die sieben Chinesen findet?

Er sagte: Was mache ich, wenn etwas herauskommt?

Er sagte: Wo steckst du eigentlich, ich versuche schon seit Tagen, dich zu erreichen?

Ein Speichellecker, der eine Heidenangst hatte.

Der Anrufbeantworter brach die Aufzeichnung ab, Linden konnte nicht einmal den Satz beenden.

»Die sieben Chinesen.«

Wundsam war in der Jenssen-Klinik, er hatte sich als EU-Buchprüfer ausgegeben. Christa lächelte.

Die Dinge nahmen ihren vorhersehbaren Lauf.

Sie warf die CD aus, ging nach unten und verließ das Haus durch den Hintereingang. Sie hörte, wie die Polizeisirenen näher kamen. Die Alarmanlage heulte weiter.

Sie ging den kleinen Hügel hoch. Sie begegnete Passanten, die sich für holländische Reinhold Messners hielten. Auch die Filmstudenten sah sie: Sie bereiteten ein Probeset im Freien vor.

Christa ging den Hügel hinter Beek hinab.

Nahm ein Taxi nach Nijmegen.

Stieg am Bahnhof aus.

Sie mietete unter falschem Namen ein Auto.

Dann trat sie aufs Gaspedal und fuhr Richtung Utrecht.

Sie schaltete das Satellitentelefon wieder ein. Es gab eine Nachricht von Wundsam. Er war in der Jenssen-Klinik auf eine heiße Spur gestoßen. Ruf mich an, so schnell du kannst, bat er, sonst setze ich mich mit Montorsi in Verbindung.

Sie überlegte, was sie tun sollte.

Bevor sie Utrecht erreichte, rief sie zurück.

Guido Lopez
Mailand, 8. September 2002, 08:50

Frühstück in Mailand: die alte, lichtdurchflutete Bar mit ihren verbeulten Aschenbechern aus Aluminium, die tiefgefrorene und dann zu heiß aufgebackene Brioche, die Marmeladenfüllung, die einem die Zunge verbrannte, der Cappuccino fast nur aus Schaum mit ein paar Gramm Kakaopulver darauf.

Der Barmann, der ihn seit Monaten nicht mehr gesehen hatte: »Ciao, Inspektor!«

Lopez lächelte. »Ich bin kein Inspektor.«

»Ach so, was bist du dann?«

»Nichts.«

»Ein Niemand.«

»Genau.«

»Und, ist es als Inspektor besser oder als Niemand?«

»Was glaubst du?«

»Keine Ahnung, ich bin nur ein Kellner…«

»Du bist auch ein Niemand.«

»Ja, ich bin ein Kellner und ein Niemand. Gibt's was Besseres?«

Am Tischchen von früher, versunken in die Lektüre der Wochenendbeilage einer großen Tageszeitung, um den Kopf klar zu bekommen, um nicht zu denken.

Der Cappuccino war widerlich.

Die Marmeladenfüllung der Brioche verbrannte ihm die Zunge.

Er blätterte weiter, versuchte, nicht an Agrati zu denken, an die Chinesen, an De Vlaeminck, an Mario Ros.

Er blätterte weiter, fragte sich: Ob Wundsam wohl Christa flachgelegt hat?

Er blätterte weiter, und Calimani kam ihm in den Sinn. Ob es ihm wohl gelungen war, Agratis Beteiligungen an ausländischen Gesellschaften oder an Innengesellschaften aufzudecken?

Er blätterte weiter und überlegte: *Wovor* hatten Agrati und seine Frau solche Angst?

Er blätterte weiter.

Seite 89.

Von der Mutterbrust zum Kuheuter

> Die Reciproca GmbH stellt nicht nur formschöne Produkte her, sondern ist auch stets um Originalität bemüht. Ihre aktuelle Produktlinie »Bambino« enthält so praktische Dinge wie die Babyflasche Muccababy, deren Sauger einem Euter mit drei Zitzen nachempfunden ist, oder den Fläschchenreiniger Carotababy, dessen breiter werdendes Bürstenende sich an der Form einer Möhre orientiert, um eine gründlichere Säuberung des Babyfläschchens zu ermöglichen.

Die Bilder vom Vortag stürmten wieder auf ihn ein, geviertelte Rinder im Schlachthof.

Das Neugeborene saugt am Euter, wächst rapide, es will Nahrung, es ist gefräßig, es verschlingt alles, was in seine Reichweite kommt, es beißt auf die Finger der Mutter, es beißt auf die eigenen Finger und Zehen, es versucht, den Fuß zu vertilgen.

Er mußte sofort nach Monte Carlo. Drei Stunden Autofahrt. Der BMW von der Zürcher Polizei stand auf der anderen Straßenseite: Die Schweizer mußten ganz schön wütend sein.

Im Fürstentum würde er sich zuallererst den Ort ansehen, an den sich Agrati für seine geheimen Treffen hatte chauffieren lassen.

Er blätterte weiter.

Seite 93.

Technik – Ledergerbung mit pflanzlichen Stoffen
Die Vorzüge hautfreundlichen Leders
Gerben ist bekanntlich nicht gerade ein umweltfreundliches und gesundes Verfahren …

Bekanntlich.

… Seit einiger Zeit setzt sich die pflanzliche Gerbung immer mehr durch. Die Lederhersteller in der Region Pisa und Florenz haben sich bereits 1994 unter dem Gütesiegel »Garantiert pflanzlich gegerbtes italienisches Leder« zusammengeschlossen. Diese Methode, die bereits seit der Vor- und Frühgeschichte praktiziert wird …

Seit der Vor- und Frühgeschichte.

… besteht darin, das Leder lange in einem Wasserbad mit Tanninen von Quebracho-Bäumen und Kastanien ruhen zu lassen …

Die Quebracho-Tannine der Neandertaler.

… Der eigentlichen Gerbung folgen die Färbung und Fettung des Leders, das Abwelken, das Trocknen und das Walken, wodurch das Leder weich und geschmeidig wird. Zu den Vorzügen der pflanzlichen Gerbung zählt die bessere Verträglichkeit des Leders für Menschen mit hypersensibler Haut (man denke nur an die von Uhrenarmbändern verursachten Allergien) …

Etwas für handfeste Männer eben. Ein echter Vorzug der pflanzlichen Gerbung.

> ... sowie die längere Haltbarkeit des handgegerbten Produkts, das von einer pflanzlichen Schutzschicht umgeben ist.

Er blätterte weiter.

Er las »Proteinderivate der Seide und Ceramide« und dachte: Soll ich Montorsi anrufen?

Er blätterte weiter.

Er las: »Die ausdrucksstarke und vielseitige Kollektion ›Kiss of the Dragon‹ von Cartier ist von China inspiriert: Schmuckstücke, die Aufsehen erregen, in Pagodenform und mit Ornamenten, die an chinesische Schriftzeichen erinnern, die klaren Farben von Jade, Onyx und Rubinen und im Kontrast dazu die Transparenz von Perlmutt im einmaligen Zusammenspiel mit Seide.« Und er dachte an die toten Chinesen, zersetzt in Säurefässern, an die gefrorenen Leichen im Kühlcontainer von Malpensa.

Er blätterte weiter.

Er las: »Die MP3-Player von Philips, die getragen werden wie die Kapitänsbinde in gewissen Sportarten, zeichnen sich durch höchsten Tragekomfort aus. Sie sind mit einem One-Touch-System und Spritzwasserschutz ausgestattet und werden mit einer Fernbedienung ausgeliefert.« Er dachte: Ich muß mich mit Wundsam und Christa in Verbindung setzen.

Er blätterte weiter.

Er las: »Bevor sie Mrs. Bowie wurde, war sie bereits ein berühmtes Model. Nun vertreibt Iman ihre eigene Kosmetiklinie auf Beauty.com, wo auch Informationen über ihre Philosophie, News und Make-up-Tips zu finden sind. Darüber hinaus gewährt Iman den Fans Einblick in ihr Notiz- und Ideenbuch.« Christa, dachte er.

Er gähnte.

Blätterte gähnend weiter.

Der erste Fall der Europäischen Sicherheitsagentur. Alles war so *kompliziert.* Lustig fand er das nicht.

Lopez war müde.

Mailandfrust. Europafrust.

China.

Er dachte an das, was der junge Mondo am Abend zuvor gesagt hatte. Die Chinesen. Die illegalen Einwanderer. Die Schwarzen Gesellschaften. *Nicht, daß man das in Brüssel nicht wüßte: Aber sie lassen die Chinesen gewähren.* Wußte Montorsi Bescheid und ließ sie gewähren?

Auf was für einen Mist hatte er sich da nur eingelassen.

Er fühlte sich wie ein Mann, der sich allein China entgegenstellt.

Er blätterte weiter. Seite 112.

CHRONO 4 IM NEUEN GEWAND: DIE GEBURT DER »BELLISSIMO«

Sowohl in technischer als auch in ästhetischer Hinsicht ist die »Chrono 4 Bellissimo« die ideale Uhr für den Mann von Stil und Charakter. Auf das Design von Gehäuse und Ziffernblatt wurde besonders viel Aufmerksamkeit verwendet. Das neue Modell besticht durch seine weichere, rundere Linienführung. Am elegantesten wirkt die Ausführung mit römischen Ziffern. Wahrhaft revolutionäres Chronographen-Design bietet die Gestaltung des Ziffernblatts. Die horizontale, lineare Anordnung der Zähler und der dazugehörigen Indexe erlaubt eine neue Art, die Zeit zu lesen. »Chrono 4 Bellissimo« ist der erste Chronograph in der Geschichte der Uhrmacherkunst, bei dem die Zähler linear angeordnet sind. Aus technischer Sicht bringt die von Eberhard & Co. in jahrelanger Forschung ausgetüftelte revolutionäre Vorrichtung eine beachtliche Gesamtkonstruktion mit sich, die nur ein großes Unternehmen der Branche verwirklichen konnte. Die »Chrono 4 Bellissimo« wird in Edelstahl oder 18karätigem Roségold ausgeführt. Ziffernblätter in Weiß oder Blau. Für die Edelstahlversion ist alternativ zum Armband aus Krokodilleder auch das Stahlarmband Chaloupe mit vier glänzenden Gliedern erhältlich.

Er hatte Zeit.

Er blätterte weiter.

Er versuchte, Wundsam zu erreichen. Das Satellitentelefon war ausgeschaltet. Es war noch zu früh, der trieb es gerade mit Christa.

Christa.

Seite 112, unter dem Chronographen »Bellissimo«.

Piper-Heidsieck Brut mit Cooler-Bag

Die elegante, längliche Flasche mit der goldenen Kapsel und dem unverwechselbaren roten Etikett tritt bei festlichen Anlässen neuerdings im jungen, edlen und natürlich roten Cooler-Bag auf: ein exklusiver Beutel aus isolierender High-Tech-Microfaser, der Ihren Piper-Heidsieck für einige Stunden kühl hält. Durch dieses höchst nützliche Accessoire werden Sie und Ihre Gäste diesen Champagner, der seit jeher für Kultiviertheit, Gastfreundschaft und große Emotionen steht, bei optimaler Trinktemperatur zwischen 9 und 11 Grad genießen können. In diesem edlen, roten Gewand wirkt Piper-Heidsieck-Champagner noch verführerischer als bisher, ein wahrer Starauftritt, der garantiert für Aufsehen sorgt. Piper-Heidsieck genießt die Aufmerksamkeit, genießt es, im Mittelpunkt des Abends zu stehen und dabei eine lebhafte, elegante, doch nicht steife Atmosphäre zu schaffen: der ideale Champagner, um leidenschaftlich und ohne falsche Zurückhaltung zu feiern. Für Liebhaber stellt Piper-

Heidsieck Genuß in Vollendung dar: Seine Qualität und Harmonie machen ihn zu einem der besten Champagner, der überall auf der Welt geschätzt wird, nicht zuletzt auch von den Größen des Films. Frische, Spritzigkeit, feine Aromen von Zitrus und Blumen machen aus dem Piper-Heidsieck Cuvée Brut einen Champagner von außergewöhnlicher Ausgewogenheit, Harmonie und Spritzigkeit.

Er bat den Barmann um ein Glas Wasser.

»Mit Kohlensäure?«

»Nein.«

Seite 82.

GOLD: EINE GLÄNZENDE ZUKUNFT FÜR ALLE (ZUMINDEST AUF DEM LAUFSTEG)

Es ist lange her, daß man so viel davon gesehen hat. Auf Modenschauen, in Werbespots, sogar bei Haarfärbemitteln. Ein flüchtiger Trend? Wohl kaum. Beim nächsten Fest wird es populärer sein als Rot.

Jetzt sind die minimalistischen 90er Jahre wirklich passé, in denen Leichenblässe, Augenringe, aufgelöste Frisuren und merkwürdig geschnittene Kleider jeglichen Prunk, jeglichen Schmuck, jeglichen Pomp verdrängten …

Nicht einmal Tod's verzichtet auf die Faszination des gelben Metalls, sondern verleiht damit einer Tasche aus Pythonleder besonderen Glanz …

Seit der Antike kreist das Denken der Menschen um Gold, das in allen Kulturen Spuren hinterlassen hat …

Kronen und Szepter sind aus Gold, und aus diesem Metall wurden auch Münzen geprägt …

Man fühlt sich in die goldene Zeit Hollywoods zurückversetzt, als Claudette Colbert am Set von DeMilles ›Cleopatra‹ (1934) von Travis Banton geschneiderte Kleider aus gleißendem Lamé trug. Dieser zeichnet auch für einen der sensationellsten Auftritte der Filmgeschichte verantwortlich: für das vollständig mit Gold überzogene Chiffonkleid von Marlene Dietrich in Lubitschs ›Angel‹ (1937), das von der Kritik sofort mit Fabergé-Schmuck verglichen wurde. Man sagt, die Schneiderinnen der Paramount hätten für die Anfertigung des Kleids mehrere Wochen gebraucht, das die Produktionsfirma eine damals exorbitante Summe von 8000 Dollar kostete. Offensichtlich ist Gold ein zeitloses Material. Das gilt für die Mode, aber auch für Vermögenswerte: Tatsächlich ist dieses Metall, wie der Ökonom Carlo Taticchi betont, »unabhängig von der Entwicklung der Börsen weiterhin die klassische Anlageform, auf die man sich in Zeiten von Krieg und Unsicherheit zurückzieht«.

Das Tageslicht fiel schräg in die Bar und wurde durch die polierten Fensterscheiben noch verstärkt.

Lopez gähnte und streckte sich.

Die Bar wimmelte von Mailändern, Singhalesen und Schwarzen.

Ein Stammkunde begrüßte ihn: »Guten Morgen, Inspektor.«

»Ich bin kein Inspektor.«

Der Alte ließ ein schallendes Mailänder Gelächter ertönen. »Wie, spielen Sie jetzt den Bescheidenen?«

»Lassen Sie ihn in Ruhe, er ist jetzt ein Niemand«, sagte der Barmann.

Lopez nickte und gähnte, ihn fröstelte. Er spürte, wie das lange, schräge Morgenlicht ihm kalt über die Wange strich.

Dann machte er sich bereit zum Zahlen, zum Hinausgehen, zur Fahrt ins Fürstentum.

Sein Satellitentelefon klingelte.

Es war Calimani.

Er hatte Neuigkeiten.

Er hatte Agratis Netz von Investitionen und Kontakten entwirrt.

James Cameron
Fürstentum Monaco, 8. September 2002, 23:05

Er fuhr durch die von Autoscheinwerfern erhellte Nacht.

Er war in Bewegung.

Er roch Blut.

Das Blut von vorher: Wilberg, Kremer, Lei Yong. Das Pekinger Paradies troff vor Blut, es kochte Blut, es briet Blut.

Das Blut von jetzt: der Franzose. Er würde ihm eine Kugel in den Kopf jagen. Aber erst würde er ihn zum Reden bringen.

Das Blut von später: das Serum, das aus dem Frischfleisch tropft.

In der Nacht, Kurve um Kurve, Serpentine um Serpentine, war alles klar.

Er wußte, was er tun würde.

Er wußte, wie er sich zu bewegen hatte.

Er war in Bewegung.

Der Chinese war der Schlüssel.

Der Chinese hatte die Schlüssel.

Der Chinese hatte ihm den wertvollsten aller Schlüssel überlassen. Er hatte ihm die Tür gezeigt. Er hatte gesagt: Mach auf. Und jetzt war er unterwegs, um jene Tür zu öffnen.

Der Herr des China Down hatte ihn zu sich kommen lassen. Der Bedienstete hatte ihn *unter* das Lokal geführt. Als Cameron eintrat, versuchte er, seine Verblüffung zu verbergen: Das Restaurant, ein hohler, spiralförmiger Turm, schien auf diesen runden, leeren Saal einzustürzen.

In der Mitte saß der Chinese.

Der Chinese war neugierig darauf, ihn kennenzulernen. Der Chinese war, wie alle Chinesen, Mitglied des Geheimbundes. Auch er war ein Bruder der Weißen Seerose. Er trug sogar ein Abzeichen, einen kleinen Diamanten, der ins Zentrum eines Kreuzes eingepaßt war, das bis ins Detail einem christlichen Kreuz glich.

Die Brüder erkennen einander, ziehen einander an.

Der Chinese war neugierig darauf, einen Westler kennenzulernen, der in die Weiße Seerose eingeweiht war. Er hatte die rituellen Fragen gestellt. Hatte sich erkundigt, ob Cameron die Kong Cheng Ji kenne. Die List der leeren Stadt. Das ist eine Episode aus dem Sanguozhi yanyi, der Erzählung der Drei Reiche – einem der wichtigsten Texte für die Eingeweihten. Cameron hatte sich anhand dieses Textes seine ersten Chinesischkenntnisse erarbeitet. Die List der leeren Stadt: Drei Männer sitzen friedlich und sorglos auf einer Stadtmauer über dem Haupttor, sie haben sich zum Essen niedergelassen, während ein feindliches Heer sich anschickt, die Stadt anzugreifen. Als die Belagerer sehen, daß die Anführer der Stadt völlig gleichmütig sitzen bleiben und kauen, glauben sie, die Stadt sei aufs beste gerüstet und unbezwingbar – also sehen sie von ihrem Angriff ab.

Der Chinese lächelte.

Er bot ihm etwas zu trinken an.

Langsam, methodisch und beflissen näherte sich ein farbiger Diener, sehr hager und geschmeidig.

In seiner Hand hielt er das Licht.

Cameron war geblendet. Ein klares, bläuliches, gleißendes Leuchten. Auf Camerons Gesicht zeichnete dieses Licht einen senkrechten Wasserspiegel.

Dieses Licht war eine Flasche.

Diese Flasche war aus Metall.

Dieses Metall war Platin.

Dieses Platin blendete.

Die Materie strahlt Licht aus: Sie blendet.

Der Diener stellte die Platinflasche auf dem runden Tisch ab und öffnete sie vorsichtig. Dann entfernte er sich und kehrte mit einem Dekanter, randvoll mit Wasser, und zwei zylindrischen Kelchen zurück, die wie ein Thermometer mit Eichstrichen versehen waren. Er schenkte ein: vier unendlich dichte, trübe, leuchtende Tropfen – vier pro Kelch. Dann verließ er den Raum.

Der Chinese sagte: Das ist Grappa. Der teuerste Grappa der Welt. Er kommt aus Italien. Für jene Platinflasche habe er vierzigtausend Euro bezahlt. Er zeigte Cameron, wie man den Grappa zu trinken hatte. Man goß das Wasser aus dem Dekanter in den Kelch, ohne die Thermometer-Eichstriche aus den Augen zu lassen – erste Markierung, siebzig Prozent; zweite, sechzig; dritte, fünfzig. Sie tranken ihn mit einem Alkoholgehalt von fünfundfünfzig Prozent.

Der Chinese stellte diskrete Fragen. Ob der westliche Bruder aus Peking komme? Von welchem Meister er denn eingeführt worden sei? Welche Geschäfte ihn hierher ins Fürstentum führten?

Und dann sagte er: Vielleicht habe ich etwas für dich, Bruder. Ich bin auf der Suche nach neuen Teilhabern.

»Für das Restaurant?«

Der Chinese schüttelte den Kopf. »O nein. Ich besitze verschiedene Firmen. Ich suche Teilhaber für ein Geschäft … in der Lebensmittelbranche … mehr kann ich dazu nicht sagen.«

Cameron heuchelte Gleichgültigkeit. Die List der leeren Stadt. Sie sprachen, als spielten sie Schach. In zuckersüßem Ton fragte Cameron: »In der Lebensmittelbranche. Um welche Lebensmittel geht es denn?«

Und der Chinese antwortete: »Um Frischfleisch.«

Es fiel ihm schwer, sich nichts anmerken zu lassen. Es zahlte sich aus, sich nichts anmerken zu lassen. Dieser Mann, der Chinese, ist die Spinne im Zentrum des Netzes. Cameron spürte:

Ich habe ins Schwarze getroffen. Der Chinese war undurchschaubar, sein Gesicht mandelfarben, die Augen zwei schräge, tiefschwarze Schlitze, dazu der feine Mund, der seine gewählten Worte deutlich artikulierte. Er erläuterte ihm *in groben Zügen*: Ich habe einen Teilhaber, dem ich nicht mehr vertrauen kann. Ein Franzose. Ich kann sagen, er heißt Sérac. Er wohnt hier, wissen Sie? Übrigens in einer meiner Wohnungen, in der Avenue Ostende 16/A. Er lebt dort unter meinem Namen, was mich maßlos ärgert. Mein Name ist Tai Ji.

»Tai Ji«, stammelte Cameron.

»Findest du das seltsam, Bruder?«

»Ja. Es klingt wie ein Künstlername.«

»Oder wie der eines Priesters. Aber ich habe weder mit Kunst noch mit Religion zu tun. Und wenn, dann nur in einem ganz besonderen Sinn.«

Avenue Ostende 16/A. Bei »Tai Ji« klingeln. Cameron bemühte sich, ein Zittern zu unterdrücken. Der Chinese jagte ihm Angst ein. Die Chinesen jagen einem Angst ein. Er verurteilte den Franzosen zum Tod. Cameron dachte: Das ist eine Falle. Cameron dachte nicht weiter.

Er beschloß, sich zurückzuhalten. Angst ist Schweigen. Er hüllte sich in Schweigen. Wartete auf den nächsten Schachzug.

Er hörte sich an, was ihm der Chinese noch zu sagen hatte. Der Chinese blieb vage. Wir sehen uns morgen, sagte er, dann besprechen wir alles weitere.

Cameron gab ihm seine falsche Visitenkarte – alles darauf war falsch, bis auf die Nummer seines Satellitentelefons.

Der Chinese tat es ihm nicht gleich. Er sagte nur: Ich rufe dich an, Bruder.

Er fuhr, Serpentine um Serpentine, während sich der Z3 in die Kurven legte, zurück ins Herz des Fürstentums, das leuchtete: ein Edelstein, der die Nacht mit Licht benetzte.

Avenue Ostende 16/A.
Bei »Tai Ji« klingeln.
Auf chinesisch heißt das: Der Große Eine.

Stefan Wundsam, Christa Baumann
Amsterdam, 8. September 2002, 11:50

Als das Satellitentelefon klingelte und Christas Nummer auf dem Display erschien, saß Wundsam gerade auf einem Starck-Stuhl aus Eschenholz, die Luft um ihn herum war angenehm feucht, und beobachtete, wie sich auf Lindens Gesicht die Ahnung einer Katastrophe abzeichnete.

Der Ärztliche Direktor der Jenssen-Klinik schwitzte – allerdings *nicht* vom Jod im Wasserdampf. Sie saßen am Rand des Thalassotherapie-Pools. Linden hatte ihn dorthin geführt: Er wollte ihn mürbe machen, einen Gegenangriff starten.

Bisher hatte sich Wundsam nicht beirren lassen. Er hatte weder die sieben Chinesen erwähnt noch LifePol, die von De Vlaeminck beherrschte Versicherung; letzterem gehörte auch die Klinik, und er zahlte chinesischen Privatpersonen exorbitante Summen aus, um sie über den Verlust ihrer lieben Verwandten hinwegzutrösten. Ein auffällig hoher Durchlaufposten. Wahrscheinlich genoß De Vlaeminck Protektion, hatte politische Freunde, Leute in der Regierung: auf jeden Fall in Holland. Mit einer Buchprüfung der EU rechnete er nicht. In Wahrheit war ja auch keine angeordnet worden. Wundsam hatte geblufft und war damit durchgekommen. Jetzt verfügte er über ein bombensicheres Blatt: Er hatte Beweise, die ideale Grundlage, um De Vlaeminck vorladen zu können.

In Lindens Büro, der seine Besorgnis kaum verbergen konnte, hatte Wundsam den Druck durch mysteriöse Andeutungen erhöht. Linden stand kurz davor, zu explodieren – das Nervenbündel als Bombe, die keine Überlebenden zurückläßt.

Wundsam war vorsichtig vorgegangen. Bevor er die Chinesen erwähnte, wollte er mit Christa sprechen.

Mit gespielt desinteressierter Höflichkeit hatte Linden seine Einladung ausgesprochen. Angst und Schrecken quollen ihm aus allen Poren. Linden riskierte seinen Hintern, und das wußte er. Gehen wir doch zum Thalassotherapie-Pool, schlug er vor, da entspannt man sich, so läßt es sich angenehmer reden.

Der so großartig angekündigte »Thalassotherapie-Pool« war ein Schwimmbad, aus dem Mentholdämpfe aufstiegen, die Schwefel- und Jodpartikel überdeckten, über die man sonst die Nase gerümpft hätte. Der Bußaspekt der Kur. Die Krankheit kündigt das Heilmittel an, kontaminiert es, dehnt sich in gewundenen, osmotischen, zwiespältigen Verästelungen aus. Das Heilmittel ist ebenso eitrig wie das Krankheitsbild: Sie berühren sich, an irgendeinem Punkt berühren sie sich, bilden eine Brücke, ermöglichen einen Übergang zwischen beiden Zuständen.

Die Wände: bedeckt von einer salzigen, leicht türkisen Substanz. Schlichtes Design. Am Rand des unnatürlich blauen, erstaunlich phosphorhaltigen Beckens: Liegestühle aus Eschenholz, Marke Starck. Alles ganz schlicht, reduziert, höchst asketisch: In der Krankheit gibt es keinen Prunk, zur Genesung bedarf es Schmerz, Verzicht, Keimfreiheit.

Sie hatten in den angenehm harten Liegestühlen Platz genommen.

Fast flüsterten sie in der heißen, dünnen Indigo-Luft.

Wundsam erwähnte gewisse Unregelmäßigkeiten in den Büchern.

Linden fragte: Ist es etwas Gravierendes?

Wundsam hielt sich bedeckt. Tja, sagte er, wenn man da nachbohrt, wenn man Brüssel davon unterrichtet, dann vielleicht schon, vielleicht kann man es dann gravierend nennen, ob Linden denn wirklich nicht Bescheid wisse?

Linden schüttelte reumütig den Kopf, fragte: Unregelmäßigkeiten welcher Art?

Da klingelte das Satellitentelefon.

Es war Christa.

Wundsam sprach leise, er wollte nicht, daß Linden mithören konnte, der starr wie ein Baumstamm in seinem Starck-Liegestuhl saß, während Wundsam langsam auf der anderen Seite des Schwimmbeckens auf und ab ging.

»De Vlaeminck?« fragte er Christa.

»War nicht zu Hause.«

»Wo bist du? In Beek?«

»Nein, ich bin hier.«

»Wo hier? In Amsterdam?«

»Ich bin zurückgefahren und wohne im Hotel.«

»Wo?«

»Im Europe Hotel. Das liegt auf der Nieuwe Doelenstraat. Ich habe deine Nachricht gehört. Was hast du für sensationelle Neuigkeiten?«

»Ich kann jetzt nicht reden.«

»Hast du Montorsi angerufen?«

»Ncin.«

»Und Lopez?«

»Auch nicht.«

»Kannst du die Klinik ohne Schwierigkeiten verlassen?«

»Ja, kein Problem. Dem Ärztlichen Direktor der Jenssen-Klinik geht der Arsch auf Grundeis.«

»Dann stell ich dir mal ein paar Fragen, so bekomme ich wenigstens etwas mit. Hast du De Vlaeminck gefunden?«

»Nein. Aber auch ja.«

»Hat Agrati etwas damit zu tun?«

»Nein.«

»Und das Frischfleisch?«

»Ja, eindeutig. Wir haben den Schlüssel. Es ist ein Netz.«

»Ein Netzwerk?«

»Ja, aber ich brauche mehr Informationen. Und wir müssen uns mit Lopez in Verbindung setzen. Wenn ich hier einen Schritt weitergehe, fliegt vielleicht alles auf: die Jenssen-Klinik und alles, was dazugehört.«

»Hast du die entscheidende Spur gefunden, Stefan?«

»Ich glaube, ja. Was heißt hier Spur: Das ist eine richtige Autobahn.«

»Hm … Machen wir's so: Ich warte hier auf dich. Wann kannst du da sein?«

»Ich werde dem Ärztlichen Direktor sagen, daß ich mir das Ganze noch mal durch den Kopf gehen lassen muß. Und daß ich mich heute noch mal melde. Wo ist das Hotel?«

»Es heißt Europe Hotel. Nieuwe Doelenstraat 2-8.«

»In welchem Viertel ist das?«

»Im Zentrum. Praktisch an der Amstel. Zehn Minuten vom Bahnhof entfernt. Am besten, du kommst über den Rembrandtplein. Der liegt an der Kreuzung zur Rokinstraße, weißt du, wo das ist?«

»Das ist die Hauptstraße, die vom Bahnhof wegführt, oder?«

»Genau.«

»Gib mir eine halbe Stunde. Zimmernummer?«

»308.«

»Auf welchen Namen?«

»Agotha B. O. Christof.«

»Was für ein bescheuerter Name. Eine Schriftstellerin … Und was bedeutet B. O.?«

Christa lachte. »Big One.«

»Das Erdbeben von Los Angeles. Auf das sie in Kalifornien schon die ganze Zeit warten, aber es kommt nie. *The Big One* …«

»So ist es.«

»Das Große Eine. Eine Frau wie ein Erdbeben. Zum Teufel mit der Bescheidenheit, Christa … Also dann, ich bin in einer halben Stunde bei dir …«

Linden wußte nicht, ob er erleichtert sein oder sich noch größere Sorgen machen sollte.

Wundsam war eiskalt. Er sagte, er müsse sich das Ganze noch mal durch den Kopf gehen lassen.

Linden dachte: Er ist bereit, uns entgegenzukommen. Den Mann kann man schmieren. Er überlegte, wieviel Geld der zu vermeidende Schaden wohl wert wäre. De Vlaeminck hatte sich nicht gemeldet. Er mußte die Sache mit De Vlaeminck besprechen. Der würde sich um alles kümmern, würde die schwarze Kasse von LifePol anzapfen. Vielleicht würden sie noch mal davonkommen.

Wundsam sagte, er werde sich am Nachmittag melden. Er müsse noch einmal gründlich über alles nachdenken.

Wieder im Freien.

An der Amstel.

Das späte Gold von Amsterdam: die leuchtende Düsterkeit des Rotorange, das in einem letzten Schimmer zu ersterben scheint.

Der Himmel spiegelte sich im Kanal, im weihevollen Dahinfließen des Wassers.

Schwindelerregendes Amsterdam.

Auf dem gegenüberliegenden Gehsteig machte Wundsam einen Augenblick lang die drei Italiener und die kleine blasse, leuchtende, hochrote Holländerin aus. Sie ging an der Seite des rindsäugigen Italieners. Der rindsäugige Italiener war hypnotisiert von dem Licht, das die kleine Holländerin ausstrahlte: blaß, blau. Sie bogen um die Ecke. Wundsam lief weiter an der Amstel entlang.

Das Europe Hotel. Klassisch holländische Neogotik. Ein Märchenschloß – aus den Märchen der Vor-Disney-Ära. Unverputzter Backstein, weiß gestrichene Fensterrahmen, ein steiles Schieferdach.

Christa ließ sich's gutgehen.

Sie hatte recht: Es zahlte schließlich Mutter Europa.

Es zahlte Vater Duisenberg.

Es zahlten 350 Millionen Trottel.

Er betrat das Gebäude. Fragte nach Agotha B. O. Christof, Zimmer 308.

Man sagte ihr vom Empfang aus Bescheid.

Er fuhr in den dritten Stock.

Zimmer 308.

Er klopfte.

Keine Antwort.

Wundsam dachte: Sie hat's nicht gehört.

Er klopfte noch mal.

Keine Antwort.

Wundsam blickte sich um: sah nach rechts, nach links, in den leeren Flur des Europe Hotel.

Er sah auf die Uhr: 12:27.

Er fing an, sich Sorgen zu machen.

Plötzlich die matte Stimme aus dem Zimmer: Komm rein.

Er ging durch die Tür. »Christa …«

Dann wurde es dunkel.

Operation »Frischfleisch«
Aufzeichnung zum internen Gebrauch
Ort des Anrufs: Amsterdam, Europe Hotel, Nieuwe Doelenstraat 2-8, Zimmer 308
Anruf der Agentin Christa Baumann von der Europäischen Sicherheitsagentur bei [geschwärzt], 8. September 2002, 12:22 h

Hintergrundrauschen.
[geschwärzt]: »Ja.«
Christa Baumann [CB]: »Ich bin's.«
[geschwärzt]: »Ist die Leitung abhörsicher? Du weißt, du sollst mich nicht anrufen ...«
CB: »Ich weiß. Sie ist abhörsicher. Ich rufe an, weil es dringend ist.«
[geschwärzt]: »Was heißt dringend? Wir sehen uns doch gleich, was mußt du mich da anrufen?«
CB: »Ich kann Wundsam nicht länger kontrollieren. Er macht zu große Fortschritte. Ich dachte, es wäre leichter, ihn zu kontrollieren.«
[geschwärzt]: »Du hast gesagt, du würdest das schaffen ...«
CB: »Er kommt zu schnell vorwärts. Ich hatte nicht damit gerechnet ...«
[geschwärzt]: »Hat er etwas herausgefunden?«
CB: »Ja, über De Vlaeminck. Er war drauf und dran, in De Vlaemincks Klinik alles hochgehen zu lassen. Wenn er die holländische Polizei einschaltet, geht alles den Bach runter ...«
[geschwärzt]: »Weiß er etwas über uns?«
CB: »Nein. Er hat keine Ahnung. Aber ansonsten fällt es mir schwer, ihn unter Kontrolle zu halten.«
[geschwärzt]: »Und Lopez?«
CB: »Ich habe dir schon erzählt, wie Lopez arbeitet,

er ist ein Einzelgänger, heute hat er sich noch nicht mal gemeldet. Um Lopez mußt du dich kümmern.«

[geschwärzt]: »Das werden andere tun. Die Situation ist zu komplex, als daß Lopez daraus schlau werden könnte. Man muß die beiden nur unter Kontrolle halten, Wundsam und Lopez. Bist du sicher, daß die Leitung abhörsicher ist?«

CB: »Ja, keine Sorge. Ich befolge doch stets meine Anweisungen, oder?«

[geschwärzt]: »Das werden wir noch sehen. Wo bist du?«

CB [lacht]: »Aber klar gehorche ich . . . Ich bin im Europe, wo du das Zimmer reserviert hast. Wann kommst du?«

[geschwärzt]: »In ein paar Stunden, ich hab's dir doch gesagt.«

CB: »Wundsam wird gleich da sein.«

[geschwärzt]: »Was? Im Hotel?!«

CB: »Ja, mach dir keine Sorgen. Ich weiß, wie ich ihn aus dem Verkehr ziehen kann.«

[geschwärzt]: »Bist du wahnsinnig! Warum hast du ihn dorthin bestellt?!«

CB: »Ich brauche ein Zimmer, um ihn aus dem Verkehr zu ziehen . . . Hör endlich auf, dir Sorgen zu machen, oder traust du mir etwa nicht mehr?«

[geschwärzt]: »Ich traue keinem.«

CB: »Es klopft, das muß er sein . . . Das ist Wundsam. . . Also, kommst du?«

[geschwärzt]: »Ich hab's dir doch gesagt, ja. Warte auf mich. Paß ja auf mit Wundsam. . .«

CB: »Ich ziehe ihn aus dem Verkehr, sonst wird er unkontrollierbar. Das dauert nicht lange. Ich weiß, was ich zu tun habe. Ich habe da einen Plan, nachher erklär ich's dir . . .«

[geschwärzt]: »Ist das nicht . . . zu riskant?«
CB: »Im Moment ist alles riskant. Ich hatte gehofft, wir hätten noch Zeit bis dahin.«
[geschwärzt]: »Du kannst das nicht einschätzen. Du bist nur ein kleines Rädchen im Getriebe. Du weißt nur, was du wissen sollst. Werd nur nicht größenwahnsinnig . . .«
CB: »Ich werde nicht größenwahnsinnig. Es klopft, das ist Wundsam. Ich muß ihm aufmachen, tschüß . . .«
Ende des Gesprächs.

Giorgio Calimani
Mailand, 8. September 2002, 09:45

Der Mailänder Justizpalast: irgendwie arktisch. Calimani hatte er noch nie gefallen: die Schriftzüge in weißem Marmor, dieser Riesenklotz aus weißem Marmor und versteckt in einem Innenhof die riesige, geschwärzte Justitiastatue im Libertystil ... Beklommenheit in Würfelform, mitten in Mailand: Er konnte die faschistische Architektur nicht ausstehen, von ihm aus hätte man den Architekten Piacentini ruhig nach Brasília schicken können, er, Calimani, hätte am liebsten jedes einzelne Gebäude abgerissen, das Piacentini jemals geplant und gebaut hatte. Die neulateinischen Sinnsprüche, quadratisch, martialisch bis zur Lächerlichkeit – der Bau erinnerte an einen Laientempel, den das labyrinthische Innere nur noch häßlicher machte, in dem sich die Mailänder unweigerlich verliefen und ihrer Buße zugeführt wurden, nachdem sie am Eingang nutzlose, äußerst strikte Kontrollen hinter sich gebracht hatten. In der von Anwaltsschweiß gesättigten Luft schrillten die Metalldetektoren.

Aber dieser Typ war einfach ein Genie. Der junge stellvertretende Staatsanwalt. Es hatte sich gelohnt, daß sie die ganze Nacht durchgearbeitet hatten. Ein echtes Genie. Bei Tagesanbruch hatte er alle wesentlichen Informationen zusammen. Am frühen Vormittag war das Bild vollständig. Jetzt unterhielt er sich gerade mit Lopez, Calimani hörte mit Hilfe der Freisprechfunktion mit. Lopez wußte seine Arbeit zu schätzen. Das würde ihnen allen etwas bringen: Lopez, dem stellvertretenden Staatsanwalt und auch ihm.

Keine vierzig und schon ein Genie. Der Knabe hatte einen steilen Aufstieg bei der Staatsanwaltschaft hinter sich, und jetzt, wo Staatsanwälte soviel politisches Gewicht besaßen, na, da waren das tolle Aussichten. Calimani kannte ihn schon ein paar Jahre. Er hatte ihm ein paar Amtshilfegesuche unterschrieben, hatte den Chef Santovito in die Schranken gewiesen. Er war jung und verbindlich und entschlossen und hatte einen kühlen Kopf. Er hieß Antonio Madone, der Nachname ließ auf eine süditalienische Herkunft schließen, aber Calimani hatte herausgefunden, daß er aus der Gegend von Parma stammte. Und wie alle, die aus der Gegend von Parma stammen, war er ein übertriebener Lokalpatriot. Calimani langweilte das, aber er hörte sich an, wie der junge Madone von Orten, Flüssen, Kirchen, von den berühmten Männern aus Parma sprach. Das sind vielleicht bescheuerte Namen, ging es Calimani durch den Kopf... Pianisina, Bismantova, der Cannapaio und der Weg zum Rì-Graben. Als Mailänder hatte Calimani da ganz andere Dinge im Kopf. Er dachte an die Namen in der Gegend um Sesto San Giovanni, die leerstehenden, an eine Mondlandschaft erinnernden Fabrikgebäude, den Wind in den Rockfalten der Arbeiterinnen und an das lange Sirenengeheul auf dem Falck-Gelände in Sesto.

Die Italiener sind schon seltsam.

Aber dieser Madone war ein Genie. Setzte sich die ganze Nacht hochkonzentriert mit Agratis Firmennetz auseinander. Und hatte dabei interessante Entdeckungen gemacht. Der junge Madone hatte dickes, gewelltes, vorzeitig ergrautes Haar, aber das waren nur ein paar Silberfäden in der voluminösen, halbglatten Mähne. Sein blasses Gesicht kündete von erschreckender Müdigkeit und Zurückhaltung. Rein äußerlich wirkte dieser Vierzigjährige nicht sehr beeindruckend, der für Calimani ehrlich gesagt nicht wie ein Vierzigjähriger aussah. Er wirkte eher wie einer dieser alterslosen Menschen zwischen achtundzwanzig und fünfzig, ein früh gealterter Junge, dessen Schale jedoch intakt geblieben war, eine undurchdringliche, hölzerne Schale, bei der man sich fragt: Was der wohl fühlt? Ob der überhaupt etwas fühlt? Einer von denen, die Bescheid wissen, aber es stört einen nicht, daß das so offensichtlich ist.

Madone hatte das Gespräch mit Lopez eröffnet, die Freisprechfunktion war aktiviert: »Guten Morgen, Inspektor Lopez, hier spricht der stellvertretende Staatsanwalt Madone ...«

Ein Rauschen in der Leitung, und Lopez mit seiner üblichen Klugscheißernummer: »Ich bin kein Inspektor, Herr Staatsanwalt, aber das macht nichts ...«

»Und ich kein Staatsanwalt, nur stellvertretender Staatsanwalt. Mir macht das schon was aus, ich wäre lieber Staatsanwalt ...«

Die drei Männer lachten, Calimani ein wenig gezwungen.

Lopez kam gleich zur Sache: »Was wissen Sie über Agrati?«

Madone dachte einen Augenblick nach: »Alles. Ich weiß alles.«

Typisch, aber es störte einen nicht. Dieser Madone war trotz seines jungen Alters alles andere als ein Besserwisser. Er kannte sich aus, und plötzlich war es so, als implodierten die Dinge in ihm, wie beim China-Syndrom, dieser Atomkraftgeschichte: Der Kern schmilzt und frißt sich bis ins Erdinnere vor.

Und dann sagte Madone: »Ich versuche jetzt mal, Ihnen das Wesentliche zu erläutern ...«

Sie hatten die ganze Nacht durchgearbeitet. Calimani hatte ihn aus dem Bett geholt, er war das Risiko eingegangen, hatte sich gesagt: Schlimmstenfalls schickt er mich zum Teufel. Doch das tat Madone nicht. Er ließ sich kurz erklären, worum es ging. Calimani spielte seine beste Karte aus: Wir arbeiten für die Europäische Sicherheitsagentur. Madone hatte davon gehört. Der Run auf Posten bei den neuen Verwaltungs- und Ermittlungsbehörden hatte gerade begonnen. Madone erinnerte sich noch an Lopez. Calimani sagte: Es geht um eine Gefälligkeit, nichts Offizielles. Madone sagte: In Ordnung. Treffen wir uns in einer halben Stunde, genau die Zeit, die man braucht, um sich anzuziehen, aufs Moped zu steigen und in den Justizpalast zu fahren.

Madone war pünktlich. Das untadelige Verhalten des Antonio Madone. Das Calimani merkwürdigerweise durchaus zu schätzen wußte.

Binnen zwei Stunden hatte Madone praktisch alles herausgefunden, was es herauszufinden gab. Calimani war fassungslos. Madone lächelte mitleidig, so war es Calimani jedenfalls vorgekommen. »Heutzutage gibt es nichts mehr herauszufinden. Man braucht nur noch Datenbankinhalte miteinander zu verknüpfen.«

Vor zwei Jahren hatte Agrati eine Lebensversicherung auf sich und seine Frau abgeschlossen. Der Name des Versicherungsunternehmens: LifePol, Geschäftssitz: das Fürstentum Monaco. Geschäftskonto bei der Elite Private Bank: »Die Bank der Reichen«, sagte Madone. Und fügte hinzu: »Ein undurchschaubares Gebilde.« Mit beträchtlichem Aufwand gelang es Madone dennoch, die Unternehmensstruktur, die Reihen des Aufsichtsrates zu rekonstruieren.

Calimani flippte schier aus.

LifePol war ein Tochterunternehmen. Dahinter stand ein ganzes Netzwerk, in dem der Name De Vlaeminck die Hauptrolle spielte: ein Holländer mit doppelter Staatsbürgerschaft – neben dem Paß der Niederlande besaß er auch das exklusive Büchlein des Fürstentums. Das hieß: ein Holländer mit einflußreichen politischen und finanziellen Verbindungen. Eines von De Vlaemincks Unternehmen: Frischfleisch Inc. Wie Agrati war auch De Vlaeminck im Lebensmittelgeschäft. Wie Agrati machte er Import-Export-Geschäfte mit China. Wie bei Agrati ging es um Fleisch – um *Frischfleisch.*

Alle Wege führten ins Fürstentum.

Als es schon hell wurde, machte Madone noch eine Entdekkung. Er hatte Agratis Beteiligungen an anderen Unternehmen überprüft: verschwindend geringe Summen, verschwindend geringe Anteile, Nebensächlichkeiten. Und plötzlich stieß er auf eine zweite Versicherungspolice.

Eine zweite Lebensversicherung.

Auf den Namen Agratis und seiner Frau.

Eine *ganz* komische Police. Agrati und seine Frau hatten keine Kinder. Natürliche Erben: die Geschwister. Doch die Police begünstigte einen Mario Ros. Mario Ros: Seine persönlichen Daten standen dabei. 56 Jahre alt, ledig, wohnhaft im Fürstentum, Avenue Ostende 16/A. Also dieselbe Adresse wie die der Elite Private Bank. Madone sagte: »Ich kenne das Fürstentum, ich kenne den Sitz der Elite Private Bank. Ein großes Gebäude. Es gibt da auch Wohnungen. Die Bank für reiche Leute im Haus der reichen Leute. Trotzdem eigenartig. Das muß ich mit Lopez besprechen.«

Bisher hatten sie nicht auf die Höhe der Versicherungssumme geachtet. Sie hatten nicht einmal einen Blick darauf geworfen.

Calimani fragte: Wie viele Milliarden Lire ist diese Police wohl wert?

Und Madone gab zurück: »Einen Euro.«

Eine Police über einen Euro.

Europa verdichtet sich im Fürstentum.

Erdbebenstöße, die man nicht sieht.

Die Vibrationen des Zusammenbruchs, des Aufbrechens – die Vibrationen kurz vor dem Nichts.

Gerade übermittelte der stellvertretende Mailänder Staatsanwalt Antonio Madone per Freisprechfunktion Lopez die Informationen. Er erwähnte seine Entdeckungen. Er beschrieb das Netz.

»Es ist praktisch ein Spinnennetz.«

»Ein Spinnennetz?« fragte Lopez.

»Ja. Und Sie müssen die Spinne finden.«

Eine halbe Stunde lang sprachen die beiden miteinander. Calimani war erschöpft. Die Police über einen Euro zugunsten von Mario Ros war ein Rätsel, ein Fall im Fall. Lopez sagte gerade: »Bei diesem Fall steht hinter jedem Fall immer noch ein größerer Fall.«

Madone: »Ganz genau. Das ist das Spinnennetz.«

Aber Lopez war *begeistert.* Er sagte, endlich wisse man mehr über De Vlaeminck und Mario Ros. Er werde der Spur nachgehen.

»Wo?« fragte Calimani.

»Im Fürstentum. Ich fahre hin. Vorausgesetzt, es kommt nichts dazwischen.«

Calimani bedankte sich bei dem jungen Madone. Er fiel fast vor ihm auf die Knie. Ich schulde Ihnen ein Abendessen, sagte er. Dann stoßen wir auf die Agentur an. Auf Europa.

Madone lächelte: »Europa gibt es nicht.«

»Man braucht nur Verbindungen zwischen den Datenbankinhalten herzustellen«, gab Calimani zurück.

»Sie haben mir wirklich einen großen Gefallen getan.«

»Das habe ich im Hinblick auf zukünftige Entwicklungen gemacht: für Ihre Entwicklung und für meine. Und so schwer ist es nun auch wieder nicht gewesen, Sie haben es ja gesehen.«

»Aber manchmal sehe ich nicht so klar.«

»Das mit den Entwicklungen müssen Sie mir erklären, Herr Staatsanwalt.«

»Nun, alles hat seine Vorteile. Wir sind doch keine Heiligen.«

»Wenn der Schuß nur nicht nach hinten losgeht.«

»Und uns ins Gefängnis bringt und in den Ruin treibt.«

Als sie auf die leere weiße Treppe hinaustraten, hatte sich das nachts menschenleere Mailand in eine bevölkerte Kuppel verwandelt, ein Werk aus Kobalt, Bernstein und, ja, Gold.

»Mailand bei Nacht und bei Tag, das sind zwei völlig verschiedene Welten, stimmt's, Herr Staatsanwalt?«

»Da haben Sie recht. Zwei unterschiedliche Planeten.«

»Ich wollte nur noch sagen: Danke.«

James Cameron
Fürstentum Monaco, 8. September 2002, 23:25

Avenue Ostende 16/A.

Schwierig.

Cameron hatte den Z3 in einem Parkhaus in La Condamine abgestellt. Von dort aus hatte er seinen Weg zu Fuß fortgesetzt. Bevor er geparkt hatte, war er ein einziges Mal durch die Avenue Ostende gefahren, und zwar nicht nur um das Gebäude in Augenschein zu nehmen, in dem der Franzose wohnte – er wollte sich auch nach Closed-circuit-Überwachungskameras umsehen und nach solchen, die mit der Polizeidirektion verbunden sein mochten. Die monegassische Polizei war auch so ein Problem. Jeder wußte: Die nervten. Die Polizei war bestechlich, sie stand im Sold der Mächtigen: Die Mächtigen hatten allesamt einen Wohnsitz im Fürstentum.

Cameron zählte: sieben Videokameras auf der linken und sechs auf der rechten Seite – von der Rue Grimaldi aus kommend. Dazu vier Kameras, die am Eingang des Gebäudes mit der Hausnummer 16/A angebracht waren.

Dort hielt sich der Franzose auf.

Der Chinese hatte ihm grünes Licht gegeben.

Cameron wollte lieber nicht wissen, weshalb.

Er sah nur zwei Möglichkeiten. Der Chinese will den Franzosen *wirklich* loswerden. Der Chinese will mich loswerden. Andererseits, dachte er: Unter dem Boden des China Down hätte er mich ja loswerden können.

Sagen wir mal so: Die Chancen stehen 60:40 zugunsten der ersten Möglichkeit.

Er will den Franzosen loswerden.

Ich will den Franzosen loswerden.

Aber zuerst will ich Informationen. Ich will verstehen. Es geht nicht darum, Wilberg zu rächen. (Und trotzdem kam ihm sofort Wilberg in den Sinn ...) Wilberg und Lei Yong haben mich gelinkt. Das Geschäft mit dem »Frischfleisch«. Der Chinese hat von Frischfleisch geredet.

Ich will verstehen.

Ich will einsteigen.

Das ist die Zukunft.

Die Zukunft ist das Frischfleisch.

Die Gegenwart ist das noch für kurze Zeit lebendige Fleisch des Franzosen.

Er wollte gerade in die Einfahrt zur Tiefgarage einbiegen. Der Z3 rollte nur so dahin. Die Videokameras bereiteten Cameron Kopfzerbrechen. Die monegassische Polizei machte ihn nervös. Außerdem hatte er eine Frage ohne Antwort und keinen, dem er sie hätte stellen können: Was will der Chinese.

Plötzlich hätte er beinahe einen Idioten angefahren.

Der Idiot wich gerade noch rechtzeitig aus. Schaute nicht, wo er hinlief, der Idiot. Arschloch, rief ihm der Idiot auf italienisch hinterher.

Cameron fuhr die Einfahrt hinunter und sah im Rückspiegel dem italienischen Idioten nach. Wäre er nicht hinter dem Franzosen hergewesen, hätte er sich den Luxus gegönnt, den Italiener umzulegen.

Er ließ sich von der spiralförmigen Tiefgarageneinfahrt verschlucken.

Der Lieferantenaufzug brachte ihn wieder an die Oberfläche.

Place Ste Dévote. Eine geschmacklose, taghell beleuchtete und von den Hauern stockdunkler Wachtürme und Wolkenkratzer zerfleischte Kathedrale.

Der Abschaum der Menschheit hatte im Fürstentum nur offiziell seinen Wohnsitz – tatsächlich wohnte man anderswo.

Praktisch eine Geisterstadt. Allerdings eine ziemlich luxuriöse.

Cameron fand es nicht ohne, zu Fuß die Formel-1-Strecke abzugehen. Vor etlichen Jahren hatte er einmal auf der umwerfenden Dachterrasse eines Ostberliner Geheimdienstlers die triumphale Zieleinfahrt von Alan Jones miterlebt. Damals war er noch jung. Jetzt war er eingerostet. Damals war er auch noch nicht so verzweifelt gewesen. Jetzt fehlte es ihm an allem: Sie hatten ihm seine Existenz geraubt, das Paradies, Peking – wie wenn man ein Schwein abhäutet, wie wenn man eine zweite Haut in Fetzen herunterreißt.

Er fragte sich, ob er es wohl schaffen würde.

Er bog in die Avenue Ostende ein.

Menschenleer.

Vor dem Haus Nummer 16/A sah er den italienischen Idioten, den er beinahe umgefahren hätte.

Der italienische Idiot kümmerte sich nicht um die Videokameras.

Also: kein Profi.

Also: Abwarten, vielleicht ist er nur zufällig da.

Der italienische Idiot hatte ihn nicht bemerkt. Beim Gehen hielt er die Hände hinter dem Rücken verschränkt. Auf Höhe des Eingangs 16/A blieb er stehen. Er wirkte neugierig.

Plötzlich drehte er sich um. Cameron sah er nicht. Er hatte die vorbeifahrenden Autos im Auge. Cameron lächelte: Bestimmt war er erschrocken, der Z3 hatte ihm einen Mordsschrecken eingejagt.

Der Italiener ging über die Straße.

Er blieb kurz vor dem Eingang 16/A stehen.

Ein abschätzender Blick. Das ist kein Profi. Er drehte sich wieder um. Er ging zurück in Richtung Place Ste Dévote.

Cameron zog die Schultern hoch und sah stur zu Boden, während er langsam weiterspazierte. Aus den Augenwinkeln beobachtete er den italienischen Idioten. Gedankenverloren setzte der Typ seinen Weg auf der anderen Straßenseite fort. Jetzt waren sie auf gleicher Höhe. Der italienische Idiot hatte den Fußgänger auf der anderen Seite der Avenue noch nicht mal bemerkt.

Langsam, bedächtig und mit hochgezogenen Schultern schlurfte Cameron weiter.

Der Italiener erreichte den Platz. Er wurde vom Scheinwerferlicht der Kathedrale erfaßt. Er bog nach links ab, Richtung Hafen, und überquerte die Avenue Kennedy.

Cameron entspannte sich. Kein Grund zur Besorgnis. Ein italienischer Idiot ist nichts weiter als ein Idiot, der zufällig Italienisch spricht.

Bevor er die Höhe des Eingangs 16/A erreichte, überquerte er die Straße. Er hatte sich nicht getäuscht. Wenn er sich im Schatten hielt, würden ihn die Videokameras, die er ausgemacht hatte, nicht erfassen. Die dreizehn Kameras auf der Avenue waren kein Problem. Die vier am Eingang 16/A schon.

Das übertrieben gewölbte Dach: Pseudo-Libertystil. Im Erdgeschoß neben dem Eingang 16/A der Eingang 16/B: ELITE PRIVATE BANK. Volltreffer: der Nabel der Welt.

Schlußfolgerung: unmöglich, da einzudringen.

Optionen: nachdenken.

Er dachte: Eigentlich hat der Chinese gesagt: bei Tai Ji klingeln.

Der Chinese weiß, daß es unmöglich ist, ins Gebäude einzudringen.

Der Chinese hat gesagt: Das ist mein Haus.

Der Chinese kennt das Terrain genau. Die Chinesen kennen das Terrain immer genau.

Da muß man der chinesischen Weisheit folgen.

Da muß man klingeln.

Cameron blieb im toten Winkel der Videokameras stehen und überlegte, *was* er an der Sprechanlage sagen könnte. Jede Bewegung war ein Risiko. Wenn die Videokameras etwas aufzeichneten, dann nur den Eingangsbereich.

Hier flitzen die roten Ferraris vorbei. Genau hier.

Der weltberühmte Stil.

Was soll's, dachte Cameron. Ich hab's, dachte er.

Ich weiß, was zu tun ist.

Wenn sich die Gedanken überschlagen und der weitere Weg unklar ist, dann muß man handeln. Spring. Spring in die Dunkelheit: Es ist besser, die Dunkelheit zu sehen, als völlig blind zu bleiben. Kalkül, Methode, Handeln: Diese Kräfte, ob vereint oder getrennt, unterstützen die Arbeit des Schicksals. So etwas wie Zufall gibt es nicht. Die Prophezeiung erfüllt sich immer selbst.

Nenn es autogenes Training.

Cameron tastete nach der Ladung seiner Waffe. Er kramte in seiner Tasche nach der Munition und lud die beiden Ersatzmagazine. Eine gute Vorbereitung ist oft mehr wert als die reine Sprengkraft. Explosionen sind eine äußerst zwiespältige Angelegenheit: Sie verstümmeln auch den, der sie auslöst. Man muß eine Wahl treffen, ohne die Wahl zu haben. Für einen Augenblick sieht man dem süßen Niedergang ins Auge. Man muß die böse Ahnung vertreiben, das Negative könnte sich bewahrheiten.

Nenn es ein Gebet.

Cameron atmete tief durch. Sich mit Sauerstoff vollpumpen, bevor man die Luft anhält. Sich fragen, ob man bereit ist, und einen Sekundenbruchteil vor der Antwort – springen. Blindlings und hellsichtig zugleich.

Nenn es ein nicht einkalkuliertes Risiko.

Nicht an die Statistiken denken. Nicht groß über Instinkt palavern. Gefaßtsein angesichts des Endes. Tief einatmen, die Sinne schärfen. Adrenalin ausschütten.

Nenn es Stil.
Bist du bereit?
Ohne zu zögern setzte er sich in Bewegung.

Während er näher trat, betrachtete er sein nächtliches Spiegelbild im Glas der Eingangstür: Panzerglasscheibe.

Ein einbruchsicheres Türschloß.

Die LEDs der Videokameras pulsierten.

Endlich: die Gegensprechanlage.

Messing. Kein Name. Eine Nummer. Oben rechts: Tai Ji.

Er drückte auf den Klingelknopf. Ein König drückt nicht auf Knöpfe. Normalerweise hieße das: Du bist kein König. Doch jetzt denkt er: Der König bin ich.

Eine Stimme antwortete.

Die Phosphorlampe der Videokamera wurde aktiviert.

»Ja?« fragte die Stimme.

Cameron wandte sich der Kamera über der Gegensprechanlage zu.

»Wer sind Sie?«

»Mein Name ist William Pelican. Mr. Tai Ji hat meinen Besuch sicher angekündigt. Ich bin in seinem Auftrag hier, um Herrn Guérin Sérac zu besuchen.«

»Einen Moment.«

Ein einziges Innehalten. Die Aufmerksamkeit richtet sich nach außen wie nach innen: absolute Wachsamkeit, Sekunde um Sekunde, die Gefühle bleiben außen vor. Wenn man derart wachsam ist, gibt es keine Zeit.

Die Stimme kehrte zurück. Sie antwortete: »Mr. Pelican, wir holen Sie ab.«

Er hatte voll und ganz auf den Chinesen gesetzt. Er dachte: Er hat mir den Namen des Franzosen genannt, seine Adresse, er hat gesagt, daß ich klingeln soll. Vielleicht hat er mir den Weg freigemacht. Vielleicht hat er Sérac angerufen.

Vielleicht weiß er, wer ich bin.

Der perverse Genuß des Nichtwissens, wenn man sich innerlich bereit macht für den alles entscheidenden Schlag.

Sie kamen.

Es waren zwei Bodyguards, die Cameron kannte: zwei aus der Gruppe von Peking. Er hatte sie am Flughafen beobachtet. Und auch auf dem Interkontinentalflug hatte er sie sich angesehen.

Sie öffneten die Eingangstür, baten ihn herein.

Cameron trat lächelnd ein.

In der Eingangshalle: zwei Videokameras.

Er schätzte ab, wo der tote Winkel lag, außerhalb des Blickfelds der Closed-circuit-Kamera.

Er trat unmerklich zur Seite.

Die zwei Bodyguards folgten ihm und verließen dabei das Blickfeld der beiden Videokameras.

Cameron trat noch ein Stück zur Seite. Lächelte.

Die zwei Bodyguards baten ihn, Arme und Beine auszustrecken. Sie würden ihn nach Waffen durchsuchen.

Cameron nickte.

Er zog die Hände aus den Taschen.

Die beiden Männer waren verblüfft.

Die zwei Schüsse fielen sofort.

Fast zeitgleich wurden die Gesichter der zwei Bodyguards bleich, das schwarze Loch mitten im Stirnbein, zwei dünne Blutfäden, die die Gesichter hinabrannen, während die Männer zu Boden glitten und Cameron ihre Taschen schon nach dem Aufzugschlüssel durchwühlte.

Vierzig Sekunden seit der ersten Kugel.

Im Aufzug. Er drückte den Knopf für das oberste Stockwerk – das einzige, in dem man von der Avenue aus Licht sehen konnte.

Fünfzig Sekunden.

Siebzig.

Die Aufzugtür führte direkt in das Penthouse hinein.

Zwei Bodyguards standen breitbeinig auf dem Teppich.

Erstaunte Gesichter: Wo sind die beiden anderen Bodyguards?

Keine Zeit zu reagieren.

Wie ihre zwei Kollegen sackten die beiden in sich zusammen: zwei Löcher in zwei Stirnbeinen, im heißen Luftschwall der gedämpften, vom Schalldämpfer unterdrückten Explosion.

Achtundsiebzig Sekunden.

Cameron verließ den Aufzug.

Rechts: niemand. Links: niemand.

Er durchquerte das Wohnzimmer des Penthouses. Möbel aus geflammtem Holz. Der verspielte Tresen mit Bar, im Stil der sechziger Jahre. Vier Scotch in Whiskygläsern.

Hinter dem Tresen: niemand.

Karminroter Teppichboden. Die Fensterfront aufs Fürstentum hinaus. Der dunkel leuchtende Horizont, unterbrochen von den Silhouetten der Wolkenkratzer. Von der Straße aus hatte Cameron die schmale Terrasse bemerkt, die um das gewölbte Dach herumlief: *nützliche* Pseudo-Liberty-Mätzchen. Er öffnete die Glastür.

Er trat hinaus in die Kälte.

Zweiundneunzig Sekunden seit der ersten Kugel.

Die Erkundung begann.

Das erste Fenster: ein helles, leeres Zimmer. Ein Tisch, ein Satz Spielkarten. Das Spielzimmer der Bodyguards.

Die zweite Scheibe. Das Badezimmer. Auf der Toilettenschüssel saß, eine aufgeschlagene Zeitung auf den Knien, der fünfte Bodyguard.

Cameron ging um die Ecke. Eine neue Seite des Daches. Neue Fensterscheiben.

Die ersten beiden Fenster: leere Räume.

Das dritte. Das Arbeitszimmer. Mit dem Rücken zum Fenster

der fette Franzose, der kraftlos hinter einem Schreibtisch aus Holz und Metall saß. Er wartete auf ihn.

Noch mal um die Ecke. Weitere Fenster.

Ein riesengroßes Schlafzimmer. Leer.

Fehlte nur noch die Küche.

Die Küche. Zwei Bodyguards tranken Kaffee. Cameron war *ganz* vorsichtig.

Er machte kehrt.

Hundertdreißig Sekunden seit der ersten Kugel.

Es war wie in einem Comic. Die Realität ist eine Fälschung.

Der fette Franzose saß noch an seinem Platz.

Im Badezimmer wischte sich der Bodyguard den Hintern ab.

Cameron ging zurück ins Wohnzimmer.

Die Küche: erste Tür links.

Der Teppichboden schluckte jedes Geräusch.

Er öffnete die Tür.

Eine Druckwelle.

Die zwei Bodyguards drehten sich gleichzeitig um, dampfende Kaffeetassen in ihren Pranken. Camerons Blick galt ihrem Stirnbein. Eins, zwei. Zwei Druckwellen. Die beiden Männer brachen zusammen, die Tassen machten *Lärm*.

Hundertsechsundvierzig Sekunden seit der ersten Kugel. Sechs Löcher in sechs Stirnbeinen. Cameron wechselte das Magazin.

Gegenüber von der Küche das Badezimmer.

Weiter hinten brummelte der Franzose etwas hinter der Tür zum Arbeitszimmer.

Der Bodyguard, der beim Scheißen war, wollte einfach nicht herauskommen.

Cameron besah sich eingehend die Tür zum Badezimmer. Das war ein Panic Room. Das war ein Problem.

Er verließ die Küche. Er klopfte an die Badezimmertür. Der Mann drinnen beschwerte sich auf französisch: Herrgott noch mal, was wollt ihr denn. Cameron klopfte ein weiteres Mal mit dem Lauf der Pistole.

Die Tür ging auf.

Das grobe, verblüffte Gesicht. Es war wie in einem Comic.

Der Mann brach zusammen. Das siebte durchbohrte Stirnbein.

In diesem Augenblick steckte der Franzose den Kopf aus dem Arbeitszimmer. Cameron fing seinen Blick auf: *Todesangst.* Auf dem Teppich, der sich allmählich dunkel färbte, sah der Franzose die Leichen seiner zwei Bodyguards vor der offenen Aufzugtür.

Cameron setzte sich in Bewegung.

Der Franzose schlug die Tür zu und sperrte von innen ab.

Nach Camerons sorgfältiger Berechnung sollten sich jetzt nur noch er und der Fettsack in dem Penthouse befinden. Er überprüfte das, Zimmer für Zimmer: *niemand.*

Telefonierte der Franzose? Was für ein Armleuchter. Wen wollte er anrufen? Die Polizei? Den Chinesen.

Die Zeit wurde knapp.

Zweihundertneunzehn Sekunden seit der ersten Kugel.

Die Tür zum Arbeitszimmer des Franzosen. *Billig.* Cameron hatte ihm den Weg zum Panic Room abgeschnitten: Der Panic Room war das Badezimmer.

Fünf Schuß im Magazin. Und ein volles Ersatzmagazin. Cameron lud das dritte, bereits verwendete Magazin nach.

Fünf saubere Schüsse auf die Türangeln. Neues Magazin, in schneller Folge. Noch sechs Schüsse auf die Angeln.

Während er sich duckte und die Tür eintrat, schob er das dritte Magazin in die Waffe.

Es war nur ein Moment. Ein sehr langer Moment. Die Zeit hatte aufgehört, zu existieren.

Die Salve aus der Maschinenpistole verdrängte die glühendheiße Luft, disharmonische Schallwellen und Frequenzen. Als Cameron nach rechts auswich, hatte er die Gestalt des Fettsacks im Blick, ohne dabei die Maschinenpistole erkennen zu können, die weiter Lichtblitze spuckte.

Die Kugeln überquerten die Schwelle, und wo vorher die Tür gewesen war, klaffte ein Loch. Die Tür lag waagerecht am Boden, Cameron war nach rechts ausgewichen. Drei Schüsse auf die Knie des Franzosen.

Der Franzose brach zusammen. Die MP spuckte Blei.

Noch drei Schuß. Cameron gab nur einen ab. Die MP schlug auf dem hellen, warmen Parkett auf, die linke Hand des Fettsacks wurde durchschlagen, die Kugel traf ihn in die rechte Seite.

Eine perfekte Diagonale.

Dreihundertzwanzig Sekunden.

Der Franzose lag am Boden.

Cameron richtete sich auf.

Der Franzose war in Panik, er kümmerte sich nicht einmal um die Knie, um seine Hand, die Wunde in der Seite. Er sah einen Toten auf sich zukommen. Dieser Mann war in Peking gestorben. Und jetzt kam er auf ihn zu.

Es war wie in einem Comic.

Cameron sprach ihn auf französisch an.

»Weißt du, wer ich bin?« fragte er.

Der Franzose brachte kein Wort heraus.

Noch mal: »Weißt du, wer ich bin?«

Der Franzose zitterte. Ein unkontrollierbares, jämmerliches Zittern.

Cameron führte den Lauf an die Schläfe des Franzosen. Er verlor Blut, viel Blut. Cameron war sicher, nicht die Beinarterie getroffen zu haben. Er hatte Zeit.

Der Franzose stammelte, sabberte. Cameron ließ ihn stammeln und sabbern. Er preßte ihm den Lauf gegen die Schläfe. Das Französisch des Franzosen wurde allmählich verständlich. Der Amerikaner, sagte er.

Cameron: »Welcher Amerikaner?«

Der aus Peking.

»Genau. Der, den ihr in Peking umgelegt habt.« Der Lauf drückte gegen die Schläfe, der bleiche Fleck um die Schläfe wurde größer. Das Blut breitete sich aus.

»Wer hat dich nach Peking geschickt?«

Der Franzose hatte Todesangst.

»War es der Chinese? War es Tai Ji?«

Der Franzose nickte.

»Letzte Frage. Wenn du antwortest, kommst du mit dem Leben davon.«

Ein einfaches Spiel. Das Blut breitete sich wie Lack auf dem geflammten Parkett aus.

»Was bedeutet Frischfleisch?«

Eine Stimme in seinem Rücken durchbrach die korditgeschwängerte Stille. »Jetzt reicht es, Mr. Cameron«, sagte sie. »Das genügt.«

Cameron drehte sich um. Es war der Chinese.

Beim Chinesen: vier Bodyguards. Sie hielten die Mündungen ihrer Stingers auf ihn gerichtet. Cameron, die Pistole an der Schläfe des Franzosen, dachte: Es war eine Falle.

Es ist vorbei, dachte er.

Der Chinese steckte sich eine Zigarette an.

Er zog eine S&W. Richtete sie auf Cameron.

Dann fiel der Schuß.

Der Kopf des Franzosen zersprang wie eine Kugel, die von innen gesprengt wird. Cameron wurde in Knochensplitter und Fleischfetzen gebadet. Er mußte die Augen schließen. Er fühlte sich *naß*. Mit einer mechanischen Geste richtete er die Pistole auf die Gestalt des Chinesen.

Der sagte: »Das reicht jetzt, Mr. Cameron. Ich will selbst entscheiden, was ich Ihnen mitteile und wann.«

Die Bodyguards und der Chinese rückten näher.

Der Chinese streckte die Hand aus. »Geben Sie mir die Waffe.«

Cameron dachte: Ob jetzt oder später, es ist vorbei.

Er dachte an Wilberg. An Kremer. An Lei Yong.

Der Chinese sagte: »Denken Sie nicht daran. Ihre Zukunft ist das Frischfleisch.«

Cameron war wie betäubt, er brachte kein Wort heraus.

Dann übergab er die Waffe der femininen, blendend weißen Hand des Chinesen.

Der Chinese reichte die Waffe an einen seiner Männer weiter. Er rauchte noch immer seine Zigarette. Einer seiner Leute reichte ihm einen Stock: einen kleinen, spitz zulaufenden Knüppel.

Cameron wagte nicht zu fragen: Was ist das?

Der Chinese sagte: »Das ist ein Betäubungsgerät. Man betäubt damit Rinder, bevor man ihnen den Bolzen verpaßt. Das Gerät überträgt eine elektrische Ladung.« Er lächelte. Er sah aus wie eine Keramikfigur. »Stellen Sie sich einfach vor, das wäre ein Gasanzünder. Für Tiere. Und Menschen.«

Er lächelte. Keramik bekommt keine Sprünge, keine Falten. »Entschuldigen Sie, Mr. Cameron, aber es muß sein.«

Die elektrische Ladung explodierte in Camerons Augen, er spürte, wie seine Nerven verschmorten.

Dann wurde alles um ihn herum schwarz.

Dritter Teil

Menschenrestaurant

la Repubblica

Channel 4 sendet die »Performance« eines chinesischen Künstlers

Schock-Video im englischen Fernsehen: »Ich werde tote Kinder essen«

LONDON – Der britische Fernsehsender Channel 4 hat angekündigt, am 2. Januar eine schockierende Dokumentation auszustrahlen, in der ein chinesischer »Künstler« vorgestellt wird, der tote Kinder ißt. Der Mann heißt Zhu Yu und ist in chinesischen Avantgardekreisen relativ bekannt. Jess Search von Channel 4 rechtfertigt die Ausstrahlung damit, daß »der Film über Zhu Yu in einer Zeit gesellschaftlichen und kulturellen Umbruchs ein modernes, junges China präsentiert«. Aus Sicht derer, die dem britischen Sender vorwerfen, aus reiner Sensationsgier die Einschaltquoten hochtreiben zu wollen, ist das eine wenig überzeugende Argumentation. Bei der chinesischen Botschaft in London hat die Ankündigung für Panik gesorgt, da man fürchtet, die kannibalistischen Bilder könnten das Image des Landes beschädigen. Zhu Yu wiederum erklärt, seine Arbeit beschäftige sich mit den Tabus unserer Kultur, insbesondere mit denen, die mit dem Tod zu tun haben. Die Bilder, die auf Channel 4 zu sehen sein werden, sind Teil einer Ausstellung mit dem Titel »Menschenrestaurant«. Nach Zhus Angaben hat er die Kinderleichen aus einer medizinischen Einrichtung entwendet. Die Dokumentation zeigt, wie der chinesische Künstler eine Kinderleiche wäscht und anschließend hineinbeißt. Zhu erklärt, das Fleisch sei von widerwärtigem Geschmack und er habe sich nach dem Verzehr mehrmals übergeben müssen. Freilich handelt es sich nicht um einen Film, sondern um eine Fotoserie, was einige Zweifel hervorgerufen hat. Manche Kritiker halten Zhu nur für einen Schwindler.

The Guardian

Channel 4 zeigt den chinesischen Künstler, der Kinder ißt

Mit der schockierenden Ankündigung einer Sendung, in der die Performance eines Künstlers gezeigt wird, der Fleisch von einem toten Kind ißt, hat Channel 4 scharfe Debatten ausgelöst.

In dem Dokumentarfilm mit dem Titel ›Peking Swings‹, der die extremen Praktiken einiger chinesischer Künstler zeigt, wird außerdem ein Mann beim Trinken von Wein porträtiert, in dem er seinen eigenen amputierten Penis mariniert hat.

Die von der chinesischen Botschaft in London verurteilte Sendung soll am 2. Januar 2003 ausgestrahlt werden. Ein Sprecher von Channel 4 gab dazu folgenden Kommentar ab: »Die Sendung wird kontrovers sein und manche Zuschauer schockieren. Wir werden jedoch vor der Ausstrahlung einen Warnhinweis senden, der sich an die sensibleren unter unseren Zuschauern richtet.«

Der Dokumentarfilm zeigt Fotoserien des chinesischen Performancekünstlers Zhu Yu. Auf den Bildern ist zu sehen, wie er Teile einer Neugeborenenleiche verzehrt. Der Künstler erklärt: »Es gibt keine Religion, die den Kannibalismus ausdrücklich untersagt. Und mir ist kein Gesetz bekannt, das verbietet, sich von Menschenfleisch zu ernähren. Ich habe nur eine Lücke in Moral und Gesetz genutzt – auf dieser Lücke baut meine Arbeit auf.«

Nach Angaben von Zhu, der sich zum christlichen Glauben bekennt, ist Religion für seine Arbeit von großer Bedeutung.

Die konservative Abgeordnete Ann Widecombe dagegen ereifert sich: »Jesus Christus hat gesagt: Laßt die Kinder zu mir kommen – aber nicht, damit sie zur allgemeinen Belustigung verspeist werden. Diese Sendung ist ein Skandal.«

Jamie Wilson

Vierter Teil

Die bemerkenswerte Kraft der Frauen

Die Ehefrau des Chinesen
Fürstentum Monaco, 9. September 2002, 00:50

Die Frau steht nackt da, die Hände in die Hüften gestemmt, den Hals leicht nach vorn gereckt, den Kopf ein wenig nach links geneigt.

Sie nimmt gerade Maß.

Der nackte, massige Mann liegt rücklings auf dem Parkett, seine Augen sind mit einer schwarzen Binde verbunden; er wartet.

Der Raum ist riesengroß. Eine leere Sporthalle. Das Parkett ist etwas abgenutzt, glänzt aber noch, es ist frisch geputzt und duftet nach Bohnerwachs. Die Wände sind über vier Meter hoch. Es gibt Sprossenwände für diverse Übungen: Die Ausstattung der Halle geht auf die dreißiger Jahre zurück. Die Decke ist mit Fresken bemalt: Blautöne, eine Art Tiepolo für das 20. Jahrhundert, perspektivisch falsch und äußerst grob, aber durchaus wirkungsvoll. Dargestellt ist ein allegorischer Zyklus mit dem Titel ›Lob der Arbeit‹: drei Szenen – die mühsame Geburt des Menschen, ausgespien aus der Gebärmutter einer Wöchnerin, die im Schatten auf dem nackten Boden liegt; er ist mit Blut, Plazenta und Schlamm überzogen – dann die mühsame Feldarbeit des Menschen; der Pflug wird von einer Stute gezogen, die ebenfalls im Schatten steht und deren enorme weibliche Genitalien ins Auge fallen – schließlich der Mensch im Alter, völlig erschöpft, dem Ende nahe, auf dem nackten Boden hingestreckt; mühsam schaufelt er ein kleines Loch, aus dem ein blütenweißer, weiblicher Unterarm voll unerwarteter Anmut emporragt.

Zwischen den Fresken an der Decke und dem oberen Rand der Sprossenwände läuft getöntes Glas um die gesamte Halle – offensichtlich ein venezianischer Spiegel.

Die Frau bewegt langsam den Hals, erst nach rechts, dann nach links, sie lockert den Splenius, dehnt die Trapezmuskeln.

Sie atmet ein.

Sie atmet aus.

Sie ist bereit.

Das Nackenhaar des Mannes ist ausrasiert, man errät, daß es angegraut ist; sein Brusthaar, ein eisengrauer Schaum, das Schamhaar silbern, sein Glied schlaff und plump, die ausgestreckten Beine muskulös. Dort wartet er.

Auch die Frau ist nicht mehr jung. Aber sie ist durchtrainiert. Sie achtet auf sich, auf ihren Körper. Sie hat sich unermüdlich und ehrgeizig gequält, hat geschwitzt, hat nicht mit Körperflüssigkeiten gegeizt.

Sie ist reif. Von ihr geht ein gedämpftes, doch starkes Licht aus.

Ihr Körper ist welk: Er kündet von Stärke und Dekadenz. Alles wird langsam rissig, zieht sich zusammen, wie die brennenden Papierblumen, die ihr derzeitiger chinesischer Mann bei gewissen Festen durch die Luft fliegen läßt – Seidenpapier und Feuer.

Sie ist keine besonders schöne Frau, doch ihr eisiger Blick fasziniert und verstört.

Sie atmet ein.

Sie atmet aus.

Sie ist bereit. Und legt los.

Der erste Tritt ist kräftig, er schmerzt, dem Mann ist das anzumerken, der Tritt trifft ihn in die Seite, er stöhnt, schon sieht man den Bluterguß, er rollt, er rollt über das Parkett, das nach Wachs und Honig riecht, eine volle Umdrehung.

Noch bevor er aufgehört hat zu rollen, trifft den Mann ein zweiter, noch härterer Tritt genau gegen den Hals, vielleicht gibt etwas nach, ein Röcheln ist zu hören.

Beim dritten Tritt, der ihn in den Magen trifft, krümmt sich der Mann, seine auf Höhe des Gesäßes an den Handgelenken gefesselten Arme sind steif, der Rumpf krümmt sich, und die Arme verkrampfen.

Dann folgt der vierte Tritt, gegen die Brust, und dieses Mal entfährt der Frau ein Knurren, ein kurzes, angestrengtes Ausatmen; der Mann scheint keine Luft mehr zu bekommen.

Fünf, sechs, sieben, acht, neun Tritte. Der Körper des Mannes ist auf die gegenüberliegende Hallenseite gerollt, er schreit jetzt, ist ein mißklingendes Vibraphon aus Fleisch und Knochen, seine inneren Organe sind beschädigt, in der Leber breitet sich ein Bluterguß aus, sein schrilles Grunzen geht der Frau auf die Nerven. Mittlerweile schwitzt die Frau, die Arbeit ist mühsam, anstrengender, als wenn sie gegen den Sandsack tritt, den abgenutzten Sandsack aus Rindsleder, der da hinten in der anderen Ecke hängt, ruhig an einer Kette, die Spuren der wiederholten Tritte haben das lederüberzogene Fleisch an einer ganz bestimmten Stelle eingebeult, eine Einbuchtung, die ganz natürlich wirkt, das Ergebnis wiederholter Entladungen von Muskelkraft, die auf Widerstand stößt.

Elf, siebzehn, zweiundzwanzig Tritte. Der Mann ist am Ende, er brüllt und weint, liegt mit dem Rücken gegen die weißgekalkte Wand gepreßt, seine Augenbinde ist verrutscht, Speichel und Schaum laufen ihm aus dem Mund, aus der Nase läuft Rotz, aus dem Mund kommt ein Blutschwall. Die Frau verströmt einen stechenden Geruch, der die ganze Halle erfüllt, mit jedem Tritt verspritzt sie Sternbilder aus Schweißperlen, die langsam in die Luft fliegen, um dann auf den Boden zu fallen und das Parkett zu benetzen. Es besteht die Gefahr, auszurutschen.

Der dreißigste Tritt befriedigt ihre Suche nach dem besten Ziel, mit dem Spann trifft sie die großen, freiliegenden Hoden, das fleischige, schlaff baumelnde Glied, ein stechender Schmerz von den Hoden über die Nieren, den Darm bis hinauf ins Gehirn, ätzend wie Ammoniak. Der Mann wird schriller, sein Brüllen ist das eines Hundes, ein kurzes, schmerzerfülltes Jaulen, so laut, daß die Frau einen Moment lang verärgert innehält, eine Tasche öffnet, die an einer der Sprossen hängt, einen Knebel herausnimmt, ihn dem Mann in den schleimigen Mund stopft und in seinem Nacken festbindet, wie einen Maulkorb. Man hört, wie er mühsam nach Atem ringt, ein unterdrücktes Schluchzen, mit der Ferse rollt sie den Mann wieder von der Wand weg.

Und dann beginnt die Serie von Fußtritten von neuem, die beiden Körper durchqueren erneut die Halle, nur in umgekehrter Richtung, der weibliche, der harte und genaue Tritte versetzt, und der des Mannes, der zusammengekrümmt zurückrollt. Unnatürliche, brombeerrote Male überziehen seine gesamte Haut.

Die Frau tritt zu, sie ist schweißgebadet, verströmt Gestank, sie wird allmählich müde. Die Tritte werden immer schwächer, die Waden sind verhärtet, Marmorfleisch, ihre Oberschenkel scheinen den Dienst versagen zu wollen, sie ist erschöpft, verfehlt ein paarmal ihr Ziel. Sie beginnt, die Fersen einzusetzen, ihre Bauchmuskulatur ist wie zerrissen, auch ihr Rücken fühlt sich steif und müde an.

Die Frau macht weiter, bis ihr letzter Tritt nicht mehr einem Tritt, sondern einer Liebkosung gleichkommt.

Da schöpft die Frau Atem. Es ist ein rhythmisches, kurzes Einatmen vom Solarplexus aus. Eine Art Wehenatmung.

Sie entspannt sich.

Sie beugt sich über den Mann.

Sie befreit ihn von seinem Knebel, zieht angewidert von dem Schaum aus Speichel und Blut im Mund des Mannes die Hand zurück. Sie bindet seine Hände los. Sie entfernt die Augenbinde.

Der Mann hat das Bewußtsein verloren. Schon vor einigen Minuten. Sie hebt ein Augenlid hoch, begutachtet das Auge, sie ist zufrieden, denn er hat das Bewußtsein verloren, wird aber bald wieder zu sich kommen.

Sie ist fertig.

Nackt steht sie in der Mitte der Halle.

Ihr Blick wandert zu einem bestimmten Punkt hinter dem venezianischen Spiegel, der unterhalb der Decke um die Halle herumläuft.

Hinter dem Spiegel geht das Licht an.

Und enthüllt, was dahinter ist.

An der Nordseite, in der Mitte, sitzt ihr Mann, der Chinese.

Er verzieht sein Keramikgesicht zu einem stillen Lächeln, er nickt.

Applaudiert.

Die Frau breitet die Arme aus und verneigt sich.

Sie geht zu ihrer Tasche hinüber und greift nach ihr.

Sie verläßt die Halle.

Stefan Wundsam, Christa Baumann
Amsterdam, 8. September 2002, 12:30

In der Dunkelheit des Zimmers 308 im Europe Hotel, Amsterdam.

Wundsam wurde von einem Luftzug gestreift.

Ein Körper traf auf seinen. Der Körper klammerte sich an ihn. Er begann, rhythmisch die Scham an seinem Beckenknochen zu reiben. Die zu dem Körper gehörende Zunge öffnete seine Lippen, schloß seine Zähne auf, ein Speichelstrom ergoß sich in seinen Mund.

Die Hände suchten hektisch seinen Hals.

Es war Christa, die ihn rücklings auf den Teppich warf.

Es war dunkel, Wundsam sah nur Lichtpunkte.

Christa begann, ihren Beckenknochen an seinem Beckenknochen zu reiben.

Später lag Christas Körper ausgestreckt auf dem Bett wie Christus nach der Kreuzabnahme. Wie der Mensch in Leonardo da Vincis Kreis. Über ihr, in ihr mühte sich Wundsam ab, rotierte im Uhrzeigersinn um seine eigene Achse, und mit jeder Umdrehung heftete sich sein Körper erneut an ihren: einmal Kopf an Kopf, das andere Mal befand sich sein Kopf zu ihren Füßen. Langsame Drehungen, um bei einhundertachtzig Grad die perfekte Verbindung von einem zum anderen zu finden. Beim Drehen schmerzte ihn sein erigiertes Glied, die Haut verdrehte sich, dann entspannte sie sich wieder, die Umarmung ihrer Schleimhäute erschien ihm wie ein Wunder. Und er drehte sich weiter, während sie das Becken bewegte, ohne ihre Körperhaltung zu verändern, ausgestreckt auf dem Bett wie ein waagerechter Christus.

Danach sprach Stefan Wundsam ganz leise und gemessen, sein Kopf ruhte entspannt in ihrem Schoß, entspannt, während sie im Lotussitz auf dem Bett saß, ein Kissen aus Fleisch für Wundsams Kopf.

Wundsam berichtete, was er herausgefunden hatte. Er frage sich, wie es weitergehen solle. Der Schlüssel sind die Chinesen, sagte er. De Vlaeminck benutzt ein von ihm kontrolliertes Versicherungsunternehmen, um mit Hilfe von Durchgangsposten Geld zu waschen, und zwar mittels Versicherungspolicen, die auf Chinesen laufen, die zum Sterben in seine Reiche-Leute-Klinik kommen.

Alle Fäden laufen im Fürstentum zusammen.

Es ist ein Netz, sagte Wundsam. Ein Spinnennetz, dessen Umrisse und Verbindungen wir nachgezeichnet haben. Aber wo sitzt die Spinne? fragte er sich. Und seine Antwort lautete: Sie lebt verborgen im Fürstentum. Ich weiß nicht, was für ein Netz das ist, sagte er, aber wir müssen sofort Lopez anrufen und uns auf den neuesten Stand bringen lassen. Es ist schon viel zuviel Zeit vergangen, und dann müssen wir zusammen mit Montorsi entscheiden, was zu tun ist.

Sie legte einen Finger auf ihre gekräuselten Lippen. »Schsch«, machte sie.

Wundsam lächelte. Nein, wirklich, sagte er, das ist wichtig. Das ist der erste Fall für die Agentur. Und ein extrem komplizierter Fall dazu. Es handelt sich um ein Finanznetzwerk. Noch wissen wir nicht, wofür das Wort Frischfleisch steht. Was ist das? Kinder oder was? Wir sind bis ins geheime Herz der europäischen Finanzwelt vorgedrungen. Ins Steuerparadies. Das Paradies auf Erden.

Throne und Fürstentümer.

Christa lächelte. »Der Fall ist mir Wurscht«, sagte sie.

Wundsam richtete sich auf. Er sagte nichts, sah sie nur fragend an.

»Mir geht es um das hier.«

Wundsam lächelte. »Red keinen Unsinn«, sagte er. »Dir geht es doch gar nicht wirklich um uns. Das hier bedeutet dir nichts. Wir sind kein Paar…«

Christa schob ihn mit dem Fuß beiseite. »Leck mich am Arsch, Stefan.«

Er sah ihr ins Gesicht.

Sie blickte ihn von der Seite an und kaute an ihrer Unterlippe. Dieser seitlich verzogene Schmollmund.

»Tut mir leid«, sagte er.

»Immer opfert ihr das, was wirklich wichtig ist, für irgendeinen Blödsinn«, antwortete sie.

»Tut mir leid.«

»Und wir zählen gar nichts. Wir Frauen zählen überhaupt nicht. Immer das gleiche. Wir gehören zwei völlig verschiedenen Spezies an. Ihr seid wie Ungläubige, die zur Beerdigung eines Bekannten in die Kirche gehen. Immer dieses unpassende Lächeln. Ihr steht da und laßt mit diesem Lächeln auf den Lippen alles über euch ergehen.«

Wundsam näherte sich ihr.

Dann liebten sie sich.

Hinterher sagte Wundsam: Ich bin in einer schwierigen Situation.

Ich weiß, gab Christa zurück.

»Es gibt Andrea und den Jungen.«

»Mit Andrea hast du nur Probleme. Und der Junge ist dir völlig egal. Wundsam, du bist einfach ein Egoist.«

»Du doch auch.«

»Andrea und ich haben nicht bloß Probleme. Es ist so gut wie vorbei. Und das seit acht Jahren. Eigentlich ist es schon vorbei. Schon bevor wir nach Athen geschickt wurden.«

»So was passiert eben.«

»Es passiert immer den anderen, und wenn es einem selbst passiert, kapiert man nicht das geringste.«

»Du hast es doch nicht mit solchem Psychozeug, Wundsam. Egoisten machen keine Analyse.«

»Agenten von der Europäischen Ermittlungsabteilung auch nicht.«

»Die Europäische Ermittlungsabteilung gibt es gar nicht, Stefan. Merkst du das denn nicht? Wir sind drei Deppen. Was wir machen, interessiert kein Schwein. Es ist lächerlich. Ich frage mich langsam, ob ich nicht besser in München geblieben wäre. Das war wenigstens etwas *Reales.*«

»Wir sind nicht zu dritt, wir sind zu viert. Montorsi zählt auch dazu.«

»Montorsi will sich wichtig machen, indem er sich eine Einheit aufbaut, die ganz auf ihn zugeschnitten ist. Wir sind Teil eines persönlichen Machtspiels.«

»Ich würde einfach gerne wissen, was mit Andrea los ist. Wir haben praktisch gar nicht miteinander geredet. Und jetzt fühle ich mich schlecht. Auch Egoisten können sich schlecht fühlen.«

»Du mußt tun, was du für richtig hältst, Stefan. Ich kann dir nichts garantieren.«

Wundsam suchte ihren Blick. »Du behauptest, zwischen uns wäre was, aber du kannst mir nichts garantieren. Ihr Frauen seid wirklich dumme Hühner…« Und er lächelte.

Christa lächelte zurück. »Wir gehören zwei völlig verschiedenen Spezies an.«

»Ich würde es einfach gern kapieren. Ich komme mir vor wie in einem Hollywoodfilm.«

»So einer mit Tom Hanks und Meg Ryan.«

»Genau das meine ich.«

Christa schüttelte sich und begann sich anzuziehen. »Aber genau das ist die Realität, Wundsam. Nichts zu machen.«

»Wir leben alle wie in ›Sex and the City‹. Nur, daß es echt ist.«

»Eben.« Sie streifte sich aufreizend langsam die Strümpfe über.

»Mein Problem mit Andrea wäre also ein ›Sex and the City‹-Problem? Und was würden die vier Karrierejungfern in so einem Fall raten?«

»Nennst du mich jetzt schon Karrierejungfer?« Der zweite Strumpf, ganz langsam. »Das merk ich mir. Aber egal, es gibt genau zwei Lösungen. Eine Psychoanalyse. Oder du fährst hin und redest mit ihr.«

»Wenn ich mit ihr rede, machen wir garantiert Schluß.«

Christa drehte sich von der Bettkante aus um: »Wahrscheinlich schon.«

»Ist es das, was du willst? Daß ich mit Andrea Schluß mache?«

Sie drehte sich noch einmal um: »Wahrscheinlich schon.«

»Laß uns einen Deal machen, Wundsam. Ich kümmere mich um die Jenssen-Klinik. Um die Policen von LifePol. Um De Vlaeminck. Ich setze mich mit Montorsi und Lopez in Verbindung. Ich gebe dir zwei Tage frei. In zwei Tagen kann nicht soviel passieren. Ich decke dich. Aber du kümmerst dich um Andrea.«

»Bist du nicht ganz dicht? Wenn Montorsi davon Wind bekommt, macht er mich fertig. Und Lopez ebenfalls.«

»Die werden nichts mitbekommen. Montorsi hat mich gebeten, ihm täglich Bericht zu erstatten. Ich soll dich überwachen.«

»Was?«

»Ich soll dich überwachen. Er vertraut weder Lopez noch dir. Seiner Meinung nach bin ich die einzige, die hier einen kühlen Kopf bewahrt.«

»So ein Mistkerl …«

»Das ist normal, Stefan. Du wirst mir doch nicht erzählen wollen, daß es bei der Hamburger Kripo anders zuging …«

»Nein. Das ist es ja. Ich hatte gehofft, wenigstens diese Mätzchen hinter mir zu haben.«

»Also, ich kümmere mich für zwei Tage um den Fall. Wenn du recht hast, läßt sich das sowieso alles vor Ort regeln. Ich beraume ein Treffen mit De Vlaeminck an. Lasse eine *richtige*

Buchprüfung durchführen. Die Leichen der sieben Chinesen lasse ich exhumieren. Was glaubst du, wie lange das dauert?«

»Zwei Tage mindestens.«

»Genau. Ich gebe dir zwei Tage. Fahr zu ihr. Ich decke dich für zwei Tage.«

»Aber so ohne Vorankündigung ...«

»Fahr jetzt los. Heute abend bist du dort. Nimm dir zwei Tage. Dann sehen wir weiter. Wir beide.«

»Noch etwas, Stefan. Laß das Handy aus. Sonst sehe ich aus wie der letzte Idiot.«

»Warum? Meinst du, die überwachen sogar unsere Handys?«

Christa lächelte. »Du bist zwar ein Egoist, Wundsam, aber auch ganz schön blöd ...«

»Na ja, ich bin schließlich nicht Lopez ...«

Sie lachten.

»Ich werde ihr vorher nicht mal Bescheid sagen.«

»Wem? Deiner Frau?«

»Nein, keine Vorankündigung. Ich tauche einfach auf, und dann sehen wir weiter.«

Sie küßten sich lange. Nicht innig, sondern aggressiv. Es war nicht die Aggressivität der Haut, der Körper. Es war etwas Dunkles und Fernes. Es kam von weit her.

Wundsam holte sein Gepäck aus dem Schließfach am Bahnhof.

Im Zug schaltete er das Satellitentelefon aus.

Christa hatte recht. Er war ein Egoist, und wenn er die kritische Egoismus-Schwelle unterschritt, drohte alles zusammenzubrechen.

Christa hatte recht.

Was scherten ihn die sieben toten Chinesen mit ihrer Versicherung bei De Vlaeminck?

Was scherte ihn De Vlaeminck?

Was scherte ihn Montorsi? Dieser Mistkerl von Montorsi. Autorität. Disziplin. Unterordnung. Von der Wiege bis zur Bahre.

Christa hatte recht. Zwei Tage. Eigentlich hatte er doch schon vor Athen gewußt, was ihn erwartete. Wie viele von seinen, von Andreas Freunden hatten genau dasselbe durchgemacht? Er hatte Brüssel benutzt wie ein Pflaster, das die Blutung stillt: eine langsame, graue Blutung.

Abermals durchlebte er die Szenen der Gefühlskälte.

Durchlebte den Alptraum.

Andrea, beim Kochen, ohne ihn anzusehen.

Der Junge: ein Fremder.

Seit Monaten hatten sie keinen Sex mehr gehabt. Er hatte sich aus Athen kein einziges Mal gemeldet.

Der Zinkgeschmack. Die metallische, kalte Stimme. Alles verändert sich, verwelkt. Man verliert seine Energie. Beziehungsentropie. Die Wege trennen sich.

Die Faszination der Windel, des Schnullers, des ersten Wortes. Er spürte den vernichtenden Hauch, den großen, alles überwältigenden Hauch von Verblödung und Erschöpfung – das, wovon Lopez in Athen gesprochen hatte. Er war dabei, wie Lopez zu werden.

Christa, dachte er.

Er würde nicht so werden wie Lopez.

Es gab Christa. Wenigstens am Anfang würde Christa dasein.

Er war dabei, alles kaputtzumachen. Und das war gut so.

Er war müde.

Als er den milchigen Himmel über Hamburg sah, spürte er, daß er den Gipfel der Erschöpfung noch nicht erreicht hatte.

Ein paar Stunden, nachdem Wundsam das Zimmer 308 des Europe Hotels verlassen hatte, ging die Tür auf. Das Zimmer: im Halbdunkel. Christa stand auf, kniete nieder, küßte die Füße im Schatten.

Sie arbeitete sich an den Beinen entlang nach oben.

Sie strich mit der Wange über die Beckenregion.

»Erzähl mir zuerst von Wundsam.«

»Ich bin ihn losgeworden. Er ist nicht mehr in Amsterdam. Ich erklär's dir gleich. Die Lage ist kompliziert. Es gibt Neuigkeiten von Lopez. *Beunruhigende* Neuigkeiten.«

»Okay. Im Moment habe ich keine Lust darauf. Das kannst du mir später erklären. Zieh dich aus.«

Christa begann sich auf dem Teppich auszuziehen. Unbeholfen. »Du weißt, daß ich keine Knutschflecken mag«, sagte sie.

»Ich werde keine hinterlassen«, erwiderte die Stimme.

Guido Lopez
Fürstentum Monaco, 8. September 2002, 12:50

Christa hatte angerufen, als Lopez knapp hinter Menton war. Eigentlich gab es keine Landesgrenzen mehr, andererseits natürlich doch. Typisch Europa …

Christa hatte gesagt: Keine Spur von De Vlaeminck. Nicht an seinem Hauptwohnsitz in Beek. Wundsam sehe sich in der Jenssen-Klinik um. Im Augenblick gebe es keine weiteren Neuigkeiten.

Christa. Wer weiß, vielleicht hatte Wundsam sie flachgelegt.

Bei ihm gab es sehr wohl Neuigkeiten. Er berichtete von den unglaublichen Entdeckungen des stellvertretenden Staatsanwalts in Mailand: ein richtiges Netzwerk, ein perfekt geplantes, engmaschiges Netz. Nur welche Rolle das sogenannte Frischfleisch bei all dem spielte, war noch unklar. Die Chinesen. Der Chinese. Die Morde an Agrati und seiner Frau.

Und das Delirium der Agrati, sagte Christa.

Ein paar Sachen sind noch aufzuklären.

»Und Mario Ros?« fragte Christa.

»Tja, Mario Ros.« Er erzählte ihr von der Entdeckung der Police, die Agrati zugunsten von Mario Ros abgeschlossen hatte: 1 Euro. »Wir haben Informationen über Mario Ros. Es gibt die bei De Vlaemincks LifePol abgeschlossene Lebensversicherung.«

Wir kommen dem Kern der Sache schon näher.

Wir erkennen allmählich ein Muster.

Wir haben das Spinnennetz. Jetzt fehlt nur noch die Spinne.

Die schöne Côte d' Azur: eine Spielwiese für reiche Ausländer. Doch die Ferien sind vorbei. Das Fest ist vorbei, hat gar nicht erst angefangen. Trottel in Tenniskleidung, so um die Sechzig, wahrscheinlich Engländer. Ein fein herausgeputzter Ort nach dem anderen: was für ein Unterschied zu Italiens ligurischer Küste.

Auf dem Weg nach Nizza der Versuch, die Gedanken zu ordnen.

Christa hatte gesagt: Ich rufe Montorsi an. Um so besser. Je weniger Kontakt Lopez mit Montorsi hatte, desto größer blieb sein eigener Handlungsspielraum. Er versuchte, seinen Handlungsspielraum soweit wie möglich auszunutzen.

Denn er war dabei, sich dem *alten* Problem zu nähern. Er drohte dem Paradies der Mächtigen zu nahe zu kommen

Ein schwüler, graublauer Dunst über dem gesamten Fürstentum.

Ein Scheißort.

Freimaurerlogen, sabbernde alte Milliardäre, Tunten, Puppen für kranke, sexbesessene, gehörnte Herrschende; sündhaft teure Preise, Finanzspekulanten, Steuerflüchtlinge, eingebildete Pinkel, wohin man sah, verwaiste Briefkastenfirmen, wohlhabende Vertreter mit Silbermähne und spitzem Hemdkragen, welke schönheitsoperierte Weiber mit Pradatäschchen, diverse Schwachköpfe auf der Jagd nach reichen alten Weibern.

Mit anderen Worten: Europa im kleinen.

Die Crème de la Crème. Exquisite Scheiße. Die Crème de la Crème der Scheiße.

Lopez kam in die Stadt wie ein Atheist, der einen Tempel betritt.

Lopez verbarg sich hinter der Maske des Zynikers.

Lopez griff rücksichtslos an, und doch beneidete er die Typen aus dem Fürstentum.

Lopez hätte den Sprung selbst gern geschafft.

Von wegen Gerechtigkeitssinn. Von wegen Ansprüche auf eine Beteiligung an der Macht. Kohle, um nichts anderes ging es ihm.

Lopez dachte: Die Agentur gibt es nicht. Montorsi muß ganz schön wütend sein: Ich hebe einen Stein hoch, und darunter ist nicht etwa ein Ameisenhaufen, sondern eine ganze Metropole, die von Ameisen bewohnt wird.

Ich fasse an, was ihm angst macht. Ich komme den Mächtigen zu nahe.

Er wird stinksauer sein.

Jetzt heißt es aufpassen.

Gebt mir einen Haufen Kohle, und ich schlucke alles herunter. Schüttet mich mit Kohle zu, und ich halte still. Gebt mir ein Konto bei der Elite Private Bank. Macht mich zum Frischfleischlieferanten. Gebt mir Agratis Villa in Zürich.

Schiebt mir einen Haufen Kohle in die Tasche.

Macht mich stinkreich oder leckt mich alle am Arsch.

Montorsi: Der kann mich mal.

Das Recht: Das kann mich mal.

Der Gerechtigkeitssinn: Der kann mich mal.

Und sogar Christa: Die kann mich mal.

Lopez, das Dreckschwein, ist in der Stadt. Geht ihm aus dem Weg.

Er griff zu seinen Notizen. »Boulevard Princesse Charlotte 12, in der Nähe von Sacré-Cœur«: das Gebäude, in dem Agrati sich versteckte und den Chef seiner Leibwache stundenlang warten ließ.

Lopez beschloß, hier anzufangen.

Er fuhr Richtung Sacré-Cœur.

Mit dem BMW der Zürcher Polizei machte er keine schlechte Figur. Du beobachtest die anderen und denkst an dich. Unglaubliche Luxuskarossen. Eine unglaubliche Hitze. Als er vom Hafen hochfuhr, sah er Schwarzarbeiter. Er hielt an, um einen Toast und einen Orangensaft zu sich zu nehmen. Zweiunddreißig Euro. Der zweiunddreißigfache Wert von Agratis Leben für den Begünstigten Mario Ros.

Das Bahnhofsviertel.

Ein überlebensgroßes Poster hing über der Straße: die Fürstin Grace.

Die Monegassen waren nicht ganz bei Trost. Im Rahmen der von Rainier verordneten Trauer hatten sie eine Heilige aus ihr gemacht. Man munkelte: Stéphanie ist schuld, sie saß am Steuer des Spider. Ein Ammenmärchen. Alle Welt wußte, daß Grace unter dem Einfluß von Luc Juret und seinen Handlangern stand, mörderischen Schwachköpfen einer parafreimaurerischen, parasatanistischen Sekte der Sonnentempler, die Dutzende von Mitgliedern in den kollektiven Selbstmord getrieben hatte, in Kanada ebenso wie in der Schweiz. Vor einigen Jahren stand das alles in den Zeitungen. Nachrichten, die längst wieder Makulatur waren. Alle wußten über Grace Bescheid. Die Sache war in aller Munde, nicht nur in dem von Rainier.

Rainier, dem Fürsten des Zirkus Monte Carlo, ging es schlecht, auch das wußten alle. Es ging ihm *wirklich* schlecht. Er zeigte sich kaum noch in der Öffentlichkeit. Prinzessin Caroline hatte einen Hannover geheiratet, der sich wie ein deutscher Bankangestellter kleidete. Stéphanie hatte sich mit einem ihrer Kammerdiener amüsiert; er war nicht mehr der Jüngste, ein Glatzkopf und allem Anschein nach ein Lamm von einem Mann, und tatsächlich gab sie ihm bald wieder den Laufpaß. In den Medien vergoß man Krokodilstränen über das gebrochene Herz des schwarzen Schafs der Familie. Schon seit langem schrieben die Zeitungen nicht mehr, Prinz Albert sei schwul. Sie behaupteten nicht mehr: Den Playboy mimt er nur für die Fotografen. Die Paparazzi. Stéphanie hatten sie es auf jede erdenkliche Weise besorgt. Ihr Mann Daniel Ducruet zum Beispiel. Das Flittchen Fili, eine belgische Ex-Miss-Topless, organisierte das Ganze, plazierte einen Fotografen hinter einem Baum, und der Fotograf de Lisiecki dokumentierte, wie das Flittchen dem Vater von Stéphanies Kindern einen blies. Stéphanie versuchte sich als launische Diva, als Sängerin, als Rallyefahrerin, eine mißlungene, versnobte weibliche Ausgabe von Steve McQueen. Damals war Caroline noch mit einem Playboy vom Riviera-Jet-set liiert, mit Philippe Junot, einem Typen, der immer im Smoking herumlief, mit einem bleichen, schlaffen Gesicht und Glupschaugen, welkes Fleisch. Geheiratet hatte sie Stefano Casiraghi, den Latin Lover, einen vor Ehrgeiz brennenden Mann vom Comer See, der bei einem Offshore-Rennen ums Leben kam.

Es gibt Nachforschungen über den Tod Casiraghis.

Es gibt Nachforschungen über den Tod Grace Kellys.

Es gibt Nachforschungen über die Sonnentempler.

Es gibt Nachforschungen über die Superloge von Monaco.

Es gibt Nachforschungen über den Skandal Fili-Ducruet.

Aber niemand denkt daran, Nachforschungen über die Banken des Fürstentums anzustellen, über seine paradiesischen Steuergesetze, über den Schwarzmarkt für Kunst, über den Waffenhandel.

Über das, was bekannt ist, stellt man keine Nachforschungen an. Nachforschungen gibt es über Dinge, die unbekannt sind und über die doch jeder Bescheid weiß. Klatsch ist eine weitaus größere Tragödie, als man denkt. Denn dadurch tun sich Abgründe auf, die den ganzen Mist an den Tag kommen lassen. Dann waschen wir unsere Schmutzwäsche vor der Großfamilie des Fürstentums, vor der Großfamilie von CNN.

Der Adel ist unantastbar – wenn es sich denn um Adel handelt.

Besudeln wir den Adel.

Machen wir das Pack fertig, treten wir es in den Staub, in den Schlamm, in die Scheiße, die ganze Sippschaft, die jeden Tag im Dreck beginnt und ihn umgeben von Exkrementen beschließt. Sie, die sich von Exkrementen ernähren, die Gold wert sind.

Gold ist Scheiße, das hat schon der gute alte Marx gesagt.

Hören wir auf ihn.

Attackieren wir das Zentrum der Macht.

Lopez war nach dem Essen todmüde geworden. Seine Augen brannten. Er langweilte sich.

Er hatte sich in der Umgebung des Hauses Nummer 12 am Boulevard Princesse Charlotte umgesehen. Der Livrierte am Eingang hatte gefragt, was er suche. Lopez antwortete: Ich sehe mich nur um, reine Neugier. Der Livrierte sagte: Befriedige deine Neugier anderswo.

Das ist kein Ort für Touristen.

Willkommen in Disneyland: im echten Disneyland, dem aus Fleisch und Blut.

Ein Chinese betrat das Haus Nummer 12.

Lopez parkte: Man durfte hier nicht parken. Es standen noch weitere Luxuskarossen herum. Er versteckte den BMW zwischen den Luxuskarossen. Von dort aus hatte er das Wohnhaus Nummer 12 des Boulevard Princesse Charlotte wunderbar im Blick. Das funktionierte wie ein venezianischer Spiegel: Er konnte alles sehen, aber der Livrierte konnte ihn nicht sehen.

Der erste Chinese kam in Begleitung eines zweiten wieder heraus.

Da tat sich was.

Drei, vier Chinesen.

Westler waren auch dabei.

Lopez sah: Bodyguards.

Aus der Tiefgarage kam eine Limousine. So, wie sie der Chef von Agratis Leibwache beschrieben hatte.

Lopez kniff die Augen zusammen: Die Scheiben waren schwarz getönt.

In einem weiten Bogen fuhr die Limousine aus der Ausfahrt der Tiefgarage auf den spärlich befahrenen Boulevard.

Die Limousine kam näher.

Dahinter stiegen die Bodyguards in aggressive Geländewagen: Chinesen und Westler. Mit quietschenden Reifen fuhren sie los.

Die Limousine war jetzt auf gleicher Höhe mit Lopez' geparktem BMW.

Eine Sekunde, ein Bruchteil mehr als eine Sekunde.

Lopez sah.

Er sah, heiliger Strohsack, das unverwechselbare Profil von David Montorsi, der neben einem anderen Mann im Wagen saß.

James Cameron
Cap-Martin, Fürstentum Monaco, 9. September 2002, 01:40

Wir befinden uns in der Villa Leopolda – einem historischen Bauwerk.

Hier hat Hitchcock die Außenaufnahmen von ›Über den Dächern von Nizza‹ gedreht, mit jenem Gentleman, der Cary Grant nur für das Publikum war. Hier hatte der große Blender Hitchcock seine Butlerglatze zwischen Schmuckstücken aus Edelmetall und Fleisch schweben lassen, seinen Dickschädel gleich einer Blase voll krankhafter Obszönitäten. Hier hatte er seinen Mythos erschaffen, der den Niedergang der großen Kunst und Literatur vergessen machen sollte. Hier hatte er aus Millionen von Augäpfeln sein eigenes Denkmal errichtet – aus den Augäpfeln eines dummen Publikums, das ihn beweihräuchern sollte. Hier hatte er sich hinter einer falschen Palladiosäule fotografieren lassen, nur drei Viertel sehen hinter der Säule hervor, die Wampe des ausschweifenden Westlers, die anonyme Kluft des öffentlichen Unterhaltungsbeamten.

Hitchcock: ein Dreckskerl. Sein genialer Einfall, *suspense* im Blick, hatte den Planeten formatiert wie eine leere Festplatte, die es wieder zu füllen galt. Er hatte sie gefüllt. Der große Blender Hitchcock. Der Bote der Apokalypse: Das ganze Krebsgeschwür des Westens, hochstilisiert zur Raffinesse, die in irreführender Weise gefeiert wird. Der Mistkerl, der keinen Finger krumm macht, Versicherungsschutz genießt und mit gebrochenem Bein aus dem Fenster starrt. Der letzte Bourgeois, der Zeuge eines Mordes wird und sich zum Büttel der Justiz macht. Die Vögel, die zu Tausenden nach Herzenslust das letzte Bürgerhaus vollkoten. Der Dieb, den nur die kostbarsten Schmuckstücke interessieren und der sich dann nur noch für seine Trägerin interessiert. Die Regimekunst eines verrückt gewordenen Regimes, das die eigene Abdankung feiert, den zyklopischen Niedergang vor dem einen Auge, das ihn nicht sehen kann: dem Auge des westlichen Zyklopen, der ganz von selbst zusammenbricht.

Die Westler stinken. Der Todesgeruch, der von ihnen ausgeht, ist ekelerregend.

Der Chinese saß in dem dunklen, schmucklosen Raum. Er roch den Schweißgestank von James Cameron, dem Ex-CIA-Agenten am Standort Peking, einem der beiden Leiter des Pekinger Netzes, das er, der Chinese, auftragsgemäß demontiert hatte, um es durch ein Netz von ganz anderer Reichweite zu ersetzen.

Frischfleisch, gefangen im Spinnennetz.

Ein Planet, der im kreisrunden Netz der Spinne zappelt.

Die Spinne gibt es nicht. Die Spinne ist überall.

Die Westler begriffen nicht. Die Westler gaben vor, nicht zu begreifen. Die Europäer hielten sich an die Abmachungen.

China setzte seine Metaphysik durch.

Die Metaphysik ist Intelligenz. Die Metaphysik ist *Intelligence.*

Der Chinese steckte sich eine Zigarette an. Er war der Gott der chinesischen Export-Metaphysik.

Er war die vermeintliche Spinne, die das allgegenwärtige Netz spann.

Er war nun einmal zuständig für dieses ganze Spiel. Er war nun einmal Herr über dieses ganze Spiel.

China war überall. China war in Europa gelandet.

James Cameron war noch nicht wieder aufgewacht, sein Kopf baumelte auf der Brust, er war ohnmächtig und schwitzte. Sobald er wieder bei Bewußtsein war, würde ihm der Chinese modifiziertes Pentothal spritzen lassen. Er würde alles erfahren, was Cameron wußte. Er würde herausfinden, ob er ihm vertrauen konnte.

Cameron hatte Mumm. Die militärische Operation im Penthouse der Avenue Ostende hätte eigentlich ein ganzes Team erfordert.

Der Chinese hatte für einen vergleichbaren Einsatz in der Avenue Ostende ein Team benutzt und tausend Vorsichtsmaßnahmen ergriffen.

Cameron hatte improvisiert. Er hatte in weniger als fünf Minuten sieben Bodyguards ausgeschaltet. Er hatte Guérin Sérac erledigt. Er war kurz davor gewesen, alles aus Sérac herauszuholen, was dieser über das Geschäft mit dem Frischfleisch wußte – und Sérac wußte eine ganze Menge.

Der Chinese hatte den Mann seines Vertrauens nach Peking geschickt, und seine Mission war klar definiert: Sie bestand darin, das Netz der Amerikaner in Peking hochgehen zu lassen. Und ihre Verbindungen zur Volksarmee. Ihr Kontaktmann ist ein Insider, Lei Yong: Laß ihn hochgehen. Die amerikanischen Agenten in Peking kontrollieren den Drogenexport nach Europa und in die USA. Das ist keine Kleinigkeit: Wir reden hier von 90 Prozent der zum Export bestimmten Drogenproduktion. Dieses Netz gehört dir, Sérac. Die wichtigsten Leute der Amerikaner sind vor allem zwei Agenten: Profis, die es sich in Peking gutgehen lassen, CIA-Männer, die sich zuerst in Berlin die Hörner abgestoßen haben und später in Bagdad ein paar Agentenringe hochgehen ließen. Sie sind gut, aber vielleicht etwas eingerostet. Hier hast du die CIA-Daten über die beiden: Ken Wilberg ist der, der es krachen läßt, James Cameron ist der Erschöpfte. Wilberg und Lei Yong sind Teil des Frischfleisch-Netzwerks: Sie sitzen an der Quelle, sie sind das kostbare Terminal, der chinesische Damm des größten Geschäfts in der modernen Geschichte. Laß sie alle hochgehen. Du wirst dich um das Frischfleisch kümmern: Du wirst die Quelle und der Empfänger sein. Du wirst als der große Mittelsmann fungieren. Ich, der Chinese, stehe hinter dir im Schatten. Niemand, der nicht davon wissen soll, wird je etwas erfahren.

Es ist soweit: Die Landung an diesem Ende der Welt beginnt jetzt, nach anderthalb Jahrhunderten Vorbereitung.

Es ist soweit: Das ist die reife Frucht der Revolution.

Guérin Sérac flog nach Peking, als die Absprachen mit der Volksarmee bis ins letzte Detail geklärt waren. Eine Woche Zeit für die Operation, die das Baryzentrum von China nach Europa verlagern würde.

Es begann die letzte Phase der Invasion.

In Peking hatte Sérac seine Sache gut gemacht. Nach seiner Rückkehr wollte ihn der Chinese opfern. Sérac hatte keine Ahnung, er dachte, er habe den absoluten Höhepunkt erreicht, das hier war seine Eintrittskarte ins irdische Paradies, er würde das Netz in der Hand halten, nur er allein würde das Geschäft mit dem Frischfleisch leiten.

Sérac kehrte ins Fürstentum zurück und sagte: Ich habe meine Sache gut gemacht.

Aber das stimmte nicht.

Am Abend kam ein Anruf aus Peking. Sérac hat Wilberg und Lei Yong ausgeschaltet, lautete die Nachricht. Cameron ist entkommen. Sérac hat einen umgelegt, der sich als Cameron ausgab. Cameron ist ein Fuchs. Wir können ihn nicht finden. Die Festplatte von Lei Yongs Computer ist weg. Kann sein, daß sich Cameron im Fürstentum aufhält. Cameron hat Mumm. Kann sein, daß er sich irgendwo im hintersten Winkel unseres Planeten versteckt hat, und in dem Fall werden wir mindestens ein Jahr brauchen, um ihn aufzustöbern und auszuschalten. Er wird vermutlich versuchen, Rache zu nehmen. Er hat vermutlich Wind von dem Frischfleisch bekommen. Sei vorsichtig, Tai Ji. Cameron ist jetzt dein Problem. Wir können nicht länger warten.

Wir können nicht länger warten.

Wir sind jetzt Mitglied der WTO. In zehn Jahren wird ein Auto auf dem Weltmarkt soviel kosten, wie es in China kostet. Wir sind bereit für die letzte, tödliche Umarmung. *Wir* werden den Markt beherrschen.

In fünfzehn Jahren produzieren wir mehr Waren als die USA.

Schon in diesem Jahr hat unser Land mehr ausländische Investitionen angezogen als die USA.

Wir haben für die Araber das verrückteste Attentat des Jahrhunderts organisiert. Wir haben unsere Ingenieure in die Al-Qaida-Camps geschickt. Wir haben ihnen Geld gegeben, logistische Unterstützung, informatisches und technologisches Wissen. Wir haben sie im Umgang mit chemischen Waffen ausgebildet. Wir haben an jenem Tag den Kennedy-Airport gehackt. Wir haben diese Marionette von einem Präsidenten direkt an Bord der Air Force One kontaktiert: Hier, das sind deine Sicherheitscodes, wir wissen Bescheid. Wir sind China. Wir haben die amerikanische Präsidentenmarionette mit chinesischen Puppenkleidern ausstaffiert, neben dem Großen Präsidenten Jiang Zemin, wenige Tage nach dem Einsturz der Türme.

Seit Jahren überschwemmen wir den Westen mit Frischfleisch. Wir bringen Frischfleisch ins Verdorbene Fleisch.

Seit einem Jahrhundert haben wir das gewaltigste, engmaschigste Geheimdienstnetz dieses Planeten aufgebaut. Wir sind überall: in Paris, in Washington, in San Francisco, in Berlin, in London, in Südamerika, in Sydney, in Rußland – unsere Leute sind dort, leben dort, machen dort Geschäfte. Sie wissen Bescheid.

Wir sind die Belagerer.

Wir fallen nicht auf den alten Trick mit der leeren Stadt herein. Wir haben die Stadt selbst räumen lassen. Und dann haben wir sie wieder bevölkert. Die Stadt, die es zu erobern gilt, gehört uns schon jetzt.

Wir haben sie schon in der Hand, Tai Ji. Sie tun, als wüßten sie das nicht, doch wir haben sie bereits erobert.

Wir können nicht länger warten.

Die Weissagung besagt: Der letzte Mensch wird ein Chinese sein.

Sie hatten recht behalten, die Stimmen aus Peking.

Cameron war im China Down aufgetaucht. Er hatte einen Fehler begangen. Er hatte sich als Eingeweihter der Schwarzen Gesellschaft ausgegeben. Aber der Chinese kannte *alle* westlichen Eingeweihten. Der da im China Down auftauchte, war keiner von ihnen. Er hatte sich den CIA-Bericht über den Agenten James Cameron bringen lassen. Hatte ihn im China Down genau beobachtet. Keine Frage, das war er. Er hatte sich die Haare abrasiert, sich auf Vordermann gebracht – aber es war Cameron. Er hatte Mumm in den Knochen – er hatte keine Zeit verloren. Zwei Tage nach der Zerschlagung des amerikanischen Agentenrings in Peking war er in der Mitte des Spinnennetzes angekommen. Er hatte die Spinne gefunden. Er hatte Mumm.

Improvisation: eine Gabe der Überlegenen, der Eingeweihten, der versteckten Anführer, der Spinnen.

Der Chinese hatte neue Netze gesponnen.

Er hatte begriffen: Cameron war nicht auf der Suche nach ihm. Er war dem Idioten Sérac auf den Fersen. Und der Chinese stellte sie beide auf die Probe: den Idioten Sérac und den beherzten Cameron. Er nannte Cameron Mittel und Wege, um an Sérac heranzukommen. Und Cameron hatte es geschafft.

Und jetzt war Cameron wieder der Gejagte.

Er lag vor ihm, ohnmächtig, fiebrig.

Der Chinese mußte neue Maschen für sein Netz spinnen.

Er mußte nachdenken. Sollte er ihn den Europäern ausliefern? Sollte er ihn behalten, um ihn an Séracs Stelle zu setzen? Sérac wußte zuviel, und der Chinese hätte ihn sowieso ausgeschaltet. Das ist die Physiologie des Zentrums der Macht: Tausche die inneren Organe so oft wie möglich aus. Laß nicht zu, daß die Leber die Arbeit des Herzens kennt. Trenne die Nieren vom Magen. Laß kein Organ entstehen, das alles weiß und alles tut. Sérac stand auf der Abschußliste.

Und Cameron: Ihn ausliefern? Ihn benutzen? Beides?

Der Chinese wartete auf die Wahrheit. Modifiziertes Pentothal ist der Bote der Wahrheit.

Glaube an Gott und an modifiziertes Pentothal.

Das Evangelium der Metaphysik und der Geheimdienstarbeit.

Cameron bewegte sich. Sein Kopf baumelte schlaff auf der Brust. Es fiel ihm schwer, wieder zu sich zu kommen. Die elektrische Ladung aus dem Betäubungsgerät hatte ihm sichtlich zugesetzt.

Über eine Gegensprechanlage rief der Chinese seine Männer, die vor dem Zimmer warteten. Bereitet das modifizierte Pentothal vor, sagte er, wir sind soweit.

Sie sagten: Der Europäer wird gleich da sein.

Cameron hatte Mühe, wach zu werden.

Eine Frage von Minuten. Noch eine chinesische Zigarette.

Die Tür öffnete sich.

Herein kam David Montorsi, der Chef der Europäischen Sicherheitsagentur.

Stefan Wundsam
Hamburg, 9. September 2002, 00:20

Immer dasselbe.

Stefan Wundsam saß auf dem Sofa und starrte mit leerem Blick auf den im dunklen Zimmer schimmernden Fernseher, der Junge schlief und war ihm komplett egal.

Er hätte lieber in Amsterdam bleiben sollen. Bei Christa. Er hätte lieber am Frischfleisch-Fall weiterarbeiten sollen. Das hätte mehr Spaß gemacht.

Das ist doch alles sinnlos hier.

Andrea war aus der Wohnung gerannt, hatte die Tür zugeknallt, nachdem sie sich erst im Bad und dann im *gemeinsamen* Schlafzimmer eingeschlossen hatte. Sie hatte nichts gesagt, vor zwei Stunden war sie gegangen, hatte wortlos die Tür hinter sich zugeschlagen.

Christa.

Christa gegen eine, die dir sagt, daß sie sich mittlerweile schon davor ekle, deine Haut zu berühren. Christa gegen die Frau, die du geliebt hast – vor zehn Jahren. Christa gegen die Frau, der du ein Kind geschenkt hast. Genau das ist es: Du hast ihr ein Kind geschenkt. Sie hat recht, aber auch das ist ein Klischee. Christa hat recht: Tom Hanks und Meg Ryan, nur ohne Happy-End.

Andrea war ganz verblüfft, als er die Tür aufmachte. Sie standen sich im Flur gegenüber, er sagte: »Jetzt reden wir«, sie antwortete: »Mußt du nicht arbeiten?«

Er folgte ihr in die Küche.

Er folgte ihr ins Bad.

Als sie wieder im Flur standen, wurde sie laut.

Das Gejammer einer dummen Kuh, denn das waren sie jetzt füreinander: ein Schwein, eine dumme Kuh.

Immer dasselbe. Immer dieselbe alte Leier.

Die Luft war zum Schneiden, und Wundsam war es leid. Er war einfach alles leid. Auch Christa, die Agentur, Montorsi. Das Frischfleisch.

Alles: was soviel war wie nichts.

Die Welt ist kompliziert. Das Leben ist nicht intensiv.

Lopez hatte recht: Da war sie wieder, die Erschöpfung, die totale geistige Erschöpfung, die mechanische, bulimische Erschöpfung, die den Körper verzehrt und sich bis zum Verstand vorarbeitet, ihn verdunkelt, ihn nivelliert, ihn Tag für Tag, Jahr für Jahr im stillen zermalmt.

Lopez hatte Schuldgefühle: Er war ein Genosse gewesen und hatte die Genossen betrogen, in den Achtzigern hatte er sie eingelocht, er kannte sie alle. Weshalb sollte sich Wundsam schuldig fühlen?

Du bist ein Egoist.

Dir ist alles egal.

Dein Sohn ist dir völlig egal.

Ich bin dir egal, ich existiere gar nicht mehr für dich.

Daraufhin er: Wir machen's seit Monaten nicht mehr. Sie sagte: Das ist nicht das Problem, das ist nur das Resultat.

Ich ekle mich vor dir.

Er: Du hast einen anderen.

Sie: Du kapierst überhaupt nichts. Einen Dreck kapierst du. Du hast gar nichts verstanden.

Dann beging er seinen letzten Fehler: Nach der Operation hast du dich verändert.

Um der alten Zeiten und der guten Kinderstube willen sagte sie erst nichts und antwortete dann: Aber du hast dich nicht verändert. Du änderst dich nie. Du bist ein Schwein. Ihr Männer seid alle Schweine.

Er wurde noch ausfälliger, die Worte kamen ihm einfach so über die Lippen, ohne daß er sich bremsen konnte, er machte ihr ungerechtfertigte, sinnlose Vorwürfe, Dinge, an die er nie gedacht hatte, eine Flut von Worten, die die ihren überschwemmten. Rastlos ging sie von der Küche ins Bad, in den Flur, ins Wohnzimmer, und im Hintergrund weinte der Junge.

Deine Freundinnen sind alle wie du – sie leben nicht umsonst getrennt. Alte Jungfern mit Kindern.

Wenn ich's mit dir gemacht habe, Andrea, habe ich immer nur simuliert. Männer simulieren mehr als Frauen.

Du wirst zu naß, es ist ekelhaft.

Du denkst nur an dich, der Junge ist nur ein Anhängsel von dir, eigentlich ist er dir völlig egal, er ist bloß ein Teil von dir.

Frauen haben nie Distanz zu sich selbst.

Aber wenn ich dich von hinten genommen habe, das hat dir Spaß gemacht, was? Du ekelst dich vor mir, aber da hast du gestöhnt, was?

Du hast nie mit mir geredet. Nie etwas gesagt. Du hast nie reden wollen, dabei hab ich dir gesagt: Wir haben Probleme.

Du bist doch verrückt, nicht ganz bei Trost, du bist doch seelisch völlig verkorkst.

Ich bin nicht derjenige, der seit zehn Jahren kein Wort mehr mit seiner Mutter redet. Ich bin nicht der mit den psychischen Problemen. Ich bin nicht der mit der unglücklichen Kindheit. Ich bin nicht der, der an Depressionen und Angstzuständen leidet.

Ich behaupte nicht, daß ich nicht existiere, daß ich nichts wert bin.

Ich habe nicht geheult und gebettelt, um ein Kind zu bekommen.

Das warst du. Du bist verkorkst.

Glaub bloß nicht, daß ich jetzt zahle, damit du deine Probleme in den Griff bekommst.

Glaub bloß nicht, daß du mit meinem Geld die feine Dame spielst.

Glaub bloß nicht, daß du mir den Jungen vorenthalten kannst. Ich arbeite nicht umsonst in Brüssel. Ich laß dir das Sorgerecht entziehen. Ich nehme dir deinen Sohn weg.

Da hatte sie ihn fertiggemacht. Sie hatte sofort ein Drama daraus gemacht.

Es war ein sinnloses Gespräch, es war gar kein Gespräch.

Das war doch alles sinnlos. Wundsam sagte sich: In Amsterdam war es besser, warum zum Teufel habe ich bloß auf Christa gehört.

Und das hatte er auch ihr gesagt: Ich habe eine andere.

Und Andrea hatte nichts gesagt und nur die Lippen verzogen. Christas Lippen, die sich zu diesem ganz *anderen* Schmollmund verziehen.

Und dann hatte Andrea losgelegt.

Sie hatte Dämme brechen lassen und Deiche zerstört.

Sie hatte ihn angespuckt.

Sie hatte gebrüllt: Raus hier, du Schwein. Raus hier, das ist nicht mehr deine Wohnung, raus, raus.

Hau ab, du Schwein.

Du hast mich im Stich gelassen, von Anfang an.

Du kamst immer an erster Stelle und ich ganz zuletzt.

Du bist ein Idiot, ein Schwein und außerdem im Bett eine Niete.

Ja, ich habe einen anderen, kapiert? Hätte ich etwa auf dich warten sollen? Ich habe einen anderen, der macht's mir wenigstens richtig.

Ich habe einen anderen. Der macht's mir richtig.

Du ekelst mich an.

Du tust mir leid.

Da schlug er sie, heftig, mit dem Handrücken. Sie verlor das Gleichgewicht, fiel benommen zu Boden. Sie stützte sich an der Wand ab, um aufzustehen. Er rührte sich nicht, konnte kaum fassen, was er da gerade getan hatte, er kam sich vor wie ein Beobachter, der irgendeiner bedeutungslosen Szene im Fernsehen beiwohnt.

Sex and the City. Tom Hanks schlägt Meg Ryan, verpaßt ihr das sprichwörtliche blaue Auge.

Sie sah ihn auf eine Art an, wie sie ihn noch nie angesehen hatte.

Er stammelte: »Das habe ich nicht gewollt.«

Der Junge weinte, niemand kümmerte sich darum.

Dann führte sie die Schmierenkomödie von der schmerzensreichen, guten Mutter auf, verkroch sich ins Kinderzimmer, nahm ihn in den Arm, weinte und besudelte ihn mit ihren Tränen.

Eine typische Familientaufe im Jahr 2002.

Fast ein Uhr, und Andrea war immer noch nicht zurück.

Sie wird zu dem anderen Typen gegangen sein, die Schlampe.

Dann mußte er wieder daran denken, wie er sie geohrfeigt hatte, wie sie hingefallen war, benommen, eine Stoffpuppe. Er sah die Szene noch mal, spürte die Eiseskälte, und zwar in Zeitlupe. Und noch mal. Und noch mal.

Er ging zum Telefon, wählte Andreas Handynummer.

Das Handy war ausgeschaltet.

Na, dann eben nicht.

Er sah wieder auf die Uhr. Rief Christa an.

Das Satellitentelefon war ausgeschaltet.

Na, dann eben nicht.

Er ging zurück zu seinem Sessel in die Dunkelheit.

Der Fernseher strahlte Werbespots aus, zusammenhanglose Montagen, idiotische Bilder.

Er wurde nicht einmal schläfrig davon.

Er sah die Szene noch mal.

Der perfekt nachgemachte Schlüssel glitt ins perfekt geölte Schloß, begann sich zu drehen: ein Schnappen, dann noch eines.

Langsam, todmüde öffnete sich die Tür.

Wundsam ging Andrea entgegen, schaltete das Licht im Gang ein. Der Junge schlief.

Er bog um die Ecke, versuchte, Andrea anzulächeln.

Sein Lächeln gefror.

Sein Mund klappte auf.

Die Idiotengrimasse, bevor alles vorbei ist.

Der Schuß ging los, ein silbriger Luftzug.

Er brach sofort zusammen, aber ganz langsam.

Er spürte, wie ihn ein Schuh beiseite schob, von ganz weit her.

Dann hörte er das zweite Rauschen, den zweiten Schuß, sah Lichter tanzen, sah nichts mehr.

Guido Lopez
Fürstentum Monaco, 8. September 2002, 12:50

Lopez war *aufgeregt*. Lopez hatte Angst. Seine Hände zitterten am Lenkrad.

Aus einer gewissen Entfernung folgte er der Karawane von Jeeps, die die Limousine eskortierten. In der Limousine saß Montorsi.

Das war die Limousine, die der Chef von Agratis Leibwache erwähnt hatte.

Agrati war tot. Hatte Montorsi nicht so getan, als hätte er keinen blassen Schimmer? Wußte er *tatsächlich* nichts?

Wer saß da neben Montorsi in der Limousine?

Den Fahrzeugen zu folgen war einfach: eine langsame Karawane in einem Luxusfürstentum. Lopez hielt beträchtlichen Abstand. »Es gibt hier keine anderen Straßen. Entweder sie fahren nach Westen oder nach Osten.«

Unmöglich, sie aus den Augen zu verlieren.

Er war erschüttert. Er zitterte.

Das Satellitentelefon klingelte.

Lopez sah aufs Display. Es war Montorsi. Lopez wußte nicht, was er tun sollte. Er dachte an Wundsam, an Christa, an Agrati.

Er nahm ab.

»Guido, ich hab's eilig. Neuigkeiten?«

»Nichts Besonderes. Wir stecken fest. Hast du mit Wundsam und Christa gesprochen?«

»Ja. Sie haben mich über De Vlaeminck informiert. Er ist nicht aufzufinden. Sie haben mir auch gesagt, du hättest mit einem Mailänder Staatsanwalt geredet. Guido, paß bloß auf…«

»Das ist keine große Sache, Montorsi, reg dich nicht auf.«

»Wo bist du gerade?«

Die Drecksau. »In Mailand. Und du, Montorsi?«

Das Arschloch lachte auch noch. »Wo soll ich schon sein, Lopez? In Brüssel.«

Sie fuhren fünfhundert Meter vor ihm her. Sie kamen nur langsam vorwärts. Sie waren Richtung Osten gefahren, Richtung Italien.

Plötzlich sah Lopez den linken Blinker der Limousine aufleuchten.

Sie bogen links ab. In eine steile Straße.

Lopez fuhr geradeaus weiter, während die 4x4-Jeeps die Linkskurve nahmen. Er konnte es sich nicht leisten, ihnen auf einer so engen Nebenstraße zu folgen, die vermutlich zu einem Privatgrundstück führte. Kaum hatte er die Abzweigung hinter sich gelassen, die die 4x4-Jeeps genommen hatten, bremste Lopez herunter. Solange er konnte, behielt er sie mit Hilfe des Rückspiegels im Auge, im Dreiviertelprofil, während sie die Nebenstraße hochfuhren.

Dreihundert Meter nach der Abzweigung, die die Jeeps genommen hatten, brachte er den Wagen zum Stehen.

Er parkte in einer kleinen Haltebucht am linken Straßenrand.

Stieg aus.

Er stellte sich an den rechten Rand der Küstenstraße.

Das Meer war weinrot: eine Katastrophe.

Am Horizont: zwei riesige Öltanker, die etwas *sehr* Großes im Schlepptau hatten.

Er drehte sich zur Bergseite um.

Suchte die Serpentinen ab. Er fand die Karawane wieder.

Er sah, wie die Limousine und die 4x4-Jeeps vor einer Art Schloß hielten. Schlechter Geschmack, eine maßlos protzige Architektur: Pharaonen auf Frankreichurlaub.

Er sondierte das Gelände. Er konnte unmöglich näher heranfahren: Es fehlte ein geeignetes Versteck für den BMW. Er überlegte, sich zu Fuß anzupirschen. Wozu? Er entschied sich dagegen. Zu Fuß würde er der Limousine nicht folgen können, wenn sie plötzlich wieder losfuhr.

Keine Chance. Er mußte aufgeben.

Er mußte abwarten.

Aber er hatte auch so zu tun.

Lopez stieg wieder in den Wagen. Seine Notizen. De Vlaemincks Wohnsitz in Monaco: dort vorbeischauen.

Und Mario Ros: Mario Ros bei der Elite Private Bank aufspüren.

Er wendete, sah wieder die graublaue Dunstglocke über dem Fürstentum, sah, wie zwei ungeheure Öltanker mit einem riesigen Betonkadaver im Schlepptau auf den Hafen zufuhren.

David Montorsi
Cap-Martin, Fürstentum Monaco, 9. September 2002, 01:50

James Cameron delirierte, schwitzte, es ging ihm schlecht. Er hatte sich in den Eimer übergeben, der neben seinem Stuhl stand. Das dunkle Zimmer stank. Der Chinese war ruhig oder wirkte jedenfalls so. Ungerührt rauchte er chinesische Zigaretten, die nach Anis oder einem anderen, nicht näher zu bestimmenden Gewürz rochen.

Montorsi rauchte eine Gitanes nach der anderen. Er beobachtete alles. Hörte alles. Er wartete.

Der Chinese sprach tadelloses amerikanisches Englisch. Er sprach langsam und deutlich, sein Tonfall war kalt und gleichgültig. Genaue, ins Detail gehende, schneidende Fragen.

Cameron war benebelt. Dieses Pentothal war kein richtiges Pentothal. Sie hatten es modifiziert. Während des Koreakriegs erfanden die Chinesen die Gehirnwäsche. Die CIA schickte Spione hin, um die chinesischen Methoden für Gehirnwäsche auszukundschaften. Die Amerikaner finanzierten Studien, ein Sonderprojekt zum Thema Gehirnwäsche. Sie luden Hofmann, den Erfinder des LSD, dazu ein. Sie heuerten den Philosophen Bateson an. Nahmen den Schriftsteller Huxley und Frau, die Anthropologin Margaret Mead, unter Vertrag. Sie alle sollten die Erfindung der Chinesen studieren. Montorsi hatte die Handbücher des Projekts MK-Ultra durchlesen müssen. Montorsi hatte sich von den Amerikanern abgeschaut, was sich die Amerikaner von den Chinesen abgeschaut hatten.

»Was bedeutet Frischfleisch?« fragte der Chinese. Und wartete.

Cameron stammelte, verlor Schleim, übergab sich. Nuschelte ein ums andere Mal ein traumverlorenes »Ich weiß nicht«.

»Frischfleisch. Was bedeutet das?«

»Ich ... weiß ... nicht ...«

Schweigen. Die Geduld des Folterers. Die Ruhe des Henkers. Die Beamtenmentalität dessen, der den Tod bringt. »Wie heißt du?«

»Jam ... James ... Cameron ...«

»Wo bist du?«

»Fürsten ... tum ... Monaco ...«

»Woher kommst du?«

»Pe ... Peking ...«

»Was bedeutet Frischfleisch?«

»Damit machen sie ... Geschäfte ... Wilberg ... Lei Yong ... Sie haben mich ge ... gelinkt ... Stoff ... Sehr ... teuer ...«

»Was für Stoff? Drogen?«

»Ich ... Ich weiß nicht ... Teuer ... Zu teuer ...«

»Wer steht hinter der Sache mit dem Frischfleisch?«

»Ein ... ein Chinese ... Tai ... Ji ... Seine Männer ... Die Volks ... armee ...«

»Wie heißt du? Woher kommst du?«

Montorsis Satellitentelefon klingelte.

Der Chinese warf ihm einen wütenden Blick zu.

Montorsi verzog keine Miene.

Eine deutsche Nummer. Er nahm ab.

Verzog weiterhin keine Miene.

Er legte auf, setzte sich wieder. Sagte zu dem Chinesen: »Laß uns kurz rausgehen.«

Unwillig erhob sich der Chinese. Sie verließen den Raum.

»Einer meiner Agenten ist umgebracht worden«, sagte Montorsi, »und seine Frau liegt im Koma. Ein Einbruch bei ihm zu Hause. Warst du das?«

Der Chinese erwiderte, er habe nichts damit zu tun. Dann ging er rasch in den Raum zurück, wo Cameron festgehalten wurde.

Er sagte, er wolle keine Zeit verlieren, er wolle den Effekt des Pentothal ausnutzen, solange es optimal wirke. Montorsi antwortete: Das ist kein Pentothal. Der Chinese gab zurück: Doch, das ist Pentothal – modifiziert eben.

Er wußte nicht recht, ob der Chinese etwas mit der Sache zu tun hatte oder nicht.

Sie hatten Wundsam umgebracht. Sie waren in seine Hamburger Wohnung eingebrochen. Montorsi begriff nicht: Was hatte Wundsam überhaupt in Hamburg verloren? Sie waren bei ihm eingebrochen. Seine Frau war nicht da. Wundsam hatte einen kleinen Sohn, das Kind schlief, sie hatten ihm nichts getan. Vielleicht hatte Wundsam die Tür aufgemacht. Die Hamburger Polizei hatte Wundsams Frau auf einer Straße südlich von Hamburg gefunden, irgendwo in der Peripherie; sie lag im Koma. Man hatte ihr zweimal in den Kopf geschossen. Ein Wunder, mit zwei Kopfschüssen noch im Koma zu liegen. Wundsam war ein ehemaliger Kollege, also fuhren sie bei ihm vorbei. Dort fanden sie Wundsams Leiche im Flur neben der offenen Wohnungstür. Ebenfalls mit zwei Kopfschüssen. Der Chef der Hamburger Kripo hatte Montorsi erklärt: unterschiedliche Munition, unterschiedliche Waffen – die Schüsse auf Wundsams Frau und ihn selbst stammten aus Waffen unterschiedlichen Kalibers, auch die Marken seien nicht gleich.

Was hatte Wundsam in Hamburg verloren? Wütend rief Montorsi Christa an. Christa antwortete mit schläfriger Stimme, sie lag schon im Bett.

»Wo bist du, Christa?«

»In Amsterdam, Montorsi, was denkst du denn? Ist was passiert?«

»Wo ist Wundsam?«

»Er ist nicht hier. Was weiß denn ich. Ich gehe doch nicht mit ihm ins Bett …«

»Es interessiert mich einen Dreck, ob du mit ihm ins Bett gehst. Wo ist Wundsam?«

»Montorsi, jetzt hör schon auf...«

»Wo ist er?«

»Er ist in Hamburg, okay?«

»Warum in Hamburg?«

»Montorsi, sind wir hier im Kindergarten? Soll das ein Verhör werden? Wundsam ist nach Hamburg geflogen, weil er Probleme mit seiner Frau hat. Morgen ist er wieder da, wir treffen uns hier, wir sind an De Vlaeminck dran, wir haben ihn schon fast...«

»Er ist morgen nicht wieder da. Wundsam ist tot. Sie haben ihn umgebracht, zu Hause. Seine Frau liegt im Koma.«

»Mein Gott... O Gott... Wann?«

»Vor einer Stunde.«

»O Gott... Und sein Sohn?«

»Es geht ihm gut. Sie haben ihn nicht angerührt. Vielleicht wußten sie nicht einmal, daß es ihn gibt...«

»Wer hat ihn gefunden?«

»Die Polizei. Erst die Frau, dann Stefan. Ich habe ihnen deine Nummer gegeben, sie rufen dich an. Sag ihnen, was du weißt. Alles, was du weißt. Und morgen früh fliegst du nach Hamburg. Dort triffst du dich mit Lopez.«

»Weiß er es schon?«

»Nein, ich rufe ihn gleich an.«

»Mein Gott... Und De Vlaeminck?«

»Vergiß es. Vergiß De Vlaeminck. Der Fall ist mir jetzt völlig egal. Alles ist mir egal. Außer Wundsam. Flieg zurück nach Hamburg.«

Lopez. Er ging nicht dran.

Er kehrte ins Zimmer zurück. Ein ekelhafter Gestank. Der Chinese rauchte sein Aniszeug. Cameron stand unter Pentothal. Montorsi war angewidert.

»Wenn ich herausfinde, daß du es warst«, sagte er, »lasse ich alles hochgehen.«

»Hier kann nicht mehr viel hochgehen. Du kannst höchstens abgelöst werden. Dein Problem. Du entscheidest, ob du im Spiel bleibst oder aussteigst. Das ist alles dein Problem, nicht meines. Wie dem auch sei, ich war es nicht. Beim nächsten Mal such dir bessere Agenten.«

Montorsi hatte große Lust, ihm eine Kugel in den Kopf zu jagen. Früher oder später würde er ihm eine Kugel in den Kopf jagen.

Er setzte sich hin.

Hörte sich Camerons Delirium an. Camerons Delirium wurde von einem Klingelton unterbrochen. Der Chinese stand auf, nahm ab, verließ den Raum und kehrte wutentbrannt zurück.

Er sah Montorsi an. »Du bist ein Idiot«, sagte er.

»Bildest du dir ein, ich käme aus so einer Sache nicht raus?« fragte er.

Montorsi dachte: Er hat Wundsam auf dem Gewissen. »Ich weiß nicht, wovon du sprichst«, sagte er.

Der Chinese kniff die Augen zusammen, zwei Schlitze. »Du mußt deine Leute besser auswählen. Deine Männer haben Mist gebaut.«

Guido Lopez
Fürstentum Monaco, 8. September 2002, 15:50

In Guido Lopez' Notizen stand: De Vlaemincks steuerlicher Wohnsitz im Fürstentum ist in der Avenue de la Costa 13. Hinter der Elite Private Bank.

Es ist ein Netzwerk, ein verborgenes Finanznetz. Lopez hatte an einem Faden gezogen und fand sich nun im Zentrum des Netzes wieder.

Er versuchte es bei De Vlaemincks steuerlichem Wohnsitz. Er versuchte, Wundsam auf dem Satellitentelefon zu erreichen: keine Antwort. Er rief auf Christas Satellitentelefon an: keine Antwort. Keinerlei Neuigkeiten aus Holland über De Vlaeminck.

Er mußte behutsam vorgehen: Montorsi befand sich im Fürstentum. Montorsi war auf Dienstreise, bei einer Person mit Einfluß, die Agrati kannte und vor der Agrati vermutlich Angst gehabt hatte. Und Agratis Frau ebenfalls.

Avenue de la Costa 13: ein *versiegeltes* Gebäude. Es war unmöglich, De Vlaemincks steuerlichen Wohnsitz zu betreten, ohne sich auszuweisen. Wer wissen wollte, ob sich Lopez im Fürstentum aufhielt, würde unverzüglich davon erfahren. Die Chance, heimlich in De Vlaemincks Gebäude einzudringen: gleich null.

Lopez überlegte. Seinen Trumpf, die Dienstmarke der Agentur, würde er zu einem anderen Zeitpunkt ausspielen.

Mario Ros und das Konto bei der Elite Private Bank schienen *wichtiger* als De Vlaeminck.

Er befand sich im Zentrum des Netzes. Er befand sich im Auge des Orkans, der Frischfleisch hieß. Er war im Auge, das alles sieht.

Er überlegte eine halbe Stunde, was er überhaupt tun konnte.

Er rief den stellvertretenden Staatsanwalt Antonio Madone an. Ging sämtliche Optionen mit ihm durch. Ein dringendes Rechtshilfeersuchen. Die Einschüchterungstaktik. Er schilderte plausible und unplausible Szenarien. Madone verfolgte aufmerksam seine gewundenen Gedankengänge, er unterstützte ihn, sprang ihm bei, machte Vorschläge, steuerte weitere Hypothesen bei.

Sie entschieden sich für eine gemeinsame Aktion.

Madone hatte recht: Mario Ros existiert nicht. Er kommt nicht in der europäischen Personendatenbank vor. Er kommt *nirgends* vor. Er sitzt in keinem Vorstand. Man braucht nur die Datenbestände zusammenzuführen, die Namen im Archiv miteinander zu verknüpfen. Es gibt keinen Millionär, der nichts besitzt bis auf eine Wohnung, und zwar ausgerechnet in dem Gebäude von Monaco, in dem sich auch die Elite Private Bank befindet. Hier müssen wir weitersuchen. Wir wissen noch nicht genug über diese Bank. Lopez sagte: Wir sind an einem toten Punkt – entweder Sie helfen mir weiter, Herr Staatsanwalt, oder meine Ermittlungen enden hier.

Der Staatsanwalt erwiderte: Ich bin noch nicht Staatsanwalt, nur stellvertretender Staatsanwalt, Herr Inspektor. Sie lachten beide.

Sie sprachen sich ab. Madone würde Nachforschungen über die Elite Private Bank anstellen und Lopez umgehend verständigen. Lopez bat: Eine Stunde, höchstens zwei, ich brauche nur das Wesentliche, Anhaltspunkte, die mir vielleicht weiterhelfen. Eine Handhabe. Eine Handhabe, um bei der Elite Private Bank vorstellig werden zu können, eventuell mit einem internationalen Rechtshilfeersuchen. Eine Untersuchung durch die Agentur werden sie nicht riskieren. Sie werden vermeiden wollen, daß die Europäische Sicherheitsagentur ihre Konten unter die Lupe nimmt. Ich werde ihnen drohen, den Geschäftsverkehr lahmzulegen. Von ihnen will ich nur eines: Informationen über die Zahlungseingänge von Mario Ros.

Das ist eine Hypothese, sagte Madone. Er stützte die Hypothese. Er sagte: Ich werde an der Hypothese arbeiten. In zwei Stunden rufe ich Sie zurück.

Lopez versuchte es noch mal auf Christas Satellitentelefon. Keine Antwort. Auch Wundsam nahm nicht ab.

Er fühlte sich ausgebremst, hilflos, er hatte nichts zu tun.

Montorsi weiß Bescheid, dachte er. Er fragte sich, was Montorsi wohl mit dem Mann zu tun hatte, der Agrati Angst einjagte. Was dieses Kitschschloß in zwei Kilometer Entfernung vom Fürstentum, in dem er verschwunden war, wohl für ein Ort war.

Er ging in eine Bar. Las die ›Nice Matin‹. Fand heraus, daß die beiden Öltanker, die er fast reglos auf dem Wasser vor dem Fürstentum hatte treiben sehen, eine künstliche Erweiterung für den neuen Hafen von Monte Carlo im Schlepptau gehabt hatten. Ein Eintrag ins Guinnessbuch der Rekorde: der größte künstliche Hafen der Welt. Das Fürstentum hatte sich entschieden: Wir werden die trashigste Nation der Welt.

Lopez war ungeduldig. Lopez platzte schier vor Ungeduld. Lopez saß fest. Er bezahlte eine Unsumme für zwei Orangeaden. Trash ist teuer.

Er versuchte es wieder bei Wundsam und Christa: keine Antwort.

Er lief nervös durch La Condamine.

Das Satellitentelefon klingelte. Es war Madone.

»Ich weiß Bescheid«, sagte Madone.

Er sagte: »Wir sind soweit, Lopez.«

»Die Elite Private Bank wurde von einem der großen internationalen Finanztycoons gegründet, Edmond Jaffa. Eine interessante Geschichte. Jaffa hat seine Bank von Anfang an in höchsten, ja unerreichbaren Kreisen positioniert: Die Bilanzen ganzer Entwicklungsländer sind über Konten bei der Elite Bank gelaufen.

Die Elite Bank hat heimliche Gelder des Internationalen Währungsfonds beherbergt. Um nur ein Beispiel zu nennen: Die Finanzkrise in Argentinien ist ein Sog von Geldern, die vermutlich auf Konten der Elite Bank gelandet sind. Die Carlyle-Gruppe, die bedeutende multinationale Konzerne kontrolliert, verfügt über Konten bei der Elite Bank – Vorstandsmitglieder der Carlyle-Gruppe saßen früher im Weißen Haus oder tun das heute noch. Das nur vorab, Lopez, damit Sie die Bedeutung der Bank begreifen. Einen Bluff mittels internationalem Rechtshilfeersuchen halte ich für ausgeschlossen. Eine Untersuchung durch die Europäische Sicherheitsagentur ließe die Elite Bank völlig kalt.«

»Madone, wenn die Dinge so liegen, stehen wir vor einer Mauer. Es gibt keine Handhabe. Nichts, was mich interessieren könnte.«

»Immer mit der Ruhe. Ich sagte Ihnen doch, wir sind soweit. Die Elite Bank gehört nicht mehr Edmond Jaffa.«

»Er hat verkauft?«

»Nicht er.«

»Wer dann?«

»Seine Witwe. Edmond Jaffa kam im Dezember '99 durch Brandstiftung ums Leben. Wissen Sie, wo?«

»Ich habe keinen blassen Dunst.«

»Im Fürstentum. Im Badezimmer seiner Wohnung. Adresse: Avenue Ostende 16/A. Er wohnte in einem Penthouse über seiner Bank.«

Im Badezimmer verbrennen. Agratis Frau hatte überhaupt kein wirres Zeug geredet. »Ich fange an zu begreifen, Herr Staatsanwalt. Fahren Sie fort.«

»Das mit der Brandstiftung war ein Überraschungscoup. Niemand hat darüber reden wollen, und die einzige Untersuchung wurde damals nach kaum einer Stunde eingestellt. Jaffa litt an Parkinson und hatte deshalb Pflegepersonal. Einer der Pfleger legte ein Geständnis ab. Das Ganze war angeblich nur ein Spiel, ein Schelmenstück – der Pfleger wollte eine Tragödie inszenieren und nachher als Retter seines Arbeitgebers dastehen. Er gestand, einen Papierkorb in Brand gesetzt, Jaffa mitten in der Nacht aufgeweckt und ihn sowie eine Krankenschwester in den Panic Room gebracht zu haben – ins Badezimmer. Der Pfleger hatte einen Überfall durch ein Killerkommando vorgetäuscht und sich sogar selbst schwere Verletzungen zugefügt. Der Brand geriet außer Kontrolle. Das Feuer breitete sich aus: Jaffa und seine Krankenschwester starben im Badezimmer in den Flammen. Der Krankenpfleger sitzt noch immer in Monaco hinter Gittern. Er spricht von einem Komplott. Er behauptet, man habe ihn gezwungen, ein Geständnis auf französisch zu unterschreiben. Nur fürs Protokoll – der Krankenpfleger kann kein Französisch. Noch 1999 wurden Zweifel am tatsächlichen Verlauf des Brandes laut. ›Vanity Fair‹ veröffentlichte ein Dossier. Offenbar stand Jaffa während der vier Stunden, in denen er im Bad eingesperrt blieb, in ständigem Kontakt mit seiner Frau. Seine Frau war damals bereits zweifache Witwe, ihre Exmänner waren zwei schwerreiche Südamerikaner, die beide unter mysteriösen Umständen ums Leben kamen.«

Lopez zeigte sich verblüfft. »Hatte Jaffa denn keine Leibwache?«

»Das ist noch so eine Ungereimtheit. Die Bodyguards übernachteten in Jaffas Luxusvilla.«

»Ach so, neben dem Penthouse in der Avenue Ostende gab es noch eine Luxus*villa*.«

»Genau. Die Luxusvilla lag außerhalb des Fürstentums. Ein kleines Schloß unweit von Cap-Martin. Ein historisches Gebäude: Hitchcock hat dort die Außenaufnahmen von ›Über den Dächern von Nizza‹ gedreht. Später hat der Avvocato Agnelli das Schloß gekauft, der es seinerseits an Jaffa veräußerte.«

Das war das kleine Schloß außerhalb von Monte Carlo, in dem Montorsi verschwunden war. »Madone, Sie wissen nicht, wie wichtig diese Information für mich ist. War's das?«

»Nein. Das Wichtigste kommt noch. Jaffas Witwe hat *alles* geerbt. Jaffa hatte drei Brüder: Keiner davon wurde im Testament bedacht. Sie strengten einen Prozeß an, allerdings ohne Erfolg. Jaffas Witwe verfügte also über das gesamte Vermögen des Finanziers. Erster Schachzug der Witwe Jaffa: die Elite Private Bank verkaufen. Genauer gesagt: Sie hat sie *unter Wert* verkauft. Kurz vor Jaffas Tod hatte es einen feindlichen Übernahmeversuch der Elite gegeben. Dabei wurden die Bank und der Finanzier in einer Schmutzkampagne mit dem BNL/Atlanta-Skandal, das heißt mit Waffenlieferungen an Saddam, in Verbindung gebracht. An der Sache war nichts dran, aber der Kurs der Elite Bank brach ein. Jaffa verteidigte sich mit Zähnen und Klauen, und es gelang ihm, die feindliche Übernahme abzuwehren. Doch der Wert der Bank blieb im Keller. Jaffas Witwe vollendete das Werk: Sie tat, was ihr Mann erfolgreich abgewendet hatte. Sie verkaufte die Elite Bank.«

»An wen?«

»An eine andere Bank. Die Colonial Bank. Wissen Sie etwas über sie?«

»Nein.«

»Das ist eine Londoner Bank. Aber nur nach außen hin, denn tatsächlich wird sie von anderswo kontrolliert. Und von wem? Von der Volksarmee.«

»Von welcher Volksarmee?«

»Von der chinesischen. Die Colonial Bank ist eine chinesische Bank. Sie ist der westliche Arm des chinesischen Finanzsystems. Eines aggressiven Systems. Der feindliche Übernahmeversuch gegen Jaffa ging von den Chinesen aus.«

Die Chinesen. Frischfleisch. Im Badezimmer verbrennen. Alles paßte zusammen. Hier war der engste Kreis des Spinnennetzes, der Kreis, der dem Herzen am nächsten war. Fehlte nur die Spinne selbst. »Madone, Sie haben ganze Arbeit geleistet ...«

»Ich bin noch nicht fertig. Eines habe ich noch. Die Witwe Jaffa ...«

»Ja ...«

»Sie hat wieder geheiratet. In vierter Ehe. Ihr Mann ist Chinese. Ein gewisser Tai Ji. Ihm gehört ein Etablissement im Fürstentum, das China Down – ein Restaurant oder etwas in der Art. Die Witwe Jaffa und der Chinese haben dort zwei offizielle Wohnsitze. Einer ist die Villa Leopolda, Jaffas Luxusbehausung. Der zweite Wohnsitz: Avenue Ostende 16/A. Wenn Sie die Sache überprüfen wollen, müssen Sie wohl in das Penthouse gehen, das Jaffa gehört hat. Vielleicht stellt sich heraus, daß das Badezimmer noch immer der Panic Room ist...«

Lopez hatte sich an einem toten Punkt befunden. Er war blind gewesen. Er hatte keine Kraft mehr gehabt.

Doch jetzt kam *alles* wieder ins Rollen. Das Dunkel hatte sich gelichtet. Der Adrenalinpegel stieg.

Er beschloß, sich ein wenig in der Avenue Ostende 16/A umzusehen.

Auf der Place Ste Dévote hätte ihn ein Idiot in einem Z3 beinahe umgefahren. »Arschloch«, brüllte ihm Lopez hinterher.

Avenue Ostende. Er steuerte auf die Hausnummer 16/A zu. Eine leere Allee. Hier rasen die Formel-1-Boliden durch. Michael Schumacher ist unerträglich, Montezemolo ebenfalls, Barrichello ist ein weinerlicher Waschlappen, Jean Todt ein Gartenzwerg. Ferrari ist der weltberühmte italienische Stil, das Rot, bei dem man rotsieht, die x-te Liegenschaft der leidgeprüften Familie.

Nummer 16/A. Lopez versuchte es mit der Videosprechanlage. Keine Namensschilder. Außer am obersten Klingelknopf: Tai Ji. Der neue chinesische Gatte der schwarzen Witwe.

Jaffa, der im Badezimmer verbrannt war. Es handelte sich um ein internationales Komplott. Unmöglich zu wissen, was das bedeutet: international.

Die Chinesen haben sich Jaffas Nachlaß unter den Nagel gerissen. Die Chinesen in Europa. Nachdem das geklärt ist, lautet die Frage: Was bedeutet »Frischfleisch«?

Daran, in das Haus 16/A einzubrechen, war nicht zu denken. Lopez überlegte: überall Videokameras auf der Avenue Ostende. Er beschloß, sich Zeit zu lassen. Machte auf dem Absatz kehrt. Auf der anderen Straßenseite: eine *verdächtige* Gestalt. Der Typ hatte die Schultern hochgezogen. Er beobachtete Lopez aus den Augenwinkeln heraus. Lopez beschloß, weiterzulaufen und sich nicht umzusehen.

Place Ste Dévote. Er bog in die Avenue Kennedy ein. Von dort aus sah er den neuen künstlichen Hafen: Es sah aus wie ein Massengrab, eine Massengruft. Er kehrte auf die Place Ste-Dévote zurück. Überquerte die Avenue Ostende. Der verdächtige Typ stand vor dem Haus 16/A. Lopez' Nerven waren bis zum Zerreißen gespannt. Über der Videosprechanlage am Haus 16/A ging eine Lampe an: Jemand antwortete. Der Typ sprach in das Gerät. Und wartete auf Antwort.

Lopez beschloß, nicht stehenzubleiben. Mit raschen Schritten überquerte er den Gehsteig auf der anderen Seite des Gebäudes, das die Elite Private Bank beherbergte. Dann stand er gegenüber von Haus 16/A. Der verdächtige Typ hatte sich nicht von der Stelle gerührt: Er wartete. Lopez sah: Da tut sich etwas.

Zwei Bodyguards kamen zum Eingang. Sie öffneten die Glastür. Der verdächtige Typ trat ein. Die Tür schloß sich langsam wieder. Der verdächtige Typ drückte sich an der Wand entlang, während er die Hände hob. Die Glastür beschrieb einen weiten, langsamen Bogen. Lopez sah, daß der verdächtige Typ lächelte. Wenige Sekunden. Der verdächtige Typ zog eine Pistole und schoß den beiden Männern mitten in die Stirn. Er ging in die Hocke, wühlte in den Taschen eines der Männer, zog einen Schlüssel hervor, wie Lopez sah, ging auf den Aufzug zu, betrat ihn. Blitzschnell.

Ein Profi.

Die Glastür war noch nicht am Ende ihres Bogens angekommen.

Lopez' Hand auf dem Glas, ein paar Sekunden, bevor die Tür ins Schloß gefallen wäre.

Die beiden Männer am Boden, bereits Leichen. In den Kopf geschossen: millimetergenau. Durchs Stirnbein hinein, durchs Hinterhauptbein hinaus. Ein Profi.

Lopez' erster Gedanke: die Treppe. Er ging um die Ecke. Bevor er den Lieferanteneingang öffnete, hörte er vor der Glastür laut quietschende Bremsen. Er verkroch sich, legte sich flach auf den Boden. Er sah: die 4x4-Jeeps vom Geleitschutz der Limousine, in die Montorsi eingestiegen war. Aus den Jeeps stiegen die Bodyguards, die er schon auf dem Boulevard Princesse Charlotte gesehen hatte. Dann stieg ein Chinese aus. Ein *wichtiger* Chinese. Einer der Bodyguards öffnete die Tür. Sie blieben vor den Leichen stehen. Der Chinese erteilte Instruktionen. Sie beugten sich über die Leichen, während der Chinese auf die Ecke zuging: auf das Treppenhaus zu.

Lopez reagierte. Spannte die Muskeln an.

Beschloß, nach unten zu gehen.

Der Bruchteil einer Sekunde. Die Tür zum Treppenhaus öffnete sich. *Schnelle* Schritte. Sie gingen nach oben. Der Chinese und seine Männer.

Lopez ging weiter nach unten, bis er vor der Tür stand, die ins Untergeschoß führte. Er versuchte, sie zu öffnen. Abgesperrt. Er sah die kleine Tür in seinem Rücken: eine Besenkammer unter der Treppe. Ein einfaches Schloß. Im Treppenhaus wurde Stimmengewirr hörbar. Sie brachten die Leichen herunter. Als sie im Untergeschoß eintrafen, die Leichen auf dem Rücken, als der Chinese die Metalltür zur Tiefgarage öffnete, da kauerte Lopez im Dunkeln hinter ihnen, hinter der Tür der Besenkammer, und preßte sich an die Wand des Treppenverschlags.

Er wartete. Fragte sich nicht, was da vorging. Er reagierte. Kontrolliertes Atmen in der Dunkelheit unter der Treppe.

Wärme. Er kramte in seinen Taschen: Amphetamin. Er schob sich eine Pille in den Mund. Er wartete.

Mindestens eine Viertelstunde verharrte er in der stickigen Dunkelheit. Bis er hörte, wie sich hinter zwei weiteren Wänden die Aufzugkabel in Bewegung setzten.

Sie waren dabei, das Haus zu verlassen.

Er wartete. Er hörte hastige Schritte im Treppenhaus: zwei Personen. Sie redeten: Chinesisch. Sie überprüften das Treppenhaus. Er hörte die Stimmen aus einem Meter Entfernung, hinter der Tür zur Besenkammer. Einer versuchte, sie zu öffnen. Abgesperrt. Sie versuchten, die Tür zur Tiefgarage zu öffnen. Ebenfalls zu.

Dann gingen sie wieder.

Lopez überlegte: Zwei von sechs Chinesen sind hier. Wie viele sind *oben*? Wer ist *oben*?

Montorsi? Der Chinese? Der Typ, der die beiden Bodyguards umgelegt hat?

Er wartete. Stille. Er entschloß sich, sein Versteck zu verlassen. Er trat hinaus. Das Treppenhaus: leer. Er ging nach oben.

Madone hatte gesagt: Jaffa wohnte im Penthouse des Hauses 16/A. Lopez machte sich auf den Weg ins oberste Stockwerk.

Bevor er dort ankam, lud er seine Beretta. Lud drei Magazine. Zog seine Dienstmarke. Betrat den obersten Treppenabsatz. Die Tür, die von der Lieferantentreppe ins Penthouse führte, war abgesperrt. Er preßte das Ohr an die Tür: nichts zu hören.

Die Lieferantentür zum Treppenhaus: noch ein einfaches Schloß. Aber an eine Alarmanlage angeschlossen.

Soll ich sie aufbrechen? dachte er.

Nein. Er machte sich an die Arbeit. Machte sich an den Kabelenden der Anlage zu schaffen. Zwanzig Minuten Basteln an der Steuerungseinheit. Er schwitzte. Er kam nicht weiter. Gab es auf.

Er lauschte: Jemand fuhr mit dem Aufzug nach oben. Der Aufzug führte direkt ins Penthouse. Lopez versuchte, logisch zu denken: Was würde ich an Stelle des Chinesen tun? Angenommen, der Typ war keiner von seinen Männern. Angenommen, er ist tot. Angenommen, im Penthouse liegt jetzt eine Leiche. Was würde *ich* tun? Ich würde wieder saubermachen. Wenn es etwas zum Saubermachen gab, dann sind sie jedenfalls nicht über die Treppe und die Tiefgarage gekommen. Unwahrscheinlich, daß sie die Leiche im Aufzug transportiert haben, daß sie das Risiko eingegangen sind, sie auf die Avenue Ostende hinauszubringen. Die Straße war zwar menschenleer, aber es besteht immer die Gefahr, daß plötzlich jemand auftaucht. Sollte es im Penthouse Leichen geben, dann werden sie *jetzt* aufräumen. Auch wenn es niemanden erwischt hat, der Chinese hat seine Männer vorgeschickt. Es gab nur zwei Möglichkeiten.

Er machte sich bereit.

Die Lieferantentür zur Treppe öffnete sich langsam. Ein Chinese kam *rückwärts* heraus. Der Chinese, der mit ihm zusammen die Leiche trug, schaffte es nicht, ihn rechtzeitig zu warnen.

Lopez hielt seine Beretta auf die beiden Männer und die anderen hinter ihnen gerichtet.

Lopez schoß auf die Steuerungseinheit der Alarmanlage, traf genau. Der Alarm ging los.

Die Chinesen: wie angewurzelt.

Lopez: reglos.

In wenigen Minuten würde die monegassische Polizei da sein.

Der blöde Chinese, der vierte von Lopez aus, sagte etwas, die Chinesen traten in Aktion, Lopez feuerte, der Chinese brach zusammen, die Lieferantentür fiel zu, Lopez gab noch drei Schüsse ab, aber die Tür war gepanzert.

Die Chinesen benutzten den Aufzug. Lopez wußte nicht, was er tun sollte. Alles war Zufall und vorbei, ehe man sich versah. Lopez kam sich vor wie ein Idiot. Ich hab's vermasselt, dachte er.

Er dachte: Meine Tage bei der Agentur sind gezählt.

Dann kamen die Sirenen.

Eine halbe Stunde später im Penthouse. Der monegassische Inspektor hieß Clues. Ein Vollidiot. Er hörte sich an, wie Lopez die Vorfälle beschrieb. Lopez hatte Montorsi angerufen: besetzt. Diesmal hatte Lopez seinen Hals riskiert. Es war absolut nötig, sich von Montorsi Rückendeckung zu holen. Er versuchte es noch mal auf dem Satellitentelefon. Besetzt.

Sie hatten die sechs Chinesen festgenommen, als sie in die Tiefgarage kamen. Sie trugen keine Waffen. Sucht danach, sagte Lopez, sie haben die Waffen unterwegs weggeworfen. Das schwarze Blut des Chinesen, den Lopez getötet hatte, floß weiter auf den Teppich.

Im Penthouse lagen noch sechs weitere Leichen. Bodyguards, alle per Kopfschuß erledigt. Kein Chinese. Im Arbeitszimmer auf der anderen Seite des Penthouses, hinter dem Panic Room, dem Badezimmer, lag die Leiche eines Fettsacks. Seinen Ausweispapieren nach war das Guérin Sérac, Franzose, per internationalem Haftbefehl gesucht.

Montorsis Nummer: besetzt.

Clues vertrat die Meinung, die Sache falle unter die Zuständigkeit der monegassischen Polizei. Lopez sagte: Nein, das ist Sache der Europäischen Sicherheitsagentur, wir haben Verdächtige verfolgt, die Untersuchung ist Verschlußsache, aber es liegt ein Rechtshilfeersuchen der Mailänder Staatsanwaltschaft vor. Clues biß nicht an. Bei uns ist kein Rechtshilfeersuchen eingegangen, wir sind nicht informiert. Daß Lopez die Dienstmarke der Europäischen Sicherheitsagentur trage, habe nur zur Folge, daß er nicht gleich festgenommen werde – mehr nicht.

Er mußte mit Montorsi sprechen.

Sein Satellitentelefon klingelte. Es war Montorsi.

Er wirkte nicht wütend. Er ließ Lopez nicht zu Wort kommen. Lopez insistierte: Ich weiß es, du bist im Fürstentum. Montorsi antwortete: Sei still und hör zu. Du hast Mist gebaut, sagte er, aber das ist mir gleich, ich bin im Fürstentum, ich hol dich da raus. Du hast *großen* Mist gebaut. Du hast deine Nase in

Dinge gesteckt, von denen du nichts verstehst. Lopez versuchte es noch einmal: Ich weiß alles, David, ich weiß alles, es handelt sich um ein Netz. Montorsi fiel ihm ins Wort: Gar nichts weißt du, du hast nicht die leiseste Ahnung. Aber lassen wir das für den Augenblick – aber wirklich nur für den Augenblick. Abgerechnet wird zum Schluß. Was du für Mist gebaut hast, ist mir egal. Es gibt da noch was anderes.

Du bist ab sofort von dem Fall entbunden.

Lopez versuchte zu widersprechen.

Du bist ab sofort von dem Fall entbunden, wiederholte Montorsi. Beurlaubt bist du nicht. Ich brauche dich noch. Und zwar in Hamburg.

Und dann sagte er: Sie haben Wundsam umgebracht.

Fünfter Teil

Dieses wird jenes töten

Christa Baumann, Guido Lopez
Hamburg, 9. September 2002, 08:35

Im Taxi, vom Flughafen Hamburg zum Labor der Spurensicherung, überquerten sie die langgezogene Überführung, die feingeschwungene Brücke über die Süderelbe. Die riesigen schwarzen Docks: Frachter, Container, versiegelte, rostige Waggons, zwischen denen sich die Menschen zwergenhaft ausnehmen. Stumme, großkotzige Handelsschiffe auf dem grauen Wasser der erweiterten Hafeneinfahrt. Russische Entfernungen im Norden Deutschlands.

Lopez und Christa sprachen nicht, beide waren blaß im Gesicht. Der Taxifahrer schwieg zum Glück. Der Hamburger Verkehr war flüssig, es gab keine Staus.

Lopez hatte noch mehr Amphetamine geschluckt, er hatte kein Auge zugetan, die Scherereien mit der monegassischen Polizei hatten sich bis zum Morgengrauen hingezogen. Hauptschauplatz: das Penthouse des Chinesen, das vormals Jaffa gehört hatte, in der Avenue Ostende. Inspektor Clues war ein Vollidiot: Er wollte Lopez festnehmen lassen. Aus der Villa Leopolda, dem Luxuswohnsitz des Chinesen, eilte Montorsi herbei. Montorsi gab sich knallhart, er drohte Clues: Wir veranlassen eine Untersuchung über die Verbindungen zwischen den Krediten im Fürstentum und den europäischen Banken. Morgen früh liegt die Ankündigung hier auf dem Tisch, direkt von der Leitung der EZB – dann können Sie sehen, wie Sie klarkommen, Inspektor Clues.

Schließlich gab Clues nach. Montorsi nahm Lopez mit: einen schockierten Lopez. Schockiert über das, was er angerichtet hatte. Schockiert über den Mord an Wundsam.

Montorsi nahm ein Hotelzimmer in Nizza, rief die 24-Stunden-Hotline der Agentur an: Er brauche einen Direktflug Nizza–Hamburg um fünf Uhr morgens. Noch zwei Stunden. Sie redeten.

Lopez habe nicht das geringste verstanden. Es habe sich mal wieder gezeigt, so Montorsi, daß Lopez von Politik nicht das geringste verstehe. »Ich hab's dir von Anfang an gesagt, Guido: Wir sind kein Geheimdienst und sind *doch* ein Geheimdienst. Wir sind gerade erst im Aufbau. Ich kann mir solche Pannen nicht leisten.«

»Kann schon sein, daß du sie dir nicht leisten kannst, aber dann hättest du mich aufhalten müssen. Du hast doch zugelassen, daß ich an dem Fall Agrati dranblieb.«

»Ich habe versucht, dich aufzuhalten ...«

»*Jetzt* hältst du mich auf. Du hast mich benutzt. Du hast mich weiter an dem Fall arbeiten lassen, um mich gegenüber dem Chinesen als Drohung einsetzen zu können.«

»Laß den Chinesen aus dem Spiel. Davon verstehst du nichts, also laß ihn aus dem Spiel.«

»Was bedeutet Frischfleisch, David?«

»Ich weiß es nicht.«

Aufflackernde Wut. »Du kannst mich mal, David.«

»Ich sage dir, ich weiß es nicht. Aus der Sache mit dem Frischfleisch werde ich auch nicht schlau. Ich weiß über das Finanznetz Bescheid, an dessen Spitze der Chinese steht: in groben Zügen, weil man mir nicht gestattet hat, weiter nachzubohren. Aber das Frischfleisch, nein: Ich weiß nicht, worum es da geht.«

»Wer sollte dich denn daran hindern, nachzubohren, David? Erzähl mir keine Märchen, ich habe die Schnauze voll davon ...«

»Und ich habe von dir die Schnauze voll, Lopez. Mir reicht's. Sobald du auch nur annähernd den Fall Wundsam abgeschlossen hast, werde ich dich verteidigen müssen. Ich werde die gesamte Agentur verteidigen müssen. Es gibt Leute, die wollen die Agentur ganz einfach dichtmachen, verstehst du? Begreifst du denn nicht, daß es hier in erster Linie um diplomatische und politische Aufgaben geht und erst dann um Ermittlungen?«

»Ich weiß nur eins, Montorsi: Ich sehe Selbstmorde, die keine sind, ich sehe zwei Leichen, die in Kühlcontainern nach Peking geschmuggelt werden sollen, ich sehe zwei Tote im Foyer eines Hauses in Monte Carlo, ich sehe sechs Tote in einem Penthouse, ich sehe illegale chinesische Einwanderer. Ich sehe ein ganzes Finanznetz, das auf einem Mord basiert und nicht auf einem Unfall, wie die internationale Presse und die Staatsanwaltschaft im Fürstentum behaupten ...«

»Lopez, heißt das, du weißt von der Sache mit Jaffa?«

»Ich weiß von der Sache mit Jaffa, und ich bin nicht der einzige. Da kommt ein Chinese und reißt sich den Nachlaß eines der größten Finanzspekulanten der vergangenen Jahrzehnte unter den Nagel: eine elitäre Bank, Kredite auf der halben Welt, Eigentum in ganz Europa.«

»Eben, Lopez, so ist es: Und was, glaubst du, bedeutet das?«

»Was weiß denn ich, Montorsi? Wie soll ich das herausfinden, wenn du mich *jetzt* aufhältst? Gib mir ein paar Tage, und ich bringe dir die Ergebnisse ...«

»Nein. Ich brauche dich im Fall Wundsam. Es geht nicht nur darum, daß einer von drei Agenten der Ermittlungsabteilung, für die ich im übrigen verantwortlich bin, ausgeschaltet worden ist. Ich will mich hier auch nicht in Gefühlsduselei ergehen, Lopez. Da steckt mehr dahinter. Wenn du im Fall Wundsam zu bestimmten Ergebnissen kommst, habe ich eher freie Hand. Dann kann ich dem Chinesen gegenüber besser durchgreifen.«

»Ich versteh das nicht, Montorsi, und ehrlich gesagt weiß ich nicht, ob ich da überhaupt mitspielen soll. Agrati hatte eine Heidenangst vor dem Chinesen. Agrati traf sich heimlich mit ihm und anderen am Boulevard Princesse Charlotte, dieser De Vlaeminck war wahrscheinlich auch dabei. Ich fahre hin, um mich umzusehen, und zack, wer kommt da quasi am Arm des Chinesen heraus? David Montorsi, der im übrigen für die europäische Ermittlungsabteilung verantwortlich ist ... Wie soll man unter solchen Umständen arbeiten? Wenn Wundsams Tod mit der

Frischfleisch-Affäre zusammenhängt, dann heißt das, daß deine Versäumnisse in dem Fall Wundsam in Gefahr gebracht haben. Und Christa. Und mich.«

»Du hast wirklich nicht die geringste Ahnung, Lopez. Ich hatte Christa beauftragt, Wundsam zu überwachen.«

»Was???«

»Ja, du hast richtig gehört. Ich habe ihm nicht vertraut. Und dir noch viel weniger. Aber dich konnte Christa nicht überwachen. Du spielst ja so gern den Einzelkämpfer. Du machst Dampf, führst dich auf wie ein Romanheld von Le Carré. Du bist ein Idiot, Lopez. Deine Art, den Fall anzupacken, hat alle in Gefahr gebracht. Wenn Wundsam für etwas bezahlen mußte, dann für deine Herangehensweise.«

Lopez verstummte. Er stand auf, schluckte eine Amphetaminpille. »Wer ist der Chinese, David?«

Montorsi zögerte. »Der Chinese ist unsere Zukunft.«

Lopez stand da wie eine verrenkte Marionette. »Was heißt das? Was soll das heißen, unsere Zukunft?«

»Das läßt sich nicht einfach so in drei Worten zusammenfassen. Sagen wir, dahinter steht die Strategie, seinen Feind zu kennen. In gewisser Hinsicht ist der Feind ein Freund. Das ist hier der Fall. So lauten die Anweisungen von oben, aus Brüssel. Daß die Agentur ins Leben gerufen wurde, verdankt sie nicht zuletzt dem Chinesen. Es gibt Stillhalteabkommen, daran kann man nichts ändern …«

»Was für ein Stillhalteabkommen?«

»Guido, die Dinge ändern sich. In fünf Jahren läuft in Europa ein völlig anderes Spiel als heute. Wir bezahlen jetzt für den Fall der Mauer. Das begreift nur keiner, die nationalen Institutionen verstehen nicht, was da abläuft.«

»Und *was* verstehen sie nicht?«

»Sie verstehen China nicht. China, Guido. Bisher hing unsere Arbeit von den USA ab. Erst waren es die Sowjets, dann die Islamisten und sonstiger Kleinkram. Jetzt sind es die Chinesen, die die Welt bewegen. Sie sind hier, Lopez. Hier in Europa. Sie sind *jetzt schon* da. Was, glaubst du, machen die Amerikaner? Glaubst du wirklich, die sind den ganzen Tag hinter Al Qaida her? Die Amerikaner verfolgen ihre eigenen Interessen. Sie sind dabei, Europa abzuschreiben. Sie gehen. Wir müssen jetzt allein klarkommen und die Stellung halten, so gut es eben geht. Das ist wie beim Schach. Das alte Lied europäischer Geheimdienstarbeit: Du opferst einen Bauern, um die Mitte zu bewahren.«

»Willst du damit sagen: China baut ein Netz in Europa auf ...«

»Ja. Und die Chinesen sind nicht die Russen. Ihre Strategie ist langfristig angelegt und stützt sich auf mittelfristige Bündnisse. Wenn sie wollten, hätten die Chinesen schon längst ihr Netz: Die Chinatowns von halb Europa sind das Netz. Aber das paßt nicht in ihre Strategie. Sie gehen anders vor. Sie spielen ein anderes Spiel.«

»Der Chinese organisiert das Netz in Europa. Er ist das für China, was du für Europa bist ...«

»So ist es. Mal arbeitet er mit uns zusammen, mal nicht. Er hilft mir, die Agentur ins Leben zu rufen. Und profitiert auch davon. Wir stellen die Schachfiguren auf. Die haben hier in Europa schon ein Finanznetz. Aber wir nicht in China. Es ist ein schwer zu durchschauendes Kräftemessen. Die Amerikaner waren da klarer.«

»Und was hat das Frischfleisch damit zu tun?«

»Ich weiß es nicht. Der Chinese arbeitet nur teilweise mit uns zusammen. Es gibt Waffenstillstandsvereinbarungen. Aber wir können ermitteln und das eine oder andere unternehmen.«

»Das heißt: Du hast mich dazu gebracht, etwas zu unternehmen.«

»Nein: Das warst du schon selbst. Und du hast nichts Neues zum Thema Frischfleisch herausgefunden. Wahrscheinlich hättest du von Agrati mehr erfahren können. Aber da sind sie eingeschritten. Agrati hatte Angst. Agrati kannte *einen Teil* des

Netzes. Der Chinese ist nicht dumm. Der Fettsack, den es im Penthouse in der Avenue Ostende erwischt hat, war seine rechte Hand: Der Chinese hat ihn nicht direkt ausgeschaltet. Das hat er einem anderen überlassen, der eine Gefahr für sein Netz darstellte. Und jetzt bezieht er ihn in das Netzwerk ein – vielleicht. So machen das die Chinesen: Aus Feinden werden Freunde, und umgekehrt. Auf lange Sicht, und in solchen Zeiträumen denken die Chinesen, gibt es weder Freunde noch Feinde: Es gibt China, das ist alles.«

Lopez schluckte noch mehr Amphetamin. Er lief nervös im Zimmer auf und ab. »David, laß mich weiter an der Sache mit dem Frischfleisch arbeiten …«

»Nein. Ich werde dich sowieso verteidigen müssen. In Brüssel will man dich absägen. Von Diplomatie, Lopez, hast du keine Ahnung. Du kapierst das einfach nicht. Im Moment arbeitest du am Fall Wundsam, und damit basta. Und zwar *mit* Christa. Keine Alleingänge. Und sollte sich ein Zusammenhang mit dem Frischfleisch ergeben, sagst du mir Bescheid.«

»Die Schlüsselfigur zu all dem ist Mario Ros.«

»Wer soll das sein, Mario Ros?«

»Niemand. Den gibt es nicht. Er ist das Symbol des Netzwerks. Er ist die Achse, um die sich die Frischfleisch-Affäre dreht. Er ist der leere Punkt im Zentrum des Netzwerks des Chinesen. Wenn du ihn triffst, schaltest du den Chinesen aus.«

Montorsi schüttelte den Kopf und lächelte. »Siehst du, Guido, du willst es einfach nicht kapieren. Unsere Aufgabe ist nicht, den Chinesen auszuschalten. Unsere Aufgabe besteht darin, ihn kennenzulernen, ihn unter Kontrolle zu halten, Beziehungen zu ihm zu pflegen. Wenn man ihn ausschaltet, kommt ein anderer. Sie sind schon da, verstehst du das nicht? China steht nicht vor den Toren – es ist schon da.«

Lopez atmete tief durch: Staub aus dem Maulwurfsbau der Côte d'Azur. »Und Wundsam? Was weißt du über die Sache? Warum war er in Hamburg?«

»Ich habe keine Ahnung. Triff dich mit Christa, hör dir an, was sie zu sagen hat, und arbeite mit ihr zusammen.«

Lopez nickte. Es wurde langsam hell. »Montorsi …«

»Was?«

»Traust du Christa?«

»Nein. Und dir auch nicht.«

Im Polizeilabor des Erkennungsdienstes in Hamburg. Christa war erschöpft, verstört. Sie wirkte um Jahre gealtert. Ihre Augen waren geschwollen, ein paar Äderchen geplatzt. Sie sagte kein Wort.

Zusammen gingen sie über den langen Flur, der nach Formaldehyd stank. Das Ende riecht nach Chemie. Stefan Wundsams Leiche lag nackt da, blau angelaufen, sie wurde bereits fleckig. Christa berührte den Körper, Lopez auch: Hornhaut. Nichts als Hornhaut. Die Nase war runzlig, die Züge waren schärfer als zuvor, auf das Wesentliche reduziert, alles schien sich zusammengezogen zu haben. Das Loch im Kopf war blau umrändert. Ein präziser Schuß. Das Werk eines Profis.

Sie sprachen mit dem deutschen Ermittlungsleiter. Sie hatten die Frau gefunden, erzählte er, sie sah aus wie tot, lag im Koma. Wundsam war ein ehemaliger Kollege, also wollten sie ihn nicht anrufen, sondern fuhren direkt zu ihm nach Hause. Doch auf das Klingeln reagierte niemand, sie versuchten es weiter, auch auf dem Handy. Keine Antwort, sie brachen die Haustür auf und sahen, daß die Wohnungstür offenstand, ein Meter weiter lag Wundsams lebloser Körper. Wundsams Sohn schlief in seinem Zimmerchen, man übergab ihn den Betreuerinnen von der Polizei, dann traf Wundsams Schwager auf dem Präsidium ein, ein Ulrich Soundso. Andrea Wundsams Bruder sagte: Das Kind bleibt jetzt erst mal bei mir.

Geistesabwesend beantwortete Christa die Fragen des deutschen Polizisten. Ja, sie habe gewußt, daß sich Wundsam in Hamburg aufhalte, sie selbst habe ihm diesen Rat gegeben, die

Probleme zwischen ihm und seiner Frau hätten sich zugespitzt und auf den einen Tag sei es bei den Ermittlungen, an denen sie und Wundsam arbeiteten, auch nicht angekommen; sie habe ihm gesagt, er solle hinfahren, sie werde ihn decken. Wir sind keine Angestellten mit Stechuhr, das wissen Sie doch selbst. Mehr habe sie nicht zu sagen. Alles weitere betreffe die Ermittlungen der Europäischen Sicherheitsagentur.

Wieder ein Taxi.

»Hattet ihr Sex?« fragte Lopez.

»Ich glaube, wir waren zusammen«, antwortete sie.

Wundsams Frau. Nur Lopez betrat das Zimmer, in dem die medizinischen Geräte summten. Christa wollte sich dem nicht aussetzen. Die Frau war eine kaputte, totenblasse Puppe, deren weiße Arme herabbaumelten, eine weiße und rote Puppe, kaputt und schlafend, gelbe Infusionsschläuche, künstliche Beatmung, Wundsams arme Frau, die diese Welt weder verließ noch in sie zurückkehrte. Sie wirkte tot und lebendig zugleich. Das Märchen vom Koma: Wer im Koma liegt, verläßt als Astralkörper den Kopf und schwebt in die linke obere Ecke des Zimmers, von wo er alles beobachtet und mithört. Lopez warf einen Blick in die linke obere Ecke. Sie war leer. Peinlich berührt verließ er das Zimmer.

Sie sprachen über das Frischfleisch. Christa redete wie eine Maschine, ihre Miene war völlig ausdruckslos, Lopez hatte das Gefühl, mit Zombies zu tun zu haben: Christa, Wundsams Frau, der Chinese, der Profi im Fürstentum, die anderen Chinesen, die ausgeweideten Rinder.

Fleisch, das sich bewegt.

Fleisch, das wie von selbst pulsiert.

Fleisch, das Fleisch übernimmt und belebt.

Das Ganze kam ihm vor wie ein schlechter Comic. Wie eine trostlose Messe. Wie Formaldehyd.

Christa sagte: Er war in der Jenssen-Klinik auf etwas gestoßen, das ist die Klinik, hinter der De Vlaeminck steht. Es ging um einen Durchgangsposten, der dazu diente, Schwarzgeld in Umlauf zu bringen und zu waschen: De Vlaeminck kontrolliert ein Versicherungsunternehmen, er hat Lebensversicherungen abgeschlossen, sieben Policen auf sieben Chinesen, die in der Klinik gestorben sind. Das ergibt über sieben Millionen Euro sauberes Geld. Das war der Ansatzpunkt. Wundsam hatte den Ansatzpunkt gefunden, um De Vlaeminck vorladen und anklagen zu können. De Vlaeminck hält die Mehrheit an einer Import-Export-Firma in der Lebensmittelbranche, die in Europa und China tätig ist: Frischfleisch Inc. Sie seien kurz davor gewesen, so Christa, das gesamte Finanznetz aufzudecken. Wozu es diene, hätten sie noch nicht begriffen. Und auch nicht, was das Frischfleisch sei: Drogen vielleicht. Sie hatten die Kontakte zu Agrati aufgedeckt. De Vlaeminck war nicht auffindbar. Sie hatten den Aufbau des Netzes begriffen, aber sie hatten keine Ahnung, wo die Spinne war.

»Im Fürstentum«, erwiderte Lopez. »Die Spinne sitzt im Fürstentum.«

Und was tun wir jetzt, fragte Christa.

Wenn du willst, antwortete Lopez, mache ich weiter. Nimm dir ein paar Tage frei: Du bist am Ende.

Sonderurlaub, sagte sie.

Spiel nicht die Witwe, spöttelte Lopez. Du bist nicht die Witwe.

Sie aber auch nicht, fuhr ihn Christa an.

Flieg zurück nach München, sagte Lopez, nimm dir eine Auszeit.

Christa nickte: Ich überleg's mir.

Er brachte sie zum Flughafen. Sie gaben sich weder die Hand, noch küßten sie sich zum Abschied. Christa sagte: Ein oder zwei Tage, mehr nicht. Dann ging sie an Bord: Bestimmungsort München. Danach rief Lopez Montorsi an: Christa ist am Ende, sie fliegt für ein paar Tage zu sich nach München, dann kommt sie wieder – ich mache solange allein weiter, okay, Montorsi?

Montorsi antwortete: Okay.

Vom Flughafen aus rief er den stellvertretenden Staatsanwalt Madone an. Er wollte ihn über die Entwicklungen informieren. Er wollte hören, was er darüber dachte. Er wollte ihm ein paar Detailfragen stellen, über die er nicht im Bilde war: zu dem chinesischen Netz, zu Mario Ros, zu dem Mordfall Jaffa.

»Herr Staatsanwalt, Lopez hier…«

»Ach, der Herr Inspektor…«

Lopez konnte Madone *richtig* gut leiden. »Interessieren Sie die neuesten Entwicklungen in unserem Fall, stellvertretender Staatsanwalt Madone?«

»Bringen Sie mich auf den neuesten Stand. Dann bringe ich Sie auf den neuesten Stand, was meine Ermittlungen betrifft…«

»So, Sie stellen Ermittlungen an?«

»Ja. Ich habe beschlossen zu prüfen, ob wir ein Verfahren gegen die Elite Private Bank eröffnen können. Ich möchte feststellen, inwieweit gewisse Dinge unter die Zuständigkeit der Mailänder Staatsanwaltschaft fallen könnten.«

»Lassen Sie mich raten: Es geht um den Mordfall Edmond Jaffa…«

»Sie sind ein schlaues Kerlchen, Lopez.«

»Sie aber auch, Madone…«

Lopez machte den Anfang. Aber er weihte Madone nicht komplett ein. Montorsi ließ er aus dem Spiel. Er berichtete von den Vorfällen im Penthouse in der Avenue Ostende. Von dem verdächtigen Typen, von dem Mist, den er selbst gebaut hatte. Von dem Chinesen. Von diesem Vollidioten von der monegassischen Polizei.

Er berichtete von dem Mord an Wundsam. Er sagte, er wisse nicht, wo er anfangen solle.

Madone: »Sie sind also in Hamburg…«

»Ja …«

»Ausgezeichnet, Lopez.«

»Warum ausgezeichnet?«

»Weil mich meine Nachforschungen auch nach Hamburg führen.«

»Nichts Aufregendes, Lopez, aber vielleicht können Sie etwas damit anfangen. Ich habe bei der Witwe Jaffa und dem Chinesen begonnen, den sie geheiratet hat. Über diesen Tai Ji liegt nichts vor, nicht einmal, wenn man die Datenbankinhalte verknüpft. Aber es gibt da eine Möglichkeit, Kreditkartenzahlungen zu überwachen. Das betrifft lediglich Reisebuchungen. Wir können weitere Daten zu Reisebuchungen einholen, wenn wir die Ermittlungen offiziell eingeleitet haben. Aber die Buchungen von Flug- oder Bahnreisen und Hotelunterkünften – *die* können wir in Echtzeit verfolgen. Aus reiner Neugier habe ich eine solche Suche durchgeführt.«

»Und?«

»Ich habe folgendes entdeckt: Die ehemalige Frau Jaffa ist gestern mittag auf dem Flughafen Schiphol in Amsterdam gelandet.«

»Das interessiert mich wirklich, Madone.«

»Sie hat bei der Einreise ihren Reisepaß vorgelegt, da sie nicht EU-Bürgerin ist. Sie kam in einem Privatjet, ich weiß nicht, welches Modell. Davon ausgehend formuliere ich jetzt Hypothesen, die sich auf nichts stützen können als auf die Transaktionen einer Kreditkarte. Sie hat einen Wagen gemietet, einen Mercedes: Ich bin sicher, daß sie das war, auch wenn die Kreditkarte nicht auf ihren eigenen Namen läuft.«

»Auf welchen dann?«

»Agotha B. O. Christof.«

»Eine falsche Identität …«

»Aber anders, als Sie denken, Lopez. Ich habe eine Rückwärtssuche durchgeführt. Agotha B. O. Christof ist mit Sicherheit die Witwe Jaffa – aber nicht nur. Am Morgen wurde die Kreditkarte durch eine Reservierung im Europe Hotel in Amsterdam belastet: ein Doppelzimmer. Jetzt sage ich Ihnen erst einmal, was die Witwe Jaffa meines Erachtens getan hat. Dann erkläre ich Ihnen, wie sie und ihr Mann diese Kreditkarte verwenden. Die ehemalige Frau Jaffa ist, nachdem sie den Mercedes gemietet hatte, nicht direkt ins Hotel gefahren, in dem sie das Zimmer reserviert hatte.«

Lopez verstand nicht, worauf Madone hinauswollte. »Und wo ist sie dann hingefahren?«

»Sie hat einen Zwischenstop in einem Sexshop namens Exotica in der Muiderstraat 19 eingelegt. Dort erwarb sie Artikel mit einem Gesamtwert von 459 Euro.«

»Eine Million Lire für Pornoartikel. Sie hat also gern ihren Spaß, die Ex-Witwe Jaffa.«

»Und wie. Sie ist ins Hotel gefahren und hat die Person getroffen, mit der sie dort verabredet war. Um 17 Uhr 42 reservierte sie einen Flug nach Hamburg: Hin- und Rückflug – den Hinflug für 18 Uhr 25, der Rückflug wurde offengelassen. Hier wird die Sache ziemlich undurchsichtig. Denn die Witwe Jaffa hat um 18 Uhr 40 die Hotelrechnung beglichen.«

»Das heißt, sie hat den gebuchten Flug nicht selbst genommen. Sie hat den Flug für ihre Begleitperson bezahlt.«

»Genau. Eine Stunde nach Bezahlung des Tickets ist sie in Schiphol in ihren Privatjet gestiegen: Ihr monegassischer Reisepaß wurde registriert. Das heißt, sie ist ins Fürstentum zurückgekehrt. Der Typ, mit dem sie sich getroffen hatte, nahm den Flug nach Hamburg. Und in Hamburg ist er auch geblieben, denn der Rückflug nach Amsterdam ist weiterhin offen. Sie sind dem Liebhaber der Witwe Jaffa dicht auf den Fersen, Lopez. Und nicht nur das …«

»Warum nicht nur das?«

»Weil ich Ihnen den Namen dieses mysteriösen Herrn nennen kann.«

»Wer ist es?«

»Er heißt Mario Ros.«

Anhand der Kreditkarte konnte man Verbindungen zwischen einem Netz von Konten innerhalb und außerhalb Europas herstellen. Ein Spinnennetz, hatte Madone gesagt. Es fehlte jedoch das letzte Glied in der Kette: Bei welcher Bank die Fäden der verschiedenen Konten zusammenliefen, auf die Agotha B. O. Christofs Kreditkarte zugriff, das ließ sich nicht rekonstruieren. Madone vermutete: bei der Elite Private Bank. Die Elite Bank gibt nur goldene Kreditkarten aus: und zwar nur für Nummernkonten. Die Kreditkarten der Crème de la Crème. Daher ging Madone den umgekehrten Weg: Er suchte nach Hinweisen auf finanzielle Transaktionen, an denen Mario Ros beteiligt war, und verknüpfte sie mit Ausgaben, die von ihrer Höhe und vom Zeitpunkt her zu den Buchungen paßten – Ausgaben unter dem Namen Agotha B. O. Christof. Und das Ergebnis war verblüffend. Mario Ros hatte Zahlungseingänge in Millionenhöhe zu verzeichnen gehabt – vorausgesetzt, hinter dem Namen Agotha B. O. Christof stand er selbst: Die Zahlungen waren durch das Nervensystem des Kontennetzes gelaufen. Und in wenigstens sieben Fällen hatte Agotha B. O. Christof diese Überweisungen via Kreditkarte weitergeleitet. Auf ein Konto, das den Kliniken De Vlaemincks zuzuordnen war.

Durchgangsposten.

Schwarzgeld.

Elektronische, immaterielle Ströme, die ein Stück Welt verschieben.

Der ultrafeine Stoff, aus dem die bösen Träume sind.

»Ob Sie damit etwas anfangen können, Lopez, weiß ich nicht. Ich habe wirklich keine Ahnung.«

»Aber ich weiß es, Herr Staatsanwalt. Sie haben mir sehr geholfen. Ich weiß nicht, wie ich Ihnen danken soll.«

»Wenn ich Ihnen anderweitig behilflich sein kann, Lopez, rufen Sie mich an. Ich werde Sie ebenfalls anrufen, wenn ich etwas benötige: Ihre Ermittlungen nutzen auch mir. Ich benötige sie für meine Akte zur Elite Private Bank.«

»Ich stehe zu Ihrer Verfügung, Herr Staatsanwalt …«

»Lopez …«

»Ja.«

»Mein Beileid zum Tod Ihres Freundes.«

»Wir waren nicht befreundet, Herr Staatsanwalt.«

Lopez überlegte: Soll ich Montorsi Bescheid sagen? Nein. Ich sage ihm nicht Bescheid. Das hier ist der Fall Wundsam. Aber auch der Frischfleisch-Fall.

Am Flughafen: Massen von untadeligen Deutschen und ausländischen Trotteln. Lopez ging auf die Toilette und urinierte, während er die x-te Amphetaminpille einwarf.

Dann begab er sich zur Polizeiwache.

Zehn Minuten später stand er im Archiv der Flughafendirektion. Der Beamte, der sich seiner angenommen hatte, kramte in einer Kiste mit Videokassetten. VHS-Bänder von Überwachungskameras.

Der Deutsche drehte sich mit zufriedener Miene zu ihm um. »Das ist es, Inspektor. Möchten Sie das Band sofort sehen? Das ist das Video von der Ankunft der Passagiere des fraglichen Flugs Amsterdam–Hamburg. Man sieht, wie sie in der Flughafenhalle eintreffen und dann noch bei der Gepäckabholung.«

»Ich sehe es mir gleich an«, antwortete Lopez. »Das ganze Band.«

Er sah alles, aber sie konnten ihn nicht sehen. Die Passagiere erschienen in Schwarzweiß auf dem Bildschirm, doch alles andere als grobkörnig: Sie waren eher fahl, mit scharfen Umrissen, überbelichtet. Lopez sah sich die erste Sequenz des Bandes von der Ankunft an: Gestalten, die aus dem Flughafenbus steigen.

Ihre Gesichter waren nicht zu erkennen. Alles mit scharfen Umrissen, aber relativ undeutlich.

Er drückte auf eine Taste.

Spulte vor.

Sie wußten, daß sie unter Beobachtung standen, aber das kümmerte sie nicht.

Er suchte ein Gesicht.

Der Flur in Richtung Ausgang, zur Gepäckausgabe.

Er wußte, nach welchem Gesicht er zu suchen hatte.

Er suchte das Gesicht des Typen, der in Monte Carlo die Schüsse abgegeben hatte, im Penthouse des Hauses 16/A der Avenue Ostende.

Das kam zeitlich genau hin.

Von Hamburg aus ein Privatflug ins Fürstentum. In der Zwischenzeit: Wundsam und seine Frau. Vielleicht waren sie überwacht worden.

Keine Frage. Der Typ, den er in der Avenue Ostende beobachtet hatte, wie er zwei Männer umlegte, mußte Mario Ros sein.

Er verstand es nicht, aber er hatte es *im Gefühl.*

Auf dem Videoband klar umrissene, überbelichtete Gesichter. Eine Prozession von Laien vor den Videokameras des Ganges, der zum Ausgang führte.

Männer, Frauen, Kinder. Sie werden beobachtet, sie wissen, daß sie beobachtet werden, und sind sich dessen doch nicht bewußt.

Dann sah er, wie sich eine Silhouette abzuzeichnen begann, als sie sich von einer Lichtquelle entfernte.

Die Silhouette kam näher.

Jetzt war sie ganz nahe.

Kam ins Blickfeld. So nah, daß sie grobkörnig wurde.

Die Geste eines Profis. Ganz automatisch. Ohne es zu merken, hatte die Person das Auge der Videokamera gespürt. Profis lernen das, und zwar gleich am Anfang ihrer Ausbildung: Die

Wahrnehmung wird ins Unbewußte verlagert, wird zur zweiten Natur.

Er sah, wie der Blick die Kamera erfaßte.

Sah die Augen aufblitzen.

Sah die Gangart.

Hielt das Bild an.

Es war Christa.

Bloß nicht Montorsi anrufen.

Christa mußte jetzt bei sich zu Hause in München sein. Er versuchte es auf ihrem Satellitentelefon, obwohl er die Antwort schon kannte: keine Antwort.

Er dachte nach.

Er schluckte noch ein paar Amphetaminpillen.

Er überlegte. Zweifelte.

Er überschlug die Zeit. 17 Uhr 10.

Er überschlug die Entfernung.

Er traf seine Entscheidung.

Madone konnte er vom Auto aus anrufen.

Gleich am Flughafen mietete er sich einen Porsche. Kaufte sich eine Straßenkarte.

Und ob Europa existiert.

Er war im Begriff, es zu durchqueren.

David Montorsi
Utrecht, 9. September 2002, 20:35

Das Frischfleisch erwartete ihn.

Der Mann des Chinesen erwartete ihn am Bahnhof – der Chinese hatte gesagt: Er wird dich erkennen.

Der Chinese hatte alles arrangiert. Ich will, daß uns Lopez nicht weiter auf die Nerven geht, sagte er. Such dir deine Leute besser aus. Montorsi schäumte vor Wut, aber der Chinese hatte recht: Lopez war ein Idiot. Er war einfach zu gut: Und das war ein echtes Problem. Daß ich mir von dem Chinesen etwas anschaffen lassen muß, als wäre ich ein kleiner Befehlsempfänger!

Montorsi hatte ihm folgendes Angebot gemacht: Ich halte dir Lopez vom Hals, aber dafür will ich *alles* über die Sache mit dem Frischfleisch wissen. In diesem Fall pfeife ich Lopez zurück, andernfalls kann ich für nichts garantieren.

Der Chinese hatte gelächelt, ein leichtes Kräuseln seiner weißen Lippen, seines wolframfarbenen Gesichts. Der Chinese sagte: Du wirst nur soviel über das Frischfleisch erfahren, wie ich es für gut befinde. Nicht du stellst hier die Bedingungen, sondern ich. Es ist gut für mich, wenn ihr über das Frischfleisch Bescheid wißt. Es ist gut für mich, wenn du diese Informationen nach Brüssel weiterleitest.

Wir haben das europäische Netz der Amerikaner geschluckt.

Wir haben uns hier eingerichtet.

Wir treten euch nicht auf die Füße, aber ihr uns auch nicht.

Wir sind bereits hier: Nehmt das zur Kenntnis. Ihr könnt nichts dagegen tun. Jetzt sind wir mit von der Partie. Und wir haben ein gemeinsames Ziel: den amerikanischen Einfluß in Europa zurückzudrängen.

Teil das deinen Vorgesetzten mit.
Teil das deinen Herren mit.
Leck deinen Herren die Stiefel, Montorsi.

Montorsi verstand nicht, warum er nach Utrecht fahren sollte. Er verstand nicht, warum der Chinese Wundsam ausgeschaltet hatte. Wenn Wundsam zu nahe an das Frischfleisch herangekommen war, dann mußte ihn der Chinese ausschalten: Der Chinese wollte Informationen übermitteln, aber nicht *so*.

Lopez war ein Problem. Lopez war ein Geschenk.

Christa hatte keinen Mumm. Als es darauf ankam, war sie zusammengebrochen. Lopez hatte gut daran getan, sie nach München zurückzuschicken. Lopez befolgte jetzt wieder die Anweisungen, ordnete sich wieder unter. Montorsi würde ihn gegenüber der Abteilung für Innere Ermittlungen verteidigen müssen. Die EU war ein Paradebeispiel für bürokratischen Masochismus.

Die EU war eine Katastrophe.

Duisenberg war ein Idiot.

Prodi war eine Marionette der Lobbyisten.

Die Beamten der EU-Kommission wurden von niemandem gewählt. Von wegen Demokratie: Was sich hier abspielt, ist die Schreckensherrschaft der Jakobiner in kontinentalen Dimensionen, eingeweicht im Säurebad der Interessengruppen.

Er würde über das Frischfleisch berichten müssen.

Er hatte keine Ahnung, was das für ein Bericht sein würde.

Verwirrt und schläfrig dachte er an das Frischfleisch, während sein Zug von Amsterdam nach Utrecht rollte.

Der Utrechter Bahnhof.

Ein Holländer mit einem absolut ausdruckslosen Gesicht kam auf ihn zu.

Der Holländer sprach gebrochen Englisch. »Ich bin der Mann des Großen Einen.«

Der Chinese: Tai Ji: der Große Eine.

Die konnten ihn kreuzweise, die Chinesen.

Sie verließen das Bahnhofsgebäude.

Der Holländer sagte: Wir gehen zu Fuß.

Utrecht war wunderschön. Montorsi sah am höchsten Turm der Stadt ein Werbeplakat für ein Kulturevent. Er blieb mit offenem Mund stehen. Der Turm war *riesig*. Ein gotischer Wahnsinn. Der Pyramideneffekt.

Auf die der Kathedrale zugewandten Wand wurde ein riesengroßes, leuchtendes Bild projiziert. Es handelte sich um eine russische Ikone. Sie stellte einen Heiligen oder einen Engel dar. Voll Mitgefühl neigte er das Haupt. Es waren leuchtende Farben, ein grobkörniges Licht, das blendete.

Montorsi bat den Holländer, ihm den Werbeprospekt zu übersetzen, der am Fuß des Turms auslag. Eine Ausstellung über russische Ikonen. Die Projektion zeigte Andrej Rubljows Erzengel Michael. Montorsi blieb stehen, eine schwarze, vom Licht verzehrte Gestalt mit gefalteten Händen, kaum mehr als ein senkrechter Strich, überwältigt vom Gold und Weiß und Rot und Blau, vom mitleidsvollen Gesicht des Erzengels über Utrecht, während es Abend wurde. Eine dichtgedrängte, dunkle Stadt, überwältigt vom Mitgefühl des Hologramms.

Sie gingen weiter.

Von überall sah sie der Erzengel an, von überall her ließ er sein Mitgefühl über die Stadt hereinbrechen.

Sie liefen durch enge, saubere Gassen. Es war kalt. Die Lokale wirkten warm. Die Leute gedankenlos. Fahrräder fuhren vorüber. Die Kanäle waren schwarz, die lichte Gestalt des Erzengels spiegelte sich darin.

Der große Androgyne überragte die Stadt.

Die Häuser waren schmal und schmuck, auf eine angenehme Weise abgenutzt. Die Wände waren lackiert. Wenn eine Haustür aufging, konnte man einen Blick auf die steile Treppe erhaschen, die gleich dahinter begann, die letzte Anstrengung vor der guten Stube. Die Häuser waren niedrig. Man hatte Raum zum Denken. Die Luft war dünn, ozonreich, angenehm. Der Himmel war blaßblau.

Autofreie Zonen. Der Holländer ging wortlos voraus. Montorsi folgte ihm, die Hände auf dem Rücken verschränkt. Ab und zu sah er sich, wenn er um die Ecke bog, der alles überragenden Gestalt des leuchtenden Erzengels gegenüber.

Sie durchquerten einen Garten. Er wirkte wie der Kreuzgang eines nicht mehr vorhandenen Klosters.

Sie gingen an malerischen Ruinen vorbei.

Sie drangen in ein Labyrinth von Gassen ein.

Sie blieben vor einer Metalltür stehen, die in ein modernes, anonymes Gebäude führte. Irgend etwas daran war merkwürdig. Die Tür ging auf, und ein warmer Luftzug wehte Krankenhausluft nach draußen.

Sie gingen hinein.

Der Arzt stellte sich als »Professor Linden« vor. Hepatologe. Montorsi sah sich schweigend um: ein medizinisches Zentrum, aber keine Klinik. Patienten waren nicht zu sehen.

Linden ging voraus. Zwei OP-Räume. Drei. Vier. Schrecklich aseptische Räume.

Sie gingen eine Treppe mit modernem Terracottaboden hinunter. Es roch nach Lysoform.

Sie bogen um die Ecke.

Ein Keller.

»Hier ist es«, sagte Linden.

Montorsi: »Was?«

»Das Lager, wie wir es nennen. Wenn jeder Lagerraum so teuer wäre wie der hier ...«

Montorsi sah ihn lächeln, verzog aber keine Miene. »Was für ein Lager?«

»Das Lager. Das Lager für das Frischfleisch.«

Er reichte Montorsi einen Overall, den er über seine Kleidung ziehen sollte. »Zur Isolation. Dort drin herrschen -70 Grad.«

Ein Helm. Linden schaltete eine Funkverbindung frei. »Fassen Sie nichts an. Fragen Sie mich, was Sie wissen wollen. Wir können maximal zwei Minuten drinbleiben.«

Die gepanzerte Tür: eine Mischung aus Kühlraum und Safe. Eine elektronische Zahlenkombination. Bevor er seine Handschuhe anzog, preßte Linden den Daumen in einen Fingerabdruck-Scanner.

Er drehte sich zu Montorsi um und sagte: »Zwei Minuten. Nicht mehr.«

Er öffnete die Tür. Kunsteisschwaden traten aus.

Sie gingen hinein.

Infrarotstrahlen. Alles war grün und schwarz, grobkörnig. Alles *bewegte* sich.

Er erkannte in zylindrischen Behältern isolierte Massen, hundertgramm- oder kiloweise, Rohre vom Boden bis zur Decke.

Montorsi brauchte einige Sekunden, um sich zu orientieren.

Er begriff nicht.

Er fühlte sich wie im Inneren eines Unterleibs.

So, als laufe er durch ein riesiges Ultraschallbild.

Dies ist der explodierte, gebrochene Körper – die sich ausdehnende Körperkonstellation. Dies ist der Körper in Form fliehender Sterne. Dies ist ein Körper, der unter einem Unstern steht, ein unbekannter Körper, der andere Körper nährt, der sie leben läßt, der sie an einen Ort jenseits der vorherbestimmten Schwelle bringt. Dies ist ein Körper aus Körperteilen.

Er begriff nicht. Ein schwarzes Pulsieren. Freie Metastasen in leuchtenden Flüssigkeiten. Er begriff nicht.

»Was ist das?« fragte er.

Der andere antwortete: »Das ist das Frischfleisch.« Und dann: »Was dachten Sie denn?«

Sie sahen aus wie Tumore. Da war eine mit Empfinden ausgestattete Leber im dritten Behälter von links. Im Zylinder zu seiner Rechten sah er zwei Nieren schweben, verbunden durch Fasern von Fleisch. Die Zylinder waren unterteilt. Unten sah er: einen Fuß.

»Das ist ein Fuß.«

»Ja. Auch Füße werden gebraucht. Die Transplantation von Extremitäten. Für Diabetiker.«

Er sah die Hände. Lose, eingeweicht. Er sah die Enden. Blut, das frei in die eiskalte Konservierungsflüssigkeit strömte, dicht und langsam.

Er sah Augen dahintreiben, Nervenfasern, so unbeweglich, als wären sie von Bernstein umgeben, schwebend.

Er sah ein Herz schlagen, das an eine Maschine angeschlossen war, die arbeitete und pumpte.

Er sah Lungen atmen. Der Schaum des Stoffs, aus dem Lungen sind. Eine rotbraune Masse, verdunkelt durch die Nährlösung. Er sah Luftbläschen zufallsbestimmt aus dem Schwamm aufsteigen.

Er sah Knochenmasse. Eine fossile, mit Empfinden ausgestattete Verwachsung, die noch lebendig war. Lebendig und *unabhängig*.

»Die Zeit ist gleich um. Ich zeige Ihnen noch das Becken.«

»Das Becken?«

Das Becken, in dem Haut aufbewahrt wurde, nichts als Haut, nichts als Gewebe, Epithelium, Derma: eine Konkretion von Haut. Kiloweise Haut in einer leuchtenden Lösung. Eine formlose Masse. Die Haut bebte. Sie warf Blasen.

Es war, als lachte sie.

Es war, als erschienen neue Wesen an der Oberfläche dieser riesigen Masse von Haut.

Sie spannte sich. Pulsierte. Vibrierte. Es war, als hätte sie Augen. Als wisse sie.

»Das ist nur Haut?«

»Haut für Nähte und Transplantationen.«

Haut.

Sie verließen den Raum. Sie legten die Overalls ab. Montorsi tat, als hätte er begriffen. Stechende Übelkeit. Er bewegte sich wie in Zeitlupe. Auf einer Metallplatte sah er sein Spiegelbild: *weiß*. »Woher kommen sie?« fragte er.

Linden wirkte perplex: »Aus China natürlich. Woher denn sonst?«

Linden erklärte, Tai Ji habe ein richtiges Labor in Europa einrichten wollen, um gewisse Vorfälle zu vermeiden, die damals während des Transports auftraten. »Wir sprechen hier schließlich von Interkontinentalflügen. Und bei Transplantationen spielt der Zeitfaktor immer eine große Rolle.« Die Kosten für das Labor seien exorbitant gewesen. Es verfüge über die allerneueste Technologie zur Behandlung und Konservierung von Organen: Die Chinesen hätten den Einsatz von Cyclosporin perfektioniert. Jetzt hielten sich Organe etwa ein Jahr lang.

»Jetzt müssen wir keine Exekutionen mehr anfordern.«

»Was für Exekutionen?«

»Die Exekution der zum Tode Verurteilten. In China.«

Tai Ji sei ein Genie, fuhr Linden fort. Er habe das Netz erneuert. Davor lief alles über die Amerikaner. Die Amerikaner waren ein Flaschenhals, ein Hindernis für das Netz. Tai Ji hatte sie nach Ablauf eines Jahres ersetzt. Er hatte De Vlaeminck einbezogen. De Vlaeminck war alles andere als angetan von dem chinesischen Partner, doch am Ende ließ er sich überzeugen: Die Gewinne erreichten exorbitante Höhen. Es war nicht mehr erforderlich, die Exekution eines Verurteilten zu fordern, unmittelbar darauf die Organentnahme durchzuführen, die Organe einzufrieren und sie in größter Eile nach Europa zu bringen. Seit man über das Labor verfügte, gehorchte das Geschäft mit dem

Frischfleisch dem Rhythmus des Marktes: klare Regeln, goldene Reserven, Preise, die stiegen oder fielen, je nach Angebot und Nachfrage. »Da drin haben wir bestimmt an die 200 Millionen Euro. Wenn nicht sogar mehr.« Und dann sagte er noch: »Reine Liquidität. Die reinste, die es gibt.«

Auf dem Weg zum Bahnhof schien der Erzengel seinen Mantel über das Böse von Utrecht zu breiten. Im Schmerz liegt ein warmer Kern, in dem neues Leben steckt. Es gibt einen Lichtkörper, der keine Organe besitzt. Es gibt einen Kern, der weder Mann noch Frau ist. Es gibt eine Mitte aus Glückseligkeit, Bewußtsein, innerer Ruhe. Es gibt das Einfachste vom Einfachen.

Es gibt ein Herz, das kein Herz ist.

Es gibt etwas Winziges, Ultrafeines, kleiner als ein Senfkorn.

Das Himmelreich ist *in* euch. Tief in eurem Inneren, tiefer als am Grunde des Herzens, das aus Fleisch ist.

Die Invasion von Tai Ji: gesunde chinesische Organe als Ersatz für kranke westliche Organe. Das ist keine Invasion der Körperfresser: Es ist die Invasion der Körper. Organe, die mit Gold aufgewogen werden. »Frischfleisch«, das ist Gold in Form von Frischfleisch. Von dem Frischfleisch, das es gestattet, weiter Gold zu tauschen, Gold zu genießen.

Ein Organhandel gigantischen Ausmaßes. *Ohne* freiwillige Spender: Menschen, die in China zum Tod verurteilt wurden und hinterher zu einem zweiten Leben: rein körperlich, fragmentarisch, parzelliert, verpflanzt in fremde Körper.

Die kaputten Körper diabetischer, dialytischer, steinreicher Westler.

Tai Ji hatte Europa beim Geschäft mit dem Frischfleisch zu einem Qualitätssprung verholfen. Montorsi begriff: Er hatte Bauern ausgetauscht und das Spiel so erweitert. Die Bauern waren Agrati und seine Frau Gemahlin, die Kumpanen des CIA-

Agenten, den Tai Ji jetzt im Fürstentum festhielt, vielleicht auch De Vlaeminck selbst, der nicht auffindbar war.

Lopez hatte recht: Die Schlüsselfigur ist Mario Ros. Mario Ros ist der perfekte Mensch, der Mensch, den es nicht gibt, der Finanzmensch. Er ist die Achse, um die sich die Sternenkonstellation Frischfleisch dreht. Mario Ros ist kein Mensch. Er ist ein Netz von Konten. Er ist ein Faden, der aus dem Zentrum des Spinnennetzes kommt, und daran hängt die Spinne. Die Spinne ist nicht der Chinese. Die Spinne ist China. Es gibt eineinhalb Milliarden Spinnen.

Die Elite Bank ist das Haus von Mario Ros.

Lopez hatte recht. Wenn man Mario Ros hat, trifft man die Spinne, trifft man den Chinesen.

Montorsi dachte: Der Amerikaner aus Peking, den Tai Ji in seiner Gewalt hat, den können wir brauchen.

Er stieg in den Zug. Durch die Fensterscheibe, gespiegelt im Doppelglas, sah er das leuchtende Doppelbild des Erzengels über Utrecht.

Guido Lopez
Cap-Martin, Fürstentum Monaco, 10. September 2002, 03:20

Die Verabredung war um halb vier in Menton.

Zehn Stunden bei wahnwitzigem Tempo, aufgeputscht mit Amphetaminen.

Eine Telefonzentrale, die mit zweihundert Stundenkilometern über Europas Straßen hetzte.

Er hatte sie alle angerufen, hatte alles koordiniert. Er hatte die nötigen Genehmigungen erhalten.

Er hatte Montorsi Honig ums Maul geschmiert: Montorsi war bereits überzeugt, *etwas* hatte sich verändert, das Gespräch mit ihm verlief weniger mühsam, als Lopez erwartet hatte, er bekam auch von ihm grünes Licht.

Madone willigte sofort ein: Für ihn war das der Qualitätssprung.

Calimani war einverstanden: Er würde zuverlässige Männer mitbringen, den Chef Santovito würde Madone überreden.

Madone übernahm die Verantwortung: Ich unterschreibe die Papiere, ich setze mich mit *diskreten* französischen Kollegen in Verbindung.

Montorsi wollte dabeisein: Er ließ sich von der Agentur einen Flug nach Nizza besorgen. Er würde dasein.

Lopez traf noch vor dem verabredeten Zeitpunkt ein.

Er stieg aus dem Wagen. Unter der Motorhaube brodelte es. Er warf die letzte Amphetaminpille ein, die er noch hatte.

Auf der Autobahn, in der Kälte, peitschte ein lästiger Seewind auf ihn ein. Die salzige Luft reizte seine Nase.

Er stieg wieder in den Wagen, betrachtete sich im Rückspiegel: ein bleiches Gespenst mit bläulichen Augenringen.

Er stieg wieder aus. Der kalte Wind fegte durch die Haltebucht.

Eine Viertelstunde verging.

Die Autos trafen ein.

Es war Madone mit Calimani und seinen Leuten.

»Die Franzosen erwarten uns in Cap Martin auf der Nationalstraße, an der Ausfahrt«, sagte Madone.

Montorsi traf ein, auch er hatte einen BMW gemietet. Er wirkte erschüttert. Zerzaustes Haar. »Den Chinesen übernehme ich«, sagte er zu Lopez. »Du kümmerst dich um deine Aufgabe. Ich kümmere mich um den Chinesen.«

»Und was ist mit Brüssel?«

»Darum kümmere ich mich ebenfalls, aber später.«

Die Karawane setzte sich in Bewegung.

An der Ausfahrt, wo es zur Villa Leopolda hinaufging, dem Luxuswohnsitz von Tai Ji und der Exwitwe Jaffa, trafen sie auf die Franzosen.

Sie fuhren weiter.

Sie erreichten die Kurve, an der man zur Einfahrt in die Villa abbiegen mußte. Sie hielten an. Kein Scheinwerferlicht. Sie gingen zu Fuß weiter. Sie waren etwa zwanzig Mann, einschließlich der ausgewählten französischen Beamten.

Am Tor zur Villa stießen sie auf Widerstand. Die Bodyguards des Chinesen: Franzosen und Chinesen. Sie telefonierten. Sie flippten aus. Madone und der französische Staatsanwalt legten ihre Dokumente vor.

Die Bodyguards wurden in Gewahrsam genommen.

Lopez und seine Männer machten sich wieder auf den Weg zum Hauptgebäude.

Die Villa: maurischer Stil. Lopez war davon wie geblendet. Der maurische Stil: eine Monstrosität, ein unendliches Labyrinth.

Die Baukörper schienen von innen heraus zu explodieren, auseinanderzufallen. Wie Fleisch. Verträumte Schnörkel, komplexe Strukturen, feinste Ornamente, man konnte sich regelrecht darin verlieren, der Blick fand keinen Halt. Lopez verliebte sich in den maurischen Stil – verliebte sich in die Explosion.

Die Lichter brannten.

Auch am Haupteingang stießen sie auf Widerstand. Die Bodyguards des Chinesen: Festnahme.

Lopez, Montorsi, Madone, Calimani und noch vier Männer drangen in die Vorhalle ein.

Durchkämmten im Laufschritt die Villa.

Das Billardzimmer.

Montorsi lief ins Untergeschoß, in die Sporthalle und den Kinosaal. Der Swimmingpool: leer, stehendes Wasser, ein vollkommener Spiegel.

Madone war in der Mitte der Vorhalle geblieben und wartete dort.

Der maurische Stil *von innen*: Verschleiß und Prunk, Irrtum und Erlösung – alles in allem eine völlig menschliche Monstrosität. Und außerdem etwas, das mehr war als nur menschlich.

Calimani durchsuchte das Erdgeschoß, er war in der riesigen Küche hängengeblieben, tat sich an kaltem Huhn gütlich.

Dann hörten sie Lopez rufen.

Kommt nach oben, sagte er.

Der ehemalige CIA-Agent James Cameron befand sich in einem für derartige Fälle eingerichteten Zimmer.

Er baumelte an zwei um seinen Oberkörper geschlungenen Lederriemen über dem Boden.

Die Riemen verknüpften sich im Raum, es war wie ein ledernes Spinnennetz.

Die Riemen verknüpften sich, verbanden James Camerons Körper mit einem zweiten, schlaffen Körper, der mit dem Rükken zum Boden hing.

Es war die Agentin Christa Baumann.

Am Boden lagen japanische Keramikmesser in einer erst vor kurzem geronnenen Blutlache.

An den Wänden: Spritzer aus den beiden Jugularvenen.

Die Leichen waren naß: Lopez schnupperte: Bier.

Man hatte sie aufgeschlitzt wie Rinder.

Von dem Chinesen und der Witwe Jaffa: keine Spur.

Auf dem Weg nach draußen, zu den Autos, während sich Madone angeregt mit seinem französischen Kollegen unterhielt und für den nächsten Tag einen Besuch bei der Elite Private Bank vereinbarte, trat Montorsi an Lopez' Seite.

Er sprach gerade in sein Satellitentelefon. Er erteilte Anweisungen. Lopez hörte mit: Montorsi sprach mit dem Chef der holländischen Polizei, nannte ihm Namen und Orte, er bat um sofortiges Eingreifen, ständig sagte er »Utrecht«, bezog sich auf einen Turm und einen Erzengel, Lopez bekam nur die Hälfte mit, er verstand nicht, worum es hier ging.

Er verstand nur eines: Wir haben den Chinesen verloren.

Wir haben die Spinne verloren, aber ihr Netz haben wir zerrissen.

Zusammen kehrten Montorsi und Lopez nach Mailand zurück.

Das Netz des Chinesen war zerschlagen. Chinas Netz war intakt.

Warten wir ab, wie die Reaktion ausfällt, sagte Montorsi.

»Die der Chinesen?« fragte Lopez.

»Nein, die aus Brüssel.«

Lopez erkundigte sich nach dem Frischfleisch.

Montorsi antwortete: Zu diesem Thema erfährst du von mir kein Wort.

»Sag mir wenigstens, worum es geht.«

»Es geht um Schwarzhandel mit Organen. Stoff für die Superreichen.«

»Und das ist alles?«

»Du machst dir keinen Begriff davon, was das bedeutet.« Montorsi hatte es sich am Nachmittag ausgerechnet: mindestens viereinhalb Milliarden Euro pro Jahr.

Lopez: »Christa hatte der Chinese bei dir eingeschleust.«

»Ich dachte, Wundsam sei sein Mann. Ich hatte kein Vertrauen zu ihm. Und ich fand ihn zu labil. Ein guter Mann, aber labil.«

»Dabei war es Christa, die für den Chinesen arbeitete. Sie trieb es mit der Witwe Jaffa. Christa erstattete ihr Bericht. Sie hatte ein Auge darauf, welche Fortschritte die Agentur in Sachen Frischfleisch machte. Du hast vermittelt, ohne von Christa zu wissen. Ich mag ja ein Idiot sein, Montorsi, aber du schon auch ... Madone ist Christa auf die Spur gekommen, ohne überhaupt zu wissen, daß sie für uns arbeitete, er wußte nicht einmal, daß Christa existiert. Madone ist gut, man sollte ihm einen Job bei der Agentur verschaffen.«

»Ich bin mir nicht sicher, ob die Agentur das kann. Wenn man nicht existiert, kann man niemanden einstellen.«

»Und Agrati?« fragte Lopez.

»Agrati gehörte zu dem alten Netzwerk, das Tai Ji durch ein neues ersetzt hat. Der Chinese hat alle früheren Mitspieler ausgeschaltet, auch die, die in Peking tätig waren. Als er auf einen der CIA-Agenten traf, die in Peking aktiv waren, hat er ihn zu seinem Vorteil eingesetzt. Ich glaube, er wollte den Amerikaner an die Stelle des französischen Fettsacks setzen, der in dem Penthouse in der Avenue Ostende umgebracht wurde. Dann muß er begriffen haben, daß wir dabei waren, ihn in die Zange zu nehmen. Er hat den Amerikaner ausgeschaltet, damit wir ihn nicht kriegen. Er wäre eine wertvolle Quelle für uns gewesen. Christa hat er auch ausgeschaltet. Jetzt geht es wieder bei null los: für uns, aber auch für sie.«

»Und die toten Chinesen in Malpensa, was ist mit denen?«

»Jedes Netz hat Unternetze. Wahrscheinlich überführte Agrati chinesische Leichen nach China. Diejenigen, denen er keine Organe entnehmen konnte.«

»Die haben den Chinesen Organe entnommen?«

»Ja. Den in China zum Tode Verurteilten.«

»China hält den Weltrekord für vollstreckte Todesurteile.«

»Ich gehe davon aus, daß sie auch schon angefangen haben, den Chinesen in Europa, in den Chinatowns, Organe zu entnehmen. Der Rest ist nur Handel mit Dokumenten: Es kommen ja ganze Flotten von Chinesen nach Europa. Der eine oder andere bringt es zu Geld und erlaubt sich den Luxus, als Leiche in die Heimat zurückzukehren. Agrati spielte dafür den Kurier.«

»Und du sagst, der Chinese hat alle ausgeschaltet? Auch De Vlaeminck?«

»Wir werden ja sehen, ob er auf Madones Vorladung reagiert. Ich habe da so meine Zweifel.«

»Was erwartest du jetzt?«

»Eine Vorladung nach Brüssel.«

»Bist du sauer auf mich?«

»Das ist so, als würdest du mich fragen, ob ich dir traue. Ich traue dir nicht, und ich bin nicht sauer. Es ist nur so, daß es wieder bei null losgeht und daß nicht mal klar ist, ob es überhaupt weitergeht.«

Mailand: Tagesanbruch.

Lopez verabschiedete sich von Montorsi in der Via Fatebenefratelli.

Er ging nach Hause und hatte immer noch Rückstände von Amphetamin im Körper.

Schlafen würde er nicht.

Er entfernte die Spinnwebe von dem vertrockneten Papyrus.

Dann entschloß er sich, ihn wegzuwerfen, ging in den Hof und ließ den vertrockneten Papyrus zwischen den Mülltonnen stehen, ein wirres Gestrüpp aus wie mit Rost überzogenen Stengeln.

Epilog

Wer herrscht

Guido Lopez
Mailand, 4. Januar 2003, 09:35

Ein menschenleeres Mailand, das Übliche. Er durchquerte das Viertel Porta Romana, keine Menschenseele, ging Richtung Piazza Missori, überquerte den Domplatz, lief durch die Galleria, trat hinaus auf die Piazza della Scala, weiter in die Via Manzoni, dann links in die Via Fatebenefratelli und schließlich hinauf in den vierten Stock in die Ermittlungsabteilung. Der Smogstaub auf dem Pflaster war noch naß, ein tückischer Untergrund.

Man drohte ständig auszurutschen.

Lopez zog den Trenchcoat enger. Er hatte sich einen Secondhand-Trenchcoat gekauft und war ganz zufrieden damit.

Es war kalt und kein Mailänder in Sicht, alle waren verreist.

Er betrachtete die Fassaden, die dunklen, verriegelten Fenster, die Läden und Rolläden: leere Augen.

Wieviel Fleisch erwartet mich noch?

Unterwegs: wenig Fleisch.

Auf dem Wall der Porta Romana, rußgeschwärzten Ruinen, die bis auf die Zeit der spanischen Besatzung zurückgingen, sah er das weiße Graffiti: »Nieder mit dem Heroin und der Polizei« – ein ausgebleichter 70er-Jahre-Schriftzug. Hinter einem Busch pißte ein Schwarzer auf das Graffiti, auf den Mauerrest.

Vor Jahren an einem Morgen wie diesem, in einer dünnen, blauen Luft, bestehend aus Schallwellen der Stille, in einem Mailand, das eingefallen war wie ein hohler Bauch, litt man unter unmittelbaren, heftigen Emotionen: unter Schuldgefühlen und Gier – ob von einem selbst oder von anderen. Dir ein Stück näher, Arkadien. Man ging. Mit leerem Kopf, gleich einer durch die Luft schwebenden Blase, die durch die leeren Gassen treibt, formulierte man die stets wiederkehrende Frage, eine Obsession, die einzige absolute Frage, die sich uns stellt, und zwar immer wieder:

Wer herrscht?

Und auf diesen Gassen vor zehn Jahren, dachte Lopez, da hatte er auf der Piazza Medaglie d'Oro den bebenden Brustkorb einer Taube gesehen, die im Sterben lag, den kleinen blutigen Klumpen mit weißen Fäden, der stoßweise erzitterte, bis es vorbei war.

Da, sie ist tot.

Da, das ist alles, was bleibt: da.

Und er ging weiter durch Mailand und dachte nur eins: da.

Und jetzt stellte er sich zehn Jahre später, wie der deutsche Dichter, der sich allem widersetzt und der die leuchtenden Fäden im Dunkeln gesehen und beschrieben hatte, dieselbe leere Frage.

Wer herrscht?

Andrea Wundsam war nach einer Woche aus dem Koma erwacht, was schon an ein Wunder grenzte. Oder an ein halbes. Sie hatte sich gut erholt, machte logopädische Übungen, mittlerweile sprach sie, ohne zu stocken, sie hatte sich von den Folgen erholt. Wundsams Sohn lebte bei ihr.

Die Agentur: in der Schwebe. Montorsi hatte die Lage richtig eingeschätzt. Der Ausschuß für Innere Angelegenheiten hatte ihn und Lopez für den 7. Januar nach Brüssel bestellt: Man wollte sie aus dem Verkehr ziehen, aber das würde denen nicht gelingen. Sie mußten einfach nur abwarten, und die Zeit war auf ihrer Seite. Sie würden die neue Ermittlungsabteilung gemeinsam mit Madone aufbauen: drei Italiener am Bug Europas, ein sündhafter Aussetzer.

Madone hatte sich in Nachforschungen verwickelt, die im Sand verliefen. Der Elite Private Bank schien nichts etwas anhaben zu können. Die Anklageschrift im Mordfall Jaffa: dasselbe Spiel.

Der Chinese und die Witwe Jaffa hielten sich höchstwahrscheinlich in Peking auf: ein Paradies aus Technologien und Mandelblüten im Januarschnee.

In Utrecht hatte man das Frischfleisch-Depot kurz vor Eintreffen der Holländer aufgelöst. In den Behältern fanden sich nur noch einzelne Organe, bei denen die Verwesung bereits eingesetzt hatte.

Montorsi hatte rekonstruiert, wie sich Christa in die Agentur hatte einschleichen können.

Calimani hatte erneute, weitreichende Ermittlungen in Sachen illegale chinesische Einwanderer gestartet. In Novate, auf dem Feld aus chemieverseuchter Erde und dunklem, grünlichem Schlamm, sah Lopez eine Unzahl von Taschentüchern, drei Reihen, so weit das Auge reichte: illegale Gräber für illegale Körper, die illegal in ein nichtexistentes Europa eingedrungen waren. Calimani war blaß und grün im Gesicht, ihm war übel. Etwa fünfzig verweste Körper, aufgereiht unter weißen Taschentüchern.

Die Luft war frisch, metallgrau, es ging kein Wind.

Tags zuvor war *der* Mailänder Liedermacher verstorben, man hatte seinen Leichnam in der Wärme des Theaters hinter dem Domplatz aufgebahrt: Die wenigen Mailänder, die noch in der Stadt waren, kamen in der Via Dante zusammen und bildeten eine gesittete, warme Schlange, warteten eine Stunde, um Blumen niederzulegen und danke zu sagen.

Die blinden Häuser von Mailand. Das Weltgericht kommt nicht in die Häuser, und die Demokratie ist etwas Reines und Heiliges und Weißes.

Namenlos, formlos, dieses konstante stille Vibrieren in Mailand. Lopez betrat den menschenleeren Virgin Megastore, drehte eine Runde durch das Erdgeschoß, nahm sich ein paar CDs, hörte zeitgenössische E-Musik mit Kopfhörern, die vom Schweiß weihnachtlicher Kunden zerfressen waren. Arvo Pärt.

Annum per annum: eine Minute gleichbleibende Frequenzen, Crescendo, alle Klänge, die das menschliche Ohr zu hören vermag, und auch unhörbare Klänge, eine gleichbleibende, erschreckende Frequenz, alle Klänge, beherrscht von einem Klang ohne Klang, eine leere Konstante, die sagt: *Ecce*. Die Vibration im Hintergrund.

Was vibriert?

Wer herrscht?

Er ging auf den menschenleeren Platz hinaus: ein paar Hungerleider, Filipinos, Senegalesen, Nordafrikaner, sie tranken Bier. Der Dom wurde gerade restauriert. Vor dem Dom: die menschenleere Eisbahn zum Schlittschuhlaufen. Die wegen der Restaurierungsarbeiten abgehängte Fassade des Doms, eine riesige weiße Leinwand in Form der Fassade des Doms. Aus irgendeinem Winkel des Platzes bombardierte ein Projektor die Leinwand mit Lichtbildern.

Auf der Leinwand in Form der Domfassade erschien das riesenhafte, leuchtende Bild der Ikone, die den Erzengel darstellte. Der darunterstehende Schriftzug war winzig im Vergleich zur Größe des Erzengels, schwarze, mannshohe Buchstaben: Sie wirkten wie kleine, auf das Wesentliche reduzierte Menschen, schwarz, rußig und verkrüppelt. Der Schriftzug lautete: ›Der Erzengel Michael‹ von Andrej Rubljow.

Die leuchtende Gestalt wirkte ganz blaß im weißen Tageslicht. Beeindruckend. Lopez erreichte den Kirchplatz vor der Kathedrale. Er schrumpfte zusammen, wurde kleiner als die Buchstaben des Schriftzugs und in das Licht des Hologramms getaucht. Weit oben neigte der Erzengel sein Haupt, überlebensgroß, zur linken Schulter hin, furchterregend und mitleidsvoll zugleich, weder Mann noch Frau, das Inbild des Mitgefühls ohne Geschlecht oder Zugehörigkeit, die letzte Gestalt einer sich wandelnden Spezies.

Die Vollkommenheit, die keiner Spezies gebührt.

Der vollkommene Lichtkörper.

Die Schrift sagt: Er wandelte vierzig Tage nach dem Tod in seinem Lichtkörper.

Das Gotteslamm. Der fleischgewordene Gott.

Fleisch, das nicht verwest.

Ewiges Fleisch.

Das Gesicht hatte chinesische Züge.

Benommen stand Lopez in der Stille zu Füßen des riesigen, leuchtenden Erzengels. Dann trat eine kleine Frau neben ihn, die ein neugeborenes Mädchen an ihre Brust drückte. Eine kleine, leuchtende Frau mit strahlend rotem Haar, eine ruhige, weiße und rote Flamme, ein fremdes Inbild der Mutterschaft auf dem leeren Platz. Das Neugeborene war wie faltiges Fleisch, das bebte. Sie wechselten ein paar Worte. Die Frau kam aus Holland, sie war gerade bei Mailänder Freunden zu Besuch, sie war unterwegs zu ihnen, kam gerade aus der U-Bahn, als sie verzaubert stehenblieb, das Neugeborene an der Brust und vor sich diese unglaubliche, dreißig Meter hohe Ikone.

Sie blieben schweigend nebeneinander stehen. Dann sagte sie: »Schön, nicht wahr?«

Lopez nickte.

Wortlos ging die Frau weiter, ihr kleines Mädchen fest an sich gedrückt.

Danksagung

Dieser Roman entstand auch bzw. nicht zuletzt dank der Unterstützung einiger Menschen, bei denen ich mich an dieser Stelle bedanken möchte. Das sind:

Donata Feroldi, also meine Schwester, eine Literaturkritikerin und Übersetzerin, deren Arbeiten über Victor Hugo eine entscheidende Rolle für mich gespielt haben, wie auch ihre Liebe eine entscheidende Rolle für mich spielt. Sie ist der heimliche Dreh- und Angelpunkt dieser Geschichte, jeder Geschichte;

Manuela Peserico und Paola Cislaghi, die ausgraben, exzerpieren, tolerieren, durchsetzen, zurückrufen und mich mit dem versorgen, was ich nicht weiß, während sie es von Anfang an wissen, und denen ich gar nicht sagen kann, wieviel ich ihnen verdanke und wieviel ich für sie empfinde;

Gilberto Squizzato, Regisseur bei der RAI und Autor meisterhafter Fernsehfilme, die mir die Augen geöffnet haben; seine Freundschaft ist für mich mittlerweile ein unverzichtbarer Quell der Freude, außerdem ist er rein *äußerlich* Guido Lopez;

Mario Benedetti, einer der vier besten Dichter Italiens ist;

Antonio, *homo metaphysicus*, dem ich fast alles verdanke;

Helena, die mich *genährt* hat;

Igino Domanin, der mir Zugang zu Welten verschafft hat, die ich bis dahin nie betreten habe, und dessen Zuneigung für mich viel mehr ist als eine Psychodroge;

Stefano Porro, der Leiter von Clarence und Gründer von Quinto Stato, für all das, was sich nicht in Worte fassen läßt;

Tante Cri und Mao, für die tagtägliche, liebevolle Versorgung mit Koffein;

Rob. (und vermutlich auch alle anderen), weil sie mich *wahrgenommen* und mir zugehört haben;

Ferruccio Parazzoli, ein Dämon, der nun mal zehn Jahre weniger auf dem Buckel hat als ich.

Aber vor allem danke ich Stefano und dann noch Turpe, Brugnardo und wie immer Sandrone mitsamt dem Stammgast der Bar Giamaica im Jahr 1962;

den Laren von Calvairate, vor allem Egidio sowie Vito, Elettra und Gisella;

Chiara Castelli, die einst meine Tochter war;

Alessandro, der sich mit hartnäckiger Ausdauer den subtilen Verhören widersetzt;

den Geheimen Chinesischen Meistern, die in der Gegend um den Cimitero Monumentale und die Piazza Cinque Giornate leben;

Pierfrancesco Majorino, der mir eine Sauerstoffmaske aufsetzte;
Michele Monina und der Family;
den Jungs von Clarence;
Fabrizio Mennella, dem gelingt, was mir mißlingt;
Roberta Melli, die an Ostern arbeitet.
Dieser Roman entstand im flammenden, gleißenden Licht, das Maria Bartels ausstrahlt.

Giuseppe Genna
Oktober 2002 – Januar 2003

Michael Ondaatje im dtv

»Das kann Ondaatje wie nur wenige andere:
den Dingen ihre Melodie entlocken.«
Michael Althen in der ›Süddeutschen Zeitung‹

In der Haut eines Löwen
Roman
Übers. v. Peter Torberg
ISBN 3-423-**11742**-7

Kanada in den zwanziger und dreißiger Jahren. Ein Land im Aufbruch. »Ebenso spannend wie kompliziert, wunderbar leicht und höchst erotisch.« (Wolfgang Höbel in der ›Süddeutschen Zeitung‹)

Der englische Patient
Roman
Übers. v. Adelheid Dormagen
ISBN 3-423-**12131**-9

1945. Vier Menschen finden in einer toskanischen Villa Zuflucht. Im Zentrum steht der geheimnisvolle »englische Patient«, ein Flieger, der in Nordafrika abgeschossen wurde ... »Ich kenne kein Buch von ähnlicher Eleganz.« (Richard Ford)

Buddy Boldens Blues
Roman
Übers. v. Adelheid Dormagen
ISBN 3-423-**12333**-8

Er war der beste, lauteste und meistgeliebte Jazzmusiker seiner Zeit: Buddy Bolden.

Es liegt in der Familie
Übers. v. Peter Torberg
ISBN 3-423-**12425**-3

Die Roaring Twenties auf Ceylon. Erinnerungen an das exzentrische Leben, dem sich die Mitglieder der Großfamilie Ondaatje hingaben, eine trinkfreudige, lebenslustige Gesellschaft ...

Die gesammelten Werke von Billy the Kid
Übers. v. Werner Herzog
ISBN 3-423-**12662**-0

Die größte Legende des Wilden Westens – Liebhaber und Killer, ein halbes Kind noch und stets dem Tode nah.

Anils Geist
Roman
Übers. v. Melanie Walz
ISBN 3-423-**12928**-X

Im Auftrag einer Menschenrechtskommission kehrt die junge Anil in ihre Heimat Sri Lanka zurück und begibt sich in größte Gefahr.

»Born in the USA«
Junge amerikanische Autoren im dtv

»Romane sind wie Rockkonzerte. Entweder bringst du die Leute zum Tanzen oder sie feuern dir Bierdosen an den Kopf.«
T. C. Boyle

Brad Barkley
Wie ich den Porsche von James Dean verkaufte
Roman
Übers. v. Dieter Kuhaupt
ISBN 3-423-20556-3
Ein unwiderstehlich komischer Roman über einen handlungsreisenden Don Quichotte und seinen heranwachsenden Sohn.

Lauren Grodstein
Der Makel der Liebe
Roman · dtv premium
Übers. v. Barbara Ostrop
ISBN 3-423-24469-0
Ist sie schwanger oder nicht? Während seine Freundin den Test macht, überlegt ein junger Mann, wie das Ergebnis sein Leben verändern wird.

Binnie Kirshenbaum
Kurzer Abriß meiner Karriere als Ehebrecherin
Roman
Übers. v. Barbara Ostrop
ISBN 3-423-12705-8
Sie lügt, stiehlt und begehrt andere Männer … »Mit abgründigem, blitzschnell ins Melancholische umschlagendem Witz.« (Werner Fuld)

Matt Ruff
G.A.S.
Die Trilogie der Stadtwerke
Roman
Übers. v. D. u. G. Bandini
ISBN 3-423-20758-2
New York 2023. Während der visionäre Trillionär Harry Gant einen neuen Turm zu Babel baut, kämpft seine Exfrau Joan tief unten in der Kanalisation gegen das Böse … Fulminanter Comic-Fantasy-Science-Fiction-Thriller.

Jen Sacks
Nice
Roman
Übers. v. Thomas Bauer
ISBN 3-423-20537-7
Grace will niemandem weh tun. Aber manchmal muß sie leider jemanden umbringen … Eine rabenschwarze Komödie für Romantiker.

Scott Snyder
Happy Fish
Stories · dtv premium
Übers. v. Lutz-W. Wolff
ISBN 3-423-24381-3
Zwischen Florida und New York: verblüffende, schöne Geschichten.

Henning Mankell im dtv

»Groß ist die Zahl der Leser, die ganze Nächte mit Mankell verloren – bzw. gewonnen – haben.«
Martin Ebel im ›Rheinischen Merkur‹

Mörder ohne Gesicht
Roman
Übers. v. Barbara Sirges und Paul Berf
ISBN 3-423-20232-7
Wallanders erster Fall
Auf einem abgelegenen Hof bei Ystad wird ein altes Paar grausam ermordet.

Hunde von Riga
Roman
Übers. v. Barbara Sirges und Paul Berf
ISBN 3-423-20294-7
Wallanders zweiter Fall
In Osteuropa gerät Wallander in ein gefährliches Komplott.

Die weiße Löwin
Roman
Übers. v. Erik Gloßmann
ISBN 3-423-20150-9
Wallanders dritter Fall
»Ein fesselnder Politthriller.« (NDR)

Der Mann, der lächelte
Roman
Übers. v. Erik Gloßmann
ISBN 3-423-20590-3
Wallanders vierter Fall
»Ein klassischer Mankell.« (Die Welt)

Die falsche Fährte
Roman
Übers. v. Wolfgang Butt
ISBN 3-423-20420-6
Wallanders fünfter Fall
Der Selbstmord eines jungen Mädchens ist der Auftakt zur Jagd nach einem Serienkiller.

Die fünfte Frau
Roman
Übers. v. Wolfgang Butt
ISBN 3-423-20366-8
Wallanders sechster Fall
»Bücher wie diese machen süchtig!« (Brigitte)

Mittsommermord
Roman
Übers. v. Wolfgang Butt
ISBN 3-423-20520-2
Wallanders siebter Fall
Drei junge Leute feiern zusammen Mittsommer. Danach sind sie spurlos verschwunden.

Die Brandmauer
Roman
Übers. v. Wolfgang Butt
ISBN 3-423-20661-6
Wallanders achter Fall
Hacker haben es auf die Datennetze der Weltbank abgesehen …

Henning Mankell im dtv

Wallanders erster Fall
und andere Erzählungen
Übers. v. Wolfgang Butt
ISBN 3-423-20700-0

Die Pyramide
Roman · dtv großdruck
Übers. v. Wolfgang Butt
ISBN 3-423-25216-2

Die Rückkehr des Tanzlehrers
Roman
Übers. v. Wolfgang Butt
ISBN 3-423-20750-7
Wer fordert einen toten Mann zum Tango auf? – Der Welt-Bestseller.

Vor dem Frost
Roman
Übers. v. Wolfgang Butt
ISBN 3-423-20831-7
»Ein hochspannender Wallander-Krimi – einer der besten.« (Focus)

Der Chronist der Winde
Roman
Übers. v. Verena Reichel
ISBN 3-423-12964-6
und dtv großdruck
ISBN 3-423-25242-1
Die bezaubernd-traurige Geschichte von Nelio, dem afrikanischen Straßenkind.

Die rote Antilope
Roman
Übers. v. Verena Reichel
ISBN 3-423-13075-X

Tea-Bag
Roman
Übers. v. Verena Reichel
ISBN 3-423-13326-0
und dtv großdruck
ISBN 3-423-25260-X

Butterfly Blues
Ein Theaterstück
Übers. v. Claudia Romeder-Szevera
ISBN 3-423-13290-6

Das Auge des Leoparden
Roman
Übers. v. Paul Berf
ISBN 3-423-13424-0

Ich sterbe, aber die Erinnerung lebt
Mit einem Memory Book von Christine Aguga
Übers. v. Verena Reichel und Katrin Hillgruber
ISBN 3-423-13479-8

Der Tod des Fotografen
Erzählung
Übers. v. Wolfgang Butt
dtv großdruck
ISBN 3-423-25254-5

Bitte besuchen Sie uns im Internet: www.dtv.de